Weiterer Titel der Autorin:

Die dreizehn Gezeichneten (mit Christian Vogt)

Über die Autorin:

Judith C. Vogt wurde 1981 geboren und wuchs im Heinrich-Böll-Ort Langenbroich auf. Sie ist gelernte Buchhändlerin. Sie hat bereits zahlreiche Romane veröffentlicht, einige davon zusammen mit ihrem Mann Christian Vogt, darunter auch den Steampunk-Roman DIE ZERBROCHENE PUPPE, für den sie 2013 den Deutschen Phantastik Preis in der Kategorie »Bester deutschsprachiger Roman« erhielten. 2014 gewannen sie nochmals den Deutschen Phantastik Preis, diesmal für die beste Anthologie. Judith Vogt wohnt mit ihrer Familie in Aachen.

JUDITH C. VOGT
nach einem Konzept von Philip Schulz-Deyle

ROMA NOVA

Roman

BASTEI LÜBBE TASCHENBUCH
Band 20914

Dieser Titel ist auch als E-Book erschienen

Originalausgabe

Copyright © 2018 by Bastei Lübbe AG, Köln
Textredaktion: Hanka Jobke, Berlin
Titelillustration: © Arndt Drechsler, Regensburg
Umschlaggestaltung: Guter Punkt, München | www.guter-punkt.de
Satz: hanseatenSatz-bremen, Bremen
Gesetzt aus der Adobe Garamond Pro
Druck und Verarbeitung: CPI books GmbH, Leck – Germany

ISBN 978-3-404-20914-9

2 4 6 5 3

Sie finden uns im Internet unter
www.luebbe.de
Bitte beachten Sie auch: www.lesejury.de

Ein verlagsneues Buch kostet in Deutschland und Österreich jeweils überall dasselbe.
Damit die kulturelle Vielfalt erhalten und für die Leser bezahlbar bleibt, gibt es die gesetzliche
Buchpreisbindung. Ob im Internet, in der Großbuchhandlung, beim lokalen Buchhändler, im Dorf
oder in der Großstadt – überall bekommen Sie Ihre verlagsneuen Bücher zum selben Preis.

Für Christian. Das ist *die* Gelegenheit.

Glossar, Dramatis Personae, Informationen zu Göttern und Währung finden sich am Ende des Romans.

Kapitel I

Sie haben den Rubicon überschritten.

Den Rubicon, der als Gürtel aus Asteroidensplittern und Trümmerstücken um Rom liegt. Rom, das auf seiner Tagseite blau und perlmuttfarben schimmert und dessen Nachtseite wie ein eigener Himmel von Lichtpunkten übersät ist. Rom schläft nicht.

In der Schwärze des Alls nehmen die Splitter des Rubicon die seltsamsten Farben an. Ab und an verglühen sie in der Atmosphäre Roms wie Motten, die sich an ein Feuer wagen.

Es heißt, dass in diesen kostbaren Augenblicken die Götter deine Wünsche hören. Aber denke nicht zu lange darüber nach, denn Götter sind eine flüchtige und launische Angelegenheit, und sie haben ganze Galaxien zu verwalten.

Obwohl immer wieder Stücke von ihm verglühen, erscheint der Rubicon unerschöpflich.

Durch die Zeitalter hindurch schienen dem römischen Volk auch das Wasser und der fruchtbare Boden unerschöpflich. Doch Rom war gierig. Rom hat den Planeten geschluckt. Rom spürte nicht mehr, welche gütige Erdgöttin unter seinen Fundamenten verblutet ist. Und so benötigten sie nur Äonen, bis ihr Planet so tot war, dass sie wählen mussten zwischen dem Aufbruch ins All und dem Verhungern in ihren großartigen Kulissen.

Sie wählten den Aufbruch. Sie überquerten den Rubicon.

Mare Nostrum, unser Meer, so nannten sie den Sternenhaufen, den sie eroberten.

Sie fanden Nahrung, gründeten Kolonien. Fingen Sklaven aus

Völkern, die selbst noch weit entfernt von einem solchen Aufbruch waren.

Doch sie trafen nicht überall auf halbnackte hörnertragende Ziegenmenschen ohne Zivilisation oder in Fell gekleidete Barbaren, die gerade erst damit begonnen hatten, ihrer Erde Eisen zu entlocken. Nein – sie waren vielleicht das erste Volk, das sich geschlossen daranmachte, Völker, Monde, Planeten, Systeme zu unterwerfen – aber Reisende gab es schon vor ihnen. Reisende, die sich zu finsteren Sonnen wagten, in Unterwelten, in Mahlströme und hinauf zu den Sternen.

Als sie Wesen fanden, die den alten Mythen zu entstammen schienen, wussten sie, dass ihre Götter niemals gelogen hatten.

Aber auch meine Götter lügen nicht.

Manche dieser Sklaven besaßen Kräfte, die kein Römer zuvor zu Gesicht bekommen hatte.

So wie ich.

Kapitel II

Mein Körper ist daran gebunden, sich irgendwo aufzuhalten, wo es Atemluft und Nahrung gibt – so wie jeder Körper – und ich muss ihm gehorchen und kann nicht an die Orte zurückkehren, nach denen ich mich sehne.

Mein Geist jedoch ist nicht gebunden an meinen Leib und kann sich in viele Splitter aufteilen, sodass er meinen Körper umschwirrt wie die Motten des Rubicon den Planeten Rom.

Ein Splitter von mir sieht, dass meine Zeit hier abgelaufen ist.

Ein Splitter von mir sieht, dass sich meine Verbündeten nähern – und mein Herz lacht, weil ich sie erkenne und weiß, wie grauenhaft sie sind und wie vollkommen.

Ein Splitter von mir sieht, wie sie in Stahl schlüpfen, wie ihre Gesichter sich verformen, wie Mienen verschmelzen und in immer neue Gesichter zerlaufen. Wie Nebel sie umhüllt, ein Nebel, der Geräusche frisst wie eine Schlange Eier.

Ich sehe ihre schmalen schwarzen Schiffe, in denen sie die Leere queren. Grausig wie ein Kindertraum, an den man sich auch als Erwachsener noch erinnert, machen sie sich auf den Weg. Alle Splitter meines Geistes sehen sie und rufen sie, und ich wünschte, sie könnten mich hören.

Gleichzeitig bin ich in diesem Körper, mit dem sich Legat Lucius Marinus Maximus vergnügt. Es ist mir gleich.

Fünf Kinder hat er bereits auf diese Weise mit mir gezeugt, doch ich zwang sie zu gehen, daumengroß, ohne je einen Atemzug zu tun. Sie wussten, dass ich nicht ihre Mutter sein kann. Sie waren nicht mehr als ein Zufall. Ich jedoch gehorche nicht dem Zufall, wie andere Frauen es tun. Ich gehorche dem Schicksal.

Der Mann auf mir weiß noch nicht, dass unsere Zeit hier abgelaufen ist. Er wähnt sich sicher, dabei trennt ihn nur eine metallene Hülle von der Leere – und ein undurchdringlicher Schild, der blauschillernd wie ein Eisberg auf der Raumschiffhülle flackert.

Bona Dea, *die gute Göttin, so ist der Name des Schiffs. Sie wird ihn verraten. Die Sicherheit der Schilde ist trügerisch.*

Doch wie könnte er sich nicht sicher fühlen? Niemand durchbricht die römischen Schilde, niemand entgeht den Rammspornen und den Enterbrücken und den Waffen der Soldaten! Wie ein Rudel Wölfe fallen sie überall ein und reißen aus den Herden, was ihnen gefällt. Sie müssen nicht einmal mit den Alten und Schwachen vorliebnehmen – sie können erlegen, was schmackhaft aussieht.

Was hat Lucius Marinus Maximus schon zu fürchten? Der Legat, der mich und den Mann, den ich liebe, und viele unseres Volkes im Thrakerkrieg gefangennehmen ließ. Wir hatten ihm damals nichts entgegenzusetzen – und vielleicht gibt es auch nichts, nichts im ganzen Mare Nostrum und nichts in all den Galaxien, die durch die Leere taumeln, was daran rütteln könnte, dass jeder Weltenkreis Rom unterlegen ist.

Dieser Mann muss sich nicht fürchten.

Einer der Splitter meines Geistes verglüht in der Atmosphäre Roms. Wie ein fallender Stern schlägt er durch Dächer und Mauern hinunter und verharrt über dem Herzen eines Mannes.

Dieser Mann sieht hinauf zum Splitter, und er erkennt mich darin. Und er lächelt durch die große Angst, die ich um ihn habe.

»Er lächelt. Wie eigenartig«, sagte der Priester.

Er hatte das Gefäß, auf dessen Oberfläche Muster wie Adern pulsierten und von seinem Innenleben kündeten, aus dem Allerheiligsten des Tempels geholt. Er hatte Iuno, Vulcanus und Mars ein Opfer dargebracht und darum gefleht, dass das Herz in dem Gefäß seinen Träger erwählen würde.

Wenn es das nicht tat – wenn es sich weigerte, diesen lächelnden Mann in Besitz zu nehmen, dann verlor dieser Mann sein Leben – und der Priester sein Ansehen.

Der Priester lächelte nicht. Er streifte die weißen Handschuhe über, während Sklaven und Gehilfen ein Gebet an Apollon murmelten, der seine Hände lenken sollte.

Sie befanden sich im Allerheiligsten des Tempels der Iuno mit seinen hohen säulengestützten Decken, von denen helles Licht direkt auf den Patienten fiel. Ein leicht verspiegeltes Fenster trennte den Raum von der Empore, und so konnte der Priester die Silhouetten der Zuschauer dahinter nur erahnen. Doch er spürte ihre Blicke auf sich, und er wusste, von wem sie kamen.

Hinter dem Spiegel stand Cornelia Marina. Sie war eine spröde, ungeduldige, kalte Frau, und sie ließ sich sicherlich nicht von den Sklaven oder dem nervösen Lanista Batiatus ablenken. Cornelia hatte aus der alten, aber unbedeutenden Adelsfamilie der Tercellier in die Familie der Mariner eingeheiratet – und um dies zu tun, brauchte es Charakter und einen eisernen Willen, denn die Mariner nahmen eine ganz besondere Stellung unter den Patriziern ein. Wenn der Priester Blicke von der Empore fürchten musste, dann die dieser Frau.

Lanista Batiatus hingegen würde es schmerzen, wenn das Herz seinen neuen Träger verschmähte, denn er hatte diesen Mann an der Gladiatorenschule ausgebildet. Doch dies wäre nicht der erste Favorit, der auf dem Altar verblutete.

Der Mann lächelte noch immer hinauf zur Kuppel.

Der Priester fragte sich, ob die Anspannung zu viel für ihn war – die örtlichen Betäubungsmittel, der kalte Altar, die Sklaven, der Medicus und die Capsarii, die Instrumente, das grelle Licht. Nur weil ein Mann körperlich in beeindruckendem Zustand war, musste das nicht heißen, dass er psychischen Qualen gewachsen war.

Der leitende Medicus beugte sich über den Gladiator. Dieser blinzelte, als sich das Gesicht des Arztes zwischen ihn und das schob, was er offenbar anlächelte. Die Augenbrauen, flammend rot wie der Rest seines Haarwuchses, zogen sich missbilligend zusammen, und trotz der Betäubung wandte er den Kopf eine Winzigkeit, um am Medicus vorbeizublicken.

»Wir beginnen jetzt, Spartacus«, sagte der Priester mit flacher Stimme.

Die Capsarii, auch die Sklaven nickten.

Spartacus lächelte.

Ich sehe, was sie mit ihm tun, ohne etwas daran ändern zu können; ich kann nur seinen Blick festhalten. Ich weiß nicht, warum er mich sehen kann – oder was genau er gerade sieht.

Ich habe immer ein wenig daran gezweifelt, dass er mich liebt. Es kam mir so unwahrscheinlich vor – und es war auch nicht notwendig, dass wir einander lieben.

Unter dem grausamen Licht öffnen sie mit einem rituellen schimmernden Messer voller Gravuren die Haut auf seinem Brustkorb. Das Blut wird von den Sklaven eilig abgesaugt. Dann kreischt eine Säge. Es sieht nach einer sauberen Prozedur aus, doch jetzt nagt die Säge am Brustbein, und Blut spritzt den Männern entgegen. Sie stemmen die Rippen auseinander. Der Priester arbeitet mit dem Arzt, und die Sklaven stimmen einen Singsang an.

Ich versuche, nicht hinzusehen, doch das kann ich nicht – mein Körper ist nicht hier, und mein Geist hat keine Augenlider.

Sein Herz ist so lebendig in seinem starren, gelähmten Körper. Es pumpt Angst durch die Adern.

Viele Hände und Köpfe schieben sich zwischen mich und den offenen Brustkorb.

Drennis lächelt. Ich hoffe, dass er die haltlose Furcht in meinen Augen nicht sehen kann.

Als der Priester mit dem Ritusmesser die letzte Ader durchtrennte, schlossen die Capsarii eilig die Schläuche an die Enden an. Die Sklaven pumpten nun das Blut durch die Adern des Mannes. Der Schweiß der inneren Anspannung stand auch ihnen auf der Stirn.

In einer heiligen Geste hob der Priester das Herz aus dem Brustkorb. Es schlug weiter, angeschlossen an einen winzigen Kreislauf, angeregt durch kleine Kupferdrähte und einen handtellergroßen Automaten. Ein Sklave nahm es entgegen, legte es in ein mit rötlichem Gel gefülltes Gefäß. Der Automat schloss das durchsichtige Gefäß nach oben hin ab. Die Drähte ragten ins Innere, die Bedienung des Automaten war von außen möglich. So lebte das Herz des Mannes weiter, jener göttergegebene Muskel – und man konnte es sterben lassen, wann immer es nötig war.

Das Sterben dieses regelmäßig pochenden Organs im Krug hätte keinerlei Auswirkungen auf Spartacus. Es gäbe dann nur kein Zurück mehr für ihn, kein Zurück in ein Leben mit einem menschlichen Herzen.

Ein menschliches Herz ließ ein Leben langsam verglühen. Das göttliche Herz jedoch, das nun in Spartacus' Brust gebettet würde, dieses Herz verbrannte die Lebensjahre wie ein heißes Feuer ein trockenes Scheit, bis die Auserwählten um ihr noch pochendes Herz herum zerfielen.

Nun wurde der Gesang an Carna, die Göttin des Herzens, angestimmt, und die Feuerschalen rings um den Altar entzündeten sich und sandten duftende Rauchschwaden hinauf zur Kuppel.

Die Zeremonie würde misslingen, wenn sie Carna nicht gefiel, und der Körper würde das Herz zurückweisen, wenn sie es beschloss. Doch auch das Herz hatte einen eigenen Willen, der Priester wusste darum und fürchtete ihn. Carnas Willen konnte er deuten – das Herz jedoch war rätselhaft. Es hatte bereits gute, starke, große Männer zwischen seinen Schlägen zerquetscht. Manche Männer nahm es zunächst an und tötete sie später, wenn es Gefallen daran fand. Einer war in der Arena tot umgefallen, und die Bestien hatten ihn nicht angerührt, weil sein Herz so laut schlug, dass der Boden erbebte.

Der Priester öffnete das pulsierende Gefäß, in dem das göttliche Herz ruhte, und schob seine Hände hinein. Schloss sie um jenes Ding der Verehrung, das in diesem Tempel der Iuno aufbewahrt wurde.

Sechs gab es, nur sechs. Dieses hier war das dritte.

Die Sklaven hielten einen hohen Ton der Lobpreisung. Der Tempelschüler trug die Namen derer vor, die dieses dritte Herz bereits getragen hatten, bis zurück zu jenem, der der Ursprung des Herzens war.

Dracus, der dritte Sklave. Der dritte Held.

Der Priester bewunderte einen Augenblick lang das Kunstwerk aus göttlichen Metallen. Gold und Titan und Unbekanntes, verbunden mit Schläuchen aus Glasfasern.

Der Medicus und die Capsarii senkten andächtig ihre Häupter. Griffen nach ihren Kapuzen und zogen sie auf den Scheitel.

Der Gesang brach auf dem höchsten Ton ab. Rhythmisch pumpten die Sklaven das Blut durch den herzlosen Körper. Das Herz in der Hand des Priesters pulsierte träge und füllte den ganzen, beinahe totenstillen Raum mit seiner Anwesenheit.

Das Lächeln lag immer noch auf den Lippen des Gladiators – doch er kämpfte darum. Die Muskeln seines Gesichts zitterten, Tränen standen in seinen Augen.

Er lächelt, und ich versuche, es auch zu tun. Sein Herz wird in einem Krug fortgebracht. Die Wut darüber, was sie mit ihm tun, wie sie über sein Herz verfügen, wühlt in meinem eigenen Brustkorb.

Seine Lider flattern. Fühlt er Schmerzen?

Bleib – sieh mich weiter an!
Ich strecke meine Finger nach ihm aus, weine.
»Jetzt heul doch nicht, als wärst du eine Jungfrau«, höre ich es spöttisch hinter mir, doch es kümmert mich nicht. Mit aller Kraft, die ich aufbringen kann, berühre ich Drennis' Gesicht.
Er hatte früher einen kurzen Bart – rot, wie das Haar auf seinem Kopf – doch nun sieht er aus wie ein Römer. Vier Jahre jünger ist er als ich, und als er mich als Siebzehnjährige heiratete, schienen vier Jahre ein Zeitalter zu sein. Gerade sind sie nichts, ein Wimpernschlag, wie der Wimpernschlag, der uns voneinander trennt, während uns beiden an unterschiedlichen Orten Gewalt angetan wird.

Das Herz begann, wie von Carna selbst zum Leben erweckt, heftiger zu pulsieren. Die starren, metallenen Teile verschoben sich ineinander, es sirrte leise. Die erste Ader war an den Körperkreislauf angeschlossen, der Lungenkreislauf wurde weiterhin von den Sklaven betrieben.

Ein Capsarius maß die Körperfunktionen und las die Werte von seiner Tabula ab.

Mit einem Schnurren verankerten sich die Widerhaken auf den Innenseiten der Adern. Der Kreislauf stabilisierte sich.

Sie befanden sich im Ritus, doch nun wich das tiefe Gefühl der Verbundenheit mit den Göttern dieses Tempels der Anspannung und den einstudierten Handgriffen.

Das Herz, immer noch in der Hand des Priesters, reagierte auf die körperlichen Impulse, schlug rascher; der Capsarius regulierte die Herzfunktion.

Die Kiefer des Patienten mahlten. Ein Tremor lief durch den betäubten Körper.

Der Capsarius fuhr das Herz weiter herunter. Ein Sklave wischte dem Priester den Schweiß aus den Augen. Noch gab es keinen Grund zur Beunruhigung – doch nun kam der kritischste Moment, der Moment, an dem nur die Götter und das Herz selbst entschieden, ob sie Spartacus' Leben beendeten.

Das Herz stieß einige der Stoffe aus, die der Mechanismus in seinen Kammern und Drüsen produzierte. Das Blut transportierte es in den Körper. Der Tremor stoppte – der Mann auf dem Tisch keuchte auf.

Dinge krochen nun durch seine Adern, und schon begannen sich offene Gefäße im Brustkorb zu schließen. Die Selbstheilungskräfte des Herzens griffen, das göttliche Herz erkundete seinen menschlichen Träger.

»Schnell«, murmelte der Medicus.

Nun blieben ihnen nur noch Sekunden, bevor die geöffneten Knochen so sehr verheilten, dass sie sich nicht mehr würden schließen lassen. Die dritte Ader wurde angeschlossen, die vierte vervollständigte den Lungenkreislauf. Auch die Lungen durchlief nun das Zittern. Die Sklaven zogen sich von den Blutpumpen zurück, atemlose Silben bekräftigten den Ritus.

Alle Blicke waren auf den offenen Brustkorb gerichtet. Der Capsarius vermeldete, dass das Herz die Lunge in Betrieb genommen hatte. Der Atem ging langsam, so wie auch das Herz langsam schlug.

Ab jetzt würde nur das Herz über Leben und Tod des menschlichen Körpers entscheiden. Von jetzt an – bis zu dem Zeitpunkt, an dem sie das Herz wieder herausnehmen würden oder Spartacus starb – war der Mensch mit dem Herzen allein.

Ein letztes Gebet an Carna, der Spreizer wurde aus den aufgestemmten Rippen genommen. Sie alle glaubten, das Herz hören zu können.

Die Rippen schlossen sich über dem Organ aus Gold und Titan und Glasfasern. Die Capsarii fügten das Brustbein zusammen. Ein letzter Blick auf das schlagende Gebilde, bevor Haut und Muskeln sich wieder aneinanderlegten.

Nicht einmal eine Narbe bleibt zurück. Nur ein Herz in einem Krug. Und Menschen, die bis zu den Oberarmen mit Blut besudelt sind.

Sein Blick sucht mich – doch ein Schleier legt sich vor seine Augen, als das Herz ihn wie eine Puppe schüttelt.

Das Herz? Dieses fremde Ding in seiner Brust! Als sein Lächeln erstirbt, erlischt auch der Funke, der von mir bei ihm war.

Nun bin ich wieder ganz auf dem Schiff von Lucius Marinus. Er ist fertig mit mir. Sein klebriger Schweiß scheint ihn selbst zu ekeln, denn er ruft nach einem Sklaven. Es dauert eine Weile, denn sie sind alle damit beschäftigt, den großen Raum für die Feier vorzubereiten. Der Sklave, der eintritt, sieht mich nicht an. Er erhält seine Anweisungen und reinigt Lucius Marinus mit Öl.

»Mach dich zurecht«, befiehlt er mir. »Sei heute Abend besonders nett. Du darfst baden gehen.«

Er lächelt, und das Lächeln ist eine Grimasse. Er ist kein Mann, der lächeln würde, während ihm jemand das Herz herausnimmt. Auch ich verziehe meinen Mund zu etwas, das kein Lächeln ist. Es ist blanker Hohn. Er wendet den Blick ab.

Damals, als er sich zum ersten Mal nahm, was er in seinem Besitz wähnte, da lag ein einfacher Druckluftmeißel in meiner Reichweite. Es war in den Latifundien, wo ich hingelangte, nachdem Drennis und ich und so viele andere gefangen genommen und zu Unfreien erklärt worden waren. Zu Sklaven.

Ich sah mir zu, wie ich den Meißel nahm und ihn Lucius Marinus in die Augenhöhle rammte. Es war ein gutes Gefühl. Er starb vor meinen Füßen. Und ich starb kurz nach ihm, zu Tode gepeitscht von einem Aufseher.

Dann sah ich zu, wie ich es geschehen ließ. Wie er sich wieder und wieder über mich hermachte, und dass ich Jahre auf diese Weise verbrachte. Und als Lohn dafür sah ich Lucius Marinus sterben und mich leben.

Ich wägte ab. Ich entschied.

Was ich damals, am Scheideweg, so rasch vor mir ablaufen sah, ist eingetreten. Nur sein Tod noch nicht.

Doch bald ist es so weit.

Kapitel III

»Du bist *meine* Sklavin! Ich will nicht die Worte meiner Mutter aus deinem Mund hören!«, schrie Constantia. Die Diskussion mit Beata dauerte bereits länger, als eine Diskussion mit einer Sklavin dauern sollte.

Es sollte gar keine Diskussionen mit Sklaven geben!, dachte Constantia und ballte die Hände zu Fäusten. *Es sei denn, sie lehren Rhetorik.*

»Sie trug mir auf, dir ihren Wunsch zu übermitteln«, sagte Beata und wies auf ihre schmale Tabula, über die sie offenbar mit Constantias Mutter Cornelia kommuniziert hatte. Beata hatte den Kopf gesenkt, doch in ihrer Stimme lag diese Mischung aus Trotz und Gehorsam. Gehorsam der Mutter gegenüber, nicht der Tochter.

Constantia warf einen Becher zu Boden, doch er tat ihr nicht den Gefallen, in tausend Stücke zu zerspringen. Sie trat mit ihrem zarten Schuh dagegen. Dann gewann ihr Verstand die Oberhand.

Constantia lächelte schmal. »Du betrachtest dich also als Eigentum meiner Mutter?«

»Nein, Herrin.«

»Du richtest den Wunsch meiner Mutter aus und stellst ihn über den Wunsch meines Vaters.«

»Nein, Herrin.«

Verdammt. Wenn die Sklavin auf solche Spitzfindigkeiten nicht einging, konnte Constantia sie damit auch nicht aushebeln.

»Jetzt hol mir schon mein Kleid!«, schrie sie die Frau an. Diese zuckte zusammen, regte sich ansonsten jedoch nicht.

»Deine Mutter wies mich an, kein festliches Kleid einzupacken. Außer das, was du gestern zum Essen getragen hast. Und das wird gerade gereinigt.«

Constantia stieß einen Fluch aus, der nichts Mädchenhaftes mehr hatte. Die Sklavin wich zurück, doch Constantias Ohrfeige erwischte sie so hart, dass ihr Kopf herumruckte.

»Das heißt, ich muss mir ein Kleid *ausleihen?* Hast du dir Gedanken darüber gemacht, wie unangenehm das sein wird? Welche Senatorengattin wird wohl dann über mich spotten, wenn wir wieder daheim sind?« Sie tobte vor Wut – trommelte jedoch mit den Fäusten gegen die Wand statt ins Gesicht der gebückt dastehenden Sklavin. Beata war etwa zehn Jahre älter und hatte bereits graues Haar. »Du gehorchst meiner Mutter! Aber meine Mutter gehört meinem Vater! Und daher gehörst du auch meinem Vater und gehorchst ihm, so wie ich das tue, und wenn er sagt, ich gehe zu dem Fest, dann gehe ich zu dem Fest, und dann kriege ich auch was zum *Anziehen!*«

»Herrin …«

»Bring – mir – etwas – zum – Anziehen!«, presste das Mädchen hervor, und die Sklavin mit der hochroten linken Wange nickte niedergeschlagen und schlich davon. Ein Kästchen mit Schmuck folgte ihr in hohem Bogen, öffnete sich beim Aufprall und ergoss seinen kostbaren Inhalt über den Teppich. Eine Kette riss und ließ Hunderte kleiner Perlen durch den Flur irren.

Constantias Wut verrauchte. Die Kette war ein Geburtstagsgeschenk ihres Bruders Marius gewesen. *Ein kitschiges Ding.* Sie schluckte.

»Frag auf keinen Fall die Frau von Senator Iunius! Ihre Tochter kann mich nicht leiden«, rief sie Beata hinterher. »Und überhaupt wird es unserem Ruf nur wieder schaden, diese ganze … diese …« Die Tür schnappte zu.

Constantia hatte ihren Vater schon vor Monaten um eine neue Sklavin gebeten. Beata sollte sie ankleiden, frisieren, schminken und ihr vielleicht den einen oder anderen Ratschlag erteilen – was Farben anging oder Schmuck. Sie sollte *nicht* im Namen ihrer Mutter die Lehrmeisterin herauskehren.

Trotz flammte erneut in Constantia auf. Sie suchte nach ihrer eigenen Tabula – sie würde ihrer Mutter eine Nachricht schreiben. Was dachte sie sich dabei? Die Mariner mussten stets um einen guten Ruf kämpfen, und jetzt ruinierten ihre eigene Mutter und Beata ihn mit einem geliehenen Kleid!

Constantia fand die Tabula im Bett, in dem sie eben noch gelegen und ihren Freundinnen geschrieben hatte. Sie ließ das Gerät jedoch unangetastet.

Vielleicht bot der Abend die Gelegenheit, ihren Vater noch einmal um eine neue Sklavin zu bitten. Ein Mädchen, im gleichen Alter wie sie selbst – so wie Gaia Sabinas Leibsklavin.

Dann kann Beata in der Küche arbeiten. Oder Marius Benehmen beibringen, er braucht es nötiger als ich.

Constantia grinste und drehte sich dem Spiegel zu, der hilflos zu verschleiern versuchte, dass die eintönigen Wände der Korridore fensterlos wie in einem Gefängnis waren. *Dieses verfluchte enge Schiff.*

Das jüngste Kind von Lucius Marinus sehnte sich zurück nach Rom.

»Lucianus!«

Ianos wandte mit einer Sekunde Verzögerung den Kopf. Der Dominus nannte all seine Sklaven Lucianus, und Ianos fragte sich, ob er es tat, weil er sich ihre Namen nicht merken konnte oder weil es ihm schlichtweg gleich war, wen von seinen zahlreichen Besitztümern er vor sich hatte.

Lucianus – der, der Lucius gehört.

Ianos, der jüngste Sklave der Mariner, saß unbehaglich auf einer der Stufen, die den Raum zweiteilten in einen tiefer gelegenen großen Saal und ein auf Knopfdruck abtrennbares Podest, das den wichtigen Menschen auf diesem Schiff vorbehalten war. Die schlanken Säulen im Saal konnten die Decke erhöhen und verharrten derzeit auf mittlerer Höhe. Umrankt wurden sie von glitzerndem Efeu, das verschiedene Farben annehmen konnte und nun in einem lichten Grün erstrahlte, während zwei Sklaven noch am Farbtonregler diskutierten.

Ianos war kalt. Er war nun schon seit zwei Jahren beinahe ununterbrochen auf einem von Lucius Marinus' Schiffen – und beinahe ununterbrochen fror er in der neutralen Luft, die allen Schiffen gemeinsam war. Außerdem trug er nur einen Schurz. Er verschränkte die Arme, um zu verbergen, dass seine Brustwarzen sich aufgestellt hatten.

Lucius Marinus' Lieblingssklavin schritt mit erhobenem Haupt in den Raum, und Ianos' Blick flackerte zu ihr hinüber. Sie hatte sich offenbar gewaschen oder war in den Thermen des Schiffs gewesen, denn ihr Haar war glatt und trug noch einen Schimmer von Nässe. Mit ihren langen Beinen und den nackten Füßen bewegte sie sich wie ein lauerndes Tier.

Ianos wusste nicht, wie Lucius Marinus ihre Anwesenheit so lange ertragen konnte. Er fand, es lag etwas Fürchterliches in ihren Augen, in den Bewegungen ihrer schlanken Glieder. Die anderen Sklaven sagten, sie sei eine Schadenszauberin – sie habe den Legaten verzaubert und beherrsche ihn. Wie Ianos blieb auch sie stets auf den Schiffen und ging nie mit ihrem Herrn nach Rom.

»Lucianus, Junge«, rief Lucius Marinus in Ianos' Richtung, doch auch sein Blick schweifte zur Sklavin. »Ich möchte ein kleines Spektakel von dir sehen. Wenn die Gäste da sind – und wenn der erste Reiz der Feier verflogen ist –, dann achtest du auf meinen Wink. Du ziehst das Schwert und stürzt auf eine Tänzerin zu. Und du, Lucianus« – Lucius Marinus wies auf seinen zweiten Leibwächter – »du verteidigst sie, und so entsteht dann ein Kampf, den erst einmal alle für echt halten.«

»Ungemein unterhaltend, Dominus«, sagte der dienstbeflissene Haussklave, der älteste Sklave des Patriziers, der gerade das Arrangement aus Blumen, Tüchern und Gläsern auf den Tischen zurechtrückte.

Ianos entschied, nicht nachzufragen, und tauschte einen kritischen Blick mit dem anderen Lucianus aus. Tatsächlich kannte er keinen anderen Namen von ihm; der etwa fünf Jahre ältere Mann gehörte Lucius Marinus schon so lange, dass er sich selbst nicht daran erinnerte, ob seine Mutter ihm einen richtigen Namen gegeben hatte.

Der andere Lucianus trat zu ihm. Er hatte sich offenbar bereits eingeölt, denn er sah aus wie der Inbegriff männlicher Kampfeskunst.

»Du hast mein Mitleid«, sagte er und verschränkte die Arme, sodass Ianos seine Muskeln spielen sehen konnte.

»Warum?«, fragte Ianos.

»Wenn du derjenige bist, der die Tänzerin bedrängt, ist es doch klar, dass du auch derjenige sein wirst, der aufs Maul bekommt.« Der andere lächelte schmal, und Ianos seufzte schicksalsergeben.

»Constantia!«

Das Mädchen hatte gehofft, das Fest betreten zu können, ohne dass sich aller Augen auf sie richteten. Diese Hoffnung hatte ihr Vater soeben gründlich zunichtegemacht. Sie trug das Kleid, das Livia Iulia bereits zur letzten Konsulfeier getragen hatte, und nicht wenige Damen erkannten es sicherlich auf den ersten Blick wieder. Kurz fragte sie sich, ob sie nicht doch in einem ihrer einfacheren Kleider hätte kommen sollen – für eine abendliche Feierlichkeit waren sie ungeeignet, jedoch vielleicht nicht ungeeigneter als das bereits getragene Kleid einer anderen Patrizierin.

Oder sie hätte die Sklaven, die ihr Kleid vom Vortag reinigten, anweisen sollen, es so rasch zu trocknen, dass sie es noch einmal tragen konnte. Beata hatte es erst wenige Minuten vor ihrem Gespräch in Constantias Gemächern in den Wäscheschacht gelegt gehabt.

Livia Iulia lächelte aufmunternd. Die zierliche Frau hatte immer noch die Figur eines Mädchens, obwohl sie ihrem Gemahl bereits vier Kinder geboren hatte. Ihre Brüste waren gar von Schwangerschaft zu Schwangerschaft kleiner geworden, sodass das Kleid, das um die Rippen für einen Knaben geschneidert zu sein schien, Constantia bei jeder Bewegung zwickte. Constantia zwang sich zu einem Lächeln. Eine hübsche Farbe hatte das Kleid immerhin – ein Rotton, der ab und an ein wenig ins Orange glitt, dazu eine Stola in der Farbe von gebranntem Ton, die Constantia um die Schultern trug. Nur verheiratete Frauen trugen sie über dem Kopf.

Sie ließ den Blick schweifen. Sie wusste nicht genau, was sie erwartet hatte – und wovon ihre Mutter sie fernhalten wollte; die Gäste auf dem Privatschiff ihres Vaters lagen zu Tisch oder standen in Grüppchen beieinander, und keiner von ihnen war gerade damit beschäftigt, eine Tänzerin zu besteigen oder andere verruchte Dinge zu tun, von denen sich der sensationshungrige Plebs in Rom erzählte und von dem zahlreiche vermutlich nachgestellte Imagi kündeten.

Die Musik, die gespielt wurde, klang ein wenig schrill, und die Tänzerinnen tanzten nicht, sondern huschten zwischen den Säulen umher. Eine wurde von zweien tröstend in den Arm genommen.

Bevor Constantia dieser Seltsamkeit auf den Grund gehen konnte, trat ihr Vater die Stufen vom Podest herunter, kam zwischen zwei Säulen auf sie zu und hakte ihren Arm unter seinen.

»Du hast lange gebraucht. Aber nun, in deinem Alter braucht eine Frau beinahe mehr Zeit, sich herauszuputzen, als eine verwelkte Schönheit, die sich von drei Sklaven die Falten zurechtschminken lässt, nicht wahr?«

Constantia lächelte, konnte aber nicht verhindern, dass ihre Stirn sich furchte.

»Mutter hat Beata angewiesen, mir kein festliches Kleid einzupacken. Ich hatte nichts zum Anziehen! Ich habe mir ein Kleid leihen müssen, Vater!«

Erstaunt zog er die Augenbrauen hoch. »Es … es wird niemand bemerken.«

»Sie haben es alle schon bemerkt. Beata … Vater, ich brauche eine neue …«

Das Geräusch von Metall auf Metall unterbrach sie. Erst jetzt wurde Constantia bewusst, dass auf der mosaikbedeckten Fläche in der Mitte der sechs schlanken Säulen ein Kampf im Gange war. Sie sog die Luft ein.

Zwei halbnackte Jünglinge drangen mit metallenen Schwertern aufeinander ein. Die Körper, einer hell, einer dunkel, glänzten eingeölt im milden Schein der Lampen. Der Größere hatte den Kleineren gepackt und versuchte, ihn über sein Bein zu werfen. Nur dem Öl war es zu verdanken, dass der andere ihm entglitt und sich mit einem raschen Sprung nach hinten rettete.

»Was …?«

»Nur ein wenig Erheiterung für die Gäste. Komm mit hoch, da sieht man besser.«

Die fluoreszierenden Blütenblätter, die auf der Tanzfläche ausgestreut worden waren, wirbelten auf, als der hellhäutige Sklave seinem Gegner nachsetzte. Dieser ging hinter einer Säule in Deckung und landete daraus hervor einen Stich in die Seite des anderen. Die kurzen, simplen Waffen waren offensichtlich stumpf, denn der Getroffene taumelte zwar mit einem Schmerzenslaut zurück und hielt sich kurz die Rippen, doch kein Blut quoll hervor.

Constantia neigte den Kopf einmal in die Runde, bevor sie sich mit ihrem Vater zu ihrem Bruder Titus, seiner Verlobten Maia und deren Vater Marcus Tullius Decula gesellte.

»Was hältst du von den beiden?«, fragte Lucius Marinus den angesehenen Senator Decula. Der Mann strich mit einer unbewussten Bewegung über die schlichte Toga, die er stets als Zeichen seiner Amtswürde trug, und wiegte den Kopf. »Nicht auf den Kopf gefallen, beide nicht. Wissen ihre Chancen zu nutzen.«

»Mein Leibwächter bildet sie zu seinen Nachfolgern aus. Aber ich brauche nur einen von beiden. In den anderen investiere ich demnächst – wenn ich mich mit Lucullus einigen kann. Ich kann mich nur noch nicht entscheiden, in wen.«

»Die Frage ist, ob man den Besseren von beiden behält oder ob man mit ihm Geld macht«, sagte Decula.

Maia lächelte Constantia schüchtern zu. Das Mädchen war erst dreizehn und wusste schon, dass es den zweitältesten Sohn von Lucius Marinus heiraten würde. Lucius schien so sehr damit beschäftigt, Ehefrauen für seine Söhne auszusuchen, dass er darüber vergaß, dass seine Tochter schon seit Jahren im heiratsfähigen Alter war.

Constantia hatte vor Kurzem fallen lassen, dass es vorteilhaft wäre, in die Familie der Sabiner einzuheiraten. Ihre Mutter hatte sie jedoch rasch auf das offene Geheimnis der Sabiner hingewiesen: Sie heirateten schon seit Jahrhunderten nur innerhalb der Familie. Stets weit genug entfernt, dass es nicht strafbar war, doch Constantias Heiratsaussichten standen schlecht, wenn sie nicht zufällig die verloren geglaubte Großcousine eines Sabiners war.

Ein Aufschrei ging durch die Tänzerinnen, als der Helle den Dunklen mit einem Tritt in ihre Mitte beförderte. Die Mädchen stoben auseinander, mit einem federnden Sprung kam der Kleinere wieder auf die Beine und wehrte den Schwerthieb ab. Eine Vase fiel klirrend zu Boden – offenbar war es eine von den wertvollen, jahrhundertealten gewesen, denn sie zerbrach. Nackte Füße rutschten in Wasser, Blumenstielen und Scherben aus, und der dunkelhäutige Kämpfer verlor sein Schwert aus den Händen.

Maia seufzte auf.

»Ist er dein Favorit?«, fragte Constantia, während der Größere auf den nun Unbewaffneten eindrang. Der drahtige Jüngling griff jedoch ins Schwert, warf sich nah an seinen Gegner, um ihn mit dem anderen Arm zu umklammern.

Maia nickte stumm und kaute auf ihrer Unterlippe. Constantia verdrehte die Augen. Wie sie Schüchternheit hasste! Wenn sie um jeden vollständigen Satz buhlen musste wie Hippomenes um Atalanta, machte sie das innerlich rasend. Sie warf ihrem Bruder Titus einen Blick zu, doch der lauschte dem Gespräch zwischen seinem Vater und dem baldigen Schwiegervater.

Warum hat die dreizehnjährige Verlobte meines Bruders ein passendes Kleid für diese Feier, und mir wird von Mutter verboten, hinzugehen?

Was dachte ihre Mutter denn, was hier geschähe?

Lediglich die beiden Jünglinge wälzten sich nun am Boden, schnitten sich an den Scherben der zu Bruch gegangenen Vase. Die Zuschauer murmelten anerkennend.

Constantia fragte sich, wann der Kampf wohl beendet wurde, als der dunkelhäutige Sklave die Oberhand gewann. Er schlang einen Arm um den Hals des anderen, warf ihn von sich und schlug dabei die Schwerthand seines Gegners auf den Boden.

Der andere Sklave schrie vor Schmerz, als eine besonders heimtückische Scherbe des Vasenbodens zwischen seine Handknochen drang. Er ließ das Schwert los. Blut troff auf den Boden, Tänzerinnen kreischten, und ein Halbsatyr, der offenbar zur Theatertruppe gehörte, lachte abfällig.

»Zwei gute Jungen, die du da hast«, sagte Decula, als der Dunkle, dessen Rücken blutig war, als hätte man ihn ausgepeitscht, das Schwert auf die Brust seines Gegners setzte.

»Jetzt hat doch der gewonnen, der die Tänzerin angefallen hat«, knurrte Titus.

»Nun, das hatte ich ihm ja so aufgetragen, dass er sie anfällt«, sagte Lucius mit einem Lächeln.

»Es entspricht nicht den Regeln des Dramas, dass der Unsittliche gewinnt«, widersprach Titus.

»Es ist schwierig, einen Kampf den Regeln des Dramas entsprechen zu lassen, wenn es tatsächlich um Blut und Niederlage geht«, gab Decula zu bedenken.

Sie applaudierten, als der Halbsatyr die Hand des Sklaven hochriss und ihn zum Sieger erklärte. Dabei lüftete seine andere Hand den Schurz des Jünglings und griff ihm an den Hintern. Die Festgesellschaft krümmte sich vor Lachen, und der Gehörnte verzog das Gesicht im Ausdruck eines gelernten Komödienspielers. Maia errötete.

Halbsatyrn waren zur Unterhaltung begehrt. Während ihre reinblütigen Verwandten mehr wilde Tiere als Menschen waren, waren die Halbblute zwar fremdartig genug, um mit ihrer derben Lust an rohen Scherzen und Hemmungslosigkeiten die hohe Gesellschaft zu erheitern, aber nicht so unberechenbar, dass sie während einer Feier Patriziertöchter schänden würden.

Der besiegte Jüngling erhob sich, das Gesicht schmerzverzerrt, und starrte den Splitter an, der seine Hand durchbohrt hatte. Der andere, verwirrt von der Aufmerksamkeit, die ihm zuteilwurde, wollte dem Besiegten helfen, doch dieser stieß ihn von sich.

Der siegreiche Sklave musste von einem anderen Planeten stammen. In Rom gab es Sonnenlicht nur für die etruskischen Fischer, doch auch diese waren hellhäutiger und gaben sorgfältig darauf acht, nicht braun zu werden.

Der Größere wurde zum Medicus geführt und sammelte auf dem Weg zum Ausgang die Münzen und kleinen Schmuckstücke ein, die ihm seine Gönner für den aufregenden Kampf hinwarfen. Der andere Sklave wurde zum Podest gebracht.

»Nun, wollen wir mit Handzeichen abstimmen, ob wir ihn dem Bocksbeinigen überlassen?«, fragte Lucius in die Runde. Die meisten lachten, eine Frau, die offenbar dem Wein bereits gut zugesprochen hatte, kreischte gar auf. Maia wurde bleich und warf dem Sklaven einen Blick zwischen Mitleid und Verlangen zu.

Lucius winkte ab. »Nein, es tut mir leid, mein gehörnter Freund. Der Junge braucht ein wenig Ruhe.«

Der Halbsatyr verzog das Gesicht zu einer Grimasse des Ungemachs und stieß ein Heulen aus wie ein trauriger Gassenköter. Dann neigte er das Haupt und sah mit einem Schelmenlächeln zum Sieger auf. Seine Zunge machte eindeutige Bewegungen in seiner Wange. Constantia sah die kleinen Hörner in seinen dunklen Locken. Der Sklave war zu verwirrt, um ihn zu beachten.

»Du bist auf mein Fest eingeladen, Sklave. Lass nach deinem Rücken sehen und dich einkleiden. Und dann komm wieder – denn die ein oder andere Dame hat sicher schon ein Auge auf dich geworfen.« Lucius lächelte breit, und Maia verbarg ihre Blicke hinter langen Wimpern.

Constantia betrachtete den Sklaven, als er sich zum Gehen wandte. Er war sicherlich ein schmächtiges Kind gewesen, und er wirkte durch seine geringe Größe jünger, als er war, doch die Muskeln zeichneten sich deutlich unter der Haut seiner Schultern und Arme ab. Kurze schwarze Locken, darunter ein jungenhaftes Gesicht und Augen wie die eines verwirrten Kalbs. *Niedlich. Für eine Dreizehnjährige sicherlich sehr attraktiv.*

Sie grinste Maia wissend an, doch diese kaute weiterhin an ihrer Unterlippe und hörte Lucius zu, der mit Decula an das alte Gespräch anknüpfte. Constantia wusste, worum es bei diesem Fest auf dem Luxusschiff ihres Vaters ging, doch sie interessierte sich nicht für neue Antriebe und den Aufbruch in öde Leeren des Alls.

Die Götter haben uns das Mare Nostrum gegeben. Das sollte eigentlich genügen.

Das römische Volk, das auszog, das Mare Nostrum zu erobern, hat vieles gefunden, von dem die alten Mythen erzählten. Zentauren. Satyrn. Dryaden. Minotauren. Menschen, mit Zauberkräften gesegnet, Giganten, die Schiffe vom Himmel pflücken konnten.

Was sie nicht fanden, waren Dämonen, Geister der Unterwelt.

Aber die Dämonen fanden sie.

Und sosehr Rom Angst und Schrecken verbreitet, wohin es auch seine Schiffe entsendet, wo auch immer seine Fußtruppen anlanden – sosehr gelingt es den Dämonen, Rom zu schrecken.

Das Unkontrollierbare. Das Unbezwungene. Das Willkürliche. Das ist es, was Rom fürchtet.

Und jeder Mensch fürchtet um seine Seele, oder nicht?

Die Seelenfresser kommen aus dem Nichts. In einem schlanken Schiff, an dem schwarzer Stahl das Licht schluckt. Daran kleben geraubte Teile, als hätte das Dämonenschiff seine Opfer verschlungen und manche Stücke davon durch die eigene Haut wieder hervorgepresst.

Kein Sensor erfasst sie.

Das Vergnügungsschiff von Lucius Marinus Maximus, das so makaber Bona Dea *getauft wurde, treibt ziellos durchs All, es ist einfach nur hier, um hier zu sein. Mit seiner kostbaren menschlichen Fracht fernab von Rom, um Gespräche zu führen, von denen Lucius Marinus hofft, dass sie das Schicksal aller Römer berühren werden.*

Die schwarze Nadel jedoch ist hier, um das lästerliche Schiff zu vernichten, zu fressen, seine Seele in kleine Trümmer zu teilen und nur wenige davon wieder auszuspucken.

Die Sensoren nehmen es nicht wahr, richten sich auf weit entfernte öde Planeten am Rande des Mare Nostrums.

Warum sind sie hier, all die wichtigen Leute in ihren Räumen ohne Fenster? Lucius Marinus will ihnen zeigen, dass er bis zum Rand gehen kann. Und dass er den nächsten Schritt tun wird, dass er über den Rand hinaussteigen wird.

Aber nicht heute.

Heute kommt die Nadel und will sein Blut.

Eine Erschütterung durchlief das Schiff. Im Steuerraum schrillte ein Alarm.

Gaius Mitrius sah sofort auf die Tabulae. Eine Schildfehlfunktion: An der Backbordflanke des Schiffs trat kostbare Luft aus. Dann, nur Wimpernschläge später, stabilisierte sich der Wert – als hätte jemand ein Fenster geöffnet und rasch wieder geschlossen. Nur, dass natürlich nirgendwo in diesem Schiff Fenster geöffnet werden konnten.

Ganz davon abgesehen, dass man sie nicht mehr schließen könnte, wenn man sie einmal geöffnet hätte, dachte der Offizier.

»Zweiter Backbordschild ist inaktiv, Gubernator«, teilte er seinem Vorgesetzten mit. Der verzog widerwillig den Mund. »Was soll da sein?«

»Es ist vielleicht ein Defekt. Ein Leck, es ist Luft entwichen«, erwiderte Mitrius. »Mehr kann ich von hier aus nicht feststellen.«

»Dann nimm ein paar Leute und geh nachsehen!«, befahl der Gubernator und wandte sich wichtigeren Dingen zu. Worin diese bestanden, konnte Mitrius nicht einsehen, doch sein Vorgesetzter beugte sich konzentriert über seine Tabula. »Dominus Marinus' Feier darf auf keinen Fall gestört werden, hörst du, Mitrius? Höchstens, wenn es um Leben oder Tod geht«, ergänzte der Gubernator, und die beiden anderen anwesenden Offiziere lachten kurz auf.

Mitrius fügte sich und verließ den fensterlosen Kommandoraum in der Mitte des Schiffs. Es gab nur an einer Stelle der *Bona Dea* die Möglichkeit, das Sternenlicht zu sehen – im Ruheraum auf der Empore. Mitrius hatte ihn nie betreten; dieser Raum war, ebenso wie die großen Thermen, die zahlreichen unterschiedlich gestalteten Räume für Feierlichkeiten, die Speisesäle und die Schlafräume den Gästen und deren Sklaven vorbehalten.

Mitrius war ein freier Mann, der sich hochgearbeitet hatte. Vom einfachen Legionär hatte er zu den Praetorianern aufsteigen wollen. Als er in den Dienst von Lucius Marinus Maximus getreten war, dem Legaten der Praetorianer, hatte er sich diesem Ziel nahe gewähnt. Jedoch war er in die Zivilmannschaft des Vergnügungsschiffs des Patriziers versetzt worden, und nun verbrachte er die meiste Zeit wartend in irgendwelchen Häfen, die Lucius Marinus privat mit seinem Prunkschiff bereiste, um Hände zu schütteln.

Immerhin war Mitrius' Arbeit nicht gefährlich – doch die Aussichten, eine Pension zu erhalten, wie sie den Praetorianern zustand, waren verschwindend gering. Um nicht zu sagen, nicht vorhanden.

Mit zusammengekniffenen Lippen beorderte er an der nächsten Wandtabula zwei Mechaniker und zwei Praetorianer zu sich. Diese beiden – die wie er dauerhaft auf dem Vergnügungsschiff stationiert waren – standen nur herum, um die Blicke der Damen zu ernten, und erhielten trotzdem nach zwanzig Jahren Dienstzeit ein Landgut auf einem netten Mond!

Mitrius wartete, bis sie in dem Vestibulum genannten Vorraum der Kommandozentrale eingetroffen waren. Er ließ sie einige Sekunden stillstehen, während sein Blick über ihre chromglänzenden Uniformen glitt.

Neid war eine ungesunde Sache. Sie nagte an ihm wie ein Krebs.

Wen er vor sich hatte, wusste er nicht. Jeder römische Soldat schloss bei Dienstantritt das Visier des Helms, was es beinahe unmöglich machte, die Männer voneinander zu unterscheiden oder gar einen von ihnen zu bevorzugen.

Ihre Augen schauten durch verspiegelte Löcher im hauchdünnen Metall, das Kopf und Gesicht schützte und verbarg. Zahlreiche Segmente umgaben den Körper und bewegten sich mit ihrem Träger.

Mitrius war ein einfacher Legionär gewesen und vertraut mit deren Rüstungen und Waffen. Dies hier waren Praetorianer; sicherlich war die Rüstung der Elitetruppen fortschrittlicher und leichter als die eines normalen Soldaten. Am Gürtel steckten die Waffen; beide trugen eine Klingenwaffe und eine Schusswaffe. Sowohl daran als auch am Handrücken der behandschuhten Linken sah Mitrius die eingefahrenen Kraftfelder rhythmisch glimmen. Wie ein langsamer blauer Pulsschlag.

Es benötigte einen Handgriff, um sie zu aktivieren. Bei den Praetorianern vielleicht sogar nur ein Gedanke.

Mitrius nahm aus einem der Spinde im Vestibulum einen Helm mit einem Sauerstoffgerät. Einem Leck wollte er nicht unvorbereitet begegnen.

»Backbordflügel. Höhe zwei«, befahl Mitrius und ließ die Soldaten vorausgehen.

Nebel. Der Nebel gebiert die scheußlichsten Dinge – die Albträume, aus denen wir als Kinder erwachen, um den Erwachsenen die Gelegenheit zu geben, uns zu belügen.

»Es war nur ein Traum, mein Herz, schlaf weiter.«

Die große Herausforderung dieser Albträume ist nicht, dass wir sie leugnen, als liebenswerte Eigenheiten der Kindheit. Die große Herausforderung ist, die eigene Angst zu durchdringen und Albträume als das zu sehen, was sie wirklich sind.

Mit allem, was wir als Kinder tun, bereiten wir uns darauf vor, erwachsen zu sein. Ein Albtraum bereitet uns darauf vor, dass wir ihm eines Tages begegnen.

Träumtest du schon einmal davon zu sterben? Du wirst es eines Tages. Träumtest du von Wesen, die dich Stück für Stück fressen und dabei lachen? Dann übe dich an den Waffen und sei auf der Hut – denn eines Tages werden sie kommen, und sie werden hungrig sein.

Sie sind hier. Die Nadelspitze hat Schilde und Hülle durchbrochen. Nichts kann die römischen Schilde zerbrechen. Albträume jedoch befolgen keine Regeln.

Die schwarze Nadel ist mit seinem einsamen dahintreibenden Opfer verschmolzen. Nebel kriecht durch den Durchgang zwischen den beiden ungleichen Schiffen. Ihm folgen die Albträume, lautlos, lange belächelt als Eigenheiten der Kindheit.

Kapitel IV

»Das Geheimnis einer glücklichen Ehe ist es, die gleichen Leidenschaften zu teilen«, sagte die Senatorengattin Marcia Iunia.

Titus' schüchterne Verlobte Maia sah sie erstaunt an.

Constantia grinste und nahm ein Schälchen mit in Wein eingelegten Goldoliven von ihrer Sklavin entgegen. Winzige Frösche aus buntem Gelee schwammen im Wein herum, bewegt von irgendeiner Art essbarer Technologie – ihr Vater liebte solche Dinge. Constantia fand es unangenehm, wie sie noch im Mund ihre Schwimmbewegungen fortführten.

»Lässt du dir Tipps geben?«, stichelte Constantia, und Maia, die neben ihr auf der Liege ruhte, drehte sich mit vom Wein und von Scham geröteten Wangen zu ihr um.

Marcia war bekannt dafür, zum Lösen ihrer Stimmung härtere Mittel als Wein einzunehmen. Wofür sie auch bekannt war, waren ihre schlüpfrigen Geschichten. Constantia hatte schon einigen Feiern mit Marcia beigewohnt und fragte sich, ob sie mehr Details über den Beischlaf zwischen zwei (oder mehr) Menschen von den Imagi in den Netzen oder aus Marcias schamlosem Mund erfahren hatte.

»Maia wüsste zu gern, was dir die liebste aller geteilten Leidenschaften ist, Marcia!«, rief Constantia in einem Anflug von Grausamkeit. »Doch sie traut sich nicht zu fragen.«

Die anderen Frauen kicherten. Sie hatten sich von den Männern entfernt, wie es üblich war im Verlauf von Feierlichkeiten. Das Fest hatte keinen ruchlosen Verlauf genommen – außer, dass Marcia große Teile ihrer Kleidung abgelegt hatte und nur noch einen Hauch von Stoff trug, der stark verschwitzt war. Die

Drogen schienen sie zu erhitzen. Sie war nicht fett, da sie ihren Körper mit regelmäßigen operativen Korrekturen in Form hielt, doch immer noch so dick, dass Constantia zu wissen glaubte, was eine ihrer zahlreichen mit ihrem ebenfalls beleibten Mann geteilten Leidenschaften war.

»Leidenschaften leben davon, dass sie kurzlebig sind, ihr allerliebsten Jungfrauen!«, sagte Marcia. »Heute liebe ich Eis mit dem Geschmack von griechischen Pepriden und farsischem Nektar. Doch wenn ich zu viel davon habe, wird es mir fad. Morgen liebe ich es, mir meinen Körper mit Honig einzureiben und ihn von Sklaven abschlecken zu lassen, aber übermorgen kleben meine Haare derart, dass ich es ein halbes Jahr lang nicht wiederhole. Oder sagen wir, ein Vierteljahr.« Sie kicherte, einige ihrer Freundinnen brachen in Lachen aus. Livia Iulia, von der Constantia das Kleid geborgt hatte, wandte sich ab und ging hinüber zu ihrem Mann, zweifelsohne, um sich für die Nacht zu verabschieden.

»Aber wenn wir die Leidenschaften einmal ganz oberflächlich halten möchten: Einen Jüngling wie diesen da würden wir beide nicht verschmähen.« Marcia deutete auf den jungen Sklaven, der seinen Kampf gewonnen hatte und dem Fest nun mit versorgten Wunden und ein wenig bekleideter beiwohnte. Zusammen mit dem Verlierer des Kampfes saß er auf den Stufen in der Nähe ihres Vaters.

»Meinst du, dein Vater lässt zu, dass er heute Nacht der Leibwächter von mir und Quintus ist? *Leib*-Wächter!« Diesmal lachten sie so laut, dass die Ehemänner und Väter konsterniert herübersahen.

Constantia betrachtete die Frösche im Wein und gab Beata die Schale zurück. »Hol was anderes. Ich finde die Frösche eklig.«

»Gib sie mir! Ich liebe diese Dinger! Und sie sind so schön kühl!« Marcia nahm Beata die Schale aus der Hand und legte sich die weingetränkten Geleefrösche in ihren Ausschnitt. »Ha! Das kitzelt!«

Maia sah Constantia erneut an. »Sie büßt an Witz ein, wenn man ihr länger als fünf Minuten zusieht«, sagte das sonst so schüchterne Mädchen.

»Aber man lernt unverschämt viele Dinge, die man sicher fürs Eheleben gebrauchen kann«, erwiderte Constantia und gähnte wider Willen. Der Wein machte sie schläfrig. »Ich wünschte, es würde irgendetwas passieren. Es muss doch einen Grund geben, warum Mutter mir nicht gestatten wollte, die Feier zu besuchen. Will dieser Halbsatyr uns nicht noch etwas anderes zeigen als Grimassen?«

Maia blickte sich nach ihm um und fand dabei wieder den Sklaven.

Constantia seufzte. Wenn sie wenigstens etwas mehr tun würde, als ihm Blicke zuzuwerfen, dann würde dieser Abend vielleicht noch ein wenig interessant. Sie griff nach einem Weinglas auf dem Tisch, doch Beata fiel ihr in den Arm.

»Herrin, dies hier war dein Glas«, flüsterte sie und reichte ihr ein anderes.

Constantia musterte das Glas, nach dem sie beinahe gegriffen hatte. Der Wein darin war rosarot, beinahe pink.

»Das sieht interessant aus. Was ist das?«

»Ich ... ich weiß es nicht. Aber du sollst es nicht trinken, so möchte es der Dominus.«

»Oha. Also nicht meine Mutter, sondern mein Vater diesmal?«

Constantia fiel es leichter, von ihrem Vater gegängelt zu werden als von ihrer Mutter. Sie war eben bis zum Matrimonium Eigentum ihres Vaters. Sie bemerkte, dass Maia die Ohren spitzte und ihr Weinglas – das, nachdem Constantia hatte greifen wollen – misstrauisch beäugte.

»Was ist denn drin?«, fragte sie leise die Sklavin, doch die schüttelte unbehaglich den Kopf.

Constantia trank an ihrem für ein umsorgtes unverheiratetes Mädchen wie sie ungefährlichen Weinglas. Ihr fielen genau zwei Gründe für diese Anordnung ein: Entweder ihr Vater wollte seine geladenen Gäste vergiften – es waren einige einflussreiche Senatoren unter den Gästen, Patriarchen angesehener Familien und ein wohlhabender Plebejer, ein Schiffsbauer. Oder es war eine Droge im Glas, die bewirkte, dass die Gäste Dinge von sich preisgaben, die sie im Nachhinein bereuen würden. Ja, das klang ganz nach ihrem Vater. In seinem Glas war ein teurer dunkelroter Wein, der ganz nach der Spezialität aus einer der Latifundien der Mariner aussah. Ein Wein, der stets zu seiner Ursprungsform zurückkehrte, den man weder vergiften noch verdünnen oder auf sonst eine Weise mischen konnte.

Lucius Marinus hatte in den letzten Jahrzehnten, seit er seinen Vater beerbt hatte, einiges für den Ausbau der Ländereien auf Monden und urbar gemachten Planeten getan. Weinanbau auf einem kargen Wüstenmond viel zu nah an der Sonne war eine dieser Maßnahmen. Die Mengen an Wasser kosteten ein Vermögen, doch der Wein war die Investition wert.

»Ist das heiß hier! Ich sterbe!«, rief Marcia aus, als wolle sie Constantias kurzen Verdacht, der Wein sei vergiftet, erhärten. Doch die Matrone raffte lediglich ihr hauchdünnes Kleid bis zu den üppigen Oberschenkeln. Auch ihren Freundinnen lief der Schweiß über die Stirn und löste alle Schminke, die nicht permanent aufgetragen war. Eine weitere enthüllte sich bis aufs Unterkleid und kicherte dabei.

Oh bitte. Du sorgst mit dem pinken Zeug nicht dafür, dass sie nackt auf den Tischen tanzen!, flehte Constantia ihren Vater stumm an, doch der war in ein Gespräch mit dem Inhaber der Schiffsmanufakturen vertieft. Kurz warf sie einen Blick auf die gut verborgenen Linsen, die die Feier festhielten. *Für die Ewigkeit. Zum Immer-wieder-Ansehen. Es sei denn, man tauscht einen Gefallen gegen die Daten ein.* Constantia kam diese Taktik plump und albern vor, und sicherlich würde ihr Vater Sympathien dadurch verspielen – wenn es überhaupt seine Idee war. Sie wusste, dass es da jemanden gab, der ihm in mancherlei Hinsicht wenig Wahl ließ.

Und wenn sie sich gemeinsam unbeliebt gemacht haben, wer findet sich dann noch, um mich zu heiraten?

»Ruf mal die junge Schwarzhaut her. Er sieht so einsam aus«, schnaufte Marcia ihrer Sklavin zu. »Und ich muss ihm noch zu seinem Sieg gratulieren.«

Wunderbar. Constantia sah den Abend unweigerlich auf einen Abgrund zusteuern.

»Komm herüber«, sagt Lucius Marinus. Er lächelt breit, seine Zähne glänzen so weiß wie die eines Monstrums aus einem Mythos.

Komm herüber, sagte das Monstrum zur Jungfrau. Damit ich dich fressen kann.

Die Jungfrau jedoch fürchtet sich nicht. Sie läuft nicht weinend davon, nein, sie hebt den Kopf und tritt dem Monstrum entgegen in ihrem weißen Kleid. Unbewaffnet. Im Mythos wird sie von den Göttern errettet. Hier warte ich einfach auf die noch schrecklicheren Monstren.

»Stammt angeblich aus dem Hades, das Weib«, sagt Lucius Marinus zu Zaphiro, dem Schiffsbauer. Gemeinsam haben sie sich versprochen, die bekannten Grenzen des Alls zu durchbrechen. »Mit Dämonenaugen, die durch die Zeit blicken.«

Zaphiro mustert mich, Erschrecken flackert in seinen Augen. Das ist jemand, der mehr vom Hades weiß als andere Römer, die damit lediglich ihre Kinder schrecken.

»Ist sie ein Mensch?«, fragt er mit flacher Stimme.

»Durch und durch. Nur die Augen nicht.«

»Hast du ihr … etwas getan?«, flüstert Zaphiro. Eben noch war er in anderer Stimmung, hatte eine Tänzerin auf dem Schoß, die ihn mit bunten Fröschen fütterte.

»Ich halte sie in Ehren. Als meine Sklavin«, scherzt Lucius Marinus; zumindest glaube ich, dass er scherzt.

»Bist du aus dem Hades, Sklavin?«, fragt Zaphiro. Erst die Besorgnis verrät, dass er älter ist, als ich anhand seines jugendlichen Gesichtes annahm. Er hat sich dieses Gesicht nicht gekauft, es ist echt.

Ich lächle nur. Er reißt die Augen auf.

»Dieses Weib … du musst es freilassen. Wenn wir ein Geschäft machen … sie ist ein schlechtes Omen!«

»Zaphiro, mein Freund – über Omen lassen wir die Priester entscheiden!« Lucius Marinus lacht und schenkt ihm Wein nach. »Ich wollte deine Stimmung nicht trüben.«

»Mein Sohn ist dem Hades entkommen. Er war weit genug weg, und ihm ist die Flucht geglückt. Kannst du dir vorstellen, dass sich im Nirgendwo ein Loch öffnet und heraus kriecht ein ganzes Sonnensystem?«

»Es gibt keine Imagi davon. Alle, die es gibt, haben sich als gefälscht herausgestellt«, sagt Lucius Marinus lapidar.

Ich lächle weiter.

»Es macht Geräusche! Es kreischt – es ist so irrsinnig, dass es Geräusche macht im luftleeren Raum, oder man hört sie nur im Kopf. Statt einer Sonne rotiert es um ein schwarzes Loch – und es ist hungrig.«

»Warum frisst es sich nicht erst einmal selbst?«, spottet Lucius Marinus. »Ach ja – wegen dem bösen Gott, der im schwarzen Loch sitzt. Er lässt sein Reich durch Galaxien taumeln und frisst Sterne zum Mittagessen. Und wenn ihn das nicht sättigt, sendet er seine Krieger aus. Und die … steigen aus ihren schwarzen Schiffen, schweben durch Materie, tauchen durch Gestein und finden ein unartiges Kind, wenn es schläft.« Er lacht, doch Zaphiro lacht nicht. Falten haben sich um seine Augen und in seine Mundwinkel gelegt. »Mein Freund! Sicher schlugen deinem Sohn die Einsamkeit und die Leere aufs Gemüt. Natürlich, ab und an gesche-

hen Dinge da draußen ... Planeten, Monde verschwinden. Aber was erwartet man? Das ist das All, und die Götter sind launisch. Ein Asteroid kann ebenso viel Schaden anrichten wie ein mysteriöses schwarzes –«

»Du verspottest die, die damals starben«, sagt Zaphiro eisig. »Die Hadesdämonen ... es heißt, sie behalten die Seelen.«

Ich setze mich auf seinen Schoß. Er soll schweigen von den Kreaturen des Hades.

Sonst verdirbt er die Überraschung.

Der Praetorianer prallte zurück, als er die Schleusentür öffnete.

Im Notfall wurden die Schleusen des äußeren Gangs noch einmal zusätzlich mit Energieschilden verschlossen, und kurz dachte Mitrius, der Soldat sei dagegengelaufen.

Er drängte hinterher, sandte einen Fluch zu Cardea, der Göttin der Türen, und zog seinen dreieckigen Universalschlüssel aus einer Tasche am Ärmel, um ihn vor die Linse zu halten. Da sah er, was den hartgesottenen Legionär hatte zurückprallen lassen.

»Vorsicht!«, warnte nun sein Kamerad mit dieser Stimme, die wegen des Helmes bei jedem Legionär die gleiche war. »Nebel!«

Nebel? Er waberte durch den Gang vor ihnen, zunächst nur am Boden, sich in Wellen vorwärtsstastend. Weiter hinten waren bereits die Wände nicht mehr zu erkennen. Und noch weiter hinten verlor sich der gleichförmige Wartungsgang entlang der Außenhülle in einer unnatürlichen Dunkelheit.

»I-ist das möglich? Dass Nebel ... entsteht? Oder von draußen hereinkommt?«, fragte Mitrius niemand Bestimmten.

»Draußen ist doch nichts«, flüsterte ein Mechaniker.

Ein Praetorianer hob die Hand.

Klack.

Mit einem metallenen Laut stieß etwas im Nebel gegeneinander.

Quietsch.

Ein zweites Geräusch, wie ein Fingernagel auf Ton.

Stille.

»Draußen ist doch nichts, ganz richtig. Also muss hier etwas mit der Belüftung nicht in Ordnung sein.« Mitrius setzte seinen Helm auf, die Techniker taten es ihm gleich. Der bislang stumme Praetorianer aktivierte den Schild an seiner Faust. Mit einem Summen fuhr das rechteckige Kraftfeld aus. Der andere folgte dem Beispiel des Kameraden. Schild an Schild ergab sich eine blau schimmernde, verschmelzende Fläche, hinter der sich die Soldaten durch die Schleuse und in den Nebel wagten, der wie aufgewühlter Schnee ihre Füße umspielte. Mitrius und die beiden Techniker folgten in ihrem Schatten.

Klang-klang.

Schritte! Schritte kamen den Gang entlang.

»Wer ist da?«, rief Mitrius, als der Nebel sich zu einer Flutwelle auftürmte, sich mit einem Atemgeräusch wie von einem schlafenden Raubtier zurückzog, um dann heranzurollen.

Mit einem Schrei duckten sie sich hinter die Schildwand. Das Deckenlicht erlosch. *Der Nebel verschluckt es!*

Nur die Schilde glommen schwach, flackernd. Die Praetorianer aktivierten die Verstärkung an ihren Waffen, ebenfalls Energiefelder, hauchdünn und in der Lage, sich durch Stahl und Haut zu schneiden.

Klang-klang. Schritte.

Es schälte sich vor ihm aus dem Nebel, der ihm so viel weiter vorkam, als der Gang es zuließ.

Mitrius schrie, als das Licht der Schilde und Waffen es aus der Dunkelheit holte.

Es kostete die Praetorianer nicht mehr als eine Handbewegung, einen Alarm im Schiff auszulösen. Der erste starb, bevor er einen Gedanken daran verschwenden konnte. Der Daumen der Waffenhand des anderen fuhr zu seinem Solarplexus, von wo er das Signal entsenden konnte – doch die Fingerkuppe glitt kraftlos daran ab, als die schwarze Lanze seines Gegners das Metall des Gesichtsschutzes durchschlug.

Normalerweise wurden die Lebensfunktionen der Legionäre dokumentiert und die Tode dem Legaten gemeldet. Dieser jedoch schenkte solchen Nachrichten an Bord seines Vergnügungsschiffs in der Regel keine Beachtung.

Sekunden später erlosch der erste Schild. Gnädige Dunkelheit fiel zwischen Mitrius und das Monstrum mit dem Gesicht aus flüssigem Eisen.

Etwas Eisiges drang in Mitrius' Brustkorb ein, und er war dankbar für den raschen Tod.

Ich umarme den Schiffsbauer. Er ist verwirrt, doch er weicht nicht zurück. Der grellfarbene Wein berauscht auch seine Sinne. Schweiß steht ihm auf der Stirn.

Der, der mich zu besitzen glaubt, ist erstaunt darüber, wie willig ich ihm gehorche. Ich greife nach ihm, ziehe ihn zu mir – küsse ihn auf den Mund, direkt neben dem glänzenden Gesicht des Schiffsbauers. Lucius Marinus grinst, doch er grinst unbehaglich, und ich weiß, dass seine Kinder zu uns herübersehen. Das Mädchen mit den kindlichen schwarzen Locken und dem Gesicht voller erwachsenem Hohn und der bedauernswerte Sohn, der bereits ein Mann ist, doch für seinen Vater nicht mehr als ein Knabe.

Der Nebel zieht durch die Gänge. Hartgesottene Praetorianer wenden sich zur Flucht. Männer, die sonst ohne zu zögern in den Kampf gehen, reagieren kopflos. Sklaven verstecken sich in Schlupflöchern, in Schränken, in den Kabinen der Thermen. Die Kreaturen waten durch das Wasser, und es wird zu Eis. Es klirrt, als sie ihre Füße wieder herausziehen. Schwarz wird es um sie, das Eis ist wie gefrorene Tinte.

Die Furcht lähmt. Die Furcht tötet hinterrücks.

Der Kapitän des Schiffs ist alarmiert, weil die Linsen schwarz werden. Doch er will die Feier nicht stören lassen. Und niemand hat den Alarm ausgelöst.

Sie.
Sind.
Nun.
Ganz.
Nah.

Ianos war kurz davor, seine Unschuld an Marcia Iunia zu verlieren, als das Fest unterbrochen wurde.

Sie hatte ihn neben sich auf die Liege beordert und bestand darauf, ihn mit allerlei Speisen zu füttern, die man sicherlich nicht mit den Fingern zu sich nahm, denn Fett und Saucen kleckerten auf sie und ihn.

So viele Frauen umringten ihn, dass ihre lachenden Gesichter einen irren Reigen um ihn tanzten. Marcia presste ihren Körper an ihn, und der Drang zu fliehen schüttelte ihn, schlimmer als vor dem Kampf, als er die Tänzerin hatte packen müssen. Das Mädchen hatte vor Schreck geweint, und auch da wäre er am liebsten weggelaufen. Doch nicht einmal jetzt tat er es. Er holte Luft. Er fühlte eine Hand an seinem Schritt. Ihm war so schrecklich heiß, und die weichen, schweißnassen Rundungen hinter ihm ließen nicht auf Besserung hoffen.

»Zeig mal dein Schwert«, sagte eine Frau und liebkoste die metallene Übungswaffe an seinem Gürtel mit spitzen Fingern. Die anderen lachten kreischend.

»Du darfst das stumpfe Schwert haben«, gurrte Domina Iunia ihrer Freundin zu. »Mir gehört das scharfe.« Der Griff in seinem Schritt wurde fordernder. Er schüttelte panisch den Kopf, doch der Reigen der lachenden kreischenden Gesichter drehte sich fort und hielt erst an, als er dahinter zwei andere Gesichter bemerkte.

Die beiden Mädchen, die zu Lucius Marinus gehörten: seine

Tochter und … die Verlobte seines Sohnes? Sie spähten zu ihm herüber, aus sicherem Abstand. Die Situation war so absurd, dass Ianos darüber nachdachte, ihren ernsten schweigenden Blicken einen Hilferuf entgegenzuschleudern.

Dieser kurzen Überlegung bereitete ein tatsächlicher Hilferuf ein Ende. Das Audio im Raum, das die sanften Klänge der Musiker verstärkte, gab ein Krachen von sich – dann sprang es um. »…hen! Sofort alle … Piratenüberf…« Die Stimme des Mannes wurde erst von einem Knirschen und Schaben übertönt, dann von Schreien. Schließlich schrie auch er, auf eine schreckliche, endgültige Art und Weise, die das Gerät völlig überforderte. Dann erstarb das Audio, und kurz stand die Zeit im Saal still, da niemand sich rührte und jedes Gespräch abrupt verstummt war.

Die Hand an Ianos' Übungsschwert glitt herab, als habe jemand sie vom Rest des Körpers abgetrennt. Auch der fordernde Griff in seinem Schritt lockerte sich.

Mit einem Ruck befreite er sich aus der Leibesfülle von Marcia Iunia, bevor wieder Leben in die Festgesellschaft kommen würde – auch wenn dieses Leben vermutlich hieß, dass sie alle in Panik ausbrechen würden.

Auch er würde in Panik ausbrechen. Er war nur für den Moment gefasst. Erst, als er inmitten der Frauen auf den Füßen stand, wurde ihm bewusst, dass die beiden Mädchen seinen Blick immer noch gefangen hielten, dass sie einander zu dritt in die Augen blickten, als gäbe es etwas, worüber nur sie sich unterhalten müssten. Als sich jedoch die mit fluoreszierenden Weinranken geschmückte Pforte zum Korridor öffnete, zerriss das seltsame Band zwischen ihnen.

Ein Mensch in Legionärsrüstung flog schier herein, rempelte durch die verstummten Musikanten und brach vor der Stufe, die die Festgesellschaft über die Unterhaltung erhob, auf die Knie.

»Legat …«, brachte der Praetorianer hervor. »Es … es sind Dämonen!«

Dann fiel er nach vorn. Sein behelmter Schädel prallte mit einem metallischen Laut auf den Marmorboden. Im Rücken des Soldaten steckte eine Lanze, nicht unähnlich der römischen Hasta, doch im schwarzen Stahl lag ein unheilvolles rotes Glimmen, dort, wo sie die Rüstung durchdrungen hatte.

Als tränke sie sein Blut.

Und genau das sickerte aus der Rüstung hervor: Blut, helles rotes Blut, in pulsierenden Schüben.

Nein, es ist ein Theaterstück. Lucius Marinus hat es inszeniert – so wie meinen Kampf mit Lucianus.

Es wäre nicht das erste Mal, dass er zu solchen Mitteln griff, um eine Feier an dem Punkt zu wenden, an der sie den Gästen fad wurde.

Domina Iunia war die Erste, die schrie. Ihr Schrei war so spitz und grässlich, dass Ianos nicht überrascht gewesen wäre, wenn auch in ihrem Rücken eine Lanze gesteckt hätte. Er fuhr herum – ihre Pupillen fraßen beinahe die Iris auf, und ihr Mund den Rest ihres Gesichts.

»Bleib ruhig, Domina!«, versuchte er, sie zu beschwören. Ihre Sklavinnen zerrten sie auf die Beine, auch sie mit aufgelösten Mienen, doch gefasster als ihre Herrin.

»Zum Fluchtausgang!«, gellte nun Lucius Marinus' Stimme. Er hielt seine Tabula in der Hand, die er mit dem Audio verbunden hatte, sodass er die Laute übertönte, die Menschen und umstürzende Tischchen verursachten.

Wenn es ein Theater ist, soll er es bitte bald beenden!, flehte Ianos stumm, doch er hatte bereits keine Hoffnung mehr, dass dies hier eine Komödie war.

Eine Tragödie wurde es, als die, die den Praetorianer getötet hatten, durch den nun offenen Durchgang traten. Der alte Sklave, der ebenfalls Lucianus genannt wurde, versuchte noch, die Tür zu schließen, doch eine geschleuderte Waffe fuhr ihm in die Kehle – es war eine Axt oder eine Sichel, genau konnte Ianos es zwischen den opulent geschmückten Säulen nicht erkennen.

»Zu den Notausgängen!«, tönte Lucius Marinus wieder, und es lag eine solche Autorität in seiner vielfach verstärkten Stimme, dass selbst die ihm gehorchten, die in Panik auszubrechen drohten. Er war nicht umsonst Legat der Praetorianer, der Elitegarde Roms.

Der Wurfaxt folgte eine Gestalt durch die Tür.

Ianos zog die Übungswaffe vom Gürtel.

Zwei Beine, zwei Arme – ein Rumpf, ein Kopf. So weit menschlich, oder menschenähnlich, denn wo er auftrat, quoll Nebel aus dem Nichts, und aus seinem Schädel, der aus flüssigem Stahl zu bestehen schien, drehten sich zwei gewaltige Hörner an beiden Seiten seines Kopfes. Dem aufgerissenen Maul der Fratze entkam ein Laut, der sich unter all den Lärm legte und dort blieb, wie ein schreckliches Versprechen.

»Lucianus!«, gellte Lucius Marinus' Befehl.

Ianos gehorchte, immer noch blieb die Panik ihm fern, als blicke er von außen auf das Geschehen, als könne er darüber hinwegsehen, dass sein Atem pfiff, sein Herz hämmerte, seine Hände zitterten.

Er konnte den anderen Lucianus in dem Gewirr von Leibern nicht ausmachen. Und so stand nur er – der gehorsame Sklave – mit einem Übungsschwert zwischen den Fliehenden und den Kreaturen. Stumpfes Metall ohne Verstärkung. Es hätte auch ein Holzknüppel sein können.

»Dämonen aus dem Hades«, heulte eine Männerstimme, und Ianos erkannte den Schiffsbauer, der sich zuvor mit Lucius Marinus unterhalten hatte.

»Lauf!«, rief Ianos ihm zu. Schweiß machte den Griff des Kurzschwerts glitschig. Der Mann gehorchte zu spät. Der Nebel quoll über die Stufe, zwischen die nun verlassenen Liegen, ließ den Mann über eine hin und her rollende Vase straucheln. Der Schiffsbauer fiel hin, der Nebel wogte über ihn, und er stand nicht mehr auf.

Ein zweiter Dämon betrat den Raum – zwei Arme, zwei Beine, ein Rumpf, ein Kopf. Alles an ihm war lang gezogen, als hätte man das schwarze Metall, aus dem er gemacht zu sein schien, erhitzt und mit riesigen Zangen an seinen Gliedern, an seinen spitzen Knochen, an seinem langen Schädel gezerrt.

Ianos wich weiter zurück – er konnte keine Spur des Schiffsbauers mehr sehen; nur kalten, dunklen Nebel, der an seinen Füßen hochwirbelte, ihm folgte, an seinen Knien zerrte, damit sie nachgaben und auch er zu Boden ging. Die Kreaturen, die den Raum betreten hatten, flankierten die Tür – der Korridor war stumm, doch im Nebel, der ihn füllte wie Teer, lauerten Dinge. Ianos konnte nicht schreien, während er den Fliehenden folgte. Die Tänzerinnen und Musiker waren verschwunden, hatte sie der Nebel bereits geschluckt?

Dem Sklaven stellten sich die Nackenhaare auf – weshalb standen die Dämonen dort so ruhig, lediglich die Tür bewachend, wenn nicht …

Die Schreie aus dem Notausgang beantworteten seine Frage. Das Kreischen steigerte sich in blanke Panik. In ausweglose Todesangst. In Schmerz.

Ianos rannte – rannte den kurzen Weg zum Fluchtausgang, hatte den Anschluss an die verloren, die er beschützen sollte, und selbst das kurze Stück bis zum kleinen, blau erleuchteten Gang ließ den Atem furchtsam in seiner Brust rasseln. Die Ersten, die zurückkehrten, waren sein Herr und dessen Tochter.

»Dominus, sie halten die Tür!«, stammelte Ianos.

Constantia presste hervor: »Und der Sklaveneingang?«

»Ich weiß nicht …«

»Dann gehen wir dorthin.« Sie zog Maia, die Verlobte ihres Bruders am Handgelenk, das Mädchen war bleich wie eine

Marmorstatue, die Augen groß, dunkel und reglos. Rote Flecken verunzierten ihr weißes Kleid.

»Rasch«, befahl Lucius Marinus tonlos.

Der Nebel griff nach ihnen, es wurde kalt im Saal. Die in sanftem Licht pulsierenden Weinranken, die die Gemälde auf Wänden, Säulen und an der Decke einfassten, erloschen, als der Nebel wie Fäden aus Schimmelgeflecht an ihnen entlangwuchs. Es wurde düster, und als Ianos seinen Herrn und die beiden Mädchen nach rechts führte, wurde ihm bewusst, dass Lucius Marinus nicht beabsichtigte, auch seinen anderen Gästen diesen Weg zu weisen. Er hörte Hilferufe, verirrte Schreie, trappelnde Schritte – doch keiner fand zu ihnen herüber.

Tickticktick.

Ein Klicken wie von zahlreichen Füßen entwand sich dem Nebel an der Tür – als könnte man es erst hören, sobald es sich aus dem Dunst geschält hatte.

Tickticktick.

Ianos wusste, er sollte sich besser nicht umdrehen. Er tat es dennoch.

Die beiden menschenähnlichen Dämonen an der Tür konnte er nicht mehr ausmachen – zu dunkel war der Raum, in dem der Nebel höher und immer höher schwappte. Nur ihre Augen leuchteten in ihren deformierten Schädeln. Doch zwischen ihnen schob sich etwas durch die Pforte – es war lang, es besaß zahlreiche Füße, die alle auf dem Marmorboden derart deutlich klickten, als wolle es, dass jeder daran verzweifelte, der es hörte. Es war eine Art Wurm oder ein Tausendfüßler, und etwas ragte am vorderen Ende auf ... Es war zu dunkel, um es ganz zu sehen, doch nicht dunkel genug, dass es seinem Blick gnädig verhüllt blieb.

Ianos blinzelte entsetzt. Ein menschlicher Oberkörper mit dem Leib eines Insekts? Die Arme der Chimaira hoben einen rot pulsierenden Speer, sie stieß ein Zischen aus und dann ...

Tickticktickticktick. Es bewegte sich rasch – die tausend Beinchen schoben es auf Ianos zu.

Er rang nach Luft, Dunkelheit und Nebel drückten sie ihm ab. Er hörte, dass sein Herr und die beiden Mädchen rannten – als eine Tür sich öffnete, fiel ein Lichtkeil in den dunklen, versteckten Gang, durch den die Sklaven das Fest betraten und durch den sie wieder verschwanden. Irgendwo dort hinten war Licht, und keine Dämonen.

Die Chimaira – halb Mensch, halb Assel – war bei ihm, bevor er folgen konnte. Er blieb im Durchgang stehen, das stumpfe Schwert vor sich, schloss die Augen und rammte es der Kreatur mit einem verzweifelten Schrei in den Leib.

Es klirrte, als habe er Glas getroffen – und die Klinge glitt ab. Der Speer wirbelte in der Hand der Chimaira herum und traf seinen Schädel. Ein dumpfer Schmerz. Ianos sackte zusammen.

Sieh nun, kleiner Held, sieh her. Du hast mich nicht bemerkt, nicht wahr? Du hast nicht bemerkt, dass ich nicht floh. Ich wartete im Schatten einer Säule. Ich sah mir das herrliche Spektakel an.

Die Hadesdämonen. Sie kommen, um deine Seele zu fressen.

Figuren fallen auf dem Spielbrett. Dabei hat das Spiel noch gar nicht angefangen. Einige muss ich wieder aufheben, auf ihre Startpositionen setzen. Komm her, junger Held. Hier ist dein Platz. Das weiße Feld. Für den Krieger. Achte auf den anderen Krieger, den auf dem schwarzen Feld. Seinetwegen hebe ich dich auf und stelle dich wieder aufs Brett.

Kapitel V

Sie fressen die Seelen, gellte es in Ianos' Kopf, als wolle sie nicht gefressen werden, wolle ihn, die Hülle, aufraffen, um sie, die Seele, zu retten.

Es hieß, Sklaven hätten keine Seelen. Ianos war sich in diesem Moment sehr sicher, dass er eine besaß.

Tickticktick.

Erinnerungen. Atem – kalter Nebel – eine Chimaira – ein Speer in seinem Kopf.

Nein – das war nicht der Schmerz einer Klinge. Ianos kannte den Schmerz, den ein stumpfer Gegenstand hervorrief; oft schon war er geschlagen worden, ob von seinem Herrn oder einem Gegner in Übungskämpfen. Die Kreatur hatte mit dem Speerschaft zugeschlagen.

Er riss die Augen auf – alles drehte sich um ihn, er schloss die Lider und zwang sich, bei Bewusstsein zu bleiben. Seine Rechte tastete nach dem Schwert und fand es nicht. Er knirschte vor Anstrengung mit den Zähnen, sein Kopf wollte ihn zurück in den düsteren Abgrund der Bewusstlosigkeit ziehen. *Nein!* Er tastete nach der Kopfwunde – Blut rann ihm über Ohr und Hals. Das Blut war warm, wärmer als der Nebel, und er klammerte sich an diese Empfindung. Erneut öffnete er die Augen. Der Nebel war zurückgewichen. Jemand hatte die schummerige Orgienbeleuchtung gegen das helle Licht getauscht, das die Sklaven zum Putzen benötigten.

Tickticktick.

Die Chimaira, die sich einige Schritte von ihm zurückzog, war im Hellen kein geringerer Albtraum – bleich war der Körper des vielbeinigen Tiers, grau der menschenähnliche Oberkörper, der daraus emporwuchs. Schwarze Brustplatten schützten das fahle Fleisch, und ein Helm umschloss gnädig einen Schädel, dessen Anblick einen Menschen wahnsinnig machen mochte. Der Helm war schlicht und dort nach innen gebogen, wo ein Gesicht hätte sein sollen, als wäre dort nur ein riesiger Schlund.

Ianos blinzelte und unterdrückte ein Stöhnen. Das Wesen blickte ihn an, augenlos, mit seinem blinden Helm. Dann wandte es sich mit einem Klicken ab und neigte den menschlichen Oberkörper zur Verbeugung. Ianos riss mühsam den Blick von ihm los – doch was er dann sah, verstörte ihn noch mehr als diese abgründige Kreatur.

Lucius Marinus' Sklavin. Die, die der Legat seit einigen Jahren stets um sich hatte, es sei denn, er weilte in Rom bei seiner Familie. Die, die sie stets nur *die Seherin* nannten – doch Ianos kannte ihren Namen. Morisa.

Sie stand zwischen zwei Säulen. Der Nebel liebkoste ihre Knöchel, dann ließ er sie los und teilte sich um sie herum. Die Chimaira verbeugte sich vor ihr. Die beiden anderen dämonischen Kreaturen verbeugten sich ebenfalls. Und nun kamen auch aus dem Fluchtausgang Wesen. Die meisten von ihnen menschenähnlich, mit Speeren bewaffnet, Lanzen, Dreizacken. Doch auch eine schwarze Schlange wand sich durch den Raum. Oder waren es mehrere Schlangen? Nein, ihr Leib verzweigte sich, lief in zahlreiche Schwänze und Köpfe aus wie eine befremdliche Laune der Götter. Ihre hundert Mäuler zischelten über dem Boden oder richteten sich drohend auf – und als sie bei Morisa ankamen, neigten sie sich alle gleichzeitig.

Die Seherin trat über den Schlangenleib hinweg und kam auf Ianos zu. Er versuchte, in den Gang zu fliehen, doch der Schwindel, der seinen Kopf beherrschte, ließ ihn nicht aufstehen.

Eine Hand legte sich auf seinen Arm.

»Ianos«, flüsterte sie. Sie sagte seinen Namen, wie eine Sirene ihn locken mochte: »Iaanoss.«

Ein Zittern lief durch seinen Leib. Jetzt kam sie endlich, die Panik. Er wimmerte, sein Brustkorb hob und senkte sich in schluchzenden Atemzügen. Er wollte nicht sterben. Und seine Seele wollte nicht gefressen werden.

»Ianos«, sagte sie erneut, ihr Gesicht so nah an seinem, dass er ihren Atem spürte. »Nimm zwei Geschenke von mir. Dein Leben – und dies hier: ein Rätsel.«

Kühle Finger schlossen eine Kette in seinem Nacken, schoben etwas in den Saum seiner Tunika. Es war schwer und kalt und metallisch. Es beruhigte den Atem, der panisch in seiner Brust wühlte.

»Lauf jetzt. Wir haben uns nicht zum letzten Mal gesehen. Und verrate niemandem, was ich dir schenkte.«

Als sie sich mit einem Lächeln erhob, fand er irgendwie die Kraft, aufzustehen, und setzte einen Fuß vor den anderen.

»Vielleicht lebt er noch«, flüsterte Maia.

»Er ist tot«, entgegnete Constantia barsch und zog sie weiter. Was konnte deutlicher sein als eine durchtrennte Kehle?

Titus hatte sich schützend vor die beiden Mädchen gestellt, als die Kreaturen lautlos aus dem Nebel im Wartungsgang getreten waren, in den der Fluchtausgang mündete. Ihr Bruder war zu Boden gegangen, kurz nachdem die über ihrem sterbenden Gatten zusammengebrochene Marcia Iunia einen Speer in den Hinterkopf bekommen hatte.

Leichen. Überall lagen Leichen.

Sklaven, Mannschaft, Gäste ... Selbst die Praetorianer hatten gegen dieses Überfallkommando nicht bestehen können.

Alle waren tot – nur sie drei nicht.

Hinter ihnen hallten nun jedoch Schritte.

»Sie kommen«, flüsterte Maia, und Constantia verstärkte den Griff um das schmale Handgelenk des Mädchens. Ihr Vater blieb stumm, verbissen ging er voraus, einen Gladius in der Hand, den er einem toten Praetorianer abgenommen hatte.

Constantia sah selten die Seite ihres Vaters, die ihn zum Legaten gemacht hatte. Heute sah sie sie, und sie wusste, dass sie gehorchen musste, wie es einer der Legionäre tun würde. Um ihren Bruder weinen würde sie später.

Sie liefen.

Die Korridore des Schiffs waren dunkel, die Elektronik schien zerstört – Lucius leuchtete ihnen den Weg mit seiner Tabula, und die Energieverstärkung des Schwerts in seiner Hand glühte blau.

Bald hatten sie den Teil des Schiffs verlassen, den Gäste zu sehen bekamen. Sie liefen durch enge Wartungstunnel, entlang der Außenwand, durchquerten Räume, in denen das Geräusch des Antriebs widerhallte und Kabel wie Wurzeln aus den Wänden quollen.

Die Schritte kamen näher, als Lucius innehielt, um auf der Tabula den Grundriss des Schiffs und ihren Weg zu überprüfen. Constantia wusste, dass er einen anderen Weg zu den Rettungsbooten suchte – einen, den die Kreaturen noch nicht besetzt hatten.

»Vater!«, drängte sie.

Die Schritte hinter ihnen taumelten durch die Dunkelheit.

»D-dominus?«, krächzte es.

Maia schluchzte auf. »Es ist der Sklave!«

Lucius ließ das blaue Licht seiner Tabula aufflammen und leuchtete in das blutüberströmte Gesicht des Jungen, der den Korridor entlangtorkelte. »Hierher!«

»Du bist verletzt!«, rief Maia.

Der Junge keuchte und lehnte sich gegen die Wand, kaum, dass er bei ihnen war.

»Ist jemand hinter dir, Sklave?«, fragte Lucius.

Der Junge schüttelte den Kopf und verzog schmerzerfüllt das Gesicht. »Nein, Dominus.«

»Hier lang, es ist nicht mehr weit.«

Der Einstieg zu den Rettungsbooten lag still da. Notbeleuchtung erhellte ihn. Alle Türen waren versiegelt – es war niemand hier gewesen. Niemand hatte eines der Rettungsboote nehmen können.

Ianos schluckte.

Lucius Marinus öffnete die erstbeste Schleusentür.

Tickticktick.

»Nein – das ist ...« Ianos keuchte. Sein Herr drückte ihm, ohne zu zögern, den Gladius in die Hand. Kein letzter Blick, kein Wort.

»Maia, Constantia, in die Schleuse!«

Constantia gehorchte wie einer von Lucius Marinus' Soldaten.

Maia zögerte. »Aber der Sklave, wir können ihn doch nicht ...«

Die Chimaira zuckte mit einer Bewegung von zahlreichen Beinen und dem Glitzern schwarzer Chitinpanzer in den Korridor, von dem die Schleusen zu den Rettungsbooten abzweigten. Ihr Helm wiegte hin und her, als sei die Kreatur ein wenig enttäuscht.

Einer der beiden menschlichen Arme der Chimaira warf den Speer so rasch, dass Ianos ihn nicht einmal sah. Maia schrie, ein entsetzter, schrecklicher Schrei, als sei es für ein so junges Mädchen unmöglich zu sterben. Der Speer pinnte sie an die Wand, ragte aus ihrer linken Brust, und sie griff mit spitzem Zeigefinger und Daumen danach wie nach einem Käfer, der auf dem Kleid saß.

Sofort war die Chimaira heran, riss ihren Speer wieder an

sich. Maia sackte mit einem letzten kleinen Laut in der Schleuse zusammen. Ianos schlug mit dem Gladius zu, doch das so viel größere Wesen stieß ihm die flachen Hände gegen den geschundenen Schädel, sodass er in die Schleuse stolperte, wobei er auf Maias Hände trat. Das Kraftfeld der Tür schloss sich hinter ihm. Durch das blaue Leuchten sah Ianos den schrecklichen Helm der Kreatur gaukeln. Dann wich diese zurück, und das Schott sauste herab.

Constantia zerrte Ianos ins Rettungsboot. Sein Kopf hämmerte. Er brach auf die Knie und übergab sich auf den blanken Boden. Lucius Marinus zog die Leiche des Mädchens herein und würdigte den Sklaven keines Blickes.

Ich hätte sterben sollen, nicht sie. So hat Dominus Marinus es gewollt. Aber jemand anders ... wollte es andersherum.

Sein Magen krampfte sich erneut zusammen, und kein Platz war mehr für Gedanken. Als das Würgen abebbte und nur der Schmerz im Kopf ihn in eine dumpfe Schwärze trieb, rollte er sich auf den Rücken und fühlte, wie das metallene Amulett sich mit jedem rasselnden Atemzug hob und senkte.

Es war nicht so eng im Rettungsboot, wie Constantia es sich vorgestellt hatte. Hier war Platz für mindestens zwanzig Personen – ließ man Sicherheitsvorkehrungen wie ausreichend Sauerstoffmasken und Sitze mit Gurten außer Acht, passte sicherlich die doppelte Zahl Menschen hinein.

Das Schiff steuerte von selbst, um Panikhandlungen der Flüchtenden zu verhindern, doch es hatte zwei Sitze im Cockpit, wo das rechnende Herz der Kapsel einen nicht nur darüber informierte, wohin es einen brachte, sondern auch Kommunikation mit anderen Schiffen möglich machte – wenn denn welche in Reichweite waren. Zudem hatte es ein winziges Fenster – eine Art Bullauge.

Constantia starrte hinaus, als das Rettungsboot sich vom

Schiff ihres Vaters löste und viel zu sanft für einen solchen Tag in die Leere startete.

Ich trage Livias Kleid, dachte sie. Ihre Sklavin war tot. Livia war tot. Ihr Bruder war tot. Seine Verlobte lag tot neben dem Sklaven auf dem Boden.

Lucius überprüfte die Konsolentabula. Es kamen keine Funksprüche durchs Audio, weder vom Schiff noch von anderen Rettungsbooten. Constantia sah die Aufschrift vorüberfliegen, als das Boot beschleunigte.

Bona Dea.

Ihr Vater aktivierte die Linsen auf der Raumschiffhülle, die ihnen einen Blick in alle Richtungen ermöglichten, und rief die Bilder auf die Tabulae: Die *Bona Dea* hing völlig still da. Nichts schien beschädigt. Nichts brannte.

Vielleicht habe ich es nur geträumt.

Doch dann sah sie es – etwas stak auf der rückwärtigen Seite aus dem langgestreckten Luxusschiff heraus wie einer der Speere, den die Kreaturen geworfen hatten. Schwarz. Raubtierhaft.

Constantia hörte den Sklaven atmen. Jemand musste nach seiner Kopfwunde sehen. Doch es war niemand hier, der das tun würde.

Das Rettungsboot schien so langsam zu sein. Obwohl die *Bona Dea* hinter ihnen kleiner wurde, wurde nichts anderes größer. Alles blieb gleich weit weg. Winzige Sterne. Immenses Nichts.

Schließlich, als das Schiff so klein war, dass es beinahe nicht mehr wehtat, es anzusehen, explodierte es in grelle Flammen.

Der Weltraum löschte das Feuer rasch, und dieses kurze Aufflammen war zu klein, um jemals auf einem weit entfernten Planeten gesehen zu werden. Constantia stieß die Luft aus.

Lucius saß mit gerunzelter Stirn da und starrte auf das Nichts, von dem die Linsen ihm berichteten. Das schwarze

Schiff war nicht mehr zu sehen – vielleicht hatten die Götter einfach beide Schiffe vernichtet.

Aber so gerecht waren Götter meist nicht.

Constantia stand auf, ging auf Beinen, die einem frisch geborenen Fohlen zu gehören schienen, zu den beiden Körpern am Boden; dem lebenden und dem toten.

Sie legte ihre Hand an Maias Wange. Tränen kniffen sich ihren Weg. Wütend schloss sie die Augen, doch hinter ihren Lidern sah sie nur das Bild ihres Bruders. Sein dunkles Haar. Wie sein Kopf herumruckte. Zuerst dachte sie, es wären Strähnen seines Haars, die abgeschnitten von seinem Kopf flogen. Aber es war Blut.

Sie riss die Augen auf.

Der Sklave sah sie an. Sie erinnerte sich an seinen hilflosen Blick, als er in den Armen der fetten Iunierschlampe lag.

»Ich hasse dich«, sagte sie.

»Warum?«, fragte er.

»Einfach … nur so.« Sie weinte, und dafür hasste sie ihn noch viel mehr.

Schluchzend riss sie eine Capsariustasche unter einer Sitzbank hervor, öffnete sie und holte Kältepackungen und desinfizierende Tücher hervor. Mit zitternden Fingern presste sie ein Tuch auf seine leicht blutende Verletzung.

Er sog den Atem ein, zuckte jedoch nicht zusammen. Als sie die Wunde unsanft gereinigt hatte, reichte sie ihm eine Kältepackung.

»Kühl das. Und dann stirb am besten nicht, bevor wir nach Hause kommen«, sagte sie barsch und wühlte in der Capsariustasche, um etwas zu tun zu haben. Es fanden sich einige Gerätschaften für Notfallhilfe und ein kleines Analysegerät darin. Nichts, womit man Tote wieder lebendig machen konnte.

Sie starrte Maia an.

Capsarii waren keine vollwertigen Medici. Aber auch die

machten niemanden mehr lebendig. Sie stoppten Blutungen und nähten Wunden. Wenn man ein Wunder wollte, musste man sich an die Götter wenden.

Maia lag da, mit diesem vorwurfsvollen Blick, den ein Kind, das sich die Knie aufschürft, seiner Mutter zuwirft. *Warum hast du das zugelassen?*, schien sie zu fragen, und Constantia wünschte sich, sie würde das den Sklaven fragen und nicht sie. Sie setzte sich so auf einen der Sitze, dass Maia sie nicht mehr ansah. Es stank nach Blut und Kotze.

Ianos fuhr aus einem unruhigen Schlaf hoch. Lucius Marinus' Tochter hielt ihm einen Proviantriegel ins Gesicht.

Der Dominus selbst ruhte neben ihr auf den Sitzbänken und schlief – Ianos selbst lag noch immer am Boden, ebenso wie das tote Mädchen. Er fuhr auf, und sein Kopf meldete sich mit einem heimtückischen Schmerz.

»W-wann kommen wir irgendwo ... an?«, flüsterte er und nahm den Riegel entgegen. Das braune gepresste Gemisch aus geschmacklosen Nährwerten legte sich wie aufgeweichtes Papier auf seine Zunge.

Constantia zuckte mit den Schultern. »Wir sind ziemlich weit draußen. Und die Kapsel kann nicht springen.«

Ianos war nie in die Technik von Raumschiffen eingeweiht worden – doch er hatte mehr als die Hälfte seines Lebens im All verbracht, mit winzigen Bullaugen, die ihn mal in ödes Nichts, mal in farbenprächtige Wunder des Mare Nostrums hatten blicken lassen. Einige Dinge hatte er im Vorübergehen, im Aneinandervorbeileben gelernt, während er den Schiffsmannschaften lauschte.

Nichts konnte schneller reisen als das Licht. Doch wenn man langsamer als Licht reiste, konnte man nicht einmal das römische Sonnensystem verlassen, geschweige denn in andere Systeme des Mare-Sternenhaufens gelangen. Bereits zur Zeit der römischen Könige waren die ersten Schritte unternommen worden, schnellere Antriebe zu entwickeln – zunächst um das eigene Sonnensystem zu ergründen, dann um die unsichtbaren Grenzen, die die eigene Lebenszeit und die Lebensdauer von Maschinen einem boten, zu überschreiten. Es war die Marinerfamilie gewesen, die damals die Technik für Sprünge entwickelt hatte. Fixpunkte innerhalb des Mare Nostrums waren miteinander verbunden wie zwei Lagen einer Toga, auf der zwei Stickereien aufeinanderlagen – doch Schiffe dazwischenspringen zu lassen bedeutete, Start und Ziel von mindestens drei Punkten zu berechnen. Dazu war wesentlich mehr Technik notwendig, als ein Rettungsboot aufwies.

»Das heißt, wir könnten ...«

»... hier sterben«, bestätigte das grausame Mädchen. »Ja. Der Sauerstoff geht uns nicht aus, er wird neu generiert. Aber vielleicht bringen wir uns gegenseitig um, wenn wir Hunger kriegen.« Constantia öffnete eine Klappe, hinter der Hunderte der Trockenriegel lagerten, und hob die Mundwinkel zu einem freudlosen Grinsen. »Aber das passiert nicht so schnell. Wir haben reichlich.«

Ianos wollte fragen, wie weit draußen sie sich befanden, doch er ahnte die Antwort: Lucius Marinus, Nachfahre großer Männer, hatte die Feier am Rande des Nichts veranstaltet, mit lauter ebenso ehrgeizigen potenziellen Verbündeten.

Die ersten militärischen Operationen waren bereits über das Mare Nostrum hinausgegangen. Jenseits des Sternenhaufens reihte sich nicht Sonnensystem an Sonnensystem – dort wartete ein breiter Gürtel Endlosigkeit. Nichts. Schwärze. Dahinter jedoch mochte es weitere Sternenhaufen geben. Sonnensysteme. Galaxien. Neue Wunder. Und weitere Planeten, die Reichtümer verhießen.

Ianos sah zu Lucius Marinus. Das angespannte Gesicht verriet ihm, dass der Legat nicht schlief.

Er kaute den Riegel und erhielt einen Becher, den er an einem Schlauch, der aus der Wand ragte, auffüllen konnte. Es war klares Wasser. Er trank und setzte sich auf einen der Sitze – Constantia und ihrem Vater gegenüber. Maia lag zwischen ihnen.

»Alle sind tot«, sagte Constantia. »Was für ein merkwürdiger Gedanke. Viele einflussreiche Familien werden Trauer tragen. Titus und Maia werden nicht heiraten. Und Marcia Iunia wird nie wieder eine ihrer geschmacklosen Anekdoten erzählen.«

»Lucianus wird keine Revanche erhalten für den Kampf, den ich gewonnen habe«, sagte Ianos tonlos.

Constantia starrte ihn an.

Er hatte mit ihr gesprochen. Er hatte einer Patrizierin in die Augen geblickt. Die Grausamkeiten auf der *Bona Dea* hatten ihn kurz vergessen lassen, wer sie war. Jetzt erinnerte er sich daran, wer hier wen umbringen würde, sobald der letzte Riegel verzehrt war.

Oder wenn die Riegel anfangen, fad zu schmecken ...

Ianos schloss die Augen. Dahinter blickte ihn die Seherin an.

Dachtest du, ich sende dich ins Leere? Du, allein auf dem Spielbrett?

Mein Geist kehrt in meinen Körper zurück. Der Junge vor mir ist seinem Vater nicht unähnlich. Nur dass er so tot ist, so fahl und blutleer. In seinem Hals gähnt der Schnitt, der ihn getötet hat.

Ich bedecke den Leichnam mit einem Tuch. Ihn brauche ich noch – doch erst, wenn ich in meiner Heimat bin. Einer Heimat, aus der man mich bereits verbannte, nachdem ich geboren wurde.

Das Signal weckte Ianos.

Lucius Marinus stand mit einer so geschmeidigen Bewegung auf, als sei er kein alternder Legat, sondern ein durchtrainierter Jüngling in der Blüte seines Lebens. Er glitt im Cockpit auf einen der Sitze und studierte die Tabulae und Regler.

»Rettungsboot I der *Bona Dea*«, sprach er. »Legat der Legio Prima Praetoriana Lucius Marinus Maximus, seine Tochter und ein Sklave.« Das Audio übertrug eine Frage. »Ein Überfall auf die *Bona Dea*. Keine weiteren Überlebenden«, antwortete Lucius Marinus. Seine Stimme war gefasst, doch Ianos kannte ihn lange genug, um die Erschütterung herauszuhören. »Ja. Mehr wird uns wohl nicht übrig bleiben.« Er schob einen Regler hinab, dann trat er wieder in den Frachtraum. Die Lüftung tat ihr Möglichstes, den Geruch herauszusaugen, den die Leiche und die Pfützen am Boden verströmten, doch er verzog dennoch das Gesicht.

»Ein Militärposten hat uns entdeckt. Es dauert allerdings noch mindestens zwanzig Stunden, bis sie hier sind. Lucianus, wisch den Boden. Und dann bedeck das Mädchen endlich mit irgendwas, beim Dis Pater!«

Der militärische Posten war eine Ansammlung aus mehreren mobilen Abschnitten, die aneinandergekoppelt waren. Manche davon waren in der Lage, als einzelne Schiffe zu starten. Andere Teile waren bloße Bauelemente, die neu arrangiert werden konnten. In der Mitte des ästhetisch unspektakulären Konglomerats befand sich das Vestibulum. Das Rettungsboot legte in einem kleinen Hafen an – auch dies geschah, von Signalen geleitet, ohne das Zutun seiner Passagiere.

Lucius Marinus und seine Tochter wurden zum Befehlshaber der Station gebracht, Ianos blieb zurück, stinkend, blutverschmiert, an der Seite einer Leiche, die von einem Priester des Dis Pater und seinem Sklaven aufgebahrt wurde. Beide hatten sich den ganzen Körper schwarz pigmentieren lassen. Ianos verglich die Farbe mit seiner eigenen dunklen Haut, und der Sklave und er tauschten unbehagliche Blicke – als habe einer versucht, den anderen zu imitieren, und sie wären sich noch nicht einig, wer wen.

Große Sorge hatte auf Lucius Marinus' Gesicht gelegen. Der Praetorianerlegat hatte hohe Persönlichkeiten, Senatoren gar – alle, von denen er sich etwas für seine Projekte versprach – mit seinem verrufenen Privatschiff an den Rand des Mare Nostrums gebracht. Und nun waren sie alle tot, und nur er und seine Tochter waren entkommen.

Es würde Lucius Marinus zum Vorteil gereichen, dass auch einer seiner Söhne gestorben war. So würde man in Rom vielleicht zögern, ihn als Hochverräter zum Tode zu verurteilen.

Ianos sah zu den Priestern. Er war noch nie in Rom gewesen, wusste nicht, wie groß dort die Lust sein würde, einen Schuldigen für diese Tragödie zu zerfetzen. Doch er kannte Römer. In Militärlagern wie diesen, in Raumhäfen, auf Latifundien und Planeten hatte er genügend getroffen.

Was passiert mit dem Sklaven eines Schuldigen? Und seiner Tochter? Er schluckte. Jahrelang hatte er sich gewünscht, Rom zu sehen. Er kannte natürlich die Imagi, doch wie nah konnte ein Bild von der Größe einer Tabula einer wirklichen Stadt schon kommen? Dazu noch einer Stadt wie dieser ...

Doch sein Wunsch war tiefem Widerwillen gewichen.

Alle sind tot. Aber ich darf Rom sehen.

Kapitel VI

Den Legionen war es nicht erlaubt, den Rubicon zu überschreiten. Ihre Lager – Konglomerate wie das, das Ianos vor wenigen Tagen verlassen hatte – lagen außerhalb des Gürtels, der den Planeten in einer launischen Ellipse umgab.

Im Lager der Legio CXXIII stiegen die Mariner und Ianos in ein Passagierschiff um. Solche Schiffe dienten nur dem kurzen Transfer, daher waren sie mit großen Sichtscheiben ausgestattet.

Nur zwei Passagiere befanden sich an Bord des Schiffs – und ein Sklave. Diesem jedoch gelang es nicht, seinem Herrn und dessen Tochter die gebührende Aufmerksamkeit zu schenken. Vor den Fenstern zog der Rubicon vorüber – sanft wurde das Schiff durch die großen und kleinen Trümmerstücke gelenkt. Sie glitzerten, wenn Sonnenlicht auf sie fiel, und die Sonne kroch gerade über den Horizont des Planeten, der vor und unter ihnen immer größer und größer wurde.

Rom sei nicht groß, so hatte es geheißen. Es sei ein kleiner Planet, es gäbe Monde, die größer seien als Rom.

Doch gerade in diesem Moment war Rom ein riesiger Kristall, der, eingefasst in weißen Dunst und blaues Wasser, langsam näher rückte, umgeben von der glitzernden Kette des Rubicon.

Plötzlich flackerten Flammen an der Außenhülle des Schiffs auf, irrten wie Elmsfeuer über die Scheiben und ließen Ianos zurückweichen. Er prallte gegen Constantia, als der Luftdruck der Atmosphäre wie mit einem gewaltigen Hammer auf das so zierlich scheinende Passagierschiff einschlug.

Eilig wollte er sich von dem Mädchen entfernen, doch sie griff nach seinem Arm.

»Du warst noch nie hier, nicht wahr? Vater hat dich nie mitgebracht. Ich kannte dich nicht. Vorher.«

Das Feuer fauchte vor den Fenstern. Ianos nickte.

Die nüchterne, beinah grausame Maske fiel von ihrem Gesicht. Sie war bleich in dem schlichten grauen Kleid, das man ihr in den Legionslagern gegeben hatte. Die Tränen konnten keine Schminke verwischen, denn sie war ungeschminkt, dennoch presste sie die Finger auf ihre Lider, um sie zurückzuhalten.

»Ist es schön?«, fragte sie mit erstickter Stimme. »Rom, meine ich.«

War es eine Falle? Würde sie ihn verspotten, wenn er die Frage verneinte? Würde sie ihn kaltherzig nennen, wenn er sie bejahte?

Er sah aus dem Fenster – die Flammen, die der Eintritt in die Atmosphäre verursacht hatte, waren verschwunden. Das Schiff bremste ab und neigte sich waagerecht zur Oberfläche, senkte sich in Spiralen dem Boden zu.

Weiße Wolken, leicht und flüchtig.

Dann ein Meer, auf dem jede weißgekrönte Welle in der Bewegung eingefroren schien.

Dann das Land. Ianos vergaß, dass die Tochter seines Herrn noch auf eine Antwort wartete. Vergaß, dass sein Mund offen stand.

Um Meilen höher als die Meeresoberfläche blitzten Kuppeldächer. Weißer Marmor. Breite und schmale Flüsse fielen über Treppen, ergossen sich in schwarze Schluchten, sprangen aus Brunnen in die Höhe. Bäume wuchsen dicht wie in einem Wald auf dem Dach eines Marmorturms, ihre Wipfel streiften die Wolken.

Gewaltige Kapitelle, Säulengänge, Statuen, Spitzdächer, Brücken wurden sichtbar, als das Schiff seine Kreise näher und näher über dieser marmornen Stadt zog.

Und wie weit sie war! Sie endete an den Gestaden des Ozeans – doch wo Land war, war auch Stadt. Sie war über Hügel gekrochen, über Berge, in Täler, auf Inseln. In den Tiefen war sie dunkel, doch gekrönt war sie weiß und rot. Zum Himmel strebend.

Dann enthüllten sich seinem Blick die Kleinigkeiten, die Details. Die Steinmetzreliefs auf den Tempelfronten. Die blau leuchtenden Schriftzüge auf den Häusern. Die gewaltige Sternkarte auf einem gigantisch aufragenden Palast. Die Sonnenuhr, deren Zeiger eine schlanke, horizontal wachsende Zypresse war. Die Schiffe und Fahrzeuge, die zwischen den Türmen hin und her flitzten. Die Energieschilde, die die höchsten Gebäude des capitolinischen Hügels umgaben wie eine schützende Glocke.

Und die Menschen.

Auf den Plätzen, auf Brücken, auf Stufen und offenen Dächern: Menschen in hellen Kleidern, mit heller Haut. Auf Liegen schwebend. Umsorgt von ihren Sklaven. Bewacht von den Fascies, den Rutenträgern.

Bäume spendeten Schatten, und Lampen spendeten Licht.

Viel zu rasch war der Sinkflug vorbei, und ihr Passagierschiff tauchte in eine Schlucht ein, in der nur noch runde blaue Lampen am Fenster vorbeizufliegen schienen. Das Schiff wurde langsamer, der Antrieb so leise, dass Ianos Constantias Atem hörte.

Ihre Augen waren trocken, als er sich zu ihr umwandte.

»Wirst du mir nicht antworten?«

»Du ... du hast sicher bessere Worte dafür als ich, Herrin«, flüsterte er. »Ich habe es auf Bildern gesehen. Aber nichts wird ihm gerecht.«

Sie lächelte ein zartes Lächeln. »Das waren doch gute Worte. Nichts wird ihm gerecht. Wie schön es ist. Wie hell.« Das Lächeln erstarb, und sie brach erneut in Tränen aus.

Lucius Marinus kam zu ihr und drückte sie kurz an sich.

»Weine nicht, wenn wir aussteigen. Wir sind in einem kleinen Hafen, aber die Berichterstatter sind sicherlich trotzdem bereits dort. Sieh nicht hin und folge mir einfach. Lucianus, du auch. Manchmal versuchen sie, die Sklaven von den Herren zu trennen, um ihnen Worte zu entlocken. Und ihre Linsen sehen alles und beleuchten uns aus allen erdenklichen Richtungen. Beachte das!«

Ianos nickte. Das Schiff hielt mit einem leichten Ruck. Aus dem Dunkeln kamen Krallen auf sie zu und hielten das Schiff fest. Es schabte an der Außenwand. Sie waren gelandet.

Als Sklave gehörte Ianos stets zu jemandem, trotzdem war Einsamkeit sein treuer Begleiter. Sie war ihm beinahe teuer – eine Wand zwischen ihm und denen, die über sein Leben entschieden. Sie begleitete ihn länger, als seine Mutter es getan hatte, die gestorben war oder der er weggenommen worden war – er wusste es nicht genau. Mit seiner Einsamkeit erwachte er morgens in seiner Kammer, mit der Einsamkeit teilte er sein Bett, und auch an seinem Essen nährte die Einsamkeit ihren fetten Wanst.

Aber heute, als sich die Türen zwischen dem hell erleuchteten Bauch des Raumschiffs und den blauen Leuchtkugeln in der Dunkelheit der Straßenschlucht öffneten, da hätte er die Einsamkeit am liebsten verlassen und wie ein kleiner Junge nach Lucius Marinus' Hand oder der seiner Tochter gegriffen, und sein Herz schlug ihm bis zum Hals.

Gekleidet war der Legat in die bescheidene Zivilkleidung eines Legionärs, Constantia trug über ihrem grauen Kleid einen langen Mantel, dessen Kapuze sie über ihren Scheitel gezogen hatte, um ihr Haupt zu verhüllen.

Kalte Luft schlug ihnen entgegen. Die schweigsame Mannschaft des Schiffs aktivierte eine Brücke, die sich leuchtend über den Abgrund erstreckte, der zwischen dem vor Anker liegenden Schiff und der Plattform gähnte. Mit zitternden Beinen trat Ianos hinter dem Patrizier und seiner Tochter auf die trügerisch scheinende Oberfläche.

Hier unten glaubte er, es sei Nacht, obwohl er die Sonne über diesem Teil Roms hatte aufgehen sehen, und das Leuchten der Brücke nahm ihm die Sicht auf alles, was ihn umgab. Doch wenn er den Kopf in den Nacken legte, ragten die Wände zweier Gebäude über ihm auf – zunächst dunkel, dann immer heller und heller, bis sie wie eine steingewordene Wasserfontäne in weiß blitzenden Bögen unter dem strahlenden Blau des Himmels endeten.

Die Fassaden zu beiden Seiten der Schlucht waren mannigfach – es waren keine schroffen Wände, die aufragten, es waren ineinander verschachtelte Gebäude, manche alt, manche neu, manche klein, manche gigantisch, manche wie Treppenstufen aufeinander aufgebaut. Ein Haus war im Porticus eines anderen Bauwerks errichtet worden. Vermauerte Türöffnungen wiesen in den Abgrund, in dem sich vielleicht einst Brücken oder Wege befunden hatten, die dem Landeplatz gewichen waren.

Einem Landeplatz inmitten des dunklen Schlunds Roms. Ianos wusste, was das hieß: Lucius Marinus hatte einen verborgeneren Landeplatz gewählt, weil er hoffte, dass ihre Ankunft hier unten keine Aufmerksamkeit erregen würde. Die leuchtenden Bögen, die rot glitzernden Dächer weit oben an der Sonne – sie waren den Reichen vorbehalten. Patriziern und aufgestiegenen Plebejern, den Mitgliedern alter Geschlechter und den Gewinnern neuer Machtspiele. Hier unten, wohin der Schein der Sonne sich höchstens verirrte, wenn diese in einem sommerlichen Zenit stand, lebten die einfachen Menschen. Und noch weiter unten – Ianos' Blick durchdrang das Energiefeld der Brücke, unterhalb derer sich die Schlucht noch tiefer hinabzog, immer wieder erhellt von Fenstern, von Lampen auf Balkonen und Terrassen oder Lichtern, die gewundene Stiegen beleuchteten – noch weiter unten lauerten die Bettler und Verbrecher, die Ausgestoßenen, die Verarmten und die, die von Roms Ausscheidungen lebten und zu denen das Licht der Sonne niemals einen Weg fand. Er schauderte. Der Impuls, nach einer Hand zu greifen, war wieder da.

Dann war die Brücke überquert. Die hellen Signallichter und das Leuchten der Brücke hatten die wartende Horde Menschen auf dem Landeplatz verborgen. Sobald Lucius Marinus' Fuß römischen Boden berührte, stürmten sie auf ihn ein, mit ihren Linsen, ihren Audios, ihren Fragen, ihren Tabulae, ihren Griffeln und ihren von bleichem Licht beschienenen Gesichtern. Es waren sicherlich zwei Dutzend Berichterstatter, mit Ausweisen auf kleinen blinkenden Plaketten. Dazwischen jedoch – und das war weitaus schlimmer – standen verstreut Menschen mit hohlgeweinten Gesichtern.

»Ist es wahr?«, fragte eine Frau mit schriller Stimme, die über die im Stakkato geäußerten Fragen der Berichterstatter hallte.

»Lucius Marinus – eine Frage.«

»Constantia, bist du gesund?«

»Wer ist dieser Sklave?«

»Gibt es Überlebende?«

»Stimmt es, dass ihr die Einzigen seid?«

»Kommen noch weitere Schiffe?«

»Ist es wahr?«, gellte die schrille Frage wieder. »Sind alle tot? Auch meine Schwester?«

Die Mannschaft des Schiffs schob die Menge auseinander. Lucius Marinus drängte sich durch. Ianos hielt den Blick gesenkt, wie Constantia.

Die beiden Männer, die sie flankierten, ließen mit einem Zischen den Energieschild aus ihren Handschuhen, ganz wie die nicht ganz mannshohen Scuta der Legionäre. Sie drückten damit gegen die Menschen, die nur noch aus Mündern und Augen zu bestehen schienen. Leuchtenden Plaketten. Gewedelten

Griffeln und den mattschwarzen Oberflächen der Tabulae, in die sie leuchtende Buchstaben stanzten.

Plötzlich war jemand zwischen Ianos und den beiden Marinern.

»Bitte, Sklave!«, flüsterte der Mann, der sich vorgedrängt hatte. »Meine Schwester Livia Iunia ... sag mir, ob sie überlebt hat!«

Ianos schüttelte abwehrend den Kopf, er wollte diese Frage nicht beantworten – er *durfte* diese Frage nicht beantworten!

Doch dem Mann brach das Kopfschütteln das Herz. »Sie ist tot? Sie ist tot! Meine einzige Schwester! Mutter von vier Kindern! Gütige Vesta!« Er griff sich an die Brust und sackte zu Boden, das Schluchzen verzerrte sein Gesicht. Er schlug um sich wie ein Wahnsinniger, und Ianos starrte ihn an, unfähig, den Schlägen auszuweichen, die seine Beine trafen. »Livia, Livia! Sind sie denn alle tot? Sind sie alle tot außer dem verfluchten Lucius Marinus, der ihr Gastgeber sein sollte?« Der Mann stieß einen grellen Schrei aus, und dieser Schrei fand sein Echo in der wartenden Meute.

»Alle tot!«, gellte das Echo. »Alle tot!«

Der Mann riss an Ianos' Tunika, zerrte ihn zu sich herab. »Sklave! Warum lebst du? Warum lebt ein Sklave, und alle anderen sind tot!« Der Mann holte aus, um Ianos ins Gesicht zu schlagen.

Da packte ihn jemand am Kragen und zog ihn hoch. Der Hieb traf Ianos in den Bauch, und er stöhnte.

Der Praetorianer stützte ihn – und nun sah Ianos, dass mehrere der Elitesoldaten, die Roms Schutz dienten, zu ihrer Hilfe herbeigeeilt waren. Constantia sah mit einem Ausdruck, der zwischen Angst und Tadel schwankte, zwischen zwei uniformierten Schultern zu ihm herüber. Der Praetorianer zog den Sklaven hinter seinen Schild und brachte ihn zu einer Tür.

Fünf Soldaten umstanden sie, die Schilde zu einer einzigen

Fläche verschmolzen, während die drei Überlebenden einen Aufzug betraten, der von der Landeplattform nach oben ans Licht führte.

Ianos glaubte, den trauernden Mann zusammengekrümmt am Boden liegen zu sehen, zwischen den Beinen derer, die ihnen so weit folgten, wie die Praetorianer es erlaubten.

Lucius Marinus starrte mit steinerner Miene auf die Aufzugtür, die sich schloss. Der Boden setzte sich in dem engen Schacht in Bewegung. Türen glitten vorbei.

»Wann erzählen wir, was passiert ist?«, flüsterte Constantia. »Sie werden dich befragen wollen, die Ausrufer denken sich sonst einfach selbst etwas aus.«

»Nicht hier. Ich bestimme den Ort, an dem ich mich befragen lasse.«

Welcher Ort konnte eine Nachricht, wie Lucius Marinus sie hatte, wohl abmildern? Ianos musterte seine Schuhe, gefasst auf eine Schelte, die jedoch entweder verschoben war oder gänzlich ausblieb.

Der Aufzug spie sie in gleißendem Sonnenlicht aus – und sie befanden sich nicht etwa auf den Dächern einer Stadt, nein, sie befanden sich *in* einer weiteren Stadt, auf ihren Plätzen, auf ihren Straßen, zwischen ihren Häusern, unter ihren schattigen Säulengängen. Nur dass hinter umfriedenden Mauern, jenseits von geschwungenen Brücken und unter den Plätzen die Stadt weiterging, tiefer, immer tiefer.

Eine Stadt auf einer Stadt, dachte Ianos staunend, während die Praetorianer sie zu einer privaten Sänfte geleiteten. Die Soldaten standen auf Trittbrettern, gesichert mit Riemen und Gurten, als das Gefährt hinaus auf die Straßen schwirrte.

Die Sänfte bot sicherlich zehn Menschen Platz, doch darin, auf einer gepolsterten Sitzbank, befanden sich nur eine Frau und eine Sklavin, als die drei hinzustiegen.

Die Frau verspiegelte die Scheiben der Sänfte, sodass sie nur gedämpft nach draußen sehen konnten. Dann schlang sie ihre Arme um Constantia, und beide brachen in Tränen aus, die Schluchzer erstickt, die Atemzüge gequält.

»Du lebst«, schluchzte Cornelia Marina, und Ianos wusste nicht, wohin er seine Blicke richten sollte. Dankbarerweise täuschte jeder in der Sänfte vor, ihn nicht zu sehen.

»Titus ist tot, Mutter«, brachte Constantia hervor, und es klang, als würden ihre Tränen sie erwürgen.

»Ich weiß. Ich weiß. Ich kann es nicht glauben, aber ich weiß es.« Cornelia warf Lucius Marinus einen Blick zu – einen hilflosen, verlorenen Blick, und der kühle Legat streckte die Hand aus und legte sie seiner Frau auf den Arm, der Constantia umschlang.

»Du hättest uns nicht den Berichterstattern ausliefern müssen«, sagte Lucius Marinus leise zu seiner Frau.

»Die Sänfte ist an dieser Art Hafen nicht zugelassen, Dominus«, erwiderte die Sklavin anstelle ihrer Herrin. »Er wurde uns als verborgener Hafen ans Herz gelegt, offensichtlich hat sich jemand aus der Legion für diese Information bezahlen lassen.« Sie war eine strenge Frau mit weißem Haarknoten und weißem Kleid, Haut, die ihre Adern hindurchschimmern ließ, aber dennoch nicht weiß war, sondern von einem zarten Braun.

Ihre Herrin war bereits in ein schwarzes Trauergewand gekleidet und hatte sich Asche in ihre Haare gerieben. »Sprich mit Vedea. Wir haben uns bereits Gedanken gemacht«, sagte sie mit emotionsloser Stimme. »Wir hatten wenig Zeit, und es ist unelegant. Aber es ist eine Lösung.«

Die Sklavin richtete sich gerade auf – sie hatte vorher bereits kerzengrade gesessen, doch irgendwie schaffte sie es, sich noch einige Fingerbreit größer zu machen. »Dominus. Der Tod deines Sohnes wird dich davor bewahren, dass die anderen Familien dich auf Iustitias Waage zerren und noch Gewichte darauflegen. Dass auch du einen großen Verlust zu betrauern hast, kann dich auf ihre Seite stellen.«

»Ich bin auf ihrer Seite!«, begann Lucius Marinus, mehr aus der Fassung gebracht als je zuvor. »Es waren Piraten –«

»Es waren Dämonen!«, schluchzte Constantia. »Der Sklave hat sie noch besser gesehen als wir! Er hat gegen sie gekämpft!«

Plötzlich wurde Ianos sichtbar. Vier Augenpaare richteten sich auf ihn, drei davon ungläubig.

»Es waren Dämonen! Nebelkreaturen! Monstren aus dem Hades oder sonstwoher!« Constantias Stimme wurde schriller.

Ianos nickte vorsichtig, doch Lucius Marinus' Gesicht verzerrte sich. »Dämonen! Unsinn! Vor wem machen wir uns wohl lächerlich, wenn wir behaupten, dass Hadesdämonen Familienmitglieder von gut einem Viertel des Senats dahingerafft haben! Dann rollen unsere Köpfe!«

»Richtig«, pflichtete die Sklavin ihm bei. Ianos hatte längst aufgehört zu nicken. »Es wird heißen, du hättest das Ganze inszeniert, Dominus, um ein paar unliebsame Konkurrenten loszuwerden. Also – zwei Schritte müssen jetzt sofort unternommen werden. Der erste ist: Du musst die Praetorianer auf Piratenjagd schicken. Sie müssen Schuldige finden, irgendwen. Der zweite ist: Du musst ein Held sein, der seine Tochter gerettet hat und nur entkommen ist, weil du der beste Soldat Roms bist.«

»Und wie schaffen wir das?« Lucius Marinus rieb sich die Stirn.

»Das Rettungsboot hat Bildmaterial«, sagte die Sklavin. Es hatte etwas Unbeteiligtes, wie sie die Fragen erwartete und längst eine Antwort darauf wusste.

»Aber nur Außenaufnahmen. Als wir längst gestartet sind«, wandte Lucius Marinus ein.

Sie warf ihm einen langen Blick zu. »Ich habe einen guten Fälscher an der Hand. Er kann bei Imagi auch die tieferliegenden Speicherstrukturen so ändern, dass der versierteste Analytiker nicht merkt, dass wir sie nachträglich gefertigt haben.«

»Das heißt, wir müssen schauspielern?«

»Das mache ich nicht!«, rief Constantia aus und befreite sich aus der Umarmung ihrer Mutter. »Und Maia ... Maia ist direkt vor dem Rettungsboot gestorben! Ich werde auf keinen Fall ... so etwas nachspielen!«

»Maia ist dann eben schon vorher gestorben. Der Sklave trägt ihren Leib, Dominus Marinus schlägt eine Schneise in die Reihen eurer Feinde«, verkündete Vedea mit knappem Lächeln und einem Neigen des Kopfes, als erwarte sie Applaus.

»Nein!«

Cornelia Marina legte ihrer Tochter erneut den Arm um die Schulter. »Wenn wir es nicht tun, sind wir als Familie ruiniert. Wieder. Du hast gesehen, wie sich die Geier auf euch gestürzt haben. Sie versuchen, es als Feigheit oder gar Absicht hinzustellen, dass nur zwei Menschen überlebt haben. Wir müssen es als Heldentat hinstellen.«

»Drei Menschen«, flüsterte Constantia und sah Ianos an, doch er glaubte, dass niemand sonst es gehört hatte.

Constantia wünschte sich mehrmals an diesem Tag, Maias Schicksal zu teilen.

Nur wenige Stunden, nachdem sie im Anwesen ihrer Familie gelandet waren, das ebenfalls von Berichterstattern umstellt gewesen war, hatte Vedea sie in den Keller geschafft. Dort unten glaubte Constantia stets, die Schichten Roms unter und neben den Kellerräumen hören zu können, obwohl ihr Vater ihr versicherte, unterhalb des Marineranwesens seien die alten Gebäude, Gänge und Straßenzüge geräumt und unbewohnt. Es wimmelte hier nur so von alten Erinnerungen. Die Villa schmiegte sich so nah an den Palatin, wie eine Familie, die seit Jahrhunderten keinen Senatssitz mehr besessen hatte, es wagen konnte. Das Haus, mit seinen umgebenden Gärten, Terrassen und dem See, war auf den Schultern der alten, tiefen Stadt errichtet, doch jeder Eingang, jede Gasse, jedes Fenster war versiegelt, um die Sicherheit der Familie zu gewährleisten.

Dort unten hatte Vedea fieberhaft die Zeit genutzt, die während der Rückreise von Constantia, ihrem Vater und dem Sklaven vergangen war. Sklaven waren noch damit beschäftigt, eilig einen Gang so herzurichten, dass es darin aussah wie in der *Bona Dea*. Der Eingang zum Rettungsboot führte jedoch in den Weinkeller. Constantia musterte die Linse, die darüber befestigt war. Die Erinnerung, wie die Chimaira mit dem Asselleib Maia mit dem Speer durchbohrt hatte, schüttelte sie. Noch mehr schüttelte es sie, als sie die weiß gekleidete Attrappe auf den Armen des unglücklichen Sklaven sah. Maias toter Körper – der mittlerweile deren Familie überstellt worden war.

Die Aufgabe des Sklaven war einfach: Er sollte mit der vermeintlichen Leiche durch die Tür fliehen.

Constantia hingegen musste sich an der Biegung des Ganges losreißen, mit blutbespritztem Kleid, musste Sätze brüllen wie: »Du kannst den Senator nicht mehr retten, Vater!«, wurde von einer dunklen Gestalt noch einmal eingeholt und zurückgezerrt, von ihrem Vater befreit, der eine Leiche trug, sie aber im Gefecht im Gang fallen ließ, und als Constantia schließlich schrie, als würde sie sterben, da gratulierte Vedea ihr zu ihrer schauspielerischen Leistung. Doch sie schrie und schluchzte noch, als die Linse längst blind war.

Ihr Vater redete auf sie ein. Ihre Mutter nahm sie in den Arm. Der Sklave stand da, hatte die Maiaattrappe an die Wand gelehnt. Nur langsam beruhigte sie sich. Der letzte dunkel maskierte Pirat entpuppte sich als ihr Bruder Marius, der neben ihr niederkniete.

»Süße Schwester. Liebste Constantia«, flüsterte er, und er roch nach Wein. Ihr Brustkorb hob und senkte sich, dass es schmerzte. »Unter anderen Umständen wäre das ein Spaß gewesen.«

»Du warst nicht dort«, glaubte sie zu sagen, doch als der Satz mit den Worten »junger Dominus« endete, wurde ihr bewusst, dass statt ihr der Sklave gesprochen hatte.

Sie sah auf. Das Schluchzen verebbte so abrupt, dass es ihr beinahe fehlte. Der Junge erwiderte ihren Blick kurz, dann sah er zu Boden. Er war dort gewesen. Und er hatte nicht Maias Leiche getragen und war damit als Erster ins Rettungsboot geflohen. Sie schluckte. Sie hatten zwei Mal versucht, ihn zurückzulassen.

»Findest du es wirklich passend, dass wir hingehen?«, fragte Lucius.

Die Sklaven trugen Essen auf, und Constantia lag mit ihren Eltern und ihrem Bruder Marius zu Tisch. Jeder war besorgt um sie, besonders, als die Wandtabula die am Morgen gedrehten Imagi zeigte, eingebettet in die echten Aufzeichnungen der Rettungsbootlinsen. Die Explosion der *Bona Dea* wurde wieder und wieder gezeigt, dann weinende Angehörige. Die Fälschung schien perfekt zu sein, und die Ausrufergilde war üppig bestochen worden, um den Heldenmut des Praetorianerlegaten besonders zu betonen. Constantia wandte den Blick ab.

Marius, der jüngste ihrer drei älteren Brüder, der sonst bei Familienessen eher seine Langeweile zur Schau stellte, reichte ihr einen gefüllten Teller. »Hier. Nusspasta mit Goldoliven, dein Lieblingsessen. Und jetzt sagst du, du hast keinen Hunger, und dann sagen wir: Aber du musst was essen, Kind!«

»Ich habe keinen Hunger«, flüsterte sie, und er antwortete nicht wie angekündigt.

»Hast du gesehen, wie Titus gestorben ist?«, fragte er leise und schob sich das dunkle Haar aus der Stirn. Er sah Titus so ähnlich wie ein schmalerer, jüngerer Schatten.

Sie nickte und erinnerte sich an das Blut, das sie zunächst für Haarsträhnen gehalten hatte.

»Hatte er Schmerzen?«

»Ich weiß nicht. Sie haben ihm die Kehle aufgeschlitzt. Wie weh mag so etwas tun? Und wie lange?«, sagte sie flach.

Ihre Mutter sah sie an, fuhr dann jedoch in ihrem Gespräch mit Lucius fort. »Es ist vielleicht nicht passend, dass wir hingehen, jedoch absolut notwendig. In vielerlei Hinsicht. Zum einen ist es wichtig, dass wir uns als Familie zeigen. Zum anderen habe ich etwas geplant – bevor ich von der Tragödie wusste –, und dabei ist es wichtig, dass du dabei bist, Lucius. Wenn wir die Schule als Einnahmequelle etablieren wollen, musst du dich endlich aus Lucullus' Schatten bewegen.«

Constantia folgte der Unterhaltung ihrer Eltern, doch die Worte plätscherten an ihr vorbei.

»Vielleicht erscheint einem auch jede Sekunde wie eine Ewigkeit, während einem das Blut aus dem Hals spritzt«, murmelte sie. »Dann hat er lange gelitten.«

»Lucullus«, sagte Lucius und seufzte. »Ich wollte mich nicht mit ihm einlassen – nicht in Angelegenheiten, die über den Ludus hinausgehen. Aber da nun die meisten meiner Geschäftspartner ein vorzeitiges Ende ereilt hat ... muss ich vielleicht doch auf ihn zutreten. Sonst steht uns der Sturz in die Vergessenheit bevor.«

Lucius sah sich um, als könne sich alles um ihn herum – die Möbel, das Essen, die an die Wand projizierten Imagi – in Sand auflösen und den Palatin hinabrieseln.

»Und die Hadesdämonen fressen die Seelen, heißt es. Dann findet Titus keinen Frieden«, fuhr Constantia fort, und Stille trat ein.

Sie hörte, wie ihr Vater schluckte.

»Es waren keine Dämonen«, beschloss er.

»Du hast sie gesehen, Vater«, flüsterte sie.

»Constantia bleibt morgen besser hier. Es wird genügen, wenn du, ich und Marius hingehen«, sagte Cornelia bestimmt.

»Wohin?«, fragte Marius, der das Gespräch der Eltern offenbar ausgeblendet hatte.

»In die Arena«, antwortete Constantia bitter. »Sie wollen in die Arena, um neue Freunde zu finden und um in die Linsen zu winken. Um die Asche zu zeigen, die sie in den Haaren tragen. Direkt nach Titus' Totenfeier. Das Leben geht weiter.«

Ihre Mutter blickte sie streng an. Ihr Vater sah auf seinen Teller und ordnete die kandierten Primäpfel und die Wachtelflügel darauf neu an.

»Du bist eine Marina. Eine Lektion wie die, dass das Leben weitergeht, kannst du nicht früh genug lernen«, sagte Cornelia und versteckte die eigene Trauer hinter ihrem eisernen Willen.

Constantia nickte trotzig. »Dann gehe ich also mit in die Arena.«

Sie war erstaunt, dass auch der Sklave mitkam. Sie wusste nicht genau, welche Funktion er nun einnahm – er war nie an der Seite ihres Vaters gewesen, wenn dieser seine Familie in Rom besucht hatte, und ganz offensichtlich hatte er die meiste Zeit auf Schiffen verbracht. Auf Schiffen wie der *Bona Dea* oder auf Militärschiffen.

Vielleicht sollte er bereits jetzt die Leibwächterrolle übernehmen, auf die er vorbereitet worden war. Zusätzlich zu ihm nahm ihr Vater vier Praetorianer mit zur Arena, als habe er wesentlich mehr zu fürchten als ein paar sensationshungrige Berichterstatter. Auch als Legat durfte er die Praetorianer eigentlich nicht zu Privatzwecken nutzen, doch er verstieß immer wieder gegen diesen Grundsatz.

Sobald der Sklave die Sänfte, die sie zum Hafen bringen sollte, betreten hatte, schien er völlig außerstande, etwas anderes zu tun, als die Absonderlichkeiten der Stadt anzustarren, die sich einen ganzen Planeten einverleibt hatte. Constantia hatte ein schlechtes Gewissen, dass sie bereits wieder in der Lage war, sich über seinen Gesichtsausdruck zu amüsieren – dabei lag die Trauerfeier, bei der sie eine Urne ohne die Asche ihres Bruders beigesetzt hatten, erst wenige Stunden zurück. Ianos' Gestalt, ohnehin von nicht gerade imposanter Größe, und seine frisch rasierten Wangen, dazu der staunende Blick – all das ließ ihn wie einen Jungen wirken und ganz und gar nicht wie jemanden, der sich mit einem Übungsschwert zwischen Hadeskreaturen und seinen Besitzer warf.

Sie drängte das Bild fort, das unweigerlich in ihr aufstieg, glättete die Falten ihres Kleids. Es war schwarz, und aus ihren dunklen Locken rieselte bei jeder Bewegung Asche.

Die reichen Familien hatten auch aus ihrer Trauer ein Geschäft machen lassen, und so trug Constantia versteckt in ihrer aufwändigen Frisur kleine Vorrichtungen, aus denen Asche wirbelte. Dekorative Asche, mal grau, mal weiß oder schwarz. Schwere Asche, die niederfiel, und Asche, die hinter ihr herwehte oder beinahe in der Luft stehen blieb.

Am Palatin schob sich der Hafen in Sichtweite. Es war ein Interkontinentalhafen, denn Rom war groß, und mit der Sänfte hätten sie für den Weg zur Arena mehrere Tage benötigt. In einem Bereich der überwachten, breiten Stege ankerten Privatschiffe, in einem anderen die öffentlichen. Vor den Sonderschiffen zur Arena tummelte sich der Plebs in Trauben, um an Bord zu gelangen. Die Sänfte legte ein Stück Weg über einen tief unter ihnen liegenden offenen Platz zurück – ein alter Platz, zu ehrwürdig, um ihn zu überbauen, denn an der Stirnseite befand sich der Tempel der Ceres mit seinen senkrechten Gärten, seinen üppigen grünen Stufen und seinem Fluss, der aufwärtsfloss. Erneut blieb Ianos der Mund offen stehen.

Constantia fühlte sich nicht wohl in der Sänfte, wenn diese von den Hochwegen und Brücken abwich und einen Abgrund wie den des Ceres-Platzes überwand. Zu dünn schienen ihr dann die Wände und zu schwach der leise schnurrende Antrieb.

Schließlich hatten sie die Kluft zum Hafen überbrückt. Das Schiff der Mariner, eine schlanke kleine Barke, stand bereit, und ihr Umsteigen aus der Sänfte wurde von zahlreichen Gaffern begutachtet und von zahlreichen Linsen aufgezeichnet.

»Schultern runter!«, befahl Vedea.

Constantia straffte sich und warf ihr einen wütenden Blick zu. Ihre Eltern gaben dieser Sklavin viel zu viel Einfluss. In einer Wolke aus Asche stieg die Familie der Mariner in die Barke.

Kapitel VII

Das Schiff schnitt sich durch die Luft der Schnellverkehrsstraßen in den höchsten Höhen Roms. Sie ließen die Hügel der Mächtigen hinter sich, die Kuppel des Senats, den hochaufragenden Tempel des Iuppiters, der schon von Anbeginn der Zeiten an dieser Stelle stand und immer höher und höher gebaut worden war und dessen kolossale Statue mit dem erhobenen Blitz angeblich vom Orbit aus gesehen werden konnte.

In der Ferne blitzte das Meer. Wieder starrte der Sklave wie ein Schaf aus dem Fenster, als sei er nicht in der Lage, sich an den Anblick Roms zu gewöhnen. Constantia hörte mit halbem Ohr den Instruktionen Vedeas zu, die ihr noch einmal darlegte, zu welchen Fragen sie sich äußern durfte und mit welchen Worten.

»Nun sei schon still«, fuhr sie Vedea an. »Mutter, sie verwirrt mich nur noch mehr!«

Cornelia befahl der Sklavin, sofort zu schweigen, und wortlos legten sie den Weg zur Arena zurück. Schon von Weitem machte Constantia den massigen Bau auf einem Berggipfel aus. Steil ragten die unbebauten Felswände auf; die Serpentinen, die zu den Eingängen führten, waren voller Menschen. Zu Fuß und mit Fahrzeugen erklommen sie den Berg, Brücken von umgebenden hohen Häusern boten Abkürzungen, die die Besitzer der Häuser sich gut bezahlen ließen. Wie Ameisen krochen die Zuschauer hinauf, und Constantia wusste, dass viele von ihnen schon tagelang unterwegs waren.

Über dem Stadion ballten sich dunkle Wolken, die sich aus ringsum versteckten Generatoren speisten. Auf die Wolkenunterseiten wurden die Sensationen des Abends projiziert. Gesichter flackerten in der regenschweren Luft, Szenen aus vergangenen Kämpfen, Namen.

Constantia versuchte, die Hinweise auf den großen Kampf des Abends zu entschlüsseln. Die Waffen des menschlichen Kämpfers, dessen Gesicht nur maskiert gezeigt wurde, waren Schwert und Schild – sein Gegner jedoch musste eine Monstrosität sein. Ein Zusammenschnitt ihrer vornehmlichsten Eigenschaften – Stachel, Klauen und Zähne – wiederholte sich mindestens einmal in der Minute unter der Wolkendecke.

»Mantikor, ist längst bekannt«, kommentierte Marius.

Cornelia verzog abfällig den Mund. »Woher weißt du das?«

»Das ist ein Skorpionstachel. Außerdem kenne ich die richtigen Leute.«

»Und welche sind das wohl?«

»Ich habe meine Quellen.« Constantias Bruder grinste. Er war ein Taugenichts, jüngster Sohn bei vier Kindern. *Drei*, korrigierte sich Constantia. Sie selbst war noch einmal drei Jahre jünger als er, doch er wirkte nicht, als sei er Anfang zwanzig. Er hatte sich noch zu keinem Beruf, keiner Karriere entschließen können. Den Tempeldienst hatte er abgebrochen, beim Militär war er abgehauen und wochenlang bei obskuren Freunden in der Unterstadt abgetaucht, und neuerdings bezahlten seine Eltern einen griechischen Philosophen, der Patriziersöhne in seine exklusive Schule aufnahm. Trotzdem schien Marius noch reichlich Zeit zu haben, zweifelhafte Kontakte zu pflegen, sich die Nächte um die Ohren zu schlagen und zu viel zu trinken.

»Für einen Philosophen ist das nicht optional, sondern Pflicht«, pflegte er zu sagen.

Constantia musterte sein Gesicht. Bartlos, wie das aller Patrizier, die früh dafür sorgten, dass die Haarwurzeln in den Wangen zerstört wurden. Dafür hing ihm das lange dunkle Haar unordentlich in die Stirn. Er musste doch allmählich das Leben eines Mannes leben! Sie hingegen wartete lediglich auf die Ehe. Erst dann würde ihr Leben als Frau beginnen.

Das Schiff landete an einer hell erleuchteten Trasse, die der Reihe nach von den Schiffen der Patrizier angeflogen wurde. Wichtige Menschen wurden herausgelassen, dann mussten die Schiffe eilig wieder abheben, denn die Luft war voll mit Ankömmlingen, die die Spiele nicht verpassen wollten.

Beim Aussteigen versuchte Ianos, hinter den Leibwächtern, die die Mariner umstanden, unsichtbar zu werden.

»Was hat zum Versagen der Schilde geführt?«

»War es ein Eingreifen der Götter? Hatte das Schiff die Grenzen des Mare überschritten?«

»Wie kamen die Piraten an Bord?«

»Handelt es sich um einen politischen Anschlag?«

»Wie viele Menschen hast du getötet, um deine Tochter zu retten, Legat Marinus?«

»Wie viele Praetorianer waren an Bord? Wer hat sie befehligt?«

»Ich hatte definitiv keine Zeit zu zählen«, sagte Lucius in ein Audio.

»Die Praetorianer?«

»Die Menschen, die ich getötet habe. Mein Sohn ist als Held gestorben, um seine Verlobte zu retten. Leider starb sie kurz nach ihm.«

»Wie?«

»Ein geworfener Speer.«

»War sie durch einen Schild geschützt? Konnten die Piraten die Schilde durchdringen?«

»Ich versichere euch, die Schilde sind nach wie vor undurchdringlich. Es muss einen Saboteur an Bord gegeben haben, der den Schild der Außenhülle heruntergefahren hat.«

»Hast du einen Römer im Verdacht?«

»Meine Mannschaft unterliegt strengsten Kontrollen. Aber meine Gäste hatten natürlich ebenfalls eine große Zahl Sklaven an Bord.«

»Also war der Saboteur ein Sklave?«

»Ich sage nicht, dass er ein Sklave war.«

»Es ist wahrscheinlich, dass er ein Sklave war?«

»Es ist nicht unwahrscheinlich.«

»War es ein Zeichen der Götter?«

»Bei Iuppiter, von welchem Tempel bist du geschickt worden?«, fuhr Lucius den Mann an, der seine Tabula schwenkte und ein Gewand mit seltsamen Symbolen trug.

»Wie siehst du nun deinen Stand als Legat? Wirst du die Position behalten?«, übertönte eine der wenigen anwesenden Frauen die sich anbahnende Auseinandersetzung.

»Der Überfall auf mein privates Schiff war nicht mein militärisches Verschulden. Ich sehe keinen Grund, warum der Senat mir den Posten entziehen sollte.«

Langsam arbeiteten sie sich vor, und Ianos starb ein halbes Dutzend Tode, bis sich endlich die Tür zum Aufzug schloss, der sie in die Loge der Mariner brachte.

Die Aufzugtür öffnete sich in die stille, abgeschottete Kammer, die die Arena überblickte. Mit zahlreichen anderen Logen war sie wie zu einer Perlenkette aufgereiht in einem Rang, der sich etwa fünfzehn Passus über dem Boden der Arena befand.

Die Arena.

Ianos gelang es auch diesmal nicht, im Schatten seines Herrn zu bleiben. Während er näher an das Fenster trat, erhellte sich der Raum.

»Constantia – der Flur. Die Senatoren warten«, sagte Lucius Marinus leise und zog seine Tochter sanft zur Tür zurück. Die Aufzugkapsel war verschwunden, die Tür öffnete sich nun zu einem Korridor voller Licht und Spiegel und Lärm.

Constantias zurückgewonnene überhebliche Selbstsicherheit schien verpufft zu sein. »Muss ich? Ich kann diesen ganzen Angehörigen nicht ins Gesicht sehen.«

»Lasst sie doch mal!«, forderte Marius, erntetet jedoch einen strafenden Blick seines Vaters.

»Maias Mutter ist nicht hier – sie geht nie in die Arena. Aber genug andere Familien sind hier, und wenn wir uns schon den Berichterstattern gestellt haben, sind wir es ihnen schuldig, dass wir sie in aller Form um Vergebung bitten und unsere Anteilnahme ausdrücken. Und sie uns die ihre, wir haben Titus schließlich auch an den Dis Pater verloren, verdammt!«

Sie folgte ihrem Vater. Die Tür schloss sich hinter ihnen.

»Es ist der Gladiator, richtig? Unserer. Der Rothaarige.« Marius grinste seine Mutter an, die sich mit einem Seufzen in einen Sessel sinken ließ. Vedea stand hinter ihr, die Leibwächter hatten den Raum mit Lucius Marinus verlassen.

»Ja. Hätte ich gewusst, was passiert, hätte ich nicht so viel Geld in das Herz investiert. Andererseits – wenn wir jetzt ruiniert sind, weil das lächerliche Schiff deines Vaters in die Luft geflogen ist und all seine Freunde mit in die Unterwelt gerissen hat, dann haben wir nun wenigstens eine atmende, kämpfende Geldanlage.«

»Wenn er den Mantikor überlebt.«

»Ich bitte dich. Die Priester haben mir versichert, dass Spartacus optimal läuft. Und er hat das nötige Talent, um es aussehen zu lassen, als kämpfe er um sein verdammtes Leben. Und wehe, du verrätst es deinem Vater!«

Marius grinste, öffnete eine gut verborgene Wandtür und begutachtete die Amphoren Wein dahinter. Ianos hatte keine Ahnung von den Etiketten, vermutete aber, dass der junge Mann den teuersten heraussuchte. Er schillerte türkis.

Der Sklave wandte sich ab. Die Arena war in Dunkelheit getaucht, doch die Ränge erstrahlten bereits in geisterhaftem Licht. Hoch über dem offenen Rund, dessen Durchmesser sicherlich eine halbe Meile betrug, ballten sich die finsteren Wolken, und die Ankündigungen für den Abend flackerten über das gigantische Stadion.

Plebejer mit unterschiedlichen grellflammenden Signalen auf ihren Umhängen oder Tuniken fanden sich auf den Rängen zusammen. An einigen Stellen brachen Tumulte zwischen den Gruppen aus. Fliegende Stände bewegten sich die Ränge hinauf und hinunter, verkauften Essen und Getränke, Fahnen und farbig leuchtende Trichter, die offenbar einen ohrenbetäubenden Krach machten, wenn man hineinblies. Ianos hörte es nicht – hier war er von allen Geräuschen außer dem Rascheln des Teppichs abgeschirmt.

»Du bist das erste Mal hier, oder, Sklave?«, bemerkte Marius. »Warte mal.«

Er betätigte einen Schalter an der Wand, und Ianos schrie auf, als der Boden sich plötzlich auflöste.

Er stürzte jedoch nicht – Boden, Decke und sogar drei der Wände waren schlicht durchsichtig geworden, nein, mehr als durchsichtig, unsichtbar! Sie gewährten ihm Blicke auf die Ränge über und unter ihnen, auf denen sich bereits Hunderte, nein, Tausende Menschen auf Steh- oder Sitzplätzen tummelten.

»Und jetzt noch ...« Ein weiterer Schalter, und erneut setzte Ianos' Herz aus – er wich zurück und klammerte sich an einen Sessel, in den er sich nicht zu setzen wagte. Der Lärm, der auf ihn eindrang, war ohrenbetäubend. Waren es menschliche Stimmen? Der Hall im Arenarund? Die Geräusche waren beinahe irrsinniger als das tickende Geräusch der Beine, das ihn seit dem ungleichen Kampf gegen die Chimaira in seine Träume hinein verfolgte.

»Die einzig wahre Art, einen Kampf zu genießen«, brüllte Marius gegen den Lärm an.

»Lass es!«, keifte Vedea, und der Raum schien ihrer Stimme

zu gehorchen. Marius verdrehte die Augen, während alles wieder in gnädige Stille getaucht wurde. Die Durchsichtigkeit des Bodens beließ Vedea. Unter Ianos' Schuhen gähnte der Abgrund. Unruhig trat er von einem Fuß auf den anderen.

Nach endlosen Minuten, in denen sein Blick keine Ruhe fand und die wimmelnden Menschenmassen ihm immer wieder etwas Neues boten, das sich zu betrachten lohnte, öffnete sich die Tür zum Gang, und Lucius Marinus trat ein, gefolgt von seiner Tochter und einem weiteren Mädchen ihres Alters.

Wenn Constantia überheblich gewirkt hatte, bevor der Tod ihres Bruders an ihrer Maske gerüttelt hatte, so wirkte dieses Mädchen geradezu hochmütig. Ihr Gesicht war bleich geschminkt mit dunkelroten Lippen, die Augenlider in flammenden Farben betont. Ihre spitze Nase war wie ein Schnabel, der sich nicht scheuen würde, in Wunden zu bohren, und ihr silbernes Kleid war so durchscheinend, dass Ianos ihre Unterwäsche sehen konnte. Seinem Blick begegnete sie mit siegessicherer Miene.

Constantia zog sich mit ihrer Freundin auf einen gepolsterten Sessel zurück.

»Gaia!«, sagte Marius. »Was für eine Freude. Hat deine Familie aufgehört zu gaffen, und nun suchst du andere Leute, die du schockieren kannst?«

»Ich bin hier, um deine Schwester zu trösten, denn offenbar ist es ja zu viel verlangt, dass du es mal versuchst!« Das Mädchen setzte sich auf die breite Lehne und zog Constantias Kopf, von dem immer noch Asche rieselte, an ihre Schulter. »Die Arena ist wirklich nicht der richtige Ort für Trauernde.«

Lucius und Cornelia Marinus bedachten sie mit einem strafenden Blick, erwiderten jedoch nichts und ignorierten die Anwesenheit der Patriziertochter.

Nur Vedea schien nicht gewillt, Gaias Worte auf sich beruhen zu lassen. »Domina Marina hat von langer Hand ein Geschenk vorbereitet. Und nach der Rückkehr des Dominus' und dem Tod so vieler Freunde ist dieses Geschenk umso wichtiger. Du verstehst es nicht, Gaia Sabina, denn deine Familie hat so wenig Feingefühl für den richtigen Zeitpunkt oder die Wichtigkeit von Verbündeten wie der Kuckuck, dem ebenfalls gleichgültig ist, was seine Kinder tun.«

»Diese freche Sklavin«, sagte Gaia leise und streichelte Constantias Kopf. »Ich werde sie euch eines Tages abkaufen, nur um sie einmal richtig auspeitschen zu dürfen.«

Ianos bemühte sich, nicht zu ihr hinüberzusehen. Waren die Sabiner eine verfeindete Familie? Oder erlaubte sich Gaia Sabina einen Scherz?

Marius schaltete das Audio lauter. »Es fängt an!«

Während der Jubel aufbrandete, flüsterten Constantia und Gaia miteinander. Ianos warf ihnen einen Blick zu, und bemerkte, dass sie ihn musterten – so wie Maia und Constantia ihn während der Feier auf der *Bona Dea* gemustert hatten. Es überlief ihn kalt. Als das Licht der Scheinwerfer die Dunkelheit der Arena durchschnitt, wandte er sich von den Mädchen ab.

Nebel waberte dort unten. Die Scheinwerfer tauchten den Dunst in unterschiedliche Farben, dann wirbelte er umher, ballte sich zusammen und stob um eine Figur in der Mitte der Arena auseinander. Dort stand ein Mann – er riss die Arme hoch und verbeugte sich, der Jubel wurde lauter. Ianos brauchte einen Moment, bis er begriff, dass dieser Mann kein Mensch war. Es war ein Automaton, eine Maschine. Als er begriff, wie groß diese Maschine war, erkannte er erst, wie riesig die Arena war.

Eine mächtige Stimme hallte durch das Audio. »Deus ex machina präsentiert euch den Meister der heutigen Spiele: Quintus Clodius Quadrigarius!«

Der Automaton breitete die Arme aus, winkelte mit einer eleganten Bewegung den linken Arm an und hielt seine Handfläche auf Brusthöhe. Sein Brustkorb öffnete sich, und auf seine Hand trat ein Mann.

Oder war es eine weitere Maschine, in der noch ein Mann steckte? Ianos schüttelte den Kopf.

Die Tür im Brustkorb schloss sich, und der auf der linken Handfläche stehende Mann und der Automaton gaben sich die Rechte – eine gigantische metallene Rechte und eine winzige menschliche.

»Deus ex machina! Wo Sklaven versagen, kommen wir«, gellte eine Frauenstimme vor einer lauten Melodie.

Ianos wagte nicht zu fragen. Er sah zu, wie der Mensch von der Maschine herumgetragen wurde.

Seine Stimme gellte durch das Arenarund: »Volk von Rom!«

Augenblicklich waren an allen erdenklichen Stellen Imagi seines Gesichts zu sehen – von vorn, im Profil, von schräg unten. Sogar unter den Wolken prangte sein Antlitz für all jene, die noch nicht eingelassen worden waren.

Etwas veränderte sich an der Arena. Der Nebel war davongewirbelt. Strukturen bildeten sich im Untergrund – flirrend, als bestünden sie aus der gleichen Energie wie die Schilde und könnten ebenso leicht verändert werden. Und an zwei gegenüberliegenden Stellen des Arenarunds *öffneten* sich nun die Reihen der Tribünen.

Ianos starrte hinüber. Den meilenhohen Spalt links von ihm füllte nichts als gleißendes Licht. Der rechte war in Schwärze getaucht. Im Licht erschien … eine Kreatur, die den Kopf in den Nacken legte und heiser kreischte. Der Ton wurde vervielfältigt, die Menge verstummte kurz.

»Volk von Rom! Ich heiße euch zu den ersten Spielen dieses Herbstes willkommen! Und andere … wenige … heiße ich zu ihren letzten Spielen willkommen. Volk von Rom: Jubelt für die Todgeweihten!«

Der Moment des Schweigens war vorbei, tosend forderte das Volk von Rom das erste Spektakel.

Den zum Tode Verurteilten war die Vergebung ihrer Sünden versprochen worden, wenn sie die helle Öffnung erreichten, zu der sich die Ränge der Arena geöffnet hatten. Es waren zehn Verurteilte, und die Gelegenheiten, auf dem Weg vom dunklen zum hellen Ende zu sterben, waren mannigfach.

»Ich verachte es«, flüsterte Gaia in Constantias Ohr. »Wie sie sterben müssen, um die Massen zu unterhalten. Und jeder sieht es. Wer es nicht hier sieht, sieht es auf den Tabulae, in Nahaufnahme. Und wenn alle tot sind, gibt es ein freies Getränk für jeden im Stadion.« Sie schnalzte mit der Zunge.

Gaia hatte für viele Dinge nur Verachtung übrig. Sie las die Philosophen, auch die, die man besser nicht las. Ihre Mutter gestattete ihr einen griechischen Hauslehrer und Exkursionen, wohin sie wollte, um ihre *Studien* zu betreiben.

Studien. Dieses Wort verwendete auch Marius, wenn er mal wieder nach billigem Wein stinkend von seinen Ausflügen in die Unterstadt zurückkehrte. Allerlei seltsame *Studien* mussten die jungen Philosophieschüler betreiben, die den Alten nur ein müdes Kopfschütteln über die Jugend entlockten …

Gaia standen mehr Wege offen als Constantia. Ihre Familie, die Familie der Sabiner, pflegte eine lange Tradition, in der Frauen mehr galten als in den anderen römischen Patriziergeschlechtern. Das war ihrem Ruf unter den anderen Familien nicht immer zuträglich, doch Constantia bewunderte Gaia für ihre Selbstsicherheit und ihre Freiheiten.

»Der Sklave – ist er schwachsinnig? Dass er nur hinausstarrt?«, flüsterte Gaia.

»Er hat es noch nie gesehen. Er war noch nie in Rom.«

Gaia kicherte. »Es muss ein Kulturschock sein. Er sieht gut genug aus, dass man darüber hinwegsehen könnte, dass er so klein ist. Über Schwachsinnigkeit hinwegzusehen fiele schwerer. Es ist eine Ehre für ihn, hier zu sein und starren zu dürfen.«

Constantia runzelte die Stirn. Es war in der Tat seltsam, dass er keine Aufgabe erhielt, dass er einfach hinausblicken durfte. Sklaven erhielten selten das Privileg, tagelang Rom zu bewundern.

Draußen wurden nun die Leichen durch den finsteren Eingang fortgeschafft, durch die Pforte des Todes. Trotz der frenetischen Anfeuerungsrufe vom entgegengesetzten Ende der Arena hatten sie es nicht einmal bis zur Hälfte geschafft. Die Fallen und Dornen und zuschnappenden Mäuler, die der Arenaboden bilden konnte, glätteten sich, und die Blutflecke wurden in Sekundenschnelle neutralisiert. Wieder waren einige Verbrechen gesühnt.

Nun erschienen die Gladiatoren, wurden auf unterschiedliche Arten präsentiert; aus Nebelwolken enthüllten sie sich ihren Anhängern, sie wurden auf Plattformen aus dem Boden gehoben oder schwebten von den obersten Rängen herab. Das Publikum jubelte, als bekannt gegeben wurde, wer gegen wen kämpfen sollte.

Gaia hörte zu und legte dann den Kopf schräg. Ihre Lider und Augenbrauen schillerten wie die Schuppen eines Fischs.

»Wo ist euer Rothaariger? Kämpft er nicht?«

»Ich weiß nicht … Ich habe mich nicht auf den neusten Stand gebracht, was Gladiatoren angeht, bitte entschuldige«, entgegnete Constantia.

Gaia strich ihr über das Aschehaupt. »Ach, natürlich nicht. Es ist auch dumm, dass du überhaupt hier bist. Einen Bruder muss man angemessen betrauern.« Sie hatte es laut genug gesagt, dass ihre Worte auch von den anderen im Raum gehört wurden, doch nun erhob Quintus Clodius Quadrigarius die Stimme, während die ersten Gladiatoren aufeinander losgingen. Er kommentierte, er spottete, er tat seine Meinung kund – und wie stets war er so geistreich dabei, dass selbst Gaia seine Rhetorik bewunderte.

»Gleich ist Pause. Dann wird dein Vater wieder Hände schütteln gehen. Ist es nicht tragisch, wie alles immer wieder von vorn losgeht? Letztlich schrumpft das römische Imperium immer darauf zusammen, wer mit wem Hände schüttelt. Und wer nicht.«

»Salve«, murmelte Constantia ironisch und hob ein Glas, in das Vedea eilig Wein einschenkte. »Für den Senat und das Volk Roms!«

Die Spiele plätschern so dahin. Unten bluten die Kämpfer, und oben führen die Reichen gelangweilt Gespräche. Natürlich feiern sie die Siege ihres Favoriten – aber die Spiele sind lang, und nicht jedem Kampf sieht man aufmerksam zu.

So wie auf den einfachen Rängen gewettet wird, welcher Favorit dereinst eines der begehrten sechs Herzen erhält, so wird in den Logen über die vakanten Senatsplätze spekuliert – intern vergibt man sie schon einmal, bevor das in wenigen Tagen im Senat diskutiert wird.

Auch Lucius Marinus wirkt daran mit, an diesen Gesprächen, jedoch im Schatten jener großen Männer, die in ihm genau das sehen: einen Mann im Range eines Schattens. Der Puppenspieler, der ihn in Position bringen wollte, so wie ich seinen Sklaven in Position gebracht habe, ist erzürnt über den Ausgang der Spazierfahrt mit der Bona Dea. *Doch er kann es nicht zeigen – offiziell hatte er nichts mit der Auswahl der Männer und Frauen zu tun, die an Bord waren.*

Lucius Marinus' Tochter steht daneben und sieht elend aus. Das ist die Rolle, für die ihr Vater sie braucht – sie zeigt das, was er verlernt hat zu zeigen, den Schmerz, die Trauer, den Groll darüber, dass sofort wieder das politische Spiel gespielt wird. Die Senatoren, die ebenfalls Angehörige verloren haben, fühlen sich von ihr verstanden, auch wenn oder gerade weil sie nur auf ihre Fußspitzen starrt.

Oh, das Signal ertönt! Nun wird er kämpfen, der Mann, der der meine ist, seit er dreizehn Jahre alt wurde.

Mein Finger gleitet über den blutleeren Spalt, den ich in Ti-

tus' Brustkorb geschnitten habe. Über seinem Herzen. Lucius Marinus hat das Herz meines Mannes, ich habe das seines Sohnes.

Der verlassene Tempel erstreckt sich rings um mich. Dunklere Kreaturen als die, die an Bord kamen, haben die Kammern in den Stein getrieben. Doch sie sind schon so lange fort, dass das Universum sich kaum mehr an sie erinnert, haben sich gegenseitig in Kriegen ausgelöscht, um Raum für die nächste habgierige Spezies zu machen. Nach ihnen wagte sich lange niemand hierher. Seit wenigen Jahrzehnten erst gibt es wieder ein Volk im Hades.

Das Alte hier unten scheint nachzuatmen, auch nach seinem Tod. Ich habe darum gebeten, mich seinem Atem auszusetzen, seinen Ort nutzen zu dürfen.

Über Titus' Herz singe ich.

Ich singe den Fluch.

Der Fluch wird von mir an Titus' Herz gebunden und auf meinen Sendboten übergehen und von dort auf die Mariner, durch die bloße Berührung seiner Fingerspitzen.

So wird es geschehen.

Nach der Pause, in der Marius die Wiederholungen in Nahaufnahme auf das große Fenster holte und mit den Perspektiven spielte, bis Vedea das Ganze mit einer Handbewegung beendete, hatten sich einige Männer mit ihren Sklaven in die Loge der Mariner gesetzt.

Vedea hielt sich seitdem hinter dem Sessel von Cornelia Marina. Sie wusste, dass sie eine wertvolle Sklavin war, nur wenige Cyprioten besaßen ihre Gabe, mit Daten zu kommunizieren, und in keinem anderen Volk war diese besondere Gabe bislang aufgetaucht. Mens Machinae nannte man sie in Rom, und sie erzielten auf dem Sklavenmarkt die höchsten Preise. Lucius hatte Vedea bei einem Feldzug gefangen nehmen lassen und sie an den Kontrollen vorbei nach Rom geschmuggelt. Seither hielten die Mariner ihre besondere Sklavin geheim.

Wie viele seltsame Sklaven mochte er noch geheim halten, auch vor Constantia? Sie erinnerte sich an die Frau auf der *Bona Dea*, die Sklavin, vor der selbst die Sklaven Angst gehabt hatten. Vor ihrem bösen Blick. Auch sie hatte ihr Vater nie zuvor mit nach Rom gebracht.

Nun ist sie tot. Wie Beata.

Constantia musterte Vedea. Sie wusste nicht, ob ihre Eltern die seltene Gabe der Sklavin wirklich ausnutzten. Vielleicht war es letztlich ihr Wert, und nicht ihr Nutzen, weshalb die Mariner sie behielten. Wenn es einmal notwendig war, mochte Vedea ihr Gewicht in Gold wert sein.

Quintus Catullus und Marcus Fannius hatten sich zu ihrem Vater in die Loge gesellt, zwei Männer, die Lucius bislang gering geachtet hatte. Quintus Catullus war ein Konkurrent um militärische Posten und zudem ein Plebejer, der mit exotischen Sklaven zu Reichtum gelangt war. Marcus Fannius entstammte einem verarmten Geschlecht.

Als dritter Gast hatte Marcus Terentius Lucullus in einem der Sessel Platz genommen. Ihm gehörte die Gladiatorenschule, zu einem Großteil. Constantias Großvater hatte sich mit einem kleineren Anteil darin einkaufen können, und Lucius hatte diesen Anteil mit weiteren Einlagen stets vergrößert. Die Schule war nach wie vor eine gute Geldanlage – und der traditionsreichste Ludus auf ganz Rom.

Lucullus machte keinen Hehl daraus, dass er der wahre Meister der Spiele war – auch wenn er meist hinter den Kulissen blieb und nur ein einziges Spiel, ein Jubiläum, selbst moderiert hatte. Quadrigarius war sein Lieblingsmoderator, dieser war perfekt in der Selbstinszenierung. So hatte er seinen Familienzweig vor einigen Jahrzehnten bereits Clodius genannt, obwohl er den einflussreichen Claudiern entstammte. Als Clodier war er Plebejer – und näher an den Sympathien des Volkes als jeder andere. Die Zuschauer hingen an seinen Lippen, als der Kampf des Abends angekündigt wurde; Streitwagen mit Tänzerinnen fuhren ein und drehten Runden um ihn, die Räder hinterließen nachglühende Funken aller Farben auf dem Arenaboden.

Constantia hatte große Lust, einfach zu schlafen. Lucullus betrachtete sie ungeniert, und sie wusste schon seit einiger Zeit, dass er auf der Liste der möglichen Heiratskandidaten stand, sollte sich ihr Vater jemals entscheiden.

Lucullus war der vielleicht reichste Mann des Planeten – denn er war der einzige Erbe einer wohlhabenden Familie und vereinte somit alle Güter, allen Luxus, alle Mittel, die ihm vermacht worden waren, auf sich. Er trug extravagante Gewänder, verzichtete jedoch auf allzu plumpen Prunk. Ein schmaler Armreif, ein Siegelring, eine goldene Kette um seinen Hals waren sein einziger Schmuck. Das Amulett daran war einzigartig: Es konnte seinen ganzen Körper mit einem Schutzschild umgeben, benötigte dafür jedoch so viel Energie, dass es angeblich alle Stromquellen in der Umgebung leer sog.

Er war ein Lebemann, einige Jahre älter als ihr Vater, gönnte sich alle Freuden, die Geist, Körper und Seele begehrten. Sein Leib zeigte die Folgen seines Lebenswandels, auf operative Wiederherstellung seiner Schönheit verzichtete er jedoch, im Gegenteil, er kultivierte seine Hängebacken und Tränensäcke als Ausdruck einer Lebensphilosophie, die er jedem mitteilte, der danach fragte.

Gaia ekelte sich vor ihm, doch Constantia sah einer möglichen Ehe mit Gleichmut entgegen. Er war nicht dafür bekannt, häufig bei Frauen zu liegen, und ein Leben in seinem Haus war sicherlich nicht zu verachten.

Sie warf einen Blick hinaus – und glaubte an eine optische Täuschung: Quadrigarius hatte seinen Umhang fallen lassen, als er auf den letzten der Wagen aufsprang, um aus der Arena zu gelangen. Unter dem Mantel regte sich etwas, menschliche Formen bildeten sich aus.

Als Constantia nun doch neugierig in die Arena blickte, öffnete sich hinter ihr erneut die Tür. Batiatus, der Ausbilder der Gladiatoren, betrat die Loge. Der muskelbepackte Mann war rasch gealtert, doch immer noch hatte er diese Aura des unbesiegten Kämpfers.

»Ha! Glaube ich es?«, stieß ihr Vater aus. »Wenn Batiatus hier ist, kann das nur eins bedeuten: Der Kampf des Abends ist unserer!«

Unter dem Mantel auf dem Arenaboden kauerte nun, gut erkennbar, ein Mann. Der Mantel, vorher dunkelrot, wurde durchsichtig. Schließlich verschwand er vollständig. Vom Rot blieben nur die Haare des Mannes, der dort hockte und auf seine eigenen Hände starrte.

Sein vom Kinn abwärts enthaarter Körper glänzte bronzen, nach Sitte der Gladiatoren eingeölt. Er war nicht so dunkel wie der Sklave, der nach wie vor dem Geschehen in der Arena folgte und dabei an einer schmalen Kette rieb, die ihm um den Hals hing. Die Haare des Gladiators waren sicherlich nachbehandelt, denn sie leuchteten wie Feuer.

»Richtig, mein lieber Gemahl«, sagte Cornelia ein wenig gestelzt angesichts des hohen Besuchs in der Loge. »Spartacus hat sein Herz erhalten. Das dritte der sechs göttlichen Herzen. Das ist mein Geschenk an dich, trotz unseres schrecklichen Verlustes.«

Lucius stand auf und küsste seine Frau, sichtlich gerührt, auf die Stirn.

Der kauernde Mann auf dem spiegelnden, konturlosen Arenaboden stand auf, und er war nackt bis auf einen Schurz. Er trug nicht einmal Waffen.

»Na toll«, kommentierte Gaia. »Bist du sicher, dass dieses Herz eine gute Investition war, wenn er jetzt in einer Unterhose kämpfen muss? Unbesiegbar machen ihn die paar Hormone und Naniten schließlich nicht.«

Constantia stand auf. Die überall in die Arena projizierten Imagi zeigten den Gladiator in Großaufnahme, doch Constantia trat neben den Sklaven und sah hinunter. Spartacus war klein von hier oben. Er erhob sich, und dann verharrte er dort, mit flammendem Haar und einem Blick, der nicht gleichgültiger hätte sein können.

Tausende Menschen skandierten seinen Namen: »Spartacus! Spartacus! Spartacus!«

So liebte Rom seine Helden – gleichgültig gegenüber dem drohenden Verderben, gleichgültig gegenüber unsterblichem Ruhm.

Der Lanista Batiatus trat mit einer Tabula zu Constantias Eltern. »Wir sehen hier seine Vitalfunktionen. Hierüber können wir ihn auch ein wenig stärken. Oder schwächen, je nachdem, wie spannend der Kampf sein soll. Aber ich würde sagen – es ist sein erster mit Herz, wir sollten ihn einfach gewähren lassen, es sei denn, er ist in Lebensgefahr.«

Spartacus wandte seinem Feind den Rücken zu – erneut hatte sich das Arenarund an einer Seite zu einer langen, dunklen Spalte geöffnet, aus dem Nebel in langen Fingern wallte, den Gegner ankündigend, der nun die Menschenmassen in wohligverzückte Furcht stürzte.

»Mantikor, sag ich doch«, kommentierte Marius und streckte die Hand nach seinem Weinglas aus.

Spartacus ballte die Hände zu Fäusten. Die Menge seufzte – jeder Muskel seines Körpers schien gespannt, bereit, seine Kraft freizusetzen. Sein Körper, ölglänzende Narben auf dunkler Haut, schien ihnen Geschichten zu erzählen wie ein offen daliegendes Buch. Er ging leicht in die Hocke, und dann sprang er.

Die Praetorianer waren harte Kämpfer, und Ianos hatte einige Jahre seines Lebens in ihrer Nähe zugebracht. Doch sie kämpften nicht, um Zuschauer zu belustigen oder zu Tränen zu rühren.

Spartacus tat das. Waffen erhielt er nur, wenn er Aufgaben erfüllte, und so zitierte er aus den *Metamorphosen*, damit sich ihm die Unterwelt öffnete und aus den Tiefen unter der Arena einen Schild freigab. Er rettete mit übermenschlicher Geschwindigkeit einen Wolfswelpen, der in einem Käfig baumelte, vor den hungrigen Lefzen des Mischwesens und erhielt dafür einen Helm. Das Schwert war dem Mantikor als zweite Schwanzspitze neben dem Skorpionstachel implantiert worden, und der Gladiator ließ sich beinahe aufspießen, um es zu erobern. Als er endlich bewaffnet war, erklomm er die Kreatur und sorgte schlussendlich, auf deren Kopf stehend und gegen den Stachel kämpfend, dafür, dass das Monstrum sich selbst mit einem Hieb auf den Hinterkopf tötete.

Er blutete aus zahllosen Wunden. Die Massen tobten in Bewunderung für ihren neuen Helden.

Ianos fragte sich, ob er einem echten Kampf oder einer Inszenierung beigewohnt hatte. Das alles fühlte sich so sehr nach einer Scharade an wie Gaia Sabinas Kleidung.

»Da hat er noch nicht viel von seinem Herzen aktiviert«, kommentierte Batiatus. »Da geht noch mehr.«

Doch Lucius Marinus und seine Frau strahlten, und auch Batiatus sah zufrieden aus. Ianos sah verwirrt von einem zum anderen.

Auf einmal drängten Menschen in die Loge – sie gratulierten Lucius Marinus, sie nannten ihn ihren Freund, sie lobten seinen Weitblick, und sie hatten alle immer schon gewusst, dass etwas Großes aus Spartacus werden würde. Drei Herzen lagen noch im Tempel – nun schien es möglich, dass endlich alle sechs verteilt werden würden. *Was dann wohl passieren würde?* Doch keiner tat Ianos den Gefallen, diese ungestellte Frage zu beantworten.

Constantia hatte sich wieder zu ihrer Freundin zurückgezogen, die beiden Mädchen unterhielten sich über Dinge, von denen Ianos vermutlich nichts verstand. Sie sahen mal zu ihm herüber, mal zu den Neuankömmlingen, die Hände schüttelten und Schultern klopften.

Gaia Sabina war auf eine Art und Weise hübsch, die sie nicht zunichtemachen konnte, auch wenn sie es offenbar durch grelle Schminke und verpönte Kleidung versuchte. Constantias Blick konnte er nicht erwidern. Die Asche in ihren schwarzen Locken, die Trauer in ihrem Gesicht – sie war noch nicht wieder in jene höhere Schicht zurückgekehrt, aus der sie einst auf ihn herabgesehen hatte. Vielleicht hasste sie ihn bald dafür, dass er sie so sah – seit den Stunden im Rettungsboot, in dem sie beinahe gleichwertig gewesen waren.

Er wurde aus seinen Gedanken gerissen, als er seinen Namen hörte – den Namen, auf den er schon seit Jahren reagierte.

»... Lucianus hier.« Lucius Marinus winkte ihn heran.

»Klein. Die Zuschauer mögen große Kerle lieber. Ist männlicher«, erläuterte der Ausbilder.

Ianos taumelte wie ein Schlafwandler durch die Besucher.

Lucius Marinus strahlte ihn an. »Lucianus, der Lanista wird dich mitnehmen. Beweise dich, und du kannst es weit bringen.«

»Er ist überwältigt«, sagte der Ausbilder mit einem wissenden Lächeln. »Ich nehme ihn mit. Muss ich etwas über ihn wissen?«

»Nein. Guter Kämpfer, nicht ganz dumm. Ein bisschen klein halt. Das meiste an ihm liegt für das Auge offen da.«

»Das ist bei einem Gladiator nie schlecht. Hübsch ist er immerhin.«

Der Lanista Batiatus fasste Ianos' Kinn. Seine Hand roch nach Rosenwasser und Basilikum.

»Dann, Sklave. Mach mich stolz, so wie Spartacus«, sagte Lucius Marinus zur Verabschiedung, und dann, an den Lanista gewandt: »Es wurde höchste Zeit, dass ich wieder mehr in die Schule investiere.«

»Es lohnt sich, Dominus Marinus«, sagte Batiatus, »der heutige Abend hat sich schon sehr gelohnt. Du wirst sehen, man wird dir Werbeverträge anbieten, Spartacus' Gesicht wird morgen bis zum Rand des Mares bekannt sein. Komm, Junge, wir gehen runter. Du musst ja schier platzen vor Aufregung.«

Ianos starrte ihn an und fühlte nichts als blankes Entsetzen.

Kapitel VIII

»Ich glaube, er ist wirklich schwachsinnig. Jetzt haben sie ihm quasi sein Todesurteil verkündet, und er guckt immer noch wie ein Schaf.«

»Er hat Angst«, widersprach Constantia. »Siehst du das nicht?«

Der Sklave verließ den Raum hinter dem Lanista.

»Dabei hatte er keine Angst, als er sich zwischen Maia, mich und die Dämonen stellte ...«

Constantias Stimme verendete. Sie erhob sich. Letzte Ascheflocken wehten durch den Raum. »Ich will ... kurz allein sein«, brachte sie hervor, dann stürmte sie durch die Loge und hinaus auf den Gang.

Sie hatte auf kühle Luft gehofft, doch hier war es stickiger als in der Loge. Spiegel zeigten sie auf vielfache Weise, gebrauchte Becher und Karaffen standen auf kleinen Tischen. Der Gang war menschenleer, all die händeschüttelnden Patrizier saßen in ihren Logen.

Constantia betrat einen Aufzug, rieb mit den Händen durch ihr Haar, um die Asche loszuwerden, zog die kleinen Schläuche aus ihrer Frisur, aus denen noch etwas Asche wirbelte.

»Junge Domina Marina«, hieß das Audio sie willkommen. »Wo soll ich dich hinbringen?«

Sie gab eine Antwort, war sich jedoch selbst nicht sicher, wie diese ausgefallen war. Es ging abwärts, dann bat das Audio sie, den Aufzug zu wechseln. Menschen drängten sich um sie, doch sie blickte zu Boden. Eine Arenawache öffnete ihr den nächsten Aufzug, und weiter abwärts ging es, abwärts und abwärts und abwärts. Die Tür glitt auf – hier unten endlich war es kühl. Eine Ahnung von Gebirgsluft wehte herein.

Ein großer Raum, schmucklos, teilte sich in drei schlecht beleuchtete Gänge.

Die Katakomben der Arena. Ein Grausen durchfuhr sie. Geräusche drangen an ihr Ohr, Stimmen, Tierlaute, das Stampfen der Menschenmassen von oben.

Sie sah die muskulöse Statur des Lanista vor sich im mittleren Gang verschwinden, die fahle Beleuchtung verschluckte ihn langsam.

»Lanista Batiatus!«, rief sie aus.

Er wandte sich um.

Auch der Sklave hielt an, er sah bemitleidenswert neben dem Ausbilder aus. Gehorsam. Mit hängendem Kopf. Als sie näher kam, richtete er sich auf.

»Junge Domina! Wie kann ich dir helfen? Hier ist kein Ort für eine Jungfrau wie dich!«, ereiferte sich Batiatus und streckte ihr die manikürten Hände entgegen.

»Mein Vater gab mir noch etwas für den Sklaven mit. Erlaubst du, dass ich euch kurz begleite?«

»Ja, ja, natürlich. Hast du denn keine Sklavin bei dir, die sich um dich kümmert?«

»Meine Sklavin Beata ist tot, werter Lanista.«

Er wagte nicht, weiterzufragen. Gemeinsam folgten sie dem Gang bis zu einem blau leuchtenden Energieschild, der eine Tür zusätzlich verriegelte. Eine Luduswache war davor postiert.

»Lass mich den Burschen nur hier hinter die Tür bringen, das ist mein Revier, dann fühle ich mich besser. Bei Sklaven weiß man nie. Bin selbst lang genug einer gewesen.« Er kicherte, sein Handabdruck öffnete Tür und Schild. Sie trat ein, und hinter ihnen schloss sich beides ohne Batiatus' Zutun.

Auch auf dieser Seite des Durchgangs war ein schwer bewaffneter Söldner des Ludus postiert. Maskiert, mit Schwert,

Spieß und Balliste bewaffnet. Er stand so ausdruckslos da wie ein abgeschalteter Automaton.

»Darf ich kurz mit ... deinem neuen Schüler allein reden?« Constantia dachte fieberhaft über einen Grund nach. »Um ihm das ... das Amulett von meinem Vater zu geben?«

Sie hatte die Kette unter Ianos' Tunika bemerkt, doch gerade war sie unter dem Stoff nicht zu sehen, und vielleicht wusste Batiatus noch nichts davon, dass sein neuer Schüler ein Schmuckstück trug.

Batiatus gab dem Wachmann einen knappen Befehl, dann zog der Lanista sich mit einer Verbeugung zurück. Constantia ging einige Schritte aus der Hörweite des Söldners.

Ihr Herz klopfte hart, sie wusste selbst nicht, was sie hier wollte. *Doch. Ich weiß es.*

Sie erinnerte sich daran, wie der Sklave mit seinem Übungsschwert in der Pforte zum Sklaventrakt gestanden hatte. Ohne Zweifel. Zwischen ihr und den Dämonen. Sie konnte ihn nicht einfach so gehen lassen, ohne ihm zu sagen, dass sie sich daran erinnerte.

»Sklave.« Es war nicht mehr als ein Hauch.

Er senkte den Blick, doch sie hatte kurz in seine Augen gesehen. Angst. Sehnen. Angst. Ratlosigkeit.

»Heißt du Lucianus?«, fragte sie leise. Sie sah zum Wächter neben der Tür; ein schwarzer Schemen vor einer dunklen Wand aus Stahlbeton.

»J-ja.«

»Wirklich?«

»Ianos. Ich heiße Ianos. Meine Mutter nannte mich so«, antwortete er.

»Ich ... ich wollte ...« Sie hielt inne. »Ich wusste das nicht. Das mit Spartacus und dass Vater dich hierher gibt! Ich hätte ... hätte versucht, ihn zu überreden, es nicht zu tun. Ich weiß, dass du Angst hast.«

»Ich habe keine Angst«, protestierte er schwach.

»Du hattest keine Angst. Auf dem Schiff. Aber das hier ist etwas anderes.« Sie blinzelte das Brennen in ihren Augen weg. »Ich bin dir dankbar, Ianos. Ich weiß ... dass nicht nur *zwei* Menschen von der *Bona Dea* entkamen.«

Er sagte nichts. Ein eigenartiger Ausdruck schlich sich in seine Augen, mit denen er es gewagt hatte, ihren Blick zu erwidern. Als verheimliche er etwas und fühle sich ertappt. Seine Hand glitt an den Anhänger unter dem Stoff seiner Tunika.

»W-wolltest du mir wirklich etwas geben, junge Domina?«

»Nein. Ich habe nichts für dich«, sagte sie. »Außer ein paar leeren Worten.« Verbittert wollte sie sich abwenden, griff dann aber doch nach seiner Hand.

Nun hat sie ihn berührt. Ich sehe hinüber zu Titus Marinus' Herz. Mein Fluch entfaltet sich.

»Ich bete für dich, Ianos. Vielleicht ... zu Ianus, dem Gott mit den zwei Gesichtern.«

»Dem Gott von Anfang und Ende«, sagte er und löste seine Hand aus ihrer.

»Ich glaube ... es ist seine Art, sich bei dir zu bedanken. Mein Vater, meine ich.« Musste er das verstehen? Warum sollte der Sklave die Taten seines Herrn verstehen können? »Es ... es ist eine Ehre.«

»Ja, ich weiß. Ich fühle mich geehrt, junge Herrin.« Ianos räusperte den Klang der Angst aus seiner Stimme.

»Du lügst«, sagte sie und lächelte. Er erwiderte das Lächeln, und es schien ihr das einzig Ehrliche an ihrer Unterhaltung.

Ich laufe einem Sklaven in die Katakomben unter der Arena nach! Ich muss wahnsinnig sein.

Ein Berichterstatter an der falschen Stelle konnte jetzt wahrhaft ihren Ruf ruinieren – und sie würden irgendwo hier unten lauern. Auf Spartacus und junge Patrizierinnen, die sich unvorsichtig in Verruf bringen ließen.

»Ich ... ich gehe jetzt wieder«, brachte sie hervor.

»Danke«, sagte er. Und als sie schon beinahe bei der Tür war, fügte er an: »Constantia.«

Einfach nur so, als habe er ihren Namen aussprechen wollen, ein einziges Mal.

Sie wandte sich noch einmal um. Er stand verloren inmitten des düsteren Gangs. Weiter hinten glomm Licht, von dort hörte sie Stimmen.

Der Wächter neben der Tür ließ sie heraus.

Ianos starrte die schlichte Stahltür an, die der Mann in der schwarzen Rüstung verriegelt hatte. Dahinter lauerte, weniger schlicht, der Energieschild.

»Da wird dich wohl jemand vermissen, was?«, sagte der Söldner unvermittelt. »Wenn du Kämpfe gewinnst, kann man das auch einrichten. Dass sie herkommt. Ich kann das einrichten. Gegen eine kleine Gegenleistung. Sie sind nicht so streng, wenn man gewonnen hat. Ich regel das dann schon.«

Ianos schüttelte langsam den Kopf. »N-nein, sie hat mir nur noch etwas gebracht. Wir. Sie, wir sind nicht ... sie vermisst mich nicht«, endete er und fühlte sich dumm.

»Ich kann es riechen, wenn Frauen heiß sind. Die da war heiß. Und leider nicht auf mich oder den alten Batiatus.«

»Was höre ich da?«, unterbrach der Lanista das Gespräch, das Ianos die Röte in die Wangen trieb. Der Lanista hatte seine festliche Toga abgelegt und trug nun einen mit Gold und Bronze verzierten Schurz bis zu den Knien. Darüber war nichts als wohl akzentuierte Muskeln und einige ergrauende Brusthaare.

»Der *alte* Batiatus? Du musst nicht denken, ich erkenne unter der Maske nicht, wer gerade Wachdienst hat, Maccaleus!« Batiatus drohte ihm mit dem Zeigefinger, was lächerlich aussah angesichts seines männlich-imposanten Körpers. »So, mein Junge. Komm mit. Ein Amulett, ja? Von ihr oder von Lucius Marinus selbst?«

»Von Dominus Marinus selbst, denke ich. Ich kenne sie kaum«, beteuerte Ianos. Erneut berührte er die Kette, die sich ungewohnt auf seiner Haut anfühlte.

»Lass mal sehen – göttlicher Beistand?«

Ianos zog den Anhänger unter seiner Tunika hervor.

Batiatus betrachtete ihn im schwachen Licht. »Kein Gott, den ich kenne, mein Junge. Seltsames Ding.«

Ianos' Finger liefen darüber. Das Geschenk der Seherin war ein Dreieck aus schwarzem Metall, in das grobe Körperformen eingearbeitet waren, so undeutlich, dass man nächtelang darauf starren konnte, ohne sie zu erkennen. Zwei Arme, die nach oben griffen, als strebten sie nach etwas, das verloren war. Ein Kopf, auf die Brust gesunken. Zwei Beine, auf unmögliche Weise sitzend verschränkt. Im Schoß der Gestalt ruhte ein winziger schwarzer Stein.

»Proserpina?«, murmelte Ianos – es sollte ein Vorschlag, eine Frage sein, doch er wusste längst, dass es so sein musste. Stunden schon hatte er über dem Anhänger gebrütet, ihn betastet. Die Ritzungen gefunden, die die Körperteile markierten. Den schwarzen Edelstein.

Proserpina war vom Totengott Pluton in die Unterwelt gerissen worden, und sie hatte sich im Hades verirrt, abgelenkt von den Kostbarkeiten der Unterwelt. Den glitzernden Steinen. Den Kristallen. Und den leuchtenden Seelen.

»Proserpina, na, tatsächlich. Ein Frauenanhänger ist das, den hat dir sicher die junge Domina vermacht. Du steigst herab in die Unterwelt.« Der Lanista strahlte. »Die Unterwelt unter der Arena! Wie passend!« Er griff Ianos am Unterarm und zog ihn mit sich den Gang hinab. »Tritt ein, verlorene Seele, und zeige, ob du würdig bist!«

Kapitel IX

»Regel Nummer eins«, sagte der Gallier mit dem glühenden Auge und der künstlichen Schädelplatte aus Eisen über dem linken Ohr und hob einen Finger. »Es gibt nur sechs göttliche Herzen, und sie sind für die sechs besten Kämpfer bestimmt.«

Ianos war versucht, vor dem muskelbepackten Hünen zurückzuweichen, doch hinter ihm stand der Halbsatyr. Weniger muskulös, dafür sehnig und – vor allen Dingen – haarig lauerte er auf eine falsche Bewegung des Sklaven, um ihn dann vor allen anderen lächerlich zu machen.

Ianos hatte schon zweimal für brüllendes Gelächter gesorgt, also blieb er einfach stehen und erwiderte den Blick des gesunden blauen Auges und den des emotionslosen künstlichen Ersatzes.

Der Lanista saß auf einer Art Thronsessel in der Mitte seiner Gladiatoren und ließ sich mit versonnenem Lächeln Wein kredenzen.

»Und wer sind die Besten?«, kam die Stimme von dem haarigen Kerl mit den kleinen Hörnern in den Locken.

»Spartacus?«, riet Ianos und ruderte dann rasch zurück. »Und – und ihr! Du – und er. Crix… Crixus und Oeni…«

»Oenomaus!«, brüllte der Halbsatyr ihm ins Ohr. »Beim runden Arsch meiner Mutter! Was musst du für ein hoffnungsloser Provinzler sein, dass du unsere Namen nicht kennst! Aber du hast recht. Oenomaus ist der Beste. Und Crixus kommt kurz danach, wenn er nicht ständig Körperteile verlieren würde.«

»Das tut er nur, wenn es sich nicht vermeiden lässt.« Crixus grinste. Er war ein harter, kantiger großer Mann aus Gallia

Omnia, vom Rand des Mare Nostrums. Hellhäutig, kahlköpfig, über und über mit verstörenden Hautbildern tätowiert, die sich vor Ianos' Augen ringelten. Vielleicht bewirkte dies auch nur der billige grellviolette Wein, den man ihm eingeschenkt hatte.

Crixus hob den zweiten Finger. »Zweite Regel!« Er zwinkerte Ianos zu. »Hängt mit der ersten zusammen, pass auf: Du kannst deine Freiheit hier erlangen. Schon mal frei gewesen?«

Ianos schüttelte den Kopf. Ein paar Gladiatoren lachten wieder.

Crixus lächelte versonnen. »Dann hast du was verpasst. Also, zweite Regel: Die Freiheit erringt nur, wer ein künstliches Herz hat. Wenn alle sechs Herzen vergeben sind, kämpfen die sechs Träger der Herzen gegeneinander. Um ihr echtes Herz. Man nennt es Captura Cardiae. Nur einer der sechs überlebt die Captura.«

Den Gewinn des Herzens. Ianos fühlte den Anhänger hart an seinen Rippen liegen. *Ich habe mein Herz noch. Ich muss es verlieren und dann zurückgewinnen?*

»Ganz richtig«, murmelte Oenomaus viel zu nah an seinem Ohr, als habe er Ianos' Gedanken hören können. »Ob sich das wohl lohnt für jemanden, der ohnehin noch nie frei war?«

Ianos überging die Stichelei. »Gibt es eine dritte Regel?«

Crixus hob den Ringfinger. »Dritte Regel: Die, denen ein göttliches Herz eingesetzt wurde, sind die Herren unter den Sklaven, so wie unsere Ahnherren, die ersten Träger der Herzen. Alle anderen hier unten sind Fußvolk, Diener, Arschabwischer. Du schläfst, isst, scheißt mit hundertunddrei anderen Idioten in einem Raum. Oenomaus und ich *und* Spartacus, wir haben eigene Zimmer, und wir sind die verdammten Könige. Hier unten – und da oben. Eure Kämpfe werden die Massen erst interessieren, wenn ihr ein göttliches Herz habt.«

»Das ist eine einfache Regel, nicht?«, sagte Oenomaus über das Fluchen der anderen Gladiatoren.

»Wo ist Spartacus?«, fragte Ianos.

Der Atem des Halbsatyrs streifte sein Ohr.

»Das gehört zu Regel vier!« Crixus hob den kleinen Finger und wackelte damit. Die Fingerkuppe war aus Metall.

»Er lässt sich vermutlich in seinem Raum einen blasen«, mutmaßte Oenomaus und kicherte. Das Lachen fand sein Echo in dem vollgepackten Raum, der nach Schweiß, Wein und getrocknetem Blut roch.

»Das ist nicht Regel vier. Regel vier ist: Du wirst hier unten keinen freundlichen Gönner haben, nur weil ihr demselben Mann gehört, Spartacus und du. Wenn er dich schont und du dich hinter seinem Hintern versteckst, erhältst du kein göttliches Herz. Und wenn du kein göttliches Herz hast, bleibst du ein Sklave, bis irgendeine Kreatur dich unter ihren Pranken zermalmt. Wir quälen dich, aber du darfst uns dankbar sein: Nur so kannst du zum Günstling der Götter werden, zum König der Arena, zu jemandem, der sein Herz zurückerhält.«

»Wie oft ... gewinnt denn jemand sein Herz zurück? Wie oft gibt es eine ... Captura Cardiae?«, wagte Ianos zu fragen.

Das Lachen schwoll an, und der Lanista erhob sich von seinem Sitz. »Trinkt, meine Helden, auf den Letzten, der es geschafft hat! Auf ... Gnaeus. Cornelius. Lentulus.«

Alle schwiegen, alle Weinbecher wurden erhoben. Die vielen Becher mit dem billigen Wein, und die wenigen mit abgeschmackten Kristallen besetzten Pokale mit dem teuren Tropfen. Der Lanista kostete die Pause aus.

»Batiatus«, beendete er dann den Namen, und alle johlten und tranken. »Genannt Batiatus der Totschläger, weil seine Methoden so subtil waren.«

Oenomaus, der Ziegenmann, stieß erst an Ianos' Becher, dann an Crixus'.

»Er ist der Letzte? Wie ... wie lange ist das her?«, fragte Ianos und dachte, dass Batiatus mit seiner Freiheit nicht besonders weit gekommen war. Die beiden älteren Kämpfer genossen offensichtlich die Verwirrung in seinem Gesicht, während Batiatus die helle Narbe auf seinem Brustkorb präsentierte, wo ihm sein Herz wieder eingesetzt worden war.

»Lange genug«, sagte der Halbsatyr. »Lange genug, dass die Lentulusfamilie ihn adoptiert hat. Genug, dass er als Ausbilder hierhin zurückkehrte. Genug, dass er uns jetzt alle in den Arsch ficken kann.«

»Nein, keinesfalls. In den Arsch fickt er nur dich, Oenomaus.« Crixus grinste, und der andere lachte meckernd auf.

»So, und jetzt an deinen Platz, Neuling«, befahl der einäugige Gallier, und Ianos sah sich ratlos nach den zahlreichen anderen Gesichtern um – dunkel, hell, bärtig, glattrasiert, jung … ja, die meisten jung. »Du bist neu. Du schläfst am nächsten an den Hundezwingern dran. Aber Vorsicht: Da sind nicht nur Hunde drin.«

Oenomaus kicherte amüsiert. »Du solltest Abstand zu den Viechern wahren, Aureus hat einen ziemlich langen Schwanz. Mit Widerhaken.« Er drehte Ianos um, pufte ihn in den Rücken, und so wurde der Junge von grinsenden, trinkenden Männern durch die Reihen hindurchgestoßen, bis er ganz hinten angekommen war – mit mehr Fragen als Antworten und einem Becher, aus dem der Wein verschüttet war.

Natürlich war sie keine Jungfrau mehr. Doch verglichen mit dieser Nacht wirkten die wenigen zuvor gestohlenen Stunden so, als hätte sie diese im Gebet im Vestatempel statt in einem Lupanar auf dem Aventin verbracht.

Schweiß rann ihr über den Körper. Es war nicht die zärtliche Begegnung, von der sie gelesen oder die sie in den Imagi gesehen hatte, und nicht das Zusammenkommen mit diskreten Sklaven, das sie bislang erlebt hatte – nein, es war roh, wie man es den Satyrn nachsagte, den Faunen, die die Nymphen zu Boden warfen und sich dann ohne Scheu oder Rücksicht über sie hermachten.

Die Küsse waren wie Bisse. Sein Körper klatschte gegen ihren, ihre Geschlechtsteile gaben feuchte Geräusche von sich, und ihre Stimmen waren heiser. Sie spürte ihn tief in sich – er hatte sie hochgehoben und drückte sie gegen die Wand, und von der anderen Seite hieb jemand mit der Hand dagegen und brüllte, sie sollten endlich Ruhe geben.

Obwohl sie kaum zur Rücksichtnahme imstande waren, glitten sie auf den Boden. Er rutschte aus ihr heraus, sie rollte sich auf ihn und half ihm mit der Hand wieder hinein. Alles war feucht und heiß, und sie keuchten bereits vor Erschöpfung. Wie Marathonläufer, die noch einige Meilen Höchstleistung erbringen mussten, bevor sie ruhen konnten.

Sie saß auf ihm. Sie spürte seinen Körper und zugleich ihren Körper, und sie hielt es für möglich, dass sie bald nicht mehr wusste, welcher welcher war.

Er legte seine Hände an ihre Hüften, bewegte sich heftig, und sie fühlte einen kurzen Stich der Angst. Er würde vor ihr kommen, und sie würde nicht den Mut haben, es ihm zu sagen.

Sie schmeckte ihn immer noch salzig in ihrem Mund – sie hatte getan, was Gaia ihr geraten hatte, hatte ihn mit ihren Lippen liebkost, und es war tatsächlich eine Sache von Sekunden gewesen, bis er zum ersten Mal zum Höhepunkt gekommen war.

»Das zweite Mal dauert dann länger«, hatte Gaia ihr mit einem Zwinkern verraten. »Bei unerfahrenen Männern ist das ein guter Ratschlag, glaube mir.«

Der unerfahrene Mann unter ihr stöhnte und sah sie mit aufgerissenen Augen an. Sie hielt in ihrer Bewegung inne und ließ zwei Finger zwischen ihren Körper und seinen wandern. Sorgte für einen kleinen Vorsprung. Hingerissen folgte er ihrem Tun mit gierigen Blicken.

Und dann kam er trotzdem zum Höhepunkt – und sie war mit einem Mal völlig nüchtern, wie ein Betrunkener, der mit Eiswasser übergossen wird. Sie griff an seine schweißnasse Brust. Die Narbe schimmerte hell auf seiner Haut. Sie zog ihren Fingernagel darüber, und Blut quoll hervor, Haut und Muskeln öffneten sich.

Constantia beugte sich vor und besah sich das Herz, das geborgen in seinem dunklen Rippenkorb pumpte. Es schien von innen heraus zu leuchten.

Sie legte ihre Lippen an den Schnitt und tastete mit ihrer Zunge nach dem Herzen. Er keuchte auf – und sie trank etwas, das kein Blut war, sondern klar und kalt.

Constantia öffnete die Augen. Ihr Herz schlug so hart gegen ihre Brust, dass es sich wie ein Fremdkörper anfühlte.

Ein leuchtender Fremdkörper.

Sie tastete über ihre Arme – Schweiß erkaltete, und die Härchen an ihrem Körper richteten sich auf. Sie fühlte sich seltsam nach einem Traum von derartiger Intensität.

Gnädiger Morpheus ..., betete sie und rieb sich mit den Fingern durchs Gesicht. Trieb dieser Sklave sie nun schon so um? Begehrte sie ihn?

Nein! Sie empfand nicht das, woran sie sich aus dem Traum erinnerte. Es war, als habe sie in die Gelüste einer anderen Frau geblickt.

Schlaflos wartete sie auf den Morgen und dachte daran, wie Beata ihr nach Albträumen stets verdünnten Wein mit Honig und Lavendel gebracht hatte. Beata, die nicht gewollt hatte, dass sie auf das Fest ging. Beata, die nun tot war.

Und ich wäre es auch, wenn ich mich nicht gegen sie zur Wehr gesetzt hätte! Wenn ich in meinem Zimmer geblieben wäre!, dachte Constantia in einem Anflug von Trotz, bevor sie die Hände vors Gesicht presste und haltlos schluchzte.

Es fühlte sich nicht so an, als hätten sie Titus bestattet. Die Urne war leer gewesen, das Grab, die kleine Kammer in der steilen Seite des Berges Caelius, war nichts als ein Symbol – wie sollte sie sich da damit abfinden, dass ihr Bruder tot war? *Und Maia ...* Sie weinte, doch sie fand nicht in den Schlaf zurück.

Sie erhob sich früh und wies eine der Haussklavinnen zurück, die sich anbot, sie anzuziehen und zu frisieren. Sie warf sich ein schwarzes Kleid über, schlichte Fibeln schlossen es an den Schultern – ein Trauerkleid. Die Haare ließ sie offen, noch immer fiel Asche heraus.

Als sie an den Frühstückstisch trat, bedachte ihre Mutter sie mit einem prüfenden Blick.

»Ich habe schlecht geträumt«, sagte sie und spürte, wie die Röte in ihre Wangen stieg, als könne ihre Mutter diesen Traum in ihren Augen lesen.

»Dein Vater auch. Er ist wieder zu Bett gegangen, er fühlte sich nicht gut. Was auch daran liegen kann, dass er mit zu vielen Leuten zu viel getrunken hat in der Arena.« Cornelia schürzte die Lippen, lächelte dann. »Aber ich will nicht klagen. Spartacus hat uns aus unserem Dilemma herausgeholt.«

»Und jetzt?«, fragte Constantia düster. »Jetzt überredet Vater andere Leute, mit ihm Kolonien jenseits des Mares zu gründen? Und die vergessen dann alle, dass seine letzten Verbündeten in die Luft geflogen sind, bloß weil ihr so einen schönen rothaarigen Gladiator besitzt?«

Dimitra, die das Essen auftrug, erstarrte und blickte sie tadelnd an.

Ihre Mutter seufzte. »Ach, Kind. Dein Vater muss hart für die Ehre unserer Familie arbeiten. Wir hatten es nie leicht, seit Rom den Schritt ins All gemacht hat.«

»Ja, die alte Geschichte. Vielleicht ist es diesmal umgekehrt«, knurrte Constantia und tunkte ein Weinbrötchen in kretisches Olivenöl. Kreta, der Mond, der Terra Graeca umkreiste, war berühmt für sein Klima, das Oliven hervorbrachte, denen die Medizin wahre Wunder zuschrieb und die durch Jahrhunderte der Veredlung vermutlich wirklich Wunderkräfte besaßen. Natürlich hatten die Mariner dort eine Latifundie. *Aber wir hatten es nie leicht*, dachte Constantia bitter. *Unser Reichtum und Ruhm ruht auf Sockeln aus Verrat und Hinterhältigkeit. Das sind wir Mariner, und deshalb gibt es uns heute noch. Deswegen sitze ich hier bei kretischem Olivenöl, während andere ein Leben als Sklave führen.*

Sie wunderte sich über diese Gedanken. Hatte der Traum sie hervorgebracht? Es waren Worte, wie sonst nur ihr Bruder Marius sie benutzte.

Leere Worte. So sagte ihr Vater stets. Marius war vielleicht ein angehender Philosoph, doch zum Leidwesen des Vaters erörterte er keine Taktiken, um Kriege zu gewinnen. Lernte keine Rhetorik, um die Massen zu beeinflussen. Er dachte darüber nach, was den Patrizier zum Patrizier machte. Den Plebejer zum Plebejer. Den Sklaven zum Sklaven.

Dabei gab es da nichts zu erörtern. Das Schicksal sandte die Seelen dorthin, wo sie hingehörten. Und man schuldete Fortuna Fügsamkeit, egal, wer man war.

Vedea trat hinzu. »Wir haben bereits fünfunddreißig Werbeangebote. Siebenunddreißig, doch zwei habe ich aussortiert. Außerdem Gesprächsanfragen, der oberste Praeco Gracchus Petronius möchte persönlich mit Spartacus und Dominus Marinus sprechen. Aber ich warne vor ihm. Vielleicht solltet ihr lieber mit seinen kleineren Konkurrenten in Kontakt treten. Das, was man Gracchus erzählt und was er anschließend daraus macht, weicht sehr voneinander ab.«

»Ich weiß, Vedea. Aber die Kluft dazwischen ist umso größer, je weniger Geld, Wein und Schmuck der Gesprächspartner mitbringt, um Gracchus zu erfreuen. Mach eine Zeit mit ihm aus.«

Vedea nickte und drehte kurz die Augen unter die flatternden Lidern, während sie offenbar irgendetwas im Haussystem erledigte.

»Und die Werbeangebote – fünfunddreißig übersteigen meine Geduld, was sind die reizvollsten?«, fuhr Cornelia fort.

Constantia trank die Milch von Wolfsblüten aus Gallia Omnia. Die Glaskaraffe hatte Hohlräume, in denen Schmetterlinge herumflogen. Es waren echte, so hatte Beata stets beteuert, doch sie waren schon seit Jahren darin, und Constantia musterte sie immer, wenn die Karaffe auf den Tisch gestellt wurde, um herauszufinden, wie sie so lange überlebten.

Vielleicht sind sie in der Zeit gefangen. Ein einziger Augenblick, in dem sie nicht trinken und essen müssen, ausgedehnt bis in alle Ewigkeit.

Eine Karaffe, die die Zeit fing ... Was für abwegige Gedanken! Und doch, reisten nicht die Schiffe bis an den Rand des Sternenhaufens, durch die Falten, die das Nichts im Raum schlug? Waren nicht die abwegigsten Dinge möglich, wenn Götter ihre Hände im Spiel hatten?

Die Falten im Raum verdanken wir den Göttern. Die Reisen hindurch meinem Ahnherrn. Der uns so viel Reichtum schenkte und so wenig Ehre.

Seiner Taten wegen – seines Verrats wegen – hatten die Mariner einen Absturz in die Tiefen des Plebs hinter sich – auch wenn sie für Plebejer geradezu unanständig viel Reichtum besaßen. Dass sie wieder auf dem Palatin hatten einziehen dürfen, hatte der mächtige Gönner der Familie erst vor weniger als einer Generation möglich gemacht.

Constantias Gedanken kehrten zu Vedeas Stimme zurück. Die weiß gekleidete alterslose Sklavin, deren Mutter angeblich eine cypriotische Nymphe gewesen war, verlas ihre fünf Werbefavoriten. »Dann haben wir noch einen Duft von Liviappiana.«

»Duft ist ein wenig abgedroschen, finde ich«, wandte Cornelia ein.

»Ja, aber es lohnt sich. Fast alle Favoriten haben einen Duft, einen für Männer und dann die blumigere Variante für die Frau. Ich habe hier die Statistiken, und nach wie vor ist es *das* Produkt. Bedenke, dass die Saturnalien vor der Tür stehen, wenn wir bis dahin den Duft kreieren lassen, wird er einschlagen wie eine Bombe. Die fünfte Option ist natürlich Spielzeug, wobei wir da die Wahl zwischen fünf Manufakturen haben, die ich bereits auf zwei eingeschränkt habe: Hippoludo und Libertas. Libertas produziert schon die Crixus- und Oenomaus-Reihe, aber Hippoludo ist ein bisschen exklusiver.«

»Was ist, wenn wir beide nehmen – eine Reihe, die sich auch der Plebs leisten kann, und eine mit hochwertigen Produkten?«

Vedea erwog das Pro und Contra, und Constantia erhob sich.

»Wo ist Marius?«, fragte sie.

»Ich hoffe, bei seinem Lehrer. Ich fürchte, bei seinen … Freunden«, sagte Cornelia rasch, bevor sie das Gespräch mit Vedea fortführte.

Constantia verließ den Raum. Im Atrium hingen die Imagi ihrer Ahnen – Repliken ihrer Gesichter, Masken, Bilder, bewegte Bilder, sogar eine Tabula, an der man mit Simulacra der Ahnen kommunizieren konnte. Die Tabula war ausgeschaltet, und ihre Oberfläche lag wächsern vor Constantia. Nicht dass sie die Absicht gehabt hätte, mit diesen alten Erinnerungen zu sprechen. Zusammengeklaubt aus dem, was sie hinterlassen hatten. Zusammenkalkuliert aus Aufzeichnungen, aus Gewohnheiten, aus Protokollen der Haussysteme.

Ein Spiegel an der Wand zeigte ein Mädchen mit hängenden Schultern und rot geweinten Augen, dessen schwarze Locken immer noch grau verschmiert waren. Schmächtig in dem schwarzen Kleid, schwach, verachtenswert. Constantia starrte sich selbst voller Hass an – und erschrak sogleich über ihre Gefühle. So hatte sie nie empfunden; die Wut, die viele andere

Mädchen während des Heranwachsens auf sich selbst und ihren Körper empfanden, war ihr stets fremd gewesen. In diesem Moment jedoch konnte sie sie nachvollziehen.

Warum hatte nicht Maia überlebt? Der Speer hätte Constantia durchbohren können. Sie legte die Fingerspitzen auf ihre linke Brust, dorthin, wo das schwarze Metall in Maias zarten Mädchenleib eingedrungen und ihr das vielversprechende Leben geraubt hatte. Constantia wollte schreien.

Stattdessen beschloss sie, die Therme zu besuchen. Diese Asche musste aus ihrem Haar heraus.

Ianos konnte sich nicht recht an den Traum erinnern, doch das Ergebnis davon war ihm unangenehm. So viele junge Männer schliefen in dem Raum der Gladiatorenschule unter der Arena, und er glaubte sich von jedem beobachtet.

Am Morgen stiegen sie aus ihren Betten, die meisten beachteten ihn nicht, doch neugierige Blicke irrten beständig zu ihm herüber. Dem Neuen.

Noch bevor Ianos sich um die klebrige Stelle in der glatten kalten Bettdecke kümmern konnte, öffnete sich der Fußboden und die Betten wurden eingefahren. Ianos blieb beinahe mit dem Fuß im Laken hängen, und einige lachten.

Direkt neben ihm trennte eine Gitterwand den Raum vom Zwinger. Es wäre sicherlich nicht nötig gewesen, Hunde und Menschen in einem einzigen großen Gewölbe unterzubringen, doch Ianos hatte die dumpfe Ahnung, dass ihnen das etwas sagen sollte.

Mehrere Korridore gingen vom Hauptraum ab: einer zu den Wohnungen der Favoriten, einer zu den Bädern und einer zum Trakt, der dem Lanista gehörte.

Am Zwinger entlang ging es vermutlich zu den Trainingsräumen oder den Zugängen zur Arena.

Und ein dunkler Korridor führte zurück – dorthin, wo am

Vorabend die Wache postiert worden war (vielleicht eher, um Zudringlichkeiten von außen zu vermeiden als Ausbruchsversuche von innen). Dorthin, wo er mit Constantia gesprochen hatte.

Constantia. Ein Detail seines Traums zuckte kurz aus der Dunkelheit hervor.

»Steh nicht rum! Du hast Aufgaben, Kleiner!«, bellte ihn ein kahlköpfiger muskulöser Kämpfer an, dessen Bett an einer angenehmeren Stelle der Halle gestanden hatte.

Aufgerollte Tische wurden aus der Wand gezogen, mit einem Knall wurden sie in ihrer vollen Länge so starr, dass man Essen darauf anrichten konnte. Männer, die kaum dem Knabenalter entwachsen waren, huschten hin und her mit Tellern und Kannen und Schüsseln und Messern.

Mausgladiatoren, nannte Ianos sie in Gedanken, und aus irgendeinem Grund zählte er sich nicht zu ihnen.

Der Muskulöse kam auf ihn zu. »Du, Kleiner. Wie heißt du?«

»Ianos«, antwortete er und vergaß für einen Moment, wie sein Herr ihn stets genannt hatte.

»Ianos. Ich werde der Kampfhund genannt. Von meinen Freunden. Du nennst mich *unbesiegbarer Kampfhund*. Crixus hat klargemacht, wie es hier läuft, oder? Du bringst morgens meinen Pisseimer weg und holst Essen, und wenn ich es will, dann popelst du mir auch in der Nase. Klar?«

Ianos nickte.

»Also, was zuerst? Und ich will, dass du meinen Namen sagst und nicht nur blöd mit dem Kopf wackelst!«

»Pisseimer wegbringen, unbesiegbarer Kampfhund«, sagte Ianos und verkniff sich die Frage, warum der Kampfhund nicht stubenrein war.

»Kluger Junge. Steht da vorne.«

Während Ianos den Eimer hob, in dem es mit beißendem Geruch vor sich hin plätscherte, fragte er sich, ob der Kampfhund der Einzige war, der nachts nicht zur Latrine ging. Vermutlich spendete er seine nächtlichen Hinterlassenschaften bewusst der Erziehung von Neulingen.

In der Tür zu den Bädern sah Ianos sich um. Der Kampfhund erwiderte den Blick mit zusammengezogenen Augenbrauen, und Ianos erkannte, woher er seinen Namen hatte. Er spürte, wie sich eine Faust in seinem Magen bildete.

Er kannte das Spiel. Er spielte es nicht gern, doch es war nicht das erste Mal, dass er in ein bereits begonnenes Spiel hineinschlitterte. Der andere Lucianus hatte es von früh bis spät gespielt – um die Gunst von Lucius Marinus und den Sklaven, die über ihnen standen.

Früher oder später musste er den Kampfhund so übel zurichten, dass kein Zweifel mehr daran bestünde, wer wessen Pisse wegtragen musste.

»Wir haben einen Neuen.« Batiatus lächelte und trank dem Träger des von Mars, Vulcanus und Iuno gesegneten Herzens zu. Der Wein war gewässert, es war schließlich erst Frühstückszeit. »Er kommt von Lucius Marinus, so wie du auch. Und kriegt gerade seinen Sender entfernt.«

Spartacus zuckte mit den Schultern. »Der Perser und einer der Tauren gehören auch Marinus. Und ein paar von den weniger Spektakulären. Gehört er zu denen? Oder ist er gut?«

Der Lanista musterte Spartacus. Der Kampf des gestrigen Abends hatte zahlreiche Wunden hinterlassen. Das Mantikorgift, das seinen Arm gelähmt hatte, war vom Herzen neutralisiert worden, auf eine tiefe Wunde unterhalb der Rippen hatte sicherheitshalber ein Medicus einen Blick geworfen. Doch trotz aller Regenerationskräfte sah der Mann aus Thrakien erschöpft aus.

Er hatte seine Wohnung noch nicht eingerichtet. Ein Bett, ein Schrank, ein Tisch, eine Liege, eine Truhe, ein Schrein, auf dem keine Hausgötter standen, keine Ahnengeister Verehrung fanden. Alles war so, wie der letzte Favorit es nach seinem Tod hinterlassen hatte – die Möbel standen an der gleichen Stelle, und Spartacus' wenige Habseligkeiten lagen in der Truhe, die offen stand.

»Früher oder später werden Berichterstatter hier reinkommen. Spartacus hautnah und so, du kennst das ja. Such dir eine außergewöhnliche Freizeitbeschäftigung. Ein Haustier. Entweder flauschig und klein, um zu zeigen, dass du eine sanfte Seite hast, oder irgendetwas Mordsgefährliches, Giftiges, Großes.«

Spartacus erwiderte den Blick seines Ausbilders und verzog keine Miene. Es war, als hätte Batiatus gar nichts gesagt.

»Es wird noch jemand Neues kommen«, nahm der Lanista nach einem Räuspern den Faden wieder auf. »Lucullus sendet noch jemanden. Es macht mir ein bisschen Bauchschmerzen, denn es ist eine Frau. Er will ... eine Amazone in der Arena.«

»Ist sie eine Amazone?«

»Bei allen gütigen Göttern, natürlich nicht! Irgendein armes Mädchen, das vermutlich in der Unterstadt zwischen Hunden und Bettlern groß geworden ist und gelernt hat, zurückzubeißen.«

»Dann wird sie auch hier zurückbeißen.« Der Gladiator fuhr sich durch das rote Haar. Tief lagen die Augen in den Höhlen.

»Du bist erschöpft«, stellte Batiatus fest. »Ich lasse dich in Ruhe. Dein Training fällt heute aus. Du darfst essen und trinken, was du willst. Und – du weißt schon, ein Mädchen, einen Jungen. Sag einfach, was du brauchst.«

»Fick dich, Lanista«, erwiderte Spartacus. Seine grünen Augen hatten mit einem Mal die Farbe von Gift. »Ich sage dir, was ich brauche.«

Batiatus legte den Finger vorsorglich auf den Alarmknopf an einem seiner Ringe. Wer wusste schon, was jetzt kam.

»Es kann Jahre dauern, bis sie mich freilassen«, begann Spartacus ruhig.

»Natürlich«, erwiderte Batiatus. »Es muss erst sechs von euch geben, und du alterst von nun an schneller. Das Herz verzehrt dich, wie es mich verzehrt hat. Vier Jahre habe ich es getragen, und das ist nun zehn Jahre her. Ich bin lächerlich jung, doch grau und schlaff wie ein alter Mann.«

Spartacus bohrte seinen Blick in den des Ausbilders. »Vielleicht sterbe ich an Altersschwäche, bevor ich die Freiheit erringe.«

Batiatus nickte mit einem wehmütigen Lächeln. »Freiheit wird nur mit Hoffnung errungen. Und natürlich mit jeder Menge Blut und Spektakel.«

»Ich habe eine Frau, Lanista.«

»Du bist verheiratet?« Batiatus war erstaunt. Das hatte Spartacus, soweit er wusste, noch nie jemandem anvertraut. Viele Gladiatoren hatten irgendwann Verehrerinnen, die immer wieder vorstellig wurden, und Batiatus drückte meist die Augen zu, wenn die Wächter wieder einmal ein Stelldichein in einem dunklen Flur gewährten. Die Augen der Linsen an den Decken drückte er jedoch nicht zu, die Imagi gab es auf illegalen Kanälen zu sehen, und Batiatus verdiente nicht schlecht daran.

Spartacus hatte sich bislang erstaunlich keusch gegeben – ab und an hatte er sich einen blasen lassen, meist von Huren, die eingeschleust worden waren, um gleich mehreren nacheinander zu Diensten zu sein.

»Ist sie in Thrakien?«

»Sie ist Sklavin des gleichen Mannes wie ich.«

Der Lanista wusste, dass Spartacus in der römischen Auxiliartruppe gedient hatte – in seiner Heimat. Irgendetwas hatte ihn ungehorsam werden lassen. Die meisten seiner Männer hatten bei der Revolte den Tod gefunden, doch ihn, das Wunderkind mit Schwert und Schild, hatte Lucius Marinus nach Rom schaffen lassen.

Eine wahre Bestie war er von Anfang an gewesen – sie hatten ihn monatelang bei den Kreaturen im Zwinger gehalten, bis er die meisten der Tiere getötet hatte. Spartacus war höchstens zwanzig gewesen, doch der Lanista hatte es aufgegeben, etwas aus ihm machen zu wollen, und erwogen, ihn als Wolfsmensch gegen wilde Tiere antreten zu lassen und zu hoffen, dass die Tiere den Sieg davontrugen.

Dass er so getobt hatte wegen einer Frau … Batiatus grinste in sich hinein.

»Ich sage dir, was ich brauche. Ich scheiße auf Haustiere und Essen und Trinken und Huren. Ich will, dass du Marinus überredest, meine Frau aus den Latifundien zu holen«, presste Spartacus hervor. »Bevor ich alt und grau bin.«

Batiatus musterte den Mann in der schlichten Tunika, der neben einem Tisch lag, dessen Speisen unberührt waren. Er stieß langsam die Luft aus und holte erneut Atem. Dann erst sprach er: »Ich kann nicht mit solchen Forderungen an Lucius Marinus herantreten, Drennis.«

Der andere blinzelte, als habe er nicht damit gerechnet, dass Batiatus seinen Geburtsnamen noch kannte.

»Du musst es selbst tun.«

Spartacus spuckte auf den Tisch und schwieg. Seine Kiefer mahlten.

»Wenn du gewinnst, Junge, wieder und wieder, dann kannst du Forderungen stellen. Du bist die Kuh, die er melken will. Du hast es in der Hand«, fuhr Batiatus fort, und Spartacus richtete sich auf.

»Fünf Kämpfe. Fünf große Kämpfe. Und dann sorgst du dafür, dass meine Frau hierherkommt. Zu mir. Dass sie freigelassen wird, wenn ich freigelassen werde!«

Batiatus wiegte den Kopf. Das konnte interessant werden.

»Das könnte interessant werden«, sprach er seine Gedanken laut aus. »Eine Liebesgeschichte. Die Frau des Gladiators. Wir könnten das inszenieren. Gewinn sieben Kämpfe! Die nächsten sieben Kämpfe, und beim siebten verkündet Lucius Marinus deine herzerweichende Geschichte und gibt dir deine Frau zurück. Ich werde es ihm schon nach deinem nächsten Kampf vorschlagen. Du wirst Herzen brechen, mein Junge.« Batiatus lachte laut und legte die Hände an die Narbe auf seiner Brust. »Meines bröckelt auf jeden Fall schon – ich habe eine Schwäche für Liebesgeschichten.«

»Oh bitte.« Spartacus sah ihn mit einem Blick an, in dem Hoffnung mit Verbitterung rang. Die Hoffnung siegte. »Schwör es mir«, flüsterte er. »Schwör es bei deinen Laren und bei Letus, der dich holen wird!«

Batiatus überlegte nicht lange. Eine solche Gelegenheit durfte man sich nicht entgehen lassen, wenn man ein wenig Ahnung von Unterhaltung hatte. Hoffentlich war die Frau schön und nicht zu sehr abgearbeitet von sechs Jahren auf einer von Lucius Marinus' Latifundien. *Man könnte auch daraus etwas machen. Vorher – nachher. Eine Metamorphose, von der ärmlichen lumpentragenden Sklavin zum prunkvollen Weib des Arenahelden.*

»Ich schwöre, bei meinen Ahnen und dem Tod, der mich und dich irgendwann holen wird«, sagte er feierlich und hob die Hand zum Schwur.

»Es ist gar nicht schlecht, was du machst, Junge. Sag mir noch mal, wie du heißt.«

»Ianos.«

»Wie Ianus, der Gott mit den zwei Gesichtern?«, fragte Crixus, und sein menschliches Auge blitzte amüsiert. »Daraus wird Batiatus was machen. Ianos der Zweigesichtige.«

Der Gallier lachte und half Ianos' Gegner auf die Füße, dem das Übungsschwert den flexiblen Gesichtsschutz unglücklich eingedellt hatte. Der junge Mann torkelte und würgte in dem Helm, der sich nun nicht mehr in seinen Kragen zurückfalten ließ.

»Kotz ihn nicht von innen voll«, empfahl Crixus. »Geh dich ausruhen. Wie gesagt, gar nicht schlecht. Du nutzt deine Größe gut. Also, das Nichtvorhandensein von Größe.« Er grinste. »Die Zuschauer stehen auf große Muskelpakete wie mich, so ein kleines Wiesel wie du wird es schwer haben. Mit dem Gladius und dem Schild kannst du ein paar nette Techniken. Was dir fehlt, ist dein Glaube.«

Ianos hoffte, dass Crixus nun nicht anfangen würde, von Göttern zu predigen.

»Du glaubst dir selbst nicht. Hat man dir abgewöhnt, hm? Wenn es kribbelt in deinem Nacken, dann, weil da Gefahr droht. Wenn du ein schlechtes Gefühl bei einer Bewegung deines Gegners hast, dann, weil sie eine Finte ist. Der Kampfhund zeigt dir jetzt, was ich meine.«

Die Erkenntnis kam zu spät, und Ianos begriff, dass Crixus recht hatte. Er hatte sogar die deutliche Vorwarnung nicht beachtet. Der Schlag ging in seine Kniekehlen, und Ianos fiel auf den Sandboden, der Kampfhund jagte ihm mit irgendetwas einen Stromstoß zwischen seine Schulterblätter, und als Ianos sich auf den Händen abstützte, bohrte sich ein einfaches Küchenmesser zwischen seinem linken Zeigefinger und Mittelfinger in den Boden. Es schnitt ihm die Haut zwischen den Knöcheln auf, und Ianos verwandelte seinen Schmerzensschrei gerade noch in ein unterdrücktes Keuchen. Er packte das Messer mit der Rechten, riss es heraus, rollte auf den Rücken, und rammte es in den Stiefel, der auf seinen Kopf zuhielt.

»Gut!«, lobte Crixus. Der Kampfhund wich auf einem Bein hüpfend zurück und gab dabei ein wütendes Schnauben von sich. Er zog das Messer aus der Sohle – es war nicht tief eingedrungen, und Ianos bedauerte, dass er dem anderen das Blut nicht hatte heimzahlen können, das zwischen seinen Fingern hervorquoll. Er rieb sich die schmerzende Hand, auf der eine zweite Wunde davon zeugte, dass ein Capsarius ihm heute seinen Sklavensensor entfernt hatte. Die Sensoren übertrugen die Position der Sklaven – und sie hatten die Angewohnheit, zu zersplittern, wenn ein flüchtiger Sklave versuchte, sich von dem Plättchen unter seiner Haut zu trennen. Da es bei Gladiatoren häufig vorkam, dass sie sich verletzten und damit den Sensor auslösten, der hässliche Wunden verursachte, wurde er entfernt. Sie standen ohnehin unter Dauerüberwachung durch die Linsen überall im Ludus.

»Bleib stehen«, befahl Crixus.

Ianos' Blick irrte umher. Wohin sollte er auch? Das Training fand nicht im Colosseum statt – ein Aufzug hatte sie in einem kleinen behauenen Talkessel ausgespuckt. Es war kühl hier und stürmisch. Am nackten Fels waren sparsam Zuschauerbänke angebracht, doch keine davon war besetzt. Weit oben sah Ianos das massige Colosseum aufragen.

»Dreh dich rum.« Der Gallier trat heran, schloss die Hand mit der metallenen Fingerkuppe um seinen Arm. Alle Härchen stellten sich auf, als Ianos dem Kampfhund den Rücken zuwandte. Er biss die Zähne zusammen.

»Er wird das Messer werfen, und du wirst dich ducken. Oder springen. Aber vielleicht wirft er auch daneben. Dann springst du vielleicht rein. Versuch, deinem Gefühl zu glauben.«

»Das ist Scheiße. Das kann man nicht vorher fühlen«, presste Ianos hervor.

»Wirf!«, sagte Crixus unbeeindruckt und ließ Ianos Arm los.

An einem anderen Ort des Planeten ging der Nachmittag bereits in den Abend über.

Lucius hatte Verwandte und zwei neue Verbündete eingeladen, um sich noch einmal über den Tod seines Sohnes hinwegzutrinken. Auch Lucius Minor war für die Totenfeier nach Rom gekommen, beurlaubt aus der Legion.

Cornelia war bereits zu Bett gegangen, sie mied die Feiern

ihres Mannes. Inmitten einiger Cousinen lag Constantia zu Tisch. Ihr Vater hatte ihr ein neues Kleid gekauft, und sie fühlte sich ein wenig wie Ausstellungsware. Das Dach war auf transparent geschaltet und zeigte den glitzernden Streifen des Rubicon am Himmel.

»Beide sind unverheiratet«, hatte Lucius über die beiden Verbündeten gesagt, während die Sklavin Constantia geschminkt hatte. »Crassus ist verwitwet, und bei Lucullus sagt man, er habe eine Vorliebe für Männer. Und Außergewöhnliches. Aber irgendwann wird er Söhne wollen. Jeder Mann braucht Söhne und eine rechtmäßige Gattin, die sie austrägt.«

Die Cousinen beugten sich über eine Tabula und kicherten. Constantia trank zu viel unverdünnten Wein, wie ihr gleichsam sittenloser Bruder ihr bereits mehrfach mitgeteilt hatte.

»Du trinkst genauso viel!«

»Ich muss auch niemandem als tugendhafte Jungfrau imponieren«, gab Marius zurück. Ihr älterer Bruder Lucius Minor trank nur wenig und musterte seine beiden Geschwister kühl. Constantia hatte ihn vor anderthalb Jahren zuletzt gesehen, und seine Gegenwart war ihr unangenehm. Er schien der Einzige auf dieser Trauerfeier zu sein, der das Trauern ernst nahm.

Sie strich sich die lästig in ihrer Stirn arrangierten Locken nach hinten. Es half nichts, sie fielen ihr immer wieder in die Augen.

»Bei der Jungfrau Diana, worüber gackern diese Hühner denn?«, fragte Constantia, und Melisa, eine bis auf wenige Tage gleichaltrige Cousine, die sich durch eine Todfeindschaft mit Constantia verbunden glaubte, hob den Kopf und schenkte ihr ein eisiges Lächeln. »Gladiatorenspiele.«

»Ich habe genug von Gladiatorenspielen«, sagte Constantia.

»Solche hast du bestimmt noch nicht gesehen.« Melisa gewährte ihr einen kurzen Blick auf die Tabula. Die Linse, die die Bilder aufgezeichnet hatte, musste hinter einer Zimmerpflanze montiert worden sein, denn Constantia sah zunächst nur ein großes Blatt, das sich ins Bild ringelte. Dahinter jedoch vergnügten sich zwei Männer in einem Bett. Einen davon erkannte Constantia: Es war der Halbsatyr, der Lucullus gehörte. Er hatte sich vor einem Mann, dessen Gesicht man nicht erkennen konnte, auf alle viere begeben, stützte sich jedoch so am Bett ab, dass sein Glied imposant zu sehen war. Feuchte Zotteln umgaben es und gingen in seine dunkel behaarten Ziegenbeine über.

Melisas jüngere Schwester kreischte auf und schnappte sich die Tabula.

»Jetzt hab ich das Beste verpasst! Hab ich die Wette gewonnen? Es stimmt, oder? Er ist die Dame!«

»Der weiß doch, dass er gefilmt wird«, kommentierte Marius und trank rasch sein Weinglas aus. »Der verdient bestimmt an diesem verdammten Kanal.«

»Was für ein Schmutz, mein tugendhafter Bruder.« Constantia grinste gezwungen. Sie dachte an ihren Traum und errötete.

Als sie sich von den Cousinen wegdrehte, erwischte sie Crassus dabei, wie er Marius anstarrte. Eilig wandte der einflussreiche Militär den Blick ab. Er war einer jener harten, kernigen Soldaten, die Haare kurz, die Schultern breit, an der Verdienstfibel auf seiner Toga wechselten die Auszeichnungen im Sekundentakt.

»Ich frage mich, werter Bruder«, sagte Constantia und betrachtete Crassus weiterhin, »hältst du's eigentlich mit Frauen?«

»Bislang gefallen mir an Frauen vor allem die Brüste. Das kann ein haariger Kerl wie der Gladiator einfach nicht ersetzen«, sagte Marius.

»Und warum betrachtet Crassus dich so versonnen?«

Marius folgte ihrem Nicken, gleichzeitig wandte auch Crassus sich noch einmal um. Er zog die Brauen zusammen, als beide Geschwister ihn betrachteten, und alle drei senkten gleichzeitig den Blick.

»Vielleicht ... vielleicht findet er mich hübsch?«, brachte Marius hervor, doch Constantia hatte gesehen, dass in Crassus' Augen kein Begehren gelegen hatte – sondern eine Warnung.

»Kennt ihr euch?«

»Crassus? Er war schon einmal bei Vater zu Gast. Aber sonst ... nein.« Marius lächelte.

Constantia kannte dieses Lächeln, es war breit und sorglos und vollständig geschauspielert.

Das Messer hätte ihn verfehlt. Es hätte zwischen Crixus und ihm die Luft zerschnitten und wäre mehrere Schritte weiter harmlos auf dem Sand aufgeprallt.

Ianos hatte nicht vermutet, dass der Kampfhund das Risiko eingehen würde, Crixus zu treffen, der ja nah genug war, um Ianos am Arm zu packen. Er hatte gedacht, wenn er sich in Crixus' imposantem Windschatten in Sicherheit brachte, würde er dem Messer entgehen.

Es war verdammt schmerzhaft, wie es da zwischen seinen Rippen steckte.

»Hübsch kombiniert«, bemerkte Crixus mit einem mitleidigen Grinsen. »Das ist das Problem: Denken ist zeitraubender als glauben. Und in diesem Fall war es auch noch falsch gedacht. Capsarius!«

Der Capsarius, der bislang gelangweilt am Rand des Arenarunds zugesehen hatte, zog das Messer heraus, versorgte die Wunde mit einer Nanitenpaste und klebte sie dann zu. Das Feuer, das in schmerzhaften Wogen durch Ianos' Körper rannte, wurde von einem Gefühl der Betäubung gelöscht. Er stöhnte auf, als der Capsarius verkündete: »Der kann weitermachen.«

Als seine Schwester, Letitia Marina, die Trauerfeier mit ihrem Sohn und den beiden Töchtern verließ und auch der disziplinierte Lucius Minor sich verabschiedet hatte, weil er in aller

Frühe wieder abreisen musste, schickte Lucius eine Sklavin nach einer Amphore des besonderen Weins und seine beiden jüngsten Kinder ins Bett.

»Bleibt doch noch, Marcus und ... Marcus«, bat er die zu später Stunde stark verkleinerte Runde. Die beiden Angesprochenen lächelten.

»Was die Auswahl an Vornamen angeht, stehen wir hinter anderen Völkern zurück«, sann Marcus Terentius Lucullus und leerte seinen Kelch.

»Weil es nicht darauf ankommt, ob wir alle Gnaeus oder Gaius oder Titus heißen«, schnitt Marcus Licinius Crassus' Stimme durch die herabsinkende Stille. »Die Familie ist, was zählt. Ich halte nichts von der Mode, Kindern gallische oder griechische Namen zu geben. Sie sollen sich über die Familie identifizieren und nicht über einen Vornamen.«

»So ist es.« Lucius musterte seine beiden neuen Verbündeten. Lucullus kannte er schon lange, doch er hatte sich nie mit ihm gemeingemacht, es sei denn, es ging um die Gladiatorenschule. Crassus, der seine Familie offenkundig so sehr schätzte, hatte sich aus einfachen Verhältnissen hochgearbeitet – und konnte dennoch auf einen ehrenvollen Stammbaum zurückblicken. Zudem befehligte er seit mehr als einem Jahrzehnt die legendäre Legio CXXIV Victrix.

Lucius wusste recht gut, dass sich die von ihm befehligte Legio Prima, die Praetorianer, nicht bei allen Römern größter Beliebtheit erfreute. Die Praetorianer waren für die innere Sicherheit zuständig, und sie wurden eher in bereits befriedete Provinzen geschickt, als dass sie auf unbekannten Planeten unbeschreiblichen Gefahren entgegentreten mussten. Für fremdartige Kriege war die Victrix ausgehoben worden. Vielleicht war Crassus nicht die schlechteste Wahl von Lucius' einflussreichem Gönner, wenn es darum ging, Latifundien im Nirgendwo zu gründen.

Lucius erhob das Glas. »Ich erhebe mein Glas auf die Seele eines jungen Mannes, der viel hätte werden können und der im Kampf starb.« Seine Stimme versagte ihm, und er stürzte den Wein schneller herab, als der alte Tropfen es verdient hatte.

Seine beiden Gäste murmelten betreten.

»Möge er den Weg über den Styx finden«, sagte Lucullus.

»Der Styx«, hob Lucius an und räusperte sich. Es fiel ihm schwer, doch wenn diese beiden seine neuen besten Freunde waren, dann musste er sich ihnen anvertrauen. Ihre Meinung hören.

»Diese Tragödie, die zum Glück nicht an euren Familien gerührt hat …«, begann er, doch es war nur ein Flüstern, das abbrach, bevor er den Satz vollendet hatte.

Lucullus lehnte sich zurück, als wolle er aus dem Nimbus der Trauer entkommen, der Lucius umgab. Er war ohnehin der Einzige, der von der Familie der Terentier übrig war. Das Vermögen einer einst mächtigen Familie, aufgehäuft in den Armen eines letzten Sprösslings.

Das harte Gesicht von Marcus Licinius Crassus hätte das einer Statue sein können. Sein ältester Sohn war auf die *Bona Dea* geladen gewesen, hatte an der Reise jedoch nicht teilnehmen können. Crassus hatte diese Tatsache den ganzen Abend über mit keinem Wort erwähnt.

Lucius begann von Neuem: »Was meinem Schiff zugestoßen ist … es waren keine Piraten. Es war keine Sabotage und auch kein Wink der Götter.«

Crassus zog seine Augenbrauen zusammen, und Lucullus fuhr hoch und hielt sich seinen nach den Genüssen des Abends offenbar schmerzenden Bauch.

»Du willst uns nicht sagen, dass du …«

»Nein!« Lucius stützte den Kopf auf den Handrücken der Rechten, die das Weinglas hielt. »Doch nicht meinen eigenen Sohn! Es waren … wir haben sie gesehen, Constantia und ich.

Und der Sklave, den ich zu Batiatus geschickt habe. Es waren ...« Er strauchelte über seine eigenen Wörter. »Dämonen.«

Crassus' Blick war vernichtend, als sei er kurz davor, einen Rekruten zu demütigen, der ihm eine jämmerliche Ausrede aufgetischt hatte.

Lucullus jedoch lehnte sich vor. »Dämonen, Lucius? Wowoher kommen ... Dämonen?«

»Aus dem Hades«, flüsterte Lucius.

»Dem Hades? Niemand lebt im Hades!« Crassus' Worte trafen ihn wie Bolzen aus einer Ballista.

»Wir wissen nicht, was im Hades ist«, murmelte Lucullus und langte trotz seines Bauchwehs nach einigen übrig gebliebenen Haieiern.

»Dass die Toten in den Hades gehen ... das ist ein Glaube, der älter ist als unsere Kenntnis vom Hadessystem. Dass das Hadessystem so genannt wurde, war vielmehr eine ... Analogie. Weil es unkontrollierbar ist. Instabil. Es gibt nicht wirklich Dämonen im Hades«, erläuterte Crassus, als könne er damit das Thema vom Tisch diskutieren.

»Das System hat sieben große Materiewirbel, wie die sieben Flüsse der Unterwelt. Es schleppt einen Gürtel aus zertrümmerten Weltenstücken mit sich, die wir die Asphodeliae nennen, und nahe dem Schwarzen Loch einige Planeten, die, nach allem, was wir wissen, bewohnbar sein könnten!«, polterte Lucullus. »Marcus, bei allem Respekt – der Hades hat mehr Ähnlichkeiten mit der Unterwelt, als mir lieb ist. Und es haben sich schon andere Sagen und Überlieferungen als wahr herausgestellt, seit wir das Mare bereisen!«

Crassus schüttelte den Kopf, wandte sich an Lucius. »Und wie sahen sie aus, diese Dämonen? Vielleicht waren es Piraten mit besonders einfallsreicher Maskerade!«

Lucius schüttelte den Kopf. »Glaub mir, Marcus, ich bin lange genug Legat der Ersten, ich habe auch schon einiges gesehen in meiner Dienstzeit. Es waren Chimairae, Wesen mit Insektenleibern und Menschenköpfen, Wesen mit Waffen, die ...« Er verstummte, wurde sich bewusst, dass nicht nur seine beiden Gäste ihm zuhörten, sondern auch die verbliebenen Sklaven, von denen nun keiner mehr müde aussah. »Mit Waffen, die unsere Schilde durchdringen können. So sind sie an Bord gelangt. Und so haben sie gegen die Praetorianer gesiegt.«

In der Stille mahlte Crassus mit den Zähnen. Das Haiei verharrte in Lucullus' Hand. Sauce tropfte herab und besudelte die ohnehin fettfleckige Toga.

»Ich wünsche mir, es wären maskierte Piraten gewesen, Marcus. Dann stünden wir nicht vor der Tatsache, dass es etwas gibt, das unsere Schilde durchdringt«, endete Lucius.

Crassus sah auf seine Hände, auf seiner Stirn arbeiteten die Falten, dann richtete er seine stahlharten Augen auf Lucius. »Du hast gut daran getan, die Öffentlichkeit zu täuschen. Und ebenso gut ist es, dass du dich mir ... uns anvertraut hast.«

»Also glaubst du mir.«

»Ob ich an Dämonen glaube, ist unerheblich. Es gibt etwas, das unsere Schildtechnik schlagen kann. Und es kommt vielleicht aus dem Hadessystem. Das System ist noch nie so tief ins Mare vorgedrungen, dass es Rom geschadet hätte, aber trotzdem habe ich die Gefahr schon seit Langem erkannt und bin immer auf taube Ohren gestoßen. Sollte jetzt endlich die Zeit gekommen sein, gegen diese Instabilität inmitten unseres großen Imperiums vorzugehen? Wenn die Angreifer dortherkamen, bietet uns das die Möglichkeit, zwei Fliegen mit einer Klappe zu schlagen.«

»Was schwebt dir vor?«, fragte Lucullus und steckte sich das Ei in den Mund.

»Ein schwarzes Loch lässt sich nicht vernichten. Aber vielleicht alles, was drum herum ist.«

»Vielleicht sollten wir es zunächst erforschen«, wandte Lucullus schmatzend ein. »Dämonen ... Es sind doch zunächst einfach unerklärliche Wesen, wie wir sie auch schon auf anderen Planeten gefunden haben ...«

»Du willst deine Arena mit neuem Spektakel füllen, Marcus, aber du solltest deine Grenzen kennen«, wies Crassus ihn zurecht.

Lucullus grinste. »Grenzen sind etwas für Militärs.«

»Kein Schiff hat den Hades je befahren und ist daraus wieder hervorgekommen. Der Hades reist durch die Leere, von System zu System und schlägt dort ein wie ein Rammangriff. Er kann Planeten vernichten, er kann Sonnen auslöschen! Und dann taumelt er weiter. Das ist kein System, das man erforscht, um possierliche Tiere für die Arena mitzubringen. Das ist eine Bedrohung, die schon seit Jahrhunderten vernichtet sein könnte, wenn man sie ernst genommen hätte!«

»Sie war halt immer sehr weit draußen«, gab Lucius kleinlaut zu. Er hatte bereits das dritte Glas seines teuren Weins heruntergestürzt, die Sklavin Dimitra füllte eilig nach, und er fixierte starr den tiefen Einblick, den sie gewährte, als sie sich vornüberbeugte. Als sei dieser etwas, das ihm Halt gab.

»Aber jetzt sind auch wir sehr weit draußen, Lucius.« Crassus hielt eine Hand über sein Weinglas, um zu bedeuten, dass er es nicht nachgefüllt wünschte. »Ich danke dir, dass du dich uns anvertraut hast«, schloss er steif und erhob sich.

»Bitte ... es bleibt unter uns, bis wir uns einig sind, wie wir vorgehen und wen wir einweihen«, bat Lucius und erhob sich nicht, obwohl die Etikette es vorsah.

Crassus nickte. »Wegen meines Sohnes. Maximus, dem ältesten. Er würde sich über eine Antwort freuen.«

»Ja, ja. Wir werden darüber nachdenken.« Lucius seufzte. »Es ist ein freundliches Angebot. Danke. Ich wünsche dir eine gute Nacht. Dimitra, bring Marcus Licinius Crassus zu seiner Sänfte.«

Dimitra, bleich nach dem Geständnis ihres Herrn, brachte Crassus seinen Mantel. Ohne einen weiteren Gruß verließ der Senator den kläglichen Rest der Feier.

Lucullus gähnte. »Sein Sohn und deine Tochter, ja?«

Lucius wiegte den Kopf. »Ich habe mich noch nicht entschieden. Und ich muss es noch ... mit einem Freund besprechen.«

»Der Sohn ist nicht so ruhmreich wie der Vater. Und Crassus ist noch nicht so alt, dass er deine Tochter nicht besteigen könnte, hm?« Lucullus schien Gedanken lesen zu können. »Tja. Man ist nie zu alt für Cupido. Ich habe immer gesagt, ich werde grau, bevor ich heirate. Grau bin ich jetzt. Vielleicht sollte ich langsam über eine Heirat nachdenken.«

Lucius musterte ihn und nickte.

»Wir haben schon einmal darüber gesprochen. Die ruhmreiche Linie der Terentier, zusammengestaucht nach einem Massaker auf einen einzigen Erben. Mich.« Lucullus winkte zwei Sklavinnen, damit sie ihm aufhalfen. »Es wird Zeit für mich, Erben in die Welt zu setzen, ich habe mich Bacchus bislang sehr einseitig gewidmet.«

Er betrachtete die Frauen, die seinen schweren trunkenen Körper auf die Beine gestellt hatten, als erwäge er, seinen Horizont sogleich zu erweitern. Er grinste Lucius zu.

»Gute Nacht, alter Freund.«

Kapitel X

Offenbar musste Lucius Marinus sich nicht mehr mit der Trauer seiner Tochter schmücken, denn er war allein gekommen.

Ianos' Herr schlenderte mit dem Lanista auf der von bruchsicherem Glas abgeschirmten Empore über dem Gemeinschaftsraum der Gladiatoren entlang. Sicherlich ließ sich das Glas verspiegeln, doch offenbar wollte der Legat der Praetorianer und zweiter Investor des Ludus, dass seine Anwesenheit bemerkt wurde.

»Da is' d'n Herr«, sagte Aeneas. Aeneas war wenige Jahre älter als Ianos, gebaut wie ein griechischer Held, allerdings mit einem Sprachfehler gestraft, der ihn beinahe schwachsinnig erscheinen ließ. Die Worte kamen schleppend und verstümmelt aus seinem Mund, und meist schwieg Aeneas und tat, was er am besten konnte. Er war ein Retiarius, ein Kämpfer mit Dreizack und Netz. Sein Wurfgeschick war unübertroffen, und er verstand sich auf die unwahrscheinlichsten Kunststücke mit den kleinen Kugeln, die sich im Flug oder beim Aufprall sirrend in Netzgeflechte entfalteten.

Es gab Geflechte aus Draht und aus hauchdünnen Fäden, es gab welche, die einschnitten wie winzige Messer und welche mit Dornen daran. Welche, die traditionell mit Bleigewichten beschwert waren, und solche, die an Haut, Haar und Rüstung klebten wie Spinnweben. Und es gab die Netze aus hin- und herzuckenden Energieblitzen. Ianos dachte mit einem Zähneknirschen daran, wie schmerzhaft die Berührung damit gewesen war.

Er selbst durchwanderte alle Disziplinen, und die erfahreneren Gladiatoren beurteilten, wo seine Stärken lagen.

Der Lanista, obgleich dem Namen nach Ausbilder der Gladiatoren, nickte lediglich zu den Berichten der Aufseher und seiner Favoriten; seine vornehmliche Aufgabe schien im Moment darin zu bestehen, Spartacus zu seinen zahlreichen Terminen zu begleiten, was besonders Oenomaus mit mehr Missgunst als Spott bedachte. Der Halbsatyr war lange der Liebling der Arena gewesen, doch schon vor Spartacus' Auftritt war es still um ihn geworden.

»Brich' zu viele Regeln, Oeno«, stammelte Aeneas. »'s gab … gab diese Imagi, wo er …« Er kicherte und stieß dabei Speicheltröpfchen aus. Ianos betrachtete den blonden Helden verwundert. »Wo er … d' weiß schon. Eine Dame is'.«

»Eine Dame? Der Kerl mit den haarigen Beinen?«

»Na ja, weiß' schon. Er krieg's besorgt wie eine Dame.«

»Oh.« Ianos war froh, dass Oenomaus nicht im Gemeinschaftsraum war, damit er ihn nicht anstarren konnte.

»Glaube, er will bloß, dass alle gucken. Deshalb die Sache mi' der Dame. Schockieren. Aber da hat er's wohl übertrieben.« Wieder kicherte Aeneas feucht.

Normalerweise war es für einen Sklaven nicht anrüchig, sich für seinen Herrn zu bücken. Auch jüngere Männer erhielten diesen Freibrief. Doch für Gladiatoren schienen diese Regeln nicht zu gelten – Gladiatoren mussten möglichst männlich sein. Und ein Halbsatyr mit einem der sechs göttlichen Herzen, der die Dame gab? Ianos grinste unwillkürlich.

»Warum … warum gibt es eigentlich nur sechs Herzen? Warum werden nicht mehr hergestellt, für Legaten oder die Speercenturios in den Grenzkriegen, wenn die Herzen so viel schneller und stärker machen? Und Wunden heilen?«

Es dauerte lange, bis Aeneas eine Antwort zusammengestammelt hatte, aber er war einer der wenigen, der sich überhaupt dazu herabließ, dem neuen Gladiator ein paar Antworten zu geben. Sie schienen zu erwarten, dass Ianos bereits alles über den Ludus, die Favoriten, die Herzen wusste – doch da, wo er groß geworden war, hatte er wenig mehr über Gladiatoren gelernt, als dass es sie gab und dass ihre Kämpfe auf vielen Welten zur Unterhaltungsindustrie gehörten. Er hatte nie die Gelegenheit gehabt, an dieser Unterhaltung teilzuhaben – bis jetzt. Jetzt hatte er sehr direkt daran teil.

»Hergestell'?« Aeneas lachte. »Die Herzen heißen doch nicht göttlich, weil sie hergestell' werden können!«

»Sie sind ... sie sind wirklich göttlich?« Das hatte Ianos nicht erwartet. »Aber warum ... warum sind dann nicht Priester die Träger oder Consuln oder ...?«

Ein Aufseher rief einige Namen in den Raum. Ianos war darunter, ebenso wie Aeneas. Beide standen auf.

Aeneas leckte mit seiner verwachsenen Zunge über seine Lippen. »Göttlicher Wille, Mann! Kenns' du nich' die Sieben Fortunati?« Um das letzte Wort musste er kämpfen, das T bereitete ihm Schwierigkeiten. »Die Sieben schü'z'n das Capitol, als Brennus mit seiner Horde Rom verwüs' hat. Sechs von ihnen gestorben. Im Kampf. Der Siebte weg – verscholl'n, eine Legende. Die Götter selbs' wollten Rom zur Seite steh'n und hab'n vor der Schlacht die Herzen der Männer verwandel'. Vulcanus hat ihre Herzen in Metall verwandel'. Mars hat ihnen Kampfkraf' gegeben. Und Iuno Moneta den Willen, Rom zu dien'.«

Ianos wich einer Schwanzspitze aus, die wie eine Peitsche durch das Gitter der Hundezwinger auf ihn zielte. Sie war mit einer Kappe gesichert, sodass sie ihn nicht vergiften könnte, doch der Hieb wäre trotzdem schmerzhaft. Das Wesen, das stets diese Hinterlist ersann, lag still in der Ecke, nur der dünne Schwanz zuckte vor und zurück. Die Hunde kläfften sich die Kehlen heiser, als Ianos und etwa zwei Dutzend andere junge Männer den Gang mit den Hundezwingern passierten. Die Hunde waren selbst im Schlaf aggressiv, und nur die gefährlichsten unter ihnen, die zu viele ihrer Artgenossen töteten, wurden in kleine

Stahlkabinen gezwängt, wo sie dann allein auf den Tag warten mussten, an dem sie einige Mausgladiatoren zerfleischen durften. Das stete Gebell und Gebrüll im Gewölbe ließ jeden Gladiator aufatmen, wenn er in die Übungsarenen treten durfte.

»Als die sechs tot waren, hat man ihnen die Herzen en'nommen. Werd'n im Tempel der Iuno Moneta aufbewahr'. Die Spiele sind so gesehen ein Diens' an den Göttern. Wir bringen uns nich' nur einfach gegenseitig um – sind 'n lebendes Mahnmal für die Mach' der Götter«, schrie Aeneas über den Lärm der Hunde, und die herumfliegenden Speicheltröpfchen brachten ihm von Pollux einen Klatscher in den Nacken ein.

»Halt deine Spucke zurück, Missgeburt. Jemand wie du wird kein göttliches Herz erhalten. Also bist du auch kein götterverdammtes Mahnmal!«, schnauzte Pollux' Zwillingsbruder Castor, und Aeneas schloss den Mund halb – ein wenig stand er stets auf.

Bei den Aufzügen und Transportröhren weihte der Aufseher sie ein. »So, Jungs. Ihr trainiert einfach. Seht so gut aus wie möglich. Und stört euch nicht an den ganzen Leuten. Die wollen nichts von euch, die wollen nur was von Spartacus.«

So bildeten sie denn die Kulisse.

Ianos sah Spartacus zum ersten Mal aus der Nähe – anders als Crixus und Oenomaus ließ sich der Favorit nie im Gemeinschaftsraum blicken, und sein Training schien meist an einem anderen Ort stattzufinden. Die Transporttunnel führten durch den Felsen in unterschiedliche Areale, die aus dem Berg herausgestampft worden waren. Ianos kannte bislang nur die kleine, gewöhnliche Arena, doch die anderen erzählten von schroffen Hängen, Felsparcours mit Hängebrücken, schwebenden Plattformen, die in Höhe und Gestalt veränderlich waren, und blauen Seen von schier unermesslicher Tiefe, um Übungskämpfe anspruchsvollerer Natur abzuhalten. Und von der Nadel, die auch von waghalsigen Patriziersöhnen gemietet werden konnte.

Die Meute, die mit ihren Linsen und Audios angetreten war, schien jedoch den Klassiker zu bevorzugen, und so wurde Spartacus in der Felsarena von allen Seiten in Szene gesetzt, während Ianos sich mit einer ungewöhnlichen Parierwaffe, die lediglich seine Hand mit einem Energieschild umgab, und einem Übungsgladius zur Wehr setzte, der anstelle einer potenziell tödlichen Energieverstärkung lediglich schmerzhafte Stromstöße verteilte.

Aenaes baute sich mit seinen Netzkugeln vor ihm auf, sah jedoch wütend hinüber zu Castor und Pollux. Die beiden kahlgeschorenen Zwillingsbrüder wärmten sich auf – sie kämpften nie gegeneinander, sondern immer als Einheit. Ihre großen Murmilloschilde verschmolzen dann zu einer schwer zu überwindenden Energiefläche, über die sie ihre Waffen heimtückisch gezückt hielten.

»Mach schon«, forderte Ianos Aeneas auf und blickte dann doch hinüber zum Träger des dritten Herzens.

Spartacus verzog keine Miene, lächelte nicht, antwortete einsilbig auf Fragen. Sein rotes Haar schien auch hier, im wolkenverhangenen Tageslicht eines wie üblich rauen Gebirgstages, in Flammen zu stehen. Es war an den Seiten kurz geschnitten und bildete in der Mitte längere Wirbel, mit denen der Wind spielte.

Drei von sechs. Drei von sechs göttlichen Herzen sind vergeben. Captura Cardiae, schoss es Ianos durch den Kopf – hatte er wirklich genug Ehrgeiz für so etwas?

Er lieferte sich mit Aeneas einen halbherzigen Schlagabtausch, wich einem Netz aus, das sich im Flug in sich selbst drehte und wand. Als es auf dem Boden landete, zog es sich rasch zu einer Kugel zusammen, die Aeneas aufhob.

Wenn Aeneas seine Netze warf, wusste er genau, wann die kleinen Gebilde sich entfalten würden – manche taten es in der

Luft, manche beim Aufprall. Einige taten es erst, wenn er sie mit einem Stoß mit dem Dreizack weiterkatapultiert hatte.

Ianos hatte weniger Erfahrung damit, witterte jedoch eine Chance darin, die Kugel mit dem Gladius zurückzuwerfen. Doch die Netze entfalteten sich spätestens dann, wenn er die Kugeln berührte.

»Wenn du so mit einem Messernetz gemacht hätt's, wärs' du tot jetz'«, sagte Aeneas, als er Ianos' Hals aus dem Gewirr von Drähten befreite.

Ianos fand diese Paarung nicht gerecht – die Retiarii waren nicht umsonst gefürchtet und als grausam verschrien. Seufzend ließ er sich wieder auf die Beine stellen.

Spartacus präsentierte mittlerweile, Schulter an Schulter mit seinem Besitzer und einer schlanken Frau in dunkelrotem Kleid, eine halbvolle gläserne Amphore, in der der Wein in Wirbeln dahintrieb und der Schwerkraft trotzte.

»Sehr gut – einmal trinken, bitte, aber langsam. Ja, alle drei.«

Aeneas grinste. »Irgendwann ha'n wir auch so ein Herz. Das vier'e und fünf'e vielleich', das von Crabro und Delfia.«

»Es war eine Frau dabei?«

»Ja. Im Tempel von Minerva gib' es ein' Schrein für die. Ist die Einzige von den sechs, die angebete' wird. Von dummen Weibern, die sich was drauf einbil'n, dass eine Frau dabei war.«

Ianos sah sich um. Zwei Dutzend Kämpfer warfen sich gegenseitig zu Boden, rangen miteinander, schlugen mit stumpfen Waffen aufeinander ein und versetzten sich Elektroschocks, zerhieben Imagi, die vor sie projiziert wurden, übten sich im Umgang mit Wurf- und Schusswaffen. Mehr als einhundert weitere schliefen jede Nacht in dem großen Gewölbe, aßen miteinander. Hofften, dass sie einst zu den großen Sechs gehören würden.

»War immer ein Einzelgänger, der«, sagte Aenas mit Blick auf Spartacus. »Haben nich's von ihm zu erwar'en. Is' nich' wie Crixus.«

Ein Pfiff ertönte – es war einer der Aufseher. »Ihr Lahmärsche! Soll ich euch Beine machen?«

Ianos ging in Position. Aeneas schloss seinen Helm, nahm eine der handtellergroßen Kugeln vom Gürtel und richtete den Dreizack auf Ianos, der mit einem Knopfdruck den Helm über seinen Kopf zuschnappen ließ.

Zwischen den Spitzen des Dreizacks flackerten Energieblitze, und hinter den großen Facettenaugen von Aeneas' Kopfschutz schien ein unbezwingbarer Gegner zu lauern.

Ein unbezwingbarer Gegner mit Fischaugen.

Ianos glaubte nicht daran, dass es Glaube war, der ihm fehlte. Das mochte etwas für waldbewohnende Wilde sein, er würde diesen Kugeln auf andere Weise überlegen sein. Er sprang schräg nach vorn, als Aeneas die Kugel warf. Er hatte beobachtet, dass der Retiarius die Flugbahn der Kugel oft noch im Nachhinein mit der Spitze des Dreizacks umlenkte.

Müsste das verdammte Netz sich dann nicht an seinem Dreizack entfalten? Ianos beobachtete, während er Aeneas' Erwartung erfüllte und schräg nach hinten auswich. *Dann darf er es nicht mit dem Metall der Waffe treffen. Nur mit den Energieblitzen dazwischen. Die Kugel schlägt daran nicht auf, sondern ändert nur ihre Flugbahn.*

Der Retiarius nahm Ianos' Ausweichbewegung wahr, lenkte die Kugel mit dem Dreizack und einer geschmeidigen Bewegung um, und Ianos ballte die Linke.

Als Scissor hatte er wenig Schutz, nur den kleinen Schild an seiner Faust mit dem Haken in der Mitte, mit dem er das Netz abwehren oder zerschneiden konnte. Es war eine Sache von Haaresbreite. Ianos musste Glück haben. *Oder Glauben.*

Die Kugel schoss auf ihn zu, er hob die Hand, als wolle er mit dem Haken dagegenschlagen, verfehlte sie jedoch absichtlich. Stattdessen versetzte der Energieschild um seine Hand der Kugel einen Stoß – und lenkte sie ab.

Der Winkel war nicht perfekt, das Geschoss flog seitwärts, und Aeneas wich mit einem Laut des Erstaunens einen Schritt zurück. Die Kugel prallte auf dem sandigen Boden auf und zerplatzte in durchsichtige Fäden.

Aeneas wandte seine Aufmerksamkeit wieder Ianos zu, benötigte jedoch einen Moment, um den Dreizack zwischen sie zu bringen. Diesen Lidschlag nutzte der Neuling, um in den Stab der Waffe zu greifen und ihn gegen Aeneas' Helm zu rammen. Es gab das unschöne Geräusch einer elektrischen Entladung, einen dumpfen Schrei und Störgeräusche aus dem Audio des Helms.

Aeneas torkelte rückwärts, und Ianos gab ihm noch einen Stoß, drehte sich in den anderen hinein und landete dann auf dem Fallenden, sodass Aeneas die Luft aus den Lungen wich. Ianos richtete sich auf – stehend auf dem Brustkorb des sich windenden griechischen Helden.

Unter diesem zerfloss das Spinnennetz zu einer viskosen Masse, die den Retiarius am Boden festhielt. Aeneas bäumte sich auf, um auch Ianos zu Fall zu bringen, doch es hatte seine Vorteile, kleiner und leichter zu sein, und Ianos setzte über Aeneas und sein klebriges Netz hinweg.

»Na, sei froh, dass es nicht das Messernetz war. Das hätte dich umbringen können!« Ianos grinste, und aus dem fischäugigen Helm kam ein widerwilliges Stöhnen.

Jemand applaudierte. Noch jemand. Ianos drehte sich verblüfft um. Einige der Berichterstatter klatschten in die Hände, einer wies mit seinem Daumen nach oben.

Lucius Marinus nickte ihm huldvoll zu, und selbst Spartacus verzog die Lippen zu einem Lächeln und taxierte den siegreichen Scissor von oben bis unten.

»Gute Arbeit, Junge. So hatten wir uns das gedacht«, sagte der bullige Aufseher, während er Aeneas aus seinem Netz befreite. »Ein bisschen Theater für die Linsen.«

Am Abend kam die Amazone zu Lanista Batiatus.

Constantia saß vor der Wandtabula. Ihr Vater hatte der Familie das Rohmaterial der Weinreklame gezeigt und dabei nicht nur darauf hingewiesen, wie gut Spartacus ins Bild gerückt worden sei, sondern auch, wie die neueste Errungenschaft der Gladiatorenschule sich schlug.

»Dass Lucianus gut ist, wusste ich. Aber ich wusste nicht, ob er das Zeug dazu hat, Massen zu begeistern. Nun – er hat es. Da – er berührt das Netz gar nicht, lenkt es nur ab. Und dann läuft er praktisch – so sieht man es besser – an dem Retiarius hoch, der nach hinten fällt. Seine mangelnde Größe hat auch Vorteile.« Lucius lächelte zufrieden. »Es wird die Szene als Ganzes – das Weintrinken mit den Kämpfen im Hintergrund – für die Ausrufer geben. Und dann natürlich nur Spartacus' Konterfei, das uns hoffentlich auf jeder zweiten Säule und an jeder Fassade der Oberstadt begegnen wird.«

»In den Himmel projiziert, bei jedem verdammten Unwetter.« Marius mühte sich nach Kräften, sich auf den Liegen des Elternhauses besinnungslos zu trinken.

Constantia sah auf Ianos, der zum Standbild erstarrt war. Überrascht hatte er das Gesicht zu den Linsen erhoben, und für eine Sekunde gelang es ihr, sich vorzustellen, dass er sie – durch die Berichterstatter und ihre Linsen – auf diese Weise anlächelte.

Was soll das? Sie zwang sich, wegzusehen. Der Traum machte sie noch wahnsinnig – und das wurde nicht besser dadurch, dass er beinah in jeder Nacht in endlosen Variationen wiederkehrte. Sie hatte sich dabei ertappt, wie sie früh zu Bett ging, um solch einen Traum zu träumen, obwohl das Ende stets auf die gleiche Art und Weise verstörend war.

»Wollen wir uns mal Lucullus' neue Errungenschaft ansehen?«, fragte Cornelia, die gefrorene Flughundmolke löffelte. »Außerdem gibt es noch eine Überraschung, hat er doch gesagt, oder nicht?«

Constantia war beeindruckt. Ihre Mutter hatte sich nie für Sport interessiert, geschweige denn für die Kämpfe. Und nun schien sie über jedes Detail Bescheid zu wissen.

Lucius wies Vedea an, umzuschalten. Sie bediente die Elektronik mit der Leichtigkeit eines Augenaufschlags. Einer Leichtigkeit, die sie nur für elektronische Geräte übrig hatte.

»Was für eine Überraschung? Bislang ist der Abend sehr überraschungsarm, dafür, dass ich hierbleiben soll, um großen Ereignissen beizuwohnen, die ihre Schatten vorauswerfen«, beschwerte sich Marius.

Cornelia durchbohrte ihn mit ihren Blicken. »Mein Sohn, es ging uns um deine geschätzte Meinung. Aber bitte, betrink dich mit unserem besten Wein, statt mit deinen Freunden beim Rennen zu sitzen, oder was auch immer ihr vorhattet.«

»Rennen«, sagte Marius in einem Tonfall, der klarstellte, dass er keinesfalls einem Rennen beiwohnen wollte. »Wunderbares Bildmaterial, Vater. Ich gratuliere dir von Herzen. Du siehst wunderbar aus – die Frisur sitzt, das Haaröl glänzt.«

»Du bist ein widerlicher kleiner Schmarotzer und lediglich ein Schatten von deinem Bruder Titus«, murmelte Lucius, und Marius erstarrte.

»Vater«, flüsterte Constantia ungläubig.

»Da ist sie«, unterbrach Vedea treffsicher. »Die Amazone.«

Es war Lucullus' privater Kanal – nur auserwählte Personen hatten Zugriff darauf, und nun wurden die Mariner Zeuge davon, wie eine schmale, hochgewachsene Gestalt in einem langen schwarzen Mantel einen Gang entlanggeführt wurde.

»Lucianus hab ich einfach so hinuntergeschickt. So, wie er war. Ich hätte etwas mehr Spektakel daraus machen können.«

»Du wusstest ja nicht, dass er gut sein würde«, tröstete Cornelia steif.

»Das weiß man von der Amazone auch nicht«, erwiderte Lucius.

»Die hat den Tittenbonus«, warf Marius ein. »Falls sie noch beide hat, ihr wisst schon. Amazonen.«

»Hat es wirklich irgendwo Amazonen gegeben?«, fragte Constantia und versuchte, von der schwarzgewandeten Person so viel wie möglich zu erkennen.

Vedea antwortete mit dem Lächeln, das man für kleine Kinder reservierte. »Nein, junge Domina. Nirgendwo im Mare Nostrum. Frauen sind nicht zu so etwas bestimmt. Das sind nur Männerphantasien.«

Auf der Tabulae öffnete sich eine Tür in einen hell erleuchteten Saal, ein Gewölbe. Fensterlos war es, und Constantia glaubte, den Schweiß riechen zu können. Waren es hundert Gesichter oder noch mehr, die sich der Amazone zuwandten?

Sie versuchte, Ianos zu erkennen, doch es gelang ihr nicht. Die Amazone trat ein, und einige Männer johlten. Dann verstummten sie. Die Perspektive der Linse wechselte, und Constantia erkannte, dass hinter der Amazone ein riesiger, deformierter Schatten die Türöffnung verdunkelte.

»Och nee«, sagte Marius und trank sein Weinglas aus.

Auch Lucius seufzte.

»Ich dachte, er wäre zum Tode verurteilt!«, stieß Marius hervor.

»Vielleicht gedenken sie ihm doch den Tod ad bestias in der Arena zu. Bringt mehr Aufmerksamkeit«, erwog Vedea, doch Lucius schüttelte den Kopf. »Nein, Lucullus will ihn wieder dabeihaben. Regulär.«

Constantia verstand noch nicht ganz, worauf das Gespräch hinauslief. Sie hatte sich nie für Gladiatoren interessiert. *Bislang*, sagte eine bissige Stimme in ihrem Kopf und erinnerte sie daran, dass sie das Gewölbe aus einem ihrer Träume kannte. Einem Traum, in dem sie es zwischen hundert schlafenden Gladiatoren mit Ianos tat.

Sie hasste und liebte das Gefühl, das von den Erinnerungen

an die Träume ausgelöst wurde. Mit schneller gehendem Atem versuchte sie, jeden Gedanken daran zu verdrängen.

Die Amazone schälte sich mit einer einzigen Bewegung aus ihrem Mantel. Sie trug bronzene Brustschalen und einen Schurz aus Metamorphosenstahl, der sich sicherlich verlängern konnte, um ihr mehr Schutz zu bieten. Ihr Haar war blond und kinnlang, und sie selbst war groß und schön und herb – und älter, als Constantia gedacht hatte. Die Amazone hatte die fünfunddreißig Jahre sicherlich überschritten, und sie trug das Lächeln einer Frau auf dem Gesicht, die im Leben schon den letzten Dreck gesehen und nicht mehr als ein müdes Lächeln dafür übrig hatte.

»Ich bin zurück«, dröhnte die Stimme der Silhouette im Türrahmen. Ein Arm schnellte aus dem Umhang, der die Gestalt nur unzulänglich verbarg. »Du – sitzt auf meinem Platz.«

Ein großer bulliger Kerl, der gegen das Wesen, das gerade eintrat, aussah wie ein Schuljunge, erhob sich und wich zur Seite. Er ballte die Hände zu Fäusten.

Die Amazone tat einen Schritt zur Seite, und nun streifte auch ihr Begleiter den Umhang ab.

Haarige Berge von Muskeln. Ein Stiernacken, der so massig war, dass es nur logisch schien, dass er von einem Stierhaupt gekrönt war. Dennoch war das Gesicht, wenn schon nicht menschlich, so doch sehr viel menschlicher als das eines Rindviehs. Ein breites Maul, das sich zu einem Grinsen verzog. Nüstern, die sich schadenfroh blähten. Dunkle Augen, beide frontal im Schädel – ein Minotaur.

Constantia erschauderte. »Taurus. Dieser Bastard.«

»Die Leute wollen ihn sehen. Mehr noch als für einen guten Helden begeistern sie sich für einen guten Schurken«, sagte ihr Vater.

Taurus grinste siegessicher in die Runde, grunzte und begab sich zu seinem eben frei geräumten Platz.

»Er hat nur deshalb kein künstliches Herz, weil er damit Rom vielleicht vollständig einreißen würde«, sagte Marius.
Cornelia schüttelte den Kopf. »Das ist doch Unsinn.«
»Er hat tatsächlich keines, weil Lucullus fürchtet, dass er ihn nicht aufhalten kann, wenn er erneut ausrastet«, bestätigte Lucius.
Constantia war für einen Moment hin- und hergerissen, wovor sie sich mehr fürchtete – davor, dass Ianos dem wütenden Taurus zum Opfer fiel, oder davor, dass die Amazone beschloss, Ianos mit diesem Blick aus ihren hellen Augen anzusehen.

»Sie kann jeden von uns fertigmachen. Ich sage euch, ich habe mit ihr trainiert, und sie ist ein leibhaftiger Dämon.«
»Das glaube ich nicht«, sagte Ianos leise, und Spartacus sah zu ihm hinüber. Der Junge klang, als wüsste er mehr über die Amazone als die anderen.
Spartacus fand alle Arten von Übungsräumen öde, seit das göttliche Herz ihn erwählt hatte. Die, in denen die Muskeln mit elektrischen Impulsen stimuliert wurden, ebenso wie jene, in denen sie sich an Gewichten und Stangen und Laufbändern quälten. Am langweiligsten waren die, in denen einfach die Schwerkraft hochgestellt worden war, sodass jede Bewegung zur Qual wurde. Er wusste, dass auch Patrizier mit dieser Art Training ihre Körper stärkten.
Er zog sich zum vierundfünfzigsten Mal mit einem Arm an einer einfachen Metallstange hoch. Das Herz pumpte Stoffe in seine Muskeln, die den Schmerz betäubten und ihm Kraft schenkten. Das Herz gewährte ihm bislang alles, wovon Crixus und Oenomaus ihm vor der Operation erzählt hatten – Schnelligkeit, Stärke, Heilungskraft. Es erschwerte seinen Gegnern erheblich, seine Eingeweide über die Arena zu verteilen; es ließ ihn die Fassung wahren in den unmöglichsten Situationen; doch es machte eine Vorbereitung auf diese Situationen unsin-

nig. Das Herz würde dann darauf reagieren. Bis dahin konnte er ebenso gut in seinen Gemächern liegen und sich mit Wein und Drogen berauschen. Er ließ die Stange los und landete auf dem Boden des Trainingsraums.

Sowohl der Gallier als auch der Halbsatyr hatten erzählt, dass mehr dazukommen würde – dass es Fähigkeiten gab, die das Herz ihm erst gewährte, wenn die Götter ihn als würdig erachteten. Dass es Momente geben würde, in denen das Herz darüber entschied, ob es sein Leben zerbrach wie einen Halm.

Crixus hatte gesagt, solch ein Moment habe ihn mitten in der Nacht heimgesucht – ein halbes Jahr, nachdem er das Herz erhalten und er bereits ein halbes Dutzend Kämpfe damit hinter sich gebracht hatte. Da hatte das Herz in der Nacht versucht, ihn umzubringen. Und als er schon beinahe erstickt war, da hatte es plötzlich losgelassen – wie ein grausamer Mann seinen Sklaven.

Der Junge, der den schönen Retiarius mit der schiefen Zunge besiegt hatte, betrachtete Spartacus, als sei er sich nicht bewusst, dass der Herzlose auch ihn betrachtete. Spartacus blieb in der Hocke. Es war das erste Mal, seit er das Herz erhalten hatte, dass er sich unter die gewöhnlichen Gladiatoren gemischt hatte.

»Vielleicht solltest du gegen die Amazone kämpfen, wenn du sie einschätzen kannst«, sagte er, und Ianos wandte eilig den Blick ab.

»So war das nicht gemeint. Ich meinte nur ... sie kommt mir nicht wie ein Dämon vor«, sagte der Junge.

»Wenn einer gegen sie kämpft, dann ich«, bellte der Kampfhund.

Spartacus sah sich nicht zu ihm um. Wenn er es täte, wäre die Versuchung, ihn zu schlagen, zu groß.

»Ich kämpfe gegen sie, werfe sie auf den Boden und schieb mein Ding dann endlich wieder in eine Frau, die keine Hure ist. Eine, die schreit, wenn man's ihr besorgt«, bellte der Kampfhund, als bettle er darum, von Spartacus geschlagen zu werden. Spartacus dehnte den rechten Arm – er hatte lediglich den linken trainiert und dann das Interesse verloren. Vielleicht brauchte auch der rechte ein wenig Bewegung.

»Ich dachte mir schon, dass du deine Wut über deinen verlorenen Lieblingssitzplatz nicht an Taurus selbst auslassen würdest«, sagte Spartacus leise und wandte sich zum Gehen. Die Rechte würde warten müssen.

»Was?«

»Zeig lieber dem Stier, wo seine Eier hängen«, empfahl Spartacus. »Statt der Stute anzudrohen, dass du sie mit deinem kleinen Hundepimmel ärgerst.«

Die Amazone war tatsächlich nur wenigen unmittelbar überlegen. Jeder wollte mit ihr kämpfen, jeder wollte diesen legendären Nimbus durchdringen, den Lucullus mit ihrer Ankunft um sie gelegt hatte – mit dem unausgesprochenen Versprechen, dass sie das fünfte Herz erhalten würde, das Herz der Delfia. Es war noch nie an eine Frau gegangen, niemals in der jahrtausendealten Geschichte der Gladiatorenspiele.

Doch je mehr sie sie herausforderten, desto klarer wurde, dass es nur eine Frage von Tagen war, bis ihr Mythos demontiert sein würde.

Ianos hielt sich zurück. Sie schlief auf seinem alten Platz nahe dem Hundezwinger – und sie schien sich dort wohl zu fühlen, mit den Hunden im Rücken. Ianos war ihr nachts nah genug, um zu sehen, dass sie die Augen noch geöffnet hatte, wenn die meisten schliefen.

Sie war auf diesen Nimbus angewiesen. Einige Kämpfe brachten ihn zum Bröckeln – doch der Kampfhund brachte ihn schließlich zum Einsturz. Der feiste Gladiator war Spartacus' Ratschlag nicht gefolgt.

Der Held der Arena ließ sich selten blicken, und der Kampfhund nutzte eine der ersten Gelegenheiten, bei der die Amazone zeigen musste, was sie wert war.

Trotz der Hiebe, die sie mit Schwert und Schild auf ihn prasseln ließ, rammte sie der Kampfhund und schleuderte sie zu Boden. Er warf seine ganze Körpermasse auf sie und presste sie in den Arenasand. Er zuckte mit der Hüfte und stöhnte gestellt.

»Ja, ich geb's dir, kleine Stute! Der Hund bespringt das Pferdchen!«

Die Aufseher bearbeiteten ihn mit ihren Stöcken, setzten ihn mit Stromstößen außer Gefecht. Einer der dunkelvioletten Giganten aus den Randgebieten der Stellae Africanae schlug den Kampfhund bewusstlos und ließ ihn fortschleifen.

»Hört her, ihr Tiere! Euer Dominus Lucullus und euer Lehrmeister Batiatus befehlen, dass ihr die Frau nicht anrührt! So, wie ihr euch nicht gegenseitig in den Arsch fickt oder die Schwänze lutscht! Ihr seid zum Kämpfen da, und wenn ihr jemanden zum Ficken braucht, beweist euch, und ihr kriegt jemanden von eurem Herrn geschickt. Oder jemand zahlt viel Geld dafür, euch beglücken zu dürfen. Kein Fick mit jemandem, mit dem ihr noch in der Arena stehen müsst!«

Schweigen und harte Blicke waren die Antwort.

Die Amazone setzte sich hin, stützte den Kopf auf die Knie und versuchte, Laute zu unterdrücken, die Schmerz und Scham ihr abringen wollten.

Ianos musterte sie, ihr helles Haar, ihre weiße Haut und fragte sich, wie sie hierhergelangt war.

Drennis und Ianos – sie sind wie ein Planet und sein Trabant. Der eine kreist um den anderen, weil der andere das Zentrum von allem ist. Aber sie begegnen sich nicht.

Das muss sich ändern.

Wird Drennis das Zeichen erkennen, das ich Ianos gab? Ich trug es nicht, als wir jung waren und freie Menschen – ich fand es im Steinbruch der Latifundie, auf der ich mit rasiertem Schädel in der brütenden Hitze graben und schleppen musste, um nachts von denen missbraucht zu werden, die gerade mächtig genug waren, um mit Peitschen nach Sklaven zu schlagen, die noch niedriger standen als sie.

So gesehen war es ein Wink der Götter, dass Lucius Marinus bei einem seiner Besuche auf mich aufmerksam wurde.

Aufmerksam ... nein, regelrecht besessen war er von mir.

Und ich plante seinen Untergang.

Die Organe, die ich seinem Sohn entnommen habe, stehen in kleinen durchsichtigen Gefäßen in einer steinernen Nische der Höhle, die ich nun bewohne. Ein Organ für jedes Mitglied von Lucius Marinus' Familie, das ich mit ihm in den Abgrund werfen werde.

Das Hirn für Lucius. Das Herz für Constantia. Die Leber für Marius. Und die Lunge für Lucius den Jüngeren, den ältesten Sohn von Lucius Marinus Maximus.

Sie alle werden ihm in den Abgrund folgen.

Das Persephoneabbild war schon vor mir hier, es hat auf mich gewartet, denn die Vorsehung brachte mich her. Proserpina nennen die Römer die Göttin, doch sie würden sie hier nicht erkennen. Aus Diamanten sind ihre Füße. Aus Rubinen ihr Schoß. Opale bilden ihren Körper und milchweißer Mondstein ihre Brüste.

Persephone, die zwischen den Welten wandelt, so heißt es in meiner Heimat Thrakien, ist der Ursprung der Weissagungen, die eine Seherin empfängt. Drennis weiß das. Wenn er das Amulett erkennt, wird er erkennen, wer Ianos zu ihm gesandt hat.

Sie müssen aufeinandertreffen.

Kapitel XI

»Nun.« Lanista Batiatus sah mit vielversprechendem Grinsen in die Runde. Er war herausgeputzt wie immer, eingeölt, mit üppigen Düften besprüht, und das schwarz gefärbte Haar war auf dem Kopf zu kecken Locken gelegt.

Spartacus grinste. Er erkannte den Duft, zu dem die Manufaktur diverse Proben Körperhaar und Schweiß von ihm analysiert und künstlich nachgebildet hatte. Rosenduft und der intensive Geruch einer Nachtkerze, die auf Thrakien heimisch war, verhinderten, dass sich der Schweißgeruch allzu sehr in den Vordergrund drängte. Spartacus war froh, Rom nicht betreten zu müssen – der Gedanke, dass sein Abbild in blau zuckenden Leuchtreklamen von Gebäudefassaden tropfte, war ihm zutiefst unangenehm.

»Bis in die tiefsten Tiefen der Unterstadt, mein Junge«, hatte Marinus gesagt.

In einem der Gemächer von Batiatus' verschwenderisch großer, in den Hang des Berges geschlagener Villa saßen sie auf Kissen: Lucullus, Marinus, Batiatus und Spartacus. Die zwölf einfachen Gladiatoren standen. Der Blonde mit dem Heldengesicht war darunter. Faunus. Castor und Pollux. Der Kampfhund. Und der Neue, klein und dunkel wie ein Dschungelkind von irgendeinem wilden Planeten.

Die Stirnseite des Raums war ein gigantisches Fenster, in das Weinreben hineinbaumelten. Die Scheibe hatte sich auf Knopfdruck aufgerollt, und so wehte die kühle Gebirgsluft hinein, gegen die die Fußbodenheizung anzukommen versuchte.

Einige Nymphen mit affenartigem Greifschwanz kletterten

in den Weinreben und pflückten Trauben, und Spartacus hatte sicherlich eine halbe Stunde benötigt, bevor er erkannte, dass es Automaten waren, die dort in der Felswand zur Belustigung der Gäste herumkraxelten. Auf ihren Leibern prangte die Aufschrift Deus ex machina.

»Wir müssen die nächsten Spiele planen, wie ihr wisst«, sagte der Lanista, als wäre es ihm lästig. Doch in seinen Augen funkelte es. Der Fuchs genoss es, sich neue Grausamkeiten einfallen zu lassen. »Im Endkampf wird es Zeit, dass Oenomaus und Crixus sich noch einmal gegeneinander behaupten. Die Wetten stagnieren, und wir kriegen sie auch nicht wieder belebt, wenn wir jetzt nur noch Spartacus ins Rampenlicht setzen.«

»Warum sind die beiden dann nicht hier?«, warf Spartacus ein und nahm sich von einem Tablett eine Schnecke aus karamellisierten Raspeln, die entweder aus Käse oder einer fremdartigen Nuss bestanden.

»Weil es hier um deinen Kampf geht.« Marinus lächelte. »Der vorletzte, vor Oenomaus und Crixus. Wir haben überlegt, dir Taurus zu geben. Aber du bist zu gut jetzt, mit dem Herzen. Du zerlegst ihn.«

»Mit Freuden, Dominus«, erwiderte Spartacus. *Ich würde euch alle zerlegen, euch alle in diesem Raum, wenn ich wüsste, dass ich dann erhalte, wonach ich mich sehne.*

»Daher gibt es andere Pläne mit Taurus«, fuhr Batiatus fort, während Lucullus vornehmlich zuhörte und aß. »Crixus und Oenomaus kriegen einen Kampf, bei dem die Wetteinsätze in die Höhe schießen. Ihr Dreizehn – ihr erhaltet einen Kampf für Legenden. Einer gegen ein Dutzend.«

Die zwölf Gladiatoren starrten den Herzlosen unter ihnen an. Keiner wagte zu sprechen. Ein schlanker Mann Anfang dreißig, der in der Arena Caput der Denker genannt wurde, musterte jeden einzelnen seiner elf Kollegen und bewegte dabei die Lippen, als präge er sich ein Gedicht ein.

»Bis zum Tod?«, fragte Spartacus und blickte ebenfalls von einem zum anderen.

Daedalus sah unbeteiligt aus dem Fenster, der Kampfhund stierte Spartacus in blinder Wut nieder – er hatte längst ein solches Herz gewollt und vermutlich sogar verdient. Er war einfach nur noch unbeliebter als Taurus. Aeneas lächelte Ianos nervös zu – als sei das die Chance, auf die er gewartet hatte.

»Wir visieren ein Volksurteil an«, sagte Lucullus, als ginge es um den täglichen Bericht über das Wetter. »Wenn genügend am Leben bleiben, wird das Volk über Wohl und Wehe entscheiden.«

»So oder so«, bemerkte Batiatus und wies einen Sklaven an, mitzuschreiben, »rechnen wir damit, dass die Hälfte von euch diesen Kampf nicht überleben wird. Wer jedoch überlebt, rückt der Chance, einmal einer der ganz Großen zu sein, ein gutes Stück näher.«

Spartacus versuchte, sich von dem klebrigen Zeug zwischen seinen Zähnen zu befreien.

»Warum ... warum sollen wir das alles vor dem Kampf schon wissen?«, fragte der kleine Dunkle.

Marinus zeigte mit dem Finger auf ihn, als habe er etwas sehr Kluges gesagt.

»Eine gute Frage. Ihr habt eine Woche Zeit, euch auf das Spiel vorzubereiten. Schließt mit eurem Leben ab. Fangt ein neues an!«

Constantia schlenderte mit Gaia Sabina über den Markt. Begleitet wurden die beiden Mädchen von Gaias Sklavin Ovida, die ihre Herrin mit einem Sonnenschirm bedachte, wann immer es nötig war, und die dafür sorgte, dass die beiden Mädchen in die Mittelstadtbezirke eingelassen wurden, ohne dass es gefährlich für sie wurde.

Die Mittelstadt bot Dinge, die die sauberen, für bummelnde Patriziertöchter angelegten Marktplätze der Oberstadt nicht boten. Gaias Sklavin kannte eine Route, für deren Sicherheit Gaia zahlte: durch einen Wohnblock hinunter in die Tiefe, indem sie über Brücken einen Innenhof querten, der sich wie ein Tunnel vierzig oder mehr Stockwerke nach unten wand, hinaus in den hängenden Basar.

Der hängende Basar funktionierte eher vertikal als horizontal. Große Korbsysteme transportierten nicht nur Waren, sondern auch Käufer und sogar ganze Marktstände von oben nach unten. Ständig hielten die Körbe wankend inne, weil an einem Balkon Ware gegen Geld getauscht wurde, bevor die ganze Apparatur wieder in Gang kam.

Constantia und Gaia fuhren einige Stockwerke tief, um sich auf der Terrasse einer Taberna niederzulassen, die sich auf den gigantischen Stufen eines unbenutzten Tempels eingenistet hatte.

Aus dem Tempel huschte der Wirt mit seinem hübschen Sohn, dem Gaia stets schöne Augen machte. Sie orderten süßes Gebäck und heißen Mulsum und sahen den Körben zu, die den vertikalen Markt bildeten. Fledermäuse und Motten zischten durch die von schwebenden Laternen, hängenden Lampen und Reklamebildern erhellte Dunkelheit der Gassen.

Hinter der letzten Treppenstufe des Tempels ging es hinab – irgendwo dort unten war kaum noch Licht. Dort war die Unterstadt, und irgendwo ... der Boden.

Constantia erschauerte beim Gedanken daran.

»Und hier gibt es sie? Hier auf dem Markt?«, fragte sie, während sie den Gewürzwein trank.

Gaias Leibsklavin stand nervös und wachsam hinter dem Sessel ihrer Herrin.

»Nicht direkt – hier gibt es die Kontaktleute. Du wirst schon sehen.« Gaia zwinkerte. »Constantia, du siehst so blass aus. So kenn ich dich gar nicht. Ist es immer noch ... die Trauer?«

»Vielleicht.«

»Es ist noch mehr! Bist du verliebt? Die Liebe kann einen zur rotwangigen Jungfrau ebenso wie zur bleichen Greisin machen, abhängig davon, in welchem Stadium man sich gerade befindet.« Gaia klatschte in die Hände und naschte Gebäck vom Teller, den ihr Lieblingskellner ihr gebracht hatte.

Constantia musterte die Freundin und schüttelte langsam den Kopf.

»Nicht?«, hakte Gaia nach.

Constantia fasste sich ein Herz. »Haben wir jemals ... Hast du mir schon einmal gesagt ... wie man mit einem ...« Sie brach ab und nippte am Mulsum. Der Pfeffer stieg in ihre Nase.

»Oho! Das klingt, als würdest du jetzt jeden Moment von der blassen Greisin zur rotwangigen Jungfrau! Sprich es aus! Mit etwas Glück zeichnet man uns auf, und wir sind das Gespräch der Woche.«

»Oh, bitte ...« Constantia musterte das Konterfei des Gladiators, das über die Fassade und die blinden Fenster der gegenüberliegenden Hauswand flackerte. Diesmal empfahl er ein Körperöl. »Ich bin es so leid.«

Gaia kicherte. »Ich wollte dich nicht auf andere Gedanken bringen – worüber wolltest du mit mir sprechen? Deiner liebsten Freundin? Mit der du so viele Laster teilst?« Sie stieß leicht an Constantias Glas, und seufzend trank diese aus. Gaia winkte dem Sohn des Wirts, der eilig nachschenkte. Dabei berührte sie seinen Arm und lächelte breit zu ihm auf. Der Junge sah sie verwirrt an – die zerrupfte Frisur, die absichtlich verwischte Schminke, den tiefroten Mund – und zog sich dann eilig zurück. »Sag es, Constantia. Damit ich nicht mehr an ihn denken muss. Hast du gesehen, wie schlank er ist? Keine Muskeln von lächerlichem Schwerkrafttraining. Ich wette, wenn er nackt ist, kann man seine Rippen zählen.«

»Ist das ... schön?«

»Ich verachte die Schönheit, die man mir vorschreiben

will!«, erklärte Gaia und verwischte ihre Schminke noch ein wenig mehr. »Du bist viel zu vorschriftsmäßig schön, Constantia. Sei ein bisschen hässlich, und du wirst feststellen, dass es dir gut steht.«

Die Gewürze des Mulsums stiegen Constantia in die Nase und überlagerten den unwägbaren kalten Hauch, der aus der Unterstadt heraufstieg.

»Hast du mir schon einmal einen Ratschlag erteilt, wie ich es mit einem unerfahrenen Mann anfangen soll? Also – wenn er noch ... kaum Erfahrung hat. Und ich trotzdem ...«

Gaia brach in Lachen aus. Dann wurde sie todernst und sah Constantia aus ihren schwarz umrahmten Augen an. »Am besten machst du's ihm vorher mit dem Mund oder der Hand. Dann kommt er, und du hast genügend Zeit, bis er zum zweiten Mal kommt.«

»Meine Frage – liebste aller Freundinnen – war, ob wir darüber schon mal gesprochen haben?«, flüsterte Constantia, die nun unter dem Blick der Sklavin doch rot geworden war.

»Nein. Warum?« Gaia zerbiss einen Keks, dessen zweite Hälfte sich in ihrer Hand umkrempelte zu einem Keks der gegenteiligen Farbe.

»Weil ich geträumt habe – du hättest mir genau diese Antwort schon gegeben.«

»Du hast dieses Gespräch geträumt?« Gaia legte eine Hand an den Mund und sog die Luft ein, wobei sie sich an Kekskrümeln verschluckte. Sie hustete, und die Sklavin klopfte ihr zwischen die Schulterblätter. »Dann ...«, röchelte das Mädchen. »Dann weißt du ja auch, wie das mit mir und dem Sohn des Gastwirts ausgeht!« Das Husten ging in ein unbändiges Lachen über, bei dem selbst die Gäste aus der Mittelstadt die Hälse verdrehten, um Gaia anzublicken.

Constantia lächelte, doch sie wusste selbst, dass es falsch in ihrem Gesicht aussah.

»Dort drüben! Endlich!« Gaia dämpfte ihre Stimme zu einem Zischen und legte eine polierte As-Münze auf den Tisch. »Bewahr den Rest für mich auf«, rief sie dem zwischen Sehnsucht und Angst hin- und hergerissenen Kellner zu und bedeutete Constantia, sich zu erheben. »Das Signal – wir gehen und fahren wieder hinauf. Drei Stockwerke. Du kannst durch ein Fenster klettern in dem Kleid, oder?«

Lucius ließ sein Gespräch von Vedea beschirmen. Es wäre nicht gut, wenn jemand bemerken würde, dass er regelmäßig mit dem Senator kommunizierte.

»Salve, Lucius.«

»Salve, Gnaeus«, erwiderte Lucius und schluckte nervös.

»Du hast etwas Neues für mich?«

»Eins von Gewicht und eins ... nur eine Kleinigkeit.«

»Fang mit der Sache von Gewicht an«, forderte der Mann am anderen Ende, neben dem ebenfalls ein konzentriert dreinblickender Sklave stand, der die Tabula mit beiden Händen zu berühren schien.

»Lucullus und Crassus sind nicht abgeneigt. Aber der Angriff auf die *Bona Dea* hat ihr Augenmerk ... verschoben.«

»Verschoben? Was könnte lohnenswerter erscheinen als vorn zu sein, wenn es an die Besiedelung ganzer Galaxien geht?«, fragte Gnaeus.

»Der Hades. Sie wollen ... sie wollen gegen den Hades vorgehen.«

»Und warum wollen sie das? Wie kommen sie darauf?«, fragte Gnaeus mit mildem Lächeln.

»Wegen ... sie haben den Angriff auf die *Bona Dea* missgedeutet.«

»Missgedeutet? Lucius, ich weiß, dass du mir Dinge verheimlichst, was die *Bona Dea* angeht. Dinge, die du ihnen ganz offensichtlich gestanden hast.«

Lucius zwang sich, dem Blick der Augen zu begegnen, die die Tabula ein wenig verfremdet übertrug.

»Wo ist die Verbindung zwischen dem Angriff auf dein Schiff und dem Hades, Lucius?«, hakte der mächtige Mann nach.

»Ich habe die Vermutung geäußert, die ich dir auch schon einmal mitgeteilt habe. Dass es etwas war, was wir nicht kennen. Etwas ... Bösartiges. Sie versprechen sich etwas davon, wenn sie gegen den Hades vorgehen. Politisch.«

»Hm. Politisch.« Gnaeus furchte die Stirn und wirkte augenblicklich wütend. »Das ist nicht gut.«

»Aber wir könnten es doch nutzen, oder?«

»Wir können alles nutzen, Lucius. Nun zu deiner Kleinigkeit.«

Offenbar wollte Gnaeus das Gespräch bereits beenden. Wollte sich seinen Gedankenspielen hingeben, bis er die Welt wieder so gedreht hatte, dass sie ihm gefiel.

»Ich erwäge, meine Tochter einem von ihnen zur Frau zu geben.«

Gnaeus schnaufte. »Nicht Crassus. Biete sie Lucullus an. Er ist sprunghaft, wo Crassus prinzipientreu ist, und er wird dir den Rücken kehren, wenn es ihm seine Laune gebietet. Gib ihm deine Tochter, dann wird das nicht geschehen.«

»Danke«, sagte Lucius, und Gnaeus wies den Sklaven mit einem Wink an, die Verbindung zu unterbrechen.

Die Tabulae wurde schwarz.

Vedea verzog das Gesicht.

»Was ist deine Meinung?«

»Lucullus ist ein schmutziger Mann«, murmelte Vedea, wie zu sich selbst. »Er wird deine Tochter ebenfalls schmutzig machen, denn Reinheit ist leider nicht ansteckend. Schmutz schon.«

Es zog kalt durch die tiefen Straßenzüge Roms. Dennoch war Constantia schweißnass. Die Stadt gähnte unter ihr wie ein gigantisches atmendes Ungetüm. Der nächste Atemzug würde sie in den Schlund saugen – und als sie den Schritt zwischen dem Korb und dem großen Fenster mit den schwarzen Scheiben tat, hatte sie das Gefühl, dass das Monstrum einatmete. Die harten Finger der Sklavin griffen ihren Arm, als sie taumelte, und Constantia stieg zitternd über das schmale Fenstersims.

»Domina, es ist schlecht, wenn du ein solches Gebäude betrittst!«, hatte die Sklavin Gaia gewarnt. »Unser Pass gilt hier nicht mehr.«

»Sorg dich nicht, liebe Ovida, ich habe mich um alles gekümmert«, hatte Gaia geantwortet. »Den vollen Betrag gibt es nur, wenn ich heil zu Hause ankomme.«

Und nun hatten sie also den sicheren Teil der Mittelstadt verlassen, um in ein bröckelndes Gemäuer einzusteigen, in dem das einzige Licht von Spartacus' Gesicht kam, das an die Fassade projiziert wurde.

Während Constantia noch mit ihrer Höhenangst kämpfte, wickelte Gaia souverän ihr Geschäft ab und erhielt zwei Päckchen, die ihre Sklavin rasch in einer Umhängetasche verschwinden ließ. Ovida stand auf eine Weise da, die klarmachte, dass sie bewaffnet war und in der Lage, ihre Herrin zu verteidigen.

Das Gesicht ihres Geschäftspartners lag im Schatten, und Constantia hörte, dass auch er nicht allein gekommen war. Im Hintergrund, dort, wo das leere Zimmer durch einen bröckelnden Türbogen in den nachtschwarzen Korridor überging, drückte sich jemand herum.

Constantia starrte hinüber – auch, wenn sie nichts sah, sollte derjenige wissen, dass sie ihn bemerkt hatte.

Während Gaia noch über die Zahlung sprach, und der Mann beklagte, dass er über mehrere Deckidentitäten das Geld erst in Wochen erlangen würde und damit vermutlich mehr Vorschuss in bar aushandeln wollte, trat die Gestalt im Türrahmen einen Schritt vor.

An der Hausfassade hob Spartacus die Phiole mit dem Öl, deren Licht in flackernden Streifen durchs Fenster drang und kurz das Zimmer taghell erleuchtete.

Im Türrahmen stand ein kleines Mädchen.

Sie lächelte Constantia an und zeigte dabei ihre Zahnlücken, die hoffentlich von ausgefallenen Milchzähnen und nicht von schlechter Ernährung rührten. Schwarzhaarig war die Kleine, mit einem struppigen Schopf, der die schmächtige Gestalt bis zur Hüfte umrahmte.

Das Mädchen bewegte den Mund, ohne zu sprechen. Sie formte mit den Lippen ein Wort und lachte dann leise. Constantia blinzelte, und das Mädchen wiederholte es.

Constantia.

Das Mädchen grinste breit, als Constantia ihren Namen erkannte und ihre Miene vor Schreck erstarrte. Woher kannte dieses Gör ihren Namen? Und was bezweckte es damit, es sie wissen zu lassen? *Sie wird mich gesehen haben. Es gab genug Aufmerksamkeit in der letzten Zeit.*

Trotzdem – etwas am Grinsen der Kleinen erschütterte Constantia, und sie wich zum Fenster zurück, hinter dem die Unterstadt gähnte.

Gaia hatte ihr Geschäft abgewickelt und drehte sich um. »Wir haben alles, was wir brauchen.«

Ohne ein Wort des Abschieds ließ sich Gaia von Ovida in den nächsten leeren Korb helfen, der das Fenster passierte und von der Sklavin angehalten wurde.

Constantia blickte nach oben – über dem Gewirr aus Kabeln und Seilen und Brücken zeigte ihr ein Splitter des Himmels, dass helllichter Tag war. Sie umklammerte den Rand des Korbs und zwang sich, das Unten zu vergessen und nur an das Oben zu denken.

»Noch ein Stück Freiheit«, sagte Gaia mit einem breiten Lächeln ihrer viel zu schönen Lippen und tätschelte die Umhängetasche der Sklavin.

Mit einem Ruck ging es nach oben.

Spartacus traf Crixus und Oenomaus beim Würfeln an. Sie spielten um Geld, doch es war mehr eine Sache der persönlichen Kränkung, wenn man verlor. Geld konnten sie ohnehin selten ausgeben, und als Herzlose hatten sie hier unten alles, was das Herz begehrte.

Oenomaus' Ziegenschnäpper zwischerten in ihren Volieren. Er hatte dem Rat des Lanista, sich ein außergewöhnliches Haustier zuzulegen, Folge geleistet, und mit den Ziegenschnäppern hatte er sogar Humor bewiesen. Spartacus grinste bei dem Gedanken an das Gespräch mit dem Berichterstatter, bei dem Oenomaus verkündet hatte, die Ziegenschnäpper fräßen das Ungeziefer aus seinen Beinzotteln, und das sei ein besonders angenehmes Gefühl.

Crixus' gesundes Auge blickte auf, während das künstliche rot glühend weiter auf die Würfel starrte. Spartacus fragte sich nicht zum ersten Mal, wie der Gallier die Welt sah – doch da auch ein Teil seines Gehirns bei diesem Kampf verloren gegangen und durch Nanoschaltkreise ersetzt worden war, war die Frage, wie er dachte und was er dachte, nicht minder interessant. Für einen Mann, bei dem ein Drittel der Schädelplatte aus Metall bestand, war Crixus nach wie vor verblüffend menschlich.

Die Erinnerung, wie der Mann mit dem künstlichen Auge ihn mit Nahrung versorgt hatte, damit er nicht die Kadaver der Tiere essen musste, die er sich in dem Käfig mit bloßen Händen vom Leib hielt, schien aus einem anderen Leben zu stammen.

»Es ist keine Prüfung mehr. Du hast es übertrieben, Drennis. Jetzt wollen sie dich einfach nur noch leiden lassen«, hatte der Mann mit einer warmen Stimme und seinem warmen gallischen Akzent gesagt, und das Licht hatte sich kalt auf dem Metall an seinem Körper gebrochen.

Drennis hatte zu heftig rebelliert, hatte zu viele Wachen getötet, zu viele Ausbruchsversuche unternommen, zu viel Ungehorsam gezeigt. Die Linsen an der Decke sollten der Menge draußen zeigen, wie er starb.

Crixus jedoch hatte immer wieder Wege gefunden, die Linsen für kurze Zeit abzuschalten. Hatte ihn aufgepäppelt und ihm erzählt, wie er hier überleben konnte, überleben musste.

»An manche Dinge glaube ich einfach. Und es funktioniert sehr gut – was ich glaube, wird Wahrheit«, hatte Crixus gesagt und mit seinem Auge gezwinkert. »Und ich glaube, dass du niemand bist, der hier in einem Hundezwinger zugrunde geht.«

Das Problem waren nicht die Hunde gewesen. Sie hatten akzeptiert, dass er ihr Herr war, hatten sich gegen seine Feinde gestellt. Seine Feinde jedoch … nun, Rom war erfinderisch. Was sie nicht auf anderen Welten finden konnten, stellten sie her. Geflügelte Spinnen, katzengroße Ameisen und Chimairae aller Arten wurden ab und an, nach einer Abstimmung durch die Zuschauer, in seinen Zwinger gelassen.

Irgendwann war es Crixus zu bunt geworden – er hatte damals kurz davor gestanden, ein göttliches Herz zu erringen, in stetem Wettstreit mit seinem Freund und ärgsten Feind Oenomaus. Eine Waffe durchs Gitter und einige wohlgezielte Speerwürfe hatten Spartacus die nackte Haut gerettet. Und in der Hoffnung auf eine weitere rührende Freundschaftsgeschichte zwischen zwei harten Männern hatte das Publikum entschlossen, dass sie ihn sehen wollten – in der Arena, zum Greifen nah, um ihn endlich mit den verdienten Lorbeerkränzen und Rosenblättern zu bestreuen.

Spartacus setzte sich auf einen Hocker an den Tisch. Als er keinen dritten Becher fand, trank er das gallische Bier, das Crixus bevorzugte, aus der Kanne.

»Und? Was sagt der Alte?«, fragte Crixus.

»Ihr kämpft gegeneinander. Aber sie lassen Taurus auf euch los.«

»Das haben sie gesagt?« Oenomaus hielt mit dem Würfeln inne.

»Nein. Natürlich nicht. Aber ich habe noch nicht so viel auf den Kopf gekriegt wie ihr beiden«, schnaubte Spartacus. »Ich verstehe auch Dinge, die sie nicht sagen.«

Crixus ahmte ein Ziegengemecker nach, und Oenomaus stierte ihn mit diesem unterschwelligen Zorn an, den er stets für Konkurrenten übrig hatte, auch wenn sie seine besten Freunde waren.

»Sie warten wahrscheinlich, bis wir uns so richtig verkeilt haben, am besten, bis wir überall bluten, und dann hetzen sie den Minotaur auf uns«, sagte Oenomaus und kraulte sich seinen langen, wohlgetrimmten Bart.

»Umso besser. Dann müssen wir uns nur einigen, wer von uns beiden ihm den Todesstoß versetzt. Dieses Viech geht in keinen Kampf mit mir und kommt lebend wieder heraus«, knurrte Crixus.

»Dein Wort im Ohr der göttlichen Wölfin!«, rief Oenomaus. Der Halbsatyr war der Altgediente von den drei Herzlosen. Seine Herkunft als Sohn eines Fauns und einer Menschenfrau gewährte ihm ein jugendlicheres Aussehen – Faune waren langlebig –, doch er hatte das künstliche Herz vor Crixus erlangt, und es zehrte nun bereits zweieinhalb Jahre an ihm. Länger als vier Jahre hatte es noch niemand ausgehalten.

Taurus hatte gerade zwei Jahre Zwangsarbeit auf einer von Lucullus' Latifundien hinter sich. Er hatte über die Jahre im Ludus Neulinge gequält und zuletzt den gemeinsamen Selbstmord von sieben Jünglingen verursacht – wertvollen Schülern, in die ein Neffe des auf der *Bona Dea* verschiedenen Senators Decula investiert hatte. Vielleicht war es Kalkül von Lucullus gewesen, der vermutlich lieber früher als später alleiniger Investor der Gladiatorenschule sein wollte und alle Konkurrenten außer Lucius Marinus bereits beiseitegedrängt hatte. Der Tullier jedenfalls hatte Kompensation gefordert, und somit war Taurus zur Zwangsarbeit verpflichtet worden. In neue Gladiatoren investiert hatte Tullius jedoch nicht mehr.

»Dann können wir uns jetzt vorbereiten. Fein, bis gerade wusste ich nicht mal, ob man meinen wundgebumsten Arsch noch in der Arena sehen will«, sagte Oenomaus mit dem spöttischsten aller Gesichtsausdrücke und lehnte sich zurück, um an seiner bauchigen Wasserpfeife zu ziehen. »Ich schlage vor, du verlierst, Crixus, um mich zu schonen, damit ich Taurus erledigen kann.«

»Ich schlage vor, ich versohle dir deinen wundgebumsten Arsch mit einem stumpfen Gegenstand, damit du danach noch genug Blut im Leib hast, um Taurus' Hörner abzufangen. *Das* nenne ich einen Plan«, entgegnete der Gallier und ließ die blauen Muster auf seinem muskulösen Oberkörper spielen. Crixus trug stets karierte gallische Hosen und nur wenig sonst. Trotz der zahlreichen Verletzungen, die ihn entstellt hatten, mochte das Publikum den gezähmten gallischen Königssohn, der nur in der Arena zeigte, wie rücksichtslos er gegen seine Gegner und sich selbst sein konnte.

Einer der Ziegenschnäpper legte den Kopf schief und zirpte etwas, als warte er auf das Würfelergebnis, das in Oenomaus langgliedrigen Händen ruhte.

»Der Einsatz liegt bei zwei Denaren. Auf den Tisch damit«, forderte Oenomaus von Spartacus.

»Oh, ich führe gerade kein kleines Vermögen mit mir herum, dann bin ich wohl raus«, erwiderte Spartacus.

Oenomaus schob zwei grünlich durchsichtige Münzen aus seinem Vorrat hinüber. »Bitte. Ich nehme allerdings Zinsen, musst du wissen.«

Kapitel XII

Marius Marinus war es leid, dass seine Eltern darauf bestanden, die Einigkeit der Marinerfamilie zu demonstrieren. Seine Tante war mit ihren albernen Töchtern zu allen denkbaren Gelegenheiten im Haus, und es gab ein Familienessen nach dem anderen, von denen Marius immerhin stets einen Rausch von gutem Wein mit ins Bett nahm. Er war es auch leid, ständig den Spielen in der Arena zusehen zu müssen – und dabei wiederum die Linsen der Berichterstatter auf sich gerichtet zu wissen. Er hatte nichts gegen gute Spiele, aber er hatte noch weniger gegen ein wenig Abwechslung in der Gestaltung seiner Abende.

Die Marinerfamilie lebte weit verstreut. Lucius' Brüder – Marius' Onkel – hatten sich in Aquitania niedergelassen, einem fruchtbaren, wenn auch kühlen Planeten voller Meere. Auch Marius war nicht in Rom geboren worden. Sein Vater Lucius war damals noch Legat der Neunten und mit dieser in Grenzkriege in Gallia Omnia verstrickt gewesen. Auf dem bereits befriedeten Planeten Gallia Aquitania hatte er das Licht der beiden gallischen Sonnen erblickt, die den Menschen, die das System bewohnten, einen verwirrenden Ablauf von Nacht und Tag schenkten. Cornelia hatte bei ihrer letzten Schwangerschaft Gallia Omnia den Rücken gekehrt, und Marius war froh darum. Sein noch lebender Bruder war kein Stadtmensch, er hatte früh die Mühlen des Militärs genutzt, um Rom zu entkommen. Somit blieben nach Titus' Tod nur Constantia und Marius, die mit Lucius in jede Linse lächeln mussten.

Marius wusste, dass seine Schwester des Rummels ebenso müde war wie er, doch sie machten gemeinsam gute Miene zum bösen Spiel. Wenn er nicht gehorchte, würde Vater vielleicht noch einmal den Versuch unternehmen, ihn zum Militär zu schicken, und das widerstrebte Marius mit jeder Faser seines Körpers.

Lucius hatte sich bis zu den Iden des Octobers von seinem Legatsposten befreien lassen und wurde von einem jungen Tribunen aus der Familie der Iulier vertreten. Diese Zeit wurde Lucius als Trauerzeit zugestanden, doch tatsächlich nutzte er sie, um die Spartacusvermarktung voranzutreiben.

Wohl und Wehe der Marinerfamilie auf der Schwertschneide eines Kriegsgefangenen aus Thrakien. Marius grinste.

Constantia hatte die ganze Woche hindurch die Berichte verfolgt, die der oberste Ausrufer Gracchus Petronius moderierte. In den Beiträgen wurde immer wieder zum Ludus, der Gladiatorenschule im Apennin, geschaltet, um zu zeigen, wie sich die zwölf Gladiatoren auf ihren großen Kampf gegen den Herzlosen vorbereiteten.

Constantia hatte die Wende von einem Mädchen, das an nichts weniger interessiert war als an Sport, zu jemandem, der eine Prognose zu jedem verdammten Gladiator abgeben konnte, rasch vollzogen. Marius glaubte, dass ihr Hauptaugenmerk auf Lucianus lag, der in der Schule eine Art Ehrennamen oder etwas Ähnliches erhalten hatte und Ianos genannt wurde. Sie glaubte sicherlich, dass es der Familie entging, wie sehr sie darauf fixiert war, ihn in den übertragenen Imagi zu entdecken.

Er musterte seine Schwester, die in Schwarz gekleidet war, jedoch in einem Kleid, das eher nach ihrer Freundin Gaia aussah als nach etwas, das Constantia ausgesucht hätte. Sie hatte ihr Haar verlängern lassen, sodass es wie ein Trauerschleier bis zu ihren Knien reichte, und trug eine Strähne davon geflochten und wie einen Reif um ihren Kopf.

Ist sie etwa in den Sklaven verliebt?

Das versprach, aufregend zu werden. Er zwinkerte ihr zu, als sie das Boot bestiegen, um zum großen Kampf im Colosseum zu fliegen.

Schwesterchen, dich behalte ich im Auge.

Ianos hatte gekämpft. Nicht nur in den Trainingsarenen – nein, vor allen Dingen hatte er um nahrhaftes Essen gekämpft, um Proteingetränke, um Trainingseinheiten bei Crixus, um ausreichend Schlaf – unterbrochen von nächtlichen Überraschungen wie ausbrechenden Hunden – und um die Gunst des Publikums.

Er wusste, dass sie zusahen, durch all die kleinen Linsen, die ihn von überall anstarrten wie Augen, hinter denen kein Gedanke lauerte. Nur der blinde Wille, ihn aufzuzeichnen. Die Masse an Menschen, die zusahen, war ihm unbegreiflich; dennoch war sie da.

Es gab nicht für alle zwölf, die ausgewählt worden waren, ausreichend Nahrung. Selbst die Waffen, die sie in der Arena würden führen müssen, hatten sie sich erkämpft, und Ianos war sich nicht sicher, ob ihm das, was er in der Skorpionsarena errungen hatte – zwei kurze Speere – wirklich die Haut retten würde.

In der vergangenen Woche war ihm bewusst geworden, dass es Dinge gab, die er mehr üben musste als diesen ominösen Glauben, von dem Crixus gesprochen hatte: Egoismus und Publikumswirksamkeit. Er wusste nicht, ob er irgendwen am anderen Ende der Linsen für sich hatte begeistern können – und ganz sicher war er der Letzte, der Leute begeistern wollte. Er wollte untertauchen in der Menge, nicht bemerkt werden. Er wollte keine Feindschaft mit dem Kampfhund, mit Aeneas oder Daedalus oder Caput dem Denker oder einem der anderen Auserwählten. Er wollte nicht, dass einer von ihnen durch seine Hand starb.

Es war das alte Spiel um die Gunst eines Herrn, dessen Regeln er mit den anderen Sklaven, die wie er auf den Namen Lucianus gehört hatten, erlernt hatte, und er spielte es so ungern.

Der Berg dröhnte und vibrierte und erschauderte unter den

Massen, die ins Colosseum strömten. Die zwölf Auserwählten, die an diesem Abend kämpfen würden, warteten in unterschiedlichen Zellen.

Eine kleine Tabula zeigte Szenen aus dem Colosseum, wo die Söhne reicher Familien gerade ihr Können gegen einige Gladiatoren zeigten. Je nachdem, wie viel Geld vorher geflossen war, war der genaue Ausgang der Kämpfe im Vorhinein klar. Trotz der gigantischen Faust aus Angst in seinem Magen war Ianos froh, dass er nicht an diesen Kämpfen teilnehmen musste – normalerweise waren Neulinge, Mausgladiatoren wie er, prädestiniert für so etwas. *Wenn man nicht im Hintergrund einer Werbeaufnahme einen Retiarius auf den Rücken legt*, dachte Ianos verdrossen und fühlte das Gewicht der Waffen auf seinem Schoß.

Zwölf gegen Spartacus, wurde erneut eingeblendet. Nach jedem Kampf dröhnte die Stimme durch die Arena: »Zwölf gegen Spartacus – Crixus gegen Oenomaus, Favorit trifft Favorit!«

Wenn er das hier überlebte, würde ihn diese Stimme auf ewig verfolgen.

Sein Herz schlug hart, und seine Haut fühlte sich an, als würde er krank. Er fuhr mit den Händen über die Arme und fühlte gleichzeitig Schweiß und Gänsehaut.

Die Zelle war karg. Dass die Wände bebten, sah er an den Störungen der Tabula. Die Tür war verschlossen.

Füße.

Stimmen.

Tausende Herzschläge.

Geschrei und Gejohle.

Applaus.

Ianos zitterte. Noch drei Stunden bis zum Kampf. *Zwölf gegen Spartacus.*

Er legte den Kopf in die Hände und fühlte die Übelkeit seinen ganzen Körper durchtosen, fühlte, dass seine Blase erneut geleert werden wollte.

Elf und ich.
Gegen Spartacus.

Constantia legte ihre Hand in die breite Pranke von Lucullus. Er lächelte sie an.

»Ich danke dir«, sagte er, und sie dachte kurz, er spräche mit ihr, doch er fuhr fort: »Danke, Lucius Marinus. Für die Hand deiner Tochter. Erhalte ich ein Unterpfand der Verlobung?«

Constantia hatte einen geflochtenen Ring von Haar in ihrer Linken, er war bereits schweißnass. Sie öffnete die Hand, und Lucullus nahm den geflochtenen Ring mit zwei Fingern entgegen, die aussahen wie Würstchen.

»Ein freudiger Abend für mich, Constantia«, sagte der alternde Philosoph zu seiner jungen Verlobten.

»Ein freudiger Abend für uns alle«, erwiderte Lucius und legte Marcus Lucullus und seiner Tochter je eine Hand auf die Schulter. »Unsere Trauerzeit ist bald beendet, dann werden wir darüber nachdenken, wann das Matrimonium stattfindet.«

Matrimonium. Mater. Sie würde die Mutter von Lucullus' Kindern werden. Ein leichter Schauer durchfuhr sie, sie sah die großen Poren, die der Lebenswandel im Gesicht ihres Verlobten hinterlassen hatte. Das aus Überzeugung schüttere Haar. Das große Muttermal auf seinem Hals. *Er ist reich. Er wird mich ein gutes Leben leben lassen*, tröstete sie sich.

In diesem Moment gab es ihr keine Zuversicht, doch irgendwann würde es wichtiger sein als die Sehnsucht nach einem Sklaven, der ihr das Leben gerettet hatte. Ihr Herz tat einen schmerzhaften Ruck in ihrer Brust. Sehnsucht war doch das falsche Wort – sie hatte Mitleid mit Ianos. Es war Mitleid.

Nichts weiter.

In den Katakomben unter der Arena bereiteten sich die Zwölf gegen Spartacus vor.

Daedalus überprüfte die Halterung seiner Flügel.

Aeneas ärgerte sich darüber, dass er in den Praeludien keine Netze hatte erbeuten können.

Der Kampfhund versuchte, die kleine Stimme in seinen Gedanken zu ignorieren, die ihm sagte, dass das Urteil des Publikums ihm heute den Hals brechen mochte.

Obscurus rauchte so viel, bis er davon überzeugt war, Spartacus besiegen zu können.

Caput der Denker wusste, dass sein Plan scheitern würde, weil die anderen elf Gladiatoren nicht in der Lage sein würden, sich daran zu halten.

Faunus wichste, so oft er es in den drei Stunden vermochte, und als Satyr besaß er in dieser Hinsicht geradezu übernatürliche Kräfte. Er bedauerte, dass Batiatus seinen Wunsch nach einer Sklavin ausgeschlagen hatte.

Sol war kurz davor, durchzudrehen. Sein Markenzeichen, die hellen Lichtblitze, die er in seiner Rüstung aktivieren konnte und die seine Gegner blendeten, waren für diesen Kampf nicht verfügbar. Er überlegte, ob es nicht ehrenvoller sei, sich sofort in sein Schwert zu stürzen. Mit nervösem Lachen verwarf er den Gedanken.

Castor und Pollux ölten ihre Waffen.

Der schöne Amatur ölte sich selbst ein.

Die Amazone war erst seit einem Tag unter den schicksalhaften Zwölfen. Ein Kandidat hatte bereits im Praeludium sein Schicksal besiegelt, indem er von einer Felsnadel gefallen war. Die Amazone dehnte ihre Muskeln.

Spartacus betete zu Persephone um einen Abend, an dem viele in die Unterwelt steigen würden – viele, doch nicht er.

»Ich folge dir, Göttin der glühenden Seelen.«

»*Der funkelnden Steine. Des kalten Hauchs. Ich folge dir die Stufen hinab in die Dunkelheit.*

Doch heute nicht, Göttin der glühenden Seelen. Der funkelnden Steine. Des kalten Hauchs. Ich behalte das Goldstück für den Fährmann.

Ich trinke dafür auf dich, Göttin der glühenden Seelen. Der funkelnden Steine. Des kalten Hauchs. Ich trinke auf die, die dir folgen.

Lebend ehre ich dich, Göttin des Untergangs. Göttin des tiefen Wegs. Göttin der Dunkelheit.«

Ihr Abbild aus Edelsteinen sieht mich an. Heute ist ein Abend des Schicksals, und ich kann nicht sehen, wie er endet.

Ich opfere Persephone Tropfen aus jedem Gefäß. Schwächer sollen die Mariner werden. Schwächer und schwächer und schwächer.

Constantia fühlte sich schwach.

Diese Spiele versprachen, besonders blutrünstig zu werden, und der Sohn des Handelsmagnaten Titus Minoritus hatte die Tollkühnheit, ohne ausreichendes Bestechungsgeld gegen einen Gladiator anzutreten, bereits mit einem Arm bezahlt.

Nun wurden drei zum Tode Verurteilte von Gladiatoren durch einen künstlichen Wald gehetzt und starben an Bäume gelehnt, mit dem Gesicht in künstlichem Moos oder von Bolzen durchbohrt im Geäst einer schwankenden Kiefer.

Die Arena verdunkelte sich. Der Leiter der Spiele tauchte als doppelt mannshohe Projektion mitten im johlenden blauen Block auf und diskutierte kurz mit den kindgroß anmutenden Anhängern der Spiele über das Gesehene. Währenddessen verschwanden unten in der Dunkelheit der Wald, die Toten, das Blut.

Constantia knetete ihre feuchten Finger. Gaia saß neben ihr, doch sie war äußerst schweigsam und wesentlich steifer als sonst. Ihre Sklavin hinter ihr hingegen kicherte ab und an unpassend. Das, was Gaia auf so umständliche Weise käuflich erworben hatte, zeigte offenbar seine Wirkung. Als die Stimme des Moderators mit der Ankündigung des nächsten Kampfes ohrenbetäubend laut wurde, beugte Ovida sich herab. »Und? Hättest du uns erkannt?«

»Gaia, du musst an deiner Körperhaltung arbeiten«, flüsterte Constantia, »wenn du nicht am ersten Abend auffliegen willst. Hättest du es nicht erst in irgendwelchen geheimen Gemächern ausprobieren können?«

»Oh, das habe ich doch. Der Sohn des Gastwirtes hat sich geschmeichelt gefühlt, dass die Leibsklavin einer reichen Dame ihn bestiegen hat.«

»Gaia!«

Die Freundin lächelte in einer seltsamen Mischung aus Gaias und Ovidas Lächeln und richtete sich kerzengrade hinter dem Sessel auf, wieder ganz die Sklavin. In Gestalt und Haarfarbe hatte Gaia sich mit Ovida ohnehin jemanden ausgesucht, die als sie selbst durchgehen konnte. Den kleinen Leberfleck im Ausschnitt hatte sie überschminkt, und die Sklavin hatte ihn aufgemalt. Die Maske lag wie eine zweite Haut auf dem Gesicht, und modulierte sogar die Stimme perfekt.

Noch ein Stück Freiheit, erinnerte sich Constantia und beneidete Gaia – wie stets.

Ein Berg erhob sich aus dem Dunst der Arena und schraubte sich in die Höhe. Wie ein Schneckenhaus ragte er auf, mehrere kleine Pfade führten hinauf. Als er ausgewachsen war, öffnete sich die Spitze, und Spartacus fuhr auf einer Plattform nach oben.

Diesmal wurde sein Körper von mehr bedeckt als einem Lendentuch. Eine Rüstung hüllte ihn ein, flammend rot im Licht der Scheinwerfer, und auch sein Haar, das etwas länger geworden war, stand in wilden roten Wirbeln von seinem Kopf. Er reckte die Arme empor und zeigte sein gebogenes Kurzschwert – das Kurzschwert des Thraex, das wusste Constantia nach all den Berichten, die sie gesehen hatte. Mit einem Fausthieb auf seinen Kragen ließ er den Helm aus dem Anzug fahren, der sich um seinen Kopf schloss.

Unten schrumpfte der Nebel zu einem bloßen Schleier auf dem nun felsigen Untergrund der Arena.

Die Tore in den Wänden öffneten sich nacheinander.

Zwölf gegen Spartacus.

Sechs Wege führten auf die Spitze des künstlichen Bergs – von sechs Seiten konnte er angegriffen werden, doch das Gelände bot ihm viele Vorteile.

Constantia heftete ihre Augen auf die vierte Tür – die hineingestanzte IV glühte kurz auf, dann trat ein Gladiator heraus. Die Rüstung bedeckte nur seine Beine und Arme, ein Helm seinen Kopf. Am Leib trug er eine blutrote Tunika, als wäre er bereits verwundet worden. Sie erkannte ihn an dem Kopf mit den zwei Gesichtern, die sich in gleißendem Blau über ihm bildeten, bevor der Moderator seinen Namen schrie und die Arena ihn skandierte. Er wandte den Kopf und starrte in die Zuschauerränge. Er hatte zwei Gesichter: eine silberne Maske vor dem Gesicht und eine am Hinterkopf.

Ianos der Zweigesichtige.

Tür V, Tür VI, Tür VII – der Reihe nach traten sie in das Rund, in dem beinahe eine Million Menschen auf sie herabblickten. Grölende, johlende, sensationslüsterne Menschen. Constantias Herz fühlte sich an, als würde es zusammengepresst, doch sie war nur eine, eine von beinahe einer Million.

Die wahnwitzigen Geräusche am anderen Ende des Korridors hatte Ianos stundenlang als Resonanz durch die Mauern gehört.

Deshalb erschlug nicht die Lautstärke ihn, als er in die Arena trat – was ihn beinahe zurücktaumeln ließ, war der Geruch.

Ihm war, als wäre alles, was Menschen ausmacht, im Geruch dieser Arena vereint. Ihre Schaulust, ihre Erregung. Ihre Angst, ihre Ungewissheit. Der Sand, der Staub, das Blut, die Destillate ihrer Forschungen, heruntergekürzt auf Waffen und Rüstungen und flirrende Bilder. Selbst der Jubel ging in diesen Geruch ein.

Ianos hatte tagelang gegrübelt. Nun grübelte er nicht mehr. Er trat vor und reckte seine beiden Speere als Gruß in die Luft – zu den Logen der Senatoren. Seine nackten Fußsohlen schienen den Boden nicht zu berühren.

Dies hier war sein Platz. Es war keine Bestimmung vonseiten der Götter – nein, diese Bestimmung kam von Lucius Marinus. Er war ein Rädchen in einem Getriebe aus Macht und Ohnmacht, aus Armut und Reichtum, aus Freiheit und Sklaverei. Doch hier war der Platz, an dem er Herr seines eigenen Schicksals war. Der Platz, an dem jemand wie er zu jemandem von ihnen werden konnte. Der Platz, an dem er kämpfen würde, wieder und wieder und wieder, bis er frei war oder tot.

Er stieß hinter seiner Maske einen atemlosen Schrei aus, einen Jubelschrei – und dann stürmte er auf den Berg zu, durch den Nebel, der ihm die Sicht auf die Stolperfallen, die Steine, die Klüfte nehmen wollte, die man ihm in den Weg gestreut hatte. Er sah sie alle, und er setzte darüber hinweg.

Daedalus erhob sich neben ihm in die Luft, schlug mit seinen Flügeln und stieß Ianos dabei beinahe in eine heimtückische Furche des Bodens, die mit steinernen Speerspitzen gespickt war.

Als Ianos am Fuß des künstlichen Bergs ankam, riss der Kampfhund ihn zurück. Ianos hatte dank der Linsen am Hinterkopf der Maske gesehen, dass er ihm auf dem gleichen Weg gefolgt war. Er war versucht, sich zu wehren; dass der Kampfhund an ihm vorbeistürmte, machte das Gefühl zunichte, der Liebling der Massen zu sein. Doch was auch immer dieser Arenarausch gerade mit ihm anstellte, er machte ihn nicht dumm genug, dem Kampfhund in den Rücken zu stechen und sich damit eines Mannes zu entledigen, der in allen Belangen sein Feind war außer in diesem einen Kampf.

Ianos folgte dem bulligen Mann den Berg hinauf.

Als der Kampfhund ihm mit einer breiten Brustwunde entgegengeflogen kam, wusste er, dass er oben angekommen war.

Und dann kam die Angst zurück.

Nachdem Spartacus den Kampfhund mit einem saftigen Hieb über die Rippen in den Staub geworfen hatte, sprang er Daedalus an, der ihn mit zwei Messern angriff, packte den Kreter im Flug, wirbelte ihn herum und brach ihm einen Flügel ab. Die Messer schnitten nicht durch Spartacus' Rüstung.

Der nurmehr halb Geflügelte stürzte ab, der Herzlose landete schlitternd auf dem Hang des Bergs – somit hatte ihm die günstige Position an der Spitze etwa zwanzig Sekunden lang genutzt. Daedalus landete krachend in einer Speergrube, und sein Schrei hallte verstärkt durchs Arenarund.

Spartacus schlitterte auf die Amazone zu – sie war am Fuß des Bergs zum Stehen gekommen, zweifelnd, und als sie ihn nahen sah, wandte sie sich um und lief, den Abstand zwischen ihnen vergrößernd, bevor sie sich ein Herz fasste und auf einem kleinen Felsen stoppte. Sie trug einen Dreizack und Netzkugeln, doch Spartacus wusste, dass sie bei der Vorauswahl Waffen erwischt hatte, auf die sie sich nicht verstand. Sie warf eines der Netze, er wich so unbekümmert aus, als habe sein Herz ohne das Zutun seines Hirns die Kontrolle über seine Muskeln übernommen.

Übermenschlich schnell. Übermenschlich stark – von göttlicher Kraft! Er grinste hinter seinem Helm. Die Chance, ein versprengtes Reh zu reißen, durfte er sich nicht entgehen lassen.

Als sie den Dreizack auf ihn ausrichtete, fühlte er nicht einmal die Ahnung einer Gefahr. Die Amazone löste sich vor seinen Augen in Farben auf, als sähe er ihre Körperwärme, und er sah die verletzlichsten Punkte ihrer Rüstung, die Stellen, wo ihre Wärme hindurchschimmerte. Ihre Waffe würde ein Kinderspiel sein – er würde darunter hindurchgleiten, würde seinen Schild aktivieren und ihr die Kniescheiben damit zerschießen. Und dann würde sein Schwert unter ihrem Streifenschurz in die Schlagadern ihrer Beine schneiden. Sie pulsierten, rot und warm. Er hörte ihren Atem. Er hörte den Puls in ihren Adern.

Noch zwei Laufschritte. Er ließ sich auf den Rücken fallen. Glitt unter dem Stoß des Dreizacks hinweg. Spürte eine Ahnung der elektrischen Stöße, die ihre Waffe nach ihm aussenden wollte, bevor …

Das Herz machte einen kurzen Satz, als wolle es sich diesen Körper mit einem Mal doch nicht gefallen lassen, als habe er sich nicht dankbar genug erwiesen. Als wolle es ihn mit einem Schlag zerreißen.

Spartacus krachte gegen den Felsen. Das Konstrukt flackerte, die Amazone sackte mit einem Fuß darin ein, als die elektrische Energie, mit der die Kraftfelder der Illusionen auf dem Arenaboden aufrechterhalten wurden, kurz zusammenbrach. Spartacus' Sichtfeld wurde schwarz. Er blinzelte unter dem Helm – doch es war nicht der Helm, der ihn behinderte.

Es war das Herz.

Das Publikum stöhnte auf.

Er stach dennoch zu, stach blind nach ihren Beinen – doch die Klinge prallte auf ihre Rüstung, gegen die Lagen ihres flexiblen Streifenschurzes.

Das Herz setzte aus, und seine Gliedmaßen froren ein.

Vedea stieß einen Schrei aus und verdrehte die Augen unter die Lider.

Cornelia und Lucius starrten auf die Tabula in ihren Händen.

Constantia und Marius sahen es, wie es für jeden sichtbar eingeblendet wurde: Spartacus: Puls 0.

Gaia in der Verkleidung der Dienerin lachte leise, als sei das alles ein Scherz.

Die Amazone warf ihr zweites Netz. Spartacus lag ihr zu Füßen – und mit einem Mal durchzuckte Ianos die unerträgliche Vorstellung, dass der Kampf Zwölf gegen Spartacus schon entschieden war und dass er nicht daran teilgehabt hatte. Inmitten des Rausches der Arena verursachte ihm dieser Gedanke beinahe körperliche Schmerzen, und er setzte über die Speerfalle hinweg, in der Daedalus vor sich hinröchelte.

Er *würde* Teil dieses Kampfes sein! Der zweigesichtige Ianos würde ein Gladiator sein, an den man sich bereits nach seinem ersten Kampf erinnern würde!

Hier war sein Platz.

Das zweite Netz breitete sich mit feinen rotierenden Klingen in der Luft über Spartacus aus, und er konnte nur zusehen, wie es sich senkte, um sich an absichtlich schwachen Stellen in seine Rüstung zu nagen. Er sah mit einem Blickfeld, so klein wie eine Münze.

Das Netz breitete sich perfekt aus. Die Amazone war in der Bewegung erstarrt, als könne sie ihr Glück nicht fassen.

Und erst, als die erste Klinge seine Schildhand, die den Schild noch nicht aktiviert hatte, berührte, versetzte das Herz ihm einen Schub, als habe man ihm mit einer Keule in den Rücken geschlagen. Sein Blickfeld platzte mit einem Ruck auseinander, es war, als löse sich die Welt in ihre Bestandteile auf.

Er reckte die Faust nach oben und aktivierte den Schild, der das Netz abschmetterte. Mit einem Durchstrecken aller Muskeln seines Körpers katapultierte er sich unter dem Netz hervor, rollte sich ab und kam neben dem nutzlos auf dem Boden rotierenden Netz zum Stehen.

Die Amazone war in Schreckstarre verfallen – oder die Welt

bewegte sich sehr viel langsamer um ihn her, und er selbst sich so schnell wie eine Fliege, die den wütenden Hieben eines verärgerten Menschen ausweicht.

Spartacus wusste – und dachte noch während des Kampfes darüber nach –, dass so manches Mädchen die Amazone ohne jeglichen Sieg oder Verdienst liebte. Dass so manche Frau sie verabscheute und beneidete. Dass so mancher Mann sich an ihr ergötzte und zugleich hoffte, dass sie eine Ausnahme bliebe.

Sie fiel hintenüber, doch sie fiel nicht zu Tode, wie sein Herz durch seine Augen hindurch erfasste. Er sah ihr helles Licht, und er hörte ihren schnellen, flachen Pulsschlag. Es war beängstigend, doch es ängstigte ihn nicht.

Das Herz hatte ihn angenommen und zeigte ihm, was es vermochte.

Zwei Gladiatoren traten ihm entgegen – der eine auf Bocksbeinen, mehr Tier als Mensch, mit tödlich geschliffenen Hörnern an seinem charakteristischen Helm. Der andere war der kleine Dunkle. Der Zweigesichtige, wie sie ihn jetzt nannten. Sie hatten ihm zwei kurze Speere in den Praeludien zugedacht. Der Kleine überließ dem Faun den Vortritt, statt gemeinsam anzugreifen, doch Spartacus wusste, dass Ianos eine Lücke suchte. Er hatte ihn beobachtet.

Der Faun hatte wohl gehofft, überraschend seitwärts aus der Deckung eines gifttropfenden Gestrüpps in ihn hineinzulaufen und die Hörner einsetzen zu können, doch Spartacus drehte sich, nutzte die zustoßende Bewegung, die Faunus mit dem Nacken machte, und warf sein Kurzschwert hoch, fuhr den Schild ein, packte zu. Beide Hände schlossen sich um die Hörner. Wirbelten herum. Das Genick gab ein Knacken von sich, das jedes Eingreifen eines Capsarius überflüssig machte.

Spartacus fing seine Waffe auf und lockte den Zweigesichtigen mit der Schildhand, noch bevor Faunus' plumper Leib auf dem Boden aufgeschlagen war.

Spartacus sah Ianos' Blick zucken – er sah es trotz des Helms und der Maske. Er sah durch den Stahl in das Fleisch und das Blut, sah, wie die dunklen Augen darunter sich weiteten. Der Blick zuckte kurz über Spartacus' Schulter, und der Herzlose wusste, was das hieß

»Acht gegen Spartacus!«, verkündete eine Stimme, die Spartacus zuvor nicht bemerkt hatte.

Ianos griff nicht an – und was auch immer er vorgehabt hatte, Castors und Pollux' Zwillingsangriff erfolgte so schnell und so heimtückisch von hinten, dass Spartacus keine Zeit für den Mann mit den zwei Gesichtern blieb – er musste sich zunächst den zwei Männern mit dem einen Gesicht widmen.

Ianos beobachtete, wie Spartacus sich duckte und kurzerhand seitwärts in die Grube sprang, in die Daedalus gestürzt war. Er brach einen Speer heraus, doch dieser schien Teil der Arenaarchitektur zu sein und löste sich in einen Energieblitz auf. Als Castor mit langem Schwert über den Rand nach dem Favoriten stechen wollte, drehte Spartacus sich um sich selbst und löste mit einem einzigen raschen Hieb durch die Speere ein halbes Dutzend Blitze aus, die aus der Grube herauszuckten. Castor wurde im Gesicht getroffen, das von einer durchsichtigen Maske geschützt wurde, und taumelte zurück. Daedalus, blutend am Boden liegend, mit Speeren durch Brust und Bauch, schlug nach Spartacus, doch dieser riss den Besiegten hoch, als sei der ein dreijähriges Kind, und wehrte mit dem einseitig geflügelten Körper den wütenden Hieb von Pollux ab. Daedalus schrie gellend, und der Schrei wurde zum Bersten verstärkt und durch die ganze Arena geschickt.

Das Publikum schrie ebenfalls, kreischte vor Freude und Entsetzen.

Ianos näherte sich der Grube, vorsichtig, sein Ungestüm war gewichen, als er gesehen hatte, was das Herz gerade mit Spartacus tat. Er hatte zwei Speere, eigentlich zum Stoßen gedacht, doch leicht genug, um sie zu werfen.

Spartacus' Faust schnellte vor und brachte Pollux aus dem Gleichgewicht. Castor versuchte, seinen Bruder vor dem Sturz zu bewahren. Da fuhr die Faust den Schild aus, und die hauchdünne Fläche breitete sich so schnell in einem Rechteck aus, dass sie in Pollux' Bauch schnitt – und ins Handgelenk von Castor, der nach seinem Bruder gegriffen hatte. Blut strömte aus den zerschnittenen Rüstungsplatten aus Morphstahl, Castors Hand schien nur noch durch die Rüstung am Körper gehalten zu werden. Der Gladiator taumelte zurück und schrie.

»Sechs gegen Spartacus!«, dröhnte die Stimme durch die Arena.

Diesen Moment nutzte Ianos, um seinen ersten Speer zu schleudern. Er spannte seinen Körper, legte alle Kraft in diesen Wurf.

Doch er glaubte nicht daran.

Einen normalen Menschen – vielleicht. Einen Menschen mit einem göttlichen Herzen – niemals.

Spartacus setzte aus der Grube, und Ianos' Speer hätte ihn im Sprung treffen müssen. Spartacus' Schild wirbelte herum, noch bevor sein Träger auf den Füßen stand und ließ den Speer abprallen. Ianos sprang vor und fing die fallende Waffe auf.

Ein anerkennendes Raunen ging durch die Menge, und es war dem Zweigesichtigen, als würde auch Spartacus beifällig nicken. Dass er in seinem Helm auch nach hinten blicken konnte, lenkte ihn ab – er sah Menschen auf den Stehplätzen brüllen, sich nach vorn lehnen, jubeln, gestikulieren. Er versuchte, es auszublenden.

»Vielleicht stört uns jetzt keiner mehr, Kleiner«, sagte der Thraker, und auch das wurde durch die Audios verstärkt.

»Sechs sind genug Ruhm für heute«, sagte Ianos, und er wusste selbst nicht, warum er es sagte.

Gaia kicherte erneut hinter der Maske der Dienerin.

»Hör dir den an!«, flüsterte sie. »Hat beim letzten Kampf noch mit uns hinter dieser Scheibe gestanden, und jetzt reißt er sein Maul auf!«

Constantia biss in den Knöchel ihres Zeigefingers. Gleich würde Ianos' Genick knacken. Gleich würde er mit zerfetzten Gliedmaßen zu Boden gehen. Als Schild gegen die Hiebe der anderen dienen. Trotzdem konnte sie nicht wegsehen. Ihr Herz wurde eng, und sie fragte sich, wie es wohl wäre, wenn ihr eigenes Herz nicht mehr an diesem Platz in ihrer Brust schlug.

Es sind doch nur die Träume. Nur die Träume, die machen, dass ich mich jemandem nah fühle, obwohl ich ihm nicht nah bin. Nie nah war ... Sie schluckte. Was galt es schon, ob er starb oder lebte?

Auf den Projektionen ging Spartacus zum Angriff über.

Der Favorit war schnell – doch er hätte schneller sein können. Er wollte den Kleinen nicht töten. Im Gegensatz zum Kampfhund und dem ewig geilen Faunus verachtete er den Zweigesichtigen nicht. Außerdem hatte Marinus ihm zu verstehen gegeben, dass er den einzigen Gladiator, der in diesem Kampf ebenfalls dem Mariner gehörte, nicht sinnlos töten solle.

Sinnlos. Spartacus hatte Zeit genug, um hinter seiner Maske darüber zu lachen.

Ianos wehrte mit seinen Speeren die Hiebe des Kurzschwerts ab, nutzte geschickt seine geringe Größe, um sich hinter den beiden Stäben zu verschanzen, sich zu ducken, den Schlägen und Stichen auszuweichen.

Dennoch – es waren noch sechs übrig, und die Hälfte war beileibe nicht genug Ruhm für diesen Tag. Zwölf Siege – oder der Tod.

Erneut deaktivierte Spartacus den Schild, rammte die Faust vor und packte einen der zustoßenden Speere.

Kein normaler Mann hätte einen Speerstoß, der so viel Kraft auf so wenig Fläche vereinte, mit einem Ruck der Faust beenden können. Spartacus drehte den Speer, sodass Ianos' linkes Handgelenk schmerzhaft geknickt wurde. Dennoch ließ der andere nicht los, zischte nur gequält hinter seiner Maske. Spartacus drehte das Gelenk mit einem Ruck noch ein wenig weiter, mit der Sicht, die das Herz ihm gewährte, sah er etwas Rotpulsierendes darin brechen, hörte Ianos' Schmerzensschrei. Dann fuhr der Herzlose den Schild aus.

Ianos warf sich zu Boden und entging dem Manöver, das Castor und Pollux besiegt hatte. Mit der unverletzten, freien Hand stieß er den zweiten Speer in Spartacus' Leiste.

Die Spitze fraß sich durch das Metall. Das Herz ließ den Gladiator nicht spüren, wie tief sie sich vorarbeitete. Spartacus ließ den anderen Speer los, wich einen Schritt zurück.

Blut an seinem Bein, er spürte es auf der Haut.

Der Moderator verkündete etwas, und die Menge kreischte begeistert.

Sinn. Der Sinn ist, dass ich *nicht sterbe!*

Ianos lag am Boden. Spartacus wollte ihn mit dem Schild festnageln, zielte mit dem Rand des Energiefelds auf seine Kehle, doch Ianos war schnell, brachte den Speer in der unverletzten Rechten zwischen sich und den Schild und rollte sich darunter hindurch. Als er wieder auf die Beine kam, zog Spartacus ihm die gebogene Klinge über den Hals.

Blut.

Diesmal das Blut eines anderen.

Der Stahl hielt nicht stand – es war Kalkül, dass die Schneiden und Spitzen die Rüstungen an gewissen Stellen durchdringen konnten. Es gab Schwachstellen, und die Gladiatoren wurden ausgebildet, darauf zu zielen.

Spartacus wollte, dass es eine endgültige, eine schöne saubere Bewegung war, dieser Kehlenschnitt, doch die Spitze der

Klinge stak in den flexiblen Lagen der Rüstung fest – oder am Schlüsselbein? Spartacus riss sie los.

Blut sprang ihm entgegen, schwarze Spritzer benetzten seinen Schild. Einer davon durchdrang das Energiefeld.

Spartacus blinzelte ungläubig.

Das war kein Blut. Es war ein kleines Stück Metall. Die Kette, an der es gehangen hatte, war aufgerissen, und das Stück Metall, dreieckig wie eine Pfeilspitze, hinterließ eine winzige Irritation im Schild, dann schoss es auf Spartacus' Gesicht zu, durchschlug den Morphstahl des Helms und bohrte sich in seine Wange. Vor seinem Kiefergelenk blieb es stecken. Erneut blieb der Schmerz aus, doch der Gladiator schmeckte Blut im Mund.

»Fünf gegen Spartacus!«, verkündete der Herr der Spiele.

Constantia wimmerte auf, als Ianos' Gesicht auf den Projektionen aufflammte, gefolgt von der Zeitlupe, in der er mit zerschnittener Kehle zu Boden fiel.

Marius sah zu ihr herüber. »Du hast doch nicht auf ihn gesetzt?«

Sie sah ihn wild an. »Er war auf der *Bona Dea!* Ich ... ich mochte den Sklaven!«

Gaia, steif hinter dem Sessel stehend, legte ihr heimlich die Hand auf die Schulter, drückte warnend zu. Dann ließ sie eilig los.

Constantia zwang sich zur Ruhe, bevor ihr Innenleben sich noch der ganzen Familie offenbarte – und Marcus Lucullus, ihrem baldigen Gemahl.

Dieser schüttelte mitleidig den Kopf. »Ich mochte ihn auch, gebe ich zu. Ein unverbrauchtes Gesicht, ein sympathischer Junge. Wenn ich auch wahrhaft traurig um Faunus bin – und das mit Pollux ist wirklich tragisch. Einer von den Zwillingen ist nichts ohne den anderen.«

Lucius raunte Vedea etwas zu. Sie nickte und schloss die Augen, als sie in die Kommunikation der elektronischen Geräte eintauchte. Constantia hoffte, dass sie irgendetwas für Ianos tat.

Lucullus hatte nichts bemerkt. »Constantia, meine liebliche Blume, ich finde es schön, dass du dich so sehr für meinen Ludus interessierst. Und den deines Vaters natürlich.« Es war offensichtlich, dass er den letzten Satz nur pro forma gesagt hatte und den Ludus als sein Eigentum betrachtete, in dem er andere allenfalls duldete.

Constantia riss sich zusammen und sah ihm in die Augen. Eine Antwort brachte sie nicht über sich.

»Es wäre schön, wenn wir dieses Jahr noch die sechs zusammenkriegen. Du weißt schon, alle sechs Herzen vergeben. Dann könnte jemand, der im März Consul wird, die Captura veranstalten. Das wäre lohnenswert. Für uns, für einen Consul, für Rom. Unterhaltene Bürger sind zufriedene Bürger.« Er warf Lucius einen vielsagenden Blick zu, den Constantias Vater etwas verschreckt erwiderte.

Bei Iuno Moneta, was für Ränkespiele sind hier im Gange? Constantia drückte die Hand ihrer Freundin, bis ihr einfiel, dass es ja nicht Gaia, sondern Ovida war, die neben ihr auf dem Sessel saß. Sie ließ los und fühlte sich so einsam wie stets, seit die *Bona Dea* vernichtet worden war.

Das Spektakel *Zwölf gegen Spartacus* war beendet. Spartacus erhob sich über der Leiche von Caput dem Denker und sah hinauf in die Logen der Senatoren.

Blut. Er fühlte es an seinem Körper. Er roch es in der Luft. Er sah es warm durch die Rüstungen seiner besiegten Gegner sickern.

Quadrigarius verkündete, wer noch lebte.

Der Kampfhund. Die Amazone. Daedalus. Castor. Aeneas. Amatur. Und Ianos. Kurz wurden alle, die sterbend am Boden lagen, von unten erleuchtet, und die Menge hielt den Atem an.

Sie alle harrten gespannt darauf, die ihnen gegebene Macht auszuüben.

»Wer soll leben?«, schrie Spartacus hinauf, und er wünschte, alles wäre bereits zu Ende.

Balken wurden in den Dunst des Himmels projiziert, als jeder in der Arena wählte, wer sterben würde. Die Balken wuchsen, die Reihenfolgen veränderten sich. Castor und Amatur lagen vorn, dann holte Aeneas auf. Die Balken von Ianos und der Amazone erreichten recht früh einen Stillstand.

Spartacus' Herz schlug dumpf und flach. Vielleicht würde es ihn wieder im Stich lassen. Vielleicht würde er einfach zusammenbrechen, und jemand anderes müsste seine Arbeit tun.

Schließlich hatte das Publikum entschieden.

Der Moderator Clodius Quadrigarius erschien an mindestens einem Dutzend Stellen gleichzeitig – in den Publikumsrängen, neben dem zweiten Consul und dessen Frau und auf dem gewundenen Hügel, durch den Spartacus die Arena betreten hatte und der sich nun langsam zurück in den Untergrund schob.

»Aeneas. Soll sterben. Mann aus Sparta – verrichte dein Werk!«, hallte seine Stimme vielfach durch die Arena. Gramerfüllt.

Was für ein Komödiant! Spartacus stolperte hinüber zu dem Jüngling mit dem schönen Gesicht und der schiefen Zunge. Der Helm hatte sich geöffnet, damit die Linsen Aeneas' sterbenden Blick einfangen konnten.

Spartacus hatte Aeneas ins Gesträuch geworfen, und das Gift hatte ihn außer Gefecht gesetzt. Jetzt war das Gesträuch verschwunden, so wie jede andere Geländeformation der Arena, und hatte nur glatten, spiegelnden Boden hinterlassen.

Aeneas bat nicht um Gnade. Er erhob nur schwach eine Hand, als Spartacus ihm das Schwert auf die Brust setzte, wo die Rüstung sich zurückzog wie eine sich öffnende Blume.

Der Schöne starb mit dem fragenden Ausdruck eines Kindes in den Augen.
Er fragt nach dem Sinn. Wie jeder hier.

Ianos erwachte aus einer schwarzen Bewusstlosigkeit, als der Applaus aufbrandete.

Unter ihm, unter der spiegelnden Oberfläche, wurden verborgene Handgriffe getan. Menschen befanden sich dort, und sie injizierten etwas seinem Körper, der sterbend am Boden lag, behandelten ihn durch den Boden hindurch, dem sie offenbar befehlen konnten, durchlässig zu werden. *Nur nicht für mich. Ich bleibe hier oben.*

Ianos schloss die Augen. Der Schmerz wühlte so tief in seiner Kehle, dass die Medici unter ihm ihn auch spüren müssten. Er atmete Blut. Er holte röchelnd Luft. Seine Muskeln krampften sich zusammen. Sein Herz hämmerte.

Applaus.

»Die Amazone – ihr wolltet, dass sie lebt! Ianos der Zweigesichtige – ihr wolltet, dass er lebt!«, brauste eine vielfach hallende Stimme über ihn hinweg.

Ianos bezweifelte, dass er dem Wunsch der Massen würde gehorchen können, doch irgendetwas pulsierte bereits durch seinen Körper, das entschlossen zu sein schien, diese Angelegenheit für ihn zu regeln. Es war so hell. Millionen Gesichter lachten ihm zu. Er schloss die Augen. Es roch nach Blut und der Angst von Tausenden, die vor ihm hier gestorben waren. Er lächelte.

Constantia schloss die Tür des Waschraums, der an jede Loge angegliedert war. Sie maß Gaias Leibdienerin, die in Gaias Maske und Gaias Kleidung steckte, mit einem Blick, dann Gaia selbst. Dunkle lange Haare hatten sie alle drei, Constantias Haare waren jedoch lockiger als die der beiden anderen Frauen.

»Du musst mir helfen, Gaia.«

»Oh ja. Das muss ich. In vielen Belangen«, sagte die Freundin mit dem Gesicht der Dienerin. »Sag, was es ist. Oder halt, lass mich raten!«

Spartacus duldete nicht, dass sich ein Medicus um ihn kümmerte. Waffen und Rüstung gab er ab, dann zog er sich in seine Räume zurück. Auch hier bebte der Boden von den Gewalten, die hoch über ihm im Stadion tobten. Das kleine versiegelte Fenster gab knirschende Laute von sich.

Eines Tages würde all das hier vielleicht einfach einstürzen – wenn die Seismiker und Statiker unaufmerksam waren, würde das Stadion mitsamt den Tunnelsystemen im Berg darunter einstürzen und sie alle begraben. Der Gedanke rief weder Angst noch Freude in ihm hervor, und er wünschte, es wäre anders.

Er wusste, welcher Winkel seiner Wohnung nicht von Linsen einsehbar war: die Latrine. Kein Mensch wollte einen Gladiator scheißen sehen.

Spartacus verbarg eine Nagelschere in der Tunika, die er über seinen schweißnassen, blutigen Oberkörper streifte. Er nahm einen Handspiegel von den Regalen, die das Bad säumten und die überladen waren mit Kosmetika, zugesandt von den unterschiedlichsten Firmen. Die meisten waren noch versiegelt.

Seine Muskeln zitterten vor Anstrengung. Das Herz fuhr seine Leistung zurück, er spürte es. Hunger regte sich in ihm wie ein erwachendes Raubtier, Kopfschmerzen zuckten durch seine Schläfen, seine Lungen schmerzten. Vielleicht würde er zusammenbrechen – das war nach seinem ersten Kampf auch geschehen, doch diesmal musste er diese eine Sache vorher regeln.

Die Latrine war ein Vorsprung in der Wand mit einem verschlossenen Loch, das sich per Knopfdruck öffnen ließ. Er setzte sich darauf, ließ es geschlossen, obwohl seine Blase ihn drängte, die Latrine zu benutzen.

Er hielt den Handspiegel vor sein Gesicht – seine Hände zitterten, jeder kleine Schnitt, jede Prellung, jede Wunde grub sich bis in sein Hirn und pochte dort im Takt seines Herzens. Er keuchte erschöpft, rieb sich die Augen. Holte die kleine Schere aus dem Ärmel.

Unterhalb des Wangenknochens war dieses *Ding* in sein Fleisch eingedrungen, er konnte es mit der Zunge in seiner Wange ertasten. Es hatte vor dem Kiefergelenk gestoppt, er fühlte, wie es dort am Knochen kratzte. Das Herz hatte ganze Arbeit geleistet; es hatte die Wunde geheilt und die Haut darüber geschlossen, nichts als eine feine weiße Narbe auf der Wange hinterlassend – und eine Beule, die den Eindringling verriet.

Die meisten Römer ließen sich den Bart dauerhaft entfernen. Marinus' Berater, der Spartacus' Aussehen entwarf, hatte ihm jedoch einen Dreitagebart zugedacht. Die Narbe war haarlos.

Spartacus setzte die Spitze der Nagelschere an. Sie war nicht so spitz, wie er es sich gewünscht hätte, und seltsamerweise fürchtete er den Schmerz. Es war so nah an seinem Auge ...

Er zwang sich, in den Spiegel zu sehen, der auf seinem Schoß lag. Dann bohrte er die Schere in seine Haut, bis seine Wange blutete. Das Herz wehrte sich – es wollte die Wunde schließen, doch er schob das Metall hinein.

Seine Zähne knirschten laut in seinem eigenen Schädel. Bei einem verdächtigen Laut würde das Luduspersonal nachsehen kommen. Sie erwarteten, dass er zusammenbräche. Sie beobachteten ihn – nur hier nicht.

Nur hier nicht.

Blut tropfte auf den Spiegel, dick und dunkel. Er öffnete die Wunde weiter. Übelkeit stieg ihm den Hals hinauf, sein Blickfeld wurde eng.

Die Schere musste dieses festgewachsene Ding lockern ...

Er bewegte es hin und her, presste die Zunge von der anderen Seite dagegen. Auch dort öffnete sich die Wunde wieder, Blut drang in seinen Mund. Er schob einen zitternden Finger von innen gegen seine Wange, ließ die Schere fallen und versuchte, mit der anderen Hand von außen das glitschige Objekt zu fassen zu kriegen.

Er verlor beinahe das Bewusstsein, als er die scharfen Kanten fasste und es herauszog.

Der Spiegel fiel zu Boden, hinterließ Blutspritzer auf den Wänden und dem Boden der kleinen Kabine. Spartacus barg das *Ding* in seiner Hand, sank auf die Knie und übergab sich auf den geschlossenen Deckel des Abtritts.

Scheiße ... sie würden ihn hören. Sie würden kommen. Sie würden ihn fragen, warum er sich das Gesicht zerschnitt. Er zog die Tunika aus und wischte damit das Blut vom Boden auf, presste den Stoff auf die Wange.

Das Herz schlug schwer in seiner Brust, fast, als sei es beleidigt, dass er sich erneut verletzte und ihm keine Ruhe gönnte. Er spürte, wie es den Schmerz bereits dämpfte, wie kühles Kribbeln sich über seine Gesichtshälfte zog. Erst jetzt öffnete er die Faust. Blutig war der Anhänger, der darin lag, und er starrte eine Weile darauf, bevor er eine sitzende Frauengestalt erkannte. Er war aus dunklem Stahl, der rötlich zu pulsieren schien, wenn er ihn in der Hand wendete.

Als hätte die Gestalt mein Blut getrunken.

Dieses kleine Ding hatte seinen Schild durchbohrt, war einfach hindurchgeflogen, als wäre er durchlässiger als Wasser.

Dieses kleine Ding.

Mein kleines Ding.

Er barg es erneut in der Hand, bevor er die Kabine verließ. Schon hörte er Schritte im Gang, die Tür wurde geöffnet, sein Name gerufen.

Hatte jemand bemerkt, dass es den Schild durchdrungen

hatte? Würde man es sehen, auf den Nahaufnahmen, in den Wiederholungen, in den Standbildern? Er schloss die Faust so fest darum, dass er die Kanten des Anhängers fühlte.

Er würde ihn nicht wieder hergeben.

Kapitel XIII

Vorzugsweise wurde an diesem Ort nicht gestorben. Wenn man lebendig aus der Arena hier heruntergelangte, dann wurde alles dafür getan, dass man nicht starb.

Ianos merkte kaum etwas davon. Die Schmerzmittel waren stark. Es war laut. Es roch nach Blut und Pisse. Die Wandtabulae übertrugen den letzten Kampf des Abends: Crixus versus Oenomaus, und der Kampf wurde von allen kommentiert, die nicht verwundet genug waren, um zu schweigen.

Der Name Taurus fiel.

In Ianos' Hals ragten Schläuche. Dann brachten sie das Wirrwarr aus Muskeln, Sehnen, Speiseröhre und Adern wieder in Ordnung. Pumpten das Blut aus den Lungen.

Der junge Medicus, der sich über ihn beugte, brauchte zwei Capsarii und einen Sklaven, um alles richtig zusammenzufügen. Ianos schlief ein, als sie die Schläuche aus ihm herauszogen, die Schmerzmittel geleiteten ihn in die Schwärze hinab, und in dieser Schwärze kämpfte Crixus gegen Oenomaus, und Oenomaus gegen Spartacus, und Spartacus war hinter ihm selbst her und durchtrennte ihm Sehnen und Muskeln und Adern.

Das Prinzip war sehr, sehr simpel, und in Ianos Unterbewusstsein war alles, was komplizierter war, ausgelöscht.

Er erwachte von Stille. Von der Ahnung, dass etwas Kompliziertes eingetreten war.

Eine wispernde Stimme – eine Frauenstimme. Münzen wechselten den Besitzer, er hörte, wie sie in eine Hand gezählt wurden.

»Keine Linsen in der Wand, du schwörst es beim Styx!«, sagte die Frauenstimme.

»Das ist ein Raum ohne Linsen, Domina«, sagte eine dumpfe Stimme, gleichgeschaltet von den Helmen der Wachleute.

»Wenn ich mich morgen in den Imagi sehe, sorge ich dafür, dass ich dieses Geld zurückerhalte – und jeden einzelnen deiner Finger.«

»Ein Raum ohne Linsen, Domina, ich schwöre es, bei allem, was du willst.«

Eine Tür schloss sich mit einem Schaben und einem Knall.

Ianos öffnete die Augen. Er konnte seinen Kopf nicht wenden und starrte die Decke an. Eine kahle, kalte, niedrige Decke. Und er lag auf einer kalten, kahlen Oberfläche, einer Liege vielleicht, zugedeckt mit der glatten Decke, die für die optimale Körpertemperatur sorgte. Daher war ihm nicht kalt.

Ein Gesicht schob sich in sein Blickfeld. Er kannte es nicht, es war das Gesicht einer jungen Frau, bleich, schmal, vielleicht fünfundzwanzig Jahre alt. Dünne Lippen, ein entschlossener Zug um den Mund. Keine Falten, doch mit einer Ahnung davon, wo sie entstehen würden. Das dunkle Haar war streng zu einem Knoten gebunden.

O ihr gnädigen Götter, was will sie mit mir? Was will sie mit jemandem, der sich nicht bewegen kann?

Sie schien diese Gedanken in seinen Augen zu sehen und tastete nach ihrem Gesicht. Am Kinn löste sie es ab und zog es von ihrem Kopf, als würde sie sich häuten. Die weiche, wächserne Maske verschwand aus seinem Blickfeld.

Er betrachtete das Gesicht, das darunter zum Vorschein gekommen war. Das unbekannte Gesicht war einem jüngeren gewichen. Einem Gesicht, das er in so vielen Träumen gesehen hatte.

Verwundert versuchte er, ihren Namen zu sagen, doch sein Hals formte keinen Laut. Seine Lippen bewegten sich dennoch.

»Sie sagten, du wärst nicht tot«, sagte sie. »Ich hatte Angst, dass sie lügen.« Sie biss die Zähne zusammen und brachte kein Wort mehr heraus.

Er wollte fragen, warum sie hier war – warum sie einen Wachmann dafür bezahlte, hier zu sein. Seine Kehle gehorchte nicht.

Sie setzte sich auf die Liege, blieb kurz sitzen und starrte an die Wände, die von großen Stahlschränken gesäumt wurden. Sie wirkte nachdenklich, als versuche sie zu ergründen, wie genau sie hierher hatte gelangen können. Und warum.

Dann schloss sie die Augen, presste die Lider zusammen und legte ihren Kopf behutsam neben seinen. Er hörte, wie sie nach Atem rang, als sei sie weit gelaufen. An seiner Wange spürte er eine ungehorsame Locke, die sich aus ihrem Knoten gestohlen hatte. Er konnte den Kopf nicht drehen. Sein linker Arm war schwer, das Handgelenk unbeweglich geschient.

Das Gefühl, schon ein Dutzend Mal neben ihr gelegen zu haben, schob sich in den seltsamen Moment, der dadurch gar nicht mehr so seltsam erschien.

Sie weinte. Er spürte, wie ihr Körper zuckte.

»Wie es wohl ist, wenn du tot bist?«, brachte sie hervor. »Tot, für eine Laune meines Vaters. Auf der *Bona Dea* ... Ich habe gewünscht, du wärest tot und Maia würde leben. Wir hätten dich zwei Mal zurückgelassen, sterben lassen ...« Sie schluchzte, ihre Hand griff nach seiner unverletzten Rechten. »Es ... es tut mir so leid«, flüsterte sie. »Ich weiß, dass du mir das nicht einfach vergeben wirst. Dass es nicht genügt, zu sagen, es tut mir leid. Du lebst nicht wegen mir. Du lebst wegen ihnen. Wir drei leben wegen ihnen.«

Seine verletzte Kehle schnürte sich zu. Wie konnte sie das wissen? Wie konnte sie von der Seherin wissen? Dem, was sie gesagt hatte? Dem tadelnden Blick der Chimaira, als sie auch Maia hatten retten wollen?

»Die Götter wollten, dass wir leben. Wenn nur wir entkommen konnten, dann haben die Götter mehr mit dir vor, als dich sterben zu lassen zur Freude der Massen.«

Die Götter ... nicht die Seherin. Sie weiß nichts von ihr. Sie weiß es nicht. Er fühlte sich schuldig für dieses Geheimnis.

Aber warum? Nur weil er ab und an von ihr träumte, von ihrem Gesicht, von Blicken, die sie ihm niemals schenken würde? Warum fühlte er sich schuldig dafür, dass die Seherin ihn verschont hatte, wo Lucius Marinus und seine Tochter ihn zwei Mal in den Tod geschickt hätten?

Aber sie ist hier. Hinabgestiegen in meine ganz persönliche Unterwelt. Er hob den linken Arm – erstaunt, dass er es konnte. Der Arm zitterte vor Schwäche, doch er legte die Finger, die aus der starren Schiene herausragten, auf ihre zurückgebundenen Locken.

Sein Daumen berührte den Schwung ihrer Ohrmuschel, und er sog das Gefühl in sich auf. Er war dem Tod nahe gewesen, er wäre beinahe verblutet, und er hatte sich so winzig gefühlt, als er erwacht war. Ihre Haare, ihr Ohr unter seiner Hand machten ihn so viel größer, als ein Mensch von außen sein konnte.

»*Und die Sehnsucht nach tieferen Schnitten*«, murmelte Constantia, und er spürte ihr Lachen an seiner Wange. »Das ist aus einem Gedicht. Einer ... einer ... ach, es ist nicht wichtig.«

Ihre Hand legte sich vorsichtig auf seine Brust. Dort lag sie einfach, wie ein weißer Vogel. Er konnte sie nur am Rande seines Blickfelds erahnen.

»Ich weiß nicht, warum ich von dir träume. Ich glaube, es ist der Traum, weswegen ich hier bin. Er macht, dass ich glaube, ich würde dich kennen. Aber ich kenne dich nicht.«

Er wollte antworten – wollte, dass sie wusste, dass er auch von ihr träumte. Warum träumten sie voneinander?

Er dachte an Morisa, Lucius Marinus' Sklavin, die so viel mehr war, als er geahnt hatte. Das dumpfe Gefühl von Schuld durchzuckte ihn und schmälerte das Band, das Träume zwischen ihnen geknüpft hatten.

Träume ... Warum ist sie hier? Warum glauben wir, dass wir einander kennen? Was ist Traum, und was ist Morisas Spiel?

»Ich kenne dich gar nicht«, flüsterte sie und hob den Kopf. Ihre Augen waren hell, grau mit einer Ahnung von Blau, und das hatte er nicht gewusst. Sie lachte und wischte sich Tränen weg. »Ich weiß nicht, was es ist. Ich bin ... ich bin *besessen* davon, an dich zu denken. Es ist wie eine Krankheit. Vielleicht ... vielleicht haben die Götter uns aneinandergebunden. Und ich sterbe, wenn du stirbst. Und deswegen habe ich solche Angst.«

Sie zitterte. Seine Finger lagen noch auf ihrem Haar, waren gebannt von ihren Locken. Sie waren so glatt, so weich, so fein, ganz anders als die harten, kurz geschorenen Stoppeln auf seinem Kopf, und er sehnte sich so sehr danach, dass sie bei ihm bliebe, dass die Sehnsucht beinahe den dumpf pochenden Schmerz seiner Wunden überdeckte.

»Du bist wehrlos. Ich weiß nicht mal, ob du willst, dass ich dich küsse. Vielleicht ... vielleicht ekelst du dich vor mir.«

Er brachte ein ungläubiges Schnauben zustande, und sie lachte. Dann berührten sich ihre Nasenspitzen, und sie näherte ihre Lippen den seinen mit einer atemlosen, langsamen Sorgfalt. Er musste nach Blut riechen – er schmeckte Blut in seiner Kehle, metallen und schrecklich, und er schämte sich. Er spürte ihre Lippen auf seinen, spürte die winzigen Bewegungen durch das Betäubungsmittel hindurch. Sie küsste ihn, auf eine sehr genaue, präzise Art und Weise, die verbergen sollte, wie heftig sie zitterte.

Er hatte niemanden je zuvor geküsst, und er hatte selten gesehen, wenn zwei Menschen sich küssten, denn es war verpönt, einen Kuss in der Öffentlichkeit zu zeigen. Er begann zu ahnen, warum; begann zu ahnen, warum es unzählige Imagi gab von ausgefallenen sexuellen Spielen und wenige Imagi von unsicheren, tastenden Küssen, die einen verletzbar machten, als stünde man ohne Rüstung in der Arena.

Sie löste ihre Lippen von seinen und legte den Kopf wieder neben ihm ab. Ihre Hand glitt über seine Rippen und kam auf dem Solarplexus zum Liegen.

Sie setzte an, um etwas zu sagen, ein Schluchzer verschluckte es. Sie atmete tief durch, begann erneut.

»Ich denke ... ich denke, sie nehmen dir dein Herz.«

Er legte seine Hand auf ihre. Er überlegte, was er empfand, und wusste es nicht. Er dachte an den Kuss.

»Crixus und Oenomaus werden schnell alt. Sie brauchen die fehlenden Drei, um eine Captura zu veranstalten. Und als das Volk über den Tod abgestimmt hat, hast du die wenigsten Stimmen erhalten, nicht einmal hundert. Ich denke, du wirst der Vierte sein.«

Sie richtete sich auf. »Ich muss gehen. Ich weiß nicht, wie lange das Schmiergeld vorhält.«

Sie war schön, selbst im grausamen Licht der Kammer. Sie war schön, selbst vor den Betonwänden und mit dem strengen Haarknoten. Sie glättete vorsichtig die bleiche Maske in ihrer Hand und legte sie auf ihr Gesicht.

Verändert kam ihre Stimme zwischen ihren tastenden Händen hervor. »Würdest du mir sagen ... oder irgendwie mitteilen, wenn diese Maske aussieht, als wäre ich jemand mit einer dieser verbotenen Schwarzmarktmasken? Oder ob ich aussehe, wie ich aussah, als ich eingetreten bin?« Ihre fremde Stimme lachte nervös. »Gleich zwei Fragen auf einmal, schwierig für jemanden, der nicht sprechen kann.« Sie legte eine ihrer Hände erneut auf seine Brust. »Hoffentlich heilt alles wieder. Sehe ich überzeugend aus?«

Sein Kopf nickte eine Winzigkeit, was ein unangenehmes Ziehen in der Kehle hervorrief. Erneut war sie fünf, sechs Jahre älter, die Sklavin einer reichen Frau, doch hinter der Maske konnte er nun Constantia sehen. Sie küsste ihn mit Lippen, die sich nur langsam erwärmten, auf die Stirn.

»Soll ich versuchen, meinem Vater auszureden, dass er dir ein Herz gibt?«, flüsterte sie.

Er starrte sie an. Selbst eine winzige Narbe an ihrer Augenbraue war nachgebildet. Sein Herz schlug schwer, als wolle es ihn daran erinnern, dass es zu ihm gehörte, dass es nicht austauschbar war.

Captura Cardiae. Regel Nummer zwei.

Erneut bewegte er den Kopf, konnte selbst kaum fassen, dass er es tat, doch er verneinte, und ihre Augen weiteten sich ein wenig.

»Ich sagte ja schon, dass ich dich kaum kenne«, sagte sie mit flacher Stimme und hastete zur Tür, an die sie heftig klopfte.

Marius Marinus war nicht nur ein intelligenter junger Mann, er war auch vertraut mit dem Erfindungsreichtum der Unterwelt. Er hatte die lächerliche Maskerade von Gaia Sabina durchschaut, doch er wunderte sich, dass die verzogene Sabinergöre und ihre Sklavin nach Spartacus' Sieg verschwunden blieben – derweil jemand hastig den Raum durchquerte, der nichts von der Körpersprache der Sklavin hatte, aber auf unordentliche Weise ihre Frisur nachahmte, ihre Kleider trug – und ihr Gesicht. Jemand, der sich bewegte wie Constantia, als sie sich verbeugte und entschuldigte und die Loge in den Flur verließ.

Marius folgte ihr mit einigem Abstand zum Besucherzugang des Ludus, der von mehreren bewaffneten Wachen gegen bestimmt eine Hundertschaft sensationsgieriger Ausrufer und mehr als die doppelte Anzahl verzweifelt-erregter Anhänger der Gladiatoren gesichert wurde. Marius nahm den Aufzug, der noch ein wenig weiter hinunter in die betonummantelten Katakomben führte – hier hinab durften nur Leute, die ihr Ansinnen hatten genehmigen lassen oder die richtigen Leute geschmiert hatten. Und die Familien der Besitzer der Gladiatoren. Etliche Männer und Frauen versuchten Marius zu bestechen, damit er sie mit in die Katakomben hinabnahm, doch er lächelte nur schmal und bedeutete den Wachmännern, die aufdringlichen blinden Passagiere aus dem Aufzug zu räumen.

Als er unten ankam, begrüßte er die Leere des Gangs mit einem Seufzer. Roh und schmucklos war die Unterwelt des Kolosseums und nur von Leuchtstoffröhren an den Wänden erhellt.

Eine große, von einem Energieschild gesicherte Tür beendete den Gang.

Was wollte Constantia hier? Er hatte den Aufzug überprüft; hatte eine seiner nicht genehmigten Tabulae daran angeschlossen und herausgefunden, dass Constantia vor ihm in die Tiefe gefahren war – und das nicht zum ersten Mal.

Er lächelte hinterlistig. Sein Gewand hatte eine Kapuze, die er überzog. Die Farbe wechselte er zu einem finsteren Grau, das würde genügen. Der Aufzug und die Linsen würden sich so oder so nicht an ihn erinnern, dafür hatte er gesorgt, aber auch Constantia sollte an ihm vorüberhasten, wenn sie den Gang erneut betrat.

Was tut sie nur so lange da drin? Und wen würde er bestechen müssen, um das herauszufinden?

Als der Energieschild erlosch und die Stahltür sich mit einem Zischen öffnete, tat Marius einen Schritt zurück in den Aufzug und betrat noch einmal schwungvoll den Korridor, als sei er gerade erst angekommen. Tatsächlich wich Constantia vor ihm zurück, den Blick gesenkt, nervös bis in die Haarspitzen. Sie sah nicht auf, und er sah nicht auf, und er wartete in den Tiefen des Korridors, bis der Aufzug sie in die Höhe transportierte. Die Luduswache am Eingang sah zu ihm herüber.

»Dominus?«, sprach der Maskierte ihn an.

»Wen hat sie besucht?« Marius ließ im Näherkommen einen Denar durch seine Finger wandern.

Der Mann trat einen Schritt zur Seite, Marius zweifelte nicht daran, dass der Kerl den Winkel der Linsen ganz genau kannte. Die behandschuhte Hand öffnete sich. Marius hielt den grün schimmernden Denar fest, berührte mit der Kante die Handfläche des Mannes.

»Den Zweigesichtigen, Dominus. Im Raum ohne Linsen. Hat gut bezahlt, aber leider nicht mich.«

Marius ließ das Geldstück los und wandte sich zum Gehen. *Manche Dinge liegen so klar auf der Hand. Schwester, du musst an deiner Tarnung arbeiten, trotz Maske durchschaue ich dich bis ins Mark.*

Er befahl dem Aufzug, ihn zu vergessen. Ein Druck auf der Tabula, und das Aufzugsystem gehorchte.

Oben trat er ins Gewühl der Massen. Der Plebs umfing ihn mit einer nach Schweiß und Aufregung und Sensationsgier riechenden Umarmung. Er atmete auf. Endlich war er der Loge entkommen, endlich den Augen von Lucius und – schlimmer noch – Vedea, diesem hellsehenden zypriotischen Eigentum, mit dem er stets über den Oberbefehl über alles Elektronische im Besitz der Mariner haderte.

Die Gänge waren mit Fressbuden, Souvenirläden und Getränkeständen verstopft und laut wie das Forum Romanum an einem Feiertag. Unter der Decke hingen die Stände der Weinhändler, die die Schwerkraftumkehrung des Gangs nutzten und ihre Weinflaschen und Becher herab- oder vielmehr hinaufreichten. Marius schnippte eine Asmünze in das Schwerkraftfeld, und sie taumelte kurz, bevor sie einem Weinhändler in die ausgestreckte Hand fiel.

»Türkis, trocken!«

»Sofort!«

Der Mann reichte ihm einen verschlossenen transparenten

Becher, dessen türkiser Inhalt im Kraftfeld schwerelose Kugeln bildete, bevor er in Marius' Hand zum Boden des Bechers schwappte.

Er trank und wandte sich an einen Mann, der eben an einem Wettstand seinen Gewinn abgeholt hatte. Die Karte, die er entgegennahm, glänzte silbern; er würde sie bei einer Bank gegen Münzen eintauschen können.

»Nicht schlecht, mein Freund«, sagte Marius mit seinem breitesten Unterschichtsdialekt. Der andere grinste. »Wie ist es ausgegangen?«

»Du weißt es noch nicht?«, fragte der Mann und deutete auf die Bildschirme in der großen Halle, in die sich der Gang öffnete. Von dort aus führten Aufzüge zu den Tribünen hinauf.

»Oenomaus hat gewonnen. Er lässt sich offenbar nicht jedes Mal ficken, was?« Der Mann mit der silbernen Karte lachte laut auf. »Hab ich auch gesagt. Ich hab gesagt: Dass er den Arsch hingehalten hat, macht ihn nicht zu einem schlechten Kämpfer. Oder was sagst du? Bist doch ein junger Kerl, du weißt doch, wovon ich rede!«

Marius lachte auf. »So einer bin ich nicht. Aber ich gebe dir trotzdem recht. Einer tot?«

»Crixus' Hand sah wüst aus. Vielleicht verliert er sie. Aber er wird ja von Kampf zu Kampf mehr aus Metall, nicht? Und Taurus, diesen Wichser, den haben sie auf die beiden losgelassen, als sie mitten im Kampf waren. Es sah ganz so aus, als würden die Ziege und der Gallier sich gegen ihn zusammenschließen, um ihn ein für alle Mal zu erledigen, aber die Spielleiter hatten ein Hintertürchen für ihn offen. Er ist quasi nur rauf, hat ein bisschen gewütet und wurde dann wieder aus'm Spiel genommen.«

»Verdammt. Taurus hätte es verdient!«, gab Marius gut gelaunt zurück und trank am Wein.

»Sag ich doch. Taurus ist ein verdammter Wichser. Na, aber

die Wette hab ich trotzdem gewonnen, und wegen der Bückgeschichte war die Quote echt gut.«

»Dann viel Spaß mit dem Gewinn!«

»Danke!«

Vor dem Wettstand wurde weiterhin geschrien und mit den Armen gewedelt, und Wachen verteilten Elektroschocks, wenn jemand dem Administrator zu nahe kam. Marius drängte sich vorbei. In der Halle war bereits alles aus den Tribünen nach unten geströmt. Langsam leerte sich das gigantische Gewölbe mit den Aufzugschächten, und nur einige käufliche Mädchen und Jünglinge versuchten, dem Ende des Spiels noch ein wenig Profit abzugewinnen. Die schönsten waren bereits mitgenommen worden.

Marius sah sich prüfend um. Der, den er suchte, befand sich in der Gesellschaft eines rothaarigen Knaben, der seine langen Haare auf Frauenart trug und die Nägel phosphoreszierend lackiert hatte.

»Marius, Marius«, sagte der Gesuchte. Der Knabe strich sich lasziv durchs Haar, seine neonfarbenen Fingernägel blendeten Marius beinahe. »Da bist du ja. Ich war schon langsam nervös. Und Iustus auch, oder?«

Iustus lächelte und nickte. Seine Zähne waren schlecht, aber seine Lippen so voll, dass er sein Geld vermutlich für die falsche operative Korrektur ausgegeben hatte.

»Was macht unser Abkommen? Wir wollen langsam auch etwas von deiner Seite sehen.«

»Ja, ich weiß.« Betont lässig trank Marius den Wein.

Iustus starrte auf den Becher und seufzte. »Meine Lieblingssorte. Lässt du mich trinken?«

»Oh, bei Bacchus goldenen Eiern, natürlich nicht!« Marius lachte, obwohl ihm nicht nach Lachen zumute war. »Was unser Abkommen angeht: Es läuft. Ich komme langsam näher an ihn ran. Aber in meinen Kreisen muss man vor allem Zeit und Geduld mitbringen, Sagittarius.«

»Und in meinen Kreisen muss man vor allen Dingen Geld und Taten mitbringen, mein Freund Marius. Beides hab ich noch nicht von dir gesehen.«

Sagittarius seufzte und schob Iustus auf Armeslänge von sich. »Du siehst Iustus hier. Ich hatte Zeit und Geduld mit ihm, aber er hatte kein Geld und zu wenig Tatkraft. Und jetzt ist er eine verdammte Männerhure, verstehst du das? Er ist eine angemalte kleine Schlampe. Weil ihm die Eier fehlen, um etwas anderes zu sein. Verstehst du das? Hast du Eier, Marius?«

»Ich habe definitiv Eier.«

»Nicht viele von deiner Sorte haben Eier. Iustus hier war auch mal ganz oben. Weißt du das? Er ist tief gefallen, sehr tief, und heute hat er nicht einmal jemanden gefunden, der ihn zum Ficken mit nach Hause nehmen will, weil da so wenig *Substanz* in Iustus ist, verstehst du? Keiner nimmt jemanden ernst, der im Dunkeln leuchtet und sich für einen Betrag bückt, den du grad für 'nen Becher Wein ausgegeben hast.«

»Iustus interessiert mich nicht. Wenn du hier bist, um mich mit der traurigen Geschichte deiner Männerhure zu erschrecken, dann sage ich nur: Fick dich, das interessiert mich nicht. Ich bin nicht Iustus, und Iustus ist keinesfalls ich, und ich halte unser Abkommen ein, Sagitt. Du sollst nur wissen, dass ich verdammt noch mal Zeit brauche, um an ein so hohes Tier ranzukommen.« Marius goss den Becher über Iustus' Füßen aus. Türkis spritzte dem Knaben gegen die nackten Beine.

»Heh!«, protestierte er.

»Ich bin hier, also kneife ich nicht. Und jetzt gehe ich wieder, Freund Sagittarius und Männerhure Iustus. Das Gespräch war mir eine Freude.«

»Das nächste Mal mit mehr Ergebnis!«, rief Sagittarius ihm hinterher.

»Fickt euch gegenseitig!«, rief Marius mit gespielter Fröhlichkeit und winkte über die Schulter. Er atmete aus und ließ den Becher fallen. Einmal mehr fragte er sich, ob es das wert gewesen war.

Erst Stunden später kam Marius nach Hause. Der hermetisch abgeriegelte Bereich der Villa und die Gärten, die sich um das Anwesen gruppierten, waren erleuchtet, was darauf hinwies, dass Lucius und Cornelia noch Besuch hatten. Marius war müde und fühlte sich verdrossen ob der Tatsache, dass das schlechte Gefühl sich nicht hatte wegsaufen lassen.

Der Sklave Viro empfing ihn mit rügendem Blick. »Junger Dominus. Stundenlang warst du fort. Und du riechst nach Alkohol.«

»Ich rieche nach übleren Dingen als Alkohol. Bitte sag mir, dass ich kein hohes Tier mehr begrüßen muss heute Nacht«, knurrte Marius.

»Marcus Lucullus ist bereits gegangen, Lanista Batiatus jedoch lässt sich noch immer auf der Seeterrasse bedienen. Ein verkommener Mann ist das.«

»Der Lanista ist hier?«

Der Sklave nickte ernst, das Gesicht in zahlreiche missbilligende Falten gelegt.

»Und wo finde ich meine Schwester?«, fragte Marius vorsichtig.

»Sie ist zu Bett gegangen. Wir hoffen, dass du sie nicht in Gefahr gebracht hast.«

»Ich? Sie?«

»Man hat sich Sorgen um sie gemacht. Die junge Domina Gaia sagte, sie sei in deinem Beisein fortgegangen.«

Marius grinste, er konnte nichts dagegen tun. *Du benutzt mich als Ausrede, kleine Schwester. Das Spiel spiele ich mit – mal sehen, wie lange.* »Ja, aber sicher. Wir haben uns den letzten Kampf in der großen Halle angesehen und getanzt.«

»Domina Cornelia ist nicht glücklich damit, dass Constantia

allein nach Haus zurückgekehrt ist. Es wird ein Gespräch mit ihr geben, junger Dominus!«

Marius senkte reumütig den Kopf. »Sie war in keiner Gefahr. Sie bräuchte halt so einen emsigen Sklaven wie dich, Viro, der auf sie aufpasst. So wie Beata es getan hat. Damals.«

Viros Lippen wurden schmal, und in einer Geste der Trauer berührte er seine Stirn. »Sie fehlt uns allen.«

Marius löste sich von dem alten Sklaven und querte das Atrium und den angrenzenden Saal, um zur Seeterrasse zu gelangen. Spiegelnd blank lag die Wasserfläche vor den Glastüren, und eine Handbreit über dem Wasser ruhten die Liegen auf dem hauchdünnen, durchsichtigen Boden der Terrasse. Der See füllte einen großen quadratischen Balkon, der vom Turm, den die Villa krönte, hinausragte über die dunklen Schluchten Roms. Aus dem Füllhorn, das eine Frauenstatue aus Silbermarmor hielt, rann stetig Wasser in den See. Kleine Lampen unter der Wasseroberfläche ließen den dunklen, unergründlichen See schimmern. Schwarz erstreckte sich der Himmel über Rom. Das Licht der Stadt verschlang die Sterne, verschlang die Lichtblitze, wenn wieder ein Splitter des Rubicon in der Atmosphäre verglühte.

Batiatus hatte sich von seiner Liege erhoben, ebenso Lucius. Sie verabschiedeten sich. Marius war nicht mehr gedankenschnell genug, um sich zurückzuziehen, bevor sie den Saal betraten, und er erhielt einen strafenden Blick seines Vaters.

»Es gibt noch eines, Freund Marinus«, sagte Batiatus, als habe er es die ganze Nacht schon aufgeschoben.

»Was ist es?«

»Dein bestes Pferd im Stall – Spartacus. Ich soll etwas von ihm ... ausrichten.«

»Er lässt mir etwas ausrichten?« Lucius zog eine fein gezeichnete Augenbraue hoch.

»Er hat eine Frau«, begann der Lanista, und dann rasselte er die Sätze herunter, als hätte er sie sich schon lange im Voraus überlegt, aber nicht auszusprechen gewagt. Bis jetzt. »Er will sie zurück. Er ist bereit, alles dafür zu tun. Ich habe mit ihm vereinbart, dass ich es dir vorschlage, Lucius. Er will sieben große Kämpfe gewinnen, und nach dem siebten geben wir ihm seine Frau. Wir könnten das inszenieren. Herzerweichend inszenieren. Überall würde man zusehen, sogar auf den Militärbasen in den Latifundien. Es wäre eine tolle Geschichte – und sie würde den Weg ebnen, um aus der Captura etwas wahrhaft Großes zu machen. Bei der Captura könnten wir die Frau mit einbinden, sie könnte zum Beispiel dabei sterben. Das wäre eine vorzügliche Tragödie, man würde noch in vielen Jahren davon sprechen!«

Lucius legte dem anderen eine Hand auf die Schulter und geleitete den Lanista ins Atrium. Marius hörte den beiden weiterhin zu. Es war immer gut, Dinge im Voraus zu wissen.

»Batiatus. Das sind alles sehr schöne Ideen. Die an einer grundlegenden Sache scheitern: Die Frau lebt nicht mehr. Spartacus' Frau war meine Sklavin. Sie war auf der *Bona Dea*, und niemand außer mir und meiner Tochter ist von der *Bona Dea* entkommen. Ich bedaure das sehr. Sie ist tot.«

Marius fühlte einen Hauch der Enttäuschung, die Batiatus nun fühlen musste. Die massige Gestalt des gealterten Gladiators sackte ein wenig in sich zusammen. »Das ist ... bedauerlich.«

»Höchst bedauerlich, ja. Es tut mir leid.«

Der Lanista sah Lucius beinahe bittend an. Es wirkte für einen Moment so, als sei er sehr viel kleiner als der Patrizier, obwohl er ihn um einen halben Kopf überragte.

»Er kämpft dafür, Lucius. Wenn ich ihm sage, dass seine Frau tot ist, wird er ... Du weißt, wie er am Anfang war, wir hätten ihn beinahe an die Hunde verfüttert, um seinen Stolz zu brechen. Jetzt ist er ein Herzloser – er wird durchdrehen, noch übler durchdrehen, als er es am Anfang getan hat!« Batiatus flehte beinahe, als könne er dadurch rückgängig machen, dass die *Bona Dea* vernichtet worden war.

»Dann sag es ihm nicht. Wir kündigen diese sieben Kämpfe an – und dann sorgen wir dafür, dass er den siebten nicht gewinnt. Sieben Kämpfe um eine Frau – und es wird seine eigene Schuld sein. Wer nicht siegt, erhält auch keinen Gewinn.«

Batiatus nickte. »Sterben soll er jedoch nicht, vermute ich?«

»Nein. Sterben wird er frühestens in der Captura. Sorg auch dafür!«

Der Lanista knetete nervös seine Hände. »Ja. Ja, natürlich. Habe noch eine angenehme Nacht, Lucius.«

»Du auch, Batiatus. Sieben Kämpfe um eine Frau – und dem Volk zeigen wir währenddessen einfach eine andere Frau. Eine Schauspielerin. Und glaube mir: Es ist besser, dass Spartacus' Frau tot ist. Selbst die Sklaven glaubten, dass sie Unglück bringt.«

Marius verließ den Seesaal, bevor die beiden sich voneinander verabschiedet hatten.

Eine Frau, die Unglück bringt. Eine Sklavin meines Vaters, die keiner von uns kennt.

Marius wusste gern Dinge vor allen anderen. Er diktierte das Gehörte in seinem Wohnflügel im Obergeschoss seiner Tabula, für den Fall, dass der Alkohol es ihn vergessen ließ. Das Gerät war gesichert, trotzdem war er sich nicht vollends gewiss, dass Vedea keinen Zutritt dazu hatte. Kein Datenrätsler der Unterwelt konnte ihm sagen, was die Cyprioten vermochten und was nicht.

Höchstens Scorpio. Aber dass der es für sich behält, ist nur logisch.

»Was ist denn los? Ich brauche zurück, was du dir von mir geliehen hast!«

»Du bekommst es morgen«, erwiderte Constantia dem Gesicht von Gaia in der Tabula. »Ich mach jetzt aus, du weißt, wegen unserer Sklavin. Und bei Marius bin ich mir auch nicht sicher, was er alles mitbekommt.«

»Du musst mir alles erzählen. Ich platze vor Neugier!«

»Ich gehe morgen auf den Sklavenmarkt. Ich habe mir schon eine ausgesucht und gehe sie morgen mit Mutter abholen.«

»Fein, ich helfe dir bei ihrer Erziehung.« Gaia kicherte und beendete die Verbindung. Die Oberfläche der Tabula zerschmolz zu einem stumpfen Schwarz.

Constantia hatte Nachrichten von anderen Freundinnen erhalten, von Iulia und Anea und deren hartnäckigem Bruder Marcellus. Sie löschte sie ungelesen, diese Freunde fühlten sich so fremd an, so weit entfernt.

Mir ist, als wäre jemand anderes mit meinem Körper zurückgekehrt. Ich teile Constantias Erinnerungen, aber ich bin nicht mehr völlig ich.

Rastlos stapfte sie durch den Raum, der ihr ebenfalls fremd geworden war. Auszeichnungen für Erfolge im Faustball schmückten eine Wand. Sie spielte nun schon seit drei Jahren nicht mehr, es gehörte sich nicht, sobald ein Mädchen zur Frau herangereift war.

Imagi von ihrer Familie zierten die Wand neben dem großen Fenster. Titus war nun tot. Sie musterte sein Bild und presste kurz die Handflächen auf die Augen.

Ihr Blick fiel auf das Tischchen, die Blumenvase, ein Glas, aus dem sie vor wenigen Minuten getrunken hatte.

Verschämt räumte sie den kostbaren, handkopierten Gedichtband in das schmale Regal zurück. Eine Seite war markiert. Sie wusste, was dort stand.

Und lassen Wunden zurück,
die tiefes Rot bluten
und die Sehnsucht nach tieferen Schnitten.

In der Nacht nach den Spielen ging es im Ludus stets möglichst gut gelaunt zu. Niemand sollte sich grämen, niemand dem anderen die erlittenen Verletzungen zur Last legen. So war das Leben halt hier unten.

Ianos hörte die Tänzerinnen, roch das gute Essen. Lieder wurden gesungen, und es feierten auch jene, die nicht gekämpft hatten. Er lag mit dem schwer verletzten Daedalus in einem Ruheraum, doch jemand hatte die Tür geöffnet, damit sie wenigstens ein bisschen an der Freude teilhaben konnten.

Reiche Patrizier oder ihre verhüllten Gattinnen nutzten sicherlich die Verschwiegenheit der Privatquartiere, um es endlich einmal gegen gutes Geld mit ihrem Favoriten zu tun.

Zwei Huren waren zu ihnen hereingeschickt worden, doch Ianos, der sich nach einer erneuten Dosis Betäubungsmittel kaum mehr bewegen konnte, fühlte nicht einmal ihre Hände, und so ließen sie ihr Ansinnen rasch bleiben – nicht ohne einen gehässigen Kommentar, der im Dröhnen seines Schädels unterging. Daedalus schien die Sonderbehandlung jedoch zu genießen, und irgendjemand nutzte die Unterteilungen des Sanitätsraumes, um sich mit einem Knaben oder Mädchen zurückzuziehen. Es hörte sich nach einem Knaben an, doch Ianos war sich nicht sicher.

Er dämmerte einige Stunden dahin. Der Lärm aus dem Gewölbe wurde leiser, dann verebbte er ganz.

Irgendwann konnte Ianos seine Arme wieder bewegen. Er schluckte, es fühlte sich an, als habe er es seit Tagen nicht getan. Er bewegte den Kiefer und versuchte sich an den Sehnen und Muskeln seines Halses, bewegte die Finger der linken Hand.

Es schmerzte. Er spürte den Drang zu husten und fürchtete, was dann passieren würde, und diese Furcht gab ihm wiederum kurz das Gefühl zu ersticken. Er röchelte.

»Alles in Ordnung?«

Er erschrak, das Husten bahnte sich seinen Weg und

schmeckte nach Blut. Er hatte das Gefühl, dass sein Hals von innen aufgerissen wurde. Er gab einen Schmerzenslaut von sich, der nicht nach seiner Stimme klang.

»Kannst du sprechen?«

Er versuchte es. Es war nur ein Flüstern. »Kaum.«

»Das wird reichen. Wo hast du es her?«

»Was?«

»Du weißt, was.«

Eine Hand berührte seine Hand und legte etwas hinein, was er in jeder Einzelheit kannte. Das Metall fühlte sich so vertraut an, als hätte Spartacus ihm einen Zahn in die Hand gelegt, den er Jahre im Mund getragen und nun im Kampf verloren hatte.

Es war beinahe vollständig dunkel, doch es wurde noch dunkler, als Spartacus sich zu ihm herabbeugte und sein Ohr an seinen Mund hielt. Kein Audio der Welt konnte aufzeichnen, was Ianos sagen würde.

»Das Schiff von Lucius Marinus. Das zerstört wurde. Weißt du davon?«, zwang Ianos die Worte aus seiner Kehle.

»Nein«, antwortete Spartacus. Es war seltsam, wie wenig Ianos ihm die Verletzungen verübelte. Er warf ihm nicht einmal vor, dass er Aeneas getötet hatte, den Einzigen, der ein wenig wie ein Freund gewesen war. Das hatte nicht Spartacus getan, sondern das hungrige Publikum.

»Lucius Marinus und seine Tochter und ich. Wir haben als Einzige überlebt. Deshalb bin ich hier, im Ludus. Das ist sein Dank an mich«, flüsterte Ianos, und seine Kehle ließ es ihn mit wachsender Pein bezahlen.

»Wie gütig von Marinus, mir wird ganz warm ums Herz«, raunte Spartacus. »Wo hast du dieses kleine Ding her? Das sich durch meinen Schild und durch meinen Helm in mein Gesicht gebohrt hat?«

»Das Schiff ist zerstört worden von … Dämonen«, sagte Ianos und schmeckte Blut im Mund.

»Dämonen.«

»Sie sagt, Hadeskreaturen.«

»Wer sagt das?«

»Lucius Marinus' Tochter.« Kurz setzte sein Herz aus, als er an sie dachte. War sie wirklich hier unten gewesen? »Es ist von ihnen. Sie haben es verloren, und ich habe es gefunden.«

Er konnte nicht von der Seherin erzählen. Von ihren Worten. Von dem ohnmächtigen Gefühl, noch mehr ihr Sklave zu sein als der der Mariner.

»Was für ein glücklicher Sklave du bist. Ein Finder und ein Überlebender. Ein Amulett aus dem Hades, und du trägst es um den Hals. Wusstest du, was es kann?«

»Nein.«

Spartacus lächelte, Ianos spürte es an seinem Ohr.

»Ob man jemandem glauben kann, der zwei Gesichter hat? Ich werde es für dich aufbewahren, dein Amulett. Seine Stunde wird kommen.« Er zögerte kurz, dann fuhr er fort: »Weißt du, Bruder, ich bin oft genug für schlechte Fluchtversuche bestraft worden. Hunde haben mich zerbissen, Peitschen haben mich zerschlagen, Elektroschocks haben mich in den Wahnsinn getrieben. Diesmal wird es kein schlechter Versuch sein. Es wird überhaupt kein *Versuch* mehr sein.«

Damit stand er auf und ging, und Ianos blieb im Dunkeln zurück.

»Domina Marina, erfreut, dich zu sehen! Und deine entzückende Tochter. Ja, sie war ja letztens oft zu sehen, nach ihrer Rettung, Fortuna sei Dank!« Der Sklavenhändler bedachte Cornelias Tochter mit einem breiten Lächeln. »Ihr kennt das Prozedere ja bereits, ihr habt euch das Mädchen schon ausgesucht. Sie ist gesund – das Zertifikat vom Medicus hast du gestern bekommen?«

Cornelia nickte. Sie war nicht willens, den Redestrom mit einem ebensolchen zu beantworten.

»Dann sehen wir uns die Sklavin mal an, und ihr entscheidet, ob sie das ist, was ihr euch wünscht.«

Er ließ die beiden Frauen in einen kleinen, hell erleuchteten Raum eintreten. Darin stand, in einer gläsernen Säule, ein Mädchen in einer weißen Tunika.

»Wie immer sieht sie uns nicht, weil das Glas nicht verspiegelt ist. Damit sie entspannt ist, hört sie Musik und sieht auf dieser kleinen Fläche vor ihrem Gesicht einen Reisebericht aus Aethiopia. Wenn du möchtest, dass sie etwas tut, kann ich ihr das über das Audio sagen.«

Cornelia umrundete die gläserne Säule. Das Mädchen war sauber, hellhäutig, kurzhaarig, und der einzige Makel an ihr waren ihre Sommersprossen.

»Eine abgebrochene Schwangerschaft, alle Zähne gesund, keine Knochenbrüche, durchschnittliche Intelligenz, spricht Latein und Griechisch. Ist als Haussklavin geboren und behütet aufgewachsen. Das weißt du ja alles schon, Domina.«

Cornelia winkte ab.

»Lass dir ruhig Zeit«, sagte der Sklavenhändler, doch es war klar, dass er eine Entscheidung herbeiführen wollte.

»Wir nehmen sie. Ein Blauaureal, zwanzig Denare ist der Preis, sagtest du?« Cornelia ließ Viro den Betrag begleichen.

Sie war nicht glücklich dabei, die letzten Wochen waren bei Weitem zu kostspielig gewesen. Aber bevor Constantia den gleichen Weg ging wie Marius, der sich von niemandem mehr über die Schulter schauen ließ, wollte Cornelia sichergehen, dass Constantia unter den Augen einer treuen Sklavin blieb.

Die Glassäule hob sich, das Mädchen sah sie mit großen Augen an.

»Sie hieß bislang Lilia«, bemerkte der Sklavenhändler. »Lilia, das ist deine neue Herrin Cornelia Marina und ihre Tochter Constantia Marina.«

»Dominae«, sagte die Sklavin mit einer zarten Stimme und verneigte sich tief.

»Wir schreiben die Markung des Sensors noch auf dich um, Domina«, sagte der Sklavenhändler. »Das dauert nur ein paar Minuten. Möchtest du ein Getränk?«

»Nein. Beeil dich einfach«, antwortete Cornelia und lächelte der Sklavin schmal zu.

»Lilia ist ein so hübscher Name! Ich glaube, ich nenne meine Tochter Lilia. Lilia Sabina«, sagte Gaia am Nachmittag, als Constantia ihre Sklavin endlich von ihrer Mutter hatte lösen können, die darauf bestanden hatte, Lilia in den Haushalt der Mariner einzuführen.

Sie hatten den Laren ein Opfer am Hausaltar gebracht, damit der Haussegen nicht durch die neue Sklavin gestört wurde. Anschließend hatte Lilia mit zitternden Händen Constantias Haare frisiert.

»Du verlierst viele Haare«, hatte Cornelia mit kritischer Stimme zu ihrer Tochter gesagt, während die Sklavin ihr Bestes gab. »Und blass bist du.«

Constantia hatte nichts darauf erwidert.

»Lilia«, wandte Gaia sich nun an die Sklavin. »Ich bin froh, dass du bei uns bist. Constantia war einfach nicht vollständig, seit sie von der *Bona Dea* zurück war. Hast du von dem Unglück gehört?«

Lilia nickte schüchtern.

»Sie hat einen Bruder verloren. Und die ganze Familie viele teure Freunde. Und natürlich ihre liebe Sklavin Beata. Lilia, du machst jetzt zumindest ein bisschen dieses Verlusts wieder gut. Und jetzt – wird meine Sklavin Ovida dir sagen, was wir von dir erwarten. Du bist nämlich nicht zufällig genau von Constantias Größe und Statur. Ovida wird dir auch sagen, wem deine Treue gebührt. Denn Constantia und ich, wir sind jung, und wir werden noch da sein, wenn die, denen du zu gehören glaubst, längst nichts mehr zu sagen haben.« Gaia lächelte lieblich mit ihrem dunklen Lippenstift und beugte sich über dem Kuchen zu Constantia, die ihr Gebäck noch nicht angerührt hatte. »So, nun zu uns beiden. Du möchtest mir von gestern Abend erzählen. Ich habe alles aufs Spiel gesetzt, während ich mit Ovida in diesem lächerlichen Waschraum gehockt und so getan habe, als sei mir schlecht!«

»Ich war bei ihm, unten im Ludus«, flüsterte Constantia.

»Ich wusste nicht, dass du auf Gladiatoren stehst.«

»Tu ich auch nicht. Aber das ist … es ist mehr als das.«

»Ja, ja, es ist mehr – du liebst ihn!«, verkündete Gaia so theatralisch, wie es ihr mit gesenkter Stimme möglich war.

»Nein. Ich liebe ihn nicht. Es ist, als … als wäre ich … Ich kann es nicht erklären. Als wären meine Gedanken … Als wäre ich besessen von den Gedanken an ihn.«

»Ich verstehe den Unterschied nicht ganz.«

»Aber es gibt einen Unterschied!« Constantia zupfte an ihrem Haar, das so streng hochgesteckt war, dass es schmerzte. »Ich fühle mich krank. Und Vater auch, das weiß ich. Er versucht, es sich nicht anmerken zu lassen, aber etwas ist auf der *Bona Dea* passiert. Sie … sie haben irgendwas mit uns gemacht, oder … ich weiß es auch nicht. Nur Vater, Ianos und ich, wir haben überlebt … Aber das ist nicht alles, ich … ich spüre das!«

Sie schluckte, doch die Tränen ließen sich nicht vertreiben. Gaia sah sie mit großen, dunkel geschminkten Augen an, auf deren Lidern regenbogenfarbene Schuppen glitzerten. Sie hatte ganz offenbar eine nettere Geschichte erwartet.

»Es ist, als hätte mein Leben auf der *Bona Dea* aufgehört zu existieren, so wie die Leben aller anderen, die da waren. Aber Mutter, Marius, du, auch Vater – alle tun einfach so, als gäbe es das noch. Aber ich kann es nicht finden … Ich kann nicht mehr finden, wie mein Leben vorher war.«

Die Worte klangen nach und wurden dabei so albern, so dumm. Dennoch glitzerten auch in Gaias Augen Tränen. Sie umarmte ihre Freundin.

»Aber ... was bedeutet das denn? Bist du krank?«, flüsterte sie. »Vielleicht bist du ja doch nur verliebt. Unglücklich verliebt.«

»Es heißt, die Dämonen des Hades fressen die Seelen. Vielleicht fressen sie an meiner Seele. Vielleicht fressen sie mich auf, obwohl sie mich am Leben gelassen haben.« Sie konnte nicht mehr weiterreden, lehnte ihren Kopf an die Schulter der Freundin, und die Tränen flossen nicht, sondern stachen von innen in ihre Augen.

Herzlose Gladiatoren.
Seelenlose reiche Mädchen.

»Unstet wie das Meer
und eitel wie der Spiegel des Wassers
ist die Liebe.
Doch zart ist sie
weich und tief«, murmelte Gaia, als summe sie ein Kind in den Schlaf. »Und nur ab und an blitzen
die scharfen Kanten an ihr auf,
unerwartet, und sie schneiden tief
und lassen Wunden zurück,
die tiefes Rot bluten
und die Sehnsucht nach tieferen Schnitten.«

Ianos träumte. Während seine Kehle heilte und die Naniten in seinem Blut ihr Bestes gaben, träumte er. Constantia saß wieder auf seiner Liege und legte eine Hand auf seine Brust. Er wollte fragen, wo der Rest von ihr sei, doch er konnte nichts sagen, und er wusste auch nicht, was der Sinn dieser Frage war.

Ihre Finger fuhren über seinen Solarplexus, wieder und wieder, und mit mildem Erstaunen bemerkte Ianos, dass sie einen Spalt in seinen Brustkorb gegraben hatte. Sie hob den Kopf.

»Es tut mir leid«, sagte sie. »Gib mir etwas davon ab, ich habe selbst nichts mehr.«

Er nickte, schloss die Augen und ließ sie gewähren.

Lucius Marinus presste die Hände auf die Augen. Er war am Morgen ins Praetorium gegangen, das Hauptquartier seiner Elitelegion, der einzigen Legion, die diesseits des Rubicon zur inneren Ordnung Roms beitragen durfte. Ihre Hauptaufgabe war der Schutz des Senats, und somit befand sich auch das Praetorium auf dem Capitol.

Die Praetorianer wachten über das Senatsgebäude oder eskortierten reisende Senatoren und Consuln mit den wendigen Kriegsschiffen, den Aquilae, die mit ihren schmalen Schnäbeln feindlichen Schiffen die Seiten aufreißen konnten. Lucius hatte lange keine Schlacht mehr befehligt, sondern koordinierte den Schutz der römischen Regierung. *Die vielleicht wichtigste Aufgabe dieses Planeten.*

Der griechische Sklave betrachtete ihn. »Ist dir nicht wohl? Tribun Marcellinus hat dich gut vertreten – wenn du noch etwas Zeit brauchst, wird man dir diese sicher gewähren.«

»Das wird man mit Sicherheit nicht. Dafür habe ich in meiner Trauerzeit zu viel Präsenz bei den Gladiatorenspielen gezeigt. Die Priesterschaft des Dis Pater hat sich schon negativ geäußert.«

Der Sklave winkte ab. »Die Priesterschaft des Dis Pater – wer nimmt die Trauerzeit schon so ernst, wie die es gerne hätten? Das kann sich ein Mann doch gar nicht erlauben. Frauen, ja, sie laufen monatelang mit Asche auf dem Haupt herum, aber für einen Mann muss das Leben weitergehen.«

»Trotzdem – ich frage mich in letzter Zeit, ob ich die Götter erzürnt habe. Ich leide unter Schlaflosigkeit, Dimitro, und wenn ich schlafe, träume ich, und wenn ich träume, ist es so, als würden die Träume mir meine Kraft aussaugen…« Lucius seufzte. »Nein, genug davon. Mach mir einen Wein mit Levato. Viel Levato.«

Der Sklave verließ das Arbeitszimmer mit Blick auf die massige Kuppel des Capitols. Von jedem bekannten Planeten war Gestein gebracht worden, um die Kuppel zu gestalten, und darauf zeugten riesige Fresken von der Größe Roms, zeigten Legionsadler und große Siege. Sklaven waren jeden Tag darauf zugange, um sie sauber zu halten.

Lucius konnte sich kaum auf seine Aufgaben konzentrieren. Tribun Marcellinus mochte ein guter Ersatz gewesen sein, doch es gab viele Dinge aufzuarbeiten, die man ihm, dem Legaten, überlassen hatte.

Und dann war noch diese Sache mit dem Consul.

Nach seiner Rettung von der *Bona Dea* hatte Lucius die Schuld an der Zerstörung seines Privatschiffs der Mannschaft eines griechischen Handelsschiffs gegeben und sie wegen Piraterie hinrichten lassen. Doch das Piratensyndikat musste zu einer echten Bedrohung werden, wenn er seine Interessen und die seiner neuen Freunde stärken wollte.

Auch in einem Sternenhaufen wie dem Mare Nostrum waren Bauernopfer nicht einfach zu finden. *Überzeugende Bauernopfer. Am besten wäre eine echte Verbrecherbande.*

Keine römische, niemand durfte sie kennen. Aber vielleicht der Arm einer römischen Bande, der sich auf eine der weit entfernten Latifundien erstreckte. Dort draußen florierte das Verbrechen. *Vom Rand der Galaxis. Vielleicht gar ... verbündet mit dem Hades selbst.*

Gnaeus war in manchen Belangen ein geduldiger Mann. Doch Consul Lucius Iulius Caesar brach morgen zu einem Besuch in Gallia Cisalpina auf, und daher musste Lucius Marinus heute einige Piraten aus dem Hut zaubern, die nicht nur Gnaeus' Belangen genügten, sondern am besten auch sein eigenes Unterfangen vorantrieben.

So könnte er all seine Verbündeten zugleich zufriedenstellen.

Kapitel XIV

Der Lanista beugte sich über seinen Geliebten und küsste ihn auf die Stirn.

Der Mann schlang einen Arm um Batiatus' schwerfällig gewordenen Leib. »Wirf mich nicht raus. Ich mag es hier. Künstliche kleine Nymphen an den Fenstern, eine nette Inneneinrichtung – und keine Linsen.«

»Keine, von denen ich dir erzählt habe.« Batiatus lächelte. »Vielleicht habe ich welche für den Eigengebrauch.«

»Vielleicht. Eine Sammlung von ehemaligen Geliebten. Wie lange ist es her, seit sie dir dein Herz zurückgegeben haben? Wie viel Zeit hattest du für solch eine Sammlung?«

Batiatus ließ sich von dem anderen zurück ins Bett ziehen und liebkoste die kurzen Hörner, die sich aus den Locken seines Geliebten bogen.

»Du willst wissen, wie lange die letzte Captura zurückliegt«, mutmaßte Batiatus.

»Gewiss. Ich bin der Älteste hier, und ich habe vielleicht nicht mehr viel Zeit, bis das Herz mich auffrisst«, sagte der Halbsatyr leichthin.

»Obwohl ich aussehe wie sechsundachtzig, bin ich erst sechsundfünfzig«, sagte Batiatus. »Es liegt also einunddreißig Jahre zurück. Einunddreißig Jahre ohne Captura.«

»Und du sagst, sie werden die fehlenden drei Herzen verteilen?« Der Gehörnte lockte die Worte aus ihm heraus.

»Ich bin mir sicher. Lucullus und Marinus haben sich geeinigt. Dann hat Marinus zwei Herzlose, was viel ist, mehr als Lucullus einem anderen je gestattet hat.«

»Keiner von den großen Männern interessiert sich für Luduspolitik.« Oenomaus grinste.

»Das vergessen sie immer in ihrer Eitelkeit. Aber die Spiele sind eine politische Sache. Die Captura wird nur stattfinden, wenn sie einem Consul dienlich ist. Und damit kaufen die beiden sich dann doch wieder in die hohe Politik ein.«

Oenomaus küsste die Brust seines Lanista. Bleich war die Narbe zwischen den trotz aller Mittel und Therapien verwelkenden Muskeln. »Wer ist dein Favorit? Nicht im Bett – in der Arena? Glaubst du an Spartacus?«

Batiatus gab ein Seufzen von sich. »Ich habe da ein gewaltiges Problem mit dem Liebling der Massen am Hals. Glaub mir, ich sähe sehr viel lieber dich in Freiheit. Wenn Spartacus frei ist, wird er seine Frau zurückhaben wollen. Und dann ...«

Oenomaus griff in den Schritt seines Geliebten. Seinem vermeintlichen Alter zum Trotz regte sich Batiatus' Glied für eine zweite Runde. Auch dafür gab es schließlich Mittel und Therapien.

»Dann?«, fragte er nach, den Mund am Bauchnabel des Lanista.

»Nichts dann. Sie ist tot. Aber er ist nur der Liebling der Massen, wenn er denkt, dass er sie zurückkriegt. Nur damit halten wir ihn im Zaum. Du weißt, wozu er fähig ist.«

»Er zerstört vor allen Dingen sich selbst. Ich würde mir an deiner Stelle nicht so viele Sorgen machen.«

»Er muss noch eine Weile glauben, dass er sein Weib zurückkriegt. Am besten glaubt er es, bis du ihn besiegst. Oder jemand anderes. Bei der Captura. Ein wahres Spektakel.«

Oenomaus' Worte wurden undeutlich im haarigen Schoß seines Geliebten. »Und du hast wahrlich einen Sinn für Spektakel.«

Lucius Marinus hatte sich den Kopf zerbrochen. Er war müde, ausgezehrt, ständiges Herzrasen und plötzlich davongaloppierende Gedanken raubten ihm jede Ruheminute.

Die Hadesdämonen – er hätte sie entweder für sich behalten oder sie sofort für die Presse inszenieren sollen.

Nun hatte er Crassus und Lucullus davon erzählt und sie Gnaeus gegenüber angedeutet. Er hatte einen Fehler begangen – doch nun war es zu spät, um zurückzurudern. Seine Freunde wollten die Angst vor dem Hades nutzen, auch wenn dieses Vorhaben seinem Gönner ein Dorn im Auge sein mochte.

Er bestellte Vedea zu sich und ließ einige sehr schwierige Verbindungen zu sehr schwierigen Menschen aufbauen. Konkurrierende Verbrecherbanden waren stets eine heikle Angelegenheit, und er musste sich darauf verlassen, dass sie so reagierten, wie er es wünschte.

Hadesdämonen sollten den Consul bedrohen. Das war das Einzige, was jeden seiner Verbündeten glücklich stimmen würde. Gnaeus bekäme den gewünschten medienwirksamen Überfall auf den Consul. Crassus und Lucullus könnten den Hades zum öffentlichen Thema machen. Und er selbst? Er wischte sich über die schweißnasse Stirn. Er wollte einfach für einige Zeit den Kopf unten halten und all den Linsen und Meinungen entgehen.

Ich weiß nicht genau, ob ich wütend darüber bin, was geschieht, oder ob es mich eher amüsiert.

Ich erfahre es nicht durch die Nachrichten, durch die Ausrufer und die ewig gleichen, von Rom kontrollierten Bilder der Tabulae. Ich erfahre es durch meine eigenen Beobachter.

Sie haben mich willkommen geheißen wie ihre Königin, denn das ist mir bestimmt – die Seherinnen dieses Volkes, der in den Hades exilierten Thraker, haben mir vorhergesagt, dass ich die Königin dieses Ortes werde.

Noch bin ich es nicht.

Mein Vater, dieses uralte Schreckgespenst, der nur noch lebt, weil er sich anders durch die Zeit bewegt als normale Menschen, versteckt sich auf den wie Juwelen leuchtenden Planeten im Inneren – nahe am Schwarzen Loch. Ich weiß, dass es meine Aufgabe ist, dorthin zu gehen und ihn zu konfrontieren. Er ist der alte König. Ich bin die neue Königin.

Er zeugte mich einst, gab seinen Samen einer Seherin, und dann, als alle Prophezeiungen über mich gesprochen worden waren, beschloss er, mich zu töten – so wie es Tartarus mit seinen göttlichen Kindern tat, als er gewahrte, dass sie ihn überdauern würden. Ich entkam meinem Vater, doch es ist nicht die Zeit, daran zu denken, wie ich das tat. Ich war ein kleines Mädchen, und die Erinnerungen an meine Flucht sind grauenhaft.

Es ist meine Aufgabe, seine Regentschaft zu beenden. Man sagt, er sei Remus, der gegen Romulus verlor und hierhin flüchtete. Man sagt, er sei Tarquinius, der letzte König Roms. Man sagt, es sei an der Zeit, dass ich ihn fände.

Aber ich bin nicht bereit. Die Zeit dort verläuft anders – und es kann sein, dass Drennis tot ist, wenn ich wieder hervorkomme. Und ich kann ihn nun nicht im Stich lassen.

Meine Augen und Ohren sind überall. Die Dämonen des Hades reisen umher – vorsichtig –, und wenn sie etwas finden, lassen sie es mich wissen. Eine Königin braucht ihre Spione. Und so alarmieren sie mich über die Geschehnisse in Gallia Cisalpina.

Mein Geist begibt sich zu ihnen – ihr Schiff ist für jeden anderen ein Gesteinsbrocken, der auf seiner einsamen Bahn das System kreuzt. Als mich mein Spion in seinem Kopf spürt, weist er mir die Richtung. Ich finde das Schiff. Was dort geschieht, ist lächerlich.

»Jetzt sieh mich an! Ich bin sonst nicht im Bild!«

Der Helm des jungen Mannes schwenkte herum. Nialla Graecina wusste, dass dieser Moment ihr Unsterblichkeit über den Tod hinaus gewähren konnte. Unsterblichen Ruhm. Sie widerstand dem Drang, ihre zerzausten Haare zu glätten, und flüsterte stattdessen: »Volk von Rom – wir sehen uns mit namenlosen Schrecken konfrontiert, hier an Bord der *Vanitas*. Offenbar hat etwas die Schilde des Schiffes durchdrungen, und dann sind nicht nur Menschen in fremdartigen Rüstungen eingedrungen, sondern auch fliegende Geschöpfe. Die Modenschau, die Consul Iulius zu karitativen Zwecken abgehalten hat, ist in einer Katastrophe geendet. Ich habe es selbst gesehen, und ich hoffe, die Aufnahmen davon werden bis nach Rom dringen, dass die Favoritin des Consuls, Claudia Apennina, von den geflügelten Kreaturen weggeschleift wurde, und ihre Schreie werde ich niemals vergessen, egal, wie lange ich noch leben werde.«

Nialla hatte sich in einem Wandschrank verschanzt. Das einzige Licht ging vom Helm ihres Partners aus, der die Linsen steuerte.

Der Lärm draußen war abgeebbt.

»Wir wissen nicht, wer den Consul töten will – zuerst hielten wir es für den Angriff gemeiner Piraten, doch ich habe neue Erkenntnisse, Volk von Rom. Ein Praetorianer, der sein Leben für den Schutz des Consuls gab, sagte mir im Sterben, dass es Kreaturen des Hades seien. Des Hades, Volk von Rom! Sie trachten einem Oberhaupt unseres Staates nach dem Leben – ich hoffe, dass diese Nachricht zu euch durchdringt. Mein Name ist – oder war – Nialla Graecina. Ich bereite mich auf meinen Tod vor.«

Mit diesen Worten sank Nialla auf ihre Knie und hob flehend die Hände, mit den Handflächen nach oben. Es war an der Zeit, zu Proserpina zu beten, die als einzige Göttin Macht über den Hades hatte.

Constantia klopfte an die Tür des Schlafgemachs ihres Vaters. Ihre Eltern schliefen schon lange nicht mehr in einem Raum, jeder hatte eine andere Vorstellung davon, wie der Ruheraum auszusehen hatte, und so genossen sie die Stunden der Nacht getrennt voneinander.

Lucius antwortete nicht auf ihr Klopfen.

Sie versuchte, die Tür zu öffnen, doch sie war verschlossen.

»Lass mich rein!« Sie wollte nicht weinen und brach trotzdem in Tränen aus. »Lass mich rein, oder ich erzähle es Mama!«

Die Tür rollte sich nach oben auf. Lucius lag auf einem Bett wie ein Toter. Bleich, doch auf seiner Stirn stand Schweiß.

»Deine Mutter weiß es längst. Sie ist nicht dumm«, murmelte er.

Constantia hastete über die dicken Teppiche zu seinem Bett, und obwohl sie schreien wollte, senkte sie ihre Stimme zu einem heiseren Zischen. »Wie kannst du das tun? *Du* machst das, du hast die Modenschau hochgenommen! Es sind ... es sind Menschen gestorben! Deine eigenen Leute!«

»Es sind weniger gestorben als du meinst. Viele waren eingeweiht, haben die Schilde runtergefahren, Gerüchte gestreut.«

»Aber es ist jemand gestorben!«

»Diese Piraten, will ich meinen. Ich habe den Praetorianern Order gegeben, dass keiner überlebt und befragt werden kann.«

»Ich habe ... habe es nicht zu Ende angesehen«, gab sie zu. »Mir wird schlecht bei dem Gedanken ... dass ... sie solche Angst haben und solches Leid sehen müssen ... wie wir, Papa! Es macht mich krank, dass du so was tust!«

Er nickte langsam und legte seine Hand auf die ihre.

»Warum mussten wir lügen über den wirklichen Angriff, und jetzt inszenierst du ihn? Mit Kostümen und Masken und ... Ich verstehe das nicht!«

»Du musst es nicht verstehen. Sie hätten mich zum Tode verurteilt, wenn ich behauptet hätte, es wäre der Hades gewesen. Sie hätten geglaubt, ich hätte mich einiger Konkurrenten entledigt. Und die *Vanitas* musste so oder so angegriffen werden – es wäre so oder so geschehen! Ich hatte Handlungsspielraum, und deinem zukünftigen Gemahl liegt daran, dass wir Rom den Hades als Feindbild geben. Und damit ist uns doch letztlich auch gedient, oder? Wir rächen Titus' Tod.«

Sie zog ihre Hand unter seiner hervor. Kurz hatte sie den Imagi geglaubt, hatte geglaubt, es seien wirklich Hadeskreaturen. Es hatte Minuten gedauert, bis sie zu der Überzeugung gelangt war, dass es nur Kostüme waren, eine Erinnerung an den wirklichen Schrecken.

»So findet man stets Rechtfertigung«, flüsterte sie. »Und auf Leid folgt einfach immer weiter Leid. So ist Roms Geschichte.« Sie spuckte ihre Missachtung auf den Teppich. Etwas Neues war in ihr erwacht, und manchmal glaubte sie, es formte sie zu einem anderen, wütenderen Menschen. Einem, dem nicht die Erziehung von Constantia Marina angediehen worden war.

»Und du denkst, wenn kleine Rädchen wie wir uns weigern, würde das Getriebe anhalten? Nein, es würde uns einfach zermalmen, Constantia. Sei froh, dass du eine Frau bist. Eine Patrizierin. Dass du dir mit schönen Dingen die Zeit vertreiben kannst, wo wir Männer üble Entscheidungen treffen müssen.«

Ihr war danach, ihn zu schlagen, doch sie wusste, dass er das nicht dulden würde. Ihr Herz fühlte sich an, als würde es verrosten, in ihrer Brust zerfallen. Sie fühlte sich gleichzeitig wütend und leer, und die Leere siegte. Plötzlich wurde ihr schwarz vor Augen, und sie fiel mit einem überraschten Laut in die Weichheit des Teppichs.

Ianos wusste nicht, weshalb Batiatus ihn in seine Gemächer bestellt hatte.

Seine Kehle und sein Handgelenk verheilten zufriedenstellend, dennoch hatte er einige harte Tage hinter sich, in denen er alles, was er mit links zu tun pflegte, mit der ungeübten rechten Hand bewerkstelligen musste.

Der Lanista betrachtete ihn prüfend von Kopf bis Fuß, und

Ianos hoffte, dass er nicht wegen der allseits bekannten Vorlieben des Mannes nur einen Schurz um die Hüfte trug. Die Fingerspitzen von Batiatus wanderten über seine Armmuskeln und Schultern. Er roch durchdringend nach Duftwasser.

»Du hast dich wirklich gemacht. Gestählt ist das Wort, das sie so gern benutzen.« Der Lanista grinste. »Aber bei dir müssen wir vorsichtig sein. Ich hätte nie gedacht, dass du es im Kampf gegen Spartacus so weit bringst. Weißt du, dass du der Einzige bist, der Blut von ihm gesehen hat?«

Ianos schluckte und spürte die frische Narbe an seinem Hals. Er schüttelte den Kopf.

»So ist es. Ich habe mich am Anfang gefragt, was wir mit dir anfangen sollen. Wozu Marinus jemanden wie dich hierherschickt. Wenn die Leute einen Schwarzen wollen, dann haben wir die von Nubia, die sind schwarz und groß und haben riesige Schwänze. Alles, was man an Schwarzen so schätzt. Du bist eher schmutzigbraun und klein. Und ohne viel über deinen Schwanz zu wissen – schmutzigbraun und klein sind nicht gerade Attribute, die einen Gladiator zu Ruhm führen.«

Die Finger des Lanista wanderten über seine Brust, bohrten sich dort in die Muskeln. Er lächelte schmal, als Ianos sie anspannte.

»Soll ich nachsehen, ob du lang oder kurz bist? Ach, du leidest so schön, ich würde dich gerne länger zappeln lassen. Aber nein, dein Schwanz interessiert mich nicht. Du bist nicht mein Typ. Aber du scheinst einen Nerv zu treffen da draußen. Bei den Spezialsendungen zu euren Vorbereitungen auf den Zwölferkampf hatten wir Marktanteile bei den Mädchen, den jungen Mädchen, du weißt schon. Sie haben *eingeschaltet*. Sie schalten normalerweise nicht ein – die Sechzehnjährigen vielleicht, die schon auf Typen wie Spartacus stehen. Aber du, du bringst die Zehn- und Elfjährigen dazu, sich für die Spiele zu interessieren. Du bist hübsch.« Die Finger hielten sein Kinn. »Du bist ein hübscher Junge. Kein harter Mann. Und deshalb bist du der Mann, den wir suchen, Ianos.«

Ianos hatte an Batiatus vorbeigestarrt, hinaus zu den nun bewegungslos hängenden Automatennymphen mit den Werbesprüchen auf den Brüsten, die gewöhnlich durch Batiatus' Felsgarten kletterten. Nun heftete er seinen Blick auf das alte, aber gepflegte Gesicht seines Gegenübers. »Wegen ... weil ...«

»Wegen der Zehnjährigen, genau. Sie wollen dich als Imago in ihren Zimmern. Sie wollen dich anhimmeln. Und deshalb erhältst du ein Herz.«

Endlich ließ der Lanista ihn los. Ianos holte Luft. Sein Herz hämmerte in seiner Brust, als sei es sich bewusst geworden, dass es nicht mehr viel Gelegenheit dazu hatte.

»Was macht das mit dir, dieser Satz?«

Als Batiatus das fragte, wusste Ianos, dass Teile ihres Gesprächs gesendet werden würden. Vielleicht nicht der Teil mit den Zehnjährigen.

Ich fühle mich geehrt, wollte er sagen, doch stattdessen gab er einem Geistesblitz nach und sagte wahrheitsgemäß: »Er macht mir Angst.«

Batiatus grinste breit und wartete einige Sekunden, bevor er sagte: »Das war die Zehnjährigen-Antwort. Großartig, ganz ohne Drehbuch, sehr gut. Ich glaube langsam, du hast wirklich was im Kopf. Lass uns weitermachen. Setz dich doch, ich spendiere dir einen Wein. Einen guten Wein. Einen Wein für Favoriten.«

Sie setzten sich, und nun begannen die Nymphen vor dem Fenster mit ihren kletternden Bewegungen, baumelten an ihren Schwänzen von Weinranken.

»Du bist erst zwei Monate hier, Ianos. Warum glaubst du, treffen wir diese Herzentscheidung jetzt schon?«

»Weil alle Herzen verteilt werden?«

»So ist es. Weißt du, die Herzen haben eine lange Tradition.

Seit die sechs göttlichen Herzen ihren toten Trägern entnommen wurden, kommt es nicht oft vor, dass alle sechs verteilt werden. Oft genug schafft man es einfach nicht – die Prozedur im Tempel ist sehr kostspielig. Manche Körper nehmen die Herzen nicht an. Oft sterben Favoriten, bevor alle sechs Herzen verteilt sind. Aber Marinus und Lucullus wissen, wann sie eine Chance nutzen müssen: Selten waren bessere Männer hier im Ludus. Wir können nicht zulassen, dass ihr euch bei schlechteren Spielen aufreibt, als wir in der Lage sind zu bieten. Wir können die besten Spiele veranstalten, die besten, die es jemals gab. Darauf arbeiten wir hin.« Batiatus entspannte sich. »So. Das können sie jetzt zusammenschneiden, wie sie möchten. Du bist dabei, Ianos!«

Ianos nahm das Weinglas und leerte es in einem Zug. »Spartacus wird siegen«, sagte er und bemühte sich darum, es ohne Emotionen zu sagen. Ohne Angst.

»Das würde das Volk freuen. Aber wer weiß? Tragödien sind etwas, das dem Volk lange im Gedächtnis bleibt. Was Spartacus angeht, bieten wir noch etwas ganz anderes. Imagi!«

An der Wand flammten Bilder auf, und mit einigen Gesten blätterte Batiatus hindurch, bis er fand, was er gesucht hatte: Eine verschleierte Frau inmitten einer Wüstenlandschaft schälte sich aus dem Flackern an der Wand.

»Das hier – wir haben etwas für jeden Geschmack. Sechs Kämpfe sind es noch, dann darf er sie in die Arme schließen. Seine Frau.« Er füllte noch einmal die Becher. »Aber wenn er beim letzten Kampf versagt, wenn er sich und seine Frau ins Unglück stürzt – das wäre natürlich auch etwas wert. Man würde noch jahrelang deswegen zu Tränen gerührt sein.« Batiatus zwinkerte. »Also, du siehst, alles ist offen. Jeder von euch kann das Herz gewinnen.«

»Wann …« Ianos brachte es nicht über sich, zu fragen, wann man ihm sein Herz rausnehmen würde. Bei dem Gedanken daran wurde ihm schlecht.

»Sobald Marinus zahlt. So einfach ist das. Und jetzt geh, ich muss noch einen weiteren Gladiator begrapschen.«

Spartacus trainierte härter als sonst, obwohl auch Crixus und Oenomaus ihm nicht sagen konnten, ob ihm Training irgendeinen Zugewinn brachte, den das Herz nicht ohnehin hätte bewerkstelligen können.

Das Herz war ihnen allen so weit überlegen.

Nun betrachtete er den Anhänger in seiner Hand. War es ein Zufall?

Er hatte vor dem Kampf zu Persephone gebetet. Dies hier war Persephone. Gefunden von einem Sklaven, der es um den Hals getragen hatte. *Merkwürdig.*

Seine Frau würde nach Rom gebracht, hatte der Lanista ihm gesagt. Es gäbe schon Imagi von ihr, doch Marinus würde ein Geheimnis aus ihr machen, die Massen sollten neugierig auf sie werden.

»Schreib ihr einen Brief«, hatte der Lanista gesagt. »Du weißt schon – sie machen ein Spektakel aus eurer Wiedervereinigung. Soll ich einen Brief schreiben lassen? Wenn du ihn selbst schreibst, schreib ihn so, dass es dir egal ist, wenn andere ihn lesen. Du weißt, wie es läuft, nicht wahr?«

»Wenn sie nach Rom kommt – dann will ich sie sehen.«

»Sie wird bei einem Kampf dabei sein. Zuschauen. Näher werden sie dich nicht an sie heranlassen.«

»Warum nicht? Sie ist meine Frau.«

»Und sie wollen sich an deinem Schmerz erfreuen, so lange wie möglich.«

Spartacus hatte gequält gegrinst. So lief das nun einmal.

Er wendete unter dem Tisch den Persephoneanhänger in seinen Fingern. Mit diesem kleinen Ding rechnete niemand.

»Ich kann nicht gut schreiben«, hatte er gesagt. »Lass es jemand anderen tun, Batiatus. Schreibt ihr, dass ich sie liebe.«

Oenomaus hatte am Nachmittag mit ihm gekämpft, und er spürte den Wunden nach. Ein Übungskampf, oben auf der Nadel. Niemand hatte gesehen, dass sie den Kampf genutzt hatten – jeder für seinen Zweck.

Spartacus hatte seinen Schild aktiviert und den Anhänger in das Energiefeld gehalten. Das Amulett war klein genug, um diese kurze, aber immens wichtige Tat vor den Linsen geheimzuhalten. Es war, als existierte das Feld für den Anhänger nicht. Als könne Persephone es ignorieren. Sein Herz hatte schneller geschlagen, und eilig hatte er den Anhänger in seinem Handschuh versteckt.

Sie balancierten beide auf der gewaltigen Steinnadel, die wie ein Kompasszeiger in der Mitte einer Schlucht auf einem metallenen Pfeiler ruhte. Unter ihnen gähnte ein Abgrund, ein Netz war aufgespannt, um sie vor einem auch für Herzträger tödlichen Aufschlag zu bewahren.

Oenomaus ließ sich mit wenigen Hieben auf der Spitze der Nadel in die Enge treiben. Ein Gongton kündigte an, dass die Nadel kippen würde. Ihre Position änderte sich zu zufälligen Zeiten, Oenomaus reagierte schneller auf das Schwanken des Felsens. Er kauerte sich nieder, rammte den Speer in die tiefen Spalten der Nadel und hielt sich daran fest. Spartacus schob das Schwert in die Scheide und zwängte die Finger in Löcher, die Gladiatoren vor ihnen hinterlassen hatten, als die Nadel mit einem Rauschen kippte. Übelkeitserregend schnell taumelte die Welt um sie herum, als der lange, basaltene Block sich neu einpendelte.

»Haben sie dir schon Bilder von deiner Frau gezeigt?«, fragte Oenomaus durch den plötzlichen Sturm, während Spartacus mit geschlossenen Augen den Sturz ertrug.

»Nein.«

»Es ist nicht deine Frau.«

Die Nadel hielt an. Blitzschnell sprangen beide Favoriten auf den Rücken des Steins – nun lag er mit einer leichten Steigung zu Oenomaus' Gunsten – und tauschten einige schnelle Hiebe.

»Woher weißt du das?«, knurrte Spartacus. Klinge und Speer brandeten aneinander, die beiden Gladiatoren maßen ihre Kräfte, dass das Material der Waffen stöhnte.

»Es muss doch Vorteile haben, den Lanista zu ficken«, sagte Oenomaus mit meckerndem Lachen.

»Und welchen Vorteil hat es, dass du es mir sagst, Ziegenbock?«

Spartacus stieß ihn hintenüber und bekam den Schild des anderen ins Gesicht. Er taumelte zurück. Oenomaus sprang auf die Beine und setzte mit dem Speer nach. Dieser durchbohrte Spartacus' Schulter bis zum Knochen. Das Herz dämpfte den Schmerz, begann, die Wunde zu heilen.

»Das bringt mir noch keinen Vorteil. Aber das Nächste, was ich dir sage.« Oenomaus keuchte und lehnte sich gegen den Speer, nagelte Spartacus fest, der sich für den Moment nicht wehrte und nur den Stahl in seiner Schulter knirschen hörte.

Der Gong.

Die Nadel kippte erneut, diesmal um ihre eigene Achse. Oenomaus warf sich auf seinen Speer und pinnte Spartacus an der Nadel fest. Der jüngere Gladiator hörte, wie sein Schulterblatt zerbrach, und schrie auf. Erneut verkeilte sich die Speerspitze in einer der zahllosen Risse in der Nadel. Der Fels erstarrte wieder. Sie hingen unter der Nadel.

»Scheiße!« Spartacus rutschte am Speerschaft herab, klammerte die Hände um den glitschig werdenden Metallstab vor seiner Wunde. Oenomaus warf sich auf ihn und klammerte sich auf ihm an der Nadel fest.

»So warten wir auf den nächsten Gong und reden«, sagte der Faun zufrieden.

»Bocksbeiniger ... Bastard«, quetschte Spartacus hervor. Er nahm den Schweißgeruch des anderen wahr. Es war ein berauschender Geruch, wie er Satyrn und ihren halbmenschlichen Kindern eigen war.

»Batiatus hat dir deine Frau versprochen. Nach sechs weiteren Kämpfen. Sie töten dich in diesen sechs Kämpfen. Dann siehst du sie wieder«, presste Oenomaus leise an seinem Ohr hervor. »Sie ist nämlich schon tot.«

Spartacus brüllte. Seine Sicht verschwamm zu Rot, und er konnte nicht sagen, wie er es schaffte, sich zu befreien. Oenomaus flog von der Nadel und prallte sicherlich zehn Passus unter dem Felsen ins Netz. Spartacus ließ den Speerschaft los, fühlte, wie die Waffe einmal vollständig durch seine Schulter glitt. Als er die Finger der Rechten im Fall noch um den blutverschmierten Schaft der Waffe schloss und all seinen Willen hineinlegte, um sich festzuklammern, ertönte der Gong. Die Nadel neigte und drehte sich ein wenig. Er schwang sich auf den feststeckenden Speer, stand darauf und hielt sich an den Unebenheiten des Felsens fest. Er schrie blindwütig. Dann kam die Nadel zum Stehen, der Boden war höchstens noch sieben Passus entfernt. Er riss den Speer hervor, Steinsplitter folgten. Spartacus vertraute auf das Herz.

Oenomaus lag im Netz und sah zu ihm hinauf. Er lachte. »Du tötest den Boten, ja? Der dir eine Nachricht überbringt, die nicht für deine Ohren bestimmt war? Du solltest mich küssen, Spartacus, mein Bruder!«

Drennis sprang, verharrte jedoch in der ausholenden Bewegung und landete neben seinem Konkurrenten. Die Aufseher kamen zum Rand des Netzes. Drennis ließ den Speer fallen. Er presste die blutigen Hände vor die Augen. Warm rann es Rücken und Brust hinab. Dann packte er den Halbsatyr und brachte seinen Kopf nah an den des anderen. Er küsste ihn auf die Stirn. »Mein Bruder. Sie ist nicht tot. Ich wüsste es. Ich wüsste es.«

»Warum bist du dann so wütend?«, flüsterte Oenomaus und küsste ihn auf den Mund. In seinen Augen blitzte Berechnung.

Er will. Er will, dass ich werde wie damals. Dass ich Drennis bin, der bei den Hunden endet. Aber so ende ich nicht. Nicht ich.

»Weil du mein Ende sehen willst. Du wirst es nicht sehen, Oeno. Ihr werdet es alle nicht sehen.«

Er sprang auf und wies mit dem blutüberströmten Arm einmal in die Runde. Einzelne Linsen hatten den Kampf eingefangen.

»Ihr werdet mein Ende nicht sehen!«, schrie er und wusste, dass es bereits in wenigen Minuten jeder Ausrufer auf jedem Kanal verkünden würde.

Stunden später saß er in seinen Gemächern und lauschte seinem Herzschlag, wendete den Anhänger unter dem Tisch.

Ihm war danach zu weinen, doch er hatte schon seit Jahren nicht mehr geweint und würde es auch jetzt nicht tun. Linsen sahen zu. Linsen sahen immer zu.

Sie werden unser Ende nicht sehen.

Lucius Marinus stand hinter der Scheibe, die ihn von Constantia trennte. Er hatte gedacht, es sei eine Laune der weiblichen Natur, die sie hatte bewusstlos werden lassen. Die Aufregung. Die Fassungslosigkeit über seine Tat.

Doch der Medicus war besorgt gewesen und hatte darauf bestanden, sie in einen der Aesculapiustempel zu transportieren – ein Haus der Andacht wie auch der praktischen Behandlung. Und nun stocherten die Medici in ihrem Leib herum, mit Nadeln und Sonden und Naniten.

Seine Hände zitterten.

Er wusste, dass er Anrufe von Gnaeus und den beiden anderen versäumt hatte – er hatte sie hier nicht entgegennehmen können, und eine Prüfung seines Gewissens hatte ergeben, dass ihm seine einzige Tochter immer noch wichtiger war als sein ehrgeiziger Weg, sich aus dem Schatten eines betrügerischen Ahnherrn hervorzuarbeiten.

Ja, die Mariner waren seit jeher Betrüger gewesen, Opportunisten, und mit dem, was er gerade tat, eiferte er seinen Vorfahren nach, wenn er auch noch nicht an ihn heranreichte. An jenen Mariner, der den Schiffsbauer in den Ruin getrieben, ihm seinen wertvollsten Antrieb zerstört und die Idee gestohlen hatte. Jener Marinus, der Rom ins Mare Nostrum gebracht und dabei für Jahrhunderte Geld gewonnen und Ansehen verloren hatte.

Lucius' Hände zitterten so sehr. Es war mehr als die Sorge um Constantia. Etwas hatte sich ihrer bemächtigt, auch er konnte es spüren. Sie hatten etwas Böses von der *Bona Dea* mitgebracht, und das fraß seine Tochter auf.

»Was hast du? Wo ist dein Herz?«, fragte Ianos, lange nachdem sich der Apennin auf die Nachtseite des Planeten gedreht hatte und die Aufregung um Spartacus und Oenomaus abgeklungen war. Es war das erste Mal, dass sie in einem Traum miteinander sprachen. Sie lag in seinem Arm in einer dunklen Höhle, und er beugte sich über die Wunde in ihrem Brustkorb.

»Es ist verrostet. Medici sind bei mir. Ich liege unter einem hellen Licht, und sie untersuchen mich.«

»Bin ich nicht der, der bald herzlos ist?« Er zog die Decke hoch und bedeckte ihre Wunde damit, denn Constantia zitterte.

»Etwas verbindet uns«, flüsterte sie. »Warum sind wir verbunden? Warum bin ich dir so ... nah, dass wir uns im Traum treffen? Träumen wir gerade beide den gleichen Traum?«

Er sah sie gequält an. »Ich weiß es nicht.«

Sie richtete sich auf, die Decke glitt von ihr herab. Er konnte ihren Blick nicht mehr erwidern.

»Du weißt ... Ich weiß, dass du mehr weißt, als du mir sagst! Vielleicht sterbe ich, warum sagst du es mir nicht? Warum sagst du es nicht?« Tränen traten in ihre Augen. »Diese verdammten Nadeln in meinen Adern.« Sie rieb ihre bloßen Arme, schüttelte sich. »Ich hasse Nadeln. Vertraust du mir nicht?«

Er setzte sich auch auf. »Warum ... sollte ich das tun? Wir ... träumen Träume voneinander, das ist doch ...« Er war lauter geworden, als er beabsichtigt hatte.

Constantia presste die Lippen zusammen. »Also liebst du mich nicht?«

»Ich ...« Er starrte in das blutleere Loch in ihrem Brustkorb. »Ich weiß nicht, was echt ist und was Traum. Was mir vorgegaukelt wird ...«

»Von wem denn? Ich will wissen, von wem uns etwas vorgegaukelt wird! Von wem mir vorgegaukelt wird, ich würde dich lieben!« Sie schrie das letzte Wort, und es hinterließ einen tiefen Stich in seiner Brust. Dort, wo man sein Herz herausnehmen würde.

Er wünschte sich, aufzuwachen, doch wer auch immer diese Träume webte wie ein Tuch tat ihm den Gefallen nicht.

Sie weinte und zerrte die Decke an sich herauf, um ihr Gesicht damit zu bedecken. Der Stich wühlte sich tiefer in ihn. Jemand machte, dass er so empfand. Es war eingebildet. Er bildete sich ein, dass sie so schön war und so traurig. Er bildete sich ein, dass er sich fühlte, als wäre er weiche Erde, die mit einer harten Schaufel umgegraben wurde. Er schloss die Augen. Er wehrte sich dagegen, und trotzdem tasteten sich seine Hände in ihr Haar. Und es fühlte sich so götterverdammt wahrhaftig an, dass er kaum sagen konnte, ob sie wirklich bei ihm war oder ob er träumte.

Sie gab ihm nach und lehnte sich gegen seine Schulter, und ihre Tränen liefen darüber.

»Wer sind wir?«, flüsterte sie, und er zuckte mit den Schultern und küsste sie. Auf die Stirn, auf die Nase, auf den Mund.

»Das hab ich noch nie gewusst«, sagte er gelassen.

Sie verließ die verwirrende Geborgenheit nur langsam. Sie hörte Stimmen, dann gelang es ihr, die Augen zu öffnen. Ihre Hände fühlten sich steif an, und sie bewegte die Finger – Kanülen steckten in ihren Adern, doch sie konnte an ihre Brust fassen. Keine Wunde, keine Narbe, ein schlagendes Herz. Ihr Herz.

Sie rang nach Luft, die Angst verließ sie mit jedem weiteren Atemzug. Dann schob sich das Gesicht ihres Vaters in ihr Blickfeld.

»Constantia«, sagte er, und sie hatte ihn noch nie so grau und so besorgt gesehen, nicht einmal auf der *Bona Dea*.

»Was machst du hier? Musst du nicht ...«, flüsterte sie.

Er verzog den Mund. *Natürlich muss er. Überfälle einfädeln. Praetorianer beschäftigen. Bestechungsgelder fließen lassen, um den richtigen Leuten ein grausames Theaterstück vorzuführen.* Die Stimme in ihrem Inneren erzählte ihr von der Übertragung aus der *Vanitas*. Sie wusste nicht, wie lange es her war – was war daraus geworden?

»Wie viele Tote hat es gegeben?«

»Niemand ... niemand Wichtiges, nur ... es waren Verbrecher, Constantia«, sagte er so leise wie möglich. »Sie haben sich anheuern und ausstaffieren lassen. Bitte, einigen Menschen auf einer götterverdammten Randwelt wird es ohne sie besser gehen!«

Constantia sah sich um. Sie war in einem karg eingerichteten hellen Zimmer, in dem die Sauberkeit funkelte. Vor dem Fenster zogen Wolken an der Fassade vorbei.

»Was stimmt nicht mit mir?«

Er zögerte.

Mit einem Schlag kam die Angst zurück. »Was ... was ist es? Bin ich krank? St-sterbe ich?«

Er schüttelte den Kopf. »Sie haben dir etwas Stärkendes gegeben. Aber ... es zehrt etwas an dir. An uns.«

»Uns beiden?«

Er sah sie dunkel an. »Sie sagen, Mutter ist gesund. Aber Marius ... es trifft ihn weniger stark, und es ist schwer zu sagen, wann es der Wein ist und wann ... eine Krankheit. Aber sie untersuchen ihn noch. Und ich habe Botschaft zu Lucius Minor geschickt.«

»W-warum ... Marius und Lucius waren doch gar nicht auf der *Bona Dea*!«

Er konnte ihren Blick nicht länger halten, schaute aus dem Fenster. »Die Medici haben sich mit dem Priester des Hauses beraten. Sie ... sie glauben, dass es ein Fluch ist.«

»Ein Fluch? Ein ... wir sind *verflucht* worden? Das ist doch nicht möglich! Welcher Gott hat uns verflucht? Und warum?« Ihre Stimme wurde dünn und hoch, und sie hasste sie dafür.

»Das weiß ich nicht. Aber die Medici sagen, es fehlt uns nichts und trotzdem ist es so, als würde unser Körper Kraft verlieren, unsere Muskeln schwächer, unser Blut dünner.« Er wischte sich mit dem Ärmel der Tunika über die Stirn. »Sie sagen, dass wir uns Hilfe in den Tempeln suchen sollen.«

»Bin ich nicht gerade in einem?« Nun sah sie auch hinaus. Sie konnte nur die Weite des Himmels sehen, doch wenn sie ans Fenster gegangen wäre, hätte sie sicherlich Rom unter sich gesehen, faul ausgestreckt von Horizont zu Horizont. Wie viele Tempel mochte es dort geben? Und wie viele Götter auf anderen Planeten? Wie groß war die Macht desjenigen, der sie verflucht hatte? Und welcher Gott würde den Fluch brechen können?

»Hades«, hauchte sie. »Hades hat uns verflucht.«

»Und deswegen werden wir ins Haus des Dis Pater gehen, sobald es dir besser geht.«

Ein Schauer rann über ihren Rücken.

Kapitel XV

Bakka war schon oft übel mitgespielt worden. Sie war das Ergebnis dessen, dass ihr Vater ihrer Mutter übel mitgespielt hatte, und in der Konsequenz dessen hatte ihre Mutter sie in der Erzmine liegen gelassen, nachdem sie sie auf die Welt gepresst hatte.

Aber Bakka überlebte einiges Übles. Und so war sie die einzige Überlebende der Angelegenheit, die ihr Kontaktmann zuvor als »todsicheres Attentat auf einen der Consuln Roms« beschrieben hatte. »Sie fahren euch die Schilde runter. Die Praetorianer sind bestochen, sie werden nicht kämpfen. Es ist ein Kinderspiel.«

Es war ein übles Spiel gewesen, und sie hätte es wissen müssen. Hinterher war sie meistens klüger, was bedeutete, dass sie mittlerweile verdammt klug sein musste.

Dass Garro tot war, machte sie immerhin zur Anführerin der Mille Gladii, und sie legte sich ihre Worte an die Truppe bereits zurecht, während sie in der Rettungskapsel ihres eigenen Schiffs durchs All trudelte. Ihr Schiff hatten diese Bastarde säuberlich gesprengt – die Bastarde, die so pünktlich zur Rettung des Consuls geeilt waren und alle Spuren verwischt hatten.

Die Spuren ihrer lächerlichen Maskerade.

Sie schlug auf den Helm, der eingedellt neben ihr lag. Lächerlich, die Dämonenfratze darauf – die Zacken und Hörner, der Stimmverzerrer, die flackernden Muster.

Sie würde herausfinden, wer für diese Angelegenheit verantwortlich war. Das Signal an ihre Leute war bereits gesendet worden. Die Mille Gladii würden sie finden, und nachdem Bakka ihre Rede gehalten hatte, würde sie dafür sorgen, dass einige Männer auf sehr schmerzvolle Art und Weise zu Tode kamen.

Gaia Sabina wusste nichts vom Leid ihrer Freundin. Zwei Tage zuvor hatten Constantia, sie und die beiden Sklavinnen die Aufnahmen gemacht – Imagi, Tonaufzeichnungen und natürlich den Wachsabdruck von Constantias Gesicht.

Sie fürchtete sich wie immer in der Maske ihrer Dienerin. Aber sie liebte das Gefühl, dass ihr Leben jederzeit enden konnte, einfach nur, weil sie in die falsche Gasse eingebogen war.

Ovida hatte ihr den Weg beschrieben und die komplizierte Abwicklung, die sie hinter sich bringen musste, um zum Faber zu kommen.

Zum Faber selbst würde sie natürlich nicht vorgelassen werden, sie würde einen seiner Mittelsmänner treffen, an irgendeinem Ort, der nichts zu bedeuten hatte. Bislang hatte Ovida die Geschäfte in die Wege geleitet, doch Gaia genoss es, in das Leben ihrer Sklavin zu schlüpfen. Sie hatte den Tempel des Bacchus besucht – nicht den Oberstadttempel, nein, den in der Mittelstadt des Aventin, wo Entmannungsriten stattfanden, wenn man nur wusste, wann. Leider hatte sie das nicht gewusst und so nur einer gewöhnlichen Zeremonie beigewohnt, bei der sie etwas tranken, das *Blut und Sperma des Gottes* genannt wurde und auch in etwa so schmeckte. Sie hatte sich mit Männern in einem gewöhnlichen Lupanar getroffen – nicht in den verschwiegenen Räumen, die Thermenbesitzerin Oliva für reiche Frauen und Mädchen bot und in denen es saubere, gehorsame Sklaven gab, die einem jeden Wunsch erfüllten. Nein, in einem Lupanar, in dem es laut war und stickig, in dem das Bett noch zerwühlt war und nach dem Schweiß der Vorbenutzer roch.

Doch heute stand ihr nicht der Sinn nach persönlichem Vergnügen. Heute würde sie Constantia zu einer Maske verhelfen. Was blieb einer römischen Frau schon anderes übrig, als eine Maske zu tragen?

Sie war mit Fahrstühlen gefahren, hatte in leeren Ruinen ihre Kleider gewechselt, war Treppen über Treppen hinabgestiegen und hatte Losungsworte getauscht. In ihrer Faust trug sie eine kleine Kapsel. Wenn ihr etwas geschehen würde, konnte sie sie zerdrücken und damit ein Giftgas freisetzen. Sie selbst trug eine weitere Kapsel hinter ihren Schneidezähnen, die sie immun gegen das Giftgas machte. *Solange ich durch den Mund atme.*

Zahllose verbotene Spielereien hielt die Unterstadt für sie bereit. Kaum etwas war so verboten wie die Masken. Sklaven konnten sich damit als ihre Herren ausgeben, Frauen als Männer und Kriminelle als Patrizier. Auf die Benutzung stand in den meisten Fällen die Todesstrafe. Doch Gaia war sich sicher, dass man bei einem Patriziermädchen, das nur ein wenig Unzucht betreiben wollte, gnädiger wäre. Man würde sie zu den Vestalinnen bringen oder auf ein Landgut auf irgendeinem möglichst abgelegenen Mond verstoßen.

Die Straße, die sich in einem langgezogenen Bogen über einen bodenlosen Abgrund erhob, wurde nur unregelmäßig erleuchtet. Die Lampen flackerten.

Sie straffte ihre Schultern. Was Ovida gewagt hatte, das wagte auch sie.

Der Bogen der Brücke teilte sich wie ein gesplissenes Haar. Sie musste den Weg nach unten nehmen, der sich wand und wand und wand und im dunklen Zwischenraum zweier alter Häuser verschwand. Dort war ihr Ziel.

»Man kann das Gesicht von jemand anderem tragen. Aber wenn dir jemand seinen Schwanz zwischen die Beine drückt, ist es deine eigene Fotze, die wehtut«, erklang die Stimme eines Mannes aus der Dunkelheit.

Gaias Finger krampften sich um die Kapsel. Die Furcht lag wie ein Schal um ihren Hals, und sie atmete dagegen an.

»Vielleicht bin ich deshalb hier«, sagte sie und hoffte, der andere bemerkte das leichte Zittern ihrer Stimme nicht. »Oder ich habe etwas dabei, damit dir der Schwanz beim Versuch abfällt. Möchtest du es ausprobieren?«

»Du bist so mutig wie dumm«, sagte der andere, und nun war der provokante Ton aus seiner Stimme gewichen.

Der Wind pfiff über ihr durch die Schwärze, ließ die Laternen, die weit oben eine Taberna erhellten, schwanken.

»Bist du zufrieden mit Fabers Werk?« Der Mann sah sie prüfend an. Sie nickte.

Er war klein, schmächtig, mit einem schmutzig graumelierten Bart. Er sah nicht aus wie jemand, der sie vergewaltigen würde. Und er war allein. *Vielleicht ist es der Faber, und er gibt sich nur als ein Mittelsmann aus.*

»Und du willst noch mehr?«

»Eine Freundin. Bei ihr ist es besonders wichtig, dass der Faber keine Vorlagen von ihr behält, alles vernichtet bis auf den kleinsten Schnipsel. Schwörst du es beim Styx? In Fabers Namen!«

»Beim Styx und beim Anus meiner Großmutter«, sagte der Mann mit erhobener Schwurhand und weidete sich an ihrem Gesichtsausdruck. »Gib mir die Vorlagen.«

Sie griff mit einer Hand in ihre Umhängetasche, holte ein Bündel heraus und reichte es ihm. »Hier.«

Der Mann roch daran. »Es riecht nach der Sehnsucht einer reichen Frau. Der Faber wird sein Bestes geben, um diese Sehnsucht zu stillen.«

»Sechs blaue Aureal habe ich hier. Sie werden erst freigegeben, sobald ich wieder zu Hause bin.«

»Dann hoffe ich, dass du heil zurückkommst, Domina, und dass niemand deine keusche Schönheit berührt«, spottete der

Mann und nahm die Münzen aus ihrer Hand. »Meine Freunde haben ein Auge auf dich, seit du das Losungswort gegeben hast. Du hast nichts zu befürchten.«

»Ich weiß«, sagte sie, und ihr Griff lockerte sich um die Kapsel.

Der Rückweg kam ihr lang vor in der ewigen Nacht der Unterstadt, und sie atmete erst wieder auf, als eine breite fahrende Treppe sie zurück ans Licht brachte.

Als sie erfuhr, dass Constantia krank war, hoffte sie, dass ihre Mühen – und Münzen – nicht vergebens gewesen waren.

Spartacus setzte sich nach dem Essen zu Ianos und lud auch Crixus und den Halbsatyr zum Würfelspiel ein. Allen anderen im Gewölbe befahl er, Abstand zu halten.

Oenomaus sah ihn zweifelnd an. Der Kampf vom Vortag steckte ihnen beiden noch in den Gliedern. Seitdem waren stets Linsen auf sie gerichtet, begierig nach allem, was sich zwischen den beiden Konkurrenten abspielen würde.

Sie würfelten, Crixus bemühte sich um unverfängliche Themen.

Spartacus nahm einen Würfel, dessen Oberseite golden aufleuchtete. In diesem Spiel wurde mit aufleuchtenden Farben gespielt – sie bedeuteten, dass man den Einsatz erhöhen musste.

»Dieser Würfel ist mein Glücksbringer. Ich würde ihn nie verlieren, auch nicht in einem Kampf«, sagte er und musterte Ianos, der ihn verwirrt ansah. »Ich erlaube dir, damit zu würfeln. Eine Frau hat ihn mir geschenkt.«

Zögernd nahm Ianos ihn aus Spartacus' Hand. Es war ein gewöhnlicher Würfel.

»Eine Frau, die ich nicht kenne. Jetzt würfel schon!«

Ianos würfelte. Die goldene Seite blitzte nicht, der Würfel zeigte eine Dreizehn.

»Hast du schon einmal etwas von einer Frau bekommen? Das dir Glück bringen sollte?«

Ianos spürte, wie das Blut aus seinem Gesicht wich. Spartacus' Augen blitzten warnend auf.

»Ja«, sagte Ianos. »Das ist mir schon mal passiert.«

»War es hübsch, was sie dir gab?«

»Es ist fort, ich habe es verloren«, antwortete Ianos leise.

»Zu schade. Ich hoffe, der, der es jetzt hat, weiß es zu schätzen.«

»Ich denke schon. Es ist ihm sicher aufgefallen, dass es etwas Besonderes ist.«

»War sie schön? Die, die es dir geschenkt hat?« Der Gladiator lehnte sich zurück, verschränkte die Arme und betrachtete den Jüngeren prüfend.

»Sie war schön. Aber eine Sklavin.«

»Das sind wir doch alle«, murmelte Crixus, der die Unterhaltung genau verfolgte.

»Sie wäre schön wie eine Königin gewesen«, brachte Ianos hervor und suchte fieberhaft nach Worten, »wenn sie keine Sklavin gewesen wäre. Vielleicht ist sie es mittlerweile auch nicht mehr. Vielleicht hat man sie freigelassen.«

»Lebt sie noch?«

»Ja.«

»Wird man denn einfach so freigelassen?«

»Es gab Leute, die sie zu schätzen wussten. Aber es waren sehr seltsame Leute.«

Spartacus zog die Augenbrauen eine Winzigkeit zusammen. »Meinst du, dass sie in Gefahr ist? Fürchtest du um sie?«

»Nein. Sie fühlte sich dazugehörig, als sie sie abholten.«

»Wie schade, dass du das Andenken einer solchen Frau verloren hast«, sagte er und betrachtete Ianos' Würfelwurf.

»Ich bin ein Besitzloser. Auch Andenken sind davor nicht gefeit.«

»Wisst ihr, ich freue mich darauf, meine Frau wiederzusehen«, sagte Spartacus, und Oenomaus stampfte unter dem Tisch nervös mit seinen Bocksbeinen auf. »Noch sechs Kämpfe, und dann schließe ich sie in die Arme.«

Etwas an Spartacus' Lächeln ist schrecklich falsch, dachte Ianos.

»Jetzt, da ich weiß, wo sie ist, werde ich jeden Kampf gewinnen, bis sie bei mir ist. Ich schwöre es. Selbst, wenn es mehr als sechs wären. Selbst, wenn es hundert wären. Und tausend Männer, die ich töten muss. Selbst, wenn sie nicht hier wäre, sondern wie deine Freundin, Ianos, mit einem seltsamem Volk mitgegangen – ich würde kämpfen, bis ich sie wiederhabe.«

Ianos schluckte. Er spürte die Stelle, an der das Amulett stets auf seiner Haut gelegen hatte. Oberhalb seines Herzens.

Er gab den Würfelbecher ab. Oenomaus würfelte, und auch er begann eine Unterhaltung mit Spartacus, der Ianos nicht ganz folgen konnte. Eine oberflächliche Unterhaltung, unter der ein Monstrum lauerte.

»Und du meinst wirklich, dass Corano nicht gestorben ist?«, setzte Crixus das Gespräch fort, das für alle lauschenden Ohren und Audios zu einer Unterhaltung über die Unterhaltungsreihe *Domus Amentiae* geworden war, die auf einem Kanal lief, der den Gladiatoren zu sehen gestattet war. »Ich meine, sie haben seine Leiche gezeigt.«

»Ich bin mir sicher, dass sie ihn weder gefangen noch getötet haben. Es ist ein Doppelgänger, ich wette mit dir.« Spartacus' Gesichtsausdruck wirkte gequält, er hielt den Blick gesenkt, sein Atem ging rasch.

Ianos starrte ihn an, doch Crixus stieß ihn unter dem Tisch mit dem Fuß an.

»Woher weißt du das?«, fragte Oenomaus in scharfem Ton.

»Corano kann Magie wirken. Ich wüsste es, wenn er tot

wäre.« Den letzten Satz flüsterte er, und Oenomaus rutschte nervös auf seinem Stuhl hin und her.

»Das redest du dir ein«, murmelte er.

»Willst du, dass wir unsere Meinungsverschiedenheit wieder auf der Nadel austragen?«, presste Spartacus hervor. »Ich sage, Corano lebt noch. Und ich weiß, dass wir es bald herausfinden werden.«

Ianos zwang sich, seinen Blick zur Wandtabula schweifen zu lassen, auf der gerade ein Wettstreit zwischen Reitern auf den verschiedensten Reittieren gezeigt wurde.

»Manchmal wünschte man sich«, stotterte Ianos, »man könnte hinter die Kulissen blicken. Dorthin, wo sie die Imagi aufzeichnen. Dorthin, wo sie sich die Geschichten ausdenken.«

»Normalerweise gewährt man uns diesen Blick nicht«, sagte Spartacus.

Ianos spürte etwas an seinem Knie.

»Aber manchmal gibt es Wege«, fuhr Spartacus fort.

Ianos' Hand tastete unter den Tisch.

»Man sollte es auch den anderen ermöglichen«, fügte Spartacus hinzu, und Ianos verstand.

Er griff nach dem Amulett, das die Seherin ihm gegeben hatte, und reichte es an Crixus weiter.

Das künstliche Auge blitzte auf, während das andere unbewegt blieb. »Ein Blick hinter die Kulissen? Für uns?«

Spartacus nickte, und Ianos nickte auch.

»So ist es. Man durchdringt den Schleier«, sagte Spartacus und lehnte sich zurück, streckte die Arme aus und ließ die Muskeln spielen.

Crixus würfelte mit einer Hand und reichte mit der anderen das Amulett heimlich an Oenomaus, der es stumm betastete. Es dauerte eine Weile, in der Ianos zu der Überzeugung gelangte, dass der Halbsatyr das Amulett einfach einstecken würde, in seinen Schuh oder seinen Gürtel. Doch schließlich griff Spartacus an sein Knie, als würde er ein Insekt darauf erschlagen. Eine Sekunde später saßen sie alle wieder da wie vorher.

Spartacus sah Ianos an, die Anspannung war aus seinem Gesicht gewichen. »Schön, dass du dabei bist, Zweigesicht. Und schön, dass sie dir deinen zweiten Mund wieder geschlossen haben.« Er deutete auf seine Kehle, und Ianos gönnte ihm ein zerknirschtes Grinsen.

»Warte, bis ich so ein Herz habe. Ich weiß genau, wem ich dann noch etwas schulde.«

In der Sänfte, die Constantia nach Haus bringen sollte, wartete Gaia auf ihre Freundin.

Sie griff nach ihren Händen, sobald sie eingestiegen war. »Süße! Was bedeutet das – ein Fluch!«

»Hast du meine Nachricht gelesen, oder haben es die Ausrufer schon verkündet?«, fragte Constantia missgelaunt. Sie entzog Gaia rasch ihre Hände. Auch ihre neue Sklavin Lilia, die sich schon im Krankenzimmer um sie gekümmert hatte, stieg in die Sänfte und schloss den Einstieg hinter sich.

»Nein, die Ausrufer wissen nichts, dein Vater hat es nicht öffentlich gemacht.«

»Es kann sein, dass er es noch tut. Er …« Sie stockte, senkte die Stimme zu einem Wispern. »Gaia, ihm und einigen seiner … *Freunde* … liegt etwas daran, das Hadessystem zum Senatsthema zu machen. Ich bin mir sicher, dass sie bald alle von meiner … meinem Zustand wissen.« Sie presste die Lippen zusammen. Früher hatte sie Aufmerksamkeit gemocht, hatte sich gewünscht, häufiger an der Seite ihres Vaters im Licht der Medien zu stehen. Aber nicht so, nicht mit einem Fluch.

»Das verstehe ich nicht. Was hat deine Krankheit mit dem Hadessystem zu tun?«

Lilias und Ovidas Blick wiederholte die Frage. Constantia

seufzte und begann dann leise, ihnen die Wahrheit zu sagen über den Überfall auf die *Bona Dea*. Über die Kreaturen, die nur drei Menschen hatten entkommen lassen. Über den Fluch, den diese Kreaturen vielleicht auf die drei Überlebenden übertragen hatten.

Als sie geendet hatte, als sie in Gedanken erneut im Rettungsboot angekommen war, wie so oft, lehnte sie sich zurück. Sie wusste, dass sie bleich war, dass Schweiß auf ihrer Stirn stand. Sie wusste nicht, ob es der Fluch war oder die Erinnerung. Beides wühlte grausam in ihrem Inneren.

»Und das ist noch nicht alles«, sagte sie, und es fühlte sich an, als wäre sie betrunken. Als würde sie sich selbst zuhören und wundere sich darüber, dass sie es wirklich sagte. »Wann immer ich träume, träume ich von Ianos.«

»Wenn dein Vater und du verflucht seid, ist er dann auch verflucht?«

»Es sieht nicht so aus, oder? Er und ich und Vater – wir sind die Einzigen, die entkamen. Er blieb zurück, um uns zu schützen – zurück bei diesen grausigen Kreaturen …« Sie schluckte. »Und dann war er wieder bei uns. Wie … wie kann das sein?«

Gaia schüttelte den Kopf: »Sein Aufopferungswille in allen Ehren – aber vielleicht ist er einfach nur geflohen, aus Angst.«

»Er hat zu lange gebraucht. Er hat … er muss mit ihnen … ich weiß nicht, er muss ihnen begegnet sein. Vielleicht weiß er davon. Vielleicht …« Sie sackte in sich zusammen. Gaia huschte neben sie und legte den Arm um sie. »Er hat etwas damit zu tun«, fuhr Constantia fort und fasste damit den Verdacht, über den sie im Aeskulaptempel stundenlang gebrütet hatte, in Worte.

»Bist du dir sicher?«

»Er weiß etwas. Ich habe geträumt, dass er etwas weiß …«

»Aber das war doch nur ein Traum!«

»Ich bin zu ihm in den Ludus gegangen nach seinem Kampf!

Klingt das nach etwas, was ich tun würde? Er *tut* irgendetwas mit mir!« Sie lachte bitter auf.

»Komm schon, es klingt nach etwas, was du bitter nötig hattest!« Gaia zog eine Tasche an sich heran, die sie auf dem Boden der Sänfte abgestellt hatte. Sie schien sehr leicht zu sein. »Das hier ist mein Geschenk für dich. Ein Genesungsgeschenk. Es war ziemlich teuer, also werd wieder gesund, um es auszukosten!«

Constantia nahm die Tasche hoch und ließ die Hand darin verschwinden. »Ist das ...« Sie sah Gaia mit großen Augen an. »Nein, das kannst du mir nicht schenken!«

»Weil es zu teuer ist oder weil du es nicht willst? Masken zu tragen ist die einzige Möglichkeit, wie eine Patrizierin ein wenig Freiheit erlangen kann.« Gaia zwinkerte verschwörerisch mit ihren schwarzumrankten Augen.

»Danke«, hauchte Constantia.

»Wenn er Antworten für dich hat, Süße – dann sei froh, dass du die Maske hast. Geh hin und frag ihn danach! Auf Träume kannst du nicht vertrauen.«

Constantia nickte und fühlte sich unsäglich schwach.

Nialla Graecina hatte schon schlechtere Zeiten erlebt. Von der desaströsen Modenschau des Consuls Lucius Iulius Caesar war sie wie durch ein Wunder gerettet worden, und seitdem konnte sie sich vor Angeboten der unterschiedlichen Kanäle kaum retten.

Außerdem geschahen zwei dankenswerte Dinge: Der Senat entdeckte den Hades, der bislang eher eine Naturgewalt gewesen war als ein Feindbild, und Marcus Terentius Lucullus beschloss, dass sechs Gladiatoren ein Herz erhalten und sich in einer grandiosen Captura Cardiae beweisen würden. Brot und Spiele waren so wichtig für die Stimmungslage des Volkes! Ein Massenspektakel mit so vielen Möglichkeiten, sich selbst als

Gönner in Szene zu setzen – das war etwas, das die kommenden Consuln für ihre Legislaturperiode nutzen konnten. Eine gute Zeit, um sich als Ausruferin einen Namen zu machen.

Sie lächelte in die Linse. »Und nun darfst du, Bürger von Rom, einen Blick in das Allerheiligste des Tempels von Iuno Moneta werfen – die Herzkammer!«

Das Licht an der Linse erlosch, die Übertragung war beendet. Drei Gladiatoren besaßen bereits das göttliche Herz, und nun würden drei weitere innerhalb weniger Monate, vielleicht Wochen dazustoßen. Heute holten sie das Herz des vierten. Das Herz von Crabro, der sein Leben im Kampf gegen Brennus über dem verletzten Leib seines Herrn gegeben hatte und der mit vierundachtzig gallischen Bolzen und Klingen gespickt worden war, bevor er starb.

Ein Heldenherz – wie alle sechs.

Nialla trat zu Matius, ihrem Assistenten, der die Aufnahme auf einer Tabula prüfte, und sah ihm über die Schulter. »Taugt es was?«

»Du siehst blendend aus.« Er wandte sich zu ihr um. »Die Narbe kommt gut zur Geltung.«

Sie tastete vorsichtig an ihre Schläfe. Das scheinbare Überbleibsel von der *Vanitas* war lediglich angeschminkt.

»Schalte rüber. Zu den Herzen. Ich will das Spektakel auch sehen.«

Marcus Gerenius war es gestattet worden, aus dem Tempel zu senden. Ein Stich Eifersucht sagte ihr, dass er das nur der Tatsache zu verdanken hatte, dass er ein Mann war. Frauen wurden vor den Linsen nur geduldet, weil es mächtige Männer gab, die weibliche Stimmen und weibliche Reize schätzten.

Der Schrein in die Herzkammer öffnete sich – die ehrfürchtige Stimmung war selbst durch die kleine Tabula hindurch spürbar. Die Linsen fingen die Atmosphäre gut ein; die massive Doppeltür, die nach innen aufschwang; die Düsternis, in der die

Herzgefäße nur von unten erleuchtet wurden. In den gläsernen Amphoren pochten drei göttliche Herzen in rotem Licht, das die samtene Flüssigkeit durchdrang, in der sie lagen und schliefen. Drei Plätze auf dem Altar waren bereits leer.

»Was für ein Spektakel. Welcher kriegt das Vierte? Die Amazone?«, fragte Nialla.

»Der Neue, der so gut abgeschnitten hat. Der Zweigesichtige. Die Amazone kriegt das Frauenherz, das ist das Fünfte.«

»Lauter Neulinge. Kriegen nach einem einzigen Kampf ein Herz«, spottete sie. »Da hat aber jemand dringend Zuschauerquoten nötig.«

»Wenn man all diese kleinen Vorausscheidungen nicht mitrechnet, dann war es ein einziger Kampf. Aber Zwölf gegen Spartacus war ein Spektakel – die Amazone und der Junge sind jetzt selbst dem letzten Gassenbalg ein Begriff.«

»Wie alt ist der Junge?«

»Weiß man nicht genau. Hat schon mehrere Besitzer gehabt, er soll jünger als zwanzig sein.«

»Gibt's schon Erfahrungen, wenn das Herz einem Pubertierenden eingesetzt wird?«, fragte sie lächelnd. »Das ist gut, das sollte ich beim nächsten Mal aufgreifen.«

»Ja, da gibt's Erfahrungen«, sagte Matius. »Der Letzte, bei dem sie es versucht haben, hat keine fünf Minuten überlebt. Die Wunde war noch nicht zu.«

»Das wäre natürlich ein herber Schlag«, sagte Nialla gleichmütig. »Oh, bei Mercur, ich hoffe, dass ich die Übertragung moderieren darf!«

Marius Marinus dachte an das unschöne Gespräch mit seinem Vater, in dem dieser ihm die lächerliche Theorie der Aeskulappriester unterbreitet hatte, nach der ein Fluch auf den Marinern lag.

Ein Fluch!

Natürlich lag ein Fluch auf ihnen – alles, was sie anfassten, verwandelte sich von Gold in Scheiße.

Aber ein Fluch, der langsam ihr Leben beendete? Von wem sollte er ausgesprochen worden sein? *Vielleicht, weil Vater Grenzen überschreiten will, die sich nicht überschreiten lassen wollen.*

Er musterte Capricornus nervös. Er war der Zwillingsbruder von Sagittarius, diesem aber in etwa so ähnlich wie Marius selbst seinen älteren Brüdern. Er selbst mochte Capricornus wesentlich lieber als dessen Arschloch von Bruder.

Der andere spielte mit einem Armband herum, das er von einem Kunden erhalten hatte. Das Collegium Signa überlebte mithilfe der windigsten Aufträge – die meisten davon bezogen sich darauf, technische Probleme zu lösen. *Technische Probleme, deren Lösung völlig unerlaubt ist.*

»Sendet das was? Das Armband? Ich habe keine Lust, dass es irgendwem irgendwas sendet«, knurrte Marius missgelaunt. Er hatte bereits eine weitere fruchtlose Begegnung mit Sagittarius hinter sich an diesem Abend.

»Hier raus sendet nichts, was wir nicht gestatten«, erwiderte Capricornus. »Deine Schwester ist jetzt also krank, ja?«

»Ja.«

»Und diese Geschichten über den Hades? Lügenmärchen?«

»Weiß ich nicht«, gab er zu. All diese Fäden, die durch die Finger seines Vaters gingen, waren allmählich zu verworren, um durchzublicken. Doch er musste durchblicken. »Aber auf jeden Fall gibt es da eine Verbindung zu unserem Freund und Gönner Crassus.«

»Unser Freund und Gönner wäre er besser mal«, bemerkte Capricornus spitz. »Du hast gesagt, du bringst ihn dazu, das Urteil aufzuheben. Ich wette, er hat immer noch keine Ahnung von seinem Glück.«

»Natürlich nicht! Ich kann doch nicht zu ihm hingehen und

ihm vorschlagen, er soll seinen Sohn nach Rom zurückholen. Er kann sich sicher noch an das letzte Mal erinnern, als er mich mit Albus gesehen hat, denn da habe ich versucht, seinem Sohn das Essen zu vergiften. So geht das nicht, Cornus. Ich kann das nur meine Schwester regeln lassen. Und das ... ist gerade etwas schwierig.«

Die Bedienung der schäbigen Taberna auf dem Bandengebiet der Signa stellte einen Becher Flüssigkeit vor ihnen ab. Es war Schnaps, und Marius trank hier unten nur Schnaps, denn dabei war er sich relativ sicher, keine schrecklichen Krankheiten zu bekommen. Allenfalls blind konnte er davon werden.

Er schüttete den Inhalt des Bechers in sich hinein.

»Du findest schon seit Monaten Ausreden«, fuhr ihn Capricornus an. »Diese lächerliche halbherzige Vergiftung! Dann sagst du, du bringst deinen Vater dazu, deine Schwester mit Crassus zu verheiraten, aber sie ist seit Wochen mit jemand anderem verlobt! Mein Bruder wird langsam wirklich wütend, weißt du. Ich beruhige ihn immer, ich sage: Auf Marius ist Verlass, aber er ahnt, dass ich lüge. Du hast uns gesagt, dass wir in das Maskengeschäft einsteigen sollen. Wir haben so viel investiert wie noch nie, und der Faber hat uns hochgehen lassen. Weißt du, langsam glaube ich, dass du beim Faber die Finger im Spiel hast. Dass *du* ihm das gesteckt hast und nicht Albus.«

»Hah! Dann würde ich jetzt mit ihm saufen, denn dann wäre er bestimmt nicht zum Exil verurteilt worden, und ich müsste mir dann nicht dein Geheul anhören, Cornus! Ich würde das Geld ja von meinem Vater lockermachen, aber das geht nicht. Da gibt's kein Geld mehr, der steht bei allen möglichen Kreditgebern in der Kreide wegen der Herzen.«

»Das tut mir aber leid«, spottete Capricornus.

»Also halte ich an meinem Plan fest. Der braucht nur noch ein bisschen. Meine Schwester hat sich mit Lucullus verlobt, aber sie wird Crassus heiraten. Ich bin nicht mehr weit davon entfernt, glaub mir. Das krieg ich hin. Und dann haben all unsere Sorgen mit einem Mal ein Ende.«

»Das würde mich wundern, denn dafür müssen wir ziemlich viel in die Hände deiner süßen Schwester legen. Am Ende heiratet sie Crassus, und wir sehen Albus trotzdem nie wieder.«

»Nein, nein, das wird Bedingung der Hochzeit sein – so viel darf eine Braut bestimmen, oder? Dass all ihre zukünftigen Stiefkinder anwesend sind? Und dann hauen wir ihn raus und werden nach ein paar Umwegen reich.« Er nahm das Mundstück der Wasserpfeife und tat einen tiefen, beruhigenden Zug. »Das klingt für mich nach einem Plan.« Er grinste in Capricornus' Richtung und begab sich in die Umarmung der Inhalationsdroge.

Spartacus' Idee stand ein einziges großes Hindernis im Weg. Dieses Hindernis war der Zugriff auf sein eigenes göttliches Herz.

Marinus hatte diesen Zugriff.

Nachdenklich sah Spartacus zu, wie Ianos zwei Tage nach ihrem Gespräch abgeholt wurde. Vielleicht war dieser Junge nicht nur das Bindeglied zwischen ihm und Morisa, sondern auch zwischen ihm und Marinus.

Er wies mit drei Fingern in seine Richtung. »Ich bete zu Iuno, Vulcanus und Mars für dich, Bruder.« Und obwohl er es für die Linsen tat, würde er tatsächlich beten. Zu Persephone, der Göttin der Seherinnen. Der Göttin seiner Frau.

Der Kampfhund buhte laut, einige andere Gladiatoren fielen neiderfüllt ein. Sie hatten von der Operation nicht vorher erfahren – hätten sie es gewusst, hätten sie vielleicht dafür gesorgt, dass Ianos diesen Tag nicht erlebte. Ein Neuling, der dem richtigen Mann gehörte und den richtigen Kampf überlebt hatte.

Und auf die richtige Art und Weise.

Langsam ging Spartacus in seine Wohnräume. Zu seinem Hausaltar, wo er Weihrauch entzündete. Nichts stand darauf, keine Götterfigur, kein Symbol für einen Ahnen. Der Altar war leer, und von allen Göttern, an die er glaubte, schätzte er keinen mehr so sehr, dass er ihn ehrte.

Auch heute richtete er keine Worte an die Wesenheiten, die durchs leere Weltall trieben und es mit den Berührungen ihrer Fingerspitzen durchdrangen. Er kniete nicht nieder. Er stand vor dem Altar und schloss die Augen. Er betete stumm, und der Anhänger der Persephone, aus dem schwarzen Stahl, der Rüstungen und Energieschilde durchbrechen konnte, blieb in seiner Faust.

Ich floh vor meinem eigenen Vater, der die Weissagung des Hades' fürchtete. Ich floh und kam nach Thrakien, wo eine Seherin Königin war. Ich wurde ihre Erste Maid, und der Tag kam, an dem ich von der Maid zur Frau werden sollte, und die Königin sagte zu mir, ich solle mir einen Mann suchen.

Ich war ja wie sie eine Seherin, und so musste ich mir den Mann nicht suchen. Ich hatte ihn in meinen Träumen gesehen. Ich mochte sein Haar.

Ich dachte, er sei ein Krieger, doch als ich ihn fand, erkannte ich, dass er kein Krieger war. Die Zeit hatte mich genarrt, er war viel jünger, als ich gesehen hatte.

Dennoch hielt ich bei seinen Eltern um seine Hand an. Sie gewährten sie mir.

Drennis fürchtete sich, als er mir zum ersten Mal gegenüberstand. Ich sah nicht den Dreizehnjährigen in ihm, denn ich wusste, dass er das nur einen kleinen Teil der Zeit sein würde, die wir zusammen hatten.

Wir gingen am Rand der thrakischen Stadt spazieren, in der er geboren worden war, und die sieben Monde glänzten über uns im hellblauen Himmel. Er versuchte sich an Witzen, doch wir lachten nur darüber, dass sie so sehr misslangen.

»Warum ich?«, hatte er sie schließlich gefragt. Spartacus sah ihr Gesicht vor sich, das schmale, entschlossene Gesicht. Das dunkle Haar war lose zurückgebunden, ihre Augen waren gesprenkelt, als habe jemand mit einer Nadel hineingestochen, um das Licht dahinter durchscheinen zu lassen.

Er beschwor den Moment herauf, am Altar, mit ausgestreckter Faust, in der Persephone gegen seine Adern pochte.

»Alles andere wäre nicht mein Schicksal«, hatte sie geantwortet.

»Ist es ein gutes Schicksal?«

Sie hatte ihn angesehen, und dann hatte sie gelächelt. »Ich glaube, nicht. Ich glaube, das meiste davon ist … schwierig.« Und dann hatte sie gelacht, und er hatte diesen Satz nicht halb so beängstigend gefunden wie den Blick ihrer Augen.

Das meiste davon war schwierig. Wie viel hatte sie damals schon gewusst? Wie viel war konkret gewesen und was nur ein verschwommenes Gefühl?

Sie hatten sich ihr Ehegelöbnis im Turm der Königin gegeben, und er hatte sich in den kommenden Jahren in die Elitegarde der Königin vorgearbeitet.

Ein Volk, das von Seherinnen geführt wurde, hätte seinen Untergang vorhersehen müssen. Vielleicht hatten sie es auch – vielleicht hatte sie auch nur keine Möglichkeit gesehen, ihn abzuwenden.

Rom hatte den Planeten gründlich bombardiert, bevor es die Bodentruppen nach Sklaven und Rohstoffen aussandte. Die überlebenden Soldaten waren in die Hilfstruppen eingegliedert worden. Man hatte sie sofort wegbringen wollen, damit sie bei irgendeinem anderen Volk für Rom um das nackte Überleben kämpften.

Man hatte nicht damit gerechnet, dass sie sich, sobald sie Waffen hielten, über ihre neuen Herren hermachen würden – egal, wo sie sich befanden, wo sie, halbbetäubt und gehirngewaschen, aus den Raumschiffen stolperten.

Ich hätte dich beinahe gehabt, Legat. Ich hätte dich beinahe getötet. Er war am nächsten dran gewesen. All seine Gefährten waren niedergemacht worden, doch für ihn, für ihn hatte Marinus die Sklaverei im Ludus ausgewählt.

Persephone führt jeden von uns einst in die Tiefe. Und du gehst voran, Marinus.

»Sollte Ianos der Zweigesichtige die Prozedur überleben, ist er der jüngste Herzlose in der faszinierenden Geschichte der Gladiatorenspiele. Wir alle beten für ihn – nicht wahr, Marcus Gerenius?« Die Ausruferin übergab an ihren Kollegen.

»Das ist richtig, Nialla Graecina. Und hier sehen wir den Burschen auch schon, erhobenen Hauptes geht er in den Tempel, und wir können nur ahnen, was jetzt überwiegt, die Furcht oder die Ehrfurcht.«

Wenn er starb, würde Constantia nie ihre Antworten erhalten. Sie sah Ianos auf der großen Wandtabula und hatte sich niemals so hilflos und nutzlos gefühlt.

Erhobenen Hauptes. Der gewaltige Tempel der Schutzgottheit Roms ragte an der Flanke des capitolinischen Berges wie ein zweiter Gipfel in die Höhe.

Er sah in die Linse, die sein Gesicht einfing, und dann lächelte er kurz, als müsse er jemanden trösten, als müsse er jemandem versichern, dass es ihm gut ginge.

Mir. Er meint mich.

Nein – er lächelte für die Kameras. Er lächelte nicht für sie.

Er meint mich. Wir sehen uns in die Augen.

Sie sprang auf. »Lilia, komm mit.«

Der Mann, nackt auf einem Operationstisch im Tempel der Iuno, wusste, dass seine Mutter ihm den Namen Ianos gegeben hatte. Sein erster Besitzer hatte ihn auch mit diesem Namen gerufen. Beim zweiten war er nur noch »Junge« gewesen.

Lucianus war der Name, den Lucius Marinus ihm und dem anderen Knaben gegeben hatte, der bei seinem Leibwächter geschult wurde. Er hatte vermutlich erwartet, dass einer von beiden an dem Konkurrenzkampf scheitern würde, und Ianos hatte immer gedacht, dass er es sein würde. Dass der andere, der ältere, ehrgeizigere Lucianus sich gegen ihn durchsetzen würde. Doch nun war er derjenige, der sich innerhalb von zwei Monaten im Ludus ein göttliches Herz verdient hatte.

Verdient …

Die Decke des Tempels drehte sich um ihn. Er schloss die Augen, als er die Geräusche nicht mehr ertragen konnte. Die Geräusche störten sich jedoch nicht an geschlossenen Augenlidern. Er wollte schreien, um sie zu übertönen. Doch er konnte es nicht, seine Lungen gehorchten ihm nicht.

Plötzlich erinnerte er sich daran, wer er war.

Er erinnerte sich daran, dass er zwei Jahre seines Lebens bei seiner Mutter verbracht hatte, zwei Jahre lang ihren Geruch in der Nase gehabt, zwei Jahre lang ihre Wärme gespürt, wenn er nachts unter ihrer Decke gelegen hatte. Er erinnerte sich an eine andere Sprache, er hörte sie nachhallen.

Er wusste nicht mehr, wo das gewesen war. Auf welchem Planeten, auf welchem Mond, auf welchem Raumschiff.

Er erinnerte sich an ihren Schrei, als sie ihn mitgenommen hatten. Er erinnerte sich daran, wie hysterisch sie geweint hatte und an das Gefühl, dass sein Leben nie wieder sein würde wie zuvor, wenn seine Mutter, die, deren Geruch, deren Stimme er stets um sich gehabt hatte, so verzweifelte Schreie ausstieß.

All das hatte er vergessen.

Er hatte vergessen, dass er einmal geliebt worden war. Er erinnerte sich erst wieder daran, als sie sein Herz berührten.

Nach der Zeit bei seiner Mutter war er der Spielgefährte eines anderen Jungen gewesen. Danach hatte er in einer Reparaturwerft Aufgaben auf Schiffen verrichten müssen, man hatte ihn in die Gänge der Klimaanlagen kriechen lassen, und wenn er innehielt, um zu spielen, hatte man ihn geschlagen.

Und danach war er in den Besitz von Lucius Marinus übergegangen, und der Leibwächter des Patriziers hätte einer Vaterrolle nicht ferner sein können.

Aber als sie sein Herz herausnahmen, dachte Ianos an den Geruch seiner Mutter, an eine fremde Sprache, und er presste die Lider aufeinander und vergaß, wer er war.

Lucius war überrascht, dass sie nach der begonnenen Prozedur noch jemanden hereinließen. Es war seine Tochter, die mit ihrer neuen Sklavin auf die Empore trat. Beide Mädchen schritten beinahe gleichzeitig an die Fensterfront, die vom Tempelraum her nicht eingesehen werden konnte. Sie starrten hinab und bemühten sich um Fassung, als sie den Jungen mit geöffnetem Brustkorb im Zentrum des Tempels liegen sahen.

»Wie geht es ihm?«, fragte Constantia atemlos.

»Bislang gut. Seine Werte sind gut.« Lucius wies auf einen Capsarius, der dem Legaten an einer Tabula Statusmeldungen gab.

»Constantia, ich habe mit einem Priester gesprochen. Einem ... Priester des Dis Pater.«

Constantia nickte zaghaft. Die Sklavin sah sie nervös an.

»Er wird uns empfangen, sobald sich der Rubicon in diesem Zyklus abgewandt hat. Vorher kann er nichts für uns tun.«

»Es geht mir gut«, hauchte Constantia. »Wenn der ... wenn der Gladiator überlebt, dann würde ich ihm gerne meine Sklavin geben. Damit sie nach ihm sieht.«

Lucius betrachtete seine Tochter prüfend. Sie war nicht mehr so blass wie noch am Tag zuvor, doch sie wirkte fahrig.

Von seinem ältesten Sohn war eine Nachricht eingetroffen und wie gewohnt knapp ausgefallen: Der Feldmedicus habe bei ihm die gleichen Symptome festgestellt – jedoch wesentlich schwächer, vergleichbar mit denen von Marius –, doch Lucius Minor beabsichtige nicht, sich deshalb beurlauben zu lassen. Er bat seinen Vater, das in den Griff zu bekommen.

»Warum willst du dem Gladiator deine Sklavin schicken?«

»Du weißt doch«, erwiderte Constantia, »ich finde ihn gut. Und Lilia hat Erfahrung damit, Verletzte zu pflegen.«

»Stimmt das?«, fragte der Legat die Sklavin.

»Ich würde mich sehr geehrt fühlen«, flüsterte das Mädchen. »Ich habe gehört, was Ianos für deine Familie getan hat, Dominus Marinus.«

»Ja, in der Tat. In der Tat. Vielleicht ist es eine gute Idee. Er kann sich glücklich schätzen, dass wir ihn so behandeln. Aber er hat sich auch ganz gut angestellt bisher. Jetzt muss er uns nur noch beweisen, dass wir uns richtig entschieden haben. Zwei Herzlose würden dann uns gehören – zwei von sechsen! Das ist grandios. Und wir haben den besseren Geschmack – Spartacus und Ianos machen fünfundsiebzig Prozent der Quote aus. Wenn einer von ihnen gewinnt, dann ebnet uns das gewisse Wege … Ganz zu schweigen von gewissen Mitteln.«

Constantia schwieg und lächelte nur unsicher.

Der Capsarius meldete sich zu Wort. »Legat Marinus? Wir haben hier ein Problem.«

Sie kämpften um sein Augenlicht.

Ein Gladiator ohne Augen wäre ebenso spektakulär wie rasch tot. Und es ging auch nicht um seine Augen – die hätten sie ersetzen können. Es ging um den Teil seines Gehirns, der visuelle Eindrücke ordnete, sie verstand. Ohne diesen Teil wären auch künstliche Augen eine sinnlose Investition.

Um Ianos herum war alles schwarz, und auch seine Träume wurden dunkel. Als vergäße er, wie es war, zu sehen.

Sie weckten ihn und ließen ihn wieder schlafen, sie störten ihn auf und betäubten ihn dann wieder. So ging es eine Zeit lang hin und her.

Schließlich sagten sie seinem Herrn, dass sie das Problem im Griff hatten. Sie seien sich jedoch nicht sicher, für wie lange.

Kapitel XVI

Ianos erwachte aus der Bewusstlosigkeit.

Seine Sicht war ein wenig klarer als zuvor, als hätte er jahrelang nicht bemerkt, dass seine Sehkraft geringer war, als sie hätte sein können.

Er lag in einem Bett, in einem Schlafgemach, das nun wohl das seine war. Es war karg und kalt und nicht besonders groß, doch er hatte nie etwas Vergleichbares bewohnt.

Ein Herz schlug in seiner Brust. Es schlug nicht schneller oder härter oder gemächlicher als sonst, und es schmerzte auch nicht. Trotzdem war es nicht seines. Er griff an seine Brust und ertastete keinen Verband, keine Wunde.

Ein junger Mann im Kittel eines Capsarius erhob sich von einem Stuhl neben dem Bett. Er gab mit einem kurzen Lächeln etwas in seine Tabula ein. »Sehr schön.« Dann griff er an Ianos' linken Arm und entfernte eine Klammer vom Handgelenk. »Alle Werte sind sehr schön. Wie fühlst du dich?«

Ianos überlegte. »Gar nicht«, antwortete er dann, und der andere lachte knapp.

»Sagt man nicht, solange man etwas fühlt, ist man noch nicht tot? Deinem Herrn liegt nichts daran, dass du nichts fühlst.« Er zwinkerte. »Er hat dir eine Sklavin zugedacht. Amüsier dich!« Damit stand er auf und verließ den Raum.

Ianos ließ den Blick schweifen. Er konnte tatsächlich sehr gut sehen, obwohl nur ein kleines Wandlicht brannte. Die Linsen und Audios schälten sich aus der Dunkelheit, als würden sie leuchten – die elektrischen Leitungen in der Wand hinterließen zarte Spuren.

Er erhob sich und griff nach der Linse im unbepflanzten Blumentopf. Er drehte sie so, dass sie nur noch die staubige Erde aufnahm. Er ging zum Fenster und drehte auch dort die Linse nach draußen. Das verborgene Audio am Bettpfosten nahm er ab und steckte es in die Blumenerde. Er grinste zufrieden und fühlte sich zum ersten Mal seit seiner Ankunft auf eine entspannte Weise unbeobachtet.

Er sah sich um. Die Wandtabula war ausgeschaltet, das Zimmer war nun dunkel, die kleinen störenden Leuchtquellen eingedämmt – nur die Spuren in den Wänden konnte er schwach glimmen sehen. *Seltsam. Ein Herz, das elektrische Signale sieht?*

»Waren das alle Sender?«, sagte da eine Stimme aus einer dunklen Ecke.

Der Schreck ließ ihn einen alarmierten Satz nach hinten tun. Das Herz erhöhte seine Frequenz auf eine glatte, störungsfreie Weise wie ein stufenloses Getriebe. Nicht, wie Ianos' menschliches Herz sich erschreckt hatte – mehr, als würde es aus einem Schlaf erwachen und sei einsatzbereit.

»Götter der Unterwelt!«, brachte er hervor, als er erkannte, dass offenbar die Sklavin gesprochen hatte, die der Capsarius erwähnt hatte. »Ich wusste nicht, dass ... dass jemand hier ist!«

»Aber wo die Linsen sind, wusstest du.«

»Jeder kann irgendetwas besonders gut.« Das Herz beruhigte sich langsam. »Hör zu. Es ist nett, dass jemand hier ist, der für meinen Herrn ein Auge auf mich hat. Aber ich würde sehr gerne einfach allein sein.«

»Constantia hat mich geschickt.«

»Con...« Er verstummte. Die Sklavin erhob sich, sie war schlank und jung. In ihrem Gesicht schimmerten zahllose Sommersprossen und gaben ihrem Lächeln etwas Mädchenhaftes. Kurze glatte Haare umgaben ihr Gesicht wie ein Helm.

»Sie ist todkrank, sagen die Medici. Es sei ein Fluch. Ein Fluch des Hades.«

Sein Herz quittierte die Worte ungerührt, doch seine Kehle schnürte sich zu.

Die Sklavin trat näher. »Ein Fluch, der ihre Familie traf. Ihren Vater. Ihre Brüder. Sie weiß, dass du mehr darüber weißt, als du zugibst.«

»Als sie mit mir sprach, hatte ich eine durchtrennte Kehle. Ich hätte gar nichts zugeben *können*, selbst wenn ich etwas gewusst hätte.« Er trat einen Schritt näher an das in samtenes Grau gekleidete Mädchen.

»Sie sagt, dass du ihr in den Träumen hättest antworten können«, brachte die Sklavin vor.

Noch einen Schritt. »In Träumen? Wie soll Somnus mich in Träumen antworten lassen?«

»Sie möchte nicht zum Narren gehalten werden«, sagte die Sklavin mit zitternder Stimme, doch sie wich nicht zurück.

»Du hast recht. Niemand sollte zum Narren gehalten werden.« Er trat den letzten Schritt auf sie zu. Obwohl sein Herz ruhig schlug, ging sein Atem schnell. »Ich habe eine Botschaft für deine Herrin. Sag ihr ...« Er beugte sich zu ihrem Ohr, senkte die Stimme zu einem Flüstern. »... sie kann die Maske abnehmen.«

Seine Fingerspitzen erinnerten sich an dieses Ohr, doch diesmal berührte er es nicht. Er ging einen Schritt auf Abstand, als sie scharf die Luft einsog, und konnte sich ein dreistes Grinsen nicht verkneifen.

»Keine Linsen mehr?«, vergewisserte sie sich.

»Keine.«

Ihre zitternden Fingerspitzen tasteten nach dem Rand der Maske unter ihrem Kinn, zogen die dünne wächserne Schicht über ihr Kinn, über ihre Lippen. Zogen die Sommersprossen von ihr ab.

Er wollte sie küssen, wollte das Gefühl zurückholen, das er bei ihrem letzten Besuch gehabt hatte. Doch er sah sie nur an, wartete, bis sie wieder Constantia war. Trotzig war ihr Blick, trotzig und neugierig und zornig. Es war genau der gleiche Blick, den sie ihm zugeworfen hatte, als er auf der *Bona Dea* inmitten der hungrigen Matronen gelegen hatte.

Er rang nach Luft und sah sich um. »Gibt es nichts zu trinken hier?«

»Im Wandfach neben dem Bett. Ist in allen Zimmern gleich«, antwortete sie mit flacher Stimme.

Er sah hin, fand das Fach, ging jedoch nicht hinüber.

»Ich hatte gedacht, du wärst ... du würdest nach der Operation ... Ich dachte nicht, dass die Heilung so schnell geht.«

»Es hätte dir wohl gefallen, wenn ich wieder hilflos wäre.« Er grinste. Der Ludus hatte ihm eine flinke Zunge antrainiert.

Sie schnitt eine Grimasse, legte die Maske vorsichtig auf den Stuhl, von dem sie sich erhoben hatte. Sie ging zum Fach, öffnete es und holte eine gekühlte Flasche Purpurwein und zwei Gläser hervor.

Er sah die Elektronik darin aufblitzen, doch es war nur ein Aufzug, der Speisen und Getränke transportierte. Nichts, um einen Blick ins Zimmer zu erhaschen.

Sie stellte die Gläser auf den kleinen weißen Tisch und öffnete die Flasche. Goss purpurnen Wein ein. Verschloss die Flasche. Stellte sie hin.

»Du hast doch Durst.«

»Ich habe Durst. Betrinken möchte ich mich ungern.«

»Gibt es nichts zu feiern? Das Herz zum Beispiel? Oder vielmehr die Tatsache, dass du es los bist. Dein eigenes.«

Es gefiel ihr nicht. Er spürte dem Herzen in seinem Brustkorb nach. Auch er konnte nicht sagen, dass es ihm gefiel.

»Es ist der einzige Weg für mich, nicht früher oder später abgeschlachtet zu werden. Mein Leben in der Arena auszubluten. Oder getötet zu werden, weil die Zuschauer mich nicht mehr sehen wollen.« Er nahm das Glas aus ihrer Hand. *Bei allen Furien, bin ich durstig!* Er leerte es in einem Zug.

Sie sah ihm zu und rührte ihr eigenes Glas nicht an. »Wirst du mir sagen, was ich wissen will? Hat sich das Wagnis gelohnt, das ich eingegangen bin, um hierherzukommen?«

Er setzte das Weinglas ab und betrachtete sie prüfend. »Das Wagnis ... du hättest tatsächlich eine Sklavin schicken können. Oder du hättest deinen Vater mich vorladen lassen können, wenn es ... wahr ist, dass ihr verflucht seid und ihr glaubt, dass ich daran schuld bin. Aber du bist hier mit dieser seltsamen Maske.« Er zögerte. »Du bist hier ... weil du herkommen wolltest.«

»Wegen der Antworten.«

»Wegen der Antworten?« Er legte zweifelnd den Kopf schief.

Sie ballte die Hände zu Fäusten. »Dieser ... Fluch ist kein Witz.«

»Ich weiß nichts über einen Fluch.« Er erinnerte sich an seinen Traum – als sie ohne Herz in seinen Armen lag. Er erinnerte sich viel zu intensiv daran, viel zu intensiv dafür, dass es flüchtige, nächtliche Bilder waren. »Ich weiß auch nichts über die Träume.«

Sie erwiderte seinen Blick. »Heißt das, du träumst sie nicht? Oder heißt es, du weißt nicht, wo sie herkommen?«

»Es heißt ...« Er fühlte, dass Blut ihm in die Wangen stieg. Das schien nichts zu sein, was sein Herz beeinflussen konnte. »T-teilen wir sie? Die Träume?«

Ihre Augen weiteten sich kurz. »Das lässt sich ja einfach herausfinden. Du sagst mir etwas, was du im Traum gesagt hast.«

»Wir ... in meinen Träumen, da ... reden wir nicht wirklich viel«, sagte er, obwohl er sich an ihre letzte Unterhaltung erinnerte. Intensiver jedoch erinnerte er sich an alles andere.

Seine Hautfarbe mochte seine Röte verbergen, ihre Wangen begannen jedoch zu glühen. »Ich weiß nicht, wer sich das ausgedacht hat, dieses ... verrückte Spiel«, stieß sie hervor, »aber ich bin eindeutig nicht die richtige Person, um das mitzuspielen! Ich will gar nicht wissen, ob es stimmt, dass du ... dass du ...«.

Er hob fragend die Augenbrauen.

Sie stotterte und sprach es dann wutfunkelnd aus: »Dass die Haare zwischen deinen Beinen heller sind als auf deinem Kopf.«

Er widerstand der Versuchung, an sich hinunterzublicken, und dankte den Capsarii still dafür, dass man ihn in einer Tunika hatte aufwachen lassen. »Wir hätten sicherlich eine unverfänglichere Antwort auf diese Traumfrage finden können.«

Sie gab ein eigenartiges Geräusch von sich. Wut stand in ihrem Gesicht, und trotzdem brach sie plötzlich in Lachen aus. Mitten in diesem Lachen trat sie vor und gab ihm eine Ohrfeige.

»Ich will es wissen! Was ist auf der *Bona Dea* passiert?«, presste sie hervor. Ianos hoffte, dass die Blumenerde das Audio genügend dämpfte.

Er nahm ihre Hand und kehrte in Gedanken in die *Bona Dea* zurück – zu Lucianus, der sich nie hätte träumen lassen, dass er ein herzloser Gladiator werden würde. Er schluckte und stammelte: »Die Sklavin deines Vaters, sie hat diese Dämonen ... sie haben sich vor ihr verneigt. Sie hat sie befehligt. Sie *hasst* deinen Vater. Sie hasst dich. Sie hasst deine Familie.«

»Warum?«, fragte sie leise.

Nur ein Teil der Wahrheit kam über seine Lippen. »Weil ... ich glaube mittlerweile, sie ist Spartacus' Frau.«

»Was?«

»Ich bin mir nicht sicher, aber er ist Thraker, Sklave deines Vaters, und im Moment bauschen sie diese Geschichte mit seiner Frau auf. Er glaubt nicht, dass sie es ist. Er sagt aber auch, er weiß, dass sie nicht tot ist. Morisa war eine thrakische Sklavin, eine Seherin – weißt du, dass man sagt, dass die Thrakerinnen ihre Kraft aus dem Hades haben? Von Proserpina, ihrer Göttin? Passt das nicht alles wunderbar zusammen?«

»Und was hat sie mit dir gemacht?«, flüsterte sie.

»Sie hat mir einen Anhänger gegeben. Der Proserpina zeigt. Und sie hat ... sie hat uns drei am Leben gelassen.«

Ihre Hand wollte ihn nicht mehr schlagen, lag kalt in seiner. Ihr Gesicht war so nah, er sah jede Regung darin.

»Warum? Wenn sie uns doch so sehr hasst?«

Er rang nach Luft. »Vielleicht ... gibt es Schlimmeres, als auf der *Bona Dea* zu sterben.«

Seine Worte ließen Tränen in ihre Augen treten.

»Wein nicht!«, sagte er hilflos.

»Was? Du erzählst mir, dass meine Familie Schlimmeres erleiden wird als den Tod, und ich soll nicht um sie weinen?« Sie wischte sich wütend über die Augen, entrang ihm ihre Hand.

Er griff nach ihren Armen, zog sie an sich. Warum sollte er es nicht tun? Hatte er sie nicht so oft schon an sich gedrückt? Fühlte es sich nicht genauso an wie in seinen Träumen? Ihr warmer Leib an seinem, sie eine Winzigkeit größer als er selbst.

»Vielleicht gebe ich diesen Fluch weiter, vielleicht will sie damit Elend über ganz Rom bringen«, murmelte sie.

»Solche Macht ... solche Macht hat sie sicher nicht«, sagte er, doch es war ihm gleichgültig, ob der Fluch sich ausbreiten würde. Wenn Constantia starb, starb der einzige Mensch, der ihm auf ganz Rom etwas bedeutete. »Constantia, ich ... ich wusste das nicht. Sie hat mich verschont, hat mich laufen lassen. Also bin ich gelaufen.«

Sie zögerte nur kurz, dann legte sie ihren Kopf an seine Schulter. Er strich über ihr Haar. Sie hatte es kurz schneiden lassen, es reichte noch bis zu ihrem Kinn, die Locken waren verschwunden. Er wollte fragen, wie sich der Fluch bemerkbar machte, doch das beinhaltete die Frage, wie sie sterben würde, und nichts hätte den Moment gründlicher vergällen können. Also umarmte er sie und schwieg. Und fand mit der Fingerspitze den Schwung ihrer Ohrmuschel.

»Morgen könnte einer von uns beiden tot sein. Dich schicken sie morgen Abend schon in die Arena. Und ich – wer weiß, was mit mir ist«, sagte sie, und so wie sie es sagte, hatte es nichts, was diesen Abend verderben konnte.

Er atmete, genoss jeden Atemzug, die trügerische Vertrautheit ihrer Haut, ihrer Haare. Er wusste, dass die Zeit verrann, doch er spürte sie nicht rinnen – sie hätte genauso gut so still stehen können wie Constantia und er.

»Es könnte genauso gut ein Traum sein«, sagte sie.

»Dann wären wir nicht angezogen«, gab er zu bedenken.

Sie lachte und überwand damit diese Schwelle aus Ängsten und Scham und Zweifeln, die im Traum nie existiert hatte. Sie küsste ihn, und es war zugleich vertraut und völlig neu.

Zitternd setzte sich Lilia auf Constantias Bett. Sie hatte sich rasch zurückgezogen, hatte auf Weisung ihrer Herrin gesagt, es sei ihr nicht wohl. Der Fluch mochte als Erklärung dienen.

Sie hoffte, dass niemand nach ihr sehen würde. Die Maske drückte, und ihre Haut darunter kribbelte und war von einem feinen Schweißfilm bedeckt. Sie sehnte sich danach, aus den Kleidern ihrer Herrin zu schlüpfen; ihr Herz raste, wenn sie sich selbst im Spiegel sah.

Lilia hatte nicht gewusst, dass es solche Masken gab, und sie wünschte, es gäbe sie tatsächlich nicht.

Eine andere Sklavin hätte diesen Abend vielleicht ausgenutzt – oder, so schoss es Lilia in den Sinn, hätte es nicht nur an einem Abend ausgenutzt ... Ob es Sklaven gab, die ihren Herrn getötet und seine Maske angelegt hatten? Es schauderte sie. Nein, länger als nötig wollte sie nicht von dieser Speise kosten, die keine Verlockung für sie bot. Jeder musste doch sogleich erkennen, dass sie nicht ihre Herrin war! Sie verhielt sich anders, sie konnte den Domini des Hauses kaum in die Augen sehen.

Sie seufzte, es war beinahe ein Schluchzen, und legte die Hände auf ihren Oberschenkeln ab. Atmete tief durch.

Hatte sie nicht schon Schlimmeres erlebt? Sie überlegte.

Nein, wenig hatte ihr solche Angst bereitet, nicht einmal der Schwangerschaftsabbruch, als sie noch ganz jung gewesen war. Sie strich über den Sender unter der Haut ihres Handgelenks. Constantias Plan hatte einen entscheidenden Schwachpunkt. Die junge Domina wusste darum, wusste aber auch, dass der Sender meist nur angepeilt wurde, wenn ein Sklave nicht da war, wo er sein sollte. Sie schluckte.

Ich bin auch nicht da, wo ich sein sollte ...

Marius Marinus sah auf seine Tabula. *Wie eigenartig ...* Er runzelte erst die Stirn, trank noch ein Glas Wein, dann hellte sich sein Gesicht auf.

Ein Wink Fortunas! Eine glückliche Fügung! Die Götter spielten ihm gerade die Lösung seines dringlichsten Problems in die Hände!

Er stand auf und öffnete die verriegelte Zwischentür zu den Räumen seiner Schwester. Sie dachte, ihr Passwort sei narrensicher, doch ihr Bruder war kein Narr. Er lächelte, als die Tür sich lautlos im Türrahmen aufrollte, und trat hindurch.

Sie küssten sich zeitvergessen, versunken ineinander. Die Küsse waren erst zart und tastend gewesen, keine begierigen Küsse, sondern Berührungen, als müsste jeder von ihnen sich vergewissern, dass der andere echt war.

Das lag nun hinter ihnen.

»Weißt du noch«, murmelte sie irgendwann mit dem Mund an seinem Hals, und jedes Wort sandte Schauer durch seinen Körper. Das Herz war längst nicht mehr unbeeindruckt, es klopfte hart gegen seine Rippen. »Der erste Traum?«, fuhr sie fort. Er nickte. »Ich habe mich ziemlich darüber gewundert.«

»Ich ...« Er sah sie verlegen an. »Na ja. Manchmal träumt man ... so etwas.«

Dass die Ausführlichkeit des Traums etwas war, worüber er

sich sehr wohl gewundert hatte, erwähnte er nicht. Wenn sie wusste, dass er außerhalb eines Traums noch nie eine Frau besessen hatte, würde sie ihn auslachen.

»*So etwas* träume ich nicht!«, protestierte sie. »Mir war nicht klar, dass wir einander ...« Sie sah ihm nicht in die Augen. »... wollen.«

»Vielleicht tun wir das auch nicht. Vielleicht ist es Teil des Fluchs. Vielleicht empfinden wir nichts füreinander.« Er atmete rasch, und seine Hände an ihrem Rücken leugneten, dass da nichts war außer einem Fluch.

»Vielleicht.« Sie küsste die Narbe an seiner Kehle. »Du empfindest nichts.« Sie küsste den Stoff seiner Tunika über seiner Brust. »Du bist ein herzloser ...« Ein Kuss auf Herzhöhe. »Gladiator.« Sie sank vor ihm auf die Knie.

Er zitterte. Er erinnerte sich an den ersten Traum. Tastende Finger glitten seine Beine hinauf. Seine Knie wurden weich – sein Herz klopfte verwirrt und war offenbar auf diesem Gebiet sehr wenig souverän. »Was tust du da?«

»Ich befolge den Rat einer Freundin«, sagte Constantia, und er sah mit einem Gefühl wie einem Fieberschub zu, wie sie seine Tunika hochschob. »Zieh das aus«, befahl sie.

Hastig folgte er ihrem Wunsch. Sie war schließlich die Tochter seines Herrn. Ihre Lippen berührten seinen Schwanz, und er betete zu irgendeinem Gott, der sich zuständig fühlen mochte, darum, nicht einfach nach hinten umzufallen.

Es klopfte.

»Süße Schwester!«

Lilia erstarrte, tastete unwillkürlich nach ihrer Maske – ihr Hals war schweißüberströmt, das Haar unter der Perücke feucht.

»Ja?«, fragte sie mit dünner Stimme.

Es war Dominus Marius. »Darf ich eintreten?«

»Ich ... bin sehr müde.«

»Ich bleibe nicht lange.«

Die Tür öffnete sich unbarmherzig. Lilia wurde sich bewusst, dass sie vollkommen angekleidet in einem dunklen Zimmer auf dem Bett saß.

Marius trat ein, und sein Gang, seine Augen erinnerten sie an ein Raubtier, obwohl er freundlich lächelte und ein hübsches Gesicht hatte.

»Du sitzt im Dunkeln. Wo ist deine Sklavin?«

»Bei dem Gladiator«, sagte sie zittrig.

»Oh – wie freundlich von dir. Wie kamst du auf den Gedanken, dass das ein passendes Geschenk zu seinem neu errungenen Herzen ist?«

Das Kleid engte sie ein, sie konnte kaum atmen. Sie legte eine Hand auf ihren Magen, als Übelkeit aufwallte.

»Es geht mir nicht gut«, sagte sie.

»Vater hat mich zu den Medici geschleppt. Ich dachte ja, etwas vom Zuckerlotus wäre gepanscht gewesen, und deshalb fühle ich mich tagelang wie mit einem üblen Kater. Aber Vater glaubt, jemand saugt uns die Lebenskraft aus. Interessanter Gedanke. Wenn auch ein wenig verrückt. Oder was meinst du?«

»Es ist ein Fluch, den wir von der *Bona Dea* mitgebracht haben«, flüsterte Lilia die Worte ihrer Herrin.

»Du glaubst also auch daran?« Wie beiläufig griff er nach der kleinen Tabula in seiner Tasche.

»Oh, sieh mal!« Er deutete auf die matte Oberfläche, die einige kleine Kreuze in einem schematischen Gitter zeigte. »Deine Sklavin ist zurück!« Er vergrößerte den Ausschnitt. »Da steht es – Lilia, und dann die Nummer. Dann kannst du sie ja fragen, wie die Stunden mit deinem Favoriten waren.« Er hob irritiert den Kopf. »Nanu, wo ist sie denn? Sie müsste doch direkt hier sein!«

Er sah nach rechts, nach links, dann fixierte er Lilia, die vor Angst bebte und glaubte, sich übergeben zu müssen.

»Das muss ein Fehler sein«, sagte sie schwach.

»Oh ja, das sehe ich auch so. Ein großer, großer Fehler.« Nun wurde auch sein freundliches Lächeln das eines Raubtiers.

»Bitte, Dominus ... bitte schweig darüber!«, brachte Lilia flüsternd hervor. »Bitte, ich tue alles! Ich mache dir eine schöne Nacht!«

»Bei allen Göttern – und dabei trägst du das Gesicht meiner lieben Schwester? Für wie pervers hältst du mich?« Er lachte schallend. »Nein, meine Süße, obwohl dein Angebot verlockend klingt – Freude für eine Nacht ist nichts gegen die Freude, die Constantia mir bereiten wird, sobald sie zurückkehrt. Und keine Sorge.« Sein Gesichtsausdruck wurde milde, und er legte eine Hand an die tränenüberströmte Wange der Maske. »Ich verrate dich nicht, Lilia. Das ist eine Angelegenheit zwischen Constantia und mir.«

Mit der anderen Hand vollführte er einige Bewegungen. »Siehst du?« Er zeigte ihr die Tabula. »Lilia und diese unsägliche Nummer – zack, tief unters Colosseum. Jeder, der es noch einmal überprüft, wird sich sicher sein, dass du dort warst bis morgen früh. Ich wünsche dir noch viel Spaß mit dem Gladiator.«

Er stand auf und steckte die Tabula in eine Tasche an seinem Oberarm. Er lächelte dünn. »Dann gute Nacht, Constantia.«

Lilia konnte nichts erwidern.

Er sank auf die Knie, sie spürte, wie sein Herz raste, sein Atem rasch ging. Mit einem etwas angewiderten Laut spuckte sie seinen Samen auf den Boden. Ihr Mund schmeckte nach ihm, doch es schien ihm gleichgültig zu sein, er küsste sie heftig und barg dann sein Gesicht in ihrem so ungewohnt kurzen Haar, als schäme er sich mit einem Mal. Nun stand sie auf, glitt an seinem Gesicht herauf, bis er es in ihren Schoß drückte. Sie schälte sich aus dem Kleid der Dienerin; darunter trug sie die Wäsche einer Patrizierin. Sie hatte weiße Seide für ihn ausgesucht, und obwohl sie wusste, dass sie begehrenswert darin aussah, fühlte sie sich unbehaglich, als würden sie nun jeden Moment in Lachen ausbrechen.

Sie nahm seine Hand und zog ihn auf die Beine. »Du hast ein Bett. Und denk nicht mal dran zu schlafen.«

Er sah sie mit einem Ausdruck an, der zwischen Verwirrung und wilder Angst schwankte, dann grinste er. »Ach, ich dachte, wir wären fertig.« Er streckte sich. »So eine Operation macht müde.«

»Dein Herz wird dich schon wach halten«, sagte sie und legte sich hin.

»Mein Herz?«, erwiderte er zweifelnd.

Mit einem Fluch sprang sie auf und raffte noch einmal ihr Kleid auf, nahm etwas Kleines heraus.

»Was ist?«

»Ich möchte ungern ein halbbraunes Gladiatorenkind von dir bekommen.«

»Halbbraun und halbweiß«, sagte er.

Das Praeservativum war nicht in den Träumen vorgekommen – wozu auch? Überhaupt unterschied sich dieses erste Mal von ihrem ersten Mal im Traum – sie waren weniger vertraut miteinander, waren hilfloser und zarter und ungeschickter.

Nun zog sie ihn ins Bett, und er war erneut beinahe bereit, wie ihre tastenden Finger feststellten. Auch seine Finger tasteten, schoben sich in die weiße Seide, in die Locken ihres Schoßes, die sie stets kurz hielt, wie jede junge Patrizierin, die in den Thermen nicht zum Gespött werden wollte.

»Hmja«, seufzte sie. Er hatte offenbar doch aus den Träumen gelernt, denn nachdem er sich über ihre weichen Lippen getastet hatte, fand er die richtige Stelle. »Nicht so fest«, wies sie ihn an und half ihm mit ihrer eigenen Hand.

Sein Glied wurde rasch wieder hart, während er sie liebkoste, ein Tropfen daraus benetzte ihre Hand. Sie keuchte auf, die Lust rauschte durch ihre Adern.

»Ich will es jetzt mit dir tun«, bestimmte sie und entwand sich seinen tastenden Fingern, entledigte sich ihrer Wäsche. Mit beinahe fiebrigem Blick betrachtete er sie.

Entschlossen schob sie das Praeservativum über seinen hübschen Schwanz. Er wurde den Gerüchten, die man über die Geschlechtsteile schwarzer Männer erzählte, definitiv nicht gerecht, doch sie war froh darüber, dass er wenigstens in dieser Hinsicht ein ganz normaler Mann war.

Sie strich durch die braunen Haare in seinem Schritt, ein wenig heller als die auf seinem Kopf. Dann legte sie eine Hand auf seine Brust und drückte ihn zurück.

Sie wollte ihm tausend Dinge sagen, zärtliche und schmutzige und welche, die beides waren. Doch sie schwieg und genoss seinen Blick. Sie legte ihre Hände an seinen Kopf und küsste ihn, und dann machte sie sich langsam, langsam daran, ihn zu besitzen.

»Was macht das Herz? Müssen wir mal nach dem Jungen sehen?«, fragte der Lanista den jungen Capsarius. Dieser wies auf die Tabula auf dem Tisch.

»Ich ... ich glaube, wir würden ihn jetzt gerade ziemlich stören, wenn ich mir die Hormonwerte so ansehe.«

Batiatus runzelte die Stirn. »Das Herz rast ja – ist das normal?«

»Lanista, ich glaube, der Junge genießt gerade eine Belohnung seines Herrn.«

»Oh.« Batiatus lachte dröhnend. »Sehr gut – haben wir Imagi?« Er trat an seine eigene Tabula und rief die Übersicht der Linsen im Ludus auf. Die Linsen in Ianos' Zimmer waren eingeschaltet, zeigten aber höchst unspektakuläre und sehr dunkle Aufnahmen von Zimmernischen und Fensteraussichten.

»Verdammt.« Er schaltete aufs Audio. Sehr gedämpft vernahm er das heftige Stöhnen einer Frauenstimme. »Weiber –

immer so laut, als müssten sie sich selbst beweisen, dass sie geil sind. Warum sind die Linsen nicht ausgerichtet? Damit könnte ich jetzt blanke Münzen machen!« Er überlegte, einen Ludussklaven herzurufen und zur Schnecke zu machen und schüttelte dann den Kopf. »Na ja, er ist immer noch der Liebling der Zehn- bis Zwölfjährigen. Vielleicht ist es gut, dass wir ihnen keine Illusionen nehmen.«

Constantia stieß einen Schrei aus, als sie kam. Wie in ihrem ersten Traum hatte sie mit ihren Fingern nachgeholfen, als er zu schnell für sie wurde. Das schmälerte jedoch den Höhepunkt keineswegs, sie spürte, wie sie kurz vor ihm kam, spürte es in jeder Faser ihres Körpers. Kurz flammte inmitten des Höhepunkts das Bild auf, wie sie sich über ihn beugte, um an seinem Herzen zu trinken, doch es zerfloss ebenso schnell wie die Leidenschaft, die nun endlich gestillt war. Schweißüberströmt sank sie auf ihm zusammen, und für einen kurzen Moment war die Schwäche der letzten Wochen vergessen, fühlte sie sich stark und lebendig.

Sie rangen nach Atem, er küsste ihr Gesicht. Sie fühlte ihren Herzschlag, sein Herz schlug heftig gegen seine Rippen. Sie küsste die helle Linie auf seiner Brust.

Der Schweiß wurde rasch kalt, und sie zog die Decke unter ihm hervor.

»Ich hab noch ein paar von den Dingern dabei«, sagte sie, als sie ihm die schützende Hülle vom schlaffen Penis zog.

Er lachte und legte die Arme um sie. »Vielleicht solltest du gehen«, murmelte er in ihr Haar und verstärkte seine Umarmung, als sei sein Körper keineswegs mit seinen Gedanken einverstanden.

»Sorge dich nicht«, sagte sie und legte ihren Kopf auf seine Brust. Dort hörte sie das Herz.

Das göttliche Herz.

»Ich liebe dich«, sagte er plötzlich.

Sie fuhr ein wenig zusammen. »Das ... das bilden wir uns ein!«

»Na, sicher«, spottete er. »Ich bilde mir das nur ein.«

Sie hob den Kopf und sah ihn ernst an.

»Constantia. Ich liebe dich«, flüsterte er eindringlich, und sie spürte Tränen in ihren Augen.

»Ich weiß nicht, ob ich das glaube«, erwiderte sie tonlos.

»Crixus sagt, es mangelt mir an Glauben. Er sagt, ich denke zu viel. Daher – glaube ich jetzt einfach und denke nicht. Ich liebe dich.«

Sie legte den Kopf wieder ab, und Wärme füllte sie an bis zum Hals. Sie konnte nicht sprechen, doch sie schloss die Augen und fühlte einen perfekten Moment.

Marius durchsuchte die Imagi des Ludus-Kanals. Der Kanal sendete, wenn man Premiumnutzer war, alles, was die Linsen im Ludus auffingen. Er war nicht versessen darauf, seine Schwester auf frischer Tat zu ertappen, doch er wollte wissen, ob jemand anderes dazu in der Lage sein würde.

Sie ist doch wohl hoffentlich nicht so dumm, die Maske abzunehmen.

Irgendwann in den frühen Morgenstunden – er trank gerade die zweite Flasche Türkiswein – betrat Ianos das Bad in seinem neuen Wohntrakt und sah sich mit prüfendem Blick um. Er drehte jede einzelne Linse um, und dann erst hörte Marius weitere Fußtritte auf dem nackten Boden, kleinere Schritte. Die Schritte seiner Schwester, die offenbar die Latrine benutzte.

Constantia hatte die Maske keine Minute zu früh angelegt. Die Tür zu den Haupträumen des Ludus öffnete sich und gab ihr nur wenig Zeit, um ihr schlichtes Gewand zu ordnen, sich in Lilia einzufinden. Den Kopf gesenkt saß sie auf dem Stuhl, auf dem sie Ianos erwartet hatte.

Ihre Handflächen wurden feucht, als ein Ausrufer samt Gehilfen und Sklaven Ianos' Schlafzimmer betrat.

»Guten Morgen, Herzloser! Gönne uns doch die Frage, die ganz Rom bewegt: Wie geht es dir?«

»Gut«, sagte Ianos wenig einfallsreich, und sein Blick tastete den Raum besorgt nach Spuren der Nacht ab.

»Du bist der jüngste Träger eines göttlichen Herzens! Wie dankst du heute den Göttern?«

»Indem ich ihnen zeige, dass sie die richtige Wahl getroffen haben. Ich gedenke, besonders Mars zu opfern.« Sein Lächeln war so anders, als er in die Linse sah.

»Das hört sich gut an – wir freuen uns darauf.« Der Ausrufer – sie kannte seinen Namen nicht, und er strahlte so sehr, dass sie erahnte, wie förderlich dieses Gespräch seiner Karriere war – kehrte von seinem offiziellen Gesicht zu einem eher privaten Gesicht zurück.

»Das war schon mal ganz gut. Du da, Sklavin, komm her!«

Sie hatte gehofft, er würde sie einfach übersehen. Sah sie aus wie Lilia? War ihre Tarnung überzeugend?

Zittrig stand sie auf.

»War er nett zu dir diese Nacht?«

Sie spürte Ianos' Blick. Wie verletzend es war, dass diese Männer einfach hereinspaziert waren. Wie fern der Moment ... Sie nickte.

Der Ausrufer lächelte falsch. »Dann brauchen wir jetzt ein bisschen Romantik. Nein, noch besser: Du ölst seine Muskeln ein. Nur kurz. Und du spannst an, Gladiator, ja? So beeindruckend wie Crixus bist du noch nicht.«

Constantia spürte, wie die Wut jeden Moment die Patrizierin in ihr herauskehren würde.

»Du reibst also seine Muskeln ein – und dann, wenn du an den Brustmuskeln ankommst, dann legst du deine Hand auf seine Brust. Nur das. Das reicht. Eine intime Geste, die zeigt, dass du ihn liebst, dass du Angst um ihn hast. In Ordnung? Du hast doch Angst um ihn, oder?«

Sie nickte abgehackt.

»Hier. Aber zeig das Etikett nicht, das ist Spartacus' Zeug,. Das Etikett können wir sonst auch nachträglich drauf montieren. Geht das? Wie heißt du?«

»Lilia.«

»Wunderbar. Geht das, Lilia?«

»Ja.«

»Sehr schön, dann los.«

Marius ließ es sich nicht nehmen, seine Schwester hinter der Maske der Sklavin am Colosseum in Empfang zu nehmen. Constantia bedachte ihn mit einem rätselhaften Blick und stieg in die Sänfte, die sie zur Flugplattform bringen würde.

Niemand sonst war in der Sänfte. Marius ließ sich neben ihr auf den Sitz gleiten.

»Lilialilialilia. Die Einölnummer war wirklich ganz groß. Sehr emotional. Ich habe beinahe ein wenig geweint.«

Sie senkte den Blick, der andernfalls tödlich gewesen wäre.

Er amüsierte sich, doch er musste das Gespräch nun in die richtige Richtung lenken. »Weißt du, als Student der Philosophie mache ich mir ja stets Gedanken darüber, was das Wesen eines Menschen ausmacht. Ich meine, da stellt sich auch die Frage: Woran erkennen wir einander? An unserem Gesicht? An der Körpersprache, dem Gang? Dem Geruch, der Form der Hände, dem Körperbau, der Art, Wörter zu setzen und zu betonen?«

»Marius. Ich habe verstanden«, sagte sie verdrossen mit Lilias Stimme, aber ganz und gar Constantias Tonfall.

»Sehr gut. Ich dachte mir schon, dass du deinen hervorragenden Intellekt behalten hast.« Er lehnte sich zurück und breitete seine Arme über die Lehne der Sitzbank aus.

»Was willst du von mir?«

»Ich will dich rügen für deine schändlichen Taten. Deine Sittenlosigkeit. Die Tochter eines hochgeschätzten Mannes verliert ihre kostbare Unschuld an einen Gladiator.«

Sie lachte höhnisch. »Sei nicht albern. Ich habe nicht meine Unschuld an ihn verloren.«

»Also bist du noch unbeschädigt? Das würde deinen Verlobten natürlich freuen«, heuchelte er.

»Meine Unschuld habe ich an einen verschwiegenen Sklaven der Sabiner verloren. Vor drei Jahren. Aber wie rührend du um sie besorgt bist – die Unschuld. Was willst du, Marius?«

Constantia legte auf Lilias Gesicht einen Ausdruck aus Hochmut und Wut, von dessen Existenz die Sklavin sicherlich noch nichts wusste.

»Vater wäre sehr, sehr wütend, wenn er davon wüsste. Er dürfte dich verstoßen, wenn du ihm solche Schande machst«, sagte Marius lauernd.

»Ich bin seine einzige Tochter. Soll er *dich* mit Lucullus verheiraten?«, spottete sie. »Lucullus ist nicht gerade als Kind von Traurigkeit bekannt – man sagt, er zieht Knaben vor. Dann liegt ihm ohnehin nichts am jungfräulichen Schoß seiner Gemahlin.«

»Sei nicht albern. Jedem liegt etwas am jungfräulichen Schoß seiner Gemahlin!« Er sah hinaus und ließ seinen Blick über den Platz vor dem Cerestempel schweifen. Eine kleine Prozession erinnerte ihn daran, dass heute ein Festtag für die Ceresjünger war. Sie wedelten mit großen Blättern und trugen Speisen in den Tempel.

Er lächelte schmal. »Weißt du, ich könnte ihn vom Zustand deines Schoßes in Kenntnis setzen.«

»Oh, nein, lieber Bruder. Sieh, wie hilflos ich dir jetzt ausgeliefert bin«, sagte sie mit flacher Stimme. »Überschätze dich nicht, nutzloser dritter Sohn!«

»Ganz und gar nicht. Weder überschätze ich mich, noch bin ich nutzlos.« Obwohl er wusste, dass sie ihn wütend machen wollte, wurde er tatsächlich wütend. »Du hingegen dienst nur den Ränkespielen unseres Vaters. Er verscherbelt dich an Lucullus, um Einfluss auf den Ludus zu gewinnen. Er hätte dich auch an einen noch ekelhafteren Wichser als Lucullus verscherbelt, wenn ihm das nützlicher wäre!«

Sie musterte ihn, und er sah, dass sie zu verbergen versuchte, dass seine Worte sie erschütterten.

»Wir sind ihm beide nicht wichtig, Constantia. Wir müssen beide sehen, wo wir stehen. Was wir tun. Welche Daseinsberechtigung wir haben.«

»Wo führt dieses Gespräch hin?«, fragte sie leise.

»Lucullus ist nicht der, den du heiraten solltest«, sagte Marius ohne jede Emotion in der Stimme.

»Und wen sonst? Einen Gladiator mit künstlichem Herzen?«

»Glaubst du, es geht mir darum, dass deine Liebeleien Erfüllung finden? Liebste Schwester – es geht mir nicht um deinen Seelenfrieden, es geht mir darum, was für uns beide eine nützliche Entscheidung ist. Für unsere Zukunft.«

»Und welche ist das?«

»Du heiratest Crassus. Einen ehrenhaften Mann. Einen aufrechten Mann. So einen Mann hast du verdient. Einen Mann, der dich mit Söhnen bedenken wird und dann weit vor dir stirbt.«

»Ein Traum«, knurrte sie. »Was soll das? Warum ist Crassus eine so viel bessere Alternative als Lucullus? Hat er eine andere Einstellung zum Schoß seiner Braut?«

»Sicherlich nicht. Deine Jungfräulichkeit sei deine eigene Sorge – aber eine hättest du weniger: die Sorge, dass ich ihm verraten könnte, dass du dich mit einer dieser verbotenen Masken zu einem Sklaven ins Bett wagst. Wir überreden Vater dazu, dich Crassus zu geben. Oder noch besser: Wir überreden erst

Mutter. Und wenn ihr verlobt seid, werde ich schweigen wie ein Grab.«

Die Sänfte steuerte die Villa an. Constantia betastete prüfend ihre Maske. »Du erpresst mich, damit ich Crassus heirate. Ich frage mich, was du davon hast.«

Marius räusperte sich. »Einen wesentlich besseren Stand. Für meine Zukunft. Du weißt schon, als dritter oder nunmehr zweiter Sohn muss ich auch daran denken. Mehr verrate ich dir, wenn es so weit ist.«

Als die Sänfte auf dem Privatgelände der Mariner anhielt, ließ Marius es sich nicht nehmen, seine Schwester auf ihr Zimmer zu begleiten, wo sie die Rolle mit ihrer verängstigten Sklavin tauschen konnte.

»Du bist ein widerliches kleines Arschloch, Marius«, verabschiedete ihn Constantia.

Er lächelte nur – seinem Ziel ein kleines Stück näher.

»Jemand hat mich gefickt. Und zwar so richtig. Und nicht nur mich, wir sind alle verdammt noch mal gefickt worden, und die meisten von uns sind tot«, erläuterte Bakka ihrem Gegenüber.

»Ja«, sagte dieser. »Eine verdammte Scheiße. Der Auftrag ist über so viele Ecken gelaufen, ich habe keine Ahnung, wer letztendlich dafür verantwortlich ist.«

»Dann finde es heraus. Denn ich will den ficken, der sich das ausgedacht hat. Verstehst du?«

Titus Sinusius, Oberhaupt des Collegiums Sinus Praedonis, nickte. »Das Ganze hat Umwege genommen, Bakka, viele Umwege. Ich finde heraus, wer dafür verantwortlich war.«

»Und ich finde einen Weg, den Hurensohn zu ficken. Blutig, Titus.«

»Ich gratuliere dir trotzdem – schön, dich als Partnerin in den schwarzen Weiten zu haben!«

Sie nickte und warf das hellgrüne Haar zurück. »Poetisch gesagt. Vergiss nicht, dass ich hier draußen bin. Ich bin euer Arm des Gesetzes in den Außenkolonien. Ihr wendet euch an mich, wenn es etwas gibt – ich weiß, dass das früher auch schon mal anders lief. Aber jetzt nicht mehr.«

»Jetzt nicht mehr. Vergessen wir deinen Vorgänger – jetzt bist du, Bakka, die Königin in den schwarzen Weiten.«

Sie grinste zufrieden und unterbrach die Verbindung. Ihre interne Position war durch die Angelegenheit gestärkt worden. Extern jedoch lachte man über sie – und irgendwer, der über sie lachte, hatte davon profitiert, sie in diese Situation zu bringen.

Sie hatte alles Offensichtliche erfahren: Der Auftrag war aus Rom gekommen, natürlich über Mittelsmänner, und einer der Mittelsmänner war ein Konkurrent des Collegiums Sinus Praedonis gewesen – ein Konkurrent, der ihnen inkognito einen wohlmeinenden Auftrag zugeschustert hatte.

Sie wusste, dass er heute Abend bluten würde.

»Das heute Abend ist ja im Prinzip nur ein kleines Intermezzo, um das vierte und fünfte Herz zu zeigen«, sagte Lucullus, als er seine beiden ersten Herzlosen zu sich in die Loge einlud.

Sie würden immer einen besonderen Platz einnehmen – nicht nur in seiner Loge, sondern auch beim Publikum. Man hatte Jahre Zeit gehabt, sich an Oenomaus und Crixus zu gewöhnen, ihre Eigenheiten liebzugewinnen, sich an ihnen sattzusehen.

Satt jedoch sollte das Publikum nicht sein – es musste stets einen neuen Hunger geben, ein neues Bedürfnis, das Lucullus mit seinem Ludus stillen konnte.

Batiatus' Ludus, korrigierte er sich in Gedanken. Dem Lanista gehörte der Ludus, zumindest auf dem Papier. *Und mir gehören die Gladiatoren.*

Er grinste in sich hinein. Was wäre der Ludus ohne die Gladiatoren? Und was wäre Lucius Marinus ohne seine Tochter?

Manchmal musste man nur einen wichtigen Teil von etwas besitzen, um es komplett in die Tasche stecken zu können.

»Das fünfte Herz? Die Amazone hat auch schon ihr Herz?«, fragte Oenomaus, während Crixus die Stirn runzelte, als triebe diese Frage auch seine Schaltkreise um.

»Die Amazone? Warum das denn?«, fragte Lucullus und täuschte Ahnungslosigkeit vor.

»Weil ... es heißt, dass du eine Frau in den Ludus geholt hast, damit sie das fünfte Herz bekommt.«

»Heißt es das? Interessant.« Er schmunzelte und winkte die Gladiatoren vom Korridor in seine Loge hinein.

Crixus' Blick schweifte unruhig umher. Der Gallier war ein schlafender Hund, der für gewöhnlich eher sanftmütig wirkte, einem jedoch an die Kehle fahren konnte, wenn man ihn weckte. Lucullus legte eine Hand auf die Schulter des massigen Mannes, der die blauen Ranken auf seinem Körper mit einer Tunika bedeckt hatte, die ähnlich verwirrende Muster aufwies.

»Bald, Crixus, kannst du dir die Freiheit erringen«, sagte er leise.

Crixus' rotes Auge fokussierte sich erst auf ihn, dann auf Oenomaus. Er lächelte ein kurzes, höfliches Lächeln.

Lucullus wusste, dass Crixus Oenomaus beim letzten Kampf den Sieg gelassen hatte. Der Gallier hatte die Gelegenheit zu siegen gehabt – und hatte sie nicht genutzt. *Er ist in dieser Hinsicht zu weich. Ich werde mich bald von ihm verabschieden müssen – obwohl er in allen Belangen außergewöhnlich ist und ein Gewinn für die Arena.*

Dem Kampf heute gingen keine Todesurteile voraus. Es war ein knackiger kurzer Kampf, um den Appetit anzufachen. Niemand wusste, wer das fünfte Herz hatte – außer Batiatus, Lucullus und die, die es ihm eingesetzt hatten.

Und die Götter, ergänzte Lucullus in Gedanken.

Bakka schaltete den Kampf des Abends ein – auf ihrer Seite des Planeten, am Rand des Mare Nostrums, ging gerade erst die Sonne auf. Doch Bakka war wach, und sie fieberte etwas anderem als dem Kampf entgegen.

Sie nahm zur Beruhigung einen tiefen Zug aus einer Pfeife. Die verschiedenen Kräuter verstärkten ihre Stimmung, ihre Gefühle, ihre Gelüste, kristallisierten jedoch auch gewisse Gedanken sehr klar heraus.

Heute würde sie grausam sein, besonders grausam.

Der Zweigesichtige, der bereits in der Arena wartete, als die Scheinwerfer angingen, war gerüstet wie ein Thrax, das Energiefeld auf seiner Faust war kleiner als ein normaler Legionärsschild, dafür durfte er eine längere Klinge nutzen. Traditionell würde der Gegner wohl als Murmillo auftreten, großer Schild, kleine Klinge. *Langweilig.*

Sie gönnten ihm Arm- und Beinschienen und den Helm mit den zwei Gesichtern. Ansonsten trug er einen Schurz, und Bakka konnte sich nicht daran erinnern, ob er immer schon Ringe in den Brustwarzen gehabt hatte. Der Junge gab sich Mühe, den Jubel der Massen gefasst zu nehmen, hob die Waffe und drehte sich um sich selbst. Bakka hatte solchen Jubel schon häufiger gehört. Es war wohlwollender Jubel, doch er konnte jeden Moment kippen, der Gladiator konnte es sich binnen einer Sekunde mit den Massen verscherzen.

Sie hatte auch in der Arena gekämpft. Nicht in dieser, sondern auf Hispania, in einem dreckigen kleinen Ludus. Sie wusste, wie ein Kämpfer aussah und wie jemand, der seinen ersten großen Kampf verlieren würde.

Dieser da würde verlieren.

Dann flammte die Schrift auf. Neonblau erwachte sie in der Arena zum Leben, der Schriftzug war überall zu sehen, vor den Logen, in den Zuschauerrängen, in der Luft um den bedauernswerten Jungen.

Ianos versus Taurus verkündete die Schrift. Bakka grinste. Das würde ein kurzer Kampf werden.

»Taurus?«, keuchte Constantia. »Taurus hat das fünfte Herz?«

Mit ihren beiden Sklavinnen hatten Gaia und Constantia sich in die Westkurve begeben. Es war nicht allzu gefährlich dort, dennoch saßen hier keine Patrizier, nur reiche Plebejer. Sie hatten auf die Masken verzichtet, besonders Lilia hatte darum gefleht, die Maske nie wieder anlegen zu müssen – das war jedoch undenkbar. Gaia hatte für dieses Geschenk ein Vermögen hingelegt, und als Sklavin würde Lilia gehorchen.

Heute war alles ganz schlicht – die Arena täuschte vor, ein einfacher Sandboden zu sein. Nur zwei Männer, Waffen und diese verdammten göttlichen Herzen.

»Hatte er schon diese Ringe in den Brustwarzen, als du ihn gestern gevögelt hast?«, fragte Gaia.

Constantia ließ sich nicht anmerken, ob sie die Frage gehört hatte; sie starrte mit zusammengepressten Lippen in die Arena.

Das Westtor öffnete sich mit einem Knarren, das eingespielt sein musste, denn hier gab es keine Türen, die solche Geräusche von sich gaben. Mitten in der Westkurve öffnete sich die Arena, und durch den Spalt, der von hinten so grell erleuchtet wurde, dass Taurus' Schatten ihm in die Arena vorauseilte, schritt Ianos' Gegner.

Ianos wandte seinem Feind den Rücken zu. Das Gesicht an seinem Hinterkopf blickte Taurus an.

Taurus' Schatten fiel über ihn, und dann sah Constantia ihn unter sich. Der Minotaurus betrat die Arena mit lässiger Haltung, als sei er auf dem Weg zu der Arbeit, zu der man ihn die letzten Jahre auf den Latifundien gezwungen hatte.

Muskelberge türmten sich an den menschlichen Schultern und der Brust, und auch die Beine bestanden aus harten Strängen. Der Kopf, gekrönt von zwei Hörnern, war nicht von einem Helm bedeckt, und er trug lediglich an seine Oberarme angepasste Schulterpanzer und keine erkennbaren Waffen.

Er nahm den fassungslosen Jubel der Zuschauer entgegen, auch die Buh-Rufe derer, die ihm seine Böswilligkeiten im Ludus noch übel nahmen. Er grinste mit seinem Gesicht, das die Züge eines Stiers mit denen eines Menschen auf groteske Weise vereinte.

Dann rannte er los.

Constantia fragte sich, warum sie hergekommen war. »Nie wieder ... sehe ich so einem Gräuel zu«, presste sie hervor, und Gaia legte den Arm um sie.

»Siehst du, das habe ich schon vor Jahren gesagt – es ist ein Gräuel, es ist menschenverachtend, es ist eine widerliche uralte Unsitte.«

Doch Constantia hörte nicht zu, sie sprach weiter und war erstaunt über ihre eigenen Worte. »Ich hole ihn da raus. Vor der Captura. Noch vor dieser verdammten Captura.«

Und dann betete sie zu den Göttern, die die göttlichen Herzen ersonnen hatten, dass er diesen Kampf überleben würde. Und zu Venus, deren Sohn Constantia mit seiner Waffe, dem Bogen, quälte.

»Doch kein Murmillo«, brummte Bakka. »In Rom scheißen sie halt einfach auf Tradition.«

Endlich kam die ersehnte Nachricht herein.

»Umschalten«, befahl sie der Tabula, doch die gehorchte nicht – wie üblich –, und so musste Brakka die Fernbedienung bemühen.

Das Bild war schlecht, jedoch nicht so schlecht wie der Ton. Sie beugte sich vor.

»Was ist los?«, blaffte sie.

»Wir haben ihn. Haben Kleinkram schon erledigt«, kam die

Nachricht mit großer Verzögerung und zahlreichen Störsignalen aus dem Audio.

»Was heißt Kleinkram?«

»Finger gebrochen.«

»Was sagt er?«

»Er beteuert, dass er es nicht weiß.«

Bakka knackte mit ihren Fingerknöcheln, als stünde sie selbst vor dem Mann, der nur ein jammerndes Häuflein Elend zu sein schien. »Dann kann er nur hoffen, dass er genug weiß, um nicht als Krüppel in der Gosse zu enden. Brecht ihm erst mal die Beine. Er kriegt einen guten Heiler, wenn er uns überzeugt.«

Der Auftrag wurde ausgeführt, obwohl der Mann bereits alles herausschrie, was er wusste. Sein Gebrabbel ging in Schmerzensschreie über, die verzerrt in Bakkas Ohren dröhnten. Sie nahm noch einen Zug aus ihrer Pfeife.

»Gebt ihm was gegen die Schmerzen.«

Eine Spritze wurde in den Arm des Mannes gerammt. Er wimmerte still vor sich hin.

»So, weiter im Text. Wenn du kein Geld hast, dir das richten zu lassen, kannst du dir eine kleine Karre zimmern lassen und hoffen, dass dich jemand darauf durch die Gosse schiebt«, sagte Bakka. Das Bild wackelte. »Oder wir bezahlen dir die Behandlung, also denk gut nach: Fällt dir nichts mehr ein?«

Der Verletzte sabberte Tränen und Speichel zwischen seine Beine.

»Denk gut nach!«, half ihm auch Bakkas Fußsoldat auf die Sprünge. »Die Betäubung ist so gut, ich könnte schon mal anfangen, dir die Eier abzuschneiden. Dann kannst du zugucken, aber den Schmerz spürst du erst später.«

»Ich habe eine Spur«, schluchzte der Mann, »aber sie ist falsch. Jemand hat eine falsche Spur gelegt!«

»Wohin geht denn deine Spur?«, fragte Bakka interessiert.

»Ich ... bitte, sie kann nur falsch sein. Bitte, ich bin nicht schuld! Ich habe versucht, es rauszufinden, ehrlich!« Er schluchzte, als Bakkas Fußsoldat seinen Hammer hob. Die beiden anderen hielten ihn fest. »Da hat einer eine Spur – zu den Praetorianern gelegt. Aber die muss falsch sein. Die Praetorianer ... da ist niemand, der so was macht. Keiner von denen, das sind alles romtreue Hunde, die würden nicht ...«

»Dem Consul ist ja auch nichts passiert«, sagte Bakka. »Überleg doch mal. Wem ist was passiert?«

Er starrte in die Linse, mit wildem Blick.

»Mir, du blöder Wichser! Mir ist was passiert bei diesem Scheißauftrag, den du uns weiterverhökert hast! Der Consul lebt!«

»Aber die Praetorianer ... sind alles ... ehrenhafte Bastarde!«, brachte er hervor.

»Vielleicht gibt es ein faules Ei in ihren Reihen. Oder mehr als eins. Tito?«

Tito trug die Linse und antwortete daher, ohne dass sie ihn sehen konnte. »Ja?«

»Sieh zu, ob du noch mehr aus ihm rauskriegst.«

»A oder B?«, fragte er.

»Sei nicht albern. B.«

»Was heißt das?«, fragte der Kerl in der Gosse panisch.

Tito trat näher. »Wir haben uns darüber unterhalten, welchen Grad der medizinischen Versorgung wir dir zukommen lassen werden. Sorge dich nicht – wenn wir fertig sind mit dir, wird die Versorgung umfassend sein.«

Bakka schaltete um und grinste.

»Umfassend tödlich«, sagte sie und nahm ihre Pfeife. Das Kraut schenkte ihr einen kristallklaren Rauschzustand, und sie begehrte jetzt etwas Abwechslung.

Sie öffnete die Tür zum Schlafzimmer. Dort saß ihre Sklavin und malte. Bakka ließ sich nicht lumpen, seit sie die Anführerin war. Die Sklaven des alten Anführers hatte sie freigelassen, arme geprügelte Kreaturen, und sich diese Frau gekauft, eine Gesellschafterin, wie normalerweise ein Senator sie sich leistete oder ein Magistratsmitglied.

»Komm rüber, wir sehen uns den Kampf an«, befahl Bakka.

Die Gewänder raschelten, als die Sklavin sich erhob. Sie hatte breite Hüften und ging sicherlich auf die vierzig zu. Bakka legte den Kopf an die Schulter der Frau, als diese sich neben sie auf die gepolsterte Liege gelegt hatte.

»Hat der verdammte Minotaur denn keine Waffen?«, fragte Bakka missgelaunt mit Blick auf die Tabula, als der Minotaur zum Sprung auf den Zweigesichtigen ansetzte. Wie als Antwort auf ihre Frage fuhren Klingen aus seinen Fäusten – es waren Energieklingen, verdammt teure Dinger.

Teurer und besser als jede Metallwaffe, wenn auch fehleranfälliger.

Wenn Taurus den Knaben mit seinem Sprung getroffen hätte, hätte er ihn an den Boden gepinnt. Doch dies war der Kampf zweier Herzloser. Der andere wich aus, und die Klingen breiteten ihren elektrischen Impuls im Boden aus. Bakka sah den Sand vibrieren.

Sie sog an ihrer Pfeife.

Ihre Finger begannen sich um die Handgelenke ihrer Sklavin zu schließen. Diese verdammten dekadenten Römer! Der Rauch der Pfeife ließ ihre Wut kristallklar aufsteigen. »Bitte«, sagte die Frau leise. »Bitte tu mir nicht wieder weh, Herrin.«

Kapitel XVII

Die Schläge prasselten auf Ianos ein. Alles war in den Hintergrund getreten, nur das Ausweichen und Abblocken und Überleben waren noch wichtig.

Um ihn zu überrennen, setzte der Minotaurus seine ganze Masse ein, und das war sicherlich viermal so viel, wie Ianos auf die Waage brachte.

Er wusste, dass das Herz ihn gegen Taurus nicht retten würde. Dieser hatte schließlich ebenfalls ein Herz. Da half es auch nichts, dass Batiatus Ianos eine Spezialanfertigung gegönnt hatte – die Ringe an seinen Brustwarzen ließen ein Energiefeld aufzucken, das ihn schon zwei Mal vor einem tödlichen Treffer in den Brustkorb bewahrt hatte.

Er stolperte – es war unvermeidlich gewesen. Taurus hatte die Wucht eines heranstürmenden Stiers, und Ianos' Stiche schienen an ihm abzuprallen. Zudem war Taurus' Reichweite größer, seine Waffen länger – selbst seine Arme waren affenartig lang und fanden in den rot schillernden Energieklingen ihre Entsprechung.

Taurus warf sich rücksichtslos gegen Ianos' Schild, eine der Klingen fuhr darüber hinweg und zerschnitt den zweigesichtigen Helm.

Der Junge fiel rückwärts. Das Herz versorgte seine Muskeln mit ungeahnter Kraft – doch sie war nichts gegen die Kraft des Minotauren. Ianos fühlte sich betrogen – hatte er dieses verdammte Herz nicht erst gestern bekommen?

Taurus sprang hoch und wollte, Klingen voran, auf Ianos landen. *In* Ianos landen, sich durch ihn hindurchgraben bis auf den Arenaboden.

Während die Zeit stillzustehen schien, sah Ianos den Strom, der durch Taurus' Rüstung und Waffen floss.

Er sah die Klingen, sah die Aktivierungspunkte in den Händen, sah das Herz durch die Brust des Gladiators. Das Frauenherz – doch auch das Herz eines Mannes wäre für Taurus' gewaltigen Brustkorb zu klein gewesen.

Und dann, als die Klingen herabfuhren, erkannte Ianos, dass sein eigenes göttliches Herz mehr vermochte, als diese Bahnen nur zu *sehen*.

Ianos schrie, und vielleicht löste es dieser Schrei aus oder der pure Wille. Eines von beidem ließ alles – alles Elektronische um ihn herum verlöschen.

Sein eigener Schild erlosch als Erstes. Dann die Energieverstärkung seiner Waffe. Dann Taurus' Klingen. Und dann griff Ianos' Herz durch Knochen und Fleisch hindurch nach dem Herzen seines Gegners.

Auch die Audios verstummten. Lichter erloschen. Das Geschrei der Zuschauer hallte pur durch die Arena, verstärkt von der trichterförmigen Architektur, roh, wie es vor Jahrtausenden gewesen sein musste.

Taurus krachte auf Ianos herab. Anstelle der Waffen stieß er nun die massigen Fäuste in den Körper unter ihm. Rippen und Kiefer brachen, Ianos hörte sie bersten, doch der irrsinnige Schmerz blieb aus. Beide Herzen verstummten, als der Minotaurus auf dem kleineren Gladiator landete.

Taurus keuchte entsetzt.

Dann schlug er auf Ianos ein, doch das Herz rührte sich nicht, und Ianos lachte, während er darauf wartete, dass diese Tatsache ihn töten würde.

Taurus würde nicht durch ein ausgesetztes Herz sterben.

Taurus' Leben wurde von dem Schwert beendet, der metallenen Klinge, die Ianos mit einer raschen Bewegung ins Auge des Stiermenschen stieß.

Kreischen.

Um ihn herum ein Kreis aus gnädiger Dunkelheit.

Schriftzeichen zuckten weit über ihm, über der Arena – dort, wohin der Impuls, den sein Herz ausgelöst hatte, nicht gereicht hatte.

Ein erstauntes Schnaufen durchlief Taurus.

Dann lag der Minotaurus still.

Ianos' Augen versagten ihren Dienst, es wurde schwarz. Es war so leise in ihm ohne Herzschlag. Ihm war, als hielte er das Herz fest, ohne es loslassen zu können, ohne ein Gefühl für diese klammernde, dritte Hand zu haben. Mit einer Willensanstrengung, die körperlich schmerzte, gelang es ihm endlich, kurz vor dem Punkt, an dem der Tod wartete und den er sich zu überschreiten weigerte, den Griff um sein Herz zu lösen.

Als wäre ein Schiff mit einem Ruck gestartet, sprang das Herz wieder an und strafte ihn mit einem Schlag, der ihm durch alle Knochen fuhr. Er lag unter Taurus' massigem Leib, und über ihm kreischten die Massen.

Hell.

Sein Augenlicht kehrte zurück.

Lichter flammten auf wie Blitze.

Suchende Scheinwerfer. Brüllende Audios. Vergrößerte Imagi, überallhin projiziert.

Er schloss die Lider, es schrillte in seinem Kopf, als das Herz mit schmerzhaften, harten Schlägen sein Blut wieder in Bewegung setzte.

Langsam arbeitete er sich vor. Stemmte sich unter Taurus hervor. Fühlte, dass auch dessen Herz wieder schlug, sah, dass in dessen Fäusten die Schwerter wieder aufflammten.

Er beeilte sich. Kniete neben Taurus. Zog seine Klinge aus dem Schädel des Minotauren und setzte sie auf dem breiten, dunkel behaarten Brustkorb an.

Constantia krallte sich an Gaia fest und presste ihre Stirn an die Schulter der Freundin.

»Göttin Minerva!«, rief Gaia aus. »Er schneidet ihm das Herz raus!«

Constantia zwang sich, wieder hinzusehen. Ihr war schon schlecht, doch sie beobachtete, vergrößert über Hunderte von Projektionen, wie Ianos' das Herz aus dem Brustkorb zog, Gefäße wie Knochen zerhackend.

Schließlich stand er auf.

»Was tut er da? Bei Iunos Ziegenfell!« Es war nicht einfach, Gaia zu schockieren, doch beim Anblick des blutüberströmten Gladiators – und des offenen Brustkorbs des Stiermannes – hielt sie sich die Hand vor den Mund.

Die Audios ließen Ianos' heisere Stimme durch die Arena hallen, als der Gladiator das blutende Herz über sich erhob und forderte: »Gebt es einem Würdigeren!«

»Er ist völlig wahnsinnig!«, brachte Gaia hervor und unterdrückte ein Würgen. Sie sah Constantia vorwurfsvoll an. »Er ist wahnsinnig!«

Constantia erwiderte nichts. Er sah schrecklich aus – sein Gesicht deformiert, blutig geschlagen und über und über mit Taurus' Blut bedeckt. Doch der Schreckmoment, in dem sie ihn nicht gesehen hatte, in dem es dunkel in seinem Teil der Arena geworden war und in der die Schriftzüge weit oben verkündet hatten, dass beide Herzen aufgehört hatten zu schlagen, dieser Schreckmoment war vorüber.

»Du musst das nie wieder tun«, flüsterte sie in die Fäuste, die sie gegen ihre Lippen presste. »Ich hole dich da raus, das schwöre ich beim Styx und der weisen Minerva.«

Sie wandte sich um, sah Lilia wild an, die zitterte und sich an Ovida presste, als sei die ältere Sklavin ihre Mutter. Gaia nahm Constantias Hände in ihre eigenen, ihre Finger waren schweißnass.

»Süße. Du kannst nicht wieder da runtergehen«, sagte Gaia, als könne sie Constantias Gedanken lesen, als schrien ihre Augen sie heraus. Constantia hörte die Worte ihrer Freundin kaum. »... herausfinden! Du darfst nicht so leichtsinnig damit sein. Versprich es mir – du bringst uns alle in Gefahr, wenn du nicht auf mich hörst. Maßvoll. Dieses Geschenk, das ich dir gemacht habe, du musst es maßvoll einsetzen!«

Sie riss die Hände los. Die Masken trug sie in ihrer Umhängetasche. Sie würden die Kleider tauschen. Die Frisuren tauschen, mit dem künstlichen Haar, das sie sich selbst und der Sklavin hatte anschweißen lassen und das sich nach Belieben verlängern und verkürzen ließ. Sie würden die Gesichter tauschen, und sie würde hinuntergehen. Und diesmal würde sie mehr tun, als vorzutäuschen, eine Nacht könne ewig dauern. Diesmal würde sie ihn herausholen, würde ihn verstecken, würde dafür sorgen, dass er fliehen konnte.

In ihren Ohren rauschte es. Die Arena schien sich zusammenzuziehen, verwirbelte an den Rändern und wurde schwarz.

Gaias Hände zogen sie neben sich auf den Sitz. »Dein Vater kontrolliert doch sein Herz, Dumme!«, flüsterte sie. »Und nun hör auf – um uns herum toben sie zwar wie die Wilden, aber irgendwer wird noch bemerken, wie es um dich steht!«

Constantia schnappte nach Luft. Ihre Finger prickelten.

Wenn er stirbt ... sterbe ich dann auch?

»Ich wusste wirklich nicht, dass ich ihn liebe«, murmelte sie.

Der Olympische Garten, einst errichtet, um den Göttern nahe zu sein, als man diese noch im Weltall wähnte, war ein schwebendes Konstrukt aus mehreren Plattformen, Auslegern und Etagen über dem Meer. Es konnte seine Position verändern; weil es jedoch so groß war und einen immensen Schatten warf, blieb es zumeist über der Wasserfläche, die den großen Kontinent und die etruskischen und italischen Inseln umgab.

Schwerkraftumkehrer und verschließbare Kuppeldächer machten es möglich, dass man die Plattformen von unten betrat – das Meer über sich wie einen dunkelblauen Himmel – oder dass man mit den Gärten hinaufstieg, um am helllichten Tage einen Blick auf die Sterne zu erhaschen, sodass der Planet unter einem ausgebreitet lag wie eine immense graublaue Perle.

Eine wunderbare Vorschrift machte den Olympischen Garten zum perfekten Ort: Es gab hier keine Linsen und keine Audios, und ein Bruch dieses Tabus wurde mit dem Tode durch die Söldner des Gartens bestraft.

Einfache Plebejer erzählten sich Geschichten vom Garten, doch die wenigsten von ihnen wussten, wie er wirklich aussah, denn auch den Ausrufern mit ihren Linsen wurde der Eintritt nicht gewährt. Ab und an konnten einfache Menschen in der Lotterie einen Tag an diesem sagenhaften Ort gewinnen – anschließend stachelten sie die Mythen nur umso mehr an.

Der Olympische Garten war in zwölf Bereiche für die zwölf olympischen Götter unterteilt – und die Ausleger für jeden Gott, der mit der Zeit ergänzt worden war, waren unzählbar.

Lucullus hatte seine beiden Gladiatoren ins Venusparadies eingeladen, um sich von dem furchtbaren Ausgang des Kampfes abzulenken.

Crixus war von zwei fuchsschwänzigen Nymphen in eine Laube geführt worden, wo sie offenbar hingebungsvoll der Liebe nachgingen. Oenomaus und Lucullus lagen und aßen auf einer Plattform, die aus einer Weide gewachsen war, und die ihnen Privatsphäre schenkte. Der Halbsatyr war vertrauenswürdig. Ein Intrigant wie Lucullus selbst – nur statt auf dem Parkett der Patrizier im Schmutz des Ludus.

Eine Parade aus schönen, halbnackten Menschen tanzte um einen Brunnen, aus dem dunkler Wein wie Blut sprudelte. Im See tummelten sich gezähmte Capricorni – fischschwänzige Widder, die verspielt ans Ufer kamen und im Gegensatz zu vielen ihrer Verwandten nicht befürchten mussten, gefangen und verspeist zu werden.

Alles war von zarten Farben und mildem Duft erfüllt.

Lucullus versuchte, die Tatsache, dass er einen Gladiator verloren hatte und nun die Hälfte der Herzlosen Lucius Marinus gehörte, mit Humor zu nehmen. Humor nach außen. In ihm roch es nach Galle.

Wie immer fühlte Oenomaus beim Beobachten der Tänzer und dem Gedanken an Crixus' Tätigkeiten die Lust auf einen feuchten Schoß oder einen steifen Schwanz, doch er unterdrückte die Impulse, die sein dauergeiler Vater ihm vererbt hatte, und konzentrierte sich aufs Essen, das über die Maßen köstlich war. Aus den Beeren perlte Wein, aus dem Kuchen troff Wermuthonig.

»Nun – privater könnte es nicht sein, Oeno«, begann Lucullus.

»Das stimmt. Ich bin nur ein wenig abgelenkt«, sagte Oenomaus.

Sein Herr seufzte. »Hol dir einen Sklaven, wenn du dich dann besser fühlst, und wir reden danach.«

»Ich kann mich beherrschen. Ich bin nicht Faunus.« Der Gladiator hatte Faunus stets verachtet. Er war wie alle Satyrn gewesen: faul und geil. Oenomaus war mehr als das. Mehr als der Mann, der ihn gezeugt hatte, trotz aller Freizügigkeit, auf die er den Bürgern Roms Blicke gewährt hatte – und zu der ihm der Lanista geraten hatte.

»Faunus.« Erneut ein Seufzer. Lucullus hatte einige potenzielle Favoriten im Kampf *Zwölf gegen Spartacus* verloren. Besonders, dass das Publikum mit Aeneas den begabtesten Retiarius seit Jahren zum Tode verurteilt hatte, nagte an ihm.

Oenomaus war zwiegespalten über Taurus' Tod – Crixus und er hatten es nicht geschafft, den Minotaurus zu bezwingen, und dabei hatte dieser im letzten Kampf nicht einmal ein göttliches Herz besessen. Dennoch, tot war tot, und der Bastard wäre herzlos noch eine viel größere Gefahr für jeden im Ludus gewesen. *Wenn auch praktisch für jeden Ausbruchsversuch.*

»Kennst du den Stahl des Hades, Dominus?«, fragte Oenomaus.

Lucullus fuhr auf. Eine Beere zerplatzte auf dem hölzernen Boden. »Was ...?«

»Der Hadesstahl. Weißt du nicht, was man sich in meinem Volk erzählt?«

»Welches Volk? Gladiatoren? Sklaven? Halbmenschen?«

»Satyrn. Faune«, erwiderte Oenomaus verdrossen. »Der letzte römische König – weißt du, was man sich von ihm erzählt?«

»Von Tarquinius Superbus? Das Volk begehrte gegen ihn auf und zerriss ihn in tausend Teile.«

»Vielleicht zerriss es einen seiner Sklaven, den er ausstaffierte wie sich selbst. Nein, Tarquinius bestieg ein Schiff.«

»Mit der Technik zu Tarquinius' Zeit wäre er damit nicht einmal bis Sicilia gekommen!«

»Dann hat der Hades vielleicht ihn gefunden und nicht er den Hades.« Oenomaus zuckte die Achseln. »Es ist jedoch bekannt, dass er der erste Mensch war, der dort Einlass fand. Es heißt, er blieb allein dort und wurde wahnsinnig. Und er starb nicht, denn die Zeit im Hades ist eine andere, das schwarze Loch zieht sie in die Länge oder verkürzt sie auf einen Wimpernschlag, je nachdem, wie es dem Hades gerade passt.«

»Tarquinius lebt nicht mehr. Das wäre ... das wäre ... er würde Rom damit spotten!«, ereiferte sich Lucullus.

Oenomaus lächelte. »Teile meines Volkes waren Diener der Thraker. Ihrer Königin. Vor hundertfünfzig Jahren sah eine thrakische Seherin voraus, dass viele von ihnen durch eure Hand sterben würden, und sie floh mit ihren Anhängern zu ihrer Schutzmatrone. Zu Persephone.«

»Es sind ... es sind Menschen in den Hades geflohen?«

»Und Faune. Lange, bevor ihr Hand an Thrakien legtet oder an die grüne Perle meines Heimatmondes.« Oenomaus lehnte sich zurück und sah auf den Ozean, dem Venus einst entstiegen war. Er fragte sich, warum das Meer von hier aus so unbewegt aussah, obwohl es doch beständig hin und her wogte. »Sie haben dort Hadesstahl gefunden, heißt es. Hadesstahl ist für eure Sensoren unsichtbar und durchdringt seinerseits alles. Auch eure Schilde.«

»Ein Märchen! Nichts durchdringt unsere Schilde – und wenn es etwas gäbe, wären wir schon lange damit konfrontiert worden.« Lucullus schüttelte seinen Kopf, sodass die teigigen Wangen und Tränensäcke wackelten.

»Sicher. Deshalb hielt ich es auch für ein Märchen. Aber ich habe Hadesstahl in den Händen gehabt. Spartacus – hat Hadesstahl.«

»Was?« Lucullus sah ihn ungläubig an, das Gesicht erstarrt. *Er ist solch ein hässlicher Mann*, stellte Oeno in Gedanken fest.

»Ein kleines Ding, kleiner als mein kleiner Finger. Er hat es, und er plant, vor der Captura den Ludus zu verlassen. Er plant, dass wir alle vor der Captura den Ludus verlassen. Er weiß, dass das, was ihr ihm als seine Frau präsentiert, nicht seine Frau ist. Und das macht ihn unberechenbar.« Oenomaus schloss die Augen. Hier war er, der einzige Würfel, dessen Wurf ihm die Freiheit geben konnte. Und er reichte ihn weiter.

Lucullus schwieg lange. »Und willst du deine Freiheit nicht?«

»Sehr gerne will ich meine Freiheit«, gab Oenomaus zu und öffnete die Augen. Nun setzte auch er sich auf, mit der geschmeidigen Bewegung der besten Kämpfer des Mare Nostrums. Er sah seinen Herrn an, wie nur ein Gleichgestellter jemanden ansehen konnte. Er war der Mann, der das erste göttliche Herz trug. Er wurde wegen so etwas nicht zurechtgewiesen.

»Dann sage mir doch, wie du dir das vorstellst.« Lucullus wischte sich Schweiß von der Stirn.

»Es gibt drei Möglichkeiten. Du nimmst Spartacus das Amulett weg und sorgst rasch dafür, dass es sechs Herzlose gibt, damit die Captura über die Bühne geht. Dabei würde ich gerne siegen und wäre frei. Das ist allerdings eine recht riskante Angelegenheit, denn wenn der verdammte Zweigesichtige Herzen ausschalten kann, sieht es schlecht aus für mich.«

Lucullus schnaubte. »Das hat noch nie einer vor ihm vermocht, ich weiß nicht, warum er es kann. Wenn ich das gewusst hätte ...«

Oeno fuhr einfach fort. »Die zweite Möglichkeit wäre gewesen, ich sage dir nichts davon und schließe mich Spartacus an. Wir entkommen, und du schaltest unsere Herzen aus.« Oenomaus ahmte herunterfahrende Maschinen nach. »Wuuu. Ende. Sieht wieder schlecht aus für mich.«

»So so. Also gibt es womöglich eine weitere Alternative?«

»Ich sage dir, dass es Hadesstahl gibt. Dass ich ihn gesehen habe. Ich sage dir, wie unglaublich wertvoll Zugriff auf Hadesstahl ist. Wertvoller als ein Posten als Senator. Wertvoller als ein Posten als Consul. Wertvoller als jedes Erbe der Welt. Wer Hadesstahl kontrolliert, kann Verderber oder Retter Roms sein. Aber welche Legion willst du, Dominus Lucullus, in den Hades führen? Die Praetorianer? Und an Lucius Marinus wieder einen großen Teil des Festschmauses abtreten? Eine Privatarmee? Welche Armee wäre so stark wie ein Haufen Gladiatoren, angeführt von Herzlosen?«

Oenomaus strich sich über den Bart, als sich Lucullus' Augen weiteten. Die blassen Lippen des Mannes sich zu einem Lächeln verzogen. »Ich ... ich könnte Crassus und Marinus die lächerliche Suche nach Latifundien in der Schwärze des Nirgendwos überlassen. Ich könnte ... Hadesstahl nach Rom bringen.«

»Du könntest ein Held sein. Oder ein Usurpator. Ein König oder der reichste Mensch des Sternenhaufens. Such es dir aus.«

Lucullus versuchte einige Sekunden, seine Aufregung und

jähe Freude zu unterdrücken. Dann gab er nach, lachte und rief mit einer kleinen Glocke nach einem Sklaven. »Bring uns Goldwein!«

Ungeduldig wartete er auf die teuerste Köstlichkeit, die im Olympischen Garten zu haben war. Als der Sklave erschien und aus einer golden schimmernden Karaffe einschenkte, waberte der schwere Duft des Weins bereits durch die Weidenplattform und öffnete Oenomaus' Nase, sodass er selbst den Schweiß der Tänzer und den Wein aus dem Brunnen zu riechen glaubte, jedoch dezent, dem Goldwein untergeordnet.

Er hob vorsichtig das Glas. Die Kammer in der Weide wurde von einem sanften Schein erhellt, der ihre Schatten tanzen ließ. Der Sklave zog sich zurück.

»Kaum zu glauben, was die letzten Sonnenstrahlen dieser Traube noch mitgegeben haben«, spottete Oenomaus und musterte den Wein durch das Glas.

»Oenomaus. Ich wähle diese dritte Möglichkeit«, sagte Lucullus feierlich.

»Dann lass uns trotz des Weines noch darüber sprechen, wie wir es anfangen, Marcus.« Oenomaus nahm sich die Frechheit heraus, seinen Herrn mit dem Vornamen anzusprechen.

Die Gläser klirrten aneinander, und der erste Schluck gewährte ihnen einen Glücksmoment in Gold.

Kapitel XVIII

Constantia kam zu sich und hatte Angst. Sie wusste nicht, wo sie war und wie sie hergekommen war; es war dunkel und kalt, und nur der Schein von Öllampen erhellte einen Raum, der aussah, als gehöre er zehntausend Jahre in die Vergangenheit.

Ihre Erinnerung an die vergangenen Momente – oder waren es Stunden? Tage vielleicht? – verschwanden zwischen Träumen.

Sie sah an sich hinab. Sie trug die gleiche Kleidung wie im Colosseum: ein schillernd hellgraues Kleid – in der Farbe von Meereswogen an einem Tag, an dem es regnete. Auf einer anderen Welt, denn über Rom regnete es kaum mehr.

Sie strich darüber. Ihre Hände waren nicht blutig, auch wenn sie davon geträumt hatte.

Die Träume schnürten ihr den Hals zu. Bei manchen von ihnen tat es beinahe körperlich weh, dass sie nicht real waren. Andere versetzten sie beim bloßen Gedanken daran in Verzweiflung. Und alle verwischten sich zu einem Wirrwarr, den ihr waches Gehirn sich zu ordnen weigerte.

Es roch nach Weihrauch, so schwer, dass sie nach Atem rang.

»… werde dich rausschmeißen lassen!«, hörte Constantia die Stimme ihres Vaters ganz in der Nähe.

»Sie braucht mich! Ich bin ihre Freundin!« Auch Gaia war im Raum.

»Du bist eine nichtsnutzige kleine Schlampe mit großem Namen, die meine Tochter schädigt! Ich will, dass du dich entfernst!«

»Papa«, flüsterte Constantia, obwohl sie es hatte schreien wollen.

»So redest du nicht mit mir, Lucius Marinus! So redest du nicht mit einer Sabinerin! Deine Familie ist erst vor kurzer Zeit wieder aus dem Staub gekrochen, in dem sie die Schmach einer alten Tat überdauert hat. Constantia liebe ich um ihrer selbst willen, aber nicht wegen deines Namens, Marinus!«

Gaia hatte sich vor Lucius aufgebaut, der bleich erschien im flackernden Licht der Fackeln. Constantia konnte nicht sagen, bei wem größerer Hass aus den Augen sprang.

»Das wirst du bereuen«, zischte ihr Vater und winkte zwei seiner Söldner.

»Du wirst mich nicht hier rausschleifen lassen! Der Tempel gehört dir nicht! Ich habe ein Recht, ihn zu betreten!«

»Du bist mir gefolgt, um dich am Leid meiner Tochter zu weiden!«, schrie Lucius, und Constantia kämpfte damit, sich von der schmalen hölzernen Bettstatt zu erheben, auf die man sie offenbar gelegt hatte. Sie sah hoch und in die Augen eines schwarzen Mannes.

Sie schrak zurück. Er streckte die Arme nach ihr aus, seine Augen funkelten rot. Sie schrie auf, und das beendete den Streit. Gaia und Lucius waren innerhalb eines Wimpernschlags bei ihr.

Eine Statue, erkannte Contantia. *Nur eine Statue. Somnus, der Herr des Schlafs. Sie haben mich hier hingelegt, als ich schlief.*

Eine weitere schwarze Gestalt trat aus den Schatten. Diese war nun wirklich ein Mensch, und ihr Gesicht war so schwarz, dass die Kapuze leer schien, wäre da nicht das Glitzern der Augen im Lampenschein gewesen.

»Streitet nicht unter den Augen Dis Paters«, raunte die Frau mit so viel Nachdruck in der Stimme, als habe sie gebrüllt. »Wer den Tempel aufsucht, ist hier willkommen. Und wer Hilfe benötigt, kann sie von unserem dunklen Vater erbitten.«

Sie beugte sich über Constantia. Ihre Lippen waren voll, kleine Risse verunzierten sie. Über den Augen lagen schwere Lider. Sie nahm Constantias Hand.

»Ein Mal liegt auf dir«, murmelte sie. »Jemand höhlt dich aus, füllt dich an mit Schlechtem.«

Constantia schüttelte stumm den Kopf.

Die Priesterin drehte ihre beiden Hände um und betrachtete Constantias Handflächen. »Siehst du – hier und hier. Jemand nutzt deinen Willen zu leben, obwohl der Tod dir sicher war.«

Harte Finger tasteten über Constantias Arme, über ihre Schultern, ihre Rippen, bohrten den Daumen zwischen ihren Brüsten auf ihr Herz. Das Kleid warf irritierte Falten um ihren Daumen.

»Du bist es selbst gewesen«, sagte sie. »Du trägst den Fluch, trägst ihn zu deinen Brüdern, deinem Vater – in die Familie der Mariner. Du hast ihn freiwillig genommen. Solch ein Fluch kann nur wachsen, wenn man ihn freiwillig annimmt.«

Constantia traten Tränen in die Augen, sie schüttelte den Kopf. Ihr Vater sah sie an, und sie verneinte noch heftiger.

»Wir waren beide auf der *Bona Dea*«, widersprach Lucius der Priesterin.

»Scht!« Die Priesterin hob die Hand. Ein kahlrasierter Sklave brachte ihr ein tönernes Weihrauchbecken. Die Priesterin schaukelte ihren Oberkörper darüber und summte eine tiefe Melodie. Dann erstarrte sie und musterte Constantia.

Diese erwiderte den Blick flehend. *Bitte – nicht vor meinem Vater!*

Doch sie war als Tochter sein Eigentum, und es gab für die Priesterin keinen Grund, ihm etwas zu verheimlichen.

»Es gibt eine Kette von dem, der den Fluch spricht, bis zu dir, Lucius Marinus. Deine Tochter kann diese Kette durchbrechen, denn ihr Glied ist das einzige, das sich freiwillig geschlossen hat. Alles andere ist durch Blut oder Schicksal verschweißt.« Sie atmete erneut ein. »Es steht in ihrer Macht, doch sie ist außerstande.«

»Was heißt das?« Lucius hustete in der Weihrauchschwade.

Constantia sank gegen den Arm, den Gaia um sie gelegt hatte.

»Es ist ein Band, das man nicht willentlich durchschneiden kann. Eine Kette, die man nicht willentlich öffnet. Es ist, als würde man beschließen, jemanden nicht zu lieben.«

Constantia presste ihr Gesicht an Gaias Schulter, atmete durch den Stoff des Kleids, der den Weihrauchodem dämpfte. Gaia schlang ihre Arme beschützend um sie.

»Was ... was heißt das?«, flüsterte Lucius erneut.

»Ich kann es nicht sagen. Das ist es, was Dis Pater mir sagt. Dis Pater holt sie und dich und deine Söhne, und sie ist die Einzige, die euer Leben retten kann.«

»Dann rette uns doch – Constantia!« Er packte sie und zog sie von Gaia fort.

Sie schluchzte, ihre Träume und der Weihrauch schlugen auf sie ein. *Jemanden nicht zu lieben.*

»Das hat *sie* gemacht«, schluchzte Constantia. »Und ich kann es nicht, ich kann nicht rückgängig machen, was sie gemacht hat!«

»Wer ist sie?«

»Deine Sklavin.« Sie presste ihre Fäuste gegen Lucius' Brust und stieß ihn von sich. »*Du* hast sie gevögelt, *du* hast sie wie eine Sklavin behandelt! *Du* hast ihren Zorn auf uns geladen, und nun sagt ihr, *ich* sei schuld?«

Er starrte sie an. Öffnete den Mund. Dann stand er auf.

»Spartacus' Frau ist tot«, sagte er tonlos und gab seiner einzigen Tochter eine Ohrfeige, die sie zurück auf die Holzpritsche warf. Somnus sah mit strafendem Blick zu, die Priesterin regte sich nicht, und Gaia warf sich schütztend über ihre Freundin. Constantia wimmerte und fühlte ihren Körper zittern und dachte für einen Moment, er bestünde aus nichts als Würmern, von denen jeder einen eigenen Willen hatte.

Als Lucius sich abwandte, folgte ihm die Priesterin.

Es vergingen schweigende Minuten, in denen Gaia Constantias Haar streichelte.

»Ich weiß, dass sie es gemacht hat«, flüsterte Constantia. »Sie hat gemacht, dass ich ihn liebe. Und ich weiß auch ... ich weiß, dass es nicht echt sein kann. Aber trotzdem zerreißt es mich, wenn ich an ihn denke.«

»Dann ist es auch echt«, sagte Gaia.

»Und was ist, wenn meine Familie dafür stirbt? Wenn ich dafür sterbe?«

Gaia schluchzte auf. »Dann seid ihr für etwas Gutes gestorben. Nicht für irgendeinen verdammten Krieg. Nicht für eine Streitigkeit mit anderen Familien. Nicht für Macht oder Geld oder Ehre.«

»Das sollte auf unseren Gräbern stehen«, brachte Constantia hervor und lachte auf. Der Knoten in ihrer Brust öffnete sich langsam.

»Wir werden etwas finden, eine Lösung. Ich kenne viele ... viele Leute an vielen Orten. Es wird eine Heilung geben, einen Gegenfluch. Irgendetwas«, versprach Gaia und wischte sich die Tränen weg, die an ihren langen Wimpern hingen und zitterten.

Unbemerkt hatte ein Kind den Schrein des Somnus betreten. Es war zum Gott gegangen und hatte ihm die Hände gereicht. Dass es so plötzlich dort stand, sandte einen Schauer über Constantias Rücken.

Es war ein kleines Mädchen, und als sie sich herumdrehte, erkannte Constantia sie. Der Schreck fuhr ihr in alle Glieder.

»Gaia ...«, flüsterte sie, doch Gaia reagierte nicht.

Das Mädchen ließ Somnus' Hände los und flüsterte: »Ein gestohlenes Herz liegt in deinen Händen. Du wirst es zurückgeben, und der Tausch besiegelt, ob du lebst oder stirbst.«

Dann ging sie hinaus, und Constantia konnte nicht atmen. Der Weihrauch legte sich dicht auf ihre Gedanken.

»Ja?«, fragte Gaia. »Was ist, Süße?«

»Das Mädchen ...«

»Welches Mädchen?«

Constantia rieb sich über die Stirn. »Das ... sie war auf dem hängenden Basar! Du ... hast kein Mädchen gesehen?«

Gaia schenkte ihr einen langen, verwunderten Blick. »Dein Leben ist sehr seltsam geworden, Constantia.«

Es war schrecklich, ein göttliches Herz zu besitzen. Er konnte vor seinen Knochenbrüchen nicht in die Bewusstlosigkeit fliehen, denn das Herz dämpfte den Schmerz und setzte Heilungsprozesse in Gang, die so rasch verliefen, dass die Capsarii sich beeilen mussten, seine Knochen rechtzeitig zu richten. Beim Kiefer gelang es ihnen nicht, und sie mussten ihn erneut brechen.

Ianos wünschte sich, bewusstlos zu sein.

Man nahm ihm die Ringe in den Brustwarzen ab – sie waren eine Schutzwaffe, und als solche musste er sie nach dem Kampf abgeben –, und selbst diese Löcher schlossen sich klaglos.

Unbeweglich ließen sie ihn auf einer Liege zurück, wo er heilen würde. Drähte ragten ihm aus dem Gesicht. Seine Zunge hätte auch ein in seinem Mund vergessener Lappen sein können. Er versuchte zu schlucken.

Die Wandtabula im Behandlungsraum zeigte eine Gruppe Betrunkener, die eine Fahne mit seinem Gesicht schwenkten. Der Ton war ausgestellt, als sie ihrer Freude über seinen Sieg Ausdruck verliehen und begeistert in die Linse sprachen. Wetteinsätze wurden ausgezahlt. Taurusanhänger zündeten die Sänfte eines reichen Händlers an. Eine Frau, die sich eine Mütze mit Stierhörnern aufgesetzt hatte, wurde dabei erwischt, wie sie einen Stier, der auf einem kleinen Menschen herumtrampelte, auf eine Hauswand malte. *Ianos muss sterben*, stand darüber. Sie floh, als der Ausrufer sie zur Rede stellen wollte.

Er kannte diese Menschen nicht. Er kannte die Orte nicht,

an denen sie sich befanden. Es war ein seltsames Gefühl, dass sein Sieg in einigen von ihnen den Wunsch hervorrief, ihn tot zu sehen.

Es war kein ehrlicher Kampf, flüsterte eine Stimme in ihm. *Du wärst tot gewesen. Zerstampft von einem Stiermann.*

Er zitterte, das Herz verlangte nach neuer Nahrung; er musste etwas essen, doch der Heilungsprozess war noch nicht abgeschlossen.

Dann sah er noch einmal seinen Sieg. In Zeitlupe zeigten sie die dunkle Szenerie, nachträglich aufgehellt, und dann noch einmal, wie er mit dem blutigen Herzen in der Hand dastand. Sie schlossen offenbar einen kurzen Beitrag über sein Leben an. Er wurde neben Lucius Marinus gezeigt, kurz vor seiner Operation, im Tempel der Iuno. Dann noch einmal Bilder von der *Bona Dea* – die Bilder, die unter der Leitung von Vedea entstanden waren. Dann der Moment, in dem Spartacus ihm die Kehle durchschnitt, ebenfalls in Zeitlupe.

Er schnappte nach Luft, als es endete. Noch wenige Sekunden länger, und man hätte es vielleicht gesehen – hätte gesehen, wie sein Anhänger durch Spartacus' Schild schoss. Ihm wurde schlecht – nicht nur vom Hunger. *Was ist, wenn es jemand sieht? Wenn sie es sich noch mal ansehen und nicht an dieser Stelle aufhören?*

Offenbar brachten sie nun jedoch andere Neuigkeiten – er erkannte Lucius Marinus' Boot, mit dem sie vor Monaten zum ersten Mal zum Colosseum aufgebrochen waren. Es landete in dunkler Tiefe, vor einem Eingang, der in einem basaltenen Turm gähnte wie eine Höhle. Mitten auf den engen Treppenstufen, die aus allen Richtungen zu dieser Pforte hinführten, landete das Gefährt. Ein taumelnder Scheinwerfer erfasste es, als der Berichterstatter offenbar für besseres Licht sorgte. Er selbst musste sich in einem Boot befinden, denn die Imagi wackelten heftig. Dennoch erfasste die Linse, wie Lucius Marinus und zwei Sklaven aus dem Boot stiegen, der Legat selbst trug eine Gestalt auf den Armen, deren Gesicht die Sklaven vor dem gierigen Berichterstatter zu verschleiern versuchten.

Ianos erkannte Constantia sofort.

Ihr Vater verschwand eilig mit ihr in der Finsternis des immensen Basaltturms.

Was ist das? Was für ein Turm ist das? Er zermarterte sich das Hirn. Die wichtigsten Gebäude auf Rom hatte er auf Bildern gesehen. *Tief unten. Und der Turm ragt hoch auf. Dunkel.*

»Dis Pater«, flüsterte er und fühlte, dass sein Kiefer sich wieder bewegte. Warum wurde sie in den Tempel des Totengottes gebracht?

Auf der Aufnahme schloss sich die Tür hinter Lucius Marinus und seiner Tochter, und in Ianos' Ruheraum öffnete sie sich – ein Capsarius trat herein und las auf seiner Tabula. Gedankenverloren zog er die Drähte aus Ianos Gesicht.

»Warum ist mein Herr gerade in den Dis-Pater-Tempel gegangen?«, fragte Ianos. »Sie haben es in den Nachrichten gezeigt.«

Der Capsarius runzelte die Stirn und sah zur Tabula. Dort war das Thema zu einem Grenzkonflikt in Hispania übergegangen. Der Capsarius zuckte mit den Schultern. »Opfert vielleicht. Für dich, dass Dis Pater dich verschont.«

»Er hat seine Tochter hineingetragen.« Ianos bemühte sich um eine flache Stimme.

»Getragen? Er selbst? Das hört sich nicht gut an.« Der Capsarius bestätigte das Gefühl, das der Gladiator ohnehin hatte. »Hey, war nicht ihre Sklavin letzte Nacht hier bei dir?«

Ianos nickte. Der Capsarius versprach, etwas herauszufinden, als der Lanista hereinplatzte.

»Na? Viel Feind, viel Ehr! Ich hoffe, du hast Lust zu feiern, denn wir haben alle schon angefangen.« Batiatus grinste. »Wir haben auch eine Überraschung für dich!«

Sagittarius hatte kaum etwas mit der Sache zu tun. Dennoch – dass sie so ausging, wie sie ausging, bot ihm eine gewisse Befriedigung.

Obwohl Marius Marinus Stein und Bein schwor, dass es beinahe sicher war, dass seine Schwester nicht Marcus Terentius Lucullus, sondern Marcus Licinius Crassus heiraten würde war noch nichts Derartiges von den Ausrufern verkündet worden. Nein, Marius' Familie war wegen anderer Dinge in den Nachrichten.

Daher war sein Bestreben, dem Randweltensyndikat der Mille Gladii eine falsche Antwort zu liefern, eine, die Marius in Schutz nehmen würde, recht gering. Es wurde Zeit, dass der Marinerssprössling seinen Dünkel ablegte.

Sagittarius war kein begnadeter Datenrätsler – er vertiefte sich nicht in die Muster, den Weg, die Verschlüsselungen von Daten. Er war Datenhändler. Sein tägliches Brot war es, Geld daraus zu machen, dass Leute Informationen auf den Grund gehen wollten, es aber selbst nicht konnten – oder durften.

Daher war er es, der mit Bakka wegen des Ergebnisses Kontakt aufnahm.

»Salve, Bakka«, sagte er in die Tabula.

Der Frau mit den ungepflegten grünen Haaren hatte das Leben nicht geschmeichelt. Sie war hart und verbraucht und sah aus wie jemand, der sich mit roher Gewalt im Leben behauptete.

Nicht dass er etwas anderes von einem Mitglied der Gladii erwartet hatte. Sie waren kleine Fische im römischen Drogenhandel, doch im ganzen Mare Nostrum verteilt waren sie mittlerweile die bedeutendste Nummer, was illegale Mittel und damit verbunden Prostitution, Ausbeutung und Erpressung anging.

Und Bakka war nicht aus Rom. Bakka stand dem Arm der Organisation in den Grenzterritorien vor. Er sah ihr an, dass sie ihre Arbeit gut machte.

Sie grüßte nicht zurück. »Hast du Ergebnisse für mich?«

»Die habe ich.«

Die Gladii bestanden ursprünglich aus ehemaligen Legionären, die sich als Söldner eines Drogenhändlers verdungen hatten. Das Kartell hatte sehr davon profitiert, dass die ehemaligen Legionäre ihren Auftraggeber ermordet hatten. Bakka war zuzutrauen, dass sie heute noch einen seiner Finger als Glücksbringer aufbewahrte, und Sagittarius schauerte bei dem Gedanken – doch es war ein wohliger Schauer, denn sie war weit weg, und ihr Kartell in Rom war nicht bedrohlich für jemanden wie ihn. Einen Datenhändler.

»Interessante sogar. Sehr interessante Ergebnisse.«

Sie wollte gerade Luft schnappen, um seiner Antwort Beine zu machen, als er fortfuhr: »Diese Hadessache macht die Runde. Ich habe dir ein Diagramm geschickt, das das verdeutlicht.«

»Scheiß ich drauf. Wenn die Verbindung sicher ist, sag's mir einfach.«

»Es sind Einschlagskreise drauf. Also, wie viele Auswirkungen die Nachricht deines kleinen gefälschten Überfalls auf wen hatte. Am meisten profitiert in der öffentlichen Meinung Senator Gnaeus Pompeius, denn seine privaten Söldner waren es, die dir in Cisalpina den Arsch versohlt und den Consul gerettet haben. Aber er war nicht der Auftraggeber, oder zumindest kann man es ihm beim besten Willen nicht nachweisen. Es gibt noch ein paar kleinere Fische, die profitieren: Marcus Lucullus und Marcus Crassus schaukeln die Stimmung hoch. Lucullus sitzt auch im Senat, allerdings hat er dort einen recht schweren Stand, trotz seines Geldes und seiner Bildung. Crassus' ältester Sohn ist Senator, und Crassus nutzt das, um als Legat lohnenswerte Positionen in Feldzügen zu erlangen. Beide sprechen sich dafür aus, das Hadessystem endlich zu vernichten. Aber auch diese beiden waren es nicht.«

»Spar dir dieses Gesabber über die Intrigenspielchen deiner

Mächtigen! Das zählt hier draußen nichts – ich will wissen, wer es war, damit er blutet!«

»Ja, das ist ganz interessant. Mein Rätsler konnte deine Imagidatei auseinanderkramen. Und die Spur führt zum Senat – aber nicht direkt hinein, sondern ins Praetorium. Und wenn du dir auf dem Diagramm anguckst, wer zu all den Leuten Beziehungen hat, die von der Situation profitieren – und wenn du dir ansiehst, wer kürzlich noch behauptet hat, es bestünde die Möglichkeit, dass auch der Angriff auf sein Schiff vom Hades ausgegangen wäre, dann kommst du zum Legaten der Praetorianer. Lucius Marinus. Und das Lustigste daran: Der Rätsler hat sich die Imagi vom Überfall auf Marinus' Schiff angesehen – und alle Innenaufnahmen sind gefälscht, wenn auch sehr gut gefälscht. Spannende Sache, oder? Ich habe keine Ahnung, was das für eine Sache ist mit Lucius Marinus und dem Hades und dem Überfall auf sein Schiff. Wart ihr das, mit dem Schiff?«

»Mit diesem Schiff?« Bakkas Blick ging in eine Ecke ihrer Tabula, wo sie offenbar die übermittelten Bilder der *Bona-Dea*-Tragödie ansah. »Nein. Damit haben wir nichts zu tun.«

»Hmm, also keine Rache an euch persönlich. Dann, würde ich sagen, hat er euch nur zufällig gefickt, weil er eigentlich jemand anderen ficken will.«

»Keiner fickt mich zufällig, ohne dafür zu bezahlen«, schnaubte Bakka. »Und das ist teuer.«

»Das wette ich. So eine Schönheit, wie du es bist«, spottete Sagittarius. »Ich bin gespannt, wie du dich an ihm rächst. Lass es phantasievoll sein.«

»Du wirst etwas zu sehen kriegen, Knabe. Und es wird dich in deine Albträume verfolgen«, versprach sie und unterbrach die Verbindung.

Sagittarius lehnte sich zurück. Marius' Vater hatte nun also eine Todfeindin. Er lächelte. Das konnte ihm vielleicht auch bei seinem kleinen Geschäft mit Marius noch nutzen.

Lilia sah ihn stets mit einem Blick an, als befürchte sie, jederzeit von ihm geschlagen zu werden. Oder Schlimmeres.

Ianos hatte es sofort begriffen – er hatte immerhin gesehen, wie Constantia in den Tempel getragen worden war. Ihre Sklavin jedoch war nach seinem Kampf als Leihgabe für die Nacht in den Ludus gebracht worden – ganz Rom kannte schließlich die Einölgeschichte vom Vortag.

Amatur erzählte ihm feixend, es habe auf verschiedenen Kanälen Spekulationen darüber gegeben, ob sie ihn vom Knaben zum Mann gemacht habe oder ob er vorher schon einer gewesen war.

Scheu saß sie neben ihm und zuckte bei jeder Bewegung zusammen.

Der Kampfhund machte dreckige Witze, bot an, sie auch einmal mit Öl einzureiben. Spartacus sah mit mildem Interesse herüber. Crixus und Oenomaus waren nicht da.

Die anderen feierten verhalten. Es war kein schöner Kampf gewesen. Ianos lebte, der verhasste Taurus war tot, das galt es zu begießen. Doch sie begannen zu ahnen, was es hieß, dass es eine Captura geben würde. Dass der Blutzoll bis dahin hoch sein würde – höher als normalerweise, denn die Capsarii konnten nach den üblichen Kämpfen meist die Leben der Kämpfenden retten.

Die Captura Cardiae jedoch würde eine blutige Spur durch den Ludus ziehen. Und so trank jeder, was er konnte, und die Lieder waren schief.

Spartacus forderte lautere Musik – und keine selbst gesungene. Dann setzte er sich zu Ianos hinüber, stieß den Kampfhund von seiner Bank.

Ich habe damals seinen Pisseimer weggebracht, dachte Ianos, als der Kampfhund sich mit hasserfülltem Blick davonschlich. *Mausgladiator.*

»Das ist die Sklavin von Marinus«, stellte Spartacus fest. Die

Musik war nun laut, und Ianos hörte ihn nur, weil der ältere Gladiator sich zu ihm herüberbeugte.

»Die Sklavin seiner Tochter«, berichtigte Ianos.

»Du weißt, dass wir die Kontrolle über unsere Herzen brauchen, Zweigesichtiger.«

Ianos blinzelte, während Spartacus mit seinem emotionslosen Lächeln die Sklavin bedachte.

»Du hast doch verstanden, worüber wir sprachen, vor Kurzem?«, vergewisserte er sich.

»Ja«, sagte Ianos.

»Das gelingt nicht, wenn sie uns ausschalten können. Bsssp. Aus. Dann war das nur ein netter Versuch, und sie veranstalten ihre Captura mit ein paar anderen Idioten.« Der eindringliche Blick aus grünen Augen nagelte Ianos schier an die Wand.

»Was ist damit, dass die Herzen uns altern lassen?«, fragte er.

»Sie bringen uns nicht so schnell um, wie unsere Herren uns verschleißen. Das ist ein anderes Problem, das wir lösen werden, wenn wir frei sind. Oder auch nicht. Liebt sie dich?« Er nickte der Sklavin zu. Diese krampfte ihre Hände in ihr Kleid.

»Nein«, sagte Ianos, und Spartacus verzog den Mund.

»Zu schade. Eine verzweifelte Liebende wäre vielleicht in der Lage, uns die Kontrolle über unsere Herzen zu besorgen.«

»Wie soll das gehen?«

»Die Datenrätsler der Unterwelt. Ich weiß nicht, ob sie es können, aber wenn es einer kann, dann sie. Es ist einen Versuch wert. Und wir brauchen jemanden, der für uns Kontakt aufnimmt. Wird sie das machen?« Er wandte sich an die Sklavin. »Wirst du das tun, für ihn?«

Die junge Frau riss die Augen auf und war unfähig, aus ihrer Schreckstarre auszubrechen.

»Sie nicht«, gab Ianos zu. »Aber ... ihre Herrin.«

Spartacus sah das Mädchen an, grinste dann – und diesmal

grinsten seine Augen mit. »Ernsthaft? Das ist doch noch besser.«

»Was ist mit Crixus und Oenomaus?«, fragte Ianos, so leise, wie es bei der dröhnenden Musik möglich war.

»Oeno ist nur eine Sache heilig: er selbst. Ich bin mir sicher, er findet einen Weg, damit Lucullus ihn nicht ausschaltet.«

»Oder er verrät uns.«

Spartacus schüttelte nachsichtig den Kopf, wie ein Lehrer, der einen dummen Schüler berichtigen muss. »Nein. Verraten würde er uns nie.« Er beugte sich zu Lilia hinüber. »Mädchen – weißt du, was du deiner Herrin sagen wirst?«

Sie nickte ein wenig.

»Sag es mir.« Der rothaarige Gladiator kam ihr so nah, dass sein Ohr an ihrem Mund lag.

Sie sagte es leise, die Musik gab ihnen Schutz.

Spartacus nickte. »Sag ihr, dass Ianos nur frei sein wird, wenn ich es auch bin. Sag ihr, dass ich ihn beschütze. Dass ich auf ihn achtgebe.« Er zwinkerte, und Ianos fragte sich, ob diese Worte auch eine Drohung waren.

Er hoffte, dass Constantia den Tempel des Totengottes lebend verlassen würde. Lilia hatte ihm nur sagen können, dass ihre Herrin noch lebte.

»Es ist der Fluch, unter dem sie leidet. Sie und ihre Brüder und ihr Vater«, hatte sie gesagt. »Im Tempel helfen sie ihr.«

Letztlich war es eine Blutkonserve und eine Dosis Stärkungsmittel gewesen, die ihr geholfen hatten. Aufputschmittel, wie die Legionäre sie bekamen, und sie hatten ihr genug gegeben, um über die nächsten Tage zu kommen. Was danach sein würde, darüber hatte ihr der Medicus nichts gesagt – und die Priesterin des Dis Pater hatte sie nur lange angeblickt. Constantia wusste nicht, worüber die Frau mit ihrem Vater gesprochen hatte, und Lucius war in sich gekehrt und verschlossen, als sie nach Hause gebracht wurden. Die Dunkelheit der Tiefe um den basaltenen Turm blieb zurück, und das Boot brachte sie in einen neuen Morgen.

Lilia wartete auf sie. Ein Stich Eifersucht durchfuhr Constantia, als das Mädchen ihr erzählte, dass Lucius sie als Belohnung für den Kampf zu Ianos geschickt hatte. Dass sie die Nacht über dort geblieben war. *Das hätte ich sein sollen – wir hätten die Rollen getauscht, und ich hätte bei ihm sein können.*

»Du hast hoffentlich nicht mit ihm geschlafen.«

»Nein, Domina!«

»Hat jemand anders mit dir geschlafen, von dem ich wissen müsste, wenn ich den Ludus das nächste Mal betrete?«

»Nein, Domina!«

»Aber ... du warst die Nacht über da.«

»Ja.«

»In ... in seinem Schlafzimmer?«

»Ja, Herrin.« Die Sklavin räusperte sich. »Er hat auf dem Boden geschlafen, Herrin.«

»Wie ... wie ging es ihm?«

Lilia räusperte sich erneut. Sie war nervös. »Gut. Ich soll – soll dir etwas von Spartacus ausrichten, Domina.«

»Von Spartacus?« *Warum nicht von Ianos?*

»Er glaubt ... du würdest Unge... Ungeheuerliches tun. F-für Ianos«, hauchte die Sklavin.

Constantia zog die Sklavin auf einen Sessel und setzte sich auf einen weiteren. Sie konnte sich nicht ganz sicher sein, welche Bereiche ihres Lebens Vedea überwachen konnte. Sie rückte ihren Sessel an Lilias heran, zusammen sahen sie über das Häusermeer.

»Ungeheuerliches.« Sie lachte. Vielleicht waren es die Aufputschmittel, die dafür sorgten, dass sie sich zu Ungeheuerlichem imstande fühlte. »Ich habe bei seinem Kampf gegen Taurus gelobt – bei Minerva geschworen –, dass es sein letzter Kampf war.

Ich würde nicht nur Ungeheuerliches tun. Ich würde den Rubicon aufsammeln. Ich würde Roms schwarzer Seele auf den Grund steigen. Ich würde …« Sie verstummte. »Was soll ich tun?«

Die Sklavin sagte es ihr, und Constatia beschloss, dass sie es tun würde, solange sie noch die Kraft dafür hatte.

Gracchus Maximinus gehörte dem Plebs an, und der Plebs konnte vielschichtig sein. Gracchus entstammte zu seinem Leidwesen der Unterschicht des Plebs. Die Sendeanstalt, für die er tätig war, gehörte Titus Clodius, der wiederum ein Verwandter von Quintus Clodius Quadrigarius war, dem großen Moderator der Spiele.

Gracchus konnte sich glücklich schätzen, solch eine Arbeit im Schatten großer Männer zu verrichten. Dennoch – manchmal, in dunklen Räumen, allein mit flackernden Bildern, fühlte er sich wie ein Sklave, der allein einen Berg abtragen muss. Wie ein Sklave mit einer Tabula statt einer Spitzhacke, der Bild für Bild für Bild nahm und archivierte.

Gracchus Maximinus war der Archivar der Spiele. Er sichtete Bildmaterial und speicherte die verschiedenen Blickwinkel der einzelnen Linsen so ab, dass jemand, der rasch ein Imago für Werbung oder Zusammenschnitte brauchte, fündig wurde.

Gracchus sah Bild für Bild des Zwölferkampfs, der noch nicht vollständig archiviert war. Er trennte die guten Bilder von den schlechten, die verwackelten von den ausdrucksstarken. Die Kammer, in der er saß, war düster, und seine Augen schmerzten.

Vor seinen Augen waren Ianos und Spartacus wie zwei Tänzer in einzelnen Bewegungen erstarrt, während er die Imagi ordnete.

Das Signal des Schichtendes ertönte, als Ianos' Blut aus seinem Kehlenschnitt spritzte. Morgen würde er hier weitermachen.

Kapitel XIX

»Was macht eigentlich dein Herz?«, fragte Ianos, während er sich mit Crixus aufwärmte.

Der Gallier trainierte nach wie vor mit ihm und nutzte die Gelegenheit, ihm vorzuhalten, wie sehr Ianos gegen Taurus versagt hatte. Er habe die Sache in allerletzter Sekunde geregelt, mit einem Trick, den er nicht auf Kommando wiederholen konnte. Ianos hatte es versucht – versucht, das Herz zu steuern, diesen Impuls auszulösen. Aber entweder seine eigene Angst oder sein Unvermögen hielten ihn zurück.

»Immerhin«, hatte er gesagt, »wenn es funktioniert, sobald ich Todesangst habe, dann seid ihr bei der Captura alle dran.«

Düster hatte Crixus ihn angeblickt und zweifelnd den Kopf geschüttelt.

Nun schlug er sich die Faust gegen die Brust. »Meinem Herzen geht es exzellent. Keine Alterungserscheinungen, falls du das meinst.«

»Das meine ich gar nicht«, sagte Ianos. »Ich meine, was es *kann*.«

Das Herz konnte die Muskeln stärken. Das Herz konnte ihm eine übermenschliche Konstitution verleihen. Trotzdem waren seine Muskeln immer noch seine Muskeln, und Ianos war wenig zufrieden damit, dass er stets als der Hänfling unter den Gladiatoren galt. Er stützte die Füße an der Wand ab und stellte sich auf eine Hand. Langsam ließ er sein Gewicht darauf herab, berührte mit dem Scheitel den Boden und stemmte sich wieder hoch. Das Herz erleichterte die Übung, dämpfte den Schmerz der Muskeln und Gelenke – doch spüren würde er es am Ende des Tages, und seine Muskeln würden nicht darum herumkommen, an Substanz zuzulegen.

Crixus sah ihm zu, während er selbst seinen Körper in einer perfekten Geraden hielt, waagerecht zum Boden, nur aufgestützt auf seine Fäuste. Seine Muskelberge spielten so beeindruckend, dass sie sich gerade der Aufmerksamkeit aller Linsen gewiss sein konnten.

»Was meinst du, was es kann?« Crixus schmunzelte.

»Keine Ahnung. Ich meine, ich wusste nicht, dass sie überhaupt etwas anderes können, als einen stark zu machen und schnell und ... so etwas.« Ianos wechselte die Hand.

»Deines kann Stromausfälle auslösen«, sagte Crixus. »Nett.«

»Vor allen Dingen ist es ... als würde ich eine zusätzliche Farbe sehen. Strom.«

»Strom?«

»Elektrizität. Was weiß ich. Ich kann es sehen«, sagte Ianos und ächzte, während er das Gewicht wieder auf beide Hände brachte.

Crixus hob eine Faust hoch und brachte den Körper in Seitenlage. Er schwebte praktisch über seiner Rechten, die auf dem Boden auflag.

»Interessant. Wie sieht es aus?«

»Na ja ... wie ... Licht. Farbig.«

»Also ist es keine zusätzliche Farbe?«

»Ja, nein. Ich weiß auch nicht.« Ianos runzelte die Stirn und kam mit einem Sprung auf die Füße. »Was macht es bei dir?«

»Es lässt mich glauben«, sagte Crixus und schloss das menschliche Auge, während das künstliche wie stets geöffnet blieb und rot leuchtete. Er verharrte in seiner angespannten Haltung, eine perfekte Einheit aus Körper und Geist.

»Ein mechanisches Herz lässt dich glauben«, spottete Ianos, und Crixus lächelte.

»Du zweifelst immer am Glauben«, stellte er fest.

»Nein«, murmelte Ianos. »Nicht immer.«

»Es ist kein mechanisches Herz. Kein künstliches Herz. Wir sind nicht herzlos. Es ist ein göttliches Herz, und es lässt mich auch eine zusätzliche Farbe sehen. Ich sehe damit, woran du glaubst. Was du fühlst. Wie es dir geht.«

Ianos starrte ihn an. »Ist das wahr?«

Crixus lächelte nur.

Ianos konnte nicht verhindern, dass er sich trotz der Tatsache, dass dieses Herz in seiner Brust ihn vor Taurus gerettet hatte, ein wenig betrogen fühlte. Und bloßgestellt vor einem Mann, der ungefähr zur Hälfte aus Metall bestand.

»Was ... was ist mit den anderen Herzen?«

»Spartacus sieht Leben. Pulsierendes Leben. Schwachstellen. Oenomaus behält es für sich. Ich sehe den Grund, aus dem mein Gegner mich angreift.« In einer geschmeidigen Bewegung brachte Crixus die zweite Hand auf den Boden, schwang seinen Körper zwischen den Armen hindurch und legte sich flach auf den Rücken. Er verschränkte die muskelbepackten Arme hinter dem Kopf und grinste. »Ich sehe, ob es die Angst davor ist, selbst zu sterben. Oder Geltungsbedürfnis. Ob es Neid oder Wut ist oder einfach nur Wille. Spartacus besteht zu einer Hälfte aus Willen, und diese Hälfte hält die andere meist in Schach.«

Ianos schaute fragend, und Crixus sagte: »Hass. Er hält seinen Hass mit seinem Willen im Zaum. Und dass er das tut, ist ein wenig mein Verdienst.« Er lächelte. »Los, nimm dir ein paar Speere und wirf sie nach mir, sonst sehe ich keinen Grund, jemals wieder aufzustehen.«

»Was siehst du bei mir?«, fragte Ianos, unsicher, ob er es wissen wollte.

»Ach, Bruder.« Crixus seufzte. »In dir sehe ich alles, was einen jungen Burschen wie dich ausmacht. Furcht. Sehnsucht. Verwirrung. Vorgetäuschte Selbstsicherheit.«

Ianos schnaubte, wandte sich ab und nahm Speere aus einer

der Halterungen an der Wand. Crixus war ein Leuchtfeuer aus Elektronik, und Ianos fuhr auf dem Absatz herum und schleuderte den Speer nach ihm.

Der ältere Gladiator sprang lachend auf und wich dem Speer aus.

»Ja, und die Sache mit dem Mädchen, natürlich«, grinste er, bevor Ianos den zweiten Speer schleuderte.

Das Wichtigste war, die *richtigen Leute* zu kennen, das hatte Constantia rasch begriffen. Die richtigen Leute, die Turba Recta, stellten das größte Rätslercollegium der Unterwelt dar, verstreut und durch ihre Netzwerke miteinander verbunden – doch wie alle Collegien hatten auch sie Hauptquartiere, irgendwo tief in den Gedärmen Roms.

»Wir müssen vollständig wahnsinnig sein«, schimpfte Gaia und verpasste dem entlaufenen Sklaven einen Tritt, den Ovida und das ausgelöste Giftgas bewusstlos zu Boden geschickt hatten. Der Mann hatte sich den Sklavenmarker offenbar selbst entrissen, und Lilia starrte gebannt auf die große Wunde, die das kleine Gerät hinterlassen hatte. Bei Gewalteinwirkung hatte es die Eigenschaft, Gefäße und Sehnen zu zerfetzen. Die Flucht des Sklaven musste schon eine Weile her sein, doch immer noch war sein Handgelenk, an dem die Hand nutzlos baumelte, von einer tiefen, schlecht verheilten Wunde verunstaltet, die das Gewebe um sie herum geschwärzt hatte.

»So, nun siehst du, was ungehörigen Sklaven passiert. Aber wir sind ja nicht zu deiner Bildung hier unten«, fuhr Gaia die Sklavin Lilia an. »Reiß dich zusammen und kümmere dich um deine Herrin!«

Sie wandten den beiden Männern, die sie hatten ausrauben wollen, den Rücken zu. Constantia atmete wie die anderen vorsichtig durch die Kapsel in ihrem Mund, Ovida schob die schmale Klinge zurück in ihren Ärmel.

Vier Frauen aus der Oberstadt, unterwegs in das tiefste, dreckigste Viertel Roms.

Und Marius war dabei. Über seine Tabula verfolgte er den Weg der Sklavin, während er ein kleines Boot lautlos durch die tiefen schwarzen Gassen steuerte. Er hatte keinen Sklaven dabei – das Boot lenkte er gern selbst. Er hatte es sich vor einiger Zeit beigebracht und den Nutzen dieser Fähigkeit nie infrage gestellt.

In seinem Lichtkegel tauchten Brücken und Treppen auf, Aufzüge, teils defekt, Trümmer, die weiter oben abgebrochen und hinabgestürzt waren. Manche Orte waren beleuchtet – Inseln aus Licht, Terrassen, Plätze, Balkone –, dort trafen sich Menschen, dort arbeiteten sie oder tranken oder handelten miteinander. Dann wieder Dunkelheit, huschende Schatten. Das Licht der Straßenlaternen war unzuverlässig, und in Klüften, in die sich niemand hineinwagte, wurden sie auch nicht gewartet.

Ewige Nacht, durchbrochen von flackernden Werbetafeln.

Losgegangen waren die Mädchen beim Forum Romanum – den hängenden Basar hinab, tiefer über die Treppe des Romulus, in das Gebäude, das auch Marius betrat, wenn er hinabwollte. Doch sie hatten sich im Ausgang geirrt – und nun waren sie vom Weg abgekommen.

Er hätte beinahe eingegriffen, als die beiden Männer ihnen den Weg verstellt hatten, angezogen vom Geruch des Geldes oder der kostbaren Cremes und Düfte, die Gaia und Constantia sicher trotz ihrer ärmlichen Verkleidung trugen. Aber die Leibsklavin der Sabinerin hatte sich als sehr tauglich – und sicherlich nicht unerfahren – in derlei Situationen herausgestellt, und so gab Marius zumindest einem der beiden Männer nur noch eine geringe Lebenserwartung.

»Gaia, Gaia. Wie oft du wohl schon hier unten warst. Beim Faber, vermute ich«, murmelte Marius vor sich hin. Diese Masken musste sie vom Faber haben. Vielleicht wäre dieses Mädchen der einfachere Weg zu einer Maske, und nicht Marcus Crassus' Sohn Albus.

Albus befand sich nicht zuletzt wegen Marius im Exil. Er und Capricornus hatten dafür gesorgt, dass der reiche Junge aufflog – und gehofft, ihn erpressen zu können, zunächst mit dem misslungenen Vergiftungsversuch dann mit der Drohung, ihn an den Magistrat auszuliefern, um an den Faber und sein Geheimnis der Maskenproduktion heranzukommen. Doch Marcus Crassus war schneller gewesen. Der aufrechte Militär wollte jede Schande auf seiner Familie vermeiden und sandte seinen Sohn ins Exil, und keiner hatte bislang herausgefunden, wohin.

Wenn Albus jedoch – zum Beispiel bei der Hochzeit seines Vaters, auf Wunsch seiner zukünftigen Stiefmutter – wieder in Rom weilte, würde Marius ihn aus der Obhut des Vaters holen und eine kleine Gegenleistung verlangen. Und dann wären alle Sorgen aus der Welt geschafft. Alle Sorgen, die Marius verursacht hatte, als er die Signa angestiftet hatte, ins Maskengeschäft einzusteigen. Ein mittleres Vermögen war bislang in diesem Versuch versandet, und Sagittarius hatte ihm nur bis zum Jahresende Frist gegeben, um es zurückzubeschaffen.

Danach macht er mich fertig. So fertig, dass ein Exil vermutlich eine echte Alternative wäre. Er grinste breiter. *Vielleicht sollte ich stattdessen Gaias Mutter um die Hand ihrer Tochter bitten.*

Er konnte Verwandtschaftsurkunden fälschen lassen und behaupten, ein Verwandter der Sabiner und damit ein passender Heiratskandidat zu sein. Oder er nahm den einfacheren Weg über Gaias Herz. Sie war eine Rebellin, ein hoffnungsloser Fall in ihrer ohnehin außergewöhnlichen Familie. Wenn sie beschloss, jemanden zu heiraten, dann würde sich ihr niemand entgegenstellen.

Fünftes Kind von sieben. Wen schert es schon?

»Oh, liebreizende Gaia, ich verzehre mich schon so lange nach dir!«, flötete er vor sich hin und lachte dann. Nein, darauf würde sie nicht hereinfallen. Sie wirkte zart und verletzlich in ihrer Art, sich selbst zu verunstalten, das Hässliche zu mögen und aus dem auszubrechen, was die Götter ihr in die Wiege gelegt hatten. Doch er wusste, dass sie hart war, dass sie gnadenlos war – und dass sie ihn verachtete.

Der leichtere Weg führt also doch nicht über ihr Herz.

»Gaia Sabina, wenn du mich heiratest, werden wir die Fäden der Unterwelt lenken. Wir sind Verwandte im Geiste, und es ist mir scheißegal, dass du mit Masken vortäuschst, jemand anderes zu sein. Sei, wer du bist, aber heirate mich – und lade den Faber auf unsere Hochzeit ein!« Er lachte erneut auf. *Ach was, sie hat vermutlich nur Kontakt zu Mittelsmännern. Was nutzt das schon?*

Sein Boot lag still an einer Hauswand, die Scheinwerfer waren ausgeschaltet, während er darauf lauerte, wohin die Mädchen sich wenden würden.

»Ihr müsst zurück zum Haus. Auf dieser Seite kommt ihr in die Aquae Obscurae – hier gibt es nur Armut und Gier«, erteilte Marius der Scheibe vor ihm einen guten Rat.

Vielleicht sollte er auch Gaia ein wenig erpressen. Sein Wissen um die Masken, um *ihre* Masken mochte durchaus etwas wert sein. *Zu plump. Dann hasst sie mich für immer. Und sie ist doch meine Frau fürs Leben.*

Nein, auf die Erpressung würde er sich erst verlegen, wenn die Zeit drängte.

»Hier ist es nass«, flüsterte Constantia. Sie war erschöpft, ihre Hände zitterten, und sie sah bunte Flecken im Zwielicht um sich herum. Hier unten wurden noch Feuer entzündet, wenn man es warm oder hell haben wollte. *Oder beides.*

Ein Feuer konnten sie jedoch nicht wagen.

»Das heißt, wir sind jetzt *ganz unten?*«, fragte Lilia entsetzt, und auch ihre Füße platschten ins Wasser.

»Nein, das heißt, wir sind an den Wassern. Die Aquae Obscurae. Verflucht!« Gaia packte Ovida und Constantia am Arm. Constantia wusste, dass die Aquae nicht der Bodensatz Roms waren. Sie waren die Überbleibsel der alten Wasserleitung aus dem Apennin, Tausende von Jahren alt. Zerborsten, zerfallen, zerrüttet – dennoch flossen Millionen Liter Wasser jeden Tag hier herab, strömten hinunter in die Tiefe, fluteten Räume und Gebäude und nahmen Unrat mit sich. Die dunklen Wasser.

Constantia hörte es tröpfeln, gluckern. Durch die gähnenden Öffnungen der Häuser sahen sie in den Innenhöfen Feuer glimmen. In den Hauseingängen hörten sie schlurfende Schritte. Murmelnde Stimmen.

»Wir sind falsch hier. Ganz falsch. Wir hätten das Angebot dieses Führers nicht ausschlagen sollen. Verdammt, verdammt, verdammt«, sagte Gaia und griff in ihre Tasche. Statt einer weiteren Giftkapsel holte sie Geld hervor, blanke rote Münzen, Solidi, eigentlich kaum etwas wert, doch hier unten vielleicht ein Vermögen.

»Für euch! Sammelt es auf, bevor die anderen es kriegen!«, rief sie und ließ das Geld in den Hauseingang prasseln.

Gierige Menschen bückten sich, sie hörten das Schieben und Drängeln und Platschen, während sie selbst die Flucht ergriffen. Doch einige lachten und bückten sich nicht. »Mehr!«, wisperten sie in die Düsternis und folgten ihnen. »Mehr!«

»Nein, nein, das ist überhaupt kein Problem. Bis dahin werden alle sechs verteilt sein. Ich kann Taurus' Herz nur noch nicht weitervergeben. Es ist keine Frage der Liquidität, sondern die Herzen müssen erst von ihrem alten Körper gereinigt werden, das ist die Sitte. Tempelriten, du weißt schon.«

Es war sehr wohl eine Frage der Liquidität. Lucullus hatte damit gerechnet, dass Taurus es nicht lange machen würde, dafür hasste man ihn zu sehr – im Ludus wie in den Zuschauerrängen. Doch nach *einem* Kampf? Dank eines kleinen Stromausfalls hatte er ein Vermögen in den Arenasand gesetzt. Als Nächstes stand die Amazone auf Lucullus' Liste, aber sie hatte noch nicht genug geleistet; er konnte die Kosten der Operation nicht mit Werbeeinnahmen hereinholen, und daher war er unwillig, einen Kredit dafür aufzunehmen.

Die Hochzeit mit Lucius' Tochter bringt immerhin eine gute Mitgift, ich sollte das rasch über die Bühne bringen. Wobei Lucius vermutlich auch pleite ist, seit er dem Zweigesichtigen das Herz hat einsetzen lassen.

Das Gesicht auf der Tabula verzog sich. »Ja, diese Priester ... So manche ihrer Sitten sind wenig zeitgemäß in unserer schnelllebigen Gesellschaft. Ich zähle auf dich, Lucullus.«

Das Gesicht erlosch. Lucullus seufzte.

»Aber ja. Nur, dass du kein zweites Jahr Consul bleibst, Lucius von den Iuliern.« Er grinste und fragte sich, was die Konsequenz wäre, hätte der Consul diese Worte gehört.

Wenn ich den Hades urbar gemacht habe, gibt es keine Konsequenzen mehr für mich. Dagegen versinkt die Verteilung von Herzen und eine Captura Cardiae als Geschenk an zwei neue Consuln in der Bedeutungslosigkeit.

Auf der zweiten Leitung erwartete ihn ein gut verschlüsseltes Gespräch.

Der Mann auf der anderen Seite war hässlich wie Straßendreck, und nur seine abgebrochenen Hornstümpfe ließen erahnen, dass er ein Faun war. Sein Gesicht sah aus, als hätte man ihm nicht nur kurz ein brennendes Eisen hineingehalten, sondern als würde er ein solches regelmäßig zur morgendlichen Hygiene benutzen.

»Kreatur!«, schnauzte Lucullus. »Ich lasse mich nicht von

solch einem Anblick beleidigen! Mir wurde gesagt, dass ich den Anführer der Gladii sprechen könne!«

»Du sprichst mit ihm durch mich, Römer«, sagte der Ziegenbock mit dem verunstalteten Gesicht. Seine Stimme klang danach, dass ein Implantat sie modulierte.

»Nun gut«, sagte Lucullus. »Ich habe gehört, die Gladii sind willens, jemandem zu schaden?«

»Das ist korrekt. Die Gladii wünschen Rache.«

»Dann kann ich behilflich sein. Und im Gegenzug helft ihr mir. Aber wir lassen ihn nicht durch die Adern seines Körpers ausbluten. Wir ruinieren ihn monetär.«

Der Ziegenbock starrte ihn durch die Tabula an.

»Das heißt, finanziell. Sein *Geld*.«

»Ich weiß, was das heißt«, grunzte der Mann. »Ich weiß nur nicht, ob es mir gefällt. Ob es Bakka gefällt. Kleinliche römische Methoden.«

»Wenn alles so läuft, wie ich es mir wünsche, haben wir auch sein Leben in unserer Hand. Aber vielleicht wird es uns dann gefallen, es ihm zu schenken.«

»Dann hast du ihn an der Leine. Und wir haben keinen Spaß«, zischte der Stimmenmodulator des Fauns.

»Darüber werden wir dann nachverhandeln.«

Mit einem Lächeln lehnte Lucullus sich zurück. Es war immer gut, mehrere Eisen im Feuer zu haben. Egal, welches davon er benutzen würde, die Zukunft sah rosig für ihn aus.

»Ich übermittle euch Koordinaten. In drei Tagen haltet ihr euch für unbestimmte Zeit dort bereit. Ihr werdet Leute aufnehmen und Rom verlassen.«

»Sklaven? Wohin?«

Lucullus lächelte. »Sklaven. Aber ihr bringt sie ... in die Freiheit, zur Abwechslung. Wohin ist noch offen. Es kann sich rasch ändern. Macht euch aber auf eine längere Reise gefasst.«

Die Scheinwerfer waren ihre Rettung gewesen. Aufgeflammt an einem Boot, das über ihnen schwebte, hatte es die lichtscheuen Kreaturen der Aquae vertrieben. Sie waren ins Haus zurückgestolpert – in ein gigantisches, verschachteltes Haus mit irrwitzigen Treppen, sich windenden Gängen, winzigen Räumen und gigantischen Sälen. Ein Haus voller Wege, in dem nur die Straßenhändler auf ihren Decken länger blieben. Alle anderen benutzten das Haus als Durchgang.

Ein Porticus führte sie nach draußen auf eine meilenlange Mauerkrone, zwischen Säulen und sich drängenden Straßenhändlern hindurch. Das Licht blendete sie – war es der gleiche Porticus, über den sie schon einmal auf den falschen Weg gelangt waren?

Constantia taumelte. Ihr Kleid war verschmutzt, ihr Haar zerzaust, die Füße in den weichen Schuhen nass und kalt. Sie zitterte, und Lilia war sofort an ihrer Seite.

»Meine Herrin kann nicht weiter!«

»Es war ihre Idee«, sagte Gaia vorwurfsvoll. »Constantia, du hast gesagt, dass du es schaffst!«

»Da wusste sie doch noch nicht …«

»Sei still, Sklavin!«, fuhr Gaia sie an und packte Constantia an den Schultern. »Das Herz, Constantia«, wisperte sie. »Erinnere dich daran, wie er beinahe gestorben wäre. Erinnere dich daran, dass du Minerva geschworen hast, ihn zu befreien!«

Constantia rang nach Atem. Sie presste die Hände auf die Augen, suchte nach ihrer Entschlossenheit. Ihr Körper wollte ihrem Geist einfach nicht gehorchen, jedes Glied fühlte sich an, als sei es eingeschlafen.

»Gib mir was zu trinken, dann gehen wir weiter«, sagte sie schwach. Gaia ließ sie gewässerten Wein trinken, darin war Levato gelöst, ein leichtes Aufputschmittel. Constantia nickte nach einigen Schlucken. »Lass uns weitergehen.«

Zufrieden lächelte Gaia der Sklavin zu.

»Ich glaube, ich habe sie«, sagte Capricornus.

»Danke. Sei nett zu ihnen und tu, was sie wollen. Die beiden sind jede auf ihre Weise sehr wichtig, für alles, was kommen mag.«

»Und du sagst mir nicht, inwiefern?«

»Nein, sonst machst du noch alles kaputt. Überlass meine Pläne mir.« Marius lächelte erleichtert in die Tabula.

»Es sind diese hier, ja?« Capricornus fing die vier Frauen mit seiner Linse ein. Drei hatten sich um Marius' Schwester geschart.

»Richtig. Und Cornus – sei nett zu ihnen!«, ermahnte Marius. Sagittarius' Zwillingsbruder fuhr sich durchs Haar und lächelte schmierig. Die Verbindung brach ab. Marius seufzte. Es behagte ihm gar nicht, die Frauen Cornus' Obhut zu überlassen, doch was blieb ihm übrig? Er kannte viele Leute in der Unterstadt – und nur wenigen davon würde er seine Schwester anvertrauen.

Der Mann, der an sie herantrat, war klein und unangenehm. Das kurze, dunkle Haar fettig, das Lächeln falsch.

»Nennt mich Capricornus«, sagte er. »Cornus, wenn ihr es abkürzen müsst. Auf Capri höre ich nicht.«

»Capricornus – wie die Ziegen mit den Fischschwänzen?«, fragte Gaia.

»Genau. Wie das Sternbild. Das hört im Übrigen auch nicht auf Capri.« Er grinste, als sei es ein guter Witz gewesen.

»Und dieser gemeinsame Freund, von dem du sprichst – warum genau will er, dass du uns hilfst?«

Cornus schien zu überlegen. Dann zuckte er mit den Achseln. »Was soll's. Er ist ihr Bruder.« Er nickte in Constantias Richtung. »Also, Redlichkeit unter Beweis gestellt – ich bin euer Führer für die Unterwelt. Hey, das reimt sich.«

»Ihr Bruder, ja? Und wie heißt er?«

»Marius Marinus. Und bevor ihr jetzt Fragen über ihn stellt, die man nur wissen kann, wenn man ihn persönlich kennt: Ich kenne ihn persönlicher als ihr. Wir haben Dinge brüderlich geteilt. Trinken. Essen. Huren. Er verabscheut Gurken.«

Gaia blickte den Mann angewidert an.

»Du magst wohl auch keine Gurken«, stellte dieser fest.

»Nein, ich möchte die Information, dass ihr euch eine Hure geteilt habt, gerne wieder vergessen«, sagte Gaia spitz, und er grinste breit.

»Wohin darf ich die Damen geleiten?«

Constantia schüttelte den Kopf. »Wir schlagen dein freundliches Angebot ... oder das meines Bruders ... aus. Ich möchte mich ungern einer weiteren Erpressung durch ihn preisgeben.« Sie verschränkte die Arme, um sie am Zittern zu hindern. Lilia griff nach ihrem Ellbogen, offenbar schwankte sie. Sie war so wütend auf sich selbst, auf ihre Schwäche – doch die Wut gab ihr ein wenig Kontrolle über ihren Körper zurück, und sie schüttelte Lilias Arm ab und richtete sich auf.

»Wir haben kurz einen falschen Weg gewählt. Aber jetzt ...«

»Vielleicht seid ihr einem falschen Informanten aufgesessen, hohe Dominae. Und verzeih mir, wenn ich dir sage, dass du nicht so aussiehst, als würdest du es überleben, wenn ihr noch mal um euer Leben laufen müsst.«

Constantia wollte ihn einfach stehen lassen und eines Besseren belehren, doch Gaia kam ihr zuvor.

»Einverstanden. Wir nehmen deine Hilfe an. Und du erhältst eine Belohnung von mir, wenn du deinem Freund eine Lüge auftischst.«

»Meinem Freund Marius eine Lüge auftischen ... das muss eine große Belohnung sein«, sagte Cornus und nickte dann. »Wo wollt ihr hin? Zum Faber?«

»Aber ja. Das ist es, was du Marius sagst. Sag, wir sind zum Faber gegangen.« Gaia lächelte. »Und nun bringst du uns zum Collegium der richtigen Leute.«

»Was wollt ihr von den Turba?«, fragte der schmierige Kerl. »Vielleicht kenne ich andere Leute. Noch richtigere Leute. Leute, die es euch besser besorgen können.« Er ließ sein erneutes Rhetorikwunder kurz wirken. »Also, das, was ihr haben wollt. Besorgen.« Er kicherte.

Constantia sah ihn mit Abscheu an, und ihr Gesichtsausdruck schien ihn noch mehr zu amüsieren.

»Wir suchen Rätsler. Die besten Rätsler«, sagte sie mit Würde.

»Das trifft sich ja gut. Ich kenne den besten Rätsler der Unterwelt.«

»Wir wollen zu den richtigen Leuten!«, bestand Constantia, doch er schüttelte den Kopf.

»Psst, reiche Domina. Du weißt noch nicht, von wem ich rede. Ich rede vom Scorpio.«

Gaias Kopf ruckte zu Constantia herum, sie schenkte ihr einen langen Blick. »*Dem* Scorpio? Wie das Sternbild?«

»Exakt wie das Sternbild.« Cornus zog den Halsausschnitt seiner dunklen Tunika herab. »Wie diese Sternbilder. Scorpio ist mein Bruder.«

Eine Sternkarte war auf seine Brust tätowiert – die Linien dazwischen verbanden die Sterne zu Bildern. Mehr konnte Constantia nicht erkennen, bevor er die Tunika wieder glättete.

»Überzeugt? Scorpios Haus ist euer Haus.«

»Einverstanden«, sagte Constantia.

Als Cornus voranging, flüsterte Gaia: »Dein Bruder kennt Scorpio? Wie überaus nützlich!«

Das kleine Mädchen blickte von dem Bild auf, das sie zeichnete. Ihre Finger bewegten sich durch die Luft, berührten den abgewetzten Holztisch nicht, der Alkohol und Essensreste ausdünstete. Mit einer Bewegung gab sie dem Bild einen Befehl. Es verschwand. Für alle anderen Menschen im Raum war es ohnehin nie da gewesen.

Vier Frauen traten ein, gefolgt von Capricornus. Die beiden Weberinnen, die mit ihren geschickten Fingern in den Eingeweiden großer Rechner zugange waren, fuhren hoch und nahmen ihre Vergrößerungsbrillen ab.

Die Neuankömmlinge waren schlammverspritzt, und eine von ihnen war blass wie eine Leiche. Das kleine Mädchen erinnerte sich an eine Tote, in der kein Blut mehr gewesen war. Die Lippen dieser Frau hier waren auch so blau, ihr Blick glasig.

Es war vollkommen still im Raum.

»Constantia«, sagte das Mädchen, und Constantia fuhr zurück und wäre gestürzt, wenn sie nicht gegen die rohe Ziegelmauer des Innenraums gestoßen wäre.

Ihre Freundin griff nach ihrem Arm und sagte: »Nun, immerhin bist du berühmt.«

»Du kannst sie sehen?«, fragte Constantia. »Aber im Tempel ...«

»Sei nicht albern. Sei albern, wo du willst, aber auf keinen Fall hier«, riet Constantias Freundin, die ihr Haar unterschiedlich lang geschnitten trug. Schwarze Ränder zierten ihre Augen und versuchten, das Blau daraus zu nehmen.

Das Mädchen stand auf und bot ihre Bank zum Sitzen an.

»Ist das ... Constantia Marina?«, fragte eine der Weberinnen.

»Haltet das Maul, Weiber. Wo ist mein Bruder?«, rief Capricornus großspurig.

Zitternd setzte Constantia sich auf die Bank. Das Mädchen nahm das gefaltete unsichtbare Bild und löste es in ihren Händen auf. Keiner beachtete mehr solche Bewegungen. Sie war hier zu Hause, und ihre Seltsamkeiten wurden geduldet.

Sie berührte Constantias Tasche wie zufällig. Constantia griff nach dem Ärmel ihres zerlumpten Kleids und wisperte: »Woher kennst du mich? Wer bist du?«

Ihre Freundin stieß sie an.

Das Mädchen riss sich los, verließ würdevoll den Raum und horchte vom Treppenhaus aus.

Scorpio war ein schmächtiger Mann, und es gab herzlich wenig Spektakel, als er aus dem Keller in den Hauptraum des Collegiums trat. Er setzte sich nicht einmal auf eine Art Thron, wie Gaia es insgeheim vermutet hatte.

»Ihr seid keine Brüder«, sagte sie forsch.

Cornus schnaubte. »Vielleicht geht er nur viel in die Sonne.«

»Er ist Cypriot, richtig?«, fragte Constantia, die einen Becher Wein umklammert hielt.

»Capricornus ist mein Halbbruder«, sagte der Skorpion. »Aber er hatte keinen Cyprioten als Vater. Pech für ihn. Was weißt du über Cypria?«

Constantia hob den Blick. »Unsere Sklavin ist Cypriotin. Sie kann ... ihre Gedanken mit ... Geräten verbinden. Mit Tabulae.«

»Warum habt ihr eine cypriotische Sklavin?« Eine Zornesfalte entstand auf Scorpios Stirn.

»Darum. Ich weiß es nicht. Sie ist schon so lange bei uns, dass ich mich nicht daran erinnern kann, dass sie es mal nicht war.«

»Wir haben auf Cypria ein Abkommen mit den Besatzern – wir töten uns, wenn sie uns versklaven. Es sollte keine cypriotischen Sklaven mehr geben!«

»Ehrenhaft. Aber wir sind nicht hier, um dich zu versklaven, oh Scorpio, dem sein Ruf vorauseilt«, sagte Gaia.

Scorpio setzte sich neben Constantia. »Was ist mit ihr?«

»Sie ist krank. Es ist nicht ansteckend.«

»Vom Arzneimarkt halte ich mich fern«, sagte der Cypriot sofort.

»Deswegen sind wir nicht hier ...« Gaia warf einen fragenden Seitenblick zu Constantia, ob sie fortfahren solle, doch Constantia reckte das Kinn vor und wählte ihre eigenen Worte.

»Hör zu, Scorpio. Ich suche jemanden für eine Aufgabe, die selbst für einen Cyprioten nicht einfach ist. Es geht um das Herz von Ianos dem Zweigesichtigen – du kennst ihn, vermute ich?«

»Natürlich«, sagte Scorpio. »Ich finde ihn gut. Endlich zeigen sie auch mal einen Dunkelhäutigen in der Arena, der ein bisschen was im Kopf hat. Das gefällt mir. Ist ja nicht so, als könnten nur Römer denken.«

»Gladiatoren sind gemeinhin nicht so fürs Denken bekannt, egal welche Hautfarbe sie haben«, bemerkte Capricornus.

»Ich will, dass keiner dieses Herz kontrollieren kann«, fuhr Constantia unbeirrt fort. »Keiner von außen. Und … wenn das funktioniert, machst du es auch bei dem anderen Gladiator. Bei Spartacus.«

Scorpio pfiff durch die Zähne. »Du willst die Verbindung kappen zwischen deinem … was? Vater? Und seinen Gladiatoren. Warum?«

»Das ist für dich nicht von Belang. Ich will, dass es so ist. Und dass unsere cypriotische Sklavin es nicht merkt.«

Der Rätslerkönig lachte herzlich. »Ja, sicher – nicht. Vergiss es. Das merkt sie.«

»Dann verschlüssel es so, dass sie es nicht merkt! Leite den Befehl auf ein anderes Herz um! Oder sonst was!« Constantia sah ihrem Banknachbarn in die Augen. Der Blick von jemandem, der langsam starb. Gaia erschauerte und musterte die Tischplatte, auf der der Wein Ringe hinterlassen hatte.

»Ich bin es ihm schuldig«, sagte Constantia.

»Ich verstehe«, sagte Scorpio leise. »Eine letzte Tat, bevor du stirbst? Ein Vermächtnis? Die Freiheit als etwas, das du vererbst, obwohl du es selbst nie hattest?«

Sie riss erschrocken die Augen auf, fasste sich aber sofort. Sie trank den Wein. »Vielleicht. Kannst du einer Sterbenden so einen Wunsch erfüllen? Gegen Bezahlung, versteht sich.«

Sie legte drei goldene Aureal auf den Tisch, universell freigeschaltet. Gaia wusste, dass das alles war, was Constantia besaß, und es mochte ein tragischer Fehler sein, es jetzt schon auf den Tisch zu legen. Ein Mundwinkel des Skorpions zuckte amüsiert.

»Ich nehme einen davon«, sagte er und legte seine Finger darauf. Mit dem Daumen schob er ihr die beiden anderen zu. »Und eine Gegenleistung.«

»Nenne sie«, flüsterte Constantia.

»Ich will, dass du der Cypriotin in deinem Haus eine Nachricht zukommen lässt.«

»Sie ist meinem Vater treu ergeben«, warnte Constantia.

»Und dennoch ist es eine Bezahlung, die mir mehr wert ist als zwei Goldaureale.«

»Erst, wenn keiner mehr Zugriff auf die Herzen hat. Wenn du getan hast, wofür ich dich bezahle. Dann lasse ich ihr die Nachricht zukommen.«

Scorpio lächelte mit beiden Mundwinkeln. »Erst dann.«

Langsam nickte Constantia. Sie reichte ihm ihre Hand – sie zitterte nicht, ihre Nasenflügel bebten nur eine Winzigkeit.

Scorpio schlug ein. »Du wirst wissen, wenn ich erfolgreich war.«

Gracchus Maximinus sah sich die Imagi verlangsamt an. Spulte zurück. Sah sie erneut an. Sah sie Bild für Bild für Bild durch.

Er sah, wie Spartacus seine Klinge zurückriss. Wie Blut und Teile der Rüstung in seine Richtung spritzten. Und dann gab es etwas – einen Blutspritzer, ein Rüstungsteil –, irgendetwas, das bewirkte, dass Spartacus' Schild flackerte.

Gracchus betrachtete es in der Vergrößerung.

Er konnte es nicht erkennen. Der Schild flackerte auf, Spartacus' Kopf ruckte, als sei er getroffen worden. Von etwas sehr Kleinem.

Was soll das schon sein? Gar nichts.

Gar nichts konnte den Schild durchdringen. Aber wenn der Gladiator von gar nichts getroffen worden war – warum sah es dann aus, als habe er einen Kopftreffer eingesteckt?

Ratlos saß Gracchus vor den Imagi. Er sollte nur sortieren. Sonst nichts. Er schüttelte den Kopf und sortierte weiter.

Kapitel XX

»Das will sie?«

»Das will sie.«

»Hm, das ist … eine seltsame Idee. Beide Herzen? Auch das von Spartacus?«

»Beide. Aber das eine war ihr wichtiger als das andere.«

»Und kannst du eine Hintertür einbauen? Dass ich es wieder rückgängig machen kann, wenn es notwendig sein sollte?«

»Ich weiß nicht, Marius«, gab Capricornus zu. »Scorpio macht es persönlich, er ist einfach … er ist besser als jeder andere. Ich kann es dir nicht versprechen.«

»Versuch es. Vielleicht nützt es uns allen einmal. Man muss immer an die Zukunft denken.« Marius lächelte seiner Tabula zu.

»Du denkst besser vor allem an deine eigene Zukunft. Du steckst da immer noch großflächig in der Scheiße.«

»Danke, ja, ich hätte es beinahe vergessen. Du bist ein wahrer Freund, Cornus.« Marius schaltete die Tabula aus. »Wichser.«

Jetzt hieß es für ihn, aufmerksam zu sein. Große Dinge geschahen in seiner Gegenwart. Er überprüfte, dass Lilia sich im Haus befand – im Gebäudeflügel, in dem Constantia ihre Räume hatte. Constantia war völlig entkräftet gewesen. Sie hatte sich offenbar umgezogen, die Sklavin hatte ihre Haare gerichtet, und sie hatte Viro, dem alten Hausklaven, gesagt, sie käme zurück vom Einkaufen und Essen mit ihren Freundinnen.

Arme Constantia. Dinge wie Einkaufen und Essen gehören nicht mehr zu deinem Lebensinhalt. Stattdessen gerätst du in den Wassern in Gefahr und schlägst dich in Begleitung eines schleimi-

gen Unterweltgauners zu einem der mächtigsten Rätslercollegien Roms durch.

Marius gelangte zu dem Schluss, dass er Constantias neues Leben weitaus spannender fand als ihr altes, in dem sie sich praktisch mit ihren Freundinnen auf das Leben als Gemahlin eines reichen Mannes vorbereitet hatte. Geld ausgeben, Kleider anprobieren, ein wenig Sport machen – jedoch nicht so viel, dass man schwitzte …

Sein Blick fiel auf die Arznei, die er aus einer kleinen Flasche in seinen Wein gerührt hatte.

Ja, auch er fühlte sich schwächer als sonst, müde, blutarm. Aber noch nicht so sehr wie seine Schwester, und sie zu sehen, erschreckte ihn wie eine böse Vorahnung. Würden sie sterben? Constantia zuerst, dann Vater, dann er, und auch Lucius Minor?

Er massierte mit den Fingerspitzen seine Schläfen.

Warum will sie die Verbindung der Besitzer zu den Herzen kappen? Wäre es nur Ianos' Herz gewesen – er hätte es als die dumme Idee einer kindischen Liebschaft abgetan. Aber warum Spartacus' Herz? *Welche Verbindung gibt es da?*

Marius erinnerte sich an das Gespräch, das sein Vater mit dem Lanista geführt hatte.

Spartacus.
Spartacus' Frau.
Tot. Auf der Bona Dea.

Große Dinge geschahen, und er war zu dumm, um sie zu begreifen.

Sie gaukeln ihm vor, die maskierte Schöne sei seine Frau. Sie inszenieren eine Tragödie. Aber Constantia befreit die Gladiatoren. Vorher. Warum?

Er presste die Finger auf die Lider. *Um den Fluch zu brechen? Um irgendwie den Fluch zu brechen?*

Konnte das sein? Arbeitete Constantia gar nicht an ihrem gesellschaftlichen Ruin und an einer vergeblichen Liebelei, sondern an einem Plan, ihre Gesundheit und die ihrer Familie wiederherzustellen?

Das wäre dann allerdings ein Vorhaben, das ich nach Kräften unterstützen sollte …

Ianos musterte die Amazone kurz, als er mit den anderen Herzlosen im Durchgang zu Oenomaus' Wohnung verschwand. Bald würde sie eine von ihnen sein. Im Moment litt sie jedoch unter den Launen des Kampfhundes und seiner Freunde, die ihr beweisen wollten, dass sie ihnen als Frau hoffnungslos unterlegen war. Tatsächlich war sie vor allem deshalb unterlegen, weil sie allein war. Ianos erinnerte sich daran, wie es für ihn gewesen war, und fühlte sich schuldig.

»Ich frage mich, ob es noch lange dauert, bis wir die Auflösung erfahren«, sagte Spartacus, als sie beim Würfelspiel erneut bei ihrem vermeintlichen Lieblingsthema angekommen waren, der Sendung *Domus Amentiae*.

»Es sind erst ein paar Tage vergangen«, murmelte Ianos und würfelte. Er achtete kaum auf das Ergebnis.

»Zeit ist kostbar in der Unterhaltungsbranche. Außerdem hast du gerade gewonnen.« Spartacus wies auf die Würfel. Es dauerte eine Sekunde, bis Ianos begriff, dass der letzte Satz nicht doppeldeutig gemeint war. »Ich meine, wir wollen doch alle wissen: Hat sie den Mumm, es zu tun?«

Ianos nickte stumm. Schluckte.

Er hat Angst.

»Ich setze heute das hier. Ein paar Splitter Opal oder so etwas.« Er legte das Amulett auf den Tisch, das er – wieder in seiner Toilettenkabine – mühselig unter dem Verschleiß mehrerer Essensutensilien und dem Einsatz übermenschlicher Kraft in drei Teile geteilt hatte. Zwei davon wanderten zum Einsatz.

Oenomaus schielte nach Linsen. »Dann setze ich einen meiner Ziegenköttel.«

»Und ich ein bisschen Metall aus meinem Schädel? Ach nein, ich belass es bei einer Münze.« Crixus legte einen Denar in die Mitte.

Dann würfelten sie. Die Würfel blitzten auf, der Einsatz wurde verdoppelt. Ianos gewann erneut, er barg ein Stück des Amuletts in seiner Hand. Das zweite Stück legte er als Einsatz in die Mitte.

»Drei Punkte bilden ein Dreieck. Zwei Punkte bilden nichts Sinnvolles. Deshalb muss man beim Würfeln immer mindestens zu dritt sein. Sonst macht es keinen Spaß, ich habe es schon *ausprobiert*. Ianos lädt uns beim nächsten Mal zum Würfeln ein. Diesmal in seinem Zimmer. Diese Vögel nerven mich so unglaublich, es ist kein Wunder, dass ich ständig verliere.« Spartacus warf den Ziegenschnäppern ein Stück Käse zu, das sie ignorierten.

Oenomaus verlor knapp und das dritte Stück des Amuletts wanderte zu Crixus. Oenomaus presste wütend die Lippen zusammen, doch Spartacus war ganz glücklich darüber, dass der Halbsatyr keinen Teil des Amuletts hatte. Auf Ianos und Crixus war Verlass – auf Ianos, weil er einen Grund hatte, frei sein zu wollen, und auf Crixus, weil auf ihn nun mal Verlass war. Oenomaus war das schwächste Glied der Kette.

Spartacus stand auf und öffnete Oenomaus' kleine Tür in der Wand. »Bevor Oenos Flaschen hier verstauben: Lasst uns mal was davon trinken. Auf das Würfelspiel und den Tod!«

»Nachricht für dich, Schwester«, sagte Marius und reichte seiner Schwester nach dem Mahl, von dem sie von Tag zu Tag weniger aß, seine Tabula.

Sie warf einen Blick darauf.

»Es hat uns ein Vermögen gekostet, um Cornus zu bestechen, dass er dir nichts davon sagt«, merkte sie resigniert an.

»Er ist ein windiger Hund, und er hat sich sicher gefreut

über das Vermögen. Und ohne mich hättest du keinen sicheren Draht zu Scorpio. Einen, den Vedea nicht überwacht.«

»Bist du sicher, dass sie das nicht tut?«

»Einigermaßen sicher. Ich kann ja nicht in ihren Kopf sehen. Aber wenn sie auch nur einen Bruchteil von dem wüsste, was ich treibe, hätte Vater mich schon lange zur Verwaltung irgendeiner götterverlassenen Latifundie fortgeschickt.«

Er grinste, und sie sah ihn verwundert an – den jüngsten ihrer drei älteren Brüder. Ihrer zwei älteren Brüder. Den, mit dem sie einen großen Teil ihrer Kindheit und Jugend verbracht hatte und der sich doch so weit von ihr entfernt hatte.

Sie löste den Blick und las die Botschaft auf der Tabula.

»Was machen wir damit?«, fragte sie.

»Wir haben zwei Möglichkeiten. Die altmodische Art und Weise: Wir lassen es ihr von einem Gassenjungen zustecken, wenn sie unterwegs ist. Oder ich mache eine Art Virus daraus und lege ihn auf unseren Heimrechner. Sie wird ihn dann lesen und –«

»– zu dir zurückverfolgen. Lass uns einfach einem Jungen ein paar Solidi dafür geben, dass er es ihr zusteckt.«

»Hast du dir Gedanken über Crassus gemacht?«

»Marius, ich weiß nicht, ob du schon auf dem neuesten Stand bist: Die Priesterin des Dis Pater sagt, *dass wir alle sterben!* Was soll ich Gedanken auf meine Verlobung verschwenden?«

»Und Vater sagt, sie hat außerdem gesagt, dass du diejenige bist, die das verhindern kann. Ich helfe dir dabei, es zu verhindern, und du hilfst mir bei meinen Sorgen.«

»Jetzt, wo du weißt, worum es mir geht – wirst du mir sagen, worum es dir geht?« Sie gab ihm die Tabula zurück. Ihre Hände waren feucht und kalt.

»Es geht um Crassus' Sohn Albus. Es ist wichtig, dass er nach Rom zurückkehrt. Wichtig für Scorpio.« Er sagte es mit Nachdruck, als würde Scorpio ihr etwas bedeuten.

Ihr Herz schlug so langsam. Sie hatte schon am vergangenen Abend Angst vor dem Einschlafen gehabt. Trotzdem hatten die Müdigkeit, die Schwäche, die Erschöpfung an ihr gezogen, bis der Schlaf über ihr zusammengeschlagen war.

Sie schluckte hart, ihr war, als stecke ein Splitter in ihrem Hals. »Wann machen wir es?«, flüsterte sie.

»Sobald Vedea die Nachricht hat. Und dann will ich hoffen, dass dieser Irrsinn uns hilft, mit dem Leben davonzukommen!«

Sie wandte den Blick ab. Er glaubte also, dass ihnen das helfen würde, den Fluch zu lösen. Sie schluckte erneut. *Er wird enttäuscht sein, wenn wir sterben. Aber ich sterbe zuerst und entgehe seiner Wut.*

Das Programm war fertig. Sie konnte die Herzen von ihren Besitzern lösen.

Nun musste sie warten – und dabei fiel es ihr so schwer. Ihr Verlobter besuchte sie zum Essen, doch sein Besuch galt eher Lucius als ihr. Höflich lächelte sie, aß mit schlechtem Appetit und zog sich rasch zurück. In ihrem Schlafzimmer saß sie im Dunkeln und fühlte der Übelkeit in ihrem Inneren nach. Lucullus – wie hatte sie vor wenigen Wochen noch den Gedanken akzeptieren können, seine Frau zu werden? Seine Erben zu gebären? Die Vorstellung zu sterben schien ihr mit einem Mal nicht mehr die schlechteste Perspektive zu sein.

Ich wäre reich. Ich hätte keine Sorgen. Ich könnte sogar Ianos nahe sein, wenn ich ihn jetzt nicht befreien würde ... und die Captura nicht wäre. Eine römische Matrone, die sich in die Arme eines herzlosen Gladiators flüchtet. Sie lachte über ihre Gedanken. So hätte ihr Leben also werden können.

Sie betrachtete Scorpios Nachricht auf der Tabula, bevor ihr die Augen im Sitzen zufielen. Nein, sie war nicht mehr das Mädchen aus reichem Hause, dessen Leben erst mit der Ehe begann. Sie war nicht mehr Constantia Marina – auch wenn sie noch nicht sagen konnte, wer sie stattdessen war.

»Daran habe ich gar nicht gedacht.« Constantia saß mit Ianos auf einer steinernen Nadel, die in ihrer Aufhängung leicht hin und her pendelte. Der Wind war kalt, doch sie wickelten sich gemeinsam in einen Mantel.

»Woran? Dein Herz fehlt wieder«, sagte er.

»Ich weiß. Das ist nichts.« Sie bedeckte das gähnende Loch in ihrer Brust mit einem Zipfel des Mantels. »Daran, dass ich es dir ja einfach im Traum sagen kann.«

»Wir haben eine Zeit lang wenig geredet im Traum«, sagte er und lächelte.

»Ich habe das Programm. Für dein Herz – und für das von Spartacus. Ich brauche dafür aber die Tabula meines Vaters mit dem Zugang zu euren Herzen. Das heißt, die anderen beiden, die Lucullus gehören – da kann ich nichts machen.«

»Ich weiß. Oenomaus sagt, er hat das geregelt. Angeblich besorgt Lucullus uns sogar Schiffe.«

»Was?«

»Vielleicht habe ich es auch nicht richtig verstanden. Sie reden in … in einer Art Geheimsprache. Nein, das trifft es nicht. Aber sie reden so, dass es sich anhört, als redeten sie über Belanglosigkeiten. Ich bin mir nicht immer sicher, ob ich weiß, worum es geht.«

Seine Hand strich über ihr Haar, das hier wieder lang war und lockig. »Ich habe Angst«, sagte er.

»Ich … wusste nicht, dass ihr Rom verlasst«, sagte sie und schluckte. Sie hätte es wissen können. Sie hätte es wissen *müssen*.

»Und darum habe ich Angst. Was … ist mit dir? Bleibst du? Die Tochter von Legat Lucius Marinus …« Er sprach es aus, als stünde er vor einem Abgrund, über den er niemals gelangen würde, all seine Hoffnungslosigkeit lag in diesen sechs Wörtern. Er sah sie nicht an, um sie herum herrschte die Dunkelheit des Apennins, und nirgendwo waren die Lichter Roms in Sicht. Nein, solch einen Ort gab es nicht. Dafür musste man den Planeten verlassen.

Sie schloss die Augen. Als sie sie wieder öffnete, entfaltete sich Rom um sie herum. Gigantische Gebäude, Tempel, Kuppeln, Spitzen. Sie saßen auf der Dachterrasse der Marinervilla, versteckt zwischen zwei Blumentöpfen, die Beine ließen sie über die Kante baumeln.

Ianos gab einen erstaunten Laut von sich. »Warst du das?«

»Ich glaube, schon.« Sie schlang ihre Arme um ihn und klammerte sich an ihm fest wie ein Kind. »Das ist Rom. Es lauert. Es ist niemals blind. Es ist größenwahnsinnig und erdrückend. Und wir sind zu zweit und gehen darin unter.«

Er atmete, sie spürte es. Dann sprach er es flüsternd aus: »Wir könnten ... zusammen ...« Der Satz verendete.

Sie lachte leise. »Wie in den Geschichten. Das reiche Mädchen, das mit dem armen Bauernjungen vor den Horden der Barbaren flieht. Sie sind verliebt, aber ihr Vater findet sie, und dann finden sie heraus, dass er in Wahrheit der verlorene Sohn eines alten Patriziergeschlechts ist.«

»Anders können sie die Geschichten nicht ausgehen lassen. Stell dir vor, das reiche Mädchen würde einen Sklaven befreien, und sie würden fliehen, und niemand hielte sie auf, und sie würden bis an ihr Lebensende glücklich miteinander sein. So eine Geschichte könnten sie nicht erzählen.« Er grinste, aber seine Augen waren nicht fröhlich.

»Glaubst du das denn? Dass wir bis an unser Lebensende glücklich sein könnten? Ich weiß nichts über dich. Ich weiß nur, dass es Spaß macht, dich zu vögeln. Aber ist das genug, um dich zu befreien, dein Herz von meinem Vater zu lösen? Dir zu folgen, auf ein Schiff von Lucullus, meinem *Verlobten*? Und dann mit dir ins Nirgendwo zu fliegen?« Sie hatte die Sätze härter gesagt, als sie sie meinte. *Ihr Lebensende* – das mochte nicht mehr so lange hin sein.

Verletzt schob er sie ein Stück von sich weg. »Muss ich wissen, ob du gern Faustball spielst? Welche Poeten du liest? Welche ... welche ...« Seine Vorstellungskraft über das Leben reicher Töchter ließ ihn im Stich. »Muss ich das wissen? Ich habe seit unserer Flucht von der *Bona Dea* genug von dir gesehen, um dich bis an mein Lebensende zu lieben, egal, ob das die Idee der Seherin war oder nicht.«

Seine Augen waren dunkel, und die Lichter der Stadt blieben davon fern. »Ist es zu viel verlangt? Dass du mit mir kommst? Ist es so schwer für dich, all diese Dinge hinter dir zu lassen, die du hasst?«

Etwas flatterte in ihrer Brust, und jeder einzelne Flügelschlag schmerzte bis in ihre Fingerspitzen. *Ein Vogel im Käfig meiner Rippen ...*

»Du bestimmst also, dass ich mit dir komme?«, brachte sie hervor. »Du bestimmst, wann es Zeit für mich ist, aus dem Besitz meines Vaters in deinen Besitz überzugehen? Du bestimmst, dass meine Zukunft zwischen entflohenen Sklaven auf einem ... was weiß ich ... gekaperten Viehtransporter liegt?«

Er presste die Lippen zusammen. Dann senkte er den Blick und schüttelte den Kopf.

»Nein«, flüsterte er heiser. »Vergiss es. Ich dachte ... du wärst unglücklich hier.« Er verstummte, rang nach Luft. »Ich war mein Leben lang ein Sklave. Für mich ist der Gedanke, dass ich mich einem Ausbruch anschließe – dass ich ... ich der Auslöser dafür war ... Es ist, als wäre es einfach ein weiterer Traum. Die Götter haben mich nicht dazu bestimmt, ein freier Mann zu sein. Und wer bin ich, mich dem zu widersetzen?«

Das Flügelschlagen wurde unerträglich. Die Distanz zwischen ihnen schmerzte körperlich. Sie nahm seine Hände. In einer davon spürte sie etwas, einen harten metallenen Splitter, der kalt war.

Ein Boot tauchte aus einer Straßenschlucht auf und nahm wie ein Fisch an Höhe zu, bevor es lautlos davonschwirrte.

»Ich ... wusste nicht, dass er dein Verlobter ist. Lucullus.« Ianos warf ihr einen elenden Blick zu, in seinem Gesicht der verletzte Ausdruck von jemandem, der es gewohnt ist, verletzt zu werden.

Sie dachte daran, dass ihr Verlobter unter ihr im Speisesaal saß – in ihrem Traum und auch außerhalb davon. Dachte an sein gerötetes Gesicht, seine feisten Finger, seine fettglänzenden Lippen, während er aß. Daran, dass sein Ruf als Philosoph lange schon hinter seinem Ruf als dekadentem Herrn des Ludus zurückgetreten war.

»Wenn ich eine Geschichte daraus machen würde«, sagte sie leise, »dann würde ich dein Herz aus den Archiven des Tempels holen. Wir würden zusammen fliehen. Wir würden jemanden finden, der dir dein Herz zurückgibt, und diese Sklavin meines Vaters, die den Fluch aufhebt, der auf meiner Familie lastet. Wir würden einen Mond am Ende des Mare Nostrums finden, den Rom noch nicht gefunden hat. Da wären wir die einzigen Menschen, und wir würden dort bleiben und keinen Gedanken mehr an diesen Planeten verschwenden.« Sie lachte, doch der Vogel in ihrem Rippenkäfig war tieftraurig.

»Kriegen wir da Kinder?«, fragte Ianos.

»So viele wir wollen. Halb braun und halb weiß.«

Tränen standen in seinen Augen, und sie selbst schniefte.

»Sie finden uns am Ende trotzdem«, sagte er lautlos. »Sie töten mich und die Kinder. Und was sie mit dir machen, weiß ich nicht.«

»Sie bringen mich, die ehrlose Tochter, zu meinem Vater zurück. Und dort werde ich alt und verbittert, oder ich stürze mich von einem Turm. Aber ich kann daran denken, was wir gehabt haben.«

»Bitte.« Er zog sie an sich heran. »Ich wünschte, ich würde das nicht sagen, Constantia, aber bitte komm mit mir – auch, wenn es eine unsinnige Geschichte mit einem schlechten Ende werden wird. Eine Geschichte, die in Rom niemand erzählen mag.«

Als sie nickte, fühlte es sich an, als träte sie fehl auf einer der steilen Treppen, die hinunterführten in die Unterstadt, und trudelte abwärts im freien Fall. Sie rang nach Luft, und dann küsste sie ihn in heftigem Protest gegen das böse Ende einer guten Geschichte.

»Sagst du bitte irgendwann, dass du mich liebst?«, murmelte er zwischen ihre Lippen. »Du bist mir das noch schuldig.«

»Du bist ein ganz schön frecher Sklave. Kein Wunder, dass so einer für einen Aufstand verantwortlich ist.« Sie lachte, und der Rubicon über ihr begrenzte die Ewigkeit mit seinem funkelnden Rund. »Ich liebe dich, Ianos. Ich werde dein Herz stehlen. Dein echtes Herz.«

Er fasste sich theatralisch an die Brust, wo sie keine Narbe ausmachen konnte. »Es gehört dir, wie kannst du es da stehlen?«

»Du kommst manchmal an die Dichter heran, die Gaia und ich lesen.«

Außer dass ein gähnendes, blutleeres Loch in ihrer Brust klaffte, fühlte sie im Traum nichts von dem Fluch. Sie wickelte sich in den Mantel, damit Ianos die Wunde nicht sah, setzte sich auf seinen Schoß und machte sich daran, ihren Verlobten zu betrügen, während dieser unter dem Dach weilte.

Ein Klopfen an der Tür riss sie von ihm fort. Sie war auf ihr Bett gesunken, die Tabula lag mit bleifarbener Oberfläche neben ihr. Die Göttin Venus hatte sie noch fest im Griff, und dass ihr Geliebter so plötzlich fehlte, ließ sie einen gedämpften Wutschrei ausstoßen. Sie spürte Schweiß unter ihrer Kleidung, ihr Schoß war feucht und protestierte pochend gegen den abrupt beendeten Traum.

»Herrin, es ist dein Bruder«, flüsterte die Sklavin aus dem Vorraum, in dem sie schlief.

Zitternd setzte Constantia sich auf und glättete ihr Kleid, als habe sie sich tatsächlich gerade mit einem Gladiator über eine Dachterrasse gerollt.

»Lass ihn rein.«

Marius ließ mit einem Klatschen seiner Hände alle Lichter im Raum angehen.

»Ich hasse dich«, sagte sie. »Ich habe sehr gut geschlafen.«

»Ach so, dann entschuldige mich bitte, am besten erledigen wir die Sache mit dem Herzen, wenn Vedea beim nächsten Mal das Haus mitten in der Nacht verlässt. Was vermutlich … nie ist!« Er grinste.

»Sie hat das Haus verlassen? Jetzt?«

»Du schläfst wohl noch, was? Offensichtlich ist die Botschaft eines anderen Cyprioten ihr ein paar Stunden des Ungehorsams wert. Ihr, die sie doch stets die Gehorsamste von allen Sklaven war.« Marius sah sehr zufrieden mit sich selbst aus.

»Wird es jemand merken?«

»Nein. Erstens überprüft niemand Vedea, und zweitens hat sie dafür gesorgt, dass es zumindest im System so aussieht, als wäre sie noch da.«

»Wie hast du es dann gemerkt?«

»Dein Bruder ist ein Ass unter den Datenrätslern. Ich habe eine Routine laufen, die jeden Eingriff ins System meldet, auch wenn er nach wenigen Sekunden wieder kaschiert wird. Außerdem habe ich meinen faulen Rätslerarsch hochgekriegt und ihr Zimmer überprüft. Sie ist weg.«

»Dann tun wir es jetzt? Also, das Programm auf die Tabula laden?«

Es war einfach nicht dasselbe. Er stellte sich vor, wie ihr Haar ihn kitzelte, wie heftig sie atmete, wie sie sich auf ihm bewegte. Wie sie seinen Namen stöhnte. Wie ihn ihr gemeinsamer Rhythmus in gedankenlosen Wahnsinn treiben wollte.

Aber seine Hand war besser als gar nichts. Mit einem bedauernden Seufzen kam er zum Höhepunkt und ergoss sich auf seinen Bauch. Er war froh, die Linsen, die stets neu ausgerichtet wurden, jede Nacht von seinem Bett wegzudrehen.

Erst jetzt fragte er sich, was sie aufgeweckt haben mochte und wie viel von ihrer Unterhaltung, von ihren Versprechungen jetzt noch galt.

Sie hatte es Marius überlassen, an die Tabula ihres Vaters zu gelangen. Sie hatte gedacht, er müsse sie in der Hand halten, doch es genügte ihm, sich über den Zentralrechner zu schleichen und die Sperren auszuschalten, die Vedea wegen ihm, dem schnüffelnden Sohn, eingebaut und nun unbeobachtet zurückgelassen hatte.

»Hier sind wir. Sauber aufgeräumt, und ich wette, voller politischer Scheußlichkeiten. Das hier ist Ianos' Herzsteuerung.«

Er öffnete sie auf seiner eigenen Tabula. »Na, das Herz geht schnell, dafür, dass der Bursche schlafen sollte.« Er bewegte seine Finger über die Oberfläche, kicherte. »So. Jetzt schläft er wieder.«

»Was?«

»Er schläft. Ich hab ihn runtergeregelt.«

»Das ist kein Spielzeug! Das ist ein Mensch!«

»Ein teurer Mensch. Ein wertvoller Sklave. Ein Gladiator. Also – ein Spielzeug. Aber um das zu ändern, sind wir ja hier. Wir befreien deinen Gladiator und seinen besten Freund. Der gerade ohnehin schläft. Nein, halt.« Wieder eine Fingerbewegung. »Huch, wachgeworden durch Herzrasen. Muss ein schlechter Traum gewesen sein.«

»Hör auf!« Constantia riss ihm die Tabula aus der Hand. »Sag mir einfach, was ich machen muss!«

Ihr Bruder zog ein kindisches Schmollgesicht. »Diese Herzen – du weißt, dass du dabei hilfst, göttliches Eigentum zu stehlen, oder? Und dass vier Jahre der längste Zeitraum sind, den ein Mensch mit so einem Herzen durchgehalten hat? Öffne das Programm einfach, es macht alles alleine, wenn man einmal die Verbindung zu den Herzen hat. Vielleicht sollten wir Vater einweihen, damit er keinen Infarkt kriegt, wenn seine beiden Herzen auf Wanderschaft gehen. Es dient ja immerhin dafür, dass wir diesen Fluch überleben.«

Sie sah ihren Bruder ernst an. »Dafür dient es gar nicht. Ich will einfach nur die Captura verhindern, bei der sie sich alle gegenseitig umbringen werden. Ich habe keine Ahnung, wie ich diesen Fluch lösen soll.«

Marius' Nasenflügel bebten, als er versuchte, seine Fassung zu wahren. »Du machst einen Scherz.«

Sie wollte den Kopf schütteln, doch sein Blick war gefährlich. Er war heute ihr Verbündeter – aber das konnte sich rasch ändern.

»Ja«, hauchte sie. »Ich mache einen Scherz.«

»Sehr gut, kleine Schwester«, raunte er. Das Programm arbeitete, Marius betrachtete die Meldungen, die es von sich gab. »Es macht die Herzen zu einem geschlossenen System. Von außen nicht mehr beeinflussbar. Keine drahtlose Verbindung zu so einem Herzen mehr.« Er lächelte kalt. »Sie haben ab jetzt noch höchstens vier Jahre, um ihr eigenes Problem zu lösen. Aber du, Schwester, wie lange hast du noch?«

Kapitel XXI

Spartacus hörte seinem Herzen zu. Es raste. Dann wurde es ruhiger. Etwa eine Minute lang war es ein bloßes Ticken in seiner Brust.

Er fürchtete sich nicht, auch wenn sein Blut langsam floss und sein Blickfeld sich verengte.

Er atmete. Die Sekunden wurden zu Jahren, in denen er das Lächeln seiner Frau sah. Er erwiderte es.

Ich lächle. Nun ist es also so weit. Wenn diese Bestimmung gediehen ist, muss auch meine eigene gedeihen. Ich werde mich aufmachen zu den inneren Planeten des Hades. Und zurück sein, um Drennis in die Arme zu schließen. Als Königin, mit dem Blut des tyrannischen Vaters an den Händen.

Ianos kam auf dem Boden seines Badezimmers wieder zu sich. Sein Kopf schmerzte, und das Herz schloss erst jetzt die Platzwunde, die er sich an seinem kleinen Badebecken zugezogen hatte. Er spürte, wie es kühl um die Wunde herum wurde. Er tastete danach.

Da setzte sein Herz erneut aus. Es wurde ein bloßes Ticken in seiner Brust, zu schwach, um Wunden zu heilen. Er hatte Angst.

Es würde ihn im Stich lassen, und er würde sterben, und alles, was er begonnen hatte, würde ohne ihn beendet.

Der Capsarius schreckte von seiner Liege in der Nachtschichtkammer auf. Er sah auf die Tabula. Die Anzeige der Herzen von

Spartacus und Ianos wiesen Anomalien auf. Er versuchte, sie hochzuregeln, doch die Anzeige verlor den Kontakt zu den Herzen.

»Wir könnten hier ein Problem haben, Lanista«, hinterließ er dem schlafenden Batiatus eine Nachricht, bevor er hinunter in den Ludus eilte, um nach den verdammten göttlichen Dingern zu sehen.

Spartacus war der wertvollere Gladiator. Seine Tür öffnete sich zuerst. Er stand vor seinem Bett, zog eine Tunika über.

»Leg dich hin, Sklave, ich muss nach deinem Herzen sehen«, sagte der Capsarius und stellte seinen Koffer und seine Diagnosetabula ab.

»Ich denke, du musst zuerst nach dem Zweigesichtigen sehen. Mir fehlt nichts«, sagte Spartacus und schob den Mann an der Schulter zur Tür.

»Meine Instrumente!«

An der Tür gab es gleich mehrere tote Winkel – nicht jeder Raum war lückenlos mit Linsen abgedeckt, denn interessant waren letztlich das Bett, der Tisch und das Badebecken.

»Ach ja, deine Instrumente.«

Spartacus hob den Koffer auf und öffnete ihn auf dem Weg zur Tür. Spitzes und Scharfes fand sich reichlich darin. Der Capsarius reagierte nicht schnell genug.

»Was …«

Spartacus setzte den Mann, der aus einem großen Schnitt am Hals blutete und dessen verzweifeltes Gurgeln der Gladiator mit einer Hand erstickte, nah an die Tür.

»Psst. Hier ist das Letzte, was du in deinem Leben lernst, Capsarius: Traue niemals jemandem, der dazu gezwungen wird zu töten, damit andere sich daran ergötzen können. Er tut es vielleicht irgendwann auch, ohne dass einer zusieht.«

Befriedigt mit dieser letzten Lektion ließ Spartacus den erschlaffenden Körper los. Sein Herz summte vor Entzücken: Er würde frei sein.

Seine Hände wischte er an der Tunika des Mannes ab und nahm lediglich das Schlüsselplättchen des Capsarius' und einige Schnittwerkzeuge an sich.

Der Gang zum Gewölbe war düster, es war immer die gleiche Düsternis, tags wie nachts. Er öffnete die Tür zu Ianos' Quartier zuerst – das Licht war an, Ianos stolperte mit einer blutenden Platzwunde am Schädel aus seinem Bad.

»W-was ist los?«, fragte er, und Spartacus' Herz zeigte seinem Besitzer den Pulsschlag in der Wunde, die zahllosen verletzlichen Stellen an seinem nackten Körper.

Spartacus blieb im Türrahmen stehen und zeigte auf seine Augen und Ohren. Ianos sah ihn an wie ein wildes Tier, das unverhofft von einem Jäger geweckt wurde. Dann bewegte sich sein Kehlkopf, als er schluckte, und er sah sich kurz um.

»Die Linsen zeigen diese Ecke dahinten und die Aussicht aus dem Fenster. Das Audio ist gedämpft.«

»Sie richten die Dinger neu aus«, sagte Spartacus.

»Ich weiß. Und da ich Angst davor habe, im Schlaf zu sprechen, überprüfe ich das jeden Abend.«

»Gut.« Spartacus trat ein.

»Da ist Blut an deinen Händen.«

»Da ist Blut an deinem Kopf. Zieh dir was an. Und beeil dich, ich brauche deinen ... Blick für Details. Es wäre sehr nützlich, wenn du so einen Impuls hervorrufen könntest wie in der Arena.«

»Das wäre für alle sehr nützlich und würde sogar das Amulett überflüssig machen«, sagte Ianos, während er sich eilig Tunika, Beinlinge und Sandalen anzog. Das Blut in seinen kurzen Locken trocknete, die Wunde hatte sich geschlossen. »Leider kann ich den Impuls nicht einfach so auslösen. Ganz davon abgesehen, dass er unsere Herzen ausschalten würde.

Es kann sein, dass wir sie noch brauchen. Bist du ... bist du sicher, dass ...«

»Dass die nützliche junge Herrin, die dir so gewogen ist, uns von unserem Besitzer gelöst hat? Aber ja. Ich bin mir sicher.«

»Woher kriegen wir Waffen?«

»Mal sehen. Im Moment habe ich ein paar Fleischerutensilien vom Capsarius.«

»Hätten wir ... hätten wir diese Nacht nicht ein bisschen gründlicher planen sollen?«

»Ich habe sie geplant. Seit Jahren.«

Ianos holte den Amulettsplitter aus einer beschädigten Stelle seines Gürtels und wog ihn in der Hand.

»Brauchst du eine Einladung?«, knurrte Spartacus. »Geh zu den anderen beiden und kümmer dich um die Linsen!«

Das größte Problem würde das Gewölbe sein. Hier spielten sich Dinge ab, die Zuschauer sehen wollten, hier wurden mehrere Linsen von einer Zentrale aus überwacht und gesteuert.

Die meisten Gänge und Türöffnungen waren routinemäßig überwacht, jedoch eher, um die Gladiatoren im Blick zu behalten, als aus dem Wunsch heraus, publikumsreife Imagi zu erhalten.

Ianos durchtrennte mit einem Skalpell durch die Verschalung der Wand hindurch ein Kabel, an das die beiden Linsen im Gang angeschlossen waren. Er sah sie verlöschen.

In Oenomaus' Räumen waren Linsen an Orten, die sich der Halbsatyr nicht hatte träumen lassen. Es war unmöglich, ihnen zu entgehen. Oenomaus winkte ab und stand schlaftrunken aus dem Bett auf. Zwischen seinen zottigen Beinen stand sein Penis aufrecht wie ein Praetorianer. Er wedelte damit in eine besonders offensichtliche Linse.

»Abschiedsgruß an Lucullus. Bemüht euch nicht zu sehr – die Luduslinsen können wir seine Sorge sein lassen. Und jetzt weiß er immerhin Bescheid, dass wir seine Schiffe brauchen.«

Auch Oenomaus zog sich an – Crixus stand bereits mit einer Hose bekleidet neben seiner Tür.

»Wird er uns nicht früher oder später ans Messer liefern? Lucullus?«, flüsterte Ianos im Korridor.

»Erst, wenn wir da sind, wo er uns haben will. Und da haben wir ja vielleicht auch noch Freunde.«

»Dann kann er eure Herzen ausschalten!«

»Junge, bitte«, sagte Oenomaus spöttisch. »Welche Funkreichweite sollen die Dinger denn haben? Wenn wir es wirklich in den Hades schaffen – meinst du nicht, dass wir dann da vor ihm in Sicherheit sind?«

»Er kann eure richtigen Herzen ... zerstören.«

»Das ist wahr. Aber darüber wird sich nachverhandeln lassen.«

Crixus musterte seinen ziegenbeinigen Freund. »*Nachverhandeln?*«

Oenomaus grinste entschuldigend.

»Manchmal frage ich mich, auf wessen Seite du stehst.«

»Die Frage ist einfach zu beantworten, mein gallischer Freund: Stets auf meiner eigenen. Aber auf der bist du doch auch, oder?«

»Wie sicher können wir sein, dass Lucullus die Linsen kontrolliert?«, fragte Spartacus. »Dass wir nichts zu befürchten haben?«

»Ich habe es nicht schriftlich, Thraker. Begnüge dich damit, dass meine Geschichte vom Hades ihn scharf gemacht hat. Er wird das jetzt nicht im Keim ersticken.«

»Warum macht er uns nicht auch persönlich die Tür auf, Bruder?«, fragte Crixus misstrauisch.

»Ein bisschen nach einem Ausbruch muss es wohl noch aussehen, was?«, bellte Oenomaus zurück. »Willst du vielleicht noch eine Sänfte, die dich wegbringt?«

»Das hört sich nicht nach einem Plan an, für den du Jahre

gebraucht hast«, sagte Ianos in Spartacus' Richtung. »Es hört sich an, als würden wir improvisieren!«

»Das gehört zu einem guten Plan dazu. Es ist heute der richtige Zeitpunkt, mein Freund. Ich bin mir sicher. Du hast Taurus erledigt, und der hätte uns bei der Flucht wirklich ficken können.«

»Wir werden immer noch Leute dabeihaben, die uns ficken können«, sagte Crixus bedächtig.

»Aber keinen, der zwei Passus groß und gehörnt ist und dessen Geist einem verdammten brodelnden Fass mit brennendem Öl nahe kommt. Und jetzt – macht Platz für die Dinge, die ich jahrelang vorbereitet habe. Ianos, ich will, dass die Linsen im Gewölbe ausgehen. Am besten, während ich rede.«

Lucullus hatte nicht erwartet, dass der Ausbruch schon so bald erfolgen würde.

Es war schwierig genug gewesen, die beiden Männer, die nachts die Linsen kontrollierten, darauf einzunorden, dass sie die Dinge, die sich in dieser Nacht anbahnten, geschehen ließen. Sie hatten eine schriftliche Anweisung von ihm, die besagte, dass alles gestellt sei und sie es aufzeichnen, aber keinesfalls sofort senden sollten.

Diese schriftliche Anweisung ließ sich ohne Schwierigkeiten zu einem Rätslercollegium zurückverfolgen, sodass es nachher aussehen würde, als hätten die Gladiatoren willfährige Helfer in der Unterwelt gehabt, die Lucullus' elektronisches Siegel gefälscht hatten.

Brillant. Nun brauchte er nur noch ein Schiff, um seinen neuen Söldnertrupp in den Hades zu schaffen. Und niemand durfte diese Sache mit ihm in Verbindung bringen. Niemand. Nervös rieb er seine Hände gegeneinander – sie waren schweißnass. Was jetzt kam, würde ihm den Aufstieg bringen – oder einen tiefen Fall.

Jemand war bereits dabei, diese Sache zu Lucullus zurückzuverfolgen.

Das kleine Mädchen legte den Kopf schief, während sie Sagittarius über die Schulter sah. Der Rätsler hatte viel getrunken, es war schwierig gewesen, ihn zu wecken. Er dachte nun, er sei allein auf die Idee gekommen, das Programm zu überprüfen, das Scorpio Constantia geschrieben hatte. Es war ausgeführt worden und hatte sich dann gelöscht. Das kleine Mädchen leitete seine Finger, ohne dass er es merkte. Sie glitten über die Tabula.

Er fand rasch heraus, dass die Bilder der Linsen Schleifen aus Imagi waren, die an den Vortagen gedreht worden waren. Sie zeigten dunkle Korridore, schlafende Männer und leere Arenen.

Das kleine Mädchen schloss die Augen und spreizte ihre Finger.

»Süße Milch der Wölfin!«, rief Sagittarius aus, als er in den Speicher des Zentralrechners eindrang.

»Was soll das heißen? Nichts habe ich damit zu tun!«, schrie Marius in seine Tabula.

Constantia verfluchte diese Nacht – sie wollte zurück in ihr Bett. Sogar das Bedürfnis, den Traum weiterzuträumen, war vergangen. Die Müdigkeit lag wie Blei auf ihrem Körper.

»Wenn das ein Teil von deinem Faber-Spiel ist, dann hast du dir jetzt einen Krampf im Arsch zugezogen, der sich erst legen wird, wenn mein Zwillingsbruder ihn dir aufgerissen hat! Und dagegen kann ich gar nichts tun«, keifte der Mann auf der anderen Seite der Verbindung. »Das hier läuft gerade im Ludus – das hier! Es sieht keiner – aber bald wird es jeder sehen, und dann werden sie diese Sperrorder hier finden, und die – siehst du das? Diese Signatur ist quasi ein Bekennerschreiben von Scorpio – es ist seine Signatur, die aktuelle, die er niemals auf so was hinterlassen würde!«

»Was heißt das?«, flüsterte Constantia.

Cornus heftete seinen Blick auf sie. »Ach, die schöne Schwester. Hör mal, Schwesterchen, es gibt die Signatur, die man benutzt, wenn man sich zu etwas *bekennt* – das tun wir, wenn wir unter unseresgleichen sind. Wenn wir zeigen müssen, was für einen langen Pimmel unser Collegium hat. Wenn wir was in deinen Kreisen unternehmen, geht es nicht um Pimmel. Da geht es um Geld, und darum, unerkannt zu bleiben. Niemals hätte Scorpio ...«

»Was ... was ist das da?« Constantia deutete auf das kleinere Bild.

»Das ist ein Aufstand im Ludus«, sagte Marius leise und schluckte.

»Jetzt? Das passiert ... das passiert *gerade?* Götter im Jenseits, konnten sie nicht ein paar Tage warten?« Constantia rang nach Atem. Dann ergriff sie die Hände ihrer Sklavin. »Wir müssen in den Tempel der Iuno.«

Lilia wurde sofort von der alten Angst geschüttelt, obwohl Marius nun auf ihrer Seite war. »Du bist zu schwach, Herrin.«

»Soll ich dich allein schicken? Nein, Vater hat genug Mittel, mit denen man tagelang wach bleiben kann, ohne zu schlafen.«

»Aber vielleicht wird das deinen Zustand verschlechtern!«

»Oh, ach, dann lege ich mich wohl besser wieder hin. Du dumme Gans! Gehorche mir, oder es wird dir leidtun!« Constantia hörte ihre eigene Stimme schrill nachhallen.

Cornus lachte. »Hysterisch, hm? Untervögelt.«

»Glaubst du mir, dass es nichts mit mir und der Hochzeit meiner Schwester zu tun hat?«, fragte Marius. »Wir haben gerade ganz andere Probleme als die Sache mit dem Faber.«

»Oh ja. Wir jetzt auch.«

Marius vergrößerte das Fenster mit den Ludusaufzeichnungen.

Lilia schluchzte. Ihre Augen waren so scheu und dumm und

schwach, dass Constantia die Wut auf die Sklavin kaum unterdrücken konnte. Sie schrie sie an, wie sie Beata angeschrien hatte, und sie nutzte sie aus, wie sie Ianos ausgenutzt hatte, der auf der *Bona Dea* zurückblieb, um das Leben seines Herrn zu retten.

Damit hat es angefangen. Mit der Nichtachtung eines Sklavenlebens.

»Es tut mir leid, Lilia. Du musst nur – an meiner Stelle hierbleiben.« Zerknirscht sah Constantia sie an.

»Ich gehe mit dir, Herrin. Wenn es nur hilft, dass du wieder gesund wirst.«

Marius musterte sie prüfend.

»Ja«, sagte Constantia. »Ich … ich muss nur das Herz aus dem Tempel holen. Danach wird sich alles fügen.«

Marius neigte sich bedrohlich vor.

»Warum genau musst du das Herz deines Geliebten aus dem Tempel holen?«, fragte er lauernd.

Sie presste die Lippen aufeinander, suchte nach Worten und fand sie schneller, als sie gedacht hatte: »Es ist seine Bedingung. Er findet die Frau, die uns verflucht hat, wenn ich ihm sein Herz beschaffe.«

Solch eine Denkweise schien Marius nicht fremd zu sein. Er nickte langsam. »Ich helfe dir. Von hier aus. Und Cornus auch, nicht wahr?«

»Aber klar. Darf ich auch eine Bedingung stellen? Gibt's Imagi von ihr und dem Gladiator?«

Die Bilder vom Ludus nahmen nun die ganze Oberfläche der Tabula ein, dennoch war das Bild klein. Im Gewölbe hatten sich alle Gladiatoren zusammengerottet, Spartacus stand auf einem ausgezogenen Tisch und redete, ohne dass sie ihn hören konnte. Die Aussicht wurde von Ianos versperrt, als er genau auf die Linse zukam – sie erkannte den zweigesichtigen Kopf des Gottes Ianus auf seiner Tunika. Sie sah den Schatten von

Bartstoppeln, Blut an seinem beinahe kahlrasierten Schädel. Die dunklen Augen, die Brauen darüber konzentriert zusammengezogen. Dann streckte er die Hand aus, als würde er durch die Tabula hindurchgreifen. Und das Bild erlosch.

»Was ... was war das?«

»Er zerstört die Linsen, wäre so mein Eindruck, Herzchen«, sagte Capricornus trocken. »Ich seh mir die Darbietung weiter an, solange es Linsen gibt, die der Kerl noch nicht gefunden hat.«

»Das dauert nicht mehr lange.« Constantia lächelte, obwohl sich ihre Eingeweide anfühlten, als würden Aufregung und Angst sie kneten wie Brotteig. Sie stand auf. »Los, Lilia, wir holen dieses Pulver. Und ein bisschen frische Luft kann ich wohl auch gebrauchen.«

»Wir sind Kämpfer, Leute! Sie haben uns dazu gemacht, sie haben uns zu den besten Kämpfern dieses Scheißplaneten gemacht, und jetzt werden wir zeigen, dass wir nicht nur für Applaus kämpfen. Nicht nur für Ruhm und das Lächeln reicher Menschen. Alles, was wir brauchen, sind Waffen«, schloss Spartacus seine Rede.

Gefolgt von Jubelrufen, Lärm und Schreien ging er mit Ianos und Crixus zu einer mit einem Energieschild versiegelten Tür.

Es war wie eine Prozession, und sie hielten die Splitter von Persephone in den Händen. Wenn es nicht funktionierte – konnten sie sich jetzt wieder hinlegen und auf den wohlverdienten Tod warten.

Das Feld summte, wahrnehmbar an der unteren Grenze des Hörvermögens, und wenn man im Gewölbe übernachtete, konnte einen dieser Ton in den Wahnsinn treiben. Spartacus hielt den Splitter zwischen den Fingern und schob ihn in das bläuliche Feld, das zuckend auf kleinste Änderungen in der Luft reagierte und Formen bildete wie Wellen auf einem stillen

Teich. Der Splitter durchdrang das Feld. Die Gladiatoren hinter ihnen wurden still. Ianos und Crixus folgten seinem Beispiel – vorsichtig. Sie wussten, wie verheerend es sein konnte, mit den Fingern in ein zuschnappendes Energiefeld zu geraten. Dicht beieinander hielten sie die Hände, dicht beieinander tauchten die Splitter durch den Schild. Dann zogen sie die Fläche auf – Ianos nach rechts, Spartacus nach links, Crixus nach oben. Ein Dreieck. Das Energiefeld öffnete sich wie ein Reißverschluss. Zwischen den Splittern versuchte es, wieder in die geöffnete Stelle hineinzufließen, vibrierte wie ein Faden, der gestrafft war und sich leicht nach innen wölbte, zum Zentrum des Dreiecks.

Spartacus hatte es an den Schilden ausprobiert. Er wusste, wann die Fläche zu groß sein würde, wann der Schild das Signalhindernis überwinden und die Öffnung wieder schließen würde.

»Jetzt«, nickte er Oenomaus zu, der das Schlüsselplättchen des Capsarius mit einer Grimasse an den Türknauf hielt. Wenn der Schild jetzt zusammenschnappte, würde er Oenomaus' Hand abreißen. Doch sie hielten die Amulettstücke still, und nur die Hand eines Herzlosen konnte so ruhig sein. Spartacus hörte die anderen beiden atmen, so leise waren die Männer – und die Frau – hinter ihm. Die Tür klackte. Oenomaus öffnete sie und zog die Hand zurück. Er stieß den Atem aus.

Der Raum dahinter war dunkel.

»Jemand muss durch. Jemand ohne Ziegenbeine und Zotteln, bitte. Jemand, der klein ist und ...«

»Schon gut«, sagte Ianos. »Halt den Splitter.«

Er übergab ihn den Händen des Halbsatyrs, besah sich dann das Loch und nahm wenige Schritte Anlauf. Mit einem Sprung setzte der Zweigesichtige durch die Öffnung, die um ihn herum stabil blieb.

»Zerstör es einfach von der anderen Seite«, sagte Crixus mit seinem in sich ruhenden Tonfall. Wenn er so sprach, bedeutete

361

das allerhöchste Anspannung und vermutlich den Tod seines Gegners. Den Gallier versetzten solche Situationen in eine beinahe meditative Stimmung.

Ianos erleuchtete den Raum mit einer Handbewegung. Waffen und Rüstzeug lagerten hier – die Waffen, die sie nach einem Kampf im Colosseum abgaben, wenn sie blutend im Gewölbe lagen. Nicht die Trainingswaffen, die in Schuppen und Kellern nahe der kleinen Arenen lagerten, nein, hier waren die guten Waffen, das Spielzeug, das die Massen belustigte, die Klingen, mit denen sie einander zerhacken sollten. Eine davon wanderte in Ianos' Hand. Mit einer einzigen heftigen Bewegung, als läge der ganze Hass der vergangenen Monate darin, zerstörte er die vier Punkte, die den Schild um den Türrahmen spannten. Der Energieschild löste sich auf, das feine Summen verstummte.

»Ja! Jaa!«, schrie eine Stimme, und andere fielen ein. Sie drängten herein, der Kampfhund als Erster, obwohl er vor Ianos zurückscheute.

Ich bin mittlerweile der größere Hund.

»Beeilt euch! Nehmt etwas, das sich zur Not verstecken lässt. Das wir mit in die Unterstadt nehmen können«, befahl Spartacus.

Die Amazone war als Erste wieder draußen. Grinsend nestelte sie die Ringe durch den Stoff ihrer Tunika, die man Ianos für den Kampf gegen Taurus durch die Brustwarzen gebohrt hatte.

Ianos zog die Augenbraue hoch.

»Beste Rüstung für die Unterstadt«, sagte sie und steckte sich eine unterarmlange Klinge in den Gürtel. Eine verlässliche Metallklinge – alles Weitere ließ sie in der Rüstkammer, all die phantasievollen, unnützen Spielereien.

Ianos nahm seinen zweigesichtigen Helm, hielt ihn kurz in der Hand und legte ihn dann wieder ab. Dann griff er nach einem Schild, den er deaktiviert als Handschuh tragen konnte.

Dann nach einer Netzkugel – eines von Aeneas' Netzen, das den besten Retiarius des Ludus überdauert hatte. Er wog die Kugel in der Hand. Das Zeichen darauf warnte ihn vor dem klebrigen Inhalt, und bitter dachte er daran, wie er Aeneas – vielleicht mit genau diesem Netz – am Boden festgeklebt und dadurch den ersten Ruhm erhalten hatte.

Die Amazone nickte zufrieden, als er die Kugel mit dem daran befestigten Haken an den Gürtel steckte. »Schon mal draußen gewesen? Also, schon mal kein Sklave gewesen, meine ich?«

Er schüttelte den Kopf und schämte sich gleichzeitig dafür, als sei er nicht die gleiche Art Mensch wie sie. Sie, die im Ludus zu den Geschmähten, den Erniedrigten gehört hatte, zu denen, die auf den Schutz Mächtigerer angewiesen waren, sie lächelte wohlwollend wie eine große Schwester oder ein Ortskundiger auf unsicherem Grund. Er erwiderte das Lächeln.

Lucullus lächelte nicht. Sein dringender Anruf wurde zum Lanista durchgestellt, den offenbar bereits jemand alarmiert hatte. Lucullus wusste, dass ein wenig Blut fließen musste, damit der Aufstand glaubhaft wurde. Damit niemand auf den Gedanken kam, dass jemand aus den hohen Kreisen Roms seine Finger im Spiel hatte.

Es tut mir ja auch leid. Das faltige Gesicht des Freigelassenen tauchte auf der Tabula auf. *Nein, halt. Es tut mir nicht leid.*

»Marcus Lucullus? Ich habe eine Nachricht von den Wachleuten gekriegt, aber die Kanäle zeigen nichts!«

»Heb den Arsch aus dem Bett, Lanista!«, brach es aus Lucullus. »Mein kostbares Eigentum plant gerade einen Ausbruch!«

»Was ... was ist los?«

»Meine Gladiatoren! Es gibt einen Aufstand im Ludus!«, schrie Lucullus. *Ich könnte glatt im Theater auftreten.*

»Das kann nicht sein!«

»Und wie es sein kann – sind denn keine Wachleute da?«

»Doch, doch! Draußen, in den Gängen – und der Capsarius und die beiden, die nachts die Linsen überwachen!«

»Schick mehr Wachleute hin!«, keifte Lucullus.

»Aber die Schilde …«, stammelte der Gladiatorentrainer aufrichtig verwirrt.

»Es gibt schlechte Nachrichten bezüglich der Schilde, Lanista. Beeil dich. Schick alle Männer, die du hast!«

Es würden nicht so viele sein – nicht nachts, nicht auf Abruf.

Wenn die kleine zweigesichtige Ratte nur nicht alle Linsen ausfindig machen könnte. Dann hätte ich zumindest Abendunterhaltung.

Constantia stieg in Marius' Boot. Es war das gleiche Boot, das in den Aquae über ihnen geschwebt war und im richtigen Moment die Scheinwerfer hatte aufflammen lassen.

»Schnüffelst du mir häufiger nach?«

Er zuckte mit den Achseln. »Du wärst in den Wassern gestorben, Schwesterherz. Sie hätten dich ausgeraubt, vergewaltigt und in kleine, essbare Scheibchen geschnitten. Ich bin dein Retter. Und Gaias Retter – wie wäre es eigentlich, wenn du mal vorsichtig nachhakst, ob sie mich mag?«

»Was meinst du, Lilia? Hat sie sich zu Marius geäußert?«

»Sie mag den jungen Dominus nicht. Er sei ein windiger Opportunist.«

Marius zog ein verärgertes Gesicht. Er hatte Constantias Unterfangen im Iunotempel eigentlich von seiner Tabula aus unterstützen – oder sabotieren – wollen; doch ehe er sie mit seinem Boot fahren ließ, würde er lieber eigenhändig dieses Herz einsammeln. Sie hatten sich darauf geeinigt, dass er fahren würde und die beiden Frauen den Tempel betreten würden. Constantias Puls raste – die Aufputschmittel verfehlten ihre Wirkung nicht.

Zweifelnd sah sie vom umfriedeten Anlegesteg aus zurück

zur Villa. Marius öffnete den Schild, der den Steg wie Wasser nach unten hin begrenzte und ließ das Boot in die Tiefe gleiten. Der Schild schloss sich über ihnen.

»Werden sie merken, dass wir weg sind?«

»Vielleicht. Aber ich würde sagen, die Zeit für Kleinlichkeiten ist abgelaufen«, entgegnete er grantig.

Schweigen breitete sich im Innenraum des kleinen Gefährts aus, als es in die Häuserschluchten glitt. Es war Nacht – doch viele Fenster waren erleuchtet, viele Plätze von Lampen beschienen, und auch die Werbung schlief nie. Die Scheinwerfer ertasteten die architektonischen Fallstricke der Stadt, und Marius geleitete sie hindurch.

»Es ist weit bis zum Tempel. Schlaf noch etwas.«

Constantia schnaubte. Sie würde vermutlich bis zur nächsten Woche wach sein. Außerdem traute sie ihm nicht. Sie saß direkt hinter ihm auf einem schmalen, ledergepolsterten Sitz und hoffte, dass sie es bemerken würde, wenn er das Boot in die falsche Richtung lenkte.

»Dann bedien dich an der Bar. Müsste noch Wein drin sein. Nimm die angebrochene Flasche«, sagte er nach hinten.

Sie reagierte nicht. Sie hatte nie eine besondere Vorliebe für Wein gehabt, doch nun erinnerte sie sich an Abende mit Freundinnen, an denen sie auf einer dieser hellerleuchteten Terrassen gesessen und die Funken des Rubicon betrachtet hatten. Das war meist ohne Gaia gewesen – sie bezeichnete sich selbst als Soziopathin und war lieber allein mit Constantia gewesen. *Warum eigentlich ich? War ich nicht genauso dumm und oberflächlich wie die anderen?*

Die Erinnerungen daran erschienen ihr wie Imagi, die sie auf einem der Kanäle gesehen hatte. Hatte es dieses Leben wirklich gegeben? In dem sie die goldenen Brotkrumen gefressen hatte, die man ihr durch die Gitterstäbe schob?

Ich gehe fort. Dann hören sie es von den Ausrufern und wun-

dern sich über Constantia, die Tochter von Lucius Marinus Maximus, die ein Herz stiehlt und einem Sklaven folgt. Sie werden ihre Freude daran haben, werden hoffen, dass man mich zurückbringt und bloßstellt und dass ich mit meiner Flucht ein Leben gewählt habe, das schlechter ist als das, was sie führen.

Sie biss die Zähne zusammen.

Sie hatte die Wahl – oder nicht?

Ich bin nicht mehr hier zu Hause. Und ich will nicht hier dahinsiechen, am Leben erhalten von ein paar stärkenden Arzneien und Infusionen, bis dieser Fluch mich dahinrafft.

Eher würde sie einem Herzen hinterherlaufen.

Kapitel XXII

Es war kein guter Start.

Die Gladiatoren hatten beschlossen, den Ausgang der Übungsarenen zu nutzen, denn das Colosseum konnte mit seinen zahlreichen Ein- und Aus- und Aufgängen eine tödliche Falle sein. Die Arenen lagen allerdings im Apennin, und dort konnte man die Flüchtenden aus der Luft ausmachen. Sie mussten also schnell vom Gebirge in die Stadt gelangen, deren Ausläufer sich bereits in viele Täler erstreckten und viele Berge bedeckten.

Ein weiterer Energieschild versperrte den Weg in die Arenen, und sie machten sich bereit, das Vorgehen zu wiederholen: Sobald die drei Splitter den Schild geöffnet hatten, würde Ianos hindurchspringen und die Auslöser des Energiefelds zerstören. Dann würden sie alle, vierundneunzig Gladiatoren, in die Sandarena strömen und von dort aus über die Zuschauerränge in die Steinwüste flüchten. Es musste schnell gehen.

Oenomaus, Crixus und Spartacus öffneten den Schild.

Draußen flammten blendend helle Scheinwerfer in der Dunkelheit auf, und jemand feuerte den Bolzen einer Arcoballista durch die Öffnung.

Das Geschoss traf Ianos in die Brust.

Aus dem doppelten Gesicht auf seiner Tunika entstand eine rasch wachsende rote Blume. Er taumelte zurück. Der Bolzen hatte sein Herz getroffen, und obwohl er keinen Schmerz spürte, wusste er, dass es beschädigt war.

Er krachte rücklings zu Boden.

Es war nie erfreulich, wenn ein Plan schiefging. Wenn jedoch eine Improvisation schiefging, waren die Konsequenzen für gewöhnlich gravierender.

Keiner der drei Herzlosen konnte durch die Öffnung springen – denn sie waren es, die sie offen hielten. Und keiner der anderen Gladiatoren würde einen Hagel aus energieverstärkten Geschossen überleben.

Spartacus wollte den beiden anderen ein Kommando geben, die Schildöffnung wieder zuschnappen zu lassen, denn mehr Geschosse fanden ihren Weg durch die Öffnung – eins, zwei – da erklang ein Schmerzensschrei, jemand stieß einen grollenden Fluch aus und sprang aus der Meute der Gladiatoren heran.

»Ich wollte den Bastarden immer schon mal persönlich den Arsch aufreißen«, brüllte der Kampfhund und setzte durch die Öffnung im Schild. Ein Bolzen traf ihn in die Schulter; Spartacus' Herz sah es, beinahe bevor es geschah. Ein zweiter massiger Körper setzte ebenfalls durch die Öffnung, stieß mit der Schulter gegen den zitternden Rand des Energiefelds, mit dem Ellbogen gegen Crixus, der keinen Fingerbreit von der Stelle wich und die Öffnung offen hielt. Weitere drängten vor Wut schreiend von hinten nach.

»Scheiße«, sagte Crixus ruhig.

Ianos starrte an sich hinunter, Sekunden waren vergangen, seit sich der Bolzen in seinen Solarplexus gebohrt hatte.

»Gnnn«, stieß er hervor.

Bevor noch mehr Gladiatoren im Affekt durch die Öffnung im Schild springen konnten, schien Crixus einen Entschluss zu fassen. Spartacus sah ihn nicken, und seine eigenen Gedanken rasten, kamen jedoch zu keinem Ergebnis, der verdammte Amulettsplitter hielt ihn an Ort und Stelle gefangen.

Crixus stieß sich mit der freien Hand von der Kante des Schilds ab. Geschmeidig sprang er durch die kleine Öffnung, die Rechte hielt mit dem Splitter das Dreieck offen.

In diesem Moment kam der Kampfhund rückwärts herangeflogen – gegen die Scheinwerfer konnte Spartacus nicht erkennen, wer oder was oder wie viele da draußen auf sie lauerten – und fiel gegen Crixus. Crixus verlor den Halt, und der Energieschild schnappte zu, den verbliebenen Splittern zum Trotz. Mit einem sirrenden Geräusch verschloss die blau wabernde Fläche das Tor nach draußen. Es flammte auf, sie schlossen kurz geblendet die Augen.

»Scheiße!«, fluchte Oenomaus, »verfickte, verdammte Scheiße!«

»Lass uns die Hunde holen«, sagte Spartacus. »Die Wichser da draußen machen die Tür früher oder später auf, um uns in die Zange zu nehmen, dann lassen wir die Viecher auf sie los.«

»Die zerfleischen uns vorher«, rief die Amazone über den Lärm. »Wie viele von uns sind draußen?«

»Zwei und Crixus«, sagte Ianos stöhnend, der sich nur mit Mühe und Amaturs Hilfe aufrecht hielt. »Scheiße. Und mit zwei Splittern kommen wir nicht raus.«

»Dann müssen wir die Splitter noch mal teilen«, sagte Spartacus eigensinnig. Es würde nicht schon vorbei sein – nein, es hatte gerade erst angefangen.

Er legte seinen Splitter zu Boden, hielt ihn mit der Linken fest, hob den Gladius mit der Rechten. Das Ding war schon sehr klein, aber es war ihre einzige Möglichkeit …

»Ist das … Götter der Unterwelt, das ist Crixus' Hand!«, schrie ein junger Bursche über den Lärm der Bewaffneten. Er war ein Neuankömmling, einer, den Lucullus gekauft hatte und der Ianos ähnlich sein sollte – noch ein wenig knabenhaft, jedoch hellhäutig. Nun war er so blass, als würde er jeden Moment zusammenbrechen.

Das Energiefeld hatte sie geblendet, doch der Junge hatte recht: Auf dem Boden lag eine Hand, der Handrücken mit blauen Wirbeln verziert, die Finger hatten sich geöffnet, Blut war in einer kleinen Pfütze herausgespritzt. Einer der Finger war aus Metall.

»Er verliert halt Körperteile«, sagte Oenomaus trocken. »Aber irgendwo muss der Splitter sein, Proserpina sei Dank!«

Castor hob die Hand auf – da blitzte es erneut im Energiefeld, die Projektoren gaben ein protestierendes Krachen von sich, dann sank das Feld in sich zusammen wie ein Vorhang.

Dahinter stand Crixus, einhändig, Blut troff aus seinem Armstumpf. Er hielt seine Lieblingswaffe, eine gekrümmte Klinge, in der Linken, auf seine Schulter stützte sich der schwer verletzte Kampfhund. Crixus war blutüberströmt, doch die wenigen Wunden verheilten bereits – auch aus seinem Armstumpf tropfte es langsamer.

»Los!«, brüllte der Gallier. »Lauft, lauft, lauft!«

Und dann stürmten sie alle durch das Tor, der blasse Jüngling zuerst, danach Oenomaus, Dutzende von Gladiatoren in brüllenden, drängenden Pulks. Die Amazone packte Ianos' linken Arm, Amatur den rechten, doch der Junge schüttelte beide ab.

»Es geht.« Er hob die Hand, zögerte kurz und riss dann den Bolzen heraus. Die energieverstärkte Spitze riss ein grässliches Loch, Spartacus sah es mit gleich zwei Sinnen. Dahinter pochte das Herz.

Ianos warf den Bolzen zu Boden, fasste sich keuchend an die Brust und stolperte vor Spartacus durch die Tür. Der Thraker ging zuletzt. Seine suchenden Blicke fanden Crixus' Hand, jedoch nicht den Splitter.

»Wir lassen ein Stück von dir zurück, Persephone. Tod und Dunkelheit für diesen Ort. Tod und Dunkelheit.«

Er hob die Hand auf und sah sich nicht um, als er den Ludus verließ. Hinter ihnen heulten die Bestien in ihren Zwingern.

In der dunklen Sandarena lag ein knappes Dutzend toter Männer – nur einer von ihnen war ein Gladiator.

Crixus hatte die Scheinwerfer zerstört und führte sie nun in die Finsternis der Zuschauerränge, hinter denen sich das Gebirge steil auftürmte.

Die Gladiatoren prüften die Waffen der Toten, nahmen drei Ballisten mit Bolzen an sich und einige Schildhandschuhe.

Crixus trieb sie an. Sie hatten keine Zeit zu verlieren, und der Weg aus der Arena die steile Wand hinauf in die Zuschauerränge und von dort aus ins Gebirge würde beschwerlich genug sein für die, die kein göttliches Herz besaßen oder nur eine Hand.

Der Kampfhund blutete aus einer tiefen Bauchwunde.

Oenomaus war als Erster in die Ränge hinaufgesprungen – seine Bocksbeine und das Herz machten einen solchen Sprung möglich, und er ließ ein Seil aus verlängerbarer Seide herab. Der Kampfhund hievte sich hinauf, doch oben brach er hinter der grob gehauenen Brüstung des Zuschauerrangs zusammen. Er lachte heiser und packte Ianos' Bein. Der Herzlose fuhr zusammen.

Die Brustwunde schloss sich langsam, doch der junge Herzlose wirkte fahrig, weniger kraftvoll.

»Du kleine Ratte«, stieß der Kampfhund hervor. »Ich hätte der sein sollen, der das vierte Herz bekommt!«

Ianos sah auf ihn hinab, Hilflosigkeit stand in seinem Blick. Er riss sich nicht los.

»Gebt mir eine Balliste!«, schnaufte der bullige Mann. »Wäre doch gelacht, wenn ich bis zu meinem Ende das Arschloch sein würde, als dass man mich gesehen hat. Flieht, ihr verfickten Hurensöhne, und lasst mich zurück wie einen verdammten Helden! Aber lasst mich noch einem von ihnen das Herz rausschießen, bevor Dis Pater mich in seinen dunklen Arsch schiebt, wo die Sonne nicht mehr scheint!«

Er lachte, Blut kroch seine Kehle hoch. »Kriege ich jetzt eine verdammte Arcoballista?«

Jemand drückte ihm eine Schusswaffe in die Hand. Er seufzte glücklich.

»Schieß dem Lanista das verlogene Herz raus für mich«, raunte die Stimme ihres Anführers an seinem Ohr. Ein Gladius landete in seiner anderen Hand. Er nickte und presste kurz die Lider aufeinander.

Sie würden ihn als einen Helden in Erinnerung behalten. Er grinste. Die eine Hand hielt die Arcoballista, der Finger schmiegte sich an den Abzug, die andere umklammerte den Griff der Klinge, mit der er sich töten würde, bevor die Männer des Lanista ihn in die Finger bekämen.

Hätte ich doch eins dieser Herzen gekriegt, seufzte er innerlich, bevor er sich an der Balustrade auf die Lauer legte.

»Aber Herrin – wir können doch keinen Diebstahl in einem Tempel begehen. Denk an den Fluch, Herrin, denk daran, dass ein Fluch etwas Göttliches ist, und nur Göttern obliegt es, ihn von dir zu heben!«

Constantia sah Lilia an, ersparte der Sklavin jedoch jeden ungnädigen Kommentar.

Sie wandte sich zum Tempel, der hohen, goldenen Halle der Iuno, der Schutzgöttin Roms.

Der Tempel war Tag und Nacht geöffnet, doch er war auch Tag und Nacht bewacht, denn es mochte Verzweifelte geben, die das Gold wider die Androhung göttlicher Bestrafung anlockte.

So wie der Tempel auch mich anlockt – auch, wenn das Gold mir gestohlen bleiben kann.

Der Tempel war recht neu, seine Kuppel ragte weit ins obere Rom hinein, nah am offenen Himmel.

Das Portal öffnete sich langsam vor ihnen – sie traten in eine achteckige Säulenhalle, in der zahllose Stufen von allen Seiten höher und höher zu einem Podest aufstiegen, das sicherlich fünfzehn Passus über ihnen in goldenes Licht getaucht war. Darauf, noch einmal etwa fünfzehn Passus hoch, stand die Göttin – vollständig golden, die Haare zu einem Halo um ihren Kopf geflochten, die Miene streng in die Ferne gerichtet. Um ihre Schultern lag ein Mantel aus Ziegenfell – oder vielmehr sollte das pure Gold ein Ziegenfell darstellen. In der Rechten hielt sie einen Gladius. Ihr Gewand lag in zahlreichen Falten, und in jeder Falte tummelten sich winzige Bürger Roms, die jedoch, wenn man näher trat, genau mannshoch waren. Sie schmiegten sich an die Göttin, auf jeder Höhe waren ihre Gliedmaßen, ihre Gesichter, ihre Körper in das Gewand eingearbeitet.

Iuno Moneta, die mahnende Gemahlin des höchsten Gottes Iuppiter. Im Gegensatz zu ihrem Mann, der Constantia als Gott der politischen Geschicke und der militärischen Stärke fremd war, war Iuno in Rom allgegenwärtig. Iuno wachte über die ehrlichen Bürger Roms.

Die junge Frau, die von den Wachen als Constantia Marina erkannt wurde, verharrte auf einer der unteren Stufen und führte die Zeige- und Mittelfinger beider Hände in Iunos Schutzgeste zusammen. Verzagt stand sie da und sah zur Göttin auf, war sich der Blicke der Göttin gewiss – und der Blicke der Wachleute, die in unauffälligen Nischen im Tempelraum verteilt standen. Constantias Sklavin verschwand beinahe im Schatten einer gewaltigen Säule neben ihr, die das gläserne Kuppeldach über ihnen stützte.

Constantia Marina holte ein Opfer aus ihrer Umhängetasche – ein paar Münzen und ein Brot. Ein schäbiges Opfer, ein Opfer armer Leute. Dennoch hielt sie es vor sich und nahm Stufe um Stufe, ging langsam hinauf zu einem der acht Opferaltäre, die das Podest vor der gigantischen Statue säumten. Als sie dort ankam, kniete sie nieder, legte das Brot und die Münzen zwischen den anderen Opfergaben des Tages ab – zwischen

Haarlocken und Schmuck, Handgefertigtem und Blumen, Nahrung und Wein.

In diesem Moment schrillte der Alarm los.

Die Sklavin drückte sich an die Säule. Sie war nur ein Niemand, und niemand würde auf sie achten. Der Alarm kam aus der Herzkammer, in der die göttlichen Herzen verwahrt wurden, und sofort setzten sich die vier Wachen im Innenraum dorthin in Bewegung – lautlos, ohne das Klappern von Rüstzeug oder Waffen.

Die beiden Wachleute am Eingang blieben stehen und sahen besorgt nach draußen, in die Dunkelheit.

Das Mädchen bewegte sich im Schatten des nächtlichen Säulengangs um das Oktogon der Treppen herum und fand den Gang. Ohne Marius' zweifelhaften Zugang zu den Gebäudeplänen des Magistrats wäre sie verloren gewesen, denn zu allen acht Seiten führten Gänge fort; der erste war der Ein- und Ausgang, der fünfte der Weg zu den göttlichen Herzen, die beiden daneben führten zu den heiligen Räumen des Vulcanus und Mars.

Sie huschte am ersten Gang vorüber, aus dem bereits die weich beschuhten Schritte eines Iunopriesters zu hören waren. Die Priester der Iuno waren Männer, doch sie kleideten sich wie Frauen und trugen ihre Haare nach Frauenart, um ihrer Göttin nachzueifern. Als er die Tür zu den Priestergemächern öffnete, brachte das Mädchen sich rasch hinter einer Säule in Sicherheit. Der Mann trug ein feines Netz auf seinen dünnen seidigen Haaren, um sie beim Schlafen zu schonen, und presste seine vollen Lippen unwillig zusammen. Sie drückte sich mit dem Rücken gegen die Säule, als er vorbeieilte. Ihr Ziel lag im zweiten Gang.

Der Priester rief etwas, worauf einer der Wachmänner antwortete. Licht flackerte aus dem großen, zumeist verschlossenen Tor, hinter dem der Gang zur Herzkammer lag. Entweder brannte dort ein Feuer, oder Marius knipste von seiner Tabula aus vergnügt die Lampen aus und an.

Die Sklavin hielt eine kleine Handtabula gegen die Tür des Archivs. Die Verbindung baute sich langsam auf, während das Mädchen exponiert im Säulengang stand und ihr Herz hämmerte. Schließlich klickte die Tür, und aus der Tabula zwinkerte Marius ihr zu.

Nervosität pumpte durch ihre Adern, ließ ihre Hände und Füße kribbeln, als fehlte ihnen das Blut.

Der Gang zum Archiv war aus schlichtem dunklem Stein. Die Sklavin schloss die Tür hinter sich. Es war dunkel, nur die Tabula spendete ein wenig Licht. Doch dies war ein Tempel – Linsen waren hier nur in Ausnahmefällen erlaubt, und das Mädchen wusste, dass auch das Archiv nicht überwacht wurde. Nein, auf göttlichem Boden taten die Augen der Wachmänner, die selbst Initiierte ihres Kults waren, den Dienst, den sonst die Linsen taten.

Ihr Herzklopfen war laut, ihr Atem ging rasch. Der Gang war schnell zu Ende, es wurde kälter, als sie sich den nächsten Türen näherte – eine rechts, eine links, eine am Gangende. Die rechte und linke waren Türen aus altem Holz, die Muster der Zeit und alte Verzierungen zeigten. Sie mussten aus dem alten Tempel hierhergebracht worden sein.

Die Tür geradeaus war eine schwere Metalltür – sie war kalt. Die Sklavin griff nach der Klinke. Auch diese war eisig, es fühlte sich an, als würde ihre Haut daran festkleben. Mit einem Klacken ließ die Klinke sich herunterdrücken, lautlos öffnete sich die massive Tür.

Schwaden tanzten im bleichen Licht der Tabula daraus hervor. Der Raum war dunkel, und der Nebel der Stickstoffanlage verschluckte den Blick hinein. Sie rang nach Luft. Es sah aus wie ein Tor in die Unterwelt.

Mit einem Ruck trat sie in den Dunst, der sich nur langsam in den Gang verflüchtigte.

Der Raum war klein – darauf ausgelegt, höchstens sechs Herzen aufzunehmen, und so stieß sie rasch gegen einen Schrank mit einer von Eisblumen verzierten Glastür. Das Mädchen begann in der Kälte zu zittern, vorsichtig streckte sie die Hand aus. Was, wenn sie etwas beschädigte? Was, wenn sie durch das Öffnen der Tür bereits etwas beschädigt hatte?

Der Alarm aus der Herzkammer verhallte. Nun war ihr Atem noch lauter, dampfte in kurzem Abstand aus ihrem Mund.

Sie öffnete die Glastür und sah sich im Schein der Tabula vier milchigen Gefäßen gegenüber, gläsernen Amphoren, in denen sich etwas langsam bewegte. Sie sog die Luft ein. Keine Spur von Frost lag auf den Gefäßen. Jede der Amphoren war so groß, wie der Unterarm der Sklavin lang war, und sie konnte unmöglich sagen, welches Herz in welcher Amphore lag. Keine Beschriftung machte sie kenntlich. Kein Unterschied schien zwischen ihnen zu bestehen.

Entschlossen schob die Sklavin das Kinn vor.

Eins bis vier. Er ist der vierte.

Sie griff nach dem vierten Gefäß. Langsam schlug etwas darin, als hielte es Winterschlaf, obwohl die Wand der Amphore nicht annähernd so kalt war wie die Glastür. Das dritte, daneben, schlug rascher. Das Mädchen zog die Hand zurück, legte sie auf ihre eigene Brust, wo ihr Herz flatterte wie ein Vogel.

Sie schluckte und berührte das dritte Gefäß. Das Herz pumpte dagegen, sie spürte es durch die glatte Oberfläche der Amphore. Es klopfte unregelmäßig, anders als die drei anderen. War es ein fernes Echo seines Besitzers?

Sie barg diese Amphore mit dem schnell schlagenden Herzen in ihrer Ledertasche, hielt sie im Arm wie einen Säugling.

Dann klappte sie die Glastür zu, trat rückwärts aus dem kleinen Kühlraum und schloss auch die schwere Metalltür. Sie hastete den Gang zurück, durch die vordere Tür zum Allerheiligsten und lehnte sich dagegen, wartend, dass Marius die Tür verschloss. Es klickte leicht hinter ihr, als der Priester mit den vollen Lippen und dem Haarnetz im Säulengang mit seinen weichen Schuhen heraneilte. Er war gerade auf dem Rückweg.

»Was ...«, brachte er heraus, als er sie dort sah. »Hat sie den Alarm ausgelöst? Eine herumschleichende Sklavin?«

Ihre Herrin eilte die letzten Treppenstufen herab. Die Sklavin weitete eindringlich die Augen.

Constantia Marina schluckte und gab ihr dann eine Ohrfeige. Es klatschte nicht laut, es war mehr ein Klaps als ein Schlag. »Dummes Ding! Beunruhige den Sacerdos nicht!« Sie sah zum Priester und sagte mit verräterisch zitternder Stimme: »Bitte, Sacerdos, was ist geschehen? Sie war direkt hinter mir auf den untersten Stufen, als der Alarm losging. Droht uns Gefahr?«

Der Priester runzelte seine bleiche Stirn. Die Stirn war hoch, das Haar unter dem Netz dünnte allmählich aus, doch er war noch kein alter Mann.

»Wenn du sie nicht selbst mitgebracht hast, junge Domina«, sagte er giftig.

»Keinesfalls«, sagte Constantia Marina, ein wenig zu leise. »Ich ... bin ... Du hast doch sicher von mir gehört, Sacerdos?«

Die Sklavin eilte ihr zu Hilfe. »Meine Herrin wird wegen des Fluchs von schrecklichen Träumen geplagt. Sie sucht die Hilfe der Iuno. Bitte verzeiht, dass ich nicht mit hinaufgegangen bin – ich fürchte Iuno Moneta, ich bin nicht in Rom geboren.«

Der Sacerdos der Iuno lächelte verbissen. Er legte eine Hand an ihre Wange. »Doch nun bist du die Sklavin einer römischen Frau. Es gibt keinen Grund, Iuno zu fürchten.«

Er zog die Hand zurück. »Du bist kalt, Mädchen.«

Kurz trafen sich die Blicke der beiden jungen Frauen. »Ich bin außen an der Sänfte mitgefahren. Meine Herrin verlangte es danach, allein zu sein. Hast du deine großzügige Spende dargebracht, Domina? Darf ich dich nach Hause in dein Bett bringen?«

Constantia Marina nickte und errötete. »Ja. Entschuldige mich, Sacerdos.«

»Sicher, sicher. Der Segen Iunos möge dich in den Schlaf begleiten und diese entsetzliche Sorge von deinen Schultern nehmen – und denen deines gütigen Vaters.«

Der Priester erklomm bereits die Stufen, als die beiden Frauen den Tempel noch nicht verlassen hatten, um den Wert ihrer Spende zu überprüfen.

Er wird enttäuscht sein.

Draußen hasteten sie in Marius' Boot. Sein Blick wanderte hin und her. »Wer von euch ist jetzt wer?«

Constantia und Lilia ließen sich auf die hinteren Sitze fallen.

»Ich habe das Herz«, sagte die Sklavin, und bei dem Gedanken, dass sie sich nicht sicher war, ob sie das richtige Gefäß gewählt hatte, schnürte sich ihr die Kehle zu.

Marius startete sein kleines Boot und lenkte es hinab in die Schleichwege, die niemand überwachte.

Lucullus kam es sehr ungelegen, dass die Gladiatoren den Weg durch den Apennin gewählt hatten. In den Straßen Roms hätte er sie besser schützen können. Nun musste er all seine Finesse aufbieten, um Fehlinformationen zu liefern.

Batiatus hatte auch Lucius Marinus alarmiert, und dieser hatte Zugriff auf die Praetorianer. Natürlich musste der Senat einen solchen Eingriff legitimieren, doch das würde für Lucius Marinus ein Kinderspiel sein. Lucullus vermutete, dass der Mariner noch mehr Kontakte im Senat hatte als nur ihn. Er musste das Eingreifen der Praetorianer unbedingt verhindern.

»Stell mich zu Consul Iulius durch!«, bellte er einen Sklaven an. »Eine Konfrontation zwischen Praetorianern und Gladiatoren mag der Auslöser für eine Massenunruhe sein!«

Ja, das ist gut. Keiner will eine Massenunruhe. Bürgerkrieg ist der natürliche Feind Roms.

Lucius Marinus hatte sein Gespräch mit seinem Gönner Gnaeus Pompeius Magnus beendet und wischte sich den Schweiß von der Stirn.

Der Senator hatte ihm eine Teilschuld an dieser Sache gegeben – hatte es politisch unklug genannt, sich so auf den Ludus gestürzt zu haben. Hatte ihm unterstellt, dass Lucius nach der Sache mit den vermeintlichen Hadeskreaturen und dem Schiff des Consuls eine persönliche Agenda verfolge, deren Verwicklungen die Familie Mariner noch zu Fall bringen würden. Lucius war wütend – vor allem weil er es nicht für ausgeschlossen hielt, dass Gnaeus recht hatte. Hatte er sich verzettelt?

Der Hausklave Viro öffnete die Tür zu seinem Rückzugsraum. »Marcus Licinius Crassus ist hier, Herr.«

»Hier? Mitten in der Nacht?«

»Irgendwo auf Rom ist immer Tag«, sagte der Sklave emotionslos.

»Wo ist Vedea, verdammt? Ich musste einen alten Kommunikationsschlüssel verwenden! Wer hat ihr erlaubt, auszugehen?«

Viro zuckte mit den Achseln. »Darüber bin ich nicht informiert.«

»Wo ist Crassus jetzt?«

»Im Atrium, Dominus.«

»Ich komme, geh, geh!«

»Verdammt, ja, dein Bruder hat das alles schon deutlich gemacht. Hör auf mit deinen Drohungen, dadurch arbeite ich garantiert nicht schneller!«, schrie Marius in seine Tabula.

Sagittarius war am anderen Ende und hatte ihn gerade darüber informiert, was geschehen würde, wenn herauskäme, dass Lucullus' Order mit einer von Scorpios Programmsignaturen versehen war. Der Gedanke daran, was Sagittarius mit seiner Zunge vorhatte, war schlimmer als die Vorstellung daran, was seinen Eiern geschähe. Marius schluckte.

»Du brauchst nicht daran zu arbeiten«, sagte Sagittarius langgezogen. »Er macht es persönlich. Und wenn er es persönlich macht, ist es ernst. Warte nur, du wirst doch noch meine Männerhure, kleiner Marinus.«

»Ich habe nichts mit dem Ludus zu tun!«

»Deine Schwester hat etwas mit dem Ludus zu tun – dein Spinnennetz hat dich grade selbst gefangen und spannt dich vor uns auf wie an einem Kreuz. Wir können dich genüsslich annageln.«

»Fick dich selbst wund, Sagitt, du kleiner Wichser!«, murmelte Marius und schaltete die Tabula ab.

Constantia und Lilia schauten ihn erschrocken an.

»Scheiße«, wimmerte er.

»Du bist also wirklich auf die Hochzeit deiner Schwester mit Crassus angewiesen?«, fragte die Sklavin verwirrt.

»Ja. Nein. Nein, es hat nichts damit zu tun. Oder nur am Rande. Ach, ich weiß es nicht. Aber so wie es aussieht, machen sie noch ein paar zusätzliche Löcher in mich, damit sie mich von allen Seiten ficken können.« Er sah vorwurfsvoll zwischen den beiden hin und her. »Du bist Constantia. Ihr habt getauscht. Oder?«

Die beiden Frauen antworteten nicht.

»Ich bin erst wieder aus dieser Sache raus, wenn ich das mit dem Faber geregelt hab. Es geht um die Masken, um die verdammten Masken, und ihr sitzt da und habt gerade eine auf, nicht wahr? Aber wir können sie nicht kopieren, keiner weiß, wie man sie macht. Und er ist nicht käuflich, gibt sein Geheimnis nicht weiter. Er wird es noch mit ins Grab nehmen. Ich dachte, Albus sei sein Nachfolger. Ich dachte, Albus kann uns helfen – aber so, wie es aussieht, habe ich diese ganze Geschichte völlig umsonst aufgezogen. Diese Masken können mir gerne einen blasen, nichts weiter!«

Die Tabula schaltete sich an, wie von einem fremden Willen gesteuert. Das zedernholzfarbene Gesicht des dritten Signa-Bruders tauchte darin auf. Scorpio sah übernächtigt aus, mit den tiefen Ringen eines Rätslers unter den Augen.

»Marius. Ich habe hier Informationen für dich. Mach daraus, was gut für uns ist. Und enttäusch uns nicht.«

Die Tabula erlosch wieder. Mit zitternden Fingern griff Marius danach und öffnete dann das Verdeck seines Bootes.

»Steigt aus«, sagte er tonlos, und die Frauen traten über die unwirkliche Sicherheit des Energieschilds auf den Steg vor der Villa der Mariner.

Er selbst blieb sitzen, dazu verdammt, das Beste aus einer Situation herauszuholen, die er keineswegs verstand.

Die Sklavin in Constantias Gewändern wagte nicht, den Blick ihrer Herrin zu erwidern.

»Ich habe dich geohrfeigt, Herrin.«

»Ja, weil ich es dir mit meinen Blicken befohlen habe.«

»Es ist unrecht, was wir hier tun.«

»Das Ohrfeigen oder die Tatsache, dass wir einen Tempel berauben, ein Programm bei einem Collegium erwerben und Masken tragen? Oder dass wir einen Gladiatorenaufstand angestachelt haben?« Constantia sah in ihr eigenes Gesicht, hinter dem Lilias Augen flehten. »Unsere Leben werden verwirkt sein, wenn wir uns nicht von Rom verabschieden. Aber dafür ... dafür müssen wir wissen, wo die Schiffe ankern, die Lucullus den Flüchtlingen bereitstellt. Und dazu muss ich meinen Verlobten am besten einmal persönlich sehen.«

Sie wollten das Haus über die Treppe betreten, die in Constantias Flügel führte, doch sie fanden die Villa taghell erleuchtet.

Viro kam ihnen wütend entgegengestürmt und packte Constantia hart am Arm. »Du dumme Sklavin! Wo hast du die Herrin hingebracht, mitten in der Nacht? Sind denn alle übergeschnappt?«

»Wir waren Iuno ein Opfer darbringen. Die Herrin darf dies zu jeder Tages- und Nachtzeit tun, wann immer ihr danach ist«, fuhr Constantia den alten Sklaven an.

Der ließ verwirrt ihren Arm los. »Dominus Crassus ist zu Besuch, junge Herrin. Es heißt, es gibt einen Aufstand im Ludus! Auch die Gladiatoren unserer Familie sind daran beteiligt!«

»Hat der Dominus die Herzen ausgeschaltet?«, fragte Constantia und glaubte, durch ihre Tasche das Pochen im Gefäß zu spüren.

»Sie reagieren nicht – die Herzen lassen sich nicht steuern. Die Gladiatoren müssen mächtige Helfer gehabt haben! Von kriminellen Banden!«

Erleichtert dankte sie innerlich der Göttin Carna und dem Cyprioten Scorpio.

»Das ist entsetzlich«, sagte Lilia. »Müssen wir ... muss ich Crassus begrüßen?«

»Viro, sag bitte dem Dominus, dass es meiner Herrin nicht gut geht, sie will sich hinlegen«, sprang Constantia ihr zu Hilfe. Dieser Rollentausch würde hier, in der eigenen Villa, sofort auffliegen. Sie dachte an Marius, und es wurde ihr heiß und kalt. Wie sehr konnte sie ihm vertrauen?

»Betritt doch bitte das Haus übers Atrium«, bat der Sklave drängend. »Damit der Gast nicht denkt, es sei Usus, sich durch den Garten zu schleichen.«

Im Atrium war eine Vase zu Boden gefallen. Sie war nicht zerbrochen, aber Wasser und Blüten waren auf dem zarten Mosaik verteilt. Eine von Cornelias Sklavinnen sammelte die Blumen auf.

»Haben sie sich etwa geprügelt?«, flüsterte Constantia.

»Nein«, sagte Viro mit dem verschwörerischen Ton, den nur Sklaven untereinander verwendeten. »Aber sie waren sehr erregt, und Dominus Crassus wollte den Mantel nicht ablegen und stieß beim Erwehren meines Zuvorkommens gegen die Vase.«

Aus dem Triclinium drangen Stimmen, die abrupt verstummten, als Viro die große Flügeltür öffnete. »Dominus, deine Tochter. Sie war im Iunotempel.«

»Constantia!« Ihr Vater ging einen Schritt auf Lilia zu, unterließ dann jedoch die Vertraulichkeit, sie zu umarmen. »Was bin ich froh – ist Vedea bei dir?«

Lilia erstarrte, dann schüttelte sie rasch den Kopf. »Nein, Vater.«

»Und dein Bruder?«

»Ja, er ist bei seinem Boot.«

»Hast du schon gehört, was passiert ist? Götter Roms ... und Vedea ist nicht hier!« Er setzte sich auf eine gepolsterte Liege und presste die Fingerkuppen auf seine Lider.

Crassus, immer noch im Mantel, der mit Wassersprenkeln übersät war, saß auf der anderen Liege und musterte die beiden Frauen.

»Vedea wird doch nicht ...« Lucius sah auf. »Vedea wird doch nicht ihre Finger im Spiel haben? Sie wird doch nicht ... untreu sein?«

Crassus schnaufte. »Vielleicht hat jemand sie bestochen? Erpresst? Ich würde sagen, wir trauen erst mal niemandem.« Sein Blick, der sich nun auf Lucius heftete, sagte mehr, als er ausgesprochen hatte. »Worum geht es hier, Lucius?«

»Um entlaufenes Eigentum?«

»Ich sage, es geht um mehr. Es geht um den Frieden in Rom. Und es geht auch noch darüber hinaus.«

»Über den Frieden Roms hinaus? Ich habe den Antrag auf Praetorianerunterstützung schon eingereicht.«

»Aber wer hat den Consul in der Tasche?«, fragte Crassus. »Wer hat das Rätslercollegium in der Tasche? Das ist es, was wir uns fragen müssen.«

»Constantia, geh zu Bett, wenn du müde bist«, wies Lucius sie barsch an. Lilia atmete auf.

Crassus stand auf und setzte sich zu Lucius. »Ich habe Legionäre in den Ludus geschickt.«

»Du hast *was?* Marcus, Legionäre auf dieser Seite des Rubicon – wenn der Senat davon erfährt, bist du alles los, wofür du gestritten hast!«

»Sie sind beurlaubt. Ich habe sie als meine persönlichen Leute ausgegeben. Lucullus' Wachmänner haben den Ludus einfach links liegen gelassen und verfolgen die Gladiatoren ins Gebirge. Ohne Luftunterstützung. Aber es gab noch Dinge im Ludus herauszufinden: Einer meiner Gladiatoren ist tot, und ein Verwundeter lag in der Sandarena auf der Lauer. Die anderen sechs haben den Kerl aufgegriffen. Er wollte sich selbst töten, aber ich glaube, die Capsarii bringen ihn durch.«

»Welcher ist es?«, fragte Lucius.

»Der Kampfhund. Ich habe Order gegeben, ihn zu uns durchzustellen, wenn er bei Bewusstsein ist. Er kann sicher Interessantes erzählen.«

Lilia begann, den Raum zu durchqueren. Constantia folgte ihr widerstrebend.

»Zum Beispiel hierüber«, sagte Crassus und öffnete seine Hand. Constantia sah, dass er einen daumenkuppengroßen Splitter aus rotgeädertem Metall in der Hand hielt. Sie erkannte ihn sofort. »Ich habe keine Ahnung, was das ist, aber es lag in der Nähe der Tür auf dem Boden.«

»Ein Rüstungsteil?«, fragte Lucius und beugte sich darüber.

»Sieh genau hin – das ist ein Stück von einer kleinen Frauengestalt. Kopf, Schultern – sie ist offenbar dreigeteilt.«

»Götter der Unterwelt«, flüsterte Lucius. »Ich kenne es. Das ist ... das trug meine Sklavin. Die auf der *Bona Dea* starb!« Angst flackerte in seinem Blick, als er ihn vom Splitter löste.

»Was geht hier vor, Marcus?«

In diesem Moment meldete sich die Wandtabula. Mit einem Wink schaltete Viro sie an, als sein Herr heftig nickte. Constantia und Lilia blieben mitten im Raum stehen. Lucius musterte seine vermeintliche Tochter, dann wieder das zerbrochene Schmuckstück in seiner Hand.

»Vater«, sagte Marius auf der Tabula feierlich. Er saß immer noch in seinem Boot, das Verdeck war offen, und auf dem Nachthimmel lag der Widerschein vom erleuchteten Rom. »Marcus Licinius Crassus. Ich habe ein paar Informationen für euch. Es geht um Constantia ...«

Kapitel XXIII

Ianos lief.

Sie liefen seit Stunden durch Gestrüpp und über Geröll, und der Widerschein Roms narrte sie und zeigte ihnen die Stadt näher, als sie war. Crixus sagte ab und an, dass jemand hinter ihnen her sei, er könne sie hören.

Ianos' Herz arbeitete nicht, wie es sollte. Das Fleisch darüber war verheilt, doch das Herz war mehr denn je ein Fremdkörper in seiner Brust. Nicht göttlich, sondern mechanisch. Nicht unbesiegbar, sondern beschädigt.

Seine Hände waren kalt, sein Blickfeld franste an den Rändern schwarz aus. Er atmete hastig, doch das Herz konnte die Luft nur schwer durch seinen Körper transportieren. Die Amazone zog ihn unerbittlich weiter.

Zwei waren abgestürzt, an einer steilen Stelle. Alle, die sich verletzt hatten, stützten sich gegenseitig.

»Es ist nicht mehr weit«, sagte die Amazone, doch er wusste, dass sie auch nicht wusste, wo in aller Götter Namen sie gerade waren. »Es ist nie weit. Rom ist überall.«

Sie stolperten weiter. Der Frachthafen in der Unterstadt des Fagutals war ihr Ziel.

Für Ianos waren das alles nur Worte.

Marius deutete vom Bildschirm herab auf die Sklavin, die sich als seine Schwester verkleidet hatte. »Constantia ist nicht mehr die Verlobte von Marcus Lucullus, wenn ihr euch anseht, was ich herausgekriegt habe.«

Lilia stieß den Atem aus, und Constantia lockerte die Hand

um ihre Tasche, während sich die Klammer um ihr Herz löste.

Marius öffnete Datenpakete und zeigte in Sekundenschnelle, welche Schlüsse er wo gezogen hatte.

»... und hier«, schloss er. »Die Signatur von Scorpio wurde über drei Knotenpunkte laufen gelassen, von denen keiner in der Unterstadt liegt. Alle Rechner gehören dem gleichen Mann. Vedea würde das bestätigen, wenn sie hier wäre. Da hat jemand geschickt seine eigene Order verschleiert. Marcus Terentius Lucullus hat euch übers Ohr gehauen.«

»Dieser Bastard«, flüsterte Lucius und knetete das Stück des Amuletts. »Dieser Sohn einer kaltbäuchigen Schlange.«

Crassus hatte die Hände zu Fäusten geballt und sah aus, als suche er nach der nächsten Vase. »Was hat er vor?«

»Unsere Pläne, die wir vor Lucullus ausgebreitet haben«, begann Lucius, »offenbar hatte er eigene, und es ist ihm völlig gleichgültig, ob er sich dafür politisch ruiniert. Dieses Ding, das meine Sklavin trug ... Die Herzen, die wir nicht mehr kontrollieren. Verdammt will ich sein – was hat das zu bedeuten?«

»Das hat zu bedeuten, dass er sich ab jetzt warm anziehen kann«, drohte Crassus mit flacher Stimme.

Es waren Legionäre gewesen.

Der Kampfhund war sich sicher, dass es Legionäre gewesen waren. Zwei von den Bastarden hatte er erwischt, aber sie waren gut gedrillt und von Schilden geschützt durch die Arena vorgerückt. Der Kampfhund hatte gezögert, sich selbst zu töten – es waren nur zwei Handvoll, neun oder zehn.

Beim dritten und vierten Bolzen, die er gleichzeitig von der Sehne gelassen hatte, hatten sie ihn geortet und waren auf ihn zugestürmt. Die hinteren hatten mit ihren Schusswaffen gezielt – und ein Bolzen hatte getroffen, über die Balustrade hinweg. An dem Geschoss war ein schnelles Gift gewesen, und der Kampfhund hatte sich mit dem Gladius, den Spartacus ihm gegeben hatte, nur noch halbherzig zwischen die Rippen gestochen, bevor er bewusstlos wurde.

Eine Bewusstlosigkeit, aus der er nun wieder aufwachte.

Ein älterer Mann mit dem Habitus eines altgedienten Soldaten weckte ihn mit einem Lächeln und einer Infusion in die Adern. Ein Capsarius spritzte etwas aus einer kleinen Sprühflasche in seine Augen. Es brannte, ebbte aber rasch ab. Auch seine Wunden schmerzten nicht. Er konnte nicht an sich hinabsehen, denn er war stehend fixiert, seine Stirn von einem Riemen gehalten.

»Igillo«, sagte der Mann, und diesen Namen hatte der Kampfhund schon lange nicht mehr gehört. »Fünfunddreißig Jahre alt, zehn Jahre im Ludus, davor drei Jahre in den römischen Hilfstruppen und drei Jahre beim iberischen Aufstand. Korrekt?«

Er schüttelte sich. »Leck mich am Arsch!«

Der Mann verzog den Mund, runzelte die Stirn mit den tiefen Geheimratsecken.

»Deine Mutter war eine Ibererin. Sie starb, weil sie als Weib im Krieg kämpfte. Deinen Vater kennst du nicht. Du hast aber noch einige Halbgeschwister, alle jünger als du. Keines von ihnen hat überlebt, dass du sie verlassen hast, um dich als Auxiliar zu melden. Sie waren alle noch nicht erwachsen. Beim Aufstand wurdest du gefangen genommen. Richtig? Du hast dich ergeben, zusammen mit einer schwer verletzten Frau, die schwanger war. Meine Aufzeichnungen sagen, dass sie gestorben ist. War das deine Frau?«

»Leck mich am Arsch!«, knurrte der Kampfhund wieder. Unwillkürlich stiegen die Bilder in ihm hoch. Sie war nicht seine Frau gewesen.

»Aha. Du warst Auxiliar in der Legion. Es heißt, du hast ein paar Trosssklaven mitgenommen, als deine Einheit sich dem Aufstand angeschlossen hat. War sie da schon dabei?«

»Leck. Mich.«

»Das werde ich nicht tun. Das Medikament in deinen Augen verdunstet, wenn du sie offen hältst. Das Schließen der Augen wird dir sehr große Schmerzen verursachen in den nächsten Stunden. Wir haben hier ein paar Bilder von deinen Lieben. Leider nur post mortem.«

Der Mann ging hinaus. Der Raum wurde dunkel. Eine Tabula an der Wand flammte auf, und man ließ ihn lange Zeit allein.

Als der Mann mit der hohen Stirn zurückkehrte, war der Kampfhund ein schluchzendes Häufchen Elend.

»Ich schalte sie aus, die Bilder. Soll ich das?«

Igillo schluchzte und nickte.

»Und dann unterhalten wir uns. Darüber, wie ihr Jungs durch die Tür gekommen seid. Darüber, wohin ihr wollt. Und wer euch hilft.«

»Ich weiß nichts«, murmelte Igillo wenig überzeugend.

»Ich habe noch ein paar Bilder, die du noch nicht kennst. Sei ein braver Kampfhund und arbeite mit uns und erspar deiner einfachen, kleinen Sklavenseele die Qual.«

Die Senatoren strömten auf die Marmorbänke, als die Sonne über der Senatskuppel aufging. Nicht alle von ihnen waren körperlich anwesend – manche erschienen als Projektionen, geformt von den in Rom allgegenwärtigen bläulichen Energiefeldern. Manchen war diese Darstellung zuwider, und sie griffen auf die Bildschirme von Tabulae zurück, wieder andere hatten stellvertretend ihre Söhne entsandt – am Ende war jeder Sitz im Senat besetzt.

»Den Vorsitz hat Consul Lucius Iulius Caesar«, verkündete der Protokollant, und die Wachen sorgten mit ihren zeremoniellen Stäben für Ruhe, indem sie die stählernen Enden auf die Marmorplatten des Bodens hämmerten. »Consul Tiberius Claudius ist in den Grenzprovinzen des Gallia-Omnia-Systems und lässt ausrichten, dass er Consul Iulius in allen Dingen vertraut.«

Einige Senatoren gaben gehässiges Schnauben von sich.

»Consul Iulius hat das Wort.«

»Senat Roms. Vertreter des Volkes«, wandte sich der Consul an eine Runde, die zweihundertvierzig massige, gepolsterte Marmorsessel umfasste. »Obwohl die Imagi noch nicht öffentlich die Runde gemacht haben, seid ihr alle bereits informiert. Im Ludus des Senators Marcus Terentius Lucullus und unseres Praetorianerlegaten Lucius Marinus hat es einen Aufstand gegeben. Mehrere Menschen sind zu Tode gekommen, etwa einhundert Gladiatoren, darunter die Elite mit den göttlichen Herzen, sind in den Apennin geflohen. Ist dies nun ein kleiner Sklavenaufstand, der sehr bald große mediale Aufmerksamkeit erlangen wird? Oder steckt etwas groß Angelegtes dahinter, das wir mit Stumpf und Stiel und mithilfe der Praetorianer ausrotten müssen?«

Der Consul wartete kurz. Dann antwortete er sich selbst: »Ich sage, es ist ein und dasselbe. Die Tatsache, dass Publikumslieblinge den Aufstand proben, wird zwangsläufig durch die Medien so aufgepumpt werden, dass uns eine mittlere Katastrophe droht, wenn wir nicht jetzt eingreifen. Aber ist dafür wirklich der Einsatz der Praetorianer vonnöten?«

»Warum sind sie nicht längst aufgespürt?«, rief Senator Titus Sabinus in den hallenden Raum, der keinerlei akustische Verstärkung benötigte.

»Es gibt ein großes Problem. Um dies zu erläutern, übergebe ich das Wort an den von mir sehr geschätzten Senator Gnaeus Pompeius, der zuletzt mein eigenes Leben rettete.«

Gnaeus Pompeius erhob sich. Er war ein schwerer, breitschultriger Mann mit grimmigem Lächeln. Er strich sorgfältig seine silberweiße Toga glatt.

»Ist der Senator Marcus Terentius Lucullus anwesend?«, fragte er genüsslich.

Lucullus antwortete durch die Tabula in seinem Sitz. »Nicht körperlich.«

»Wie klug von ihm«, sagte Gnaeus. »Die Beweislast könnte erdrückender nicht sein.«

»Das wage ich zu bezweifeln«, sagte Lucullus, doch seine hängenden Wangen und Tränensäcke bebten nervös.

»Ihr wisst, dass ich wie eine Spinne mein Netz über Rom werfe«, begann Gnaeus. »Viele von euch finden diese Metapher beunruhigend oder unpassend. Ich sage euch jedoch nun, welchen Nutzen es euch bringt. Denn ich habe bereits seit einiger Zeit Dinge beobachtet, die keinen Sinn ergaben. Heute Nacht aber erkenne ich, was dahintersteckt.«

Er könnte auch Lucius Marinus belasten. Der Legat war ein nützlicher Mann, doch er hatte seine Kompetenzen eindeutig überschritten, war weit über die Ziele hinausgeschossen, die Gnaeus ihm aufgezeigt hatte. Er seufzte innerlich. Nein, alle Zusammenhänge musste er dem Senat ja nicht präsentieren.

»Marcus Terentius Lucullus hat seine Gladiatoren freigelassen«, sagte er.

»Das ist infam«, unterbrach Lucullus erwartungsgemäß.

»Bitte, würde die Senatswache das Audio des Senators ausschalten?«, fragte Gnaeus ungnädig.

»Warum schaltet niemand diese Herzen ab?«, wurde prompt die Frage laut.

»Weil die Gladiatoren Hilfe von den Signa haben – von Scorpio, dem Unterweltskönig!«, rasselte Lucullus sein Alibi herunter. »Ich wurde hereingelegt! Von schäbigen Unterweltsbanden – ihr werdet ihnen doch nicht glauben und euch von Gnaeus und seinen Spinnfäden Lügen erzählen lassen!«

Die Wache am Steuerungspult drehte den Senator leiser.

Gnaeus fuhr fort. »So spricht also unser Senatsmitglied Marcus Terentius Lucullus. Wir kennen ihn alle – er ist ein Mann, der nicht genug kriegt und nicht genug hat. Denkt einmal – er ist Senator, aber weit entfernt davon, Consul zu sein. Er ist Unterhalter, aber weit vom Ruhm eines Quintus Clodius Quadrigarius entfernt. Er ist Besitzer des Ludus, doch Legat Lucius Marinus gehören zwei Herzlose. Bis vor wenigen Monaten war er bestrebt, die ersten Latifundien jenseits des Mares zu besetzen – doch auch dabei war er auf mächtige Freunde angewiesen. Jetzt jedoch hat Lucullus sich eine eigene große Tat überlegt. Die Spuren sollen uns zu den Rätslern führen – doch auch wir haben Rätsler, und diese Spur ist gefälscht. Jemand hat Fehlinformationen an die Piloten geschickt, die den Apennin überflogen haben, und diese Befehle kamen von Batiatus, und über ihn von Lucullus selbst. Etwas hat die Schilde ausgeschaltet – wie ginge das, wenn keine Hilfe von außen da war? Jemand hat die Gladiatoren bewaffnet – wer, wenn nicht jemand, der seine Finger im Ludus hat? Jemand weigert sich, die Herzen seiner Gladiatoren abzuschalten – und das, während er offenbar Lucius Marinus die Kontrolle über seine eigenen Herzlosen entzogen hat. Jemand ist heute nicht hier erschienen. Jemand versucht, die göttlichen Herzen, die von den Göttern! Für die Arena! Gegeben wurden!« Gnaeus schnappte nach Luft. »Für seine eigene Privatstreitmacht zu missbrauchen! Das ist nicht nur eine Drohung mit Bürgerkrieg, Senator Lucullus, das ist ein Verbrechen gegen die Götter Roms!«

Er winkte der Senatswache, Lucullus' keifende Stimme lauter zu stellen. »Rechtfertige dich!«

»Auch meine Fernsteuerung der Herzen funktioniert nicht! Wie kommt ihr darauf – dass ich Einfluss auf diesen Aufstand habe? Warum lasst ihr Lucius Marinus unbehelligt? Warum kann ein Unterweltscollegium euch so an der Nase herumführen?«, schrie Lucullus mit sich überschlagender Stimme. »Ich würde niemals die Herzen Roms für meine Zwecke missbrauchen – und im Übrigen sind meine Zwecke die Zwecke des Senats und des Volkes!«

Gnaeus schüttelte traurig den Kopf. »Ja, das wären alles Möglichkeiten, die wir in Betracht ziehen müssten. Wenn ich nicht das hier hätte.«

Damit ging er hinüber zum Steuerpult und legte eine Botschaft von seiner Tabula auf die große Tabula unterhalb des Wandelgangs in der Kuppel.

»Das ist der Kampfhund«, sagte er. »Einer von Lucullus' Gladiatoren. Ist das richtig?«

»Ja.«

Der Gladiator wurde gezeigt, von oben bis unten.

Ein Mann mit hoher Stirn wandte sich an das Publikum. »Der Kampfhund wurde in der Sandarena aufgegriffen. Wir haben all seine Wunden versorgt, *bevor* wir ihn befragt haben, und keine Drohungen gegen ihn ausgesprochen. Ein unabhängiger Medicus hat ihn untersucht und festgestellt, dass wir ihm keine Schäden zugefügt haben.« Er wandte sich an den Kampfhund. »Habe ich dich bedroht? Gibt es Menschen, die du durch deine Aussage schützen möchtest?«

Der Gladiator verneinte beide Fragen mit hängendem Kopf.

»Dann wiederhole bitte die Informationen«, sagte der Mann.

»Ich weiß nicht viel«, begann der Gladiator mit brüchiger Stimme. Seine Augen waren gerötet. »Spartacus und die anderen drei haben den Ausbruch geplant. Sie hatten etwas, um die Schilde zu öffnen. Oenomaus hat gesagt, es gibt Schiffe, die uns wegbringen, und dass wir uns keine Sorgen machen müssen, dass er alles geklärt hat.«

»Mit wem?«, fragte sein Gegenüber.

»Mit unserem Besitzer. Wir schulden ihm nur einen Gefallen, sagte er. Ich weiß nicht, was das für ein Gefallen ist.«

Die Senatoren schwiegen entgeistert, als Gnaeus die Aufnahme beendete.

Einer rief: »Welchen Gefallen schulden sie dir denn?«

Lucullus lachte. »Das ist der schlagende Beweis? Einer meiner Sklaven, der etwas von einem meiner anderen Sklaven gehört hat? Mach dich nicht lächerlich, Pompeius!«

Gnaeus knirschte mit den Zähnen. Er musste achtgeben, sein Medicus hatte ihn bereits gemahnt, dass das Senatorenleben ihm auf die Zähne schlug. Beim Aufwachen schmerzten ihm die Kiefer, weil er sie nachts aufeinanderpresste.

»Sei vernünftig, Senator Lucullus. Denk an deine Karriere«, redete Gnaeus dem anderen, dessen Tabula nun außerhalb seiner Sichtweite war, ins Gewissen.

»Alles, was ihr mir vorwerft, kann auch von einem Rätslercollegium gefälscht worden sein«, sagte Lucullus, nun völlig ruhig. »Wie der Kampfhund richtig sagte, bin ich der Besitzer. Ich hätte keinen Ausbruch arrangieren müssen. Die Gladiatoren *gehören* mir!«

»Aber die Herzen gehören dir nicht. Die Herzen gehören den Göttern.«

»Ihr sitzt der Manipulationsfähigkeit der Rätsler auf«, erwiderte Lucullus.

Gnaeus wurde wütend. Auch andere Stimmen wurden laut, unkontrolliert flogen Beschimpfungen und Mahnungen zur Ruhe durch den Saal. Die Wachen klopften ihre schmerzhaft lauten Töne auf dem Marmor.

»Senator Pompeius hat weiterhin das Wort!«, mahnte der Protokollführer.

»Lasst uns nicht streiten!«, forderte Gnaeus. »Senator Lucullus hat die Möglichkeit, uns die Loyalität zu zeigen, die er Rom schuldet. Schalte die Herzen aus und gib uns deine Stimme, um den Vorfall als Kriseneinsatz für die Praetorianer zu legitimieren. Das muss geschehen, und es muss schnell geschehen, bevor Sympathien aus der Plebs den Gladiatoren entgegenschlagen.«

Selbst Consul Iulius, der sich gegen den Praetorianereinsatz ausgesprochen hatte, sah einsichtig aus, wie er dort vorn in seinen Unterlagen blätterte.

Der Protokollant räusperte sich. Es war eine Formsache, einen Kriseneinsatz zu genehmigen. Dafür war es notwendig, dass die Bedingungen für den Beginn und das Ende festgelegt wurden, der Umfang des Einsatzes, ob die Befehlsgewalt innerhalb des Senats lag oder vollständig auf den Legaten übertragen wurde.

Gnaeus ballte ungeduldig die Hände. Dies nun war seine Bewährungsprobe.

Und nach wie vor wäre es schön, wenn wir sie lebend gefangen nähmen und aus der Captura Cardiae eine Damnatio ad ferrum machen – zugunsten eines neuen, starken Consuls.

Die Siedlungen im Apennin bestanden aus Baracken, aufeinandergestapelten Bruchbuden und ärmlichen Hütten, wo diejenigen aus der Plebs hausten, die zwar arm genug waren, um in den Aquae oder den Cavernae Nigrae ihr Leben zu fristen, die jedoch lieber dem Boden des Apennins abtrotzten, was sie zum Überleben brauchten. Das Leben hier war hart – ein Leben gebückt von der Arbeit auf den steinigen Hängen. Kleine Generatoren erzeugten zu wenig Strom, zu wenig Wärme. Was an Holz zu viel war, wurde verbrannt, um darauf zu kochen.

Doch auch hierher war der Ruhm der Gladiatoren gedrungen, über beschädigte alte Tabulae oder noch ältere Audiogeräte, die Nachrichten aus der Stadt übertrugen.

Man brachte die Gladiatoren in den verwinkelten Gassen und zwischen den Baracken unter, als die Boote über sie hinwegflogen. Die engen Täler des Apennins boten zahlreiche Möglichkeiten, Unterschlupf zu finden, es gab ganze Systeme von Kavernen, schmalen Schluchten und von Gestrüpp durchwucherte Ruinendörfer.

Wenn sie Pech hatten, würde man hier zuerst suchen.

Ianos ruhte sich an einem Ofen aus. Ein Generator bollerte in einem Innenhof.

Kein Gedanke war in seinem Kopf, nur das Horchen nach dem plötzlich unzuverlässigen Herzen. Ianos bewegte die Finger, die kribbelten, als seien sie eingeschlafen. Er hörte sich rasch atmen, obwohl die Anstrengung des stundenlangen Marsches abgeklungen war.

Die Amazone saß neben ihm, als müsse sie ihn beschützen. »Du siehst nicht gut aus.«

»Das Herz ist beschädigt.« Er schluckte, als ihm ins Bewusstsein stieg, was das hieß. Er war hier im Nirgendwo. Hier gab es keine Möglichkeit, sein Herz zu heilen. *Oder zu reparieren?*

»Vielleicht ist es, weil ihr etwas Göttliches stehlt«, flüsterte die Amazone.

»Vielleicht ist es, weil ich einen Bolzen hineinbekommen habe«, murmelte er, und sie lachte.

Ianos dachte an Constantias Fluch. *Oder die Amazone hat recht, und die Götter sind nachtragend.*

»Wohin gehen wir?«, fragte sie.

»Zu Schiffen«, sagte Ianos.

»Wohin bringen die uns?«

Er sah sie eine Weile an. Dann antwortete er, worüber sie nie gesprochen hatten: »In den Hades.«

»Was? Fickt euch doch! Das … dann tauche ich lieber in Rom unter!«, brachte sie mit einem heiseren Wispern hervor.

Er schüttelte den Kopf. »Vertrau mir, Spartacus hat dort … eine mächtige Freundin.«

Zweifelnd sah sie ihn an. »*Vertrau mir* ist der Satz, den der Tod durch den Mund eines Freundes spricht, sagt man bei uns.«

Constantia trug zu Hause ihr eigenes Gesicht, so wenig sie zurzeit auch sie selbst sein wollte. Selbst jemand, der noch nicht von der Fähigkeit der Masken wusste, würde bei Lilias verhuschtem Verhalten stutzig werden.

Das Herz ruhte immer noch in ihrer Tasche, sie legte manchmal die Hände an die schlanke Amphore und spürte den unregelmäßigen, schwachen Rhythmus.

War es Ianos' Herz? Warum schlug es so stark? *Hat es denn noch eine Verbindung zum Körper? Wie kann das sein? Und was geschieht gerade mit dem Körper, dass das Herz so reagiert?*

Sie musste ihn finden. Es hieß, dass Lucullus aufgrund der Beschuldigungen im Senat seine Villa versiegelt hatte – doch Lucullus, der noch ihr Verlobter war, war die einzige Möglichkeit, herauszufinden, wo der Landeplatz war, an dem die Schiffe auf die Gladiatoren warteten.

»Wir müssen mit Lucullus sprechen«, sagte sie zu Lilia und überlegte, wie sie es anfing. Sollte sie ein Gespräch über die Tabula wagen? Vedea war im Morgengrauen wiederaufgetaucht, und Lucius hatte sie vor allen Sklaven auspeitschen lassen für ihre nächtliche Abwesenheit. Er hatte ihr eine Liebschaft unterstellt, und sie hatte sich zu Boden geworfen und stumm seine Füße umfasst, aber weder eine Ausrede bemüht noch die Wahrheit gesagt. Sie hatte einfach nur die Strafe ertragen.

Constantia hatte, noch immer in Lilias Maske, wie alle Sklaven dabei zusehen müssen, während Lilia mit bleichem Gesicht den Schlägen aus dem Innenhof gelauscht hatte. Viro war treffsicher mit der Peitsche – er war nicht immer Haussklave gewesen, kam von einer der Latifundien, die den Marinern gehörten. Seine Hiebe hatten die sonst so kühle Cypriotin gellend schreien lassen.

Übelkeit wütete in Constantias Magen, die nicht besser davon wurde, dass sie sich mit dem Aufputschmittel ihres Vaters wach hielt.

Es klopfte an der Tür. »Constantia?«

Es war ihre Mutter.

»Komm rein«, sagte Constantia missvergnügt. Es mochte eine Sache von Minuten sein, die ihr noch blieben, um Lucullus ihre Loyalität in der Gladiatorenangelegenheit zu versichern.

Um sein Vertrauen zu gewinnen, bevor ihr Vater die Verlobung löste.

»Wie geht es dir?«, flüsterte Cornelia Marina.

Constantia zuckte mit den Achseln. »Ich lebe noch.«

Ihre Mutter zuckte zusammen. »Das wird auch so bleiben. Ich habe ... ich habe eine thrakische Heilerin hierher beordert. Lucius sagt, dass der Fluch von der thrakischen Sklavin gewoben wurde, die auf der *Bona Dea* starb – dann kann ihn eine thrakische Heilerin lösen.«

»Meinst du?«

»Ja, das meine ich, und ich habe in allen großen Tempeln dafür gebetet, mein Kind.« Sie setzte sich auf die Kante eines Stuhls, eine traurige Frau, noch keine fünfzig Jahre alt, doch von einem Leben in elitärer Einsamkeit gezeichnet.

»Ich wollte dir noch etwas sagen: Wenn der Fluch gelöst wird ... Vater hat heute Morgen bekannt gegeben, dass deine Verlobung ebenfalls gelöst ist. Weißt du, er musste etwas tun, das seine Position völlig klarstellt. Du bist nicht unglücklich deswegen, oder?«

Constantia presste die Lippen aufeinander. »Nein. Darf ich trotzdem ... mit Lucullus sprechen? Ihm sagen, dass ... dass ich nicht seine Feindin bin ...«

»Das ehrt dich, Kind, aber wir *sind* jetzt seine Feinde. Wenn all das stimmt, auch die Dinge, die dein Bruder ... herausgefunden hat, dann ist er ein Feind Roms.«

Constantia wünschte sich, ihre Mutter würde gehen. Wenig Liebe verband sie, wenig hatte sie je verbunden. Eine Amme hatte Constantia aufgezogen und verlassen, als sie zehn Jahre alt wurde, und die Mutter war stets das enttäuschte, verhärmte Geschöpf gewesen, das nun auf der Kante des Stuhls saß, als sei es zu bescheiden, die gesamte Sitzfläche zu beanspruchen.

»Habt ihr schon einen neuen Ehemann für mich?«, fragte

sie herausfordernd. »Ich bin schließlich in einem Alter, in dem man einen Verlobten haben sollte.«

»Nun ...« Ihre Mutter zog die Schultern hoch. »Die Praetorianer greifen aller Wahrscheinlichkeit nach in den Konflikt ein. Es wird wohl immer noch im Senat debattiert. Marcus Crassus' Legionäre dürfen den Rubicon nicht überschreiten.«

Constantia seufzte. »Das heißt, er ist zwar der einflussreichste Militär Roms, aber er hat in diesem Konflikt nichts zu sagen. Und um das zu ändern, hat er Vater versprochen, mich nun doch zu heiraten. Und sicher war Marius an dieser Entscheidung irgendwie beteiligt. Kam die Idee von ihm?«

Ihre Mutter presste die Lippen aufeinander. Constantia hatte Lilia nun so oft mit ihrer Maske gesehen, dass sie ihre eigene Mimik in der der Mutter erkannte. Sie wandte den Blick ab.

»Er hat es dir schon erzählt?«, fragte Cornelia. »Ich wollte es dir sagen ...«

»Ich habe meinen Verstand benutzt, Mutter. Ist es Crassus selbst oder sein Sohn?«

»Crassus selbst. Dein Vater hat darauf bestanden.«

»Sehr gut. Ich freue mich. Und nun lass mich bitte allein, ich würde gerne mit Lilia überlegen, was für ein Kleid ich für mein Matrimonium wähle. Was glaubst du, wie wird es sein, wenn ein fünfundsechzigjähriger vierfacher Vater mich zur Mutter macht?«

Cornelia sprang auf und verließ den Raum, in ihrem Blick mischten sich Wut und Scham darüber, dass sie ihre vielleicht todkranke Tochter auf dem Altar der kleinen politischen Intrigen opferte.

Constantia atmete durch, sah hinaus in den Innenhof. Alle Spuren der Bestrafung waren beseitigt. Immergrün und blühend lag der Garten dort unten, mit seinem Springbrunnen und seinen üppig umrahmten Wegen.

»Und nun?«, flüsterte Lilia.

»Sollen sie doch denken, sie würden meine kleine Spielfigur hin- und herschieben. Meine Figur bleibt nicht auf dem Brett.«

»Ist das wahr?«, fragte die Sklavin mit erstickter Stimme.

»Ich werde herausfinden, wo diese Schiffe liegen, und dann werde ich dorthin gehen. Mit der Maske. Und du bleibst hier und spielst mich, bis der Zeitpunkt gekommen ist, an dem die aufgelöste Lilia verkündet, ihre Herrin sei in der Nacht verschwunden.«

»Aber ... wird nicht irgendwer merken, dass *ich* nicht da bin – in der Zeit, in der ich du sein muss, Domina?«

Constantia zuckte mit den Schultern. »Du bist dann Constantia. Du kannst allen sagen, du hättest keine Lust auf diese dumme Gans von einer Sklavin.« Sie grinste, als sie Lilias Gesicht sah. »Guck nicht so. Du bist sehr tapfer gewesen. Im Tempel, im Ludus, in der Unterwelt. Das vergesse ich dir nie.«

»Und was ist mit dem Fluch, Herrin? Was, wenn du daran stirbst?«

»Dann sterbe ich anderswo daran und nicht hier.«

»Und wenn deine Brüder und dein Vater daran sterben?«

»Beim Styx, Lilia, ich werde mein Bestes geben, damit das nicht passiert! Im Tempel des Dis Pater haben sie gesagt, dass es in meiner Hand liegt! Sie haben gesagt: Ich halte ein Herz in den Händen, und das bestimmt, ob ich lebe oder sterbe. Hier ist es – ich halte es, siehst du? Mehr kann ich nicht tun!«

Sie schob die Amphore vorsichtig wieder in die Tasche. Sie schluckte, ihr Atem ging rasch. Doch nun hatte sie es ausgesprochen, und ein Lächeln kämpfte sich auf ihr Gesicht, und für den Augenblick glaubte sie fest daran, dass es genau so geschehen würde, dass dies das Schicksal war, das die Parcae für sie gesponnen hatten.

In der Dunkelheit würden sie weitergehen.

Die Herzlosen hatten sich auf die Baracken aufgeteilt. Die Menschen um sie herum waren vorsichtig, aber wohlwollend. Gladiatoren waren Helden und flüchtige Gladiatoren umso mehr.

Ianos trat zu Spartacus, der sich mit einer dürren Frau unterhielt, die über die Siedlung herrschte. Sie trug einen blassen Kittel über einem ausgewaschenen Kleid und hatte ihre Haare unter den Ohren abgeschnitten. Sie massierte stets ihre Hände, rieb sie gegeneinander, als sei ihr kalt.

»Wie geht es dir?«, fragte Spartacus ihn.

»Es wird nicht schlechter«, sagte Ianos. »Es wird auch nicht besser – ich weiß nicht, ob das Herz sich selbst zu reparieren vermag.«

»Hier ist jedenfalls niemand, der dir helfen kann«, sagte die Frau barsch.

»Spartacus«, sagte Ianos, »ich möchte mit dir sprechen –«

»Drennis. Lass den Arenanamen. Mit welchem Namen bist du geboren worden?«

Ianos lächelte. »Ianos.«

»Dann warst du bei deiner Geburt schon ein Zweigesichtiger?« Drennis grinste. Er hatte weder die Schulterpanzer noch den Kragen abgelegt, der sich zu einem Helm entfalten konnte.

»Hör, Drennis. Die, der wir es verdanken, dass Lucius Marinus keine Kontrolle über unsere Herzen hat –«

»Seine Tochter.«

»Richtig. Sie will … mit uns fliehen.«

Drennis lachte. »Ist das etwas Romantisches mit euch beiden?«

Ianos antwortete nicht.

»Wenn wir seine Tochter mitnehmen, ist er hinter uns her wie Persephone hinter den Seelen.«

»Meinst du nicht, sie sind wegen der Herzen ohnehin hinter uns her?«

»Liebschaften sind gefährliche Dinge. Sie können den Ausgang ganzer Kriege wenden und erst recht so etwas wie unsere Flucht vereiteln. Wie soll sie uns finden? Und wer findet uns dann noch? Wie willst du ihr eine Botschaft zukommen lassen? Oder willst du persönlich zu Marinus' Anwesen humpeln und sie entführen?«

Ianos schüttelte den Kopf. »Ich ... kann im Traum mit ihr sprechen.«

Drennis starrte ihn an. »Das glaube ich dir nicht.«

»Hör, wir beide haben bei unseren Würfelspielen nie *klar* miteinander geredet. Ich erzähle dir, wie es kam, dass ... dass ich das Amulett hatte. Ich erzähle dir von der Seherin. Sie ist der Grund, warum Constantia und ich die gleichen Träume haben.«

»Du weißt, dass sie meine Frau ist?«, fragte Drennis leise. »Die, die du Seherin nennst?«

»Also tun wir das Ganze hier ... wegen *deiner* Liebschaft!«, sagte Ianos belustigt-tadelnd.

»Es ist weit mehr als das«, erwiderte Drennis düster.

Kapitel XXIV

»Bist du jetzt glücklich darüber, dass sich Crassus dazu durchgerungen hat, mich zu ehelichen?«, fragte Constantia in ihre Tabula. Es war eine sichere Leitung zu Marius, im Nachbartrakt der Villa.

»Das ist ganz entzückend. Jetzt musst du nur darauf bestehen, dass du alle seine Söhne kennenlernen willst«, antwortete Marius. »Ich habe Vater gedrängt, die Meldung schon offiziell zu machen. Damit ist Sagittarius ein wenig beruhigt, und ich hab wieder Luft zum Atmen.«

»Was sagt Sagittarius dazu, wenn die Hochzeit nicht stattfindet?«, fragte Constantia. Sie hatte beschlossen, ehrlich zu Marius zu sein. Er war ihr Bruder, er würde ihr helfen. »Hör zu, ich brauche noch mal deine Hilfe. Ich muss irgendwie rauskriegen …«

Marius' kalter Blick ließ sie verstummen.

»Was soll das heißen?«, fragte er mit flacher Stimme. »Du weißt, was für mich daran hängt.«

»Aber … wie soll ich ihn heiraten, wenn ich nicht den Fluch löse?«

»Und den Fluch löst du wie?«

»Indem ich … diese Sklavin von Vater suche? Spartacus' Frau? Und das mache ich, indem ich –«

»Das machst du, indem du mit deinem Lieblingsgladiator ins Schwarze fliehst?« Marius schüttelte den Kopf. »Oh nein, nein, kleine Schwester.«

Sie schwieg, dann brachte sie hervor: »Du stirbst auch daran.«

»Wir sterben nicht. Es schwächt uns, doch wie man an dir sieht, können Arzneien und Infusionen einem hervorragend über den Tag helfen. Und wenn es dabei wirklich um die Sklavin geht – da gibt es zwei Möglichkeiten: Vaters Praetorianer fangen die Gladiatoren ein und foltern aus ihnen heraus, wo wir diese hinterlistige Fotze finden, und dann hebt sie den Fluch auf, wenn sie sieht, dass wir die Eier ihres Mannes in den Händen halten. Zweite Möglichkeit: Wir lassen sie entkommen und heften uns an sie dran. Um zu springen, müssen sie die von uns gehaltenen Knotenpunkte benutzen, sonst kommen sie nicht weit. Also verfolgen wir sie und finden dann diese hinterlistige Fotze, die den Fluch aufhebt, wenn sie sieht, dass wir die Eier ihres Mannes –«

»Ich habe verstanden. So oder so wäre es nützlich zu wissen, wo der Hafen ist, zu dem sie unterwegs sind.«

»Aber ja, besonders nützlich für dich, meine Schwester.« Er unterbrach die Verbindung.

»Scheiße.« Constantia biss in den Knöchel ihrer zitternden Hand. Lucullus, Marius ... ihre Möglichkeiten, herauszufinden, wo Ianos war, schrumpften beängstigend schnell zusammen.

»Vielleicht muss ich träumen. Aber ich kann nicht schlafen«, sagte sie zu Lilia. »Ich könnte ein Schlafmittel nehmen.«

»Bitte, Herrin, es kann dich umbringen, wenn du all diese Arzneien mischst!«

»Ich rufe Gaia an. Vielleicht fällt ihr was ein.«

Sie schaltete auf ihrer Tabula um. Gaia war sofort da, sie saß offenbar schon vor ihrem Gerät.

»Gütige Vesta, hast du gesehen, was sie *machen*?«, rief sie aus.

»Ähm – wer? Was?«

»Hier!«

Die Ausruferin Nialla Graecina tauchte auf dem Bildschirm auf. Hinter ihr lag der große, zentrale Platz des Forum Romanum, doch kaum etwas war von den Treppen und Portiken und Fassaden der umstehenden Prunkbauten zu sehen, denn alles stand voller Menschen.

In ihrer Mitte befand sich eine kreisrunde abgesperrte Fläche, auf der ein nackter Mann und zwei Peiniger mit spiegelnden Masken standen. Die spiegelnden Masken waren den Vollstreckern von Strafen vorbehalten – ein jeder Römer konnte sich selbst in der Maske spiegeln, ein jeder Römer vollstreckte die Strafe selbst.

Einer von ihnen hielt einen Stab in der Hand, dessen Ende einen Adler zeigte. Einen rot glühenden Adler.

Nialla Graecina stand in direkter Nähe zu dem glühenden Stab und dem nackten Mann und sprach aufgeregt in die Linse.

»...lässlichkeit, sondern ein Verbrechen gegen Rom!«

»Wer ist der Mann?«, fragte Constantia.

»Ich habe keine Ahnung. Ein Plebejer, hat bei einem der Kanäle gearbeitet«, antwortete Gaia fassungslos. »Sie brandmarken ihn – öffentlich! Er ist *nackt!*«

»Ich sehe es. Was hat er getan?«

Der Anblick des verängstigten Nackten wurde abgelöst von mehreren anderen Bildern.

Constantia stieß den Atem aus.

Es war Ianos' Kampf gegen Spartacus, zerpflückt in Einzelbilder. Erneut sah sie, wie die Klinge ihm durch die Kehle fuhr. Doch was sie damals nicht gesehen hatte, war nun durch eine Großaufnahme sichtbar: Der Anhänger, den er um den Hals getragen hatte, flog durch Spartacus' Schild und bohrte sich offenbar in seinen Helm.

»Volk von Rom, hier siehst du noch einmal die Imagi, die Maximinus am heutigen Morgen gemeldet hat, die ihm aber schon vor Tagen aufgefallen sind«, erläuterte eine Stimme. »Der Angestellte zeigte sich heute selbst an und wird nun seine Strafe in Empfang nehmen.« Neue Imagi wurden eingeblendet. Ein

Mann mit tiefen Geheimratsecken und einem schmalen Lächeln demonstrierte, wie ein schwarzer daumenkuppengroßer Splitter durch einen Energieschild fuhr.

»Ein Teil des Anhängers, den Ianos der Zweigesichtige offenbar um den Hals trug, ist nach dem Ausbruch im Ludus gefunden worden. Offenbar hat dieser Anhänger die Flucht überhaupt erst ermöglicht. Jetzt stellt sich die Frage: Woher hatte der Gladiator dieses Objekt? Und die sehr viel dringenderen Fragen: Was ist es, und gibt es mehr davon? Bedroht die Existenz eines solchen Metalls Roms Schildtechnologie? Und: Kann das zur Bedrohung für ganz Rom werden? Haben die flüchtigen Gladiatoren mehr von diesem unbesiegbaren Metall? Volk von Rom, wisse: Wer den Gladiatoren hilft, verhilft Rom zum Untergang!«

Nialla Graecina war nun wieder zu sehen. »Und nun wird das Urteil vollstreckt, der Beschuldigte wird gebrandmarkt. Ein einfaches Melden der Imagi hätte vielleicht dem gesamten Planeten Unheil erspart.«

Damit trat sie aus dem Bild und ließ es zu, dass die Linse die Hinterbacken des Mannes vergrößerte.

Er wurde zweimal gebrandmarkt, das zweite Mal auf seinem Unterarm, und stieß dabei Schreie aus wie Vedea, als sie ausgepeitscht wurde.

Gaia stöhnte entsetzt.

»Wir sind solche verdammten Barbaren«, sagte sie.

»Ich hasse Rom«, erwiderte Constantia andächtig.

Ianos sah sich um – immer mehr Leute traten zu ihnen in die ärmliche Hütte. Manche hielten sich abseits, andere drängten vor, um sich kurz vorzustellen oder ein paar Worte zu wechseln.

Ianos hatte versucht zu schlafen, doch er hatte höchstens gedöst und fühlte sich nun müder als zuvor. Ein junger Mann brachte ihm eine dampfende Tasse mit einem dunkelgrünen Gebräu.

Er nahm die Tasse an. »Danke – was ist das?«

»Cuinto«, sagte der Mann und setzte sich zu ihm. Er war schmal und kleiner als Ianos und wirkte, als würde er frieren, obwohl es warm in den Scheunen und Baracken war, in denen die Gladiatoren lagerten.

»Stärkt«, erläuterte er.

»Vielleicht solltest du es dann selbst trinken.« Ianos grinste.

Der Mann winkte ab. »Es stärkt das Herz.«

»Ich bin mir nicht sicher, ob es so ein Herz stärkt.« Ianos klopfte gegen seine Brust, und das Herz klopfte zurück.

Der Mann zuckte mit den Schultern. »Schadet aber bestimmt auch nicht.«

Er sah andächtig zu, wie Ianos vorsichtige Schlucke trank. Es schmeckte nicht so scheußlich, wie es aussah – ein irdener, dunkler Geschmack.

»Warum sind so viele Neue hier?«, fragte Ianos.

Der Mann lächelte. »Es werden noch mehr werden. Egal, wo ihr hingeht.«

»Eigentlich soll es geheim bleiben, wo wir uns aufhalten.«

»Bis die Sklaventreiber es wissen, sind wir vielleicht schon zu viele.«

»Was meinst du damit?«

»Es gibt zwei Welten in Rom. Heute haben sie einen aus unserer Welt gedemütigt und gebrandmarkt, um uns daran zu erinnern, was wir sind. Aber der Name Spartacus hat sich ausgebreitet wie eine Epidemie. In unserer Welt flüstert es von der Möglichkeit, ein grausames Spiel zu beenden.«

Der Blick des Mannes flackerte, eine fieberhafte Begeisterung.

Eine Epidemie.

»Und ... was wollt ihr tun?«, fragte Ianos.

»Was wollt *ihr* tun?«

»Wir wollen Rom verlassen.«

»Wir wollen Rom verändern.« Der Mann lächelte entwaffnend. »Und dabei ist es nicht wichtig, ob ihr Rom verlasst. Wichtig ist nur, dass ihr den Stein angestoßen habt.«

»Ich habe schon … so manchen Stein aus Versehen angestoßen«, sagte Ianos in die Tasse hinein. »Was ist, wenn sie zu früh bemerken, dass wir hier sind?«

»Wir sind der Schwarm, der euch in seine Mitte nimmt. Vertrau mir – wir helfen euch, in Roms Unterstadt zu gelangen.«

Ianos blickte sich zweifelnd um. Hier musste doch nur ein Verräter sein – ein einziger mit einer Tabula reichte aus.

Vielleicht sind wir sicher, solange unsere Besitzer kein Geld auf uns aussetzen.

Marcus Terentius Lucullus hatte seine liebe Not, auch wenn er die Senatssitzung vor Inkrafttreten des Praetorianerprotokolls verlassen hatte. Das konnte er nun ohnehin nicht mehr abwenden. Doch das Auftauchen des Stahlsplitters wandte die Aufmerksamkeit noch einmal kurz von ihm ab. Das Amulett hatte offenbar Ianos getragen, und Ianos war Marinus' Sklave – nun schwankte die Entscheidung des Senats: Durfte man Lucius Marinus unter diesen Umständen das Kommando über die innere Sicherheit des Planeten überlassen?

In den vergangenen Jahrtausenden war das Senatssystem immer ausgeklügelter geworden; es hatte unzählige Fälle des Missbrauchs gegeben, und daher auch unzählige Fälle, in denen Gesetze nachgebessert und zusätzliche Prüfinstanzen eingeführt worden waren. Für einen Praetorianereinsatz dieses Ausmaßes hieß das, dass sich die Abstimmungen des Senats bis in den Abend hineinziehen würden. Ein Abend, der im Apennin noch früher hereinbrechen würde.

Es gab zahllose Dinge zu erledigen, und nichts davon durfte nach außen dringen. Lucullus vertraute seiner Technik nicht mehr. Er wusste, dass sowohl Gnaeus Pompeius als auch Lucius Marinus Leute zur Verfügung hatten, die sie übertrumpfen konnten. Nein, diesmal war er auf den persönlichen Kontakt angewiesen.

Er war nervös, als die Boten mehrerer Unterweltsbanden durch die uralten, aufgetürmten Gebäude in das Massiv unter seiner Villa geführt wurden.

Hier erwartete er sie – die Hand an seinem kostbaren Halsschmuck, der seinen ganzen Körper mit einem Schild umgeben konnte.

Es waren vierzehn Männer und Frauen, teilweise maskiert, die auf seinen Ruf hin gekommen waren. Damit konnte er arbeiten.

Er nannte ihnen nicht das Ziel, das die Gladiatoren erreichen wollten. Er nannte ihnen nur ihr eigenes Ziel und gab ihnen die erste Hälfte einer üppigen Belohnung.

Er konnte diese Durststrecke überdauern – die gelöste Verlobung, die verlorenen Freunde, die Ächtung durch den Senat, die vermeintlichen Beweise –, denn sobald er der Einzige war, der über eine Mine mit Hadesstahl verfügte, würden sie wieder ganz freundlich zu ihm sein.

»Doch dann ist mir Marinus' Tochter nicht mehr gut genug. Dann muss es schon jemand Besonderes sein«, murmelte er vor sich hin, als er durch die Katakomben wieder in seine private Festung hinaufstieg.

Die Zeiten, in denen Nialla Graecina die Hochzeiten hoher Patrizierfamilien oder die Modenschau auf dem Schiff des Consuls Iulius begleitet hatte, waren vorbei.

Doch eben diese Modenschau und der dämonische Überfall hatten ihre Karriere nach oben katapultiert – einmalig für eine Frau.

Doch nun war ihr ärgster Konkurrent Marcus Gerenius mit Consul Tiberius Claudius nach Gallia aufgebrochen, und sie war in Rom verblieben, hatte sich auf weitere Sportereignisse und ein paar unterhaltsame Meldungen über die Liebschaften einiger Patrizierinnen gefasst gemacht.

Und jetzt das. Der Ausbruch aus dem Ludus, die Brandmarkung, die Ereignisse im Senat, das Mobilmachen der Praetorianer … Natürlich berichteten zahllose Ausrufer von diesen Ereignissen – aber Nialla berichtete für Clodius Quadrigarius' Sender.

Sobald sie eine Minute Zeit zum Nachdenken hatte, wurde ihr bewusst, dass dies der wichtigste Tag ihres Lebens war und dass sie vielleicht bald an der Seite von Quadrigarius die Captura moderieren würde – wenn es denn eine gab, worauf ganz Rom immer noch hoffte.

Sie saß in einem der Suborbitalschiffe, mit denen sie den Kontinent innerhalb kürzester Zeit queren konnte: von der Abendröte bis hinein in die tiefe Nacht in weniger als einer Stunde. Sie kreuzten nun schon eine ganze Weile über dem Apennin – der Luftverkehr wurde streng geregelt, damit die Flüchtigen den Planeten nicht verlassen konnten, und trotzdem waren zahlreiche Boote in der Luft; Söldner und auch bereits Praetorianer. Die Formalitäten hatten diesmal weniger als acht Stunden beansprucht, und Gnaeus Pompeius Magnus hatte den Oberbefehl – auch über Lucius Marinus, dem man im besten Fall Befangenheit und im schlimmsten Fall Kollaboration vorwerfen konnte.

»Die da hinten!«, wies sie den Piloten an. »Mehrere Scheinwerfer auf einer Stelle – die haben was gefunden! Und sind das Bodentruppen da unten?«

Der Pilot ließ das Schiff sinken.

Die Praetorianer funkten sie an. »Zivilschiff, entferne dich bitte, das ist eine militärische Operation, wir können nicht für deine Sicherheit garantieren!«

»Gib mir das Audio«, befahl Nialla und riss es dem Piloten

aus der Hand. »Hier ist Nialla Graecina. Wir sind kein Zivilschiff, sondern auf Order von Clodius Quadrigarius hier. Wir können die Situation selbst einschätzen.«

»In Ordnung«, kam nach kurzem Zögern zurück.

»Da! Da sind Menschen!«, stieß der Assistent aus, der die Linsen am Schiff steuerte.

»Hervorragend! Sie haben sie, und wir sind dabei! Zeichnest du auf?« Sie tastete nach ihrem Haar, das in einem voluminösen Kranz um ihren Kopf gesteckt war. Ein paar Strähnen waren lose, was der wilden Verfolgungsjagd quer durch den Apennin geschuldet war; es machte sicherlich keinen schlechten Eindruck.

»Linse läuft.«

»Volk von Rom! Du bist hautnah dabei, während die Praetorianer, wie du in den Außenaufnahmen siehst, eine Gruppe Menschen in einer schwer zugänglichen Schlucht konfrontieren. Wir können noch nicht sagen, wie viele es sind, doch ich wage die Prognose, dass das Katz-und-Maus-Spiel im Apennin nach sechzehn Stunden ein Ende hat – dank des beherzten Einsatzes der Praetorianer, die der Senat für unsere Sicherheit entsandt hat!«

Sie sah auf die Imagi hinter ihrem Assistenten. In der Schlucht wurde nicht geschossen – Männer hoben leere Hände als Zeichen des Aufgebens. Die Praetorianer hatten Anweisung, zumindest die Gladiatoren mit den göttlichen Herzen am Leben zu lassen, wenn es möglich war.

»Wir sehen sie hier; Bewaffnete, die meisten davon tragen Helme. Wir können noch nicht erkennen, wer von ihnen wer ist – der Vordere ist sehr massig, es ist nicht ausgeschlossen, dass es Crixus ist.«

In diesem Moment winkte einer der Praetorianer dem Schiff zu.

»Wir erhalten eine Nachricht! Was sagt er?«

Ihr Assistent legte die Hand an seinen Kopfhörer und bewegte dann die Lippen in einem lautlosen, langen Fluch. Er schüttelte den Kopf und sagte: »Das sind Söldner von Lucullus.«

»Mein Assistent hat die Lage geklärt. Offenbar sind die Praetorianer nur auf einen weiteren, privaten Spürtrupp gestoßen. Somit ist das Drama noch nicht beendet! Volk von Rom – wir suchen weiter.«

»Vulcanus' schwarze Schlackenscheiße«, knurrte ihr Assistent.

»Nein, das ist doch hervorragend! Je länger es dauert, desto besser für uns.«

»Aber es darf nicht langweilig werden.«

»Da hast du recht. Aber dafür sorgen die Jungs schon. Wie kann das sein, dass Lucullus' Söldner hier herumkriechen? Und kein Signal über ihren Aufenthalt geben?«

Der Assistent zuckte mit den Achseln. »Die Enthüllungsgeschichte über Lucullus' eigene Agenda bringen wir dann nächste Woche.«

»Du bist ein Schatz«, flötete Nialla, während das Schiff beschleunigte.

Es gingen noch drei Fehlalarme in den nächsten zwei Stunden ein. Nialla ging auf dem Zahnfleisch, die Nacht legte sich dicht und endlos um das Schiff. Am Fuße des Palatins und in einer Aussteigersiedlung auf dem Caelius hatte Spartacus sich zu erkennen gegeben, doch sobald die Truppen dort eintrafen, war er verschwunden.

»Einer von ihnen *muss* ja falsch sein – aber welcher Idiot ist so lebensmüde und gibt sich freiwillig als Spartacus zu erkennen? Und hat genügend Leute dabei, die seine bewaffnete Meute imitieren?«, sagte Nialla, als das Schiff auf dem Caelius betankt wurde.

Ihr Assistent steckte ihr die Strähnen fest. Sie wünschte sich ein heißes Bad.

»Ich weiß es nicht. Offenbar inszeniert das jemand.«

»Lucullus?«

»Tja, oder sie haben Unterstützung durch die Unterwelt? Oder Lucius Marinus hat seine Finger im Spiel?«

»Nein, Marinus nicht. Wer hat eigentlich den Bericht über die Verlobungsankündigung gemacht?«

»Tesia Sucusea.«

»Der Bericht war grauenhaft. Tesia hat vor wenigen Wochen noch die Ausrufer geschminkt! Aber sie war auch damals schon geltungsbedürftig.«

»Kein Mensch hat sich für die Verlobung interessiert. Nicht an einem Tag wie heute.«

Zufrieden lächelte Nialla, während der Assistent ihre Frisur mit Lacknebel fixierte. Und das Schiff hob wieder ab – auf der Jagd nach den Ludusflüchtlingen.

Die Ludusflüchtlinge hatten sich in mehrere Gruppen aufgeteilt. Führer aus den Dörfern leiteten sie durch die Elendsviertel, die sich an den Apennin klammerten. Unter Planen hindurch, unter Wellblech und Brettern, durch Konglomerate aus übereinandergebauten Hütten, durch Schuppen, in denen altes Gerät lagerte, mit dem sie den Apennin urbar hatten machen sollen. Viele der Menschen hier waren Freigelassene, Ausgestoßene, Immigranten von anderen Welten. Rom pferchte Menschen wie sie auf die wenigen menschenleeren Stellen des Planeten – in die eisige Ebene am Südpol, das Hochgebirge am Nordpol, auf schwimmende Metallinseln auf der Hochsee oder eben an den Apennin. Wenn sie Glück hatten, mit ein paar alten Maschinen und ein paar Säcken Saatgut, wenn sie Pech hatten, mit nichts als dem, was sie am Leib trugen.

»Gut, dass wir nicht im Norden aus dem Apennin raus sind«, sagte die Amazone, die sich an Ianos' Seite hielt. »Da sind die capitolinischen Hügel, der Palatin … dort hätten sie uns längst gefunden.«

»Wie heißt du eigentlich?«, fragte er.

Sie lächelte schief. »Parva«, sagte sie. »Die Kleine. Nenn mich ruhig weiter Amazone.«

»Kommst du irgendwoher, wo es tatsächlich Amazonen gibt?« Sein Herz schlug wieder ruhiger, doch es verweigerte ihm die übermenschlichen Kräfte; er war ebenso außer Atem wie sie, während sie sich durch einen ganzen Wald aus leeren Fässern kämpften, aus denen ebenfalls Habitate gebaut worden waren. Nur seine Sicht auf Elektronisches war ihm geblieben, und die nutzte ihm in dieser Gegend kaum.

»Oh ja. Meine Mutter war eine Amazone. Mein Stiefvater hat sein Geld damit verdient, dass er sie hat anschaffen lassen. Zwölf Kinder hat sie bekommen, sie sagt, keines davon ist von ihm. Er hat meine beiden ältesten Schwestern eingeritten, damit er sie zum Anschaffen schicken konnte. Danach hat meine Mutter ihm endlich im Schlaf die Kehle durchgeschnitten. Wir haben mit Waffen in der Hand überlebt. In der Unterwelt Roms gibt es viele Amazonen.«

Ianos starrte sie an. »Also, du meinst das im ... übertragenen Sinn?«

Sie erwiderte den Blick, ohne zu blinzeln. »Was ist denn eine Amazone deiner Meinung nach?«

Aus einer der Tonnenbaracken trat eine sehr junge Frau, dunkelhäutig wie er selbst. Sie trug einen Säugling in einem Tuch vor ihrer Brust und auf dem Rücken einen zerschlissenen Legionärsrucksack, der so vollgepackt war, dass sie sich nach vorn beugte.

»Die da zum Beispiel«, sagte die Amazone. »Weißt du, was sie gerade tut?«

Er schüttelte den Kopf.

»Sie schließt sich uns an.«

Die Amazone ging zu der Frau hinüber, fasste sie am Arm und zog sie in das Gewühl der Leute, das bereits auf eine gute

Hundertschaft angewachsen war. Und das war nur Spartacus' Trupp. Oenomaus und Crixus führten auf anderen Wegen sicherlich genauso viele.

Dreihundert. Verdreifacht innerhalb von einem Tag.

Er lächelte der Frau zu, fühlte eine Verbundenheit zu ihr, die nur auf der gleichen, in Rom seltenen Hautfarbe beruhte. Sie lächelte schüchtern zurück und zeigte dabei eine große Lücke mittig zwischen den oberen Schneidezähnen – ein Segenszeichen der Venus. Ianos beschloss, die Lücke als gutes Omen zu nehmen, als sie aus den Baracken hinaus auf einen steilen Hang traten, in den Treppenstufen gehauen waren.

Eine gefährliche Stelle – ein Stück offene Fläche lag vor ihnen. Doch zunächst hielten sie nicht deshalb. Sie hielten, weil sie am Rande des Apennins angekommen waren, dort, wo die letzten Hügel sich hinunterwellten – zum Meer, so hieß es, doch das Meer sahen sie nicht. Denn auf diesen Ausläufern des Gebirges erstreckte sich *Rom*.

Je niedriger die Hügel wurden, desto höher wuchsen die Elendsviertel des Apennins, füllten die Zwischenräume von ausgebrannten Ruinen, bildeten Dächer auf lang vergessenen Trümmern, und bauten noch darauf Häuser. Höher wurden die Türme, und oben war nichts Elendes mehr – leuchtende Straßen und Brücken verbanden sie, Treppen ringelten sich an ihren Außenseiten entlang. Unten war es dunkel – doch oben glitzerte die Stadt, und es sah aus, als würde sie über der Dunkelheit schweben.

Sie mussten den Hang hinunter und unten in die Klüfte der Stadt eintauchen, die über ihnen thronte mit den tausend Augen des Argus.

Ianos wollte der Amazone sagen, dass sie es nicht schaffen würden, sich vor diesen Augen zu verbergen. Er wollte vor diesem Anblick verzweifeln. Aber er war einer der vier Herzlosen, wenn auch der nutzloseste, und bei diesem Gedanken schluckte er die Worte herunter und drängte sich nach vorn zu Drennis.

»Ich gehe zuerst«, sagte er leise, und Drennis nickte grimmig.

Als er die Treppe betrat, sah er das Schiff, das herabtauchte wie eine Möwe, die einen kleinen Fisch entdeckt hatte.

Nialla Graecina sah die Versammlung an den Hängen des Apennins in der Vergrößerung. »Was ist das? Das sind viele.«

»Das sind zu viele, das können sie nicht sein. Das sind Zivilisten.«

»Warum sind sie da? Flieg näher ran!«

Das Schiff tauchte aus dem Suborbitalflug hinab. Sie passierten in einem langsamen Schlenker die in Stein und Geröll fragwürdig befestigte Treppe, die von einer namenlosen dreckigen Siedlung hinabführte in die Ebene. Dutzende Menschen betraten die Treppe, Steine lösten sich und rieselten hinunter.

Viele Menschen mit Rucksäcken. Menschen mit Kindern. Menschen mit dunkler Haut. Menschen mit Lumpen.

Nialla seufzte. »Das sind sie nicht. Denen ist wieder kein Platz gut genug ist, diesen Nigri und Exilanten. Man sollte denken, sie wären froh, dass sie hier sein dürfen.«

»Sie könnten sich daruntergemischt haben.«

»Ja, das ist wahr. Ruf die Praetorianer. Wir fliegen Kreise. Was ist das da hinten?«

Eine weitere Gruppe Menschen, aus einem anderen Tal des Apennins, querte bereits die Ebene am Fuße der Treppe.

»Noch mehr Menschen.«

»Verdammt – was ist hier los? Will sich da vielleicht auch noch einer als Spartacus zu erkennen geben?«

Der Pilot meldete sich. »Ich habe hier hinten noch ein drittes Signal. Mindestens hundertfünfzig Menschen.«

»Bei den schrumpligen Feigen der Furien!«, fluchte Nialla.

»Das kann doch nicht sein! Ruf die Praetorianer, sie sollen diesen ganzen Haufen auseinandernehmen. Ich will endlich ins Bett!«

Es war vielleicht noch eine halbe Meile bis zu den verbrannten Ruinen, über denen sich die ersten erleuchteten Häuser erhoben. Noch eine halbe Meile über eine Ebene, die nur hier und da mit einigen Baracken bestückt war.

Es kamen ihnen Menschen entgegen – Dutzende, vielleicht Hunderte strömten aus den Ruinen, um sie in ihre Mitte zu nehmen, um einen Pulk Menschen zu bilden, ein Rudel, einen Schwarm. Die Sicherheit unbewaffneter Menschen.

Es waren noch dreihundert Passus, als die Praetorianer kamen.

»Lauf«, zischte Drennis hinter ihm, und als Ianos gehorchte, gehorchten auch alle anderen.

Er lief an ihrer Spitze, hinter ihm Menschen, stolpernd und keuchend. Durch die Nacht, mit wenigen Lampen.

Er lief.

»Halt!«, kam der Ruf aus einem der Einsatzboote.

Er lief.

»Hier sind die Praetorianer. Haltet an und lasst euch identifizieren!«

»Ich bin Spartacus!«, rief jemand weit hinten. Ianos sah über die Schulter. Ein schlanker Mann hatte eine Baracke erklommen. Fünf Scheinwerfer richteten sich auf ihn. Er hob die Arme in einer Siegesgeste.

»Ich bin Spartacus!«, schrie er erneut.

Einhundert Passus waren es noch, als sie auf den Pulk trafen, der ihnen entgegenkam. Sie stießen gegeneinander wie in einer Schlacht, doch das Aufeinandertreffen ließ viele Flüchtende erleichterte Rufe ausstoßen, Wildfremde nahmen sich an Händen und Armen.

»Hier rüber! Es ist nicht mehr weit!«

Menschen lotsten sie weiter, teilten sie auf, boten Schutz in den Durchgängen zwischen Zelten und Hütten.

»Ich bin Spartacus!«, rief eine Frau und erklomm einen zerborstenen Mauerrest, Überbleibsel irgendeines Krieges oder einer Katastrophe, die hier gewütet hatte.

Die Scheinwerfer der Boote schwankten.

»Sofort stehen bleiben!«

Die Straßenschluchten boten Sicherheit. Darüber thronten Häuser, dort konnte man nicht einfach aus der Luft auf sie schießen.

Noch fünfzig Passus.

Die Stimme des Praetorianers gab den Schussbefehl.

Es waren sechs Boote – aus zweien seilten sich Soldaten ab, die anderen ließen ihre Geschütze los. Bolzen prasselten herab, Ianos sah die energieverstärkten unter ihnen aufflammen. Jeder Flüchtling war in diesem Augenblick der Gunst der Götter überlassen. Die großen Scorpiones, die auf und unter den Booten montiert waren, schossen ihre Munition ab – Splittergranaten und Geschosse, die den Boden im Umfeld ihres Einschlags unter Strom setzten.

Sie rannten.

Sie trampelten.

Sie schrien.

Fielen.

Hinter Ianos schlug ein elektrisches Geschoss ein – er sah die Wirbel darin, als es herabkrachte, sah, wie es sich entlud. Er griff nach zwei Menschen, rechts und links von ihm, sprang und riss sie mit nach vorn. Sie landeten auf einem Boden, der sie verbrennen wollte, der Schmerz und der Schock der Entladung fuhr ihnen noch durch die Sohlen der Sandalen in die Glieder – doch sie waren weit genug von der Einschlagstelle entfernt, um es zu überleben.

»Das war eine Warnung!«, erscholl die Stimme des Praetorianers. »Als Nächstes folgt Giftgas!«

Und dann waren sie im Ruinenfeld, und die Häuser über ihnen verschluckten den Himmel.

Sie rannten.

Kapitel XXV

»Die Ludusflüchtlinge sind mutmaßlich gefunden worden. Hier sehen wir den Einsatz der Praetorianer. Drei der rund zwei Dutzend Menschen, die sich dazu bekannten, Spartacus zu sein, wurden getötet. Der echte Gladiator Spartacus war nicht unter ihnen.« Die Stimme der Ausruferin war ungnädig, hasserfüllt, als wolle sie lieber ein Blutbad bezeugen, als noch länger ein paar Flüchtigen hinterherzujagen.

»Diese verachtenswerte Schlampe. Mögen dir die Götter einen grauenhaften Tod schenken«, zischte Gaia.

Sie besuchte ihre Freundin, denn Constantia durfte das Haus nicht verlassen. Sie wusste nicht, ob Marius dabei seine Finger im Spiel hatte oder ob es ihrem Vater nur um ihre Sicherheit ging.

Die beiden Frauen sahen zu, wie die Boote fliehende Menschen mit Bolzen niedermachten, wie Giftgaskanister herabfielen und ihren Inhalt mit einem Zischen frei ließen. Praetorianer zerrten Menschen auf die Füße und leuchteten ihnen ins Gesicht. Steine wurden geworfen, Menschen wurden niedergestochen.

»Das ist so schrecklich«, flüsterte Gaia in die Stille der Imagi. »Sieh dir an, wie sie aussehen – zerlumpt, ärmlich. Das sind keine Gladiatoren. Sie schießen einfach irgendwen nieder.«

Nun meldete sich Nialla Graecina wieder. »Ich erhalte gerade eine erfreuliche Nachricht!« Ein Imago wurde eingeblendet. Es zeigte das Gesicht eines jungen Mannes, der sterbend auf dem Boden lag. »Das hier ist Amatur – einer der Gladiatoren! Wir haben sie also! Das sind sie, wir haben sie!«

Jubel brach im Schiff der Ausruferin aus.

Nialla lächelte glücklich. »Nun müssen die Praetorianer sie nur noch aus der Unterstadt holen.«

»Über wie viele Leichen von Unschuldigen hinweg?«, murmelte Gaia.

Constantia schluchzte und bohrte ihre Fingernägel in die Handflächen, dass sie das Blut warm und klebrig an ihren Fingern spürte. Sie hatte das Herz in die Kühlung gestellt, und es schlug nun zwischen Weinflaschen und Süßigkeiten. Sie wusste nicht, was geschah, wenn sie es nicht kühlte – das Behältnis selbst war nicht kalt und wurde es auch in der Kühlung nicht.

»Er wird sterben«, sagte Constantia und sah vor ihrem geistigen Auge bereits sein Gesicht auf der Tabula. »Er wird sterben. Er wird sterben.«

»Es muss etwas geben, was wir tun können!« Gaia sprang auf und zog ihre Handtabula hervor. »Ich habe Freunde bei *In rerum suprima*.«

»Sollen die sich auch noch darauf werfen?«, fragte Constantia mit schriller Stimme. »Das sind Friedensaktivisten!«

»Aber mit mehr Einfluss als die armen Menschen, die da von den Praetorianern niedergemacht werden!«

Nialla sprach wieder, als stünde sie mit den beiden jungen Frauen im Dialog: »Volk von Rom, dies sei dir eine Lehre: Begehre nicht auf gegen die Mutter, der du dein Leben verdankst! Roma vincit!«

Schleier von sich verflüchtigendem Gas zogen durch die Ruinen. Ianos' Lunge brannte, er hatte sich übergeben, und um ihn herum lagen und knieten Menschen, denen es schlimmer erging. Die Amazone träufelte Wasser auf Stirnen und Augen und Münder. Die Schritte der Praetorianer waren noch weit hinter ihnen; der Boden zwischen den schwarzen Ruinen war tückisch, doch die Stiefel fanden ihren Weg.

Spartacus hielt Ianos an der Schulter.

»Wie viele fehlen?«

»Keine Ahnung«, sagte der, der Drennis genannt werden wollte. »Crixus' Gruppe fehlt noch. Ich hoffe, dass sie den Wichsern in die Seite fallen.«

Ianos sah Drennis' Herz hämmern.

»Wir können nicht weiter fliehen«, sagte Ianos. »Nicht mit diesen Unbewaffneten um uns herum, die die Ersten sind, die getötet werden.«

»Doch, das können wir«, sagte Drennis.

Ianos packte den Arm, dessen Hand seine Schulter hielt. »Drennis – wir haben Schilde. Wir haben Waffen. Diese Menschen können nicht unser Schild sein!«

Drennis presste die Lippen zusammen. »Unsere Leben sind wichtiger als ihre.«

»Ja? Ist es das, was du Persephone sagen willst, wenn sie deine Seele holt? Wenn sie dich fragt, warum du eine Frau mit einem Säugling für dich hast sterben lassen? Ist es das, was du deiner Frau sagst, wenn du sie wiedersiehst?«

Drennis wandte den Blick ab. »Scheiße, du Arschloch.«

Dann erhob er die Stimme, die in den Schluchten der Ruinen widerhallte. »Gladiatoren zu mir! Wir stellen uns …« Er fuhr leiser fort, »… der Übermacht technisch bestens ausgerüsteter Feinde auf Willen von Ianos, dem zweigesichtigen Hundesohn.«

Ianos grinste und spürte dem Auslöser für den Energieschild auf seinem Handrücken nach. »Die Massen sollen uns doch lieben oder? So wie immer.«

»So wie immer«, sagte Drennis grimmig.

Gnaeus Pompeius bekam einen Anruf von einer Person, von der jeder mächtige Mann ungern Anrufe bekam.

»Laetitia Clodia«, begrüßte er sie missmutig über seine Tabula.

»Gnaeus Pompeius Magnus. Der Große, der Mann, der so groß ist, dass er Giftgas auf fliehende Männer, Frauen und Kinder regnen lässt. Was du da tust, wird Folgen für dich haben.«

Gnaeus knirschte mit den Zähnen, als sie die Verbindung unterbrach.

Der Druck seines Fingers brachte seine Stimme zu Lucius Marinus.

»Keine weiteren zivilen Opfer, Legat«, knurrte er und schloss die Verbindung sofort wieder.

Gnaeus wusste, wenn er sich mit *In rerum suprima* anlegte, konnte seine politische Karriere schneller ruiniert sein, als er *Praetorianer* sagen konnte. Die Clodier regierten die öffentliche Meinung, und die Nichte von Clodius Quadrigarius verfügte über Geld und Einfluss. Beides nutzte sie nicht häufig, aber für Fälle, die ihr besonders ins Auge stachen. *In rerum suprima*, für eine höhere Sache, die sie gegen die niederen Beweggründe der römischen Politik durchzusetzen verstand.

»Es geht dir nur darum, dass es Bürger Roms sind, du Fotze«, sagte Pompeius zum blinden Bildschirm der Tabula. »Ich wünschte, es wären entlaufene Sklaven, dann hätte ich einen Grund, sie niederzuschießen.«

Die Gladiatoren lauerten in den gähnenden Öffnungen der Ruinen und der Finsternis der gasnebelverhangenen Gassen. Ianos sah ihre Waffen und Schildauslöser glimmen, doch er wusste, dass niemand sonst es wahrnahm.

Die Praetorianer rückten in einer geordneten, schildbewehrten Reihe heran, die Helme geschlossen, ununterscheidbar voneinander – sie waren sogar alle gleich groß.

Die Verletzten und vom Nebel Beeinträchtigten schleppten sich davon, Ianos hörte ihre Schritte, ihr Stöhnen und Schluchzen, vereinzelte Schreie.

Sie verteilten sich auf ihrer Flucht weit im Ruinenfeld, und

Ianos sandte ein Stoßgebet zum grausamen Mars, dass dieser die Frau mit dem Säugling verschont hatte.

Dann hörte er Geschrei – nicht das Geschrei von Verletzten, panisch Fliehenden, sondern wütende Rufe, die nach einer Schlacht verlangten, egal wie ungleich sie ausfallen würde.

Es war Crixus.

»Diese Geschichte wird man sich immerhin erzählen«, flüsterte die Amazone neben Ianos. »Wie wir Schulter an Schulter gegen die Praetorianer kämpften.«

Die Reihe der Praetorianer verhielt.

»Haben sie jetzt etwa Angst?«

Langsam, mit den Schilden sichernd, zogen die Elitesoldaten sich rückwärts aus dem bauwerkgekrönten Ruinenfeld zurück. Ianos sah die lange Reihe ihrer Schilde leuchten.

»Was tun sie da? Warten sie darauf, dass Crixus angreift?«

Die Amazone sog die Luft ein. »Das wird er doch jetzt nicht tun, oder? Auf dem Feld wäre das Wahnsinn.«

Ianos stieß sich von der Wand ab.

Der nun einhändige Gladiator war ein Leuchtfeuer aus Elektronik, Ianos würde ihn schneller finden als jeder andere. Er rannte los, das Herz stolperte, er setzte über Trümmerteile hinweg und schob sich durch enge Gassen. Wie mochten die labyrinthartigen Gebäude ausgesehen haben, bevor sie niedergebrannt waren?

Er fand Crixus' Meute, ebenfalls angewachsen auf sicherlich einhundert Menschen. Höchstens ein Drittel waren Gladiatoren, doch die übrigen Aufständischen waren unverletzt und willens zu kämpfen. Der Gallier zögerte in den Schatten und hielt seine Leute zurück.

»Ianos!« Crixus zog ihn in die Deckung eines maroden Innenraums. »Was ist da los?«

»Vielleicht wollen sie, dass wir zu ihnen kommen. Aufs freie Feld«, mutmaßte Ianos.

»Vermutlich sitzen hier über uns ein paar aufrechte Bürger Roms, die nicht aus Versehen vergiftet werden dürfen.«

»Dann sollten wir das nutzen und uns so schnell wie möglich verpissen«, sagte der Jüngere und erntete zustimmendes Raunen.

Wenige Augenblicke später rannten sie – rasch, weit verteilt, begleitet von immer noch zahlreichen Sympathisanten.

Gnaeus Pompeius war lange nicht die einzige fette Spinne in Rom, doch die fettesten Spinnen teilten sich die Beutegründe auf. Pompeius spann seine Fäden zwischen den hohen Türmen, bei dem ihm nur jemand wie Laetitia Clodia gefährlich werden konnte, Nichte des mächtigen Clodius Quadrigarius, die nun auf seinen dünnen Strängen klimperte wie auf einer verstimmten Lyra.

Scorpio saß in der Unterwelt Roms, und der Cypriot war die Spinne, die ihre Netze am besten tarnte. Er war sein Netz – und zugleich war das Netz nur ein Mittel für einen höheren Zweck. Auf dem Weg dorthin hatte er eine weitere Sprosse der Leiter erklommen – und die Wegbereiterin war Vedea gewesen.

Scorpio arbeitete fieberhaft. Jemand wie er, mit einer Sache wie seiner, durfte sich eine Gelegenheit wie diese nicht entgehen lassen. Eine Gelegenheit, die ganz Rom umspannte. Wie ein Netz.

Andere Spinnen Roms ersetzten das, was der Cypriot mit seiner Verbundenheit zu Maschinen und seinen wenigen treuen Collegiumsmitgliedern leistete, durch ihre schiere Masse. Es waren viele, viele Spinnchen, und statt einem einfachen Netz sollten sie diesmal eine Falle weben, wie manche Spinnenarten es tun.

Die richtigen Leute, die Turba Recta, kamen gerade recht, um das Desaster mit den Praetorianern auszubügeln. Die Elitetruppe verfolgte die Gladiatoren weiterhin – durch die Straßenschluchten zu Fuß und mit Booten aus der Luft. Verstärkung, um die Menschenmenge in die Zange zu nehmen, war bereits bewilligt. Dennoch lief hier etwas grundlegend schief. Die Flüchtigen durften nicht auf Kosten der Bürger Roms festgesetzt werden, egal, wie elend und minderwertig diese waren. Es waren freie Bürger, und es kostete die Volksvertreter wichtige Sympathiepunkte bei der nächsten Wahl, wenn die Praetorianer sich durch die Leiber Unschuldiger schlugen.

Nein, jetzt musste ein wenig Finesse her.

Und diese Finesse besaß die Turba Recta – es wäre schön gewesen, sauber, wenn man über ein paar Leichen die knapp einhundert Aufständischen aus dem Ludus einfach wieder dorthin hätte pferchen können, von wo sie ausgebrochen waren. Nun aber ging das nicht mehr, und statt mehr Todesopfer in Kauf zu nehmen, war es klüger, die *richtigen* Tode zu bewerkstelligen. Die Tode von Anführern.

Selbst, wenn jemand an den Herzen herumgespielt hatte – mit der korrekten Frequenz mussten sie sich weiterhin manipulieren lassen. Und diese Manipulation oblag den richtigen Leuten.

Es gab fünf große Collegiumshäuser der Turba Recta. Eines davon lag östlich des Apennins und war, wie vieles andere in der Unterstadt, dem Magistrat wohlbekannt. Doch die Collegien waren vielen Mächtigen nützlich, und Politik wurde auch mit den halbseidenen von ihnen gemacht.

Die zahllosen kleinen Spinnen trieben nun Gladiatoren vor sich her – und verbunden hatten sie sich dafür mit dem mächtigen Adler der Elitelegion, den Praetorianern.

Aber was sind Elitelegionäre gegen Männer mit göttlichem Herzen? Sie sind immer noch Legionäre, und nichts Göttliches wohnt in ihnen, außer der Wunsch des Mars, den sie erfüllen.

Lucius Marinus gefiel die Order nicht, die Pompeius ihm

gegeben hatte – locker sollte der Ring um die Flüchtigen sein. Entspannen sollte sich die Stimmung der Öffentlichkeit, die den Tag über aufgepeitscht worden war.

Aber waren die Praetorianer nicht gerade dafür da? Um die Probleme zu lösen, die Rom mit Rom hatte? Was scherten ein paar elende Bauern die Praetorianer?

Er seufzte und nahm den Anruf seiner Frau entgegen. »Ich weiß, es ist spät«, seufzte er.

»Ich weiß, dass du jetzt nicht nach Hause kommen kannst«, erwiderte sie rasch. »Deine Tochter ...«

Er stöhnte gequält. »Was ist mit ihr? Geht es ihr schlechter?« *Götter, bitte nicht jetzt!*

»Nein, nein. Sie sieht die Imagi, schon stundenlang, zusammen mit dem Sabinermädchen. Vedea sagt, sie haben sogar mit der Vorsitzenden von *In rerum suprima* gesprochen – mit dieser Clodia!«

Er kratzte sich am Kopf. »Ja. Ja, wir haben die Lage schon etwas entspannt. Es gibt jetzt keine Schüsse mehr, ohne dass das Ziel identifiziert wird oder der Legionär sich bedroht fühlt.« Er senkte die Stimme, als müsse er ihr etwas Verschwörerisches mitteilen. »Das kann früher oder später natürlich alles Mögliche sein. Die Nerven liegen blank.«

»Ja, hier auch«, sagte sie leicht schnippisch. »Hör zu, Lucius. Constantia hat in der Vergangenheit die menschliche Seite unserer Familie gezeigt. Jetzt, da es ihr ein bisschen besser geht, kann sie vielleicht auch das Bild, das man von uns hat, ein wenig weichzeichnen.«

Er nickte, als sie ihren Vorschlag machte. Es war ein Vorschlag, mit dem man Frauen beschäftigen konnte.

»Ja, macht das doch. Morgen. Das ist eine schöne Sache«, sagte er und widmete sich wieder seiner nächtlichen Arbeit.

Sie wateten durch die Kanalisation, als die ersten Sklaven zu ihnen stießen. Es waren die unfreien Arbeiter des Collegiums, das hier, am sumpfigen Küstenabschnitt unterhalb von Apennin und Caelius, die Kanäle sauber hielt und die Viertel entwässerte.

Unter Sklaven gab es ähnliche Abstufungen wie unter Freien – und diese hier waren die dreckigsten, ärmlichsten, erbärmlichsten Kreaturen der gesamten Sklavengesellschaft. Kaum konnte man ihre Sprache verstehen, sie murmelten nur einander zu und stanken nach Unrat. Es waren Männer und Frauen – und Kinder, die groß genug waren, um Befehle zu verstehen, aber klein genug, um in verwinkelte, enge Rohre zu kriechen.

Drennis wusste nicht, wen sie getötet hatten, um sich dem Aufstand anzuschließen. Er wusste aber, dass die Praetorianer weit weniger Hemmungen haben würden, in eine flüchtige Meute Sklaven und Gladiatoren zu schießen als in eine Reihe freier Bürger, die sich mit ihren Kindern auf dem Arm bei flüchtigen Gladiatoren befanden.

Wenn dies ein Sklavenaufstand werden sollte, dann musste es ein großer sein, einer, der Brandherde in ganz Rom fand. Dann bestand für seine Leute eine Chance zu fliehen. Und für ihn eine Chance, Morisa zu finden.

Er durfte sich nicht länger nur auf Lucullus verlassen. Es wurde Zeit, dass er selbst auch außerhalb der Arena der Liebling der Massen wurde. Doch es war schwierig, die Kontrolle über seine Leute zu behalten.

Sie waren ein Stück durch die Kanäle gewatet, durch sumpfiges Brackwasser und die Ausscheidungen von Millionen. Dort hatte er die Flüchtigen versammelt und sie in vier neue Gruppen eingeteilt, die sich an bestimmten Punkten, die die Amazone ihnen nannte, immer wieder Signale gaben und bis dorthin getrennte Wege nahmen. Zwischen ihnen flohen die Sklaven, die Bewohner der Elendsviertel.

Es ging hinaus aus den Kanälen, es ging unter Brücken hindurch, die sich über die Sümpfe spannten. Es ging Treppen hinauf und lange alte Straßen entlang, die in einer Tiefe lagen, die kaum jemand mehr betrat.

Es hatte in der Nacht zwei Kämpfe gegeben – Crixus' Meute hatte sich gegen einen Söldnertrupp zur Wehr gesetzt, der von oben gekommen war. Und einige der Kanalsklaven waren von Praetorianern umstellt und niedergemacht worden. Drennis hatte ihnen nicht geholfen – nicht gegen die Praetorianer, die für die Schlacht ausgebildet waren, deren Rüstzeug die Bolzen der wenigen Arcoballistae abhielten, die sie hatten, und deren Waffen und Schilde ihren Gladiatorenwaffen weit überlegen waren.

Sie waren geflohen, durch Häuser, in denen Menschen aus dem Schlaf gerissen wurden, Treppen hinauf und Treppen hinab, durch Matsch und Dunkelheit und das diffuse Licht von alten Gaslampen.

Wenn die Sonne aufging, wollten sie in der Speicherstadt am Meeresufer sein. Wenige Orte, mit Ausnahme der Kanalisation, waren labyrinthartiger als die Speicherstadt. Wenige Waren wurden noch mit altertümlichen Schiffen auf dem Seeweg transportiert, und in den Meeren lebten nur noch wenige Tiere, die Fischern in die Netze gehen konnten. Die oberen Etagen der Speicherstadt wurden für den Lufttransport genutzt, hatte die Amazone gesagt, die einen Teil ihres Lebens in solchen Verstecken verbracht hatte. Die unteren waren nach Faulgasen stinkende verrottende Lagerhallen voller leerer Container, Dreck, verrammelter Boxen. Perfekt, um einige Stunden auszuruhen und die Flüchtlinge zu zählen.

Drennis musste vorher etwas tun. Spätestens ab der Mittelstadt würden überall Linsen sein. Spätestens dann – aber vielleicht auch schon früher. Er fuhr sich durch die Haare, eine typische Geste.

Eine blasse Frau führte ihn und seine Leute wie eine Schlafwandlerin durch die verschachtelten Endlosigkeiten. Er fasste ihren Arm, und sie sah ihn mit verstörend hellen Augen an.

»Führ uns höher. Wo Linsen sind, wo es überwacht wird.«

Die Hand, deren Gelenk er umschlossen hatte, berührte seinen Unterarm, ertastete die Haare darauf und strich darüber, als wolle sie ihn streicheln. Er hatte ähnliche Bewegungen oft bemerkt, wenn die Sklaven oder die freien Bewohner der Tiefen miteinander sprachen. Offenbar suchten sie Hautkontakt, weil der Augenkontakt in der Dunkelheit nicht immer gegeben war.

»Warum?«, flüsterte sie.

»Weil ich etwas zu sagen habe«, antwortete Drennis.

»Einverstanden. Aber nicht alle. Teile uns auf – ein paar Bewaffnete mit dir, ein paar Bewaffnete bleiben unten.«

»Wer führt sie, damit sie sich nicht verlaufen?«

»Hier kann man sich nicht verlaufen. Hoch und runter geht es, aber nur rechtwinklig rechts und links. Es ist ein Muster. Sie müssen nur immer geradeaus, die Speicherstadt säumt das Ufer auf hundert Meilen«, flüsterte sie, und sofort begannen andere zu flüstern, streckten tastende Hände aus, und jemand rief mit nervöser Stimme, dass sie still sein sollten.

Drennis lächelte grimmig. »Dann bring mich zu einer Linse. Mich und diese beiden da.« Er wies auf zwei Sklaven, danach auf die drei Gladiatoren, die ihm am nächsten standen. »Und Castor, Pluton und Florius.«

»Einverstanden«, sagte die Frau und strich ein letztes Mal über seinen Arm.

Er legte den Kopf in den Nacken. Sie hatten schmale Straßen gewählt, und so wuchsen die Gebäude über ihnen bereits zusammen, ließen keine Boote durch. Doch er erahnte sie. Er erahnte das Licht, das oben auf ihn wartete, die erleuchteten Plätze, die alarmierten Bürger. Die suchenden Scheinwerfer. Er lächelte und packte den Speer fester – an der Spitze hatte er sein Drittel des Persephoneamuletts befestigt.

Die *richtigen Leute* fädelten sich hier und dort unter die Aufständischen. Sie begriffen rasch, dass es in die Speicherstadt gehen würde, und das war gut. Denn von dort aus war es nur eine Sache von wenigen Stunden, bis man den nächsten sicheren Ort gefunden hatte. Und von diesem Ort würde es für einige kein Entkommen mehr geben.

Constantia konnte nicht schlafen, während Lilia und Gaia in den Sesseln eingeschlummert waren.

Sie hatte die Beine an den Körper gezogen und wartete immer noch darauf, dass Ianos' Gesicht gezeigt würde. Es gab jedoch keine Imagi mehr vom Praetorianereinsatz, keine Bilder von der Flucht. Sie schaltete zwischen Kanälen hin und her, die nun in einem fort Erheiterndes zeigten – von Komödien bis hin zu den Erholungslandschaften Etruriens. Das Ernsthafteste war ein Gespräch mit einem Senator, das sich jedoch nur um sein Privatleben drehte und in dem er keine Position zum Aufstand bezog.

Erschrocken fuhr Constantia zusammen, als Vedea hüstelte. Sie war unbemerkt eingetreten, und das unruhige Licht der Wandtabula glitt über ihr strenges Gesicht.

»Junge Domina.«

»Was?«

»Ich soll dich von einem gemeinsamen Freund warnen«, sagte die Sklavin emotionslos.

»Wovor?«

»Es wird noch mehr geschehen, als in deiner Absicht lag. Und wenn herauskommt, dass du darin verwickelt bist, ist dein Leben nicht mehr sicher.« Der Blick der Sklavin schweifte zur Wandtabula. »Ich werde mein Bestes geben, um dich zu beschützen. Aber ich weiß nicht, ob es in meiner Macht steht. Deine Eltern beobachten, was ich tue. Und im Tempel gab es echte Augen, die dich gesehen haben, und echte Erinnerungen, die ich nicht löschen kann.«

»Im Tempel?«, brachte Constantia hervor.

»Vielleicht stehst du bald alleine da.«

»Ich werde nicht hierbleiben. Wir könnten fliehen! Wenn du ... du kannst sicher herausfinden, wohin Lucullus Schiffe beordert hat!« Das Mädchen packte die Hände der Sklavin. Doch diese schüttelte den Kopf.

»Ich habe Lucullus bereits für deinen Vater überprüft. Es gibt keine Spur von Schiffen. Keine elektronischen zumindest.«

»Dann überleg dir etwas anderes!«

»Es herrscht Flugverbot. Wenige Bürger bekommen einen Flug genehmigt, und diese führen über die Legionsstationen außerhalb des Rubicon, wo das Schiff, die Passagiere, einfach alles überprüft wird«, sagte Vedea, als habe sie sich bereits Gedanken dazu gemacht. »Am wenigsten Aufsehen wird es erregen, wenn du noch stillhältst, Domina, eine Weile abwartest.«

»Was ... was wollte Scorpio von dir, als du bei ihm warst?«, flüsterte Constantia.

»Etwas Ungeheuerliches. Und ich tat es – ich tat es für mein Volk und für ihn.« Sie lächelte, ein wärmeres Lächeln, als Constantia je auf ihrem Gesicht gesehen hatte, ein Lächeln, das tausend Falten um ihre Augen zauberte und Milde in ihren Blick. »Du weißt nicht, wer er ist, das kann man nur wissen, wenn man aus Cypria kommt. Aber ich danke dir, dass du mich zu ihm geführt hast.«

Dann verwandelte ihr Gesicht sich wieder in die reglose Miene der Sklavin. »Nimm dich in Acht, Constantia. Wenn ich glaube, dass es gefährlich wird für dich, werde ich dich warnen.«

Constantia nickte.

Erst Marius, dann sie. Unverhoffte Verbündete ...

Kapitel XXVI

Die Dämmerung kroch langsam heran, und Constantia hatte immer noch nicht geschlafen. Trotz der aufgedrehten Heizung kroch ihr eine Kälte in die Glieder, die sie zittern ließ.

Plötzlich wurde das Programm unterbrochen.

Gaia fuhr aus dem Schlaf hoch, als der oberste Ausrufer Gracchus Petronius, ein schmaler, gutaussehender Mann unbestimmbaren Alters, seine Rede begann.

»Volk von Rom! Die Aufständischen des Ludus' sind erstmals seit acht Stunden wieder von Linsen festgehalten worden. Eine kleine Gruppe von ihnen betrat beim Narcissgrund einen Aufzug.«

Das Bild der Linse war körnig, jede Farbe schien daraus gewichen. In der altmodischen Metallkapsel des Aufzugs standen sechs oder sieben Menschen, der vorderste von ihnen war Spartacus, die Wirbel seiner Haare waren unverkennbar. Seine Augen waren verschattet, seine Dreitagestoppeln wuchsen auf Wangen und Kinn zu einem struppigen Bart heran.

Er wandte sich kurz um, und Constantia erkannte zum ersten Mal das Brandmal des Adlers, das in seinem Nacken prangte und aus dem Kragen des zurückgeklappten Helms herausragte. Er hatte es für seine Taten als aufständischer Auxiliar in der Legion erhalten, bevor er als Sklave in den Ludus gekommen war.

Vielleicht hatte ihr Vater ihn sogar persönlich gebrandmarkt.

Der grimmige, langhaarige Castor hinter ihm verstellte den Eingang, damit der Aufzug sich nicht in Gang setzte.

Dann sprach Spartacus in die Linse, doch statt seiner Stimme hörte Constantia den Ausrufer.

»Dank der Linse konnte der Aufenthaltsort der Gladiatoren sofort identifiziert werden. Ein Einsatzkommando stürmte den Korridor.«

Das Bild schaltete um. Die Türen schlossen sich vor heranstürmenden Bewaffneten, als Castor in den Aufzug trat. Der Aufzug fuhr, die Gladiatoren darin ordneten sich neu, brachten drei mit einfachen Knüppeln bewaffnete Menschen, offenbar Sklaven, hinter sich. Dann öffneten sich die Türen erneut. Es erwarteten sie keine Praetorianer, sondern private Wachleute ohne Energieschilde. Spartacus sprang als Erster durch den Durchlass der Türen und schlug die Kante seines Schilds über die gezückten Waffen hinweg in die Gesichter zweier Männer, die den Aufzug hatten stürmen wollen. Das Imago blendete ab.

»Spartacus konnte dank seines Herzens schwer verletzt entkommen, die mutmaßlich entflohenen Sklaven und die drei Gladiatoren starben.«

»Glatte Lüge«, sagte Gaia, hellwach. »Sie zeigen es nicht, also ist es auch nicht passiert. Und egal, wie sehr sie es versuchen, geheim zu halten – die Aufzeichnungen aus dem Aufzug *muss* es irgendwo geben!« Sie griff nach ihrer Handtabula. »Wir sind sicher nicht die Einzigen, die hören wollen, warum Spartacus zu einem Aufzug spricht.«

Irgendwo leckten Informationen immer nach außen. Das Überwachungspersonal des Hochhauses über dem Narcissgrund hatte zwei Mal gutes Geld damit verdient, die Daten zur Verfügung zu stellen – einmal, als es sie der Sendeanstalt von Titus Clodius verkaufte. Beim zweiten Mal tätigte scheinbar ein Regierungsbeamter die Zahlung.

Tatsächlich jedoch wanderten die Imagi wenige Stunden später auf illegalen Kanälen durch Rom.

Man sah sie sich im Verborgenen auf Tabulae an. Man erzählte sich davon. Man hörte Spartacus' Stimme durch die

Audios, durch die die Arbeiter in den Eingeweiden der Stadt normalerweise Kommandos empfingen. Man sah ihn auf versteckten Plätzen.

Die entflohenen Helden der Arena hatten viele Sympathisanten, sogar Organisationen wie *In rerum suprima* bekannten, dass sie den Aufstand guthießen, dass er eine notwendige Konsequenz einer ungerechten Gesellschaft sei. Die Masse der Anhängerschaft wurde stündlich mehr.

»Hier«, flüsterte Gaia im Morgengrauen. Die drei jungen Frauen beugten sich wie Verschwörerinnen über die Tabula.

Spartacus sah sie gelassen an. Lächelnd.

»Süße Venus, er ist so schön.« Gaia seufzte. »War er als Gladiator auch schon so schön?«

»Du hast die Spiele so verachtet, dass du ihn vermutlich nie richtig angesehen hast.«

»Jetzt ist er mehr nach meinem Geschmack.«

»Es heißt, wir sind Diebe«, begann Spartacus. Die Tonqualität ließ zu wünschen übrig. »Es heißt, wir haben uns selbst von unseren Herren gestohlen. Es ist wahr, dass wir Diebe sind – Crixus, Oenomaus, Ianos und ich. Wir sind Diebe. Wir haben vier göttliche Herzen gestohlen. Volk von Rom – wem obliegt es, uns dafür zu strafen? Es heißt, die Herzen nehmen nur den an, der würdig ist. Da sie uns noch nicht umgebracht haben, heißt das, wir sind immer noch würdige Träger der Herzen. Wir warten auf die Strafe der Götter, und wenn sie erfolgt, zeigen wir uns demütig.« Er grinste, ein dreistes Grinsen, das seine Zähne zeigte, von denen zumindest die vorderen schon mehrfach ausgeschlagen worden waren und demzufolge so künstlich waren wie sein Herz.

»In ihrem Bestreben, das Urteil der Götter vorwegzunehmen, verfolgen uns die Praetorianer. Aber nicht nur uns vier Diebe – nein, auch die neunzig Gladiatoren, die mit uns geflohen sind. Die dreihundert freien Bürger Roms, die sich uns freiwillig angeschlossen haben und von denen sie mindestens ein Drittel von ihren Booten aus niedergeschossen und getötet haben. Und die Sklaven, die ihren Herren den vernarbten Rücken gekehrt haben. Warum verfolgst du auch diese Leute, Volk von Rom? Warum strafst du sie, tötest sie? Weil du auch sie als Diebe wähnst. Auch sie stehlen sich selbst.«

Seine Stimme wurde leiser, als teile er ein Geheimnis mit. »Aber das ist falsch. Jeder Mensch, ob frei oder in Gefangenschaft, hat wenig wirkliches Eigentum außer sich selbst. Solange ihr lebt, ist das Leben das Einzige, was ihr wirklich besitzt. Und einem Sklaven versucht ihr, dieses Leben zu stehlen. Er soll es für seinen Herrn leben. Aber das macht euch zu Dieben, euch, die Herren. Lucius Marinus, der Herr der Praetorianer, stahl mir mein Leben. Manche von uns sind schon als Sklaven geboren – ihr Leben wurde bereits mit dem Leben ihrer Väter und Mütter gestohlen, als ein umfassender Diebstahl, der ganze Generationen einschließt.«

Sein Gesicht wurde ernst. »Das«, sagte er, nun wieder lauter. »Das ist das wahre Verbrechen. Stehlt euch euer Leben zurück, egal, wer ihr seid und wo ihr seid! *Das* ist der Wille der Götter, die uns nicht als Sklaven und Freie schufen. *Das* ist der Wille der Götter, die mein Herz versagen lassen könnten.« Er breitete die Arme aus. »Seht – ich lebe noch!«

Die Türen schlossen sich, als die Wachleute heranstürmten. Die Ordnung im Aufzug änderte sich. Als die Türen sich öffneten, schlug sich Spartacus mit einer Geschwindigkeit und Rücksichtslosigkeit den Weg frei, die die Worte des Ausrufers verhöhnten.

Gaia verzog das Gesicht. Trotzdem lächelte sie. »Der Mann ist ein Philosoph. Und gut aussehend.« Sie zwinkerte. »Meinst du, du kannst mich ihm mal vorstellen?«

Über dem Capitol dämmerte ein Morgen, der seinesgleichen suchte. Arbeiter und Sklaven aus den ärmeren Vierteln wurden auf dem ausladenden Forum Romanum zusammengetrieben, nach Waffen durchsucht. Viele von ihnen, die noch keinen Sender im Arm besaßen, bekamen einen implantiert.

Drei Männer, die angeblich in der Nacht Waffen verteilt hatten, wurden öffentlich hingerichtet. Die Nachricht der brutal ermordeten Genea Lutitia machte die Runde – all ihre Sklaven waren geflohen. Ihre Familie verdankte ihren Reichtum dem Handel mit Sklaven.

Ein Kraftwerk fiel aus, weil die Arbeiter aus Angst vor den Maßnahmen der Wachleute zu Hause blieben.

Und immer, immer wieder schallte Spartacus' Stimme durch Roms Straßen, tauchte sein Bild in den Projektionen auf, die normalerweise Werbung zeigten, sabotiert von Leuten, die unerkannt blieben.

An diesem Morgen machte Crassus seiner Verlobten eine erneute Aufwartung.

»Neben all den Peitschen muss es auch Zuckerbrot geben«, hatte Cornelia Marina ihrer Tochter verkündet.

Die Müdigkeit hatte mit der Gewalt eines Hammers zugeschlagen, und Constantia war eingenickt, während Lilia sie geschminkt und frisiert hatte.

In Crassus' Sänfte schlief sie erneut ein, hörte noch halb, wie Lilia an ihrer Stelle mit Höflichkeitsfloskeln antwortete.

»Constantia.« Ihr Verlobter weckte sie mit einer unbeholfenen Berührung am Handrücken. »Wir sind da. Geht es dir gut?«

»Ja. Ich bin nur … die Nachrichten haben mich die ganze Nacht über wach gehalten.« Sie sah ihm ins Gesicht – in das markante und dennoch nichtssagende Gesicht eines altgedienten Kommandanten. Die Lippen schmal, die Wangen bartlos, die Augen kühl. Kurzes, graues Haar. Nichts davon berührte sie. Sie würde ihn ohnehin nicht heiraten.

Sie betraten einen der großen Marktplätze, die zu allen Seiten vom Forum Romanum abgingen – dem großen, kommerziellen Herzen des Planeten. Zwölf große Plätze verschachtelten sich auf mehreren Ebenen und in riesigen Kaufhäusern ineinander, irgendwo darunter begann der hängende Basar.

Crassus hatte eine Markthalle ausgesucht, die dafür bekannt war, beinahe verdorbene Waren nicht einfach zu den Biomassekraftwerken zu geben, sondern an die Armen zu verteilen. Daher war dies die einzige Stelle der Oberstadt, an der es gewissermaßen ein Leck nach unten gab, aus dem ab und an die ärmeren Schichten der Plebs krochen.

Heute waren die Armen eingeladen worden.

Brot hatte die meiste Symbolkraft. In jedes der Brote, die Crassus über Nacht geordert hatte, war zudem eine Dupondie eingebacken.

Marcus Crassus' junge Verlobte – sie würde seine zweite Ehefrau werden – sah ein wenig kränklich aus, doch es war ja allgemein bekannt, dass etwas an ihrer Gesundheit zehrte. Sklaven trugen körbeweise Brot, und einige von Crassus' beurlaubten Legionären bewachten die großzügige Zurschaustellung patrizischen Wohlwollens.

Die Ausrufer waren voll des Lobes und verkündeten, wenn Plebs und Sklaven überall so behandelt würden, gäbe es keinen Grund für törichten Widerstand gegen die Ordnung der Gesellschaft und die Waffengewalt der Oberschicht.

Die Speicherstadt hielt, was die Amazone versprochen hatte. Gigantische Blöcke ragten ins Meer hinein; die Stadt mündete nahtlos in die Lagerhallen, und die Lagerhallen verrotteten im Meer. Ianos hörte es und roch es.

Mit launischer Nässe waren die Straßen und Gebäude auf

den letzten Meilen bereits durchzogen gewesen, und nun betraten sie Baracken, die wurmzerfressen waren und schleimig von Algen und Moos.

Ein Trupp Arbeiter empfing Ianos' Gruppe aus entlaufenen Sklaven und zerlumpten Plebejern. Einer von ihnen sprach ruhig in seine Tabula: »Hier ist niemand. Die Lagerhallen sind leer.« Dann schob er das Gerät in seine Gürteltasche und lächelte, seine Blicke gingen durch die Flüchtlinge hindurch. »Ich denke, hier ist niemand«, sagte er zu seinem Kollegen, wandte sich um und ging.

Sieben Männer blieben unbehaglich zurück, allesamt Sklaven. Sie ließen Ianos' Gruppe passieren, dann schlossen sie sich einfach an, nervös ihre Handgelenke betrachtend.

Einer von ihnen erklomm unter Ianos eine Leiter, um seinen Leuten eine Ebene höher einen hoffentlich sicheren Platz zu weisen.

»Die Turba bietet ihre Hilfe an«, sagte der Sklave leise.

»Wer ist das?«

»Die *Leute*. Du weißt schon, die Rätsler. Sie bieten Hilfe an wegen der Sensoren, die wir in den Handgelenken haben.«

Ianos betrachtete die kleine Narbe an seinem eigenen Handgelenk und war dankbar dafür, dass ihm wenigstens dieses Gerät entfernt worden war.

»Das ist keine üble Idee.«

»Die Turba hat ein Haus in der Nähe. Zwanzig Meilen vielleicht, im Norden«, drängte der Mann.

»Ich werde mit den anderen darüber nachdenken.«

»Aber nicht zu lange – ihr müsst in den Norden, oder? Aufs Meer hinaus wollt ihr nicht, und im Süden ist das Delta. Also geht ihr ohnehin nach Norden, oder?«

Ianos nickte stumm und erreichte das Ende der Leiter. Er betrat einen nicht allzu morsch wirkenden Boden. Der Sklave folgte ihm lächelnd.

»Sie lieben mich«, sagte Drennis, als Ianos in einem abenteuerlichen Parcours bis zu dem Container gelangt war, auf dem Spartacus über den Dingen thronte. Der Gladiator hielt eine alte Tabula in den Händen, das Bild war schlecht und der Ton noch schlechter.

»Jetzt bist du wieder überall in Rom zu sehen. Wie damals, mit dem Körperöl«, spottete Oenomaus und ahmte mit der Rechten eine einölende Bewegung auf seiner Brust nach.

Crixus betrachtete seine tote Hand. Der Stumpf war verheilt, doch er trug die abgeschlagene Gliedmaße auch jenseits der Hoffnung, dass sie wieder anwachsen würde, mit sich herum. Ianos starrte die blutleeren Finger an.

Crixus bemerkte seinen Blick. »Na ja, so was schmeißt man nicht einfach zu den Straßenkötern, oder?«, brummte er und betrachtete den Stumpf. »Hat nicht einmal richtig wehgetan. Verdammtes Herz. Wenn ich eine verdammte Hand verliere, will ich den Schmerz fühlen. Verdammt.« Er seufzte und schloss den Stoffbeutel um die Hand, den er an seinen Gürtel band.

»Ianos!« Drennis warf ihm die Tabula zu. »Da ist was für dich.«

Ianos starrte darauf. Eine Gestalt in einem weißen Kleid verteilte Brot an hungrig ausgestreckte Hände.

»So buhlen sie darum, dass die Leute sie lieben«, sann Drennis. »Dabei lieben sie uns. Und von ihnen nehmen sie nur das Brot. Das ist übrigens ihr neuer Verlobter.«

Ianos bemühte sich, nichts von dem zu zeigen, was er empfand. Sie sah blass aus, erschöpft. Sie schien so fern und fremd und so wenig wie jemand, den er wirklich kannte.

Crixus stieß ihn an. »Glaub dran, Bruder«, raunte er verschwörerisch, und Oenomaus lachte meckernd.

»Hast du sie eigentlich gevögelt? War sie noch Jungfrau?« Der Halbsatyr grinste. »Komm schon, ich hab doch sonst grad keine Freude im Leben, und mir wird ganz anders, wenn ich ihre Brüste sehe. Lass mich noch mal ihre Brüste sehen!«

»Sie ist angezogen«, sagte Ianos.

»Weiß angezogen«, sagte Oenomaus. »Ich sehe ihre braunen Knospen durch ihr weißes Kleid.«

»Das bildest du dir ein.«

»Oh ja, das bilde ich mir sehr gerne ein! Wie war es mit ihr? Gib mir was, was ich mir einbilden kann!«

Ianos schüttelte den Kopf. »Stell dir einfach etwas vor, das so großartig ist, wie es noch nie bei dir war. So war es. Und jetzt sei still.«

Die drei anderen lachten laut. Er starrte durch die Störungen in der alten Tabula bis hinüber zu ihr.

Sie konnte nicht fliehen. Hunderte Meilen trennten sie – und ein alter Mann hatte seine Söldner um sich und sie herum postiert. *Damit sie nicht angegriffen wird. Von wütenden Sklaven.* Doch diese Sicherheit verhinderte auch die gemeinsame Flucht, die sie sich versprochen hatten.

Sie bleibt gefangen. Und ihr Leben das Eigentum ihres Vaters, bis es in den Besitz dieses Mannes übergeht.

Der Ausrufer wechselte das Thema. Erneut hatten sich Menschen dazu bekannt, Spartacus zu sein. Zwei hatte man gefasst und hingerichtet. Zwei weitere führten offenbar einen kleinen privaten Aufstand an. Ianos legte die Tabula beiseite. Seine Finger zitterten.

»Deine Lippen sind blau«, stellte Crixus fest.

»Das ist nichts«, brummte er. Er fühlte sich jenseits von Erschöpfung. Und Constantias Bild hatte ein tiefes Loch in seiner Brust hinterlassen.

»Es gibt jemanden, der sagt, dass die *richtigen Leute* uns helfen«, sagte er, um sich abzulenken. Er ballte die Hände zu Fäusten und bohrte die Fingernägel in die Handflächen. Seine Finger kribbelten.

»Bei mir war auch einer. Es scheint sehr dringend zu sein«, erwiderte Drennis nachdenklich.

»Sie sagen, sie können die Sensoren der Sklaven ausschalten.«

»Das wäre in der Tat einen Besuch wert. Aber was wollen sie als Gegenleistung?«

Düster sahen sie einander an.

»Tja«, sagte Drennis grinsend. »Man kriegt halt nichts geschenkt.«

»Du bist heute ein Mann großer Worte.« Oenomaus mimte eine Verbeugung. »Aber auch ein Mann großer Taten wie ich muss nun ein paar Stunden Herz, Hand und Hirn ruhen lassen.«

Constantia teilte die Brote aus und stellte sich dabei vor, sie sei kein Mensch, sondern ein Automaton. Es gab schließlich künstliche Menschen, aus Metall und Kunststoff – doch waren sie erheblich teurer, wartungsaufwendiger und unfähiger als ein menschlicher Sklave.

Brot austeilen könnten sie wohl, dachte sie trotzig.

Sie wünschte sich, sie könnte etwas tun, womit niemand rechnete. *Statt einer Münze eine Botschaft mit dem Brot weggeben.* Eine Botschaft, wie Spartacus sie der Linse des Aufzugs mitgegeben hatte. Ein paar Worte, weise gewählt.

Aber es waren nicht nur seine Worte, dachte sie, während sie einen runden Laib Brot in die Hände einer Frau drückte, die sich mit zahlreichen Kindern umgab, die nicht alle ihre eigenen sein konnten. Das Brot würde vermutlich nicht einmal für eine Mahlzeit reichen. *Es ist auch wichtig, wer er ist. Er ist nicht ich, ein Patriziertöchterchen, von dem man weder Worte noch Taten erwartet. Er ist Spartacus – der Held der Arena. Wenn er sagt, sie sollen aufstehen, dann stehen sie auf. Wenn er sagt, sie können sein wie er, dann wollen sie so sein wie er.*

Sie seufzte innerlich und griff nach weiteren Broten. Diese wanderten aus den Händen von Crassus' Sklaven wie von selbst in ihre Hände.

Marcus Crassus neben ihr lächelte und winkte und beantwortete die Fragen des Ausrufers Gracchus Petronius. »... Torheiten von Einzelnen. Die große Masse der Plebs würde sich niemals gegen uns erheben. Es gibt Volksvertreter, nicht wahr? Wir sind keinesfalls eine Diktatur der Reichen, nein, der Einzelne *kann* in Rom etwas bewegen.«

»Er lügt«, murmelte Constantia und lächelte einem Jungen zu, der das Brot entgegennahm.

»Wirklich?«, fragte der Junge, und sie nickte kaum merklich. Der Nächste trat vor.

»Vergiss nicht, das ist nur das Zuckerbrot vor dem nächsten Peitschenhieb«, raunte sie diesmal.

Der Mann mit dem schmutzigen Gesicht bekam große Augen. Die Menge vor ihr begann zu raunen. Constantia presste die Lippen zusammen. Sie suchte Blickkontakt mit denen, die die Brote entgegennahmen, und fand in ihren Augen Fragen, auf die sie keine Antwort hatte. Sie bat sie stumm, weiterzufragen, nicht aufzuhören, Antworten zu verlangen. Sie lächelte eine Bettlerin an, die ihre Hand streichelte.

Früher hätte sie die Hand waschen wollen. Heute wünschte sie sich, die Hand der Alten würde sie packen und in die schmutzige, abgerissene Meute hinabreißen und verschwinden lassen.

»Ist das Brot Gift?«, flüsterte ein Mädchen.

»Nein«, flüsterte sie zurück. »Nur eine Lüge.«

Und dann sah sie ein bekanntes Gesicht. Ein Gesicht, das sie in der Schmugglerschleuse neben dem hängenden Basar gesehen hatte, im Tempel des Totengottes – und bei Scorpio, im Gildenhaus der Signa.

Das Mädchen wollte offenbar kein Brot. Sie blieb jedoch in

Constantias Nähe, bis alle Fuhren geleert waren. Dreitausend Brote hatte sie ausgegeben, und immer noch drängten sich Menschen vor der Markthalle.

»Die Barmherzigkeit müssen wir nun anderen überlassen. Doch es wird sich sicher jemand finden, der unserem Beispiel folgt, meine teure Constantia.«

Crassus griff nach ihrem Arm, hakte sie bei sich unter. Seite an Seite standen sie da, und der Ausrufer sagte einige abschließende Worte und überhäufte sie mit Wünschen für ihre Ehe. Hätte er Wörter mit Duftöl einreiben können, diese wären so schmierig gewesen, dass sie mit verklebten Federn zu Boden gefallen wären und den Ausrufer auf sich hätten ausgleiten lassen.

Das Mädchen wich ihnen nicht von der Seite, während Crassus seine Verlobte zum Boot geleitete. Der Legat beachtete das Kind nicht, und auch die Wachen schienen nichts Sonderbares an ihr zu finden. Als Constantia in die Sänfte stieg, sagte das Mädchen: »Warte auf mich, wenn du daheim bist.«

»Ich will nicht länger warten«, sagte Constantia.

Ihr Verlobter, der eben noch Nähe demonstriert hatte, sah sie distanziert an.

»Ich verstehe, dass eine junge Frau sich nach dem Matrimonium sehnt«, sagte er nüchtern. »Aber warten sollten wir nicht nur wegen der Unruhen, sondern auch wegen dieser Krankheit.«

»Es ist ein Fluch«, erwiderte sie kühl und sah ihn nicht an.

»Ja, ja«, erwiderte er und blickte ebenfalls nach draußen. »Rom und seine schöne weiße Oberfläche. So glänzend weiß, dass man nicht sehen kann, was darunter lauert. Das ist auf anderen Planeten nicht so.«

»Welcher Legion bist du vorangestellt? Musst du nicht auf anderen Planeten ... weniger weiße Oberflächen erobern?«, fragte sie mit Gift in der Stimme.

Er lächelte schmal und berührte ihre Hand. »Das hört sich

nun so an, als wäre es dir lieber, wenn ich nicht hier wäre. In der Tat sind meine Legionen im Moment in einem Orbit jenseits des Rubicon stationiert. Die Legiones CXXIII und CXXIV. Und ich halte mich nun einmal lieber in meiner Villa in Rom auf als in einem Feldlager im All. Wäre dir ein abwesender Ehemann lieber?«

Constantia lächelte und schwieg. Seine Hand lastete schwer auf ihrer.

Die Stunden der Ruhe in der Speicherstadt wurden abrupt beendet. Offenbar hatten einige entflohene Sklaven Herren, die ihre Abwesenheit bemerkt hatten.

Diesmal hielten sich die Praetorianer zurück – stattdessen drangen private Streitkräfte in die Speicherstadt ein und waren wenig zimperlich. Splitter- und Rauchgranaten bereiteten ihnen den Weg, Unbewaffnete wurden ohne Gnade von Männern mit gesichtslosen Masken in Stücke gehauen. Sie hatten keine Probleme vonseiten einer ethischen Organisation zu befürchten. Die Gladiatoren jedoch übten ebenso blutige Vergeltung, und erneut glückte ihnen die Flucht durch den sumpfigen Untergrund.

»Das Angebot der *richtigen Leute* wird wirklich interessant«, sagte Drennis.

Sie entkamen, weil offenbar eine weitere Gruppe ihnen Deckung gab und die Verfolger auf eine falsche Fährte lockte – aber die Ortung der Sensoren würde ihnen kein langes Untertauchen gewähren.

»Wir könnten den Sklaven mit Sensoren die Hände abschlagen«, sagte Crixus und hob seinen Stumpf. »Lieber einhändig und dafür in Freiheit.«

»Nicht jeder hat den Chip im Arm. Manche haben ihn im Kopf oder in der Brust«, gab Oenomaus zu bedenken. »Wir müssen eine andere Möglichkeit finden. Und das schnell.«

Die Speicherstadt lag schier endlos vor ihnen, das Meer schwappte träge und dunkel an die Piere aus Beton und die gigantischen rostenden Container.

Die *richtigen Leute* jedoch warteten und hielten die Bewaffneten in sicherer Entfernung, sandten falsche Sensorsignale, lenkten ab. Es gab viele Möglichkeiten, die Flüchtigen zur Strecke zu bringen – und ihre war besonders elegant, würde besonders effektiv sein und ihnen besonders viele Türen und Möglichkeiten für zukünftigen Broterwerb sichern.

Die junge Frau mit Lilias Gesicht trat in den Garten. Auf den Außenaufnahmen hatte sie das dunkelhaarige Mädchen am großen Tor gesehen. Außerhalb des Tors lag eine gewaltige Bogenbrücke, die von ihrem Turm hinüber zum Capitol führte und die niemand mehr benutzte. Niemand ging diese Strecke zu Fuß. Das kleine Mädchen jedoch war über die Brücke gegangen, auf der zahlreiche Statuen auf sie herabgeblickt hatten – manche milde, manche strafend. Eine kleine, langsame, einsame Gestalt.

Die junge Frau trat zu dem Tor, ein Energiefeld schirmte es nach außen ab. »Wie kommt es, dass dich keiner sieht?«, fragte sie.

»Leute wie ich werden nicht gesehen. Und außerdem bin ich nicht so wie ihr.«

»Bist du eine Cypriotin?«

»Nein, ich bin noch etwas ganz anderes. Aber das Wort dafür würde dir Angst machen«, sagte das Mädchen und lächelte. »So oder so bin ich hier, in dieser Wirklichkeit immer nur ein kleines Mädchen. Und daher brauche ich jemand anderen, um eine Botschaft zu überbringen.«

»Sie weiß schon Bescheid. Dieser Tag hat ausgereicht, um sie zu überzeugen. Warte am Ende der Brücke.«

»Sie muss sich beeilen.«

Die Frau wandte sich ab und schritt durch den Garten. Es war später Nachmittag, eine spätherbstliche Sonne tauchte die Blumen in gleißendes Licht und Wärme.

Marius eilte die Treppe aus seinem Trakt herab und drohte ihr mit dem Zeigefinger. »Kurz habe ich gedacht, du würdest das Tor benutzen wollen. Du weißt doch, dass Vater und dein Verlobter sichergehen möchten, dass es dir hier drinnen gut geht.«

Sie lächelte. »Du irrst dich, ich bin Lilia und nicht deine Schwester.«

»Ja, sicher.« Er hob seine Tabula. »Der Sklavensensor verrät dich – besser gesagt die Tatsache, dass du keinen hast. Was hast du vor, kleine Schwester?« Er kam nahe heran. »Das läuft gerade gut, mit dir und Crassus. Außerdem geht es dir besser, oder nicht? Vielleicht hängt es mit den Sklaven zusammen – ach, was weiß ich. Ich jedenfalls kriege es im Moment mit ein bisschen Purpurwein in den Griff.«

Sie sah ihm in die Augen, ohne zu zwinkern. Sie roch den belebenden Wein in seinem Atem.

»Ich beobachte dich, kleine Schwester. Du wirst diese Sache mit Crassus nicht ruinieren. Denk an mich! Denk an das, was Sagitt mir antun möchte. Du hast es in der Hand, meine Retterin zu sein.«

»Seltsam«, sagte sie. »Eine seltsame Art, mit seiner Retterin umzugehen.«

»Ich muss dich ja dazu zwingen, mich zu retten.« Er legte den Arm um sie. »Sei nicht traurig wegen deines Gladiators. Wir warten, bis der Sturm da draußen sich gelegt hat, und dann regeln wir die Sache mit Crassus. Er ist eine günstige Partie. Komm mit rein.«

»Warum?«

»Es macht mich nervös, wenn du hier draußen bist.«

»Dann gehe ich auf mein Zimmer.«

»Mach das, Schwesterherz. Ruh dich aus. Was hast du eigentlich mit dem Herzen gemacht?«

»Ich bewahre es auf.«

»Dann versteh ich zwar nicht, warum es dir so wichtig war, es zu stehlen, aber gut. Sicher aufbewahrt hätten sie es im Tempel auch.«

»Es hat etwas damit zu tun, was mir ein Augur im Dis-Pater-Tempel gesagt hat. Sei unbesorgt, Bruder, ich weiß, was ich tue.«

Das Mädchen in der Kleidung der Sklavin wandte sich von ihm ab und betrat das große, verschachtelte Haus der Marinerfamilie. Die Flure waren weit, die Wandmalereien ließen sie noch weiter erscheinen, trotzdem legten sie sich um sie wie ein Sarg.

Sie ging mit zitternden Schritten weiter.

Kapitel XXVII

Das Mädchen lächelte, als Constantia sie fand.

»Du bist schon da«, sagte sie.

Constantia war schlecht vor Aufregung. Sie saß auf einer Mauer vor einer schwindelnd abfallenden Treppe. »Ich habe das Herz. Das ich in der Hand halten soll. Wie du im Tempel gesagt hast.« Sie strich über ihre Tasche.

Das Mädchen lächelte breiter. »Das ist das falsche Herz.«

»Was?«

»Nicht so wichtig.«

»Nicht so wichtig? Ich habe das falsche Herz?«

»Nein, nein, es ist nur nicht das Herz, das ich meinte. Aber du musst jetzt zuhören, Beständige. Ich dachte, es ist gut, dich dort herauszuholen. Es wird bald gefährlich für dich werden.«

Constantia nickte. »Vedea hat mir eben eine Nachricht gesandt. Sie sagte, dass sie diese Tat für deinen Freund Scorpio vollbracht hat. Stimmt das?«

»Ja, das stimmt. Aber jemand anders wird sie sich auf die Fahnen schreiben und damit deinen Liebsten in eine Falle locken. Du musst ihn warnen.«

»Durch einen Traum?«

»Constantia, wach auf! Du musst zu ihm! In der Wirklichkeit!«

»Aber ich weiß nicht, wo er ist.«

»Er ist bei den *richtigen Leuten*. Du musst hinunter.«

»Nein!«, protestierte Constantia. »Wir haben uns dort verirrt! Wir sind in die Wasser geraten!«

»Ich führe dich hin. Du verhinderst das Schlimmste, und

dafür werden sie dich mitnehmen. Ich mag es, wenn alle Pläne ineinandergreifen, die großen und die kleinen. Und die Fäden, die dich umgeben, mag ich besonders. Also, lass uns gehen.«

Constantia stand auf und packte ihre Tasche.

Sie trug die Kleider und das Gesicht ihrer Sklavin.

Lilia setzte sich auf Constantias Bett.

Die letzte Nachricht von Vedea lag noch auf der Tabula.

Der Tempel hat es gemeldet.

Sie schaltete das Wandgerät aus und betrachtete ihr Handgelenk, in dem der Sensor ruhte. Der Sensor, der nun abgeschaltet war – in diesem Haus und in zahlreichen anderen Häusern, zu denen Scorpio durch Vedea Zugriff erhalten hatte.

Ich gebe dir ein falsches Signal, damit du dich als Lilia aus dem Haus schleichen kannst, hatte auf der Tabula gestanden. Ich öffne eine Tür in den Kellern.

»Dann bist du jetzt frei«, hatte Constantia zum Abschied gesagt. »Mime mich noch ein paar Stunden – und schließ dich dann einem Aufstand an.«

Jetzt bin ich frei, dachte Lilia und nahm die Giftkapsel, die sie noch von ihrem Ausflug in die Unterwelt besaß. *Ein paar Stunden noch. Der Tempel wird in ein paar Stunden Rückschlüsse gezogen haben. Dann sind sie hier. Dann nehmen sie mich gefangen.*

Lilia musste keine Maske abnehmen. Sie saß hier, ganz sie selbst, in Lilias Kleidern, mit Lilias Gesicht.

Sie bemühte sich, nicht zu weinen. Sie legte eine Hand auf den Sensor, der unter ihrer Haut ruhte.

Jetzt bin ich frei, dachte sie und biss auf die Giftgaskapsel, atmete dieses letzte, unbewusst gegebene Geschenk ihrer Herrin ein.

Sie sank in die Laken, ihre Lungen füllten sich mit dem geruchlosen Gas.

Ianos rannte. Er hatte gekämpft, und die Verletzung am Arm riss immer wieder auf, wenn die Naniten sie halbherzig geschlossen hatten. Sie wurden gejagt, und die Fliehenden wussten, dass sie in eine Richtung gehetzt wurden. Dunkelheit lag in der Speicherstadt; zur Finsternis der allgegenwärtig verschachtelten Gebäude gesellte sich die Abenddämmerung, die den Himmel verschluckte, den sie ab und an erblicken konnten und der von den Kondensstreifen der suchenden Boote durchschnitten wurde.

Erneut rann Blut aus dem Schnitt an seinem Oberarm. Ianos taumelte.

Die Amazone hatte sich vor ihn gestellt, die Ringe in der Tunika hatten ihre Schilde aktiviert, als sein eigener auf die Seite geschlagen worden war, dennoch war ihm eine Klinge in den Arm gefahren. Er schämte sich für die Wechselhaftigkeit seines Herzens – und war dankbar dafür, dass sie sich diesmal nicht aufteilten, sondern gemeinsam flohen, sodass er keine Verantwortung für mehr als sein eigenes Leben tragen musste.

Verdammtes Herz ... Es wäre eine verdammt schlechte Werbung für Drennis' Sache, wenn Ianos einfach tot umfiele. Man würde sagen, der Segen der Götter sei von ihm abgefallen. Die Medien würden es ausschlachten, so wie sie jede einzelne seiner Bewegungen und jedes seiner Worte in der Arena ausgeschlachtet hatten. Er schluckte, die Erschöpfung schmeckte metallisch in seiner Kehle, und dann zwang er sich, weiterzulaufen.

Am Ende der Speicherstadt warteten die Praetorianer auf sie. Reihe um Reihe aus blau leuchtenden Schilden versperrten ihnen den Weg.

Drennis trommelte eilig seine Kämpfer zusammen, hieß die Sklaven und Freien, sich zwischen den Containern und Baracken zu zerstreuen und zu verbarrikadieren. »Du bleibst hier«, befahl er Ianos. »Du organisierst hier, dass sie sich wehren!«

Ianos war erleichtert. Er rang nach Atem, erneut pfiff es in seinen Ohren, wurde schwarz vor seinen Augen. Er riss sich zusammen. Die Amazone war neben ihm.

»Danke«, flüsterte er.

»Nichts zu danken. Wenn du dich auf deinen Nebenmann nicht verlassen kannst, weißt du, dass du verloren bist«, sagte sie. »Oder dass du in der Arena stehst. Aber das tun wir ja jetzt nicht mehr.«

»Du bist ganz anders hier draußen.«

»Jeder ist bei sich zu Hause anders als in der Fremde.« Sie gab ihm Wasser zu trinken.

Er hörte einen Säugling hinter sich jammern, und sein Herz machte einen Satz, als er sich umwandte und die schwarze Frau im hinteren Teil der nur von einer Handlampe erleuchteten Baracke sah.

»Ich wusste nicht, dass sie noch lebt«, sprach die Amazone seine Gedanken aus.

Die Praetorianer hatten die Flüchtenden offenbar geortet und rückten vor.

»Was machen wir jetzt?«, flüsterte die Amazone.

»Ich vermute, Drennis improvisiert wieder einen perfekten Plan.«

»Einen mit oder ohne verlorene Gliedmaßen?«

Er seufzte und packte seinen Speer, auch diesen hatten sie mit dem Amulettsplitter aufgerüstet. Eine von zwei Waffen, die gegen die Praetorianer und ihre Schilde bestehen mochten. Wenn kein improvisierter Plan half, dann nur noch ein göttliches Wunder …

Als die Praetorianer die versifften Gassen der Speicherstadt betraten, kam Bewegung auf den Containern auf – und dann, lautlos, sprangen Gestalten herab. Ianos erkannte Crixus an seinem Leuchtfeuer aus Elektronik; er sprang als Erster, und die Praetorianer reagierten eine Sekunde zu spät, schützen sich nicht nach oben, als der Gallier in ihren Reihen landete und ein bestialisches Gebrüll ausstieß. Mehr Kämpfer folgten – sie tropften geradezu von den Dächern.

Die Praetorianer brachten diszipliniert die Schilde hoch, wurden von ihren Rüstungen gut geschützt.

»Das geht nicht gut. Das sind zu wenige!«, zischte die Amazone.

»Dann los.« Ianos hob die Stimme. »Wer Waffen trägt zum Angriff!«

»Zum Angriff!«, erscholl es von Baracke zu Baracke, und sofort kam Bewegung in die Wartenden.

»Praetorianer, verdammt. Die werden unser Untergang sein«, knurrte die Amazone, als sie zum Angriff übergingen. Der Boden schmatzte an ihren Füßen.

Die Soldatenreihe vor ihnen war zwar erschüttert, doch die Elitesoldaten reagierten konzentriert auf die Bedrohung von zwei Seiten. Schilde wurden nach vorn gebracht, die Legionäre rückten enger zusammen. Aus dem Schild vieler Einzelner wurde eine große Fläche, so wie viele Kugeln Quecksilber zu einer einzigen Kugel verschmolzen.

»Scheiße!«, rief die Amazone. »Der alte Trick …« Und dann prallte sie dagegen, ihre Körperschilde gegen den Schild der Soldaten, ihre Waffe wirkungslos. Ihr sehniger Körper ließ die Legionäre weder wanken noch zurückweichen.

Als die Klinge eines Legionärs über dem Rand der Schildfläche erschien, war Ianos heran. Er stieß den Speer vor – und der Persephonesplitter daran fuhr durch den Schild, fuhr durch den Körperpanzer, fuhr durch die Brust des Soldaten.

Ianos brüllte, sein Gegner schrie – und fiel. Eine Lücke war in die Wand aus Schilden gerissen, eine Lücke in die Moral der Gegner.

Brüllend durchschlug Ianos einen weiteren Schild, einen dritten.

Sie drangen in die ersten Reihen der Truppen ein, von oben

fing ein Netz aus Elektrodrähten ein kleines Boot ab, das durch die Gassen manövrieren wollte – dann Schreie von der anderen Seite, und die Ordnung der Praetorianer zerfiel. Jemand war ihnen zu Hilfe gekommen, Weitere Sklaven? Die Turba Recta? Oder erneute Schützenhilfe von Lucullus?

Ianos bekam eine Schildkante gegen den Kopf, und sein Körper reagierte, ohne dass er seine Gedanken weiter daran teilhaben ließ. Er sah Schaltkreise in der Finsternis, die Schreie wurden ein zäher Brei in seinen Ohren. Und irgendwann kam er zu sich – während er lief.

Sie rannten wieder.

Constantia saß in einer Magnetbahn. Sie hielt die Tasche auf ihrem Schoß umklammert. Die Bahnen waren ein Fortbewegungsmittel für die Plebejer der Mittelschicht, und jemand wie sie fühlte sich darin ganz und gar nicht sicher.

Ohne Gaia war sie einsam, und auch Lilia fehlte ihr. Sie fragte sich, wie es für die beiden weitergehen würde – für die Freundin und die Sklavin, die in den vergangenen Wochen so vieles auf sich genommen hatten. Constantia fragte sich, ob auch die Sklavin eine Freundin war – wenn ein Sklave ihr Geliebter werden konnte, dann konnte doch auch ihre Leibsklavin ihre Freundin werden?

Sie hatte erwogen, Gaia um Hilfe zu bitten, doch dieser Schritt, den sie nur an der Hand dieses Mädchens über sich gebracht hatte, war endgültig, und wenn sie Gaia mitnahm, dann konnte auch Gaia nicht wieder zurück.

Das Mädchen saß neben ihr und sah aus dem schmutzigen Fenster. Constantia musterte das Gesicht der Kleinen. Es war dreckverschmiert, ihre Augen klar und dunkel. Das Kleid war einfach, grob, ein wenig zu groß. Sie war ein Kind, ein ernstes Gossenkind, das heranwachsen würde, um eine Hure zu sein oder eine Diebin oder eine Bettlerin. Oder alles davon.

»Wie lange bist du schon ein Kind?«, flüsterte sie.

Das Mädchen lächelte sehr unkindlich. »Ich kann mich an Dinge davor erinnern. Ich habe ein Mädchen in Sicherheit gebracht, mit meinen Schwestern, und sie sah aus, wie ich jetzt aussehe.« Sie erwiderte Constantias Blick eindringlich. »Jetzt ist es so weit. Sieh in deine Tasche.«

Constantia betastete das Herz darin, die Amphore war in Stoff gewickelt. Ihre Finger fassten ein Blatt Papier. Sie zog es hervor. »Was ist das?«

»Ein Bild, ich habe es schon vor einiger Zeit gemalt und dachte, du willst es sehen, wenn die Dinge darauf eingetroffen sind.«

Constantia starrte auf die weiße Oberfläche. Wie auf einer Tabula formten sich gezeichnete Bilder, die sich bewegten:

Ein Ausrufer formte Worte vor seinem Gesicht. »ALLE SKLAVENSENSOREN AUSGESCHALTET!«

Eine Ausruferin tauchte auf, eine Karikatur von Nialla Graecina. Der Text neben ihr schrie: »FREIE BÜRGER ROMS, LEGT EURE SKLAVEN IN DIESER NACHT AN EINE KETTE, WIE UNSERE VORFAHREN ES GETAN HABEN!«

Dann tauchte der Tempel der Iuno auf. »SKLAVIN BRICHT IN TEMPEL EIN!«

Die Worte rannen am Papier herab.

»SKLAVENAUFSTAND!«

»UNSER EIGENTUM!«

»DIE SENSOREN!«

»FLÜCHTIGE TÖTEN!«

»ALLE TÖTEN, DIE SICH ANSCHLIESSEN!«

»NACHSCHUB GIBT ES IMMER.«

»SORGT EUCH NICHT.«

Der letzte Satz wiederholte sich.

Constantia faltete das Papier mit zitternden Fingern. »Was bist du?«

»Ich bin nur eine Randfigur, Constantia. Es passiert gerade viel mehr – siehst du das nicht?« Das Mädchen hob die Hände, mit den Handflächen nach oben, als würde sie beten, dabei strahlte sie über das ganze Gesicht. »Große Ereignisse nehmen ihren Lauf! Große Dinge, die das Machtgleichgewicht verschieben können! Und du – ohne dich wären diese Ereignisse nie geschehen!«

Constantia sah sich hastig um, doch das kleine Abteil der Bahn war leer bis auf ein Ehepaar, das sich gerade unterhielt.

»Deshalb sind wir hier. Deshalb bin ich zu dir gekommen, und du bist mir gefolgt. Und jetzt müssen wir noch ein paar Leben retten.«

Das Mädchen lehnte sich zurück und schloss die Augen. »Schlaf ein wenig. Die Bahn wird erst in dreihundert Meilen von den Unruhen erschüttert. Und wir steigen vorher aus.«

»Weißt du alles im Voraus?«

»Natürlich nicht«, sagte das Mädchen und schwieg von da an.

Die Turba Recta hielt ihr Gebiet gegen die Praetorianer – sie brachte die Aufständischen in einem gigantischen Wohnblock unter, dessen turmhoher Innenhof das Zentrum des Collegiums im Fagutal darstellte.

Drennis war sich nicht sicher, ob die Praetorianer das nicht zum Anlass nehmen würden, das Haus in Schutt und Asche zu legen – es sah ohnehin so baufällig aus, dass man es als unglücklichen Unfall würde tarnen können.

Hier seien sie sicher, hatten die Männer der Turba Recta jedoch beteuert. Man wisse, wen man schmieren müsse.

Dann hatte das Oberhaupt der Turba Recta die Herzlosen zu einem Gespräch gebeten

Drennis legte die Hand auf Ianos' Stirn, auf der eine Platzwunde die Augenbraue spaltete. Der Junge saß an die Wand gelehnt, die Lider geschlossen. Seine Haut war kalt, und die Wunde machte keine Anstalten sich zu schließen.

»Geh mir nicht drauf, Junge«, sagte Drennis leise.

»Ich versuch's.« Ianos' Augenlider flatterten, dann öffnete er die Augen. »Ich ... ich habe geträumt.«

»Ist es sinnvoll, wenn ich dich träumen lasse?«, fragte Drennis.

Ianos runzelte die Stirn, sein Blick glitt durch die schmierige kleine Küche, in der er sich befand. »Nein, nicht hier. Ich komme mit.«

Drennis zog Ianos aus dem Sitzen hoch. »Die Speere sind eine gute Sache. Auch, wenn wir nur zwei davon haben.«

Sie traten hinaus in den Innenhof, in dem die Luft noch stickiger war als in den Räumen.

»Ärgerlich, ärgerlich«, sagte Gulio, der Anführer des Gildenhauses, während er dem Ausrufer lauschte. »Jetzt schreiben es sich die Cyprioten auf die Flagge. Machen eine patriotische Sache daraus. Ärgerlich.«

Er grinste. Der Mann war ein nervöser kleiner Scheißer. Drennis sah das Blut in Gulios Adern rauschen und tauschte einen Blick mit Crixus.

Gulio schaltete die Tabula aus. »Es heißt, es sind jetzt Zehntausende. Wir haben die Sensoren in den Sklavenkörpern ausgeschaltet. Lässt einen direkt besser schlafen, nicht? Es sei denn, man besitzt Sklaven, die weglaufen könnten.« Er lächelte. Körperlich war der Mann ein Wrack, weich und schlaff, vermutlich aber ein begnadeter Rätsler – sonst säße er keinem Collegiumshaus vor. Es gab jedoch vermutlich bessere als ihn – sonst säße er nicht dem Collegiumshaus an der Speicherstadt vor. Es gab wichtigere Orte für die Turba Recta.

»Nun sagen die Cyprioten, es sei eine Aktion von Libertas Cypriae gewesen – lächerlich.«

»Wie viele Sklavensensoren habt ihr gekappt?«, fragte Crixus ruhig.

»Alle«, sagte Gulio.

»Alle? Wie soll das gehen?«

»Wir sind die richtigen Leute. Du bist nur ein Gladiator. Wir wissen, wie das geht. Du nicht.«

Crixus blinzelte langsam und trat einen Schritt auf ihn zu. »Aber du könntest es mir erklären.«

Die Männer, die um ihren Unterweltsprinceps gruppiert waren, griffen nervös nach Messern.

»Du könntest mir ein wenig dankbarer sein. Ohne mich wärt ihr tot.« Gulio grinste.

Drennis legte eine Hand auf Crixus' Schulter. »Mein Freund ist nur etwas angespannt.«

»Ja, du hast recht«, sagte Crixus. »Ich bin angespannt. Ich sollte mich nicht von meinen Gefühlen leiten lassen. Die sind manchmal *falsch*. Eine *hinterlistige* Sache.«

»Gefühle können *lügen*«, bestätigte Oenomaus. »Nur der Verstand ist klar. Tückisch, nicht wahr?«

»Bist du sicher?«, fragte Drennis Crixus, und der Gallier nickte nachdrücklich.

Gulio sah von einem zum anderen. »Also? Habt ihr jetzt eure Gefühle geklärt? Ich wusste nicht, dass Gladiatoren gefühlsduselig sein können.«

»Können sie«, sagte Crixus und lächelte. »Ich mag es jedoch, wenn ein Mensch aufrichtig ist. Und du?«

Gulio wies einladend auf einige Stühle. Die vier Gladiatoren traten näher, erschreckend synchron. Die Männer, die den Herrn des Collegiums bewachten, waren dennoch ahnungslos.

In einem Raum, der direkt an den Innenhof grenzte, arbeiteten vier Datenweber. Um das Signal der Herzen zu ertasten, mussten sie nah heran. Und näher ging es kaum, ohne dass die Gladiatoren aufmerksam geworden wären. Zwei von ihnen fanden rasch heraus, dass Spartacus' und Ianos' Signale gründlich gekappt worden waren – die Herzen gaben einfach keine Signale mehr von sich. Die anderen beiden Datenrätsler ertasteten die Signale des Galliers und des Halbsatyrs.

Wir haben zwei, schrieb der dritte in seine Tabula, die die Botschaft über etliche verzweigte Knotenpunkte zu Gnaeus Pompeius Magnus schickte.

Das genügt, kam die Antwort von Pompeius. Gebt die Daten durch, dann kriegen sie ihre gerechte Strafe.

Die gerechte Strafe ereilte jedoch die Rätsler zuerst.

»Hier drin«, sagte eine Stimme, und der Gallier flog durch die Tür. Hinter ihm kam der Zweigesichtige, sein Blick taumelte über die Massen an Datenspeichern und Kabeln, die die Wände pflasterten.

Kurz hatte der Rätsler die Hoffnung, die Vielzahl der Geräte würde ihn verwirren. Dann zerschmetterte der Zweigesichtige zielsicher mit seiner Faust die Tabula, die die Signale der beiden Herzen erfasst hatte, und ließ die Kante seines Schilds in einen Datenspeicher krachen. Crixus' Klinge fuhr durch vier Kehlen.

Der Plan der Rätsler war fehlgeschlagen.

Constantia schreckte hoch. Sie hatte ihm in die Augen gesehen – er musste kurz geschlafen haben. Das Herz klopfte ihr bis zum Hals. Es waren nur ein paar Sekunden gewesen, und sie hatte ihm alles entgegengeschrien, was sie wusste. Sie hatte noch weitergerufen, als er schon fort war. Dann hatte sie noch eine Weile geschlafen, war suchend umhergeirrt und hatte doch nur Leichen gefunden, bis ein götterlästerlicher Fluch aus dem Mund des Mädchens sie aufgeschreckt hatte.

»Was ist passiert?«

Das Mädchen verschränkte wütend die Arme. »Ich sehe

ein, dass wir zu langsam gewesen wären. Aber trotzdem ...« Sie seufzte beleidigt. »Vielleicht ... wenn wir uns beeilen, holen wir sie ein!«

Im Gildenhaus brach die Hölle los.

Es war nicht der einzige Ort in Rom. Sklaven flohen, die illegal ausgesandte Botschaft von Scorpio befeuerte die Rede, die Drennis in der Nacht zuvor gehalten hatte. Wie ein Theaterstück baute sich der Aufstand mehr und mehr auf, bis er in einem tragischen Höhepunkt enden würde.

Der Senat musste zugeben, dass die Sache aus dem Ruder lief. Es wurde beantragt, Truppen über den Rubicon zu lassen.

Marius Marinus, Constantias jüngster Bruder, fand die Leiche der Sklavin. Mit einem eiskalten Gefühl tastete er nach dem Rand der Maske. Würde sie sich lösen lassen? Würde darunter seine Schwester zum Vorschein kommen? Doch seine Bemühungen waren erfolglos.

Er durchsuchte das Zimmer nach dem gestohlenen Herzen – und fand auch das nicht. Doch was er fand, war die Maske mit Constantias Gesicht – sie lag in einer nachlässig gepackten Tasche, die Lilia vielleicht mit in eine Freiheit hatte nehmen wollen, in die sie sich nicht gewagt hatte.

Inmitten all des politischen Chaos, das über Rom hereinbrach, berührte ihn sein eigenes kleines intrigantes Konstrukt, das zusammenstürzte, am meisten. Er ging in sein Zimmer, trank sich besinnungslos und wünschte, einen ähnlichen Mut wie die Sklavin aufzubringen.

Tempelwachen der Iuno klopften in dieser Nacht noch an Lucius Marinus' Tür. Sie fanden Lilia zum zweiten Mal. Ihre frevlerische Leiche sollte wegen des Herzdiebstahls am nächsten Tag geviertteilt werden.

Lucius Marinus wurde beinahe wahnsinnig in dieser Nacht aus Sorge um seine Tochter. Vedea mühte sich, ihre Herrin zu trösten, und forschte in den Netzen nach Constantia. Die Mariner mussten dankbar sein, sie zu haben.

Die Unruhen ließen einige Magnetschwebebahnen entgleisen und rissen mehrere Sänften und Boote in die Tiefe.

Constantia stieg vorher aus.

»Wie lange lebe ich noch?« flüsterte sie, denn die Aufputschmittel waren verflogen, und die Sehnen traten unter der Haut ihrer Hände hervor wie bei einer alten Frau.

»Lange genug«, sagte das Mädchen. »Das, was ich dir über das Herz sagte – das gilt noch.«

»Aber es ist doch das falsche.«

»Noch. Es ist noch das falsche.« Die Kleine lächelte, und dann stiegen sie in ein Boot, das an dem kleinen Bahnsteig auf Passagiere wartete.

»So schnell du kannst zum nördlichen Ausläufer der Speicherstadt«, befahl Constantia dem Piloten. Die Erinnerung an den Traum war klar wie immer; nicht wie ein Traum, der langsam verblasste, sondern wie eine Erinnerung der Wirklichkeit.

»Wo bist du?«, hatte sie Ianos gefragt.

»Die *richtigen Leute*«, hatte er gesagt, und im Traum hatten sie die Strecke von der Speicherstadt bis zum Hochhaus wie rasch vorgespulte Imagi zurückgelegt.

Währenddessen hatte sie versucht, ihm alles zu sagen, was er wissen sollte. Über die Sklaven, über sein Herz, darüber, dass sie auf dem Weg war. Dass er in Gefahr schwebte. Dass sie halten würde, was sie versprochen hatte. Aber da war er schon nicht mehr da gewesen.

»Das ist teuer. Das ist weit«, sagte der Pilot in breitem Dialekt.

Sie legte ihm die Maske mit Lilias Gesicht neben den Sitz. »Das hier ist so viel wert, dass du dieses Boot nie wieder fahren musst.«

Nichts anderes von Wert hatte sie dabei. Nur noch ein Herz – das falsche Herz. Sie lächelte grimmig.

»Ist das …?« Der Fahrer berührte die Maske und entrollte sie.

»Eine Maske aus der Werkstatt des Fabers. Beschädige sie nicht!«

»Nein – nein«, murmelte er und löste ehrfurchtsvoll die Finger. »Wir … wir sind aber ein paar Stunden bis dahin unterwegs. Und es kann Ärger geben. Die kontrollieren alles zwischen Orbit und Unterstadt.«

»Dann flieg tief, Mann.«

Das Mädchen zog die Füße auf den Sitz. »Ruh dich wieder aus«, flüsterte sie. »Du wirst alle Kraft brauchen, die du übrig hast.«

Constantia schluckte. Es war nicht mehr viel, das spürte sie.

»Die Sklavin hat irgendwas mit ihr gemacht!«, schrie Lucius Marinus seinen Sohn an. »Sie hat sie umgebracht, bevor sie sich selbst umgebracht hat! Sie hat sie verkauft, an irgendwelche … Aufständischen, die mich erpressen wollen!«

Cornelia Marina hatte den Laren am Hausaltar ein Opfer bringen wollen, damit sie Constantia beschützten. Lucius hatte alles vom Altar gefegt, sogar den Genius der Familie, der in tausend Splitter zersprungen war. Genuesisches Kristallglas.

Cornelia starrte auf die Splitter, unbewegt, offenbar unwillig, dies als ein Omen zu deuten.

»Sie ist ihre Sklavin! Sie haben die Rollen getauscht«, lallte Marius wieder und wieder. »Oder vielleicht ist die Tote doch nicht Constantia? Rollen hinter Rollen, Masken hinter Masken, und am Ende ist sie es doch, und dann ist sie tot!«

»Götter im Nichts! Und mein einziger anwesender Sohn ist ein Haufen Nutzlosigkeit!«, brüllte Lucius ihn an. »Ein Hund, der sich die Eier leckt, wäre nützlicher!«

»Wäre gut gewesen, wenn *ich* auf der *Bona Dea* gestorben wäre, hm?«, fragte Marius bitter und nahm einen weiteren Schluck aus einer purpurnen Flasche. »Aber sieh es positiv, Vater: Constantia konnte als Einzige diese Drecks... diesen verdammten Drecksfluch lösen, und deshalb bist du mich bald auch los. Und ich dich. Und mein Bruder ... also mein Bruder und dein Sohn ... Wir sterben einfach alle! Nur Mutter bleibt übrig. Beileid, Mutter.«

Cornelia gab ihm eine schallende Ohrfeige und stürmte dann aus dem Saal. Marius verstummte.

Lucius blieb lange Sekunden still. Dann flüsterte er: »Deine Schwester lebt noch. Und du wirst dich nützlich machen bei der Suche, indem du mir alles erzählst.«

»Wohoo. Alles. Das geht nicht! So wahnsinnig bin ich nicht.« Marius lachte und trank weiter.

»Wie könnten Constantia und ihre Sklavin die Rollen tauschen? Was hast du da geredet?« Sein Vater beugte sich nah zu ihm herab. »Was hast du damit zu tun?«

Kälte griff nach Marius' Magen, als er heftig den Kopf schüttelte. »*Ich?* Gar nichts! Gaia Sabina, die hat, die is ... Sie ist ... ist 'n böses Mädchen. Ich würde sie gerne heiraten, übrigens.«

Lucius sah aus, als überlege er, seinen einzigen anwesenden Sohn den Laren zur Besänftigung auf dem Hausaltar darzubringen. Er benötigte all seine Selbstbeherrschung, um das nicht zu tun.

»Hol ... Gaia Sabina ... her«, presste er zwischen zusammengebissenen Zähnen hervor. »Wenn sie die Antworten auf meine ... Fragen hat!«

»*Ich* hol sie her?«

»Ich bin der verdammte Legat der Praetorianer, die da draußen jeden verfickten Stein umdrehen auf der Suche nach einem Haufen dreckiger Gladiatoren! Glaubst du etwa, ich hole diese verdammte Göre her?«

»Ich rufe sie an. Es ist schon gut. Ich geh sie anrufen.«

»Manche Dinge muss man wie ein Mann erledigen und *hingehen!*«, rief sein Vater ihm hinterher, während sich die Gänge um Marius drehten.

»Hingehen … Zu den Sabinertürmen auf dem Palatin. Und dann höflich klopfen.« Marius kicherte. »Ich kann mir schon vorstellen, wie lustig sie das finden.«

Dann fiel ihm wieder ein, dass die Leiche seiner Schwester vermutlich gerade von Tempelwachen zur rituellen Vierteilung abgeholt worden war, und er brach erneut in Tränen aus.

Constantia verließ das Boot, bevor sie ins Visier der Praetorianer geraten konnten.

»Was geht hier vor?«, flüsterte sie.

Die Ausläufer der Speicherstadt wurden in allen Stockwerken von Soldaten durchsucht. Boote flogen durch die Straßenschluchten. Scheinwerfer tasteten umher.

Schließlich ein Alarmsignal – und wie Insekten stürzten all die Elitekämpfer mit ihren Exoskeletten in eine Richtung. Zogen sich aus Etagen zurück. Schwärmten fort von der Küstenlinie und tiefer in die Stadt hinein.

»Jetzt sind sie gegangen. Komm schnell, bevor die Plünderer kommen. Und die, die die Leichen bestatten wollen«, sagte das Mädchen und zog an Constantias Ärmel. Diese stolperte hinter der Kleinen her, über einen schmalen Steg an einer Hauswand entlang in eine riesige Mietskaserne. Das Haus hielt den Atem an – Constantia spürte es. Aus den dunklen Fenstern starrten angsterfüllte Augen. Die dazugehörigen Körper rührten sich nicht, wollten nicht, dass sie das gleiche Schicksal ereilte wie die, deren Tode sie beobachtet hatten.

Über den Steg traten sie in einen dunklen Tunnel, der in den Innenhof des Mietshauses mündete. Im Tunnel roch es nach Blut.

Das Mädchen leuchtete mit einer Lampe, der Lichtstrahl tastete sich zitternd vorwärts.

Leichen.

Der Tunnel, der Innenhof.

Leichen, überall.

Eingetretene Türen.

Leichen dahinter.

»Was ist hier passiert?«, fragte Constantia gefasst. Würde sie hier Gesichter sehen, die sie kannte? Sie setzte vorsichtig einen Fuß vor den anderen.

»Ein falsches Gastrecht. Um davor zu warnen, sind wir hergekommen«, flüsterte das Mädchen.

»Wir sind aber doch zu spät! Warum hast du sie nicht ... angerufen?«

»Ich kann niemanden *anrufen*«, entgegnete das Mädchen. »Aber du hast recht, wir sind zu spät. Ich kann mich manchmal nicht so recht an die Zeit gewöhnen. Dort, wo ich herkomme, funktioniert sie anders. Das hier waren die richtigen Leute.«

»Alle? Die Gladiatoren haben die richtigen Leute getötet?«

»Nicht alle. Aber sie sind Scorpios Gegner, und sie verdienen daran, den Aufstand zu stoppen, während Scorpio daran ... verdient, ihn zu befeuern.«

Constantia nickte. Endlich einmal etwas, was sie verstand.

»Komm mit«, sagte das Mädchen. »Es tut mir leid, dass wir zu spät gekommen sind. Ich muss dir jetzt etwas zeigen.«

»Ist es noch etwas Schreckliches?«, flüsterte Constantia. Das Mädchen war so fremdartig, dass sie damit rechnen musste, Ianos tot vorzufinden, ohne dass es ihrer neuen Freundin eine Regung abverlangt hätte.

Das Mädchen dachte nach. »Schrecklich nicht«, sagte sie dann und brachte sie durch eine zerstörte Tür und Seitenwand in einen Raum, in dem elektronische Trümmer vor sich hin schmorten. Vier Leichen lagen verstreut auf dem Boden wie liegen gelassene Puppen.

»Hier muss es noch weitergehen. Ich weiß das«, sagte das Mädchen und ging in die Knie. Ihr dunkles Kleid legte sich wie eine Pfütze um sie. »Sie sind hier drunter. Scorpio hat mich einmal danach suchen lassen. Das war lustig. Aber für ihn wenig ergebnisreich …«

Constantia fragte nicht nach, sondern sah sich um. Den Boden bedeckten faulende Holzdielen. Constantia griff nach einem langen Messer an einem Gürtel, zog es vorsichtig heraus, ohne den Toten zu berühren.

Neben der horchenden Gestalt des Mädchens, die den Kopf schief gelegt hatte und in dieser Position erstarrt war, stieß sie die Spitze der Klinge zwischen zwei Dielenbretter.

»Nicht dort. Da«, wies die Kleine. Constantia bewegte sich weiter zur hinteren Wand. Das Mädchen gluckste. »Sie benutzen keine geheimen Kommandos. Oder Hebel. Oder irgendetwas Mechanisches. Sie hebeln einfach die Dielen raus. Absolut rätslersicher.«

Constantia fand die Stellen, an denen die Dielen offensichtlich schon mehrfach herausgehebelt worden waren – vier von ihnen waren zu einem Block zusammengeklebt und ließen sich aufklappen. Darunter führte eine steile Treppe aus Holz und Erde in die Tiefe.

»Da unten«, flüsterte das Mädchen. »Da warten sie alle. Und du darfst dir einen aussuchen.«

»Was? Wen?«

»Geh hinunter! Nimm die Lampe! Ich muss etwas holen.«

Was sie holte, war ein Schlüssel. Auch dieser war nicht elektronisch, es war ein einfacher metallener Schlüssel.

»Gulio hatte ihn in der Tasche. Die, die warten, waren sein Privatvermögen. Er hatte Trickdiebe, die damit viel anzufangen wussten. Mach schon – such das Schlüsselloch!«

Am Fuß der Treppe versperrte eine Tür aus Metall den muffigen Gang. Constantia hob die Lampe. Das Mädchen fand das Schlüsselloch in der Mitte der Tür und schloss auf.

»Man braucht noch einen zweiten Schlüssel«, stellte sie fest. »Verdammt.«

Sie zischte ein Wort, dass Constantia das Gesicht vor Schmerz verziehen ließ. Das zweite Schloss rauchte und verkrümmte sich, als hätte man einen glühenden Nagel hineingeschlagen. Die Tür sprang auf.

»Aber wenn du so was kannst, warum ...«

»Es gibt Regeln, Constantia«, rügte das Mädchen mit seiner Kinderstimme. »An die sollte man sich halten, solange es geht.«

Der Lichtstrahl der Lampe tastete sich in den Raum. Constantia hielt den Atem an und trat hinein. Gesichter starrten sie an. Wächsern und tot. Aufgereiht an den Wänden wie die Ahnenmasken im Atrium ihrer Eltern.

»Es sind Masken. Vom Faber.«

»Richtig. Wenn wir weiter als bis hierhin kommen sollen, brauchst du eine neue Identität.«

Constantia drehte sich herum. Ein Vermögen an Masken war hier aufgereiht, einander überlappend, in trockener, klimatisierter Luft. Ein Dutzend Reihen übereinander, drei Passus im Quadrat, die Tür als einziger Durchlass.

Sie sah Clodius Quadrigarius. Sie sah Lanista Batiatus. Senator Iunius. Drei berühmte Schauspieler. Mehrere Sänger. Und die Leibsklaven einiger Senatoren und Magistratsmitglieder, an die sie sich zu erinnern glaubte. Ihre Finger streiften über die kühlen, hauchdünnen Masken.

»Wähle weise«, sagte das Mädchen mit erhobenem Zeigefinger und brach dann in Lachen aus. »Vor allem: Wähle schnell!«

Über dem Türrahmen sah Constantia ein Gesicht, so bekannt wie kaum ein anderes.

Dort oben thronte ihr ältester Bruder Lucius Minor. »Zeit, einmal ein Mann zu sein.«

»Ist er nicht größer als du?«

»Ich bin größer als mancher Mann«, sagte Constantia und dachte an einen bestimmten Mann. »Ich bin unwesentlich kleiner als mein Bruder. Das fällt nicht auf.«

»Dann besorge ich dir Kleider«, sagte das Mädchen und verschwand in den Gang, ließ Constantia allein in der Gegenwart Hunderter, vielleicht Tausender Masken, die streng auf sie herabblickten.

Kapitel XXVIII

Die praetorianischen Bluthunde hetzten die Meute der Entlaufenen.

Sie flohen durch die unterste Ebene Roms – und wurden damit zumindest in einer Richtung in die Enge getrieben: Es ging nicht weiter hinab.

Das hatten sie gedacht – bis plötzlich der Untergrund abfiel.

Sie hörten das Dröhnen gewaltiger Pumpen, und einige von ihnen erkannten, wohin sie geflüchtet waren: in die Nekropole von Fossa. Nach einem Seebeben war dieser Teil des Ufers abgesackt, mit allen Gebäuden, die sich darauf befanden. Der Graben wurde nur deshalb leer gepumpt und nicht der Flut überlassen, weil man die Totenstadt nicht untergehen lassen wollte.

Nun flutete etwas anderes hinein: Ein Strom von Flüchtigen strömte zwischen die Grabsteine, die Monumente, die Bestattungsgebäude. Lichter tasteten sich über geschmückte Fassaden, über Steinmetzkunst und Mosaike, über Spolien und Säulen und heruntergekommene Kunstwerke. All die schmalen, unübersichtlichen Gassen, die die Fossa durchschnitten und die auf beiden Seiten von Grabmälern gesäumt wurden, mündeten in ihrer Mitte an einem halb versumpften pechschwarzen Gebäude. Umschlossen wurde die Fossa von einem Dach, das der Boden für neuere Gebäude war. Das Dach wölbte sich wie ein niedriger Himmel über ihnen.

Ob sie uns in einer Nekropole niederschießen?, fragte sich Ianos. *Und wäre es zu viel Ehre, wenn sie uns dann einfach liegen ließen, bei den Großen einer vergangenen Zeit?*

Die Gladiatoren hatten versucht, die weniger kampferprobten Flüchtigen in ihre Mitte zu nehmen – doch es waren so viele, und nach dem heftigen Kampf gegen die Turba Recta waren nur noch knapp achtzig Gladiatoren am Leben. Ihre Rufe hallten durch die Nekropole, störten die ehrwürdige Ruhe.

Keine Priester zeigten sich vor dem Tempel in der Mitte der Senke – das Gebäude war so überwuchert und ruinös, dass es vermutlich längst verlassen war.

Trotzdem führte Crixus sie genau dorthin, über die schleimigen Stufen, in denen Moos und Algen die alten Zeichen längst verfüllt hatten, zwischen schwarzen Mauern hindurch, die feucht im Licht ihrer Lampen glitzerten. Nichts Elektronisches war darin zu sehen – kein Licht flammte auf. Kein Opferfeuer brannte. Stolpernd und fluchend brachten sich die Flüchtlinge zwischen den Mauern in Sicherheit, übertraten die uralte Schwelle in ein großes Tempelgewölbe. Oenomaus murmelte Worte in einer Sprache, die Ianos noch nie gehört hatte.

Für den Augenblick lehnten sich entflohene Sklaven aneinander, schnauften, spähten nach draußen.

»Sitzen wir hier nicht in der Falle?«, flüsterte eine Frau neben Ianos. Er antwortete nicht – sie hatte die Frage vermutlich an niemand Bestimmten gerichtet.

»Vielleicht gibt es Tunnel.«

»Nach dem Beben? Wer soll sie gegraben haben?«

»Vielleicht gibt der Gott des Tempels uns Obdach.«

»Wer ist das überhaupt?«

»Hades«, rief der Halbsatyr heiser aus. »Dieser Tempel gehört Hades, der nicht mehr verehrt wird in Rom. Pluton. Der alte Totengott, der in der Tiefe lauert. Der in der Stille hockt. Der alles Verschlingende. Der Persephone besteigt und damit die Erdmutter bezwingt. Das Dunkle, das unter dem Lichten lauert. Das Hässliche im Schönen. Das Sinnlose, das jeden Sinn zerfrisst.«

Die Sklaven schwiegen. Oenomaus lachte leise.

»Es ist sicherlich kein Zufall, dass wir hier sind«, sagte er und ließ sein Licht aufflackern. Das Letzte, was Ianos draußen sah, bevor er sich dem Innenraum des Tempels zuwandte, war ein Kreis aus Bewaffneten, die den Tempel umgaben und durch die Nekropole vorrückten.

Oenomaus' Licht fiel in den zerklüfteten Innenraum. Hatte das Beben die regelmäßigen Gräben hindurchgezogen? Oder lag menschliche Absicht dahinter? Dort unten lauerte öliges Wasser, und darin lagen Überreste; Knochen, überwuchert vom allgegenwärtigen Moos und Schleim. Käfer tummelten sich darauf. Zwischen den Gräben führten labyrinthartige Pfade durch hüfthohe Mauern, auf die Ianos von seinem Standpunkt aus hinabsah. Zwischen den Mauern gelangte man zum Mittelpunkt des Heiligtums. Während die Mauern auf gleicher Höhe blieben, führten die Pfade abwärts, und am tiefsten Punkt des Tempels ruhte, knöcheltief im Wasser, der Altar des Pluton. Schwarzer Stein, und darauf, mannshoch, eine tanzende Statue mit sechs Armen und einem steif aufgerichteten Penis. Jede Hand hielt ein Schwert, und aus Rücken und Nacken ragten pechschwarze Federn, wie mit Öl überzogen.

Oenomaus' Licht glitt über die Statue des Gottes. Ianos sah das rötliche Flackern im schwarzen Metall der Schwerter, der Federn, der Krone des Gottes. Sogar der Penis schimmerte, als sei er von dunkelroten Adern durchzogen.

Ianos sog die Luft ein.

»Oenomaus!«, rief er.

Der Halbsatyr, gefangen zwischen Andacht und Todesverachtung, blinzelte.

Ianos machte ein Geräusch, das Lachen und Luftschnappen zugleich war, und sprang auf die Mauerkrone, überwand das Labyrinth und die Knochengräben ketzerisch, indem er von Mauer zu Mauer sprang und schließlich auf dem Altarblock zum Stehen kam.

Auge in Auge stand er der mannsgroßen Statue gegenüber, die mit wutverzerrtem Gesicht ins Leere starrte, die Zunge hing aus dem Mund, Zähne lauerten hinter zurückgezogenen Lippen.

Und tatsächlich: Die Schwerter waren nicht aus dem gleichen Material wie der Rest der Statue, deren Hände die Griffe umschlossen. Ianos verschwendete keinen Gedanken daran, ob Pluton seine Tat wohl gutheißen würde. Er ließ den Schild an seiner rechten Faust aufflammen und zertrümmerte mit einem wuchtigen Schlag einen der rechten Arme des Gottes. Er fing die Waffe auf, bevor sie zu Bogen fiel. Es war eine gebogene Klinge, lang und voller kunstvoller Muster, die nur durch die rote Äderung sichtbar wurden.

»Was tust du da?«, schrie eine Stimme aus dem Pulk.

»Wir ficken die Praetorianer«, sagte der Halbsatyr andächtig. »Hades sei Dank ficken wir die Praetorianer, wo sie's am wenigsten erwarten! Nimm auch den Pimmel mit, Kleiner!«

Ianos gehorchte und schlug als Nächstes den Penis ab, der ebenfalls auf das Material der Statue aufgesetzt worden war, und ignorierte den eingebildeten Schmerz in seinen eigenen Weichteilen.

Ianos warf Oenomaus mit links die Klinge und mit rechts das Privateste des Gottes zu. Der Halbsatyr fing beides auf und küsste das Glied auf die Eichel. »Hadesstahl im Hadestempel – woher auch immer du kommst, du bist ein Geschenk der Unterwelt!«

Gemurmel wurde laut, Mutmaßungen brausten auf.

Ianos zertrümmerte die fünf verbliebenen Hände der Statue mit einem Gefühl zwischen Bedauern und Angst. Dann widmete er sich den Federn auf dem Rücken des Gottes – auch darin sah er das rötliche Pulsieren, als habe der Stahl Blut getrunken.

Die Statue war ein Haufen metallener Scherben, als alle Federn und Schwerter verteilt waren. Ianos stieß sich die letzte Feder in den Arm. Die Feder war scharfkantig wie ein Dolch.

Warmes Blut rann darüber, er spürte, dass sein beschädigtes Herz der ständig neuen Verletzungen müde war.

Er ließ sein Blut über den Altar tropfen. »Ich habe an dir gefrevelt, Pluton. Hades. Ich erwarte deine Strafe. Aber erst, nachdem ich die Praetorianer das Fürchten gelehrt habe.«

Göttern diktiert man keine Bedingungen, flüsterte es in seinen Gedanken. Er blinzelte sie weg. *Ich schon. Ich heute schon.*

Drennis reckte ein Schwert in die Höhe und verschaffte sich Gehör in der widerhallenden schwarzen Kuppel.

»Mit diesem Trumpf rechnen sie nicht – aber wir brauchen trotzdem das, was ihnen so viele Siege schenkt: Wir brauchen Disziplin. Und daher werdet ihr mir in allem gehorchen – mir und Crixus. Wir müssen nach Norden, immer noch nach Norden. Und wir sind den Praetorianern und Söldnern da draußen immer noch unterlegen – nicht an Mannstärke, denn wir sind viele, sondern an Bewaffneten. Jeder von ihnen ist ein Kämpfer – vergesst das nicht! Sie werden nicht schreien und weglaufen. Sie werden nicht den Kopf verlieren. Sie werden sich damit abfinden, dass wir ein paar – wenige! – Waffen haben, die ihre Schilde durchdringen, und werden gnadenlos sein. Wir werden sie trotzdem das Fürchten lehren – mit Federn und Schwertern! Für Hades!«

»Für Hades!«, brüllten die Sklaven, die Aufständischen, die Entlaufenen und reckten zur Kuppel hinauf, was sie hatten. Federn, Schwerter, Messer, Speere, Fäuste. Oenomaus kämpfte offenbar unter dem Zeichen des Penis.

Hat er immer schon gemacht.

Er reichte Ianos, der über die Mauern zurück in den Wandelgang klomm, eine Hand.

»Wie geht es dir?«, fragte er leise.

»Wie einem alten Mann. Du müsstest es also nachvollziehen können«, scherzte Ianos und erhielt einen liebevollen Schlag auf den Hinterkopf.

»Diese zwei alten Männer hier werden heute Bürger Roms töten.«

»Ein Legionär hat keine Bürgerrechte«, sagte Ianos, der lange genug Lucius Marinus gehört hatte. »Also keine falschen Hemmungen. Ich weiß allerdings nicht, wie tödlich dieses ... hm ...«

»Sprich es ruhig aus, Kleiner. Ein Wort tut dir nichts. *Pimmel*. Wie tödlich ein verdammter Pimmel in meiner Hand sein kann.«

»Wie tödlich ein verdammter Pimmel in deiner Hand sein kann«, wiederholte Ianos artig.

»Ich habe schon mehr Herzen mit meinem Pimmel als mit meinem Schwert gebrochen«, lächelte Oenomaus und betrachtete das Glied des Gottes eindringlich.

Tribun Lucius Marinus der Jüngere trat aus der Mietskaserne hervor, in der seine Schwester Constantia verschwunden war.

Er bewegte sich unbehaglich, und das Mädchen an seiner Hand flüsterte ihm immer wieder Anmerkungen zu. Er straffte die Schultern, die dank des leichten, speckigen Lederpanzers eines Collegiumssöldlings breiter wirkten, als sie waren.

»Du brauchst einen schwereren Gang. Du bist ein Mann und keine Quellnymphe«, sagte das Mädchen leise.

Lucius Minor versuchte sich an verschiedenen Varianten, die wie die stümperhaften Imitationsversuche eines Komödianten auf den billigeren Bühnen Roms wirkten. Schließlich fand er in seinen Gang.

»Was nun?«, fragte er.

Die Kleine schloss kurz die Augen. »Die Zeit ist eine launische Hure. Wenn man sie am dringendsten braucht, bückt sie sich grade für jemand anderen. Ich weiß nicht, ob du es rechtzeitig schaffst. Du musst es versuchen – sie sind fast so weit. Und dann werden sie verfolgt werden. Tu das, was dein Bruder tun würde.«

»Ich soll ... ich soll wirklich zu ... zu den Legionären? So nah ... an meinen Vater heran?«

»Wir holen sie nicht mehr ein. Die Sklaven, meine ich. Deinen Liebsten. Darum musst du dich zu ihren Verfolgern begeben. Und ein Mädchen wie ich hat dort nichts verloren.« Sie zog an der schmalen Frauenhand. »Wir sehen uns wieder – irgendwann.«

»Warte!«, rief die Stimme des jüngeren Lucius. »Ich brauche dich!«

»Was denn?« Das Mädchen wandte sich noch einmal um. »Wie lange denn noch? Denk an die Sache mit dem Herzen! Bald entscheidet es sich!« Sie lachte, und dann sagte sie es ein letztes Mal: »Constantia.« Sie schlüpfte in die Dunkelheit unter einem Anbau, der aus der Mietskaserne herausragte, und dann in die Gasse dahinter.

»Verdammt«, murmelte Constantia und hörte die Stimme ihres Bruders aus ihrem Mund.

Lucius Minor war an der Grenze in Vorderasien stationiert. Sie konnte nur hoffen, dass niemand regen Kontakt zu ihm unterhielt.

Keine Sekunde später durchschnitten Scheinwerfer die Nacht – es wurde höchste Zeit, dass der Behördenapparat den Wohnblock und seine Leichen in Besitz nahm. Die Familien, die dort unter dem Schutz der Turba Recta gelebt hatten, waren gerade dabei, ihr zweifelhaftes Hab und Gut zu packen und zu fliehen. Nicht alle waren weit genug gekommen, als die Boote des Magistrats sich senkten.

Constantia blieb stehen.

»Weise dich aus, Bürger!«, erscholl eine Stimme aus dem Boot. Sie hob das Gesicht, versuchte, sich in ihren Bruder hineinzuversetzen.

»Ich bin Lucius Marinus Minor, Tribun der XLVII.«

Der Sprecher zögerte kurz. »Was tust du hier, Tribun?«

Sie lachte. »Das frage ich mich auch. Ich bin auf Urlaub, aber ich glaube, ich kann nützlich sein.«

»Das ist wahr. Wir durchsuchen das Haus, Tribun, und melden alles dem Magistrat. Wohin möchtest du gebracht werden?«

»Wo sind die Flüchtigen?«

»In der Fossa – der Nekropole. Die Legio Praetoria hat sie dort festgesetzt.«

Kurz drohte ihr der Griff um das Wesen ihres Bruders zu entgleiten.

»Censor Larinius?«, erlöste sie eine Stimme von oben. »Es ... es gibt Neuigkeiten aus der Nekropole.«

Ianos schützte sich mit seinem Schild vor einem Schlag von links oben. In der gleichen Hand, der rechten, hielt er eine Feder, die er seinem Gegner über den Arm zog – durch den Schild hindurch. Sein Speer in der Linken, an dessen Spitze ein Drittel des Amuletts befestigt war, drang durch den Helm des Praetorianers.

Keinen erkenne ich.

Er setzte über den schreienden Körper hinweg. Um ihn herum toste eine Schlacht – eine Schlacht, in der er ein einsamer Zweikämpfer war.

Die gleichen gesichtslosen Helme.

Er warf sein Gewicht gegen einen Schild, stieß dabei seine Waffe hindurch, traf auf hartes Metall und legte Wucht in den Stoß. Die Spitze seines Speers glitt ab – und fand eine Schwachstelle der Rüstung unter der Achsel.

Ihr erkennt mich nicht.

Mehr als ein Jahrzehnt hatte er Lucius Marinus gehört. Immer hatte er auf Raumschiffen gelebt. Immer waren Legionäre um ihn gewesen.

Ich war nicht mehr als ein Sklave.

Ein Schwert traf ihn – doch das Herz wusste, wann es ernst

wurde. Es strafte ihn in den Ruhepausen mit Verachtung, ließ ihn glauben, es werde ihn jeden Moment richten für seinen Diebstahl oder das Zertrümmern einer Statue. Doch wenn Tod und Qual herrschten, dann schritt das Herz hindurch wie ein grausamer Feldherr, richtete ihn auf, ließ seine Wunden verheilen, trieb ihn an.

Ich hatte keine Seele. Ich hatte kein Gesicht.

Er tötete die Männer mit den uniformen Helmen und Rüstungen. Es würde am Abend dieses Tages Mütter und Väter und Geschwister geben, Ehefrauen und Kinder, die weinen und die Namen der Gladiatoren verfluchen würden.

Aber ich lebe. Und eure Flüche prallen an uns ab.

Dann waren sie hindurch – am nördlichen Ende der Nekropole tauchten sie aus dem Gewölbe der Fossa auf, unbezwungene Kreaturen der Unterwelt.

Fürchtet uns.

Mein Vater fürchtete mich immer schon. Seit meine Mutter, die Seherin, Nachfahrin derer, die schon vor Generationen aus Thrakien geflohen waren, ihre erste Prophezeiung über mich sprach. Doch die wenigsten Weissagungen wurden in der Geschichte durch Morde unwahr gemacht – selbst Götter scheitern an so etwas.

Er verkroch sich im Elysium, wo die Zeit anders vergeht und seinen Wünschen gehorcht. Ein Greis, der nur überlebt, weil er die Jahre draußen innerhalb von Stunden an sich vorbeiziehen lässt. Die Äonen innerhalb von Jahren. So hat er die Jahrtausende überlebt, der letzte König Roms. Hierher verkroch er sich, als er wusste, dass es unabwendbar ist, dass ich komme.

Doch ich bin nicht allein gekommen. Seine Zeit ist abgelaufen, und meine Zeit ist längst angebrochen, und wer ist er, zu leugnen, dass es an der Zeit für ihn ist, dieses Leben endlich loszulassen?

Meine Hadeskrieger bringen ihn zu mir. Ich bin freundlich zu ihm. Sein langes Leben hat seine Abneigung gegen das Sterben krankhaft gemacht. Er hätte seine Tochter dafür töten lassen, wären nicht die Furien auf meiner Seite gewesen, damals, als ich ein kleines Mädchen war. Eine dieser Furien ist mit mir hergekommen. Ich überlasse es ihr, ihn zu richten.

Fragt Persephone, ob du damit einverstanden bist, zu sterben? Nein, sie packt dich einfach, reißt die Seele aus deinem Leib wie einen roten Edelstein und vergräbt ihn in den Tiefen des Hades.

Ich bin ungeduldig. Große Dinge geschehen und wirbeln vorbei, während hier nur Minuten vergehen. Ich bitte die Zeit, innezuhalten. Er ist mein Vater, und ich habe Blut im Elysium vergossen. Ich muss ihm die Ehre erweisen, die ihm zusteht.

Ich öffne langsam seinen Brustkorb. Sein Fleisch ist schlaff, die Knochen treten durch die altersfleckige Haut. Die Rippen lassen sich öffnen, als wäre es eine Erleichterung für sie, endlich auseinanderzufallen wie eine Blume, die sich der Sonne öffnet. Sein Herz ist warm, als ich es herausnehme.

Die Herzen sind die Diamanten, in denen die Seele ruht. Ich bringe das Herz des alten Königs Persephone dar, an der Quelle der Mnemosyne.

Bakka hieb wütend die Hand auf die Tabula. Das Bild verschwamm kurz. »Auf Hunderte entlaufene Sklaven bin ich wirklich nicht eingerichtet! Die verfolgen uns doch in die hinterste Ecke des Sternenhaufens! Ganz davon abgesehen, dass wir nicht genug Nahrung an Bord haben!«

»Ich weiß«, sagte ihr Stellvertreter in Rom, der Faun ohne Hörner. »Aber was sollen wir machen? Die Kerle haben gerade Praetorianer massakriert. Wenn wir ihnen sagen, wir nehmen die Sklaven nicht mit, dann kapern die die Schiffe einfach und massakrieren uns auch.«

»Dann blasen wir die Sache ab!«

Die Sklavin setzte sich hinter ihr auf und sagte leise: »Wie willst du dich dann an dem rächen, der dich so vorgeführt hat?«

Bakka schüttelte sich wütend. »Bei Nemesis' Mösenschleim! Dann nehmt sie an Bord. Wir werden schon eine Möglichkeit finden … wir verkaufen die Sklaven, sobald die Gladiatoren da sind, wo sie hinwollen, oder … ach, was weiß ich. Hauptsache, dieser Lucius Marinus ist nachher der wundgefickteste Hurensohn von ganz Rom.«

»Ich glaube, er ist nicht der Einzige, der im Moment wundgefickt wird«, gab der Faun zurück.

»Solange es uns nicht trifft, trifft es niemanden, um den es schade ist«, schloss Bakka und lehnte sich zurück. »Haltet euch bereit. Und ruf Lucullus auf dieser lächerlich verrätselten Leitung an. Sag ihm, dass wir seine wertvolle Fracht aufnehmen. Und dass er uns für jeden Menschen, den wir zusätzlich zu seinen Gladiatoren an Bord lassen, einen Denar extra zahlt.«

Der Faun grinste und nickte.

Auch Skorpione sind Spinnentiere. Doch obwohl er mit zahlreichen Fäden spielen konnte, wusste Scorpio lange nicht alles. Dass der Magistrat Masken im Keller des Gildenhauses gefunden hatte, sorgte für schreckliche Befürchtungen unter den Signa. Seine Halbbrüder Sagittarius und Capricornus glaubten, dass der Faber unter den Todesopfern war.

Falls man seine Kunst, die Masken zu erschaffen, aus den gefundenen Masken würde rekonstruieren können, dann hatte jetzt der Magistrat die Nase vorn.

Sagittarius schrie durch seine Tabula Marius Marinus zusammen, dem man wenig Schuld zuweisen konnte, außer dass er nicht früh genug an den Faber herangekommen war. Marius war sturzbetrunken und flennte wie ein Kind, behauptete, seine Schwester sei mit der Maske ihrer Dienerin auf dem Gesicht gestorben und verfluchte den Faber sowohl bild- als auch wortreich.

Scorpio fragte sich, wie all das zusammenhing. *Ob* es zusammenhing oder ob es nur eine Kulmination von Ereignissen war.

Er jedenfalls beschloss, seine Gedanken nicht länger einem unerkannten Meisterhandwerker zu widmen. Die Bekanntschaft mit der cypriotischen Sklavin Vedea hatte ihm das Tor zu den Sklavensensoren der Oberklasse geöffnet – einen günstigeren Zeitpunkt hätte es nicht geben können. Doch sein Angebot, dass er auch sie befreie, hatte sie ausgeschlagen. Ihre Unfreiheit war gekoppelt mit einem Pflichtgefühl den Marinern gegenüber.

Auf seinen Befehl hin krempelten die Werbeanzeigen des Forum Romanum sich um, ihre Leuchtschrift verformte sich, ihre Bilder schmolzen und entstanden neu:

KEINE SKLAVEN MEHR – LIBERTAS CYPRIAE FORDERT BÜRGERRECHTE FÜR JEDEN MENSCHEN!

Die *Libertas* hatte vor Jahren schon dafür gesorgt, dass auf Cypria keine Sklaverei mehr existierte – doch sie waren wie eine winzige Insel im gigantischen Mare Nostrum gewesen, wie ein Tropfen auf den heißen Stein. Vierzig Prozent der Menschen im Imperium Romanum waren Sklaven – vierzig Prozent verfügten nicht über ihren eigenen Körper, besaßen keinen freien Willen, durften missbraucht werden, verschlissen, gebrochen.

Es gab viel zu tun. Scorpio sah durch die Augen einer Linse auf ein gigantisches Einkaufszentrum.

BEINAHE DIE HÄLFTE VON EUCH HAT KEIN GESICHT. KEIN EINKOMMEN. KEINE IDENTITÄT. DIE ANDERE HÄLFTE SOLLTE GRUND HABEN, SICH VOR DER VERSKLAVTEN HÄLFTE ZU FÜRCHTEN!, rann über die Bildschirme, und schon ging es auf dem Forum zu, als habe er Granaten auf die Marktplätze geworfen. Reiche Frauen flüchteten zu ihren Sänften. Reiche Männer starrten ihre Sklaven an, als erwarteten sie, endlich das verdiente Messer in den Bauch zu bekommen. Panik brach aus, als er die Nebelgranaten in den Lüftungsschächten zündete. Überall spuckten die Schächte nun Dunst aus. Hindurch leuchtete seine letzte Botschaft: TUT ES JETZT, DENN NIEMAND WIRD EUCH SEHEN!

Er lächelte zufrieden. *Wozu brauchen wir den Faber, wenn es keinen Grund mehr gibt, Masken zu tragen?*

Das letzte Stück würde das härteste werden.

Die Docks am Frachthafen des Fagutals waren weitläufig – doch sie waren nicht unübersichtlich. Ein Frachthafen lebte davon, dass er eine Ordnung hatte, die es einfach machte, den Bestimmungsort zu finden.

Nicht jeder durfte die Docknummer kennen, doch Drennis hatte es so eingerichtet, dass immer zwei oder drei, die wussten, wohin sie mussten, eine kleinere Gruppe anführten.

In einer Atempause nach der Flucht aus der Nekropole, in den leer stehenden Etagen eines alten Lagerhauses, hatten sich etwa hundert Sklaven und Freie von ihnen gelöst. Sie wollten Rom nicht verlassen, wollten Angehörige zum Aufstand holen und sich den Bränden anschließen, die überall ausgebrochen waren.

»Wenn wir fliehen, nützen wir niemandem«, sagte der junge Mann, der Ianos im Apennin die herzstärkende Brühe gebracht hatte.

»Wir kommen zurück«, hatte Drennis versichert, doch Ianos war sich nicht sicher, ob er das ernst meinte. Er selbst wusste nicht, ob Rom sich ändern konnte. »Aber wenn wir jetzt nicht die Gelegenheit nutzen, den Planeten zu verlassen, kriegen sie uns und statuieren an uns eines ihrer berüchtigten Exempel. Wir müssen ihnen durch die Finger schlüpfen.«

Und das taten sie. In kleinen Gruppen mischten sie sich in allen Ebenen unter die normalen Bewohner der Stadt. Das Fagutal war ein Arbeiterviertel, die Gebäude nicht höher als fünfzig Stockwerke, die nicht von weißen Kuppeln und riesigen Plätzen gekrönt wurden. Auch dieser Teil Roms hatte labyrinthartige Züge angenommen, doch die Boote ihrer bewaffneten Gegner patrouillierten unermüdlich, und Bodentruppen drangen in jeden Winkel vor.

Der Raumhafen war brechend voll, seit das Startverbot galt. Was passieren würde, wenn sie es brachen, wusste Ianos nicht. Aber das war auch nicht sein Auftrag. Sein Auftrag war: In λ/Q/LXIX wartete das Schiff, das ihn wegbringen würde.

Constantia … Er dachte oft ihren Namen, und der Name fühlte sich an, als müsse er siedendes Öl trinken. Er floh, und sie blieb zurück. *Es waren nur Träume gewesen.*

Er hatte seit Tagen nicht geschlafen. Es gab keine Träume mehr für ihn. *Constantia. λ/Q/LXIX.*

Sie würde nicht dort sein. Es würde kein Wunder geschehen. Ianos rannte gegen die Müdigkeit an.

Kapitel XXIX

Eine der flüchtenden Gruppen ging verloren. Beide Anführer wurden bei einem Angriff getötet, somit kannte keiner von ihnen die Koordinaten. Sie irrten durch den Hafen, dann gelang es ihnen, unterzuschlüpfen. Scorpio nahm sie unter seine Fittiche.

Ein weiteres Dutzend lief in die Arme einer schwer bewaffneten Hafenpatrouille. Die überlebende Anführerin stieß sich ihren Dolch ins Herz, um die Koordinaten nicht zu verraten.

Drennis' Gruppe kroch durch den Schlamm aus Öl, abgesetzten Gasen und Staub unter den Reparaturwerften. Sie krabbelten durch Schleim, kamen langsam vorwärts, und befanden sich schließlich viele Stockwerke unter ihrem Bestimmungsort auf α/Q/LXIX. Der Aufstieg begann, und sie waren schon auf δ, als man sie entdeckte.

Crixus' Gruppe war kampfstark. Er kam aus der offensichtlichsten Richtung, stürmte von Süden die Etage unter λ und rannte einfach durch alles, was sich ihm in den Weg stellte. Er zahlte Blutzoll dafür, aber keine weiteren Gliedmaßen.

Oenomaus schwamm mit seinen Leuten durch den Fagu, ein dreckiges Gewässer, das den Schmutz der kontinentalen Stadt mit sich führte, ohne dass es, wie der Tiber, geklärt wurde. Er betrat den Hafen von der Flussseite aus, wo noch ein alter Schiffshafen sporadische Lieferungen aus der Stadt aufnahm.

Die Soldaten am Schiffshafen erwiesen sich als bestechlich, und Oenomaus führte das kleine Vermögen mit sich, das er als Gladiator nie hatte ausgeben können. Außerdem versicherte er ihnen, dass der göttliche Penis des Hades sein Gewicht bald schon in Gold wert sein würde.

Mit den Lastenaufzügen fuhren sie auf Ebene λ und liehen sich dort ein Fahrzeug aus, das Container über die Stege transportierte. Der Führer des Fahrzeugs erlitt zuvor einen Unfall, seine Leiche wurde mehrere Tage später aus dem Fagu gezogen.

»Komm hoch!«, schrie Ianos der Frau entgegen, die ihren Säugling fest auf den Rücken gebunden trug. Das Kind war ein Phänomen – es schrie, sobald alles ruhig war, und schlief mit Todesverachtung, wenn seine Mutter um ihr Leben rannte.

Gerade schlief es, wie ein kleiner Rucksack, an dem einer der Ringe befestigt war, die die Amazone in der Tunika getragen hatte. Er schützte nun den Rücken der Frau und das Kind darauf.

Ianos packte die Amazone, die Angst vor Höhen hatte, wie sie stets beteuerte, und warf sie über die Kante hinab. »Gib – ihr – die Hand!«

Die Gladiatrix gab einen panischen Laut von sich, dann packte ihre Hand den Arm der Frau, und Ianos zog beide hinauf.

»Niemand lässt sie je wieder als Letzte klettern!«, fuhr er die anderen an. Etwa dreißig standen unter seinem Kommando. Sie sahen einander betreten an.

»Weiter jetzt. Und du gehst neben mir!« Er war nervös. Seine Kleidung stand vor Dreck, und neuer Schweiß weckte den Gestank der vergangenen Tage. Er wischte sich mit dem Ärmel über die Stirn. Sie hatten zu wenige Waffen. Sie hatten zu wenige Schilde.

Sie waren auf λ/U/LVI, sagten die Schilder, als sie sich über die Kante des großen Containers zogen. Sie mussten den Steg zwischen U und T kreuzen – und noch einige mehr, bis sie bei Q waren. Dazwischen krochen sie über Lasten, über geankerte Boote, über Fracht und querten auf schmalen Stahlträgern die lauernden Tiefen der Docks unter ihnen.

Bislang hatte niemand sie bemerkt – der Hafen war belebt genug, dass sie den müden Augen der Hafenarbeiter entgehen konnten. Ianos zerstörte Linsen, wo er sie fand – und wo sie erreichbar waren.

Auch hier warf er einen zielgenauen Stein und verkantete eine schwenkbare Linse so, dass sie einen Trupp von Sklaven beobachtete, die ein Boot beluden.

»Weiter.«

Sie kreuzten den Steg. Gegenüber warteten gewaltige Ballen auf ihre Verladung – Fasern, ob Stoff oder Kabel war unter der Folie nicht zu erkennen. Sie quetschten sich zwischen die Ballen, hoffend, dass es daraus einen ebenso unauffälligen Ausgang geben würde.

Da hörten sie den Aufschrei. Ein Sklave lehnte sich aus dem Kran und zeigte aufgeregt auf sie.

»Schnell«, zischte die Amazone.

Die Arbeiter schnitten ihnen den Weg ab, erklommen die Ballen und waren plötzlich über ihnen.

Ianos aktivierte den Schild und packte den Speer.

»Das sind sie!«, rief der Vorderste, ein flachgesichtiger Mann, dessen Stirn in einer geraden Linie in seine Nase überging. »Der Zweigesichtige!«

»Zurück auf eure Plätze!«, gellte eine Stimme.

»Das können wir nicht machen! Ich habe Frau und Kinder!«, flehte ein vierschrötiger Mann.

»Ich nicht«, sagte der Flachgesichtige und sprang herab. »Ich zeige euch einen guten Weg, wenn ihr mich mitnehmt! Ich habe den Göttern gesagt: Wenn ich ihnen begegne, schließe ich mich ihnen an. Ich werde sie nicht verraten – ich nicht! Ich erkenne ein Zeichen, wenn ich eins sehe!«

»Dann vorwärts«, knurrte die Amazone den Neuankömmling an. Drei, vier weitere sprangen zu ihnen zwischen die Ballen. Die anderen blickten zaudernd zu ihnen herab. Ihr Aufseher schrie ihnen Kommandos hinterher. Sie nickten schließlich ihren fliehenden Kameraden zu und folgten dem Befehl des Aufsehers.

»Sie wissen jetzt, wo wir sind«, sagte Ianos. »Also beeilt euch.«

»Ich bin nützlich.« Der Sklave lächelte. »Ich habe das hier.«

Er schwenkte eine Karte und wies ihnen dann einen Weg über und durch die gewaltigen Ballen. Hinter ihnen wurden Rufe laut – Alarmrufe, unverkennbar. Eine Sirene heulte auf.

»Keine Sorge«, murmelte der Sklave, wie zu sich selbst. »Keine Sorge. Wir sind fast da.«

Ihr Bestimmungsort war eine Schiene, auf der etliche Anhänger warteten. Die Ballen wurden darauf verladen.

»Wo müsst ihr hin?«

Ianos dachte fieberhaft nach. Wie viel durfte er dem Neuankömmling sagen? Wie viel Vertrauen war gesund?

»Wir sind auf der richtigen Ebene – diese Richtung. LXIX.«

»Sehr gut.« Der Mann rieb sich die schwieligen Hände. »Kommt, kommt – schnell.« Im Schutz der Schienenbahn rannten sie an den Gleisen vorbei, bis die offenen Gestelle, in die die Ballen verladen wurden, ein Ende hatten. Hier nun waren geschlossene Container. »Rein!«

»Sind die leer?«, fragte Ianos misstrauisch.

»Natürlich nicht, rein da! Titus, entkoppeln!«

»Aber …«

»Was, aber? Hast du Angst? Mach jetzt, bevor was passiert, wovor wir uns fürchten können!«

Sowohl Titus als auch die Flüchtigen gehorchten. Ianos kletterte als Erster durch die Klappe, die der Sklave für ihn öffnete. Der Gestank im Container war unbeschreiblich.

»Schweine?«, sagte er über die Schulter.

»Sie beißen nicht, zwängt euch zwischen sie!«

Die Amazone leuchtete in den Waggon. »Schwarze Schweine«, verbesserte sie. »Wir stinken ja noch nicht genug.«

Ianos zwängte sich zwischen den angeketteten, glitschig-schuppigen Wesen hindurch. Schwarze Schweine waren eine Delikatesse, aber selbst dann für ihren Gestank bekannt, wenn sie einzeln auf einer phoenicischen Wiese standen und nicht mit gut einhundert Artgenossen eingepfercht waren. Jemand schob sich neben ihn und gab ein würgendes Geräusch von sich.

Die Klappe wurde geschlossen. Der Wagen setzte sich in Bewegung, und sofort gingen Alarmsirenen in der Nähe los.

»Ich bin mir nicht sicher, ob das eine gute Idee war«, sagte die Amazone.

Constantia hatte nur wenige Fragen beantworten müssen. Die Legionäre trugen keine implantierten Sensoren, stattdessen erfasste eine Gesichtserkennung ihre Identität, und die wies sie so deutlich als ihren Bruder aus, dass der Eintrag, er befinde sich an der Grenze zu Germanien, korrigiert wurde. Bei einer solchen Menge an Legionären konnte es geschehen, dass Einträge falsch waren.

Wann der Magistrat in Betracht ziehen würde, dass sich bereits jemand an dem kürzlich entdeckten Maskenversteck im Gildenhaus bedient hatte, konnte Constantia nicht einschätzen. Sie durfte neben dem Beamten, Censor Larinius, Platz nehmen, der Kurs auf den Hafen nahm.

»Sie können nicht starten«, sagte der junge Larinius, dem die Grenzkriege bereits graue Schläfen beschert hatten. »Es gibt für niemanden eine Starterlaubnis. Der Hafen ist ein einziges Chaos.«

»Wie würde man sie aufhalten, wenn sie starten würden?«, fragte Constantia.

»Man würde sie beschießen. Und wir haben Schiffe mit Rammspornen in der Luft, falls das nicht reicht.«

»Und wenn sie Schilde hätten?«

»Das ist Unsinn, kein Zivilschiff hat Schilde.« Dennoch sah er sie kurz nachdenklich an.

»Woher kommt das?«, fragte Drennis den Mann neben sich und beugte sich über den Bildschirm.

Der entstellte Faun mit der Gesichtshaut, die irgendwann zu ledrigen Blasen erstarrt war, zuckte schnaufend mit den Schultern. »Ihr Wichser kostet mich schon tagelang Nerven! Hier rücken jeden Moment die Praetorianer an, das da draußen ist ja wohl kaum zu übersehen.«

Crixus hinterließ eine Schneise der Verwüstung, die genau auf das Schiff wies.

»Wir warten noch.«

»Worauf? Dass sich der ganze verfickte Sklavenaufstand hier einfindet?«

Drennis stieß dem Mann die Faust gegen die Brust – nur ganz leicht, doch genug, dass dieser zurücktaumelte. »Wir warten noch – und wenn ich sage, dass wir darauf warten, dass deinen Ziegenkötteln wohlriechende Tauben entsteigen, dann warten wir auch darauf, verstanden?«

Der Mann schnaubte wütend.

»Woher kommt dieses andere Signal?«

»Hier.« Widerstrebend zeigte er auf einen Punkt auf dem Gittermuster des Hafens. »Bei den Gleisen.«

Schwere Schritte stampften im Bauch des Schiffs und verrieten Drennis, dass Crixus angekommen war. Rund vierhundertundfünfzig Entflaufene waren somit bereits hier.

»Ich muss das Ding zumachen, wir haben sonst gleich die Praetos hier drin!«, zischte der Faun.

»Dann mach es zu, verdammt.«

Drennis sah auf einen anderen Bildschirm: Der Hafen war ein heilloses Durcheinander, das nicht zuletzt seine Gruppe hinterlassen hatte. Die Patrouillenboote, die Fußtruppen an den Docks – sie konzentrierten sich jetzt auf diesen Punkt. Auf λ/Q/LXIX.

»Starte die Dreckskiste«, knurrte Drennis.

»Endlich nimmst du Vernunft an«, sagte der Faun zufrieden.

Der Container schoss über die Magnetgleise. Ianos wusste nicht, wo ihr neuer Freund sich aufhielt – ob er überhaupt ein neuer Freund war oder sie jetzt ganz einfach mit voller Wucht gegen einen Prellbock fahren lassen würde. Einzelne Geschosse prasselten von außen und oben gegen die Decke, einige durchschlugen sie. Die Flüchtlinge duckten sich zwischen die Schweine. Es krachte blechern.

»Scheiße«, rief die Amazone. »Runter auf den Boden!«

Für irgendwen kam die Warnung zu spät; das Geschütz durchschlug die Decke, drang in seinen Körper ein – und dann wurde das Geschoss mitsamt dem zappelnden Körper zurückgezerrt, verhakte sich im Containerblech und riss das ganze Dach mit sich in die Höhe – daran festgepinnt war der Leib des Unglücklichen.

Der nun offene Wagen schlingerte, doch er löste sich nicht von den Gleisen.

Über ihnen schwirrten Boote. Ein erneuter Hagel aus Geschossen ging auf sie nieder. Die Schweine kreischten panisch, wehrten sich gegen ihre Fesseln, bissen einander und sich selbst. Die Menschen ließen die wenigen Schilde aufflammen, die sie hatten. Ianos sah einen Schild flackernd am Boden liegen – auf dem Rücken einer menschlichen Gestalt.

»Nein!« Er robbte vorwärts, die Faust erhoben, deren Schild ihn schützte. Bolzen prasselten herunter. Schmerzensschreie. Das Quieken verstörter Schweine.

Er wagte es nicht, die Frau herumzudrehen, denn das Kind war noch auf ihren Rücken gebunden.

Ein Bolzen war ihr von oben in den Nacken gefahren. Sie lag ganz still. Auch das Kind war still.

Jemand hat wieder nicht auf sie aufgepasst!, schrie es in ihm. *Ich habe wieder nicht auf sie aufgepasst!*

Es durfte nicht sein, dass sie tot war, die Frau, dunkelhäutig wie er selbst, mit der er weniger als ein Dutzend Worte gewechselt hatte.

Und das Kind? Wie konnte er es von ihrem Rücken lösen? Er zog die Feder aus dem Gürtel, drang damit durch den Schild, der ihren Rücken schützte. Schnitt die Bänder des Tuchs auf.

Das Kind bewegte sich nicht. Es blutete am Kopf.

»Götter, Götter, Götter, nein«, hauchte er. Er musste seinen Schild ausschalten, um den Säugling mit beiden Händen hochzuheben. Wenn er jedoch das Kraftfeld ausschaltete, würde er tot sein.

Ein weiteres stahlseilgesichertes Ballistageschoss bohrte sich in eine der Containerwände – diesmal war der Pilot des Bootes über ihnen geschickter, drosselte allmählich die Geschwindigkeit. Der Container jaulte auf den Schienen, wurde langsamer.

Ianos kauerte über dem Säugling, versuchte ungeschickt, ihn mit einer Hand hochzunehmen, doch das Kind war schlaff, der blutende Kopf baumelte hin und her.

Es ist tot. Tot.

Schließlich ließ er den Speer fallen, griff das Kind mit einer Hand an Nacken und Rücken, riss es hoch und presste es gegen seine Brust. Warm floss das Blut über seine Hand. Ein zitternd-empörter Schrei war das Ergebnis seiner unsanften Behandlung.

Er hielt den Schild über sich selbst, das Kind und zwei kauernde Unbewaffnete, von denen einer von einem Bolzen getroffen worden war.

»Hier kommen wir nicht raus«, sagte der Getroffene mit Bedauern in der Stimme.

Ianos sagte nichts. Er war der Anführer gewesen. Eine Entschuldigung hätte lächerlich geklungen.

»Da hebt ein Schiff ab«, sagte der Pilot. Constantia und der Beamte starrten durch die Scheiben des Boots. »Kennung: *Proserpina IV.*«

»Ein Handelsschiff. Das hat keine Schilde. Das werden sie bereuen«, prophezeite Larinius.

Er wies mit der Hand in die Höhe auf ein Suborbitalschiff, mit dem Schmuggler über Land aufgebracht wurden. Es senkte sich bereits zum Angriff. Der Rammsporn ragte aus dem Bug hervor, schildgeschützt wie der Rest des Schiffs.

Die kleinen Überlandboote der Praetorianer spuckten Geschosse gegen die *Proserpina*.

Constantia hielt die Luft an, presste die Lippen fest zusammen. Das kleine Handelsschiff jedoch erhob sich nicht in die Lüfte, um Rom zu verlassen – niedrig pflügte es durch die Boote der Praetorianer und öffnete dann eine Bodenklappe.

»Was passiert da?«

Der Pilot gestikulierte wild. »Da unten – da ist ein Wagen!«

Das kleine, mobile Praetorianerboot, dessen Harpune fest in der Containerwand verankert war, brachte den Container zum Stehen.

Ianos stieß seinen Speer mit dem Fuß zu den beiden Kauernden hinüber. »Nimm. Daran ist Hadesstahl.«

Zitternde Hände griffen danach.

Aus dem Praetorianerboot seilten sich Gerüstete ab, schwangen sich heraus und baumelten über ihnen.

Plötzlich schnitten ein Motorendröhnen und ein blechernes Krachen in den ohnehin ohrenbetäubenden Lärm, als ein bauchiges Schiff die Praetorianer aus dem Himmel fegte. Das Legionsboot verschwand mit einem Krachen und Knirschen, und stattdessen kam ein zischendes, dröhnendes Monstrum über ihnen in der Luft zum Stehen. Am Bauch des Schiffs öffneten sich zwei große Klappen, dann sprang Crixus heraus.

Ianos sackte zurück, blinzelnd, zweifelnd, ob seine angespannten Sinne ihm gerade eine hoffnungsvolle Einbildung sandten.

Stahlseile entrollten sich aus dem Handelsschiff, Crixus rammte die Haken daran in den Boden des Containers, und das gesamte Gefährt wurde von den Schienen gewuchtet. Es knirschte bedrohlich, die Schweine schrien vor Angst. Die Menschen blieben stumm.

Dann war die Dunkelheit des Raumschiffsbauchs um sie herum, und die Klappen schlossen sich.

Ianos atmete aus.

»Schweine!«, hörte er Crixus' Stimme. »Schwarze Schweine, lecker!«

Das Schiff erhob sich mit dröhnenden Antriebsdüsen.

Der rasende Aufstieg presste sie zu Boden, und sie waren nur wenige Sekunden aufgestiegen, als etwas in den Schiffsrumpf einschlug.

»Sie werden doch nicht über dem Hafen ... die Trümmer werden ... Hunderte Todesopfer ... und erst die Gebäudeschäden!«, brachte Censor Larinius hervor, und Constantia krallte ihre schmalen Frauenhände in die Sitzlehne vor sich.

Das Schiff der Aquilaklasse fuhr kreischend aus dem Himmel, Rammsporn voran.

»Bei allen Gött–« Der Pilot verstummte und riss dann sein Steuer herum, denn sie waren zu nah herangeflogen.

Constantia wandte den Kopf, um zu sehen, wie der Sporn das kleinere Raumschiff erlegte, doch das geschah nicht.

An der Flanke der vermeintlich hilflosen *Proserpina* flammten blaue Schilde auf. Die Rammnase des Aquilae traf darauf, der Sporn glitt ab, beide Schiffe prallten gegeneinander – und dabei wurde die Bahn des rammenden Schiffs so abgelenkt, dass es, Nase voran, auf die Docks prallte und Praetorianer und Hafenarbeiter gleichermaßen zerquetschte.

Das Handelsschiff jedoch wurde vom Schub des angreifenden Schiffs nach oben gedrückt – Geschossladungen von Katapulten gingen fehl, der Hafen begann gleich an mehreren Stellen zu brennen.

»Ratten der Nemesis!«, fluchte der Censor.

Constantia verdrehte sich den Hals, um dem Schiff hinterherzusehen, das sich aus dem Sichtfeld der Fenster erhob.

»Das ist ein verdammtes Piratenschiff, das unsere Schildgeneratoren geklaut hat!«, sprudelte es aus Larinius hervor. »Sieh dir das an – überall gepanzert! Das ist … das Ding kann man nicht aufhalten!«

Sie blinzelte. War er an Bord? Und wohin ging es für ihn?

Im Theater würde ich mich über solch eine lächerliche Romanze ärgern. Es fehlt nur noch, dass ich seufze: Werde ich ihn jemals wiedersehen?

Das Raumschiff wurde kleiner und kleiner, eine weitere Aquila setzte zur Verfolgung an. Beide Schiffe wurden gleißend hell, bevor Constantia sie aus dem Blick verlor.

Werde ich ihn jemals wiedersehen?

»Bringt mich zum Hafen!« Sie wehrte sich gegen die Kälte, die in ihrem Inneren herankroch. Was sollte sie jetzt tun? Aufgeben? Zu ihrem Vater, ihrem Bruder oder gar ihrem Verlobten zurückkehren?

»Bringt mich zum Hafen, ich muss mich sofort den Verfolgern anschließen!«, schrie sie den Piloten an.

Er sah unschlüssig über die Schulter und suchte dann einen Platz, an dem er das Boot sicher landen konnte.

Cornelia Marina war zur Tatenlosigkeit verdammt. Ihr jüngster Sohn weigerte sich, sein Zimmer zu verlassen, die junge Gaia Sabina weigerte sich, beschirmt von ihren mächtigen Verwandten, Rechenschaft abzulegen, und Vedea war eine blasse und schweigsame Gesprächspartnerin, die ihr nur mitteilte, wann Marius einen seiner hektischen Anrufe bei irgendwelchen zwielichtigen Männern tätigte. Cornelia hatte seinen Zugang zum Weinkeller gesperrt, doch er schien einen Vorrat an härteren Drogen angelegt zu haben, sodass sein Zustand sich nicht besserte.

Sie wusste nicht, wo Constantia war. Das Mädchen hatte das Haus nicht verlassen sollen – und sie war sonst nie so rebellisch wie ihr Bruder gewesen. Cornelia verdächtigte Marius, damit etwas zu tun zu haben, doch sie bekam nichts außer wirrem Gebrabbel aus dem jungen Mann heraus. Er bestand darauf, dass seine Schwester mit dem Gesicht ihrer Sklavin gestorben war. Doch das war völlig ausgeschlossen.

Warum jedoch hatte die Sklavin den Freitod gewählt?

Cornelia stützte den Kopf in die Hände.

Lucius befehligte die Praetorianer an Bord eines Schiffs. Kurz hatte sie bei den Geschehnissen am Hafen um sein Leben gefürchtet, doch die verbrannte Aquila war ein kleineres Suborbitalschiff gewesen. Lucius war an Bord des Flaggschiffs und hatte die Verfolgung aufgenommen.

Verdammte Sklaven!

Zum Glück waren die Mariner bisher nicht vom Aufstand betroffen. Es war ja auch verrückt; hier hatten es die Sklaven doch viel besser als bei irgendwelchen Aufständischen! Sie durften sogar darauf hoffen, eines Tages vom Sklaven zum Freigelassenen zu werden – natürlich weiterhin im Dienste der Familie.

Aber wo ist Constantia?

Cornelia verfolgte die Imagi der allgegenwärtigen Katastrophen an der Wandtabula. Vedea massierte ihr mit Öl die Schläfen, die Kopfschmerzen pulsierten in ihrem Kopf, als sei etwas Großes darin zum Leben erwacht.

Die Imagi zeigten einige hundert Männer in Zivil, Legionäre auf Urlaub, die eilig an Bord eines Schiffes gebracht wurden.

»Der Urlaub für alle Legionäre in Rom ist beendet«, verkündete Gracchus Petronius. »Die Legionslager im Orbit nehmen augenblicklich die Verfolgung auf. Beurlaubte Legionäre bemannen die Stationen oder verstärken die Verfolger.«

»Das dort ... ist das Lucius Minor?«, flüsterte Cornelia und setzte sich auf. »Was macht er in Rom?«

Sie barg den schmerzenden Kopf sofort in den Händen. »Was geht vor mit meinen Kindern? Vedea, zeig mir das Bild noch einmal!«

Die Sklavin richtete sich kerzengerade auf und griff nach den Imagi. Sie holte das Bild zurück, auf dem Cornelia ihren ältesten Sohn zu sehen geglaubt hatte.

»Nein, das ist er nicht«, sagte Vedea leise, mit einem seltsamen Zittern in der Stimme, und zeigte ihr eine verschwommene Vergrößerung.

Cornelia seufzte. »Ja. Ja, ich bilde mir schon Dinge ein ...«

Die Sklavin nickte knapp und ließ die Imagi weiterlaufen. Ihr Blick war wachsam, unruhig.

»Stimmt etwas nicht, Vedea? Tut es dir leid, dass du dich nicht diesem Pack angeschlossen hast?«

»Natürlich nicht, Herrin. Es ist nur ... es ist eine seltsame Situation da draußen.«

»Das ist es. Bitte, schalte die Imagi aus; ich halte es nicht mehr aus hier drin mit diesen Nachrichten ... ich wünschte, ich wäre woanders.«

Vedea nickte verständnisvoll. »Sobald das Flugverbot aufgehoben ist, kannst du eine Erholungsreise unternehmen. Wenn du zurückkommst, ist sicher alles wieder beim Alten.«

»Wäre doch nur Constantia bis dahin wieder hier.«
Vedea schwieg.

Constantia brauchte eine schweißtreibende halbe Stunde, um alle Rüstungsteile einer Legionärsrüstung korrekt anzulegen. Als Tribun erhielt sie auf dem rasch organisierten Militärtransporter immerhin eine eigene Kammer, in der sie ungestört war. Sie legte den Kragen des Helms an, als sie heraustrat. Der Schweiß unter der Rüstung wurde von dem System, das ihre Temperatur regulierte, getrocknet. Sie fühlte sich mit der Rüstung schwer und in der Rüstung leicht. Alles in allem war es kein gutes Gefühl, und sie stolperte ein wenig, als sie in den Gang trat.

Sie war zur Brücke beordert worden. Als Tribun erwartete man sicherlich etwas Intelligentes von ihr.

Götter, ich muss wahnsinnig sein. Was soll ich hier ausrichten, außer mich enttarnen zu lassen? Womöglich von einem meiner Brüder oder gar meinem Vater ...

Als sie die Brücke betrat, mit in den Kragen eingefahrenem Helm und dem unabwendbaren Gefühl, dass jeder sie als das Mädchen erkennen würde, das sie war, durchbrachen sie die Atmosphäre. Sie mühte sich, gelassen stehen zu bleiben, als das Feuer vor den Fenstern ausbrach und ihr Magen kurz kopfstand.

Es schien ihr zu glücken, denn niemand schenkte ihr Aufmerksamkeit.

»Dieser Transporter verstärkt die Truppen außerhalb des Rubicon«, verkündete eine Stimme aus den Audios, und die Männer auf der Brücke sahen angemessen desorientiert aus. »Wegen der Aufstände bleiben die Praetorianer in Rom, wir ziehen aber alles zusammen, um die Flüchtigen aufzuhalten. Wir schätzen, es sind fünfhundert bis eintausend Aufständische – eine kleine Gruppe also, aber wir haben Grund zu der

Annahme, dass wir die Probleme nicht los sind, wenn wir sie einfach entkommen lassen.«

Constantia trat zu einer Gruppe junger Männer – offenbar Tribune, junge Patrizier, die einige Jahre der Militärlaufbahn hinter sich brachten und in dieser Zeit die Legaten berieten. Keiner schien sie – oder vielmehr ihren Bruder – zu kennen, sie nickten ihr lediglich zu.

»So ein Scheiß. Ich hatte Urlaub, weil meine Frau ein Kind bekommt«, beschwerte sich der Älteste von ihnen. Die anderen erschienen Constantia noch zu jung, um bereits verheiratet zu sein.

Einer lachte. »Als sie mich angerufen haben, war ich grad dabei, eins zu machen!«

Die anderen fielen in sein Lachen ein. »Dann hoffen wir mal, dass wir diese Kerle schnell kriegen. Ist schon schade, ich mochte den Gallier. Aber wenn wir sie kriegen, wird nicht viel von ihnen übrig bleiben.«

»Verdammt schade. Ich wette, bei einer Captura hätte der Ziegensohn das Rennen gemacht.«

»Zu alt!«, winkte einer ab.

»Aber heimtückisch!«, gab der andere zurück. »Er hätte eine Weile so getan, als würde er verlieren, bis nur noch ein einfacher Gegner übrig wäre, und dann hätte er ihn von hinten erledigt.«

»Ich hätte gerne mal eine Captura gesehen«, sagte ein weiterer. »Aber na ja, um jemals wieder eine zu sehen, müssen wir wohl verhindern, dass die Bastarde mit den Herzen durchbrennen. Im Iunotempel ist auch noch ein echtes Herz geklaut worden. Habt ihr davon gehört?«

Constantia schluckte. Das Herz wartete in ihrer Kabine.

»Vielleicht können wir die echten Herzen als Geisel nutzen? Ich meine, die Gladiatoren leben doch nicht lange mit den göttlichen Herzen, oder? Man könnte ihnen sagen: Ihr kriegt euer eigenes Herz zurück.«

»Ja, klar. Und weißt du was, Quintus? Wir schicken dich hin, um es ihnen zu sagen.«

Constantia sah aus dem Fenster. Der Rubicon glitzerte vorbei – dann waren sie im All. Wohin ging es nun?

»Wie verfolgen wir sie?«, fragte sie.

»Sie müssen die Sprungknoten nutzen«, sagte Quintus.

»Können wir die Sprungknoten dichtmachen?«, fragte Constantia.

»Nicht so schnell. Man kann sie zerstören oder runterfahren. Runterfahren dauert lange. Und zerstören – ich weiß nicht, ob sie es in Kauf nehmen, einen Sprungknoten zu zerstören, nur wegen so einer Bande Arschlöcher«, antwortete ihr rothaariges Gegenüber, der werdende Vater. Er sah immer wieder nervös auf seine Tabula.

»Da vorne!« Ein klein gewachsener dicklicher Tribun deutete auf die militärischen Posten außerhalb des Orbits. »Es sieht so aus, als ginge es direkt weiter.«

Der Truppentransporter scherte in eine Reihe Militärschiffe ein, Scorpiones und Ursi und einige schnelle Aquilae.

»Das sieht vor allem so aus, als wäre Legat Crassus nicht zu Späßen aufgelegt«, meinte der Rothaarige.

»Legat Crassus?«, vergewisserte sich Constantia. »Er hat das Kommando?«

»Ja. Er ist gut, kennst du ihn?«

»Natürlich kenne ich ihn«, sagte sie leise. »Meine Schwester ist seine Verlobte.«

»Ah«, sagte einer von ihnen grinsend. »Familie. Dann ist es doch gut, dass du als Tribun an Bord bist. Kannst Eindruck schinden.«

Sie zog eine Augenbraue hoch – die Bewegung kribbelte unter der Maske. »Ich bin der erstgeborene Sohn von Lucius Marinus Maximus, dem Legaten der Praetorianer. Sag Bescheid, wenn ich noch Eindruck schinden muss.«

Die fünf anderen grinsten, der Kleingewachsene, den sie um einige Handbreit überragte, verzog geringschätzig das Gesicht.

»Mariner«, sagte er.

Kapitel XXX

»Habt ihr einen Medicus hier? Einen Capsarius?«, schrie Ianos den Nächstbesten an, einen breitschultrigen Mann mit allen Attributen eines Schlägers.

Der zuckte mit den Schultern. »Wo tut's dir denn weh?«

Der Junge stand kurz vor einem Nervenzusammenbruch. Er war voller Schweinescheiße und hielt ein kleines, blutiges Bündel umklammert.

Crixus trat näher – wie so oft nahm er Ianos' unterschiedlichste Empfindungen auf wie einen Wirbel aus wechselnden Temperaturen, wie verwirrende Gerüche und einen grellen Wechsel von Farben. Er schüttelte den Kopf. Der Junge war noch ziemlich jung.

»Das ist ein Säugling. Hast du unterwegs ein Kind gekriegt?« Er tastete vorsichtig nach dem kleinen Körper. Auch da spürte er Empfindungen, aber sehr viel schwächer. Schmerz, größtenteils Schmerz. Eine zarte Ahnung von Verlust lag darüber. »Kind ohne Mutter, hm? Was für ein Scheiß.«

»Wo ist der Kerl, der uns in den Wagen gepfercht hat?«, schrie Ianos und beachtete für einen Moment weder Crixus noch das Kind, das er weiterhin festhielt. »Und ... hat er uns verraten oder gerettet?«

»Ich habe keine Ahnung, wovon du redest, Bruder«, sagte Crixus. »Aber mir fehlt eine Hand, um dir das Kind da abzunehmen.«

»Die Mutter, sie ist da ... dahinten, bei ... bei den Schweinen, vielleicht lebt ...« Er brach ab, seine Blicke irrten durch den Frachtraum. »Wo bin ich hier?«

»In einem Raumschiff, Bruder, komm einfach mit. Wir sind aus dem Orbit raus, Junge. Verstehst du, was das heißt?«

Ianos' Empfindungen flammten so hell, dass alle Gedanken darin zu verbrennen schienen.

»Du stehst unter Schock. Lass das Kind nicht fallen und komm mit.«

Ianos saß auf einem Sitz. Er war angeschnallt, wusste aber nicht, ob er das selbst getan hatte. »Was ... wo sind wir jetzt eigentlich?«

»Frag gleich noch mal«, murmelte Crixus vor ihm.

Ianos sah an sich hinunter. Er hielt diesen Säugling auf dem Arm, obwohl ... es doch eine Frau geben musste, die das Kind halten konnte. Der Kopf des Kindes war verbunden, und es schlief. Es war ein Mischling, etwas heller als die Mutter.

Halbbraun und halbweiß. Vielleicht ist es tot. Aber dann würde ich es wohl hoffentlich nicht im Arm halten ... Scheiße ... Warum hielt er ein Kind? Er war ein Gladiator, irgendetwas zwischen siebzehn und zwanzig Jahren alt, er war die letzte Person, die ein Kind auf dem Schoß halten sollte.

»Wo sind wir jetzt eigentlich?«, wiederholte er die Frage, unwissend, wie viel Zeit seit dem letzten Mal vergangen war. Falls Crixus eine Antwort gab, wurde sie von dem Kreischen der Maschinen, dem Krachen in der Hülle und den Erschütterungen, die durch das Schiff liefen, verschluckt.

Ianos kannte das Gefühl und mochte es nicht. Dass es ihm jedoch solch einen Schrecken einjagte, war neu. Es hatte ihm nie jemand erklärt, wie die Sprungtore funktionierten – er wusste nur, dass sie von drei Triangulationspunkten offen gehalten wurden, die das Schiff zu anderen Punkten, in andere Systeme des Sternenhaufens transportierten.

Als die Geräusche verklangen, lehnte Ianos sich zurück. Wie üblich gab es an Bord kaum Fenster nach draußen – zu störungsanfällig waren solche Öffnungen, zu empfindlich.

»Also … sind wir gesprungen, ja?«

»Süße Rigani, offenbar sind wir das«, sagte Crixus. »Mann, hatte ich einen Schiss. Sie hätten das verdammte Tor einfach schließen können.«

»Offenbar«, sagte Ianos, »haben sie das nicht getan.«

»Sie kennen so oder so unsere Position. Sobald wir eins dieser Scheißtore benutzen, wissen sie, wo wir sind, Bruder. Aber hier, sagt dieser Faun mit der geschmolzenen Hackfresse, hier sind wir am nächsten dran am Hadessystem.«

Ianos starrte die Wand an, als könnten seine Blicke Löcher hineinschmoren. War der Hades dort draußen? Das System, das so widersinnig war, dass es Geräusche in der Leere machte? Die Legende, von der es nur Legenden gab, die jeder zivilisierte Mensch mied?

Er schluckte. »Ich hab Angst vor dem Scheiß-Hadessystem.«

»Bruder, vor dem haben wir alle Angst«, sagte Crixus düster und musterte ihn, als sähe er die verschiedenen schillernden Farben der Angst wie eine Ölpfütze um ihn herum.

»Wo sind wir denn jetzt?«, fragte Constantia, nachdem der Lärm des Sprungs verhallt war. Sie waren mit nur wenigen Augenblicken Verspätung gesprungen – nachdem das Protokoll der Triangulationsstationen eingetroffen war. Truppenschiff um Truppenschiff folgte nun zu den gleichen Koordinaten.

»Außenbezirk vom Parthersystem«, antwortete der rothaarige Tribun, der die Koordinaten auf den Tabulae offenbar besser interpretieren konnte als sie. »Viel weiter werden sie nicht kommen, so viel Treibstoff haben die nicht an Bord.«

Sie sahen alle nach vorn, wo der schmale, nüchterne Steuerraum des Transporters entweder mit Fenstern oder großen Tabulae versehen war – Constantia konnte es nicht mit Sicherheit sagen.

»Da vorn«, sagte sie mehr zu sich selbst.

Das All entfaltete sich nach dem Sprung nach allen Seiten, durchbrochen von einem kleinen Planeten, aus dem sich dahintreibende Trümmer gelöst hatten. Eine vorausfliegende Aquila stieß ein Trümmerstück mit dem Rammsporn beiseite.

Weiter voraus flog das Schiff, das sie seit weniger als einer Stunde verfolgten, das nun jedoch Lichtjahre von Rom entfernt war.

»Hier ist ja wohl wirklich das absolute Nirgendwo. Hier machen wir die Wichser fertig«, sagte der Tribun, den die anderen Quintus genannt hatten.

»Wo ist Hekatompylos?«, fragte der Rothaarige. »Es müsste hier sein.« Er schwieg, sie alle schwiegen. Dann fuhr er fort: »Das hier ist der verdammte Mond von Hekatompylos. Und dann müsste Hekatompylos auch hier sein! Du!« Er trat zu einem der wenigen Besatzungsmitglieder, die das Schiff steuerten. »Was ist hier passiert?«

»Hadessystem«, sagte der Mann knapp.

»Willst du mich verarschen? Es hat die Welt der hundert Pforten verschluckt, und das hat kein Ausrufer gemeldet?«, zischte der Tribun.

Der Offizier nickte nur. »So etwas wird nicht in Rom gemeldet, Tribun.«

»Verdammte Scheiße. Das war … war …« Er sah erschüttert aus. »Und wo ist dieses Schreckgespenst jetzt?«

»Das Hadessystem ist kein Kinderschreck, Tribun, auch wenn die meisten Römer in dem Glauben gelassen werden. Es ist wie ein Raubtier. Kommt, frisst und torkelt vollgefressen weiter. Offenbar ist es schon weg, irgendeine andere Randwelt fressen oder einen Mittagsschlaf halten.«

»Fick mich, Iuno«, stieß Quintus hervor.

Constantia schaute hinaus. Die Splitter des Mondes – es sah tatsächlich so aus, als habe etwas Gigantisches ein Stück aus dem Planeten herausgerissen, und der Rest sei dabei zerbröselt wie ein Keks. Kalt wurde ihr in der Uniform, und die Härchen auf ihren Armen stellten sich auf.

Ein Rauschen zerriss die kurze Stille auf der Kommandobrücke. Dann füllte sich eine Tabula mit einem wohlbekannten Gesicht. Constantia hielt den Atem an. Es war ihr Verlobter.

»Tribune. Welchen Rat gebt ihr mir in dieser Sache?«, fragte Marcus Licinius Crassus mit so glasklarer Stimme, als stünde er neben ihr.

Der Rothaarige trat einen halben Schritt vor. »Legat Crassus – Gracchus Sernantus, Tribun der Siebenundachtzigsten. Sie brauchen Energie, um zu fliehen, und Energie, um die Schilde aufrechtzuerhalten. Wir rammen und beschießen sie, bis sie eines davon sein lassen müssen.«

»Ich danke für den Rat, Tribun Sernantus«, sagte Crassus, und es war klar, dass es sich bei seiner Frage nur um eine Formalität gehandelt hatte. »So werden wir es machen. Einwände, Tribune?«

Sie schüttelten die Köpfe.

Verdammt. Irgendetwas muss ich tun können! Doch sie wusste nicht, was.

»Der Hades ist nicht hier.«

Drennis berührte mit seiner Stirn die Tischplatte und sagte nichts.

»Was seid ihr für Scheißer?«, fluchte Oenomaus. »War die Anweisung von meinem Herrn Lucullus nicht klar für euch Arschkrampen? Ihr bringt uns ins Hadessystem! Nicht zu irgendwelchen kleinen Kötteln, die der Hades ausgeschissen hat – ins Hadessystem!«

Der Faun kräuselte die Lippen, was sein zerstörtes Gesicht absurd erscheinen ließ. »Ach – und weißt du, wie schwierig das ist, diesen scheiß Hades zu finden? Hast du eine verdammte Tabulaverbindung dahin?« Er streckte die Hand in einer obszönen Geste aus. »Sei froh, dass ich überhaupt mit dir rede.«

Oenomaus wollte ihn am Kragen packen, doch der Bocksbeinige wich zurück. »Fass mich nicht an, arschgefickter Halbfaun!«

Drennis hob seinen Kopf. »Haltet die Ziegenfressen! Bei den Göttern der Unterwelt, wo ist das Hadessystem jetzt?«

»Kann ich nicht sagen«, gab der Faun zu. »Wenn es verschwindet, verschwindet es völlig. Es nutzt keine Sprungtore oder so was. Es ist einfach weg und taucht irgendwann woanders wieder auf.«

»Das heißt? Kriegen wir Verstärkung?«

»Von wem denn?«

Drennis schrie ihn an. »Von deinen Piratenfreunden, oder was auch immer du bist!«

»Gegen die Legionen des Crassus? Meinst du, meine Piratenfreunde lassen sich fröhlich von den Römern den Arsch wundbumsen, so wie unser Freund Oenomaus hier?«

»Aber du lässt diese Hurensöhne jetzt einmal über uns drüber rutschen oder was?«, fragte Drennis und bemühte sich um Contenance.

»Nee. Weißt du, was ich jetzt tue? Ich lande auf diesem Scheißmond da draußen – und dann lass ich euch raus, dann könnt ihr Spaß mit den Legionären haben. Das hier ist kein Schiff mit Waffen, die irgendwas gegen Legionsschiffe ausrichten können.«

»Oh, da will jemand jetzt gleich sterben«, sagte Oenomaus in düsterem Singsang.

Der Faun grinste. »Meinst du? Dein schlauer Freund Spartacus wird sicher diese Anzeige hier verstehen. Das ist unser Sprit. Mehr wurde nicht gestattet im Raumhafen, und deshalb können wir einfach noch ein kurzes Weilchen wegfliegen und dann von einem Rammsporn filetiert werden – oder ich lande uns auf einem netten unzugänglichen Örtchen, und ihr nehmt es am Boden mit den Legionären auf.«

»Das ist beides scheiße!«, brüllte Oenomaus.

Der Faun zuckte ungerührt mit den Schultern. »Aber das sind eure Optionen.«

Drennis seufzte. »Dann werden wir wohl landen, was?«

»Ich wusste doch, dass ihr Vernunft annehmt«, grunzte der Bocksbeinige und ließ sich in den Kapitänssessel fallen.

Drennis fuhr ungerührt fort: »Ich habe allerdings ein paar Bedingungen.«

Kapitel XXXI

Als Ianos das Piratenschiff abheben sah, wusste er, dass sie auf diesem zertrümmerten Mond sterben würden. Er hatte immer vermutet, dass es einen Punkt geben würde, an dem er wusste, dass er starb – und an dem er seinen Frieden damit gemacht hatte.

Er hatte gedacht, er würde irgendwann in der Arena so empfinden. Diese todesverachtende Gleichgültigkeit, mit der Drennis die Massen für sich vereinnahmt hatte.

Er hatte geglaubt, dass es einen Punkt gäbe, an dem die Situation so aussichtslos sein würde, dass das Sterben wie eine natürlich Sache erscheinen würde.

Alles musste sterben, und nicht alles starb, indem es in Ruhe verwelkte und im Kreise seiner Nachkommen friedlich dem Alter nachgab. Nein, viele Lebewesen wurden durch Gewalt aus dem Leben gerissen – auch das war natürlich. Ein Tod durch den Gladius war nicht weniger natürlich als ein Tod im hohen Alter. Zudem wurde der Tod durch den Gladius gerade sehr viel wahrscheinlicher.

Ianos hatte gedacht, er könne im Angesicht des sicheren Todes die innere Fassung bewahren, sich daran erinnern, was ihm im Leben gewährt worden war, und dann seinen Frieden mit Persephone machen.

Aber so war es nicht.

Mehr Angst als Blut war in seinem Körper.

Der Mond war kultiviert gewesen. Es hatte Treibhäuser gegeben und eine Atmosphäre, die für die Zirkulation von Wasser sorgte. Nun war der Mond zwar zerborsten, ein kalter Steinklotz im All, aber die Atemluft umlagerte das größte Trümmerstück noch, als könne sie nicht loslassen.

Ianos fühlte sich, als würde er ersticken. Das All dehnte sich unendlich aus. Und das Einzige, was dort oben greifbar schien, waren die Schiffe der Legionen.

»Kämpfen wir jetzt wirklich?«, fragte Crixus leise.

Drennis nickte entschlossen. »Wir können das Gelände ausnutzen. Die Felsen, die Klippen und Höhlen.«

»Ein Gelände, das wir ebenso schlecht kennen wie sie. Wer weiß, wie lange dieses Trümmerstück hier noch stabil bleibt ...«

Das Schiff der Piraten wirbelte weißen Staub auf, bevor es sich vom Mond entfernte und Schutz zwischen den großen Gesteinsbrocken suchte, die immer noch um eine gemeinsame Mitte kreisten.

Einige Sklaven waren an Bord verblieben, das war Drennis' erste Bedingung gewesen: die, die nicht kämpfen konnten, weil sie verletzt waren oder zu jung. Keine Alten hatten die Flucht überlebt, keine Säuglinge außer diesem einen, der jetzt ebenfalls dort oben an Bord des Schiffs war. Zusammen mit der untreuen Ziegenfresse.

Ianos spürte Crixus' Blick. Er wusste, was der Gallier sah. Kalter Schweiß brach ihm am ganzen Körper aus.

»Ruhig«, murmelte der Hüne.

»Wie machst du das?«, zischte Ianos.

»Was?«

»Warum bist du ruhig? Ich scheiß mich gleich ein vor Angst!«

Crixus grinste und klopfte ihm auf die Schulter. »Wir sind hier. Auf einem Mond. Bis hierher haben wir es geschafft.« Crixus atmete ein, als sei das etwas Großartiges. »Wir werden Legenden sein, in Rom. Sie werden uns nacheifern. Sie werden noch Größeres vollbringen als wir.«

»Aber wir sind dann tot – und ich will nicht sterben.«

Crixus nickte weise. »Dann müssen wir wohl siegen, was?«

»Sie haben unendlich viel Nachschub. Sie können uns jeden einzelnen Legionär der Galaxis auf den Hals hetzen – und wir haben nicht mal mehr ein Schiff.«

»Wir haben vier göttliche Herzen. Und auf die Götter solltest du vertrauen.«

»Glaube, ja?« Ianos schluckte an etwas, das sich anfühlte, als habe ihm jemand ein Messer durch den Mund in die Luftröhre gerammt. »Ich bin nicht gut darin.«

»Du wirst besser, Bruder.«

Dann landeten zwei Truppentransporter. Keiner der schweren Ursi oder wendigen Aquilae – es waren einfache Transporter. Die Aquilae schienen sich auf die Suche nach dem Piratenschiff zu begeben und huschten durch die Gesteinsbrocken, die über ihnen durch die Leere taumelten. Ein Ursus drang mit flammenden Schilden in die Atmosphäre ein, offenbar hatte er eine ganz besondere Fracht geladen, die er nun von oben einzusetzen gedachte.

»Los«, brüllte Drennis. »Zurück zum Trümmerfeld!«

Sie rannten, und einen kurzen Augenblick lang ließ Ianos' Angst los, und er fragte sich, ob er nicht lieber sterben würde, als erneut wegzulaufen. Hinter ihnen zischten die Splittergranaten vom Himmel. Es war für das Ursus-Schiff eine Sache von Sekunden, den Kurs so zu korrigieren, dass die nächsten, in zahlreiche Metallklingen zerberstenden Granaten im Pulk der Fliehenden landeten.

Schreie.

Blut.

Tod, aber nicht seiner.

Vorerst.

Ich sehe hinauf in das Schwarze Loch. Es frisst sogar meinen Blick auf, und trotzdem ist es, als würde es ein eigenes Licht abgeben, ein Licht, das das Elysium erhellt, das die Landschaften der ewigen Gärten in Frieden taucht.

Ich lese in den Eingeweiden meines Vaters. Ich lasse das Schwarze Loch auf meiner Netzhaut tanzen.

Es ist Hades.

Gott der Toten.

Gatte der Persephone.

Er, der sie raubte, in der Blüte der zarten Jugend, um sie an sich zu binden.

Ein grausamer Gott.

Und grausame Bilder zeigt er mir.

»Nein!«, schreie ich, als ich begreife, was gerade geschieht. Irgendwo dort draußen – zu weit draußen!

»Du darfst die Auspizien nicht unterbrechen«, beschwört mich die Furie. »Es ist Teil deiner Prüfung!«

Ich betrachte das Blut an meinen Händen. Ich atme heftig.

Persephone ist Hades' Heroldin. Ich bin der Tod in menschlicher Gestalt. Und ich brauche auch einen Herold.

»Geh«, flüstere ich der Furie zu. »Es ist Zeit, dass wir den Tod bringen. Ich bleibe hier und bestatte den alten König des Hades.«

Sie gehen – die Furie und die Hadeskrieger. Ich bleibe zurück im trügerischen Elysium und warte auf die Dinge, die ohne mich geschehen.

Constantia beobachtete, wie zwei Truppentransporter auf der bleichen Mondoberfläche landeten, an Bord befanden sich jeweils über tausend Legionäre. Crassus' Legionäre.

Sie musste sich Crassus zu erkennen geben. Musste etwas tun, um ihn aufzuhalten. *Ich könnte androhen, mich umzubringen. Er will mich schließlich heiraten.*

Er würde seine militärische Karriere nicht für sie opfern, da war sie sich sicher. Aber vielleicht hatte er Angst, den Zorn ihres Vaters auf sich zu ziehen.

Nein, es ist eine dumme, mädchenhafte Art und Weise, einen Eingriff in einen Krieg zu wagen! Hört alle auf, sonst stürze ich mich aus der Luftschleuse ... Niemand würde auf sie hören.

In diesen Moment ihres fieberhaften Nachdenkens hinein krachte etwas gegen den Leib des Schiffes.

Der Boden schwankte. Befehle wurden gebrüllt. Die Schwerkraft setzte kurz aus und dann wieder ein. Eine Tabula fiel aus, und Constantia stellte erleichtert fest, dass sie sich offenbar in einem fensterlosen Raum befanden. Sie fiel auf die Knie.

Erneut krachte etwas, diesmal von der anderen Seite. Dann wurde es still.

Kurz schien jeder an Bord in seiner Bewegung, in seinen Worten innezuhalten, dann gellte ein Ruf: »Antrieb ausgefallen!«, und sofort setzten die Schreie wieder ein.

Auf den Tabulae suchte man den Schuldigen. Die Offiziere auf der Brücke schnallten sich an den Sitzen fest. Die *Proserpina IV* taumelte backbord an ihnen vorbei, die Schilde daran flackerten wie ein Gruß.

»Was hat dieses Schiff hier zu suchen?«, brüllte Quintus.

»Muss hinter Trümmern –«

Der Antrieb setzte mit einem Krachen und Stottern erneut ein, übertönte kurz alles andere und war dann wieder still.

»Es ist hinter einem Asteroiden hervor und hat uns gegen einen anderen Felsen gerammt«, rief ein Offizier, der offenbar die Schiffsfunktionen kontrollierte.

»Was ist mit den Schilden?«

»Schilde noch intakt, aber es sind Trümmerstücke in den Antrieb geraten.«

»Verdammte Scheiße, das darf doch nicht passieren!«, brüllte der befehlshabende Kommandant der Brücke.

Das Schiff sank nach hinten.

»Wir werden von der Schwerkraft des Mondes angezogen«, überbrachte der Offizier die nächste schlechte Nachricht. »Wir können ... momentan ... nicht gegensteuern.«

Constantia rappelte sich auf und rannte los. Sie war nicht der einzige Soldat, der an irgendeine Position hetzte, aber der einzige, der strauchelnd durch den Korridor rannte, der zu den Quartieren führte. Sie öffnete die Tür ihrer Kammer, als das Schiff eine Lage einnahm, in der die interne Schwerkraft die äußere Schwerkraft offenbar nicht mehr ausgleichen konnte. Sie landete seitlich auf dem Türrahmen, der Korridor gähnte nun unter ihr wie ein dunkler Schacht. Sie schluckte, die Maske erstickte sie beinahe. Die Tür schlug zu, schlug einmal hart gegen ihre Hände, gegen Schulter und Schädel, als sie sich in den Raum zog. Die künstliche Schwerkraft zerrte an ihr, war jedoch zu schwach.

Sie stand auf der Wand, doch der Raum war klein genug. Sie packte ihre Tasche, die unter dem Bett hervorgerutscht und gegen die Wand gefallen war, und spürte das klopfende Herz darin.

Wenn wir abstürzen ... wenn wir abstürzen ... Sie dachte an Rettungsboote. Daran, zu landen. Ianos zu retten. Mit dem Rettungsboot zu fliehen – *wie damals ...*

Der Evakuierungsbefehl drang durch die Lautsprecher. Ein gewöhnlicher Ausfall des Antriebs hätte im All repariert werden können, doch hier gerieten sie in die Turbulenzen des zertrümmerten Mondes.

Sie zog die Tasche heran, schlang sie um sich. Im Gang schrie jemand auf – offenbar war er den Schacht hinabgestürzt.

Vielleicht kann ich ihm helfen, dachte sie widerwillig.

Sie ballte die Hand um den Gurt ihrer Tasche und zog sich erneut in die Türöffnung.

Nein, dachte sie. *Ich helfe niemandem.*

Sie dachte an Gaia. Gaia würde einem Hilflosen helfen, bei

aller Misanthropie würde sie niemanden verrecken lassen, nicht ihren ärgsten Feind.

»Bist du schwer verletzt?«, rief sie widerwillig den Gang hinab.

»Ich glaube, mein Bein ist gebrochen«, kam es zurück.

»Das tut mir leid«, sagte sie leise und richtete sich im Türrahmen auf. Die Zellen waren so eng beieinander, dass sie den nächsten Türrahmen erreichen konnte. Sie klammerte sich am Rahmen wie an einer viel zu großen Leiter fest und kletterte ungelenk höher.

Ein Rettungsboot. Wo sind die Rettungsboote?

Verdammter Truppentransporter. Sie war sich sicher, jeder an Bord hatte Hunderte Male für diesen Fall trainiert, konnte im Schlaf ein Rettungsboot finden. Endlich zog sie sich um eine rettende Ecke, stand nun auf der Wand eines breiten Ganges. Das Licht war grell, die Warnsignale wechselten sich ab. Und nun spürte sie, wie es abwärtsging. Der Druck des Falls presste sie zu Boden.

Das überlebe ich nicht …

Das überlebe ich nicht, waren Ianos' einzige Gedanken. Splitter steckten in seiner Schulter, einer davon hatte sich zwischen seine Rippen gebohrt, er fühlte es bei jedem Atemzug. Er schmeckte Blut. Er war der Erste, dem die Götter das Herz entziehen würden. Er *glaubte* nicht genug.

Leckt mich doch, war ein zweiter Gedanke. Wer konnte jetzt noch glauben?

Granaten ließen die Steine splittern. Die Flüchtlinge suchten Deckung, doch es gab keine. Und dann war die Infanterie bei ihnen, die Reihen der gnadenlosen Legionen, ihre Adler flammten auf ihren Schilden und auf den Standarten.

Blaues Flackern, ein Adler, zwei Blitze in seinen Krallen. SPQR – Senat und Volk Roms.

Der Adler schien seinen Feinden höhnische Blicke zuzuwerfen.

Drennis versuchte, Ordnung in seine Kämpfer zu bringen. Die Granaten verstummten, der Ursus dröhnte drohend über ihnen in der Atmosphäre.

Es gab keine großen Worte. Es würde auch keine großen Taten geben. Ianos beugte sich zur Amazone hinab.

»Scheiße«, sagte sie. Splitter hatten ihren Kopf getroffen, die rechte Seite war eine blutige Masse. »Vollbring noch ein paar Heldentaten für mich, ja, Junge?«

»Das überlebe ich nicht«, brachte er hervor.

Sie legte ihre Hände um sein Gesicht. Eine war blutverschmiert. »Du könntest mein kleiner Bruder sein«, murmelte sie. »Er hat sich auch immer vor Angst in die Hosen gemacht.«

Ianos rang nach Luft. Schmeckte Blut.

»Kleiner Bruder«, sagte sie. »Ich wünsche dir, dass du keine Angst mehr hast.« Sie strich über seine harten Haarstoppeln. Dann zog sie sich an seinem Nacken hoch und packte ihr Schwert – eines der sechs Schwerter aus dem Hadestempel.

»Komm mit«, sagte sie, als würden sie nun in einem von Roms Parks spazieren gehen. Er ging mit ihr.

Blinzelte.

Aktivierte seinen Schild und verschmolz die Fläche der Schutzwaffe mit der zur seiner Rechten und zu seiner Linken. So wie ihre Gegner es taten.

Und dann waren die Legionäre heran.

Die Angst bot ihm eine kleine Lücke wie eine zerlumpte Tunika.

Deutlich sah er die Bewegungen.

Die reglosen Gesichtsmasken der Helme.

Die Waffen.

Der Ursus beschien sie mit einem Licht, als sei der Kampf eine gewaltige Szenerie in der Arena. Ianos' Speer mit dem

Stück des Persephone-Anhängers drang durch den Schild des Gegners und pflückte den Mann aus der ersten Reihe.

Keine Angst, dachte er.

Ich habe keine Angst.

Ich habe Angst.

Ich will keine Angst haben.

Ich habe Angst zu sterben.

Der Mann vor ihm starb.

Er stirbt.

Er hat Angst.

Ianos schrie seine Angst heraus, fing eine Waffe ab, stieß mit dem Speer zu. Die Waffen der ersten Reihe der Flüchtlinge durchdrangen die Schilde, als wären diese aus schillerndem Wasser. Trotzdem waren die Entflohenen schlechter gerüstet, schlechter trainiert.

Die Legionäre forderten ihren Blutzoll. Ianos sah Tote und Lebende, und kurz konnte er nicht fassen, warum sie diesen schrecklichen Tanz miteinander tanzten. *Dass* sie ihn tanzten, trotz allem.

Trotz der Angst.

Der Einschlag erschütterte die Erde, als die Amazone mit einem Stich in den Hals von den Beinen gerissen wurde. Neben ihm drangen Legionäre in ihre Schlachtreihe ein. Er schlug nach ihnen, stach nach ihnen, rammte seinen Schild nach ihnen – und ein Teil seiner Gedanken befahl ihm, die Amazone zu beschützen, die zu Boden gegangen war. Doch das Gedränge war unbarmherzig, Gladii zuckten über Schilde, trafen ihn, schlugen Wunden, deren Schmerz entweder das Herz oder das ohnmächtige Gefühl unterdrückte, das dieser Kampf in ihm hervorrief.

Die Amazone schrie auf, als vorrückende Stiefel auf sie traten. Ianos brachte seinen Schild über sie. Er ging neben ihr in die Hocke, hielt den Schild gegen die anbrandenden Tritte, und sie schüttelte den Kopf und formte verzweifelte Worte.

»Hau ab!«, zischte sie. »Ich bin tot!«

Der Gladius traf ihn zielgenau in die Brust.

Nein, ich *bin tot*, widersprach er stumm.

Er spürte, wie die Spitze sich in die miteinander agierenden Teile des Herzens schob, wie sie die göttliche Konstruktion auseinanderbrach. Erstaunt sah er zum Legionär auf. Der Helm trug die gleiche Maske wie die eines jeden anderen.

Ianos schluckte. Blut stieg ihm die Luftröhre herauf. Er röchelte. Die Amazone griff nach seinem Arm.

»Du verdammter Idiot«, glaubte er sie zu hören, aber vielleicht waren es auch nur seine eigenen Gedanken. Die Welt wurde schwarz, und nur noch wenige erbärmliche Atemzüge lang sah er die elektrische Energie darin blitzen, auf die sein Herz ihm einen Blick gewährte.

»Legat Crassus?«

Der Legat nickte angespannt.

»Die *Fidelitas* ist abgestürzt. Ein Asteroid ist in ihr Triebwerk geraten.«

»Wie viele Tote?«

»Können wir noch nicht sagen.

»Das waren die Reservekräfte aus Rom, richtig? Das war ohnehin eine viel zu gemischte Truppe. Hätte uns nichts genützt. Einer von Marinus' dummen Einfällen.« Er blickte von der großen Tabula auf, die den Tisch beherrschte. »Ach, und, Tribun?«

»Ja?«

»Diese Waffen, die die Schilde durchdringen – sie sollen alle aufgesammelt werden. Alle.«

»Jawohl, Legat.«

»Gut, dass es hier passiert, auf einem zerstörten Mond. Es hätte schlimmer kommen können.«

Es hätte zivile Opfer geben können. Zeugen. Das alles hier hätte den Aufstand noch mehr anstacheln können. So würden sie sauber gewinnen. Ein sauberer Sieg – das war es, was sie jetzt brauchten.

Constantia verlor das Bewusstsein, als das Raumschiff auf die Mondoberfläche krachte. Die schützenden Schilde waren zwar undurchdringlich, doch ein Aufprall von einem solchen Ausmaß ließ das Schiff an seinen eigenen Schilden zerbersten.

Brennend, röhrend wie ein grässlicher Gigant brach das Schiff über dem Mond zusammen. Es zerfiel in mehrere große Trümmer – ganz wie der Mond es getan hatte. Flammen loderten auf, Explosionen zerrissen den Antrieb, drei Rettungsboote trudelten davon, eines davon wurde von einem umherfliegenden Stück Außenverkleidung zerfetzt.

Der Korridor, in dem Constantia lag, platzte auf wie ein Ei, Stücke traten daraus hervor, menschliche Leiber verteilten sich so seelenlos wie Metall- und Kunststoffteile im brennenden Trümmerfeld.

Constantias Schädel brach, als sie aufschlug. Es gab keinen letzten Gedanken, kein Bedauern, nicht einmal besonders viel Todesangst.

Sie lachte.

»Das war zu früh«, neckte sie ihn.

Er grinste, eine Mischung aus trotziger Befriedigung und Schuld. »Dann warst du wohl zu spät.«

»Frauen sind nie zu spät. Männer sind zu früh.«

»Ach ja?« Er lachte.

»Ach ja.«

Er stemmte sich auf die Ellbogen und küsste sie.

Sie fühlte ihn in sich und bewegte sich einfach weiter. »Die Nacht ist ja noch nicht vorbei. Ianos versus Constantia. Eins zu null.«

»Ich könnte meinen Vorsprung ausbauen.«

»Nein! Das wirst du nicht tun!«, raunte sie an seinem Ohr. Die Erregung kehrte zurück wie mit einer Ohrfeige. Er war nicht mehr so steif wie noch vor Sekunden, aber sie fühlte seinen Körper unter ihrem und stöhnte nachdrücklich.

Mit einem Gesichtsausdruck irgendwo zwischen Faszination und Qual ließ er sich zurück in die Kissen fallen. Sie sah seinen Herzschlag.

Sie legte die Hand auf seinen Brustkorb. Sie fühlte, wie der Gleichstand näher rückte in diesem Kampf ohne Publikum und bog den Rücken durch. Sie fühlte, wie ihre Finger sich in seinen Brustkorb bohrten. Sie spürte sein schlagendes Herz an ihrer Hand.

»Nein!«, schrie sie auf, während die erste Woge ihres Höhepunkts sich über ihr auftürmte. Sie zog die Hand zurück, Blut war daran. »Nein! Das ist ein Traum!«

Und dann wurde sie fortgerissen – und er lag weit unter ihr sterbend auf einem Schlachtfeld. Sein Brustkorb war eine blutige Wunde, in der sein Herz funkelte wie die Steine der Persephone.

Sie schrie.

Kapitel XXXII

Es war schwarz.
Es war hell.
Es waren Träume, quälend und voller Sterbender.
Es war schwarz.
Irgendwann schlich sich in die Träume der Gedanke, dass sie nicht tot war. Dass sie vielleicht gerade starb, vielleicht in einem Zustand zwischen Leben und Tod dahintrieb.
Manchmal hatte sie Angst, dass sie in diesem Zustand bleiben würde, sich nur so selten, zwischen Träumen von Schreienden und Sterbenden, bewusst werdend, dass sie lebte. Dann griff sie nach dem Erwachen wie nach einem Strohhalm, und wie ein Strohhalm brach es jedes Mal ab.
Doch irgendwann hielt der Strohhalm. Sie packte ihn und riss sich daran hoch. Und ihr Geist richtete sich auf, denn ihr Körper war zu schwer verletzt.
»Trink«, sagte eine fremde Stimme. Sie war nicht einfach fremd, in dem Sinne, dass sie den Sprechenden nicht kannte. Sie war so fremd, als gehöre sie zu einem Wesen, das sie nicht kannte.
Constantia riss die Augen auf. Es schmerzte. Sie brachte einen Laut hervor, der nur in ihrem Kopf existierte, einen winzigen, schrecklichen Schmerzenslaut.
»Trink«, wiederholte die hohle Stimme, und alle Härchen an Constantias Körper richteten sich auf. Vor ihr schälte sich ein Gesicht aus der stechenden Dunkelheit. Es war wie aus verformtem Metall. Sie atmete heftig, und auch das schmerzte.
Ein Dämon beugte sich über sie. Sie gab einen flehenden

Laut von sich, wollte den Kopf schütteln, doch er war so schwer und schmerzte so entsetzlich.

»Trink es«, zischte das Wesen und hielt ihr etwas an die Lippen. Sie schloss den Mund, so fest es der Schmerz in ihrem Kopf zuließ. Sie wimmerte verzweifelt. Was geschah hier?

Was die Kreatur in ihren Händen hielt, war ein Herz. Ein Herz aus Chrom und seltsamen Metallen, ein mechanisches, künstliches, göttliches Herz. Es war zerbrochen.

Es war Ianos' Herz.

Etwas zerbrach mit so einem entsetzlichen unhörbaren Geräusch in ihrem Inneren, dass der Schmerz ihr die Luft aus den Lungen trieb. Sie hörte sich einen grässliches Laut ausstoßen.

Kann ich nicht einfach tot sein? So wie er?

Das göttliche Herz bewegte sich eine Winzigkeit, ein aufbegehrender zaghafter Schlag.

Eine Hand griff nach ihrer Linken, die leblos neben ihrem Körper lag. Sie wollte sie zurückziehen, doch es war nicht die Hand des Dämons, sondern eine menschliche Hand, und so klammerte sie sich daran, als könne diese Hand sie vor dem Dämon in Sicherheit bringen.

»Trink daran, sonst überlebst du den Schädelbruch nicht«, zischte der Dämon.

»Es ist meins«, sagte eine schwache Stimme neben ihr. »Ich weiß nicht, was passiert, wenn du daran trinkst … Aber ich bin geneigt, jemandem zu glauben, der mir gerade mein eigenes Herz transplantiert hat.«

Sie verschluckte sich an ihrem eigenen Atem. Als sie die Lippen öffnete, um Luft zu schnappen, goss der Dämon ihr etwas aus einer Ader des göttlichen Herzens in den Mund. Es schmeckte nach Blut. Sie schluckte – um Atem holen zu können für das nächste Wort: »Ianos?«

Die Hand drückte ihre Finger. »Bist froh, mich zu hören, hm?«

Sie wollte lachen, doch stattdessen weinte sie.

Der Dämon gab ihr einen weiteren Schluck. Sie hob die andere Hand, die, die Ianos nicht hielt, und berührte das metallene Herz.

Du wirst ein Herz in den Händen halten, flüsterte die Stimme des Mädchens in ihrem Kopf. *Und das bestimmt, ob du lebst oder stirbst.* Die Kleine kicherte.

»Das ... das Herz ... Mein – dein ... in meiner Tasche ...«, flüsterte sie. »Wie ...«

Stöhnend verstummte sie. Kurz flammte ein Schmerz in ihrem Körper auf, von ihrem Schädel bis hinab in beide Beine. Dann war er fort. Sie wartete eine Sekunde, ob sie sterben würde, schließlich atmete sie tief durch.

»Beweg dich nicht«, zischte der Dämon. »Es unterdrückt den Schmerz, aber jetzt muss es dich noch heilen. So lange musst du Geduld haben.«

»Warum ... hilfst du mir? Wo bin ich?«

»In einem Raumschiff. Des Hades.« Kurz lief ein Schimmer über das verformte Gesicht, als würde es lächeln. »Auf Geheiß meiner Herrin. Offenbar habt ihr einen Gefallen bei einer Königin gut.«

Der Dämon nahm das Herz vorsichtig und legte es in ein Gefäß, das er verschloss. Constantia erkannte die Amphore, in der Ianos' Herz gelegen hatte.

»War es deins? Das Herz, das ich gestohlen habe?«, fragte sie.

»Es passt auf jeden Fall«, sagte er. Sein Atem ging mühsam.

»Ich wünschte, ich könnte mich zu dir umdrehen. Aber ich habe das Gefühl, dass dann irgendetwas abfällt, was ich noch brauche. Habe ich noch die Maske meines Bruders auf?«

»Nein. Die hat er abgenommen.«

»Woher wusste er, dass ich ich bin?«

Ianos schwieg kurz. »Weißt du – Seher ... Seherinnen ... was weiß ich ...«

Sie lachte auf.

»Du lebst«, sagte sie und begann sofort wieder zu weinen.

»Du lebst«, wiederholte er und drückte ihre Hand so fest, dass es schmerzte.

»Wohin fliegen wir?«

»In den Hades.«

Sie atmete, fühlte trotz allem Angst, die sich an sie heranpirschte.

»Dann sind wir also geflohen«, sagte sie, um der Angst Herr zu werden.

»Nicht ganz so, wie wir es uns ausgemalt haben. Aber ja, wir sind geflohen.«

»Wie verletzt bist du? Du stirbst nicht, oder?«, flüsterte sie und drehte nun doch den Kopf. Es pochte in ihrem Schädel, doch es fiel nichts ab.

Er lag neben ihr, und sie lagen beide auf dem Boden eines kleinen Lagerraumes. Es gab wenig Licht, doch es reichte, um ihn zu erkennen. Seine Augenbraue war zerschlagen und wurde von einer Klammer zusammengehalten. Eine Platzwunde an seiner Schläfe schimmerte blutig. Unter der Schicht aus Wunden und Blessuren und Bartschatten erkannte sie jedoch ohne Zweifel sein Gesicht, und sie erwiderte seinen Händedruck, so fest sie konnte.

»Hat er dir wirklich das Herz eingesetzt?«, fragte sie.

Er nickte.

»Du hattest also gerade eine Herzoperation, die ein Dämon in einem Raumschiff durchgeführt hat?«

Er nickte erneut.

Sie lachte. »Carnas Gnade! Wie geht es dir? Du … du stirbst wirklich nicht?«

»Ich versuche, dir diesen Gefallen zu tun. Ich weiß nicht genau, wie es mir geht, ehrlich gesagt.«

»Dass das Herz das alles überstanden hat! Dein echtes, meine ich.« Ihre Lider wurden schwer, doch sie zwang sie, offen zu bleiben. Um ihn anzusehen. »Bei Venus, ich liebe dich so sehr, ich habe glatt Angst, daran zu sterben.«

Er lächelte breit, und seine Zähne waren im Dämmerlicht weiß in seinem erschöpften, zerschlagenen Gesicht. Wortlos streichelte er ihre Hand.

»Wann … wann ist das passiert? Dass die Hadesdämonen kamen?«, sagte sie eine halbe Ewigkeit später. Zeit war eine seltsame Sache in Ianos' Gegenwart, sie wurde gleichzeitig kurz und lang.

»Ich weiß es nicht. Ich bin währenddessen langsam gestorben. Die Amazone … Hab gemerkt, wie sie neben mir … Wie sie vor mir tot war.«

Sie schluckte, dachte daran, wie sie ihn auf dem Schlachtfeld hatte liegen sehen. »Ich habe von dir geträumt. Bist du sicher, dass wir gerade nicht träumen?«

Er griff vorsichtig an seine Brust. »Warum? Ist es nicht völlig plausibel, dass wir auf dem Boden in einer Art Dämonenbesenkammer liegen, in einem Raumschiff voller Monstren, die aus einem System mit einem schwarzen Loch stammen? Dass wir zwei Flüchtlinge aus Rom sind, die eine Seherin zusammenkommen ließ? Dass ich von einem Kerl mit einem Gesicht aus geschmolzenem Hadesstahl ein Herz transplantiert bekommen habe? Das kann doch kein Traum sein!«

Sie lachte, ein zaghaftes Lachen. Sie bewegte sich vorsichtig, die Naniten aus dem Herzen hatten sie entweder bereits geheilt oder unterdrückten sorgfältig jeden Schmerz.

Um sie herum lagen noch mehr Menschen. Sterbend, stöhnend, schlafend.

Sie schob sich näher an Ianos und legte ihr Gesicht an sein Gesicht. Er streichelte die Linie ihrer Ohrmuschel, und für eine gleichzeitig lange und kurze Zeit war alles gut.

Die Furie hatte den Horden der Seherin den Weg gewiesen. Sie hatte die Spielfiguren retten lassen, ohne die das Brett leer und öd gewesen wäre.

Drennis dachte darüber nach, ob er Spielfigur oder Spieler war. Würde er seine Frau wiedererkennen, wenn er sie vor sich sah? Wie war es für eine Spielfigur, ihrem Spieler gegenüberzutreten?

Die Schiffe aus dem Hades hatten keine triangulierten Punkte zum Reisen gebraucht, sondern bedienten sich offenbar der gleichen sprunghaften Routen, die auch der Hades selbst nutzte. Die Dämonen waren über die Römer hergefallen, ihre Sporne aus Hadesstahl hatten die Aquilae und Ursi zerrissen, Menschen waren in die Leere gesogen worden. Die Moral der Legionen, die sonst nicht wankte, war in der Angst, den splitternden Mond mit seiner langsam entweichenden Atmosphäre nicht mehr verlassen zu können, eingebrochen.

Die Hadeskrieger hatten ihnen den Rest gegeben – zuerst ihrer Moral, dann ihren Körpern.

Weit sind wir allein ja nicht gekommen. Drennis grinste. *Zuerst brauchten wir Lucullus' Hilfe und dann die des Hades.*

Drennis sah die Furie prüfend an. Sie saß an einem Tisch, auf dessen fahlgrauer Anzeige er verwirrende Symbole und Linien beobachtete. Es sah aus wie ein Spiel – doch er erkannte eines der Zeichen als die *Proserpina IV*, das die drei Hadesschiffe in ihre Mitte genommen hatten.

Wer noch hatte entscheiden können, auf welches Schiff er sich rettete, hatte das Piratenschiff gewählt – zu groß war die Angst vor den Kreaturen, denen sie ihr Leben verdankten. Nur die Verletzten waren hier, und die Monstren der Unterwelt kümmerten sich um ihre zerbrechlichen Leben.

»Wie lange fliegen wir noch?«, fragte er die Furie.

Sie lächelte. »Du klingst wie ein Kind, das seine Eltern nervt.«

»Immerhin sehe *ich* nicht aus wie ein Kind«, gab er zurück, und sie verschränkte beleidigt ihre kurzen Arme vor ihrer Brust.

»Es dauert nur ein paar Stunden«, erwiderte sie. »Und wenn wir einmal da sind, wirst du solche Fragen nicht mehr stellen können. Im Hadessystem verdrehen sich die Zeitebenen wie die Zahnkränze eines komplizierten Getriebes.«

Er nickte langsam. »Sie ist dort, ja?«

»Sie ist dort«, bestätigte die Furie.

Er schätzte, dass sich weniger als dreihundert Flüchtlinge an Bord dieser Schiffe befanden – es hatte Tote gegeben. Viele, zu viele.

»Was für ein mickriger Sklavenaufstand. Dreihundert – von Milliarden.«

Sie lächelte. »Bist du das Zentrum, um das das Universum kreist?«

»Das Universum hat kein Zentrum«, knurrte er.

»Genau. Es hat viele Sonnen geboren. Viele Blüten getrieben. Du siehst nur deinen eigenen Schein, aber es gibt noch viele andere.«

»Und sind diese vielen anderen so erfolgreich wie ich?«

Sie grinste. »Das wiederum hängt vielleicht von dir ab. Der Hades ist groß. Seine neue Königin hat beschlossen, dass er groß genug ist für jene, die darin Obdach erbitten.«

»Im Hades Obdach zu erbitten wird nicht für jeden eine logische Konsequenz sein«, gab Drennis zu bedenken.

Die Furie zog nur eine ihrer schmalen Augenbrauen hoch. Wenn sie blinzelte, glaubte er stets, im letzten Moment, bevor ihre Augen sich schlossen, etwas hinter diesen Lidern zu sehen. Etwas, das ihm zeigen wollte, dass das Äußere eines kleinen Mädchens kaum das Innere beheimaten konnte – dass das Innere so viel größer war und nach außen drängte. Sie machte ihm Angst.

»Das heißt, es geht noch weiter, ja?«, fragte er leise. »Der Aufstand, meine ich. Der ... Kampf.«

Er hatte Krieg sagen wollen – aber war es das schon? Und wollte er, dass es das wurde?

»Kinder überleben einen meist, Drennis. Auch geistige Kinder«, sagte die Furie.

Er verbot sich darüber nachzudenken, was so etwas aus dem Mund eines Rachedämons bedeuten mochte.

Das Hadesschiff war ein wie gewachsen scheinendes Ding voller Düsternis und schwachgrauen Lichtern. Aus manchen Gängen hörte er die Geräusche von Insektenbeinen.

Drennis hatte vermutet, sich auf der Brücke des Schiffs zu befinden, aber da sich kaum jemand hier herumtrieb, irrte er sich vielleicht. Oenomaus und Crixus hatten es trotz zahlreicher Wunden vorgezogen, wieder dem Faun mit dem zerstörten Gesicht Gesellschaft zu leisten, und Ianos war entweder tot oder säuselte seiner Geliebten Liebesschwüre ins Ohr. Falls diese nicht ebenfalls tot war.

Einer der Dämonen hatte ihn angewiesen, in diesem Raum zu bleiben, und seitdem stand dieser Dämon an einer Konsole und bewegte seine Hände, als spinne er Wolle.

Vielleicht bin ich ja doch auf der Brücke.

Die Furie erhob sich und brachte ihm einen Becher Wasser, bevor er sagen konnte, dass er Durst hatte. Er betrachtete seine Hand, und nachdem er getrunken hatte, goss er einige Tropfen darüber, verrieb Wasser und getrocknetes Blut und wischte die Hand dann an seiner Tunika ab.

»Was ist mit Ianos und dem Mädchen?«

»Leben.«

»Ah.« Morisa hatte also noch etwas mit ihnen vor. Ihm schauderte bei diesem Gedanken, und er erwischte sich dabei, dass er sich vor seiner Frau fürchtete – vor seiner Frau, für die er ganz Rom verwüstet hätte.

Ich würde immer noch ganz Rom für sie verwüsten. Ich weiß nur noch nicht, ob sie noch ist, wer sie war.

Der Faun sandte ein Signal an Bakka. Bakka sandte ein Signal an Lucullus. Lucullus, gebeutelt von den Nachrichten der letzten Tage, frohlockte in seiner abgeschotteten Villa.

Der Hades. Die Piraten hatten den Hades gefunden, oder vielmehr hatte der Hades die Piraten gefunden. Somit hatte Lucullus seine eigene kleine Legion in Position gebracht.

»In die beste Position, da könnt ihr eure Praetorianer und Legionäre paradieren lassen, wie ihr wollt.« Er grinste sein Porträt an, das die Wand schmückte.

Nun mussten sie nur noch überleben.

Sie alle mussten nur überleben.

»Ich kann dir das erklären«, sagte Marius leise.

Seine Mutter nahm ihm gegenüber auf der Liege Platz.

»Das solltest du vielleicht«, sagte sie noch leiser als er.

Auf der Tabula in ihrer Hand war immer noch die Botschaft seines Bruders. Sie umklammerte das Gerät, als sei es das Einzige, das in einer wankenden Welt stillhielt.

Als die Nachricht sie erreichte, dass ihr ältester Sohn Lucius Minor bei einem Absturz auf einen persischen Mond gefallen war, hätte Rom in Flammen stehen können – Cornelia hätte nicht mehr Verzweiflung empfunden.

Dann kam die Nachricht des ältesten Marinersohns, dass es sich um eine Falschmeldung handelte, und diese Nachricht las Cornelia nun wieder und wieder – immer zwischen den Anrufen, mit denen sie den tot geglaubten Sohn bedachte, der wie alle Kinder Lucius Marinus' am Fluch litt, jedoch ansonsten nicht in den Konflikt hineingezogen worden war.

Marius schluckte und holte die Maske hervor, die er in Constantias Zimmer gefunden hatte.

»Was ist das?«, flüsterte seine Mutter.

»Eine Maske. Eine ... Schwarzmarktmaske.«

»Eine Maske?«

»Es ist Constantias Gesicht.« Er demonstrierte es nicht. Er hatte die Maske bereits angelegt, hatte sich vorm Spiegel in seine Schwester verwandelt und beinahe angefangen zu schreien.

»Was ... was heißt das?«

Er schluckte. »Es heißt, dass Constantia solche Masken besessen hat.«

»Jemand anders kann eine Maske von ihrem Gesicht gemacht haben! Um sich einen Vorteil ... oh, gütige Götter! Vielleicht hat sich jemand bei uns eingeschlichen! Sie kam mir manchmal so seltsam vor!« Cornelia schlug die Hand vor den Mund, Tränen schwammen in ihren Augen.

»Nein. Mama. Sie hat diese Maske selbst anfertigen lassen. Und eine von ihrer Sklavin. Sie haben die Rollen getauscht.«

Seine Mutter presste die Lippen zusammen. An die Stelle der Tränen trat Zorn in ihre Augen, als hätte sich Wasser in Feuer verwandelt.

»*Du* hast ihr so etwas besorgt!«, fuhr sie ihn an. »Du mit deinen ... viel zu lange geduldeten Extravaganzen!«

»Nein!« Er hob die Hände, als habe sie ihn schlagen wollen. »Das war ich nicht!« Er überlegte kurz und warf dann alle Vorsätze über Bord, einschließlich der Idee, Gaia irgendwann mit seinem Wissen zu erpressen. »Es war das Sabinermädchen! Sie hat die Masken besorgt!«

»Und du wusstest davon?«

»Nein! Nein, ich wusste gar nichts! Ich hab sie bei Lilias Sachen gefunden! Aber ... aber ich weiß, dass Gaia Sabina solche Masken auch besitzt! Und woher soll Constantia sie wohl sonst haben?«

Seine Mutter tastete mit zitternden Fingern nach dem wächsernen Material, als würde sie das Gesicht einer toten Tochter berühren.

So ist es ja auch fast, dachte er und räusperte sich, wappnete sich für das, was er jetzt sagen würde.

»Mama. Constantia hat vielleicht ... auch eine Maske von Lucius Minor gehabt. Sie hat sich irgendwie als er ausgegeben«, flüsterte er. »Und der Lucius, der gestorben ist bei diesem Angriff auf dem Mond – das war sie.«

Cornelia schüttelte heftig den Kopf. »Das ist Unsinn.«

»Das ist die einzige Erklärung!«

»Was sollte sie denn da? Warum sollte sie ... warum sollte sie eine Maske von ihrem Bruder besitzen? Warum sollte sie zur Legion wollen? Sie ist meine *Tochter!*«

Marius liefen Tränen übers Gesicht. »Sie ... Mama, sie hat dieses Herz im Iunotempel gestohlen.«

»Das war ihre Sklavin!«

»Das war sie, mit der Maske ihrer Sklavin!«, schrie er. »Sie hat den Gladiatoren geholfen! An Bord dieses Schiffes – Götter der Unterwelt, sie wollte doch nicht zur Legion, Mama! Sie wollte sich den Flüchtlingen anschließen!«

Cornelia knallte die Faust auf den Tisch und schrie einen ohrenbetäubenden, wortlosen Schrei, als wolle sie ihn damit zur Ruhe bringen. Danach raufte sie ihre Haare, bis sie wirr um ihren Kopf standen.

»Du bist nichts als ein dummer Junge!«, keuchte sie. »Voller Torheiten! So etwas würde keine Marinerin tun! So etwas würde meine einzige Tochter nicht tun!«

Wut stieg in ihm auf. »Meine Güte, sie hatte was mit Ianos, unserem *verdammten Scheiß-Gladiatorenwichser*, wie kannst du so blind sein? Wahrscheinlich ist sie lieber tot als weiterhin hier in diesem Haus mit diesen Eltern, diesem Verlobten und ... mir!« Er sprang auf, ließ die Maske liegen. »Constantia ist tot, Mutter!«

Wieder schrie seine Mutter schrill, die Möbel brachen das Geräusch, Glasplatten klirrten. Vedea stürmte herein und fing Cornelia auf, als sie zusammenklappte.

Marius zeigte mit dem Finger auf die Sklavin. »Du! Du bist auch daran schuld! Wir sind alle daran schuld, dass sie tot ist!«

Vedea blickte ihn nur an und hielt die Schultern ihrer schluchzenden Herrin. In ihren Augen sah er nicht die übliche Kälte und Überheblichkeit. In ihren Augen sah er Angst und Entschlossenheit – ein Ausdruck, den so viele Sklaven neuerdings im Gesicht trugen. Er wandte sich ab und floh hastig in seine Räume.

Pures Chaos.

Das Schiff taumelte, wie ein Erfrierender durch einen Schneesturm.

Die Dämonen warfen auch für die Mille Gladii Opfer in die Leere, doch auch damit war der Eintritt ins Hadessystem eine Gratwanderung zwischen Leben und Tod.

Den Herrn des Systems zu verärgern bedeutete einen raschen Tod. Sich über seine Schwelle zu schleichen, ohne Tribut zu entrichten, garantierte einen sehr langsamen.

Die Hadesschiffe waren fensterlos und die Anzeigen im Inneren abstrakt. Selbst die Kreaturen des Hades konnten den Anblick der Schwelle zwischen dem Reich des Todes und dem Reich der Unendlichkeit nicht ertragen.

Crixus lehnte an der Schleusentür zur Brücke. Die Hadesjungs, wie er sie in Gedanken nannte, hatten ihnen mit ihren Knatterstimmen befohlen, nicht hinauszusehen. Er versuchte sicherzugehen, dass es tatsächlich niemand tat.

Grimmig stierte der Faun ihn an.

Das Schiff wehrte sich. Das Kreischen des widersinnigen Systems war schon lange zu hören, und es war angeschwollen zu einem Schmerz, als rühre jemand mit einer Nadel in ihrem Trommelfell.

Das Schiff erzitterte, als würde es entzweibrechen. Im Gang schrien Menschen gegen den Lärm an und hielten sich die Ohren zu. Crixus hörte sie nicht. Er hörte nur den schrecklichen Kriegsgesang des Hades.

Auch dieser Säugling, den Ianos mitgebracht hatte, weinte

verstört. Crixus hatte ihn in den vergangenen Stunden mit sich herumgetragen, auch wenn es seine Motorik stark einschränkte. Der Stumpf war verhältnismäßig nutzlos, und Crixus hatte sich noch keinesfalls damit abgefunden, für den Rest seines Lebens nur eine Hand sein Eigen nennen zu können. Der Armstumpf war empfindlich. Und manchmal erstaunte es Crixus, wenn er darauf blickte und seine Hand nicht mehr fand.

Das Geräusch fraß sich in sein Hirn. Er zählte.

Als er bei vierunddreißig anlangte, konnte er sich nicht an die nächste Zahl erinnern. Das Kreischen schüttelte das Schiff. Die Zahlen fraßen seinen Kopf.

Er würde wahnsinnig werden und seine Hand fressen. Er würde ein paar Leute an den Wänden verschmieren. Er würde das Kind ...

Nein, halt.

Ich würde gar nichts mit dem Kind!

Er sah in das verzerrte Gesicht des Säuglings.

»Weine nicht, es weht der Wind, durch die Kelche der Glockenblumen. Es weht der Wind, und laut wird leis, und nach der Nacht folgt der Tag, ach scheiße, das reimt sich in meiner Sprache, aber ich kann mich an die Scheißsprache nicht mehr erinnern! *Fünfunddreißig!*« Er hörte sich nicht einmal mehr selbst.

Und dann war es vorbei, und es wurde ganz still, vollkommen still, auch die Kehlen der anderen wurden still, als sie durch eine Zone der vollkommenen Lautlosigkeit taumelten.

Sie hatten den Hades erreicht.

»Was für ein mieser Witz, dieses Hadessystem.« Crixus war der Erste, der die Sprache wiederfand. Jemand lachte zaghaft.

»Jetzt will ich hoffen, dass sich wenigstens die Aussicht lohnt«, sagte der Gallier und öffnete das Schott zur Brücke.

»Götter der Leere«, brachte er hervor und sagte dann lange Zeit nichts mehr.

Das Hadessystem hat seine eigenen Wege, und auf diesen durchwandert es die Galaxis, als gäbe es zwei verschiedene Ebenen des Seins – seine eigene und die des umgebenden Alls.

Zwei Ebenen: die, die diesseits des Todes liegt, und die andere Seite, auf die ein Sterblicher normalerweise keinen Blick erhaschen kann. Das Hadessystem ist wie eine Ausstülpung dieser anderen Seite, ein widernatürliches Geschwür, das das Totenreich ins Reich der Lebenden wuchern ließ.

Hades ist hungrig, wie ein Tumor, so sagt man in Rom, und auf seinem Weg lässt er Leere und Trümmer zurück.

Sieben langgezogene Wirbel strömen in das schwarze Loch des Hades hinein – es sind die sieben Flüsse der Unterwelt, und in ihnen glitzert Eis. Sie tragen Felsen mit sich, doch auch Einverleibtes von Menschenhand. In langen Spiralarmen streckt der Hades diese Flüsse aus wie seine Tentakel. Alle sieben münden ins Schwarze Loch, das wie eine Öffnung ins Nirgendwo oder wie ein endgültiger Verschluss des Daseins im Zentrum liegt. Ein Halo umgibt es wie der Glanz einer negativen Sonne.

Es gibt äußere und innere Planeten im Tartarus dieses Systems. Die äußeren sind nichts als zerklüftete Steinbrocken unterschiedlicher Größe, lebensfeindlich, bevölkert von Kreaturen, von denen man manche vom All aus mit bloßem Auge erkennen kann, wie riesige Maden in einem Apfel. Doch auch die Städte der Hadesleute liegen hier, eingebettet in die Höhlen, die die Trümmerstücke durchziehen. Ihre Lichter, die Versuche, Normalität ins Nichts hinausblinken zu lassen, sind sichtbar.

Die ersten Minen gab es bereits, als der König des Hades sich die Thraker herholte, damit das persephonegläubige Volk ihm untertan wurde. Auch diese Minen zerfressen den Ring der äußeren Planeten.

All dies ist klein – das ganze System ist klein, es gibt anderswo einzelne Planeten, die größer sind. Keiner weiß, wie das

Schwarze Loch fressen und fressen kann, ohne dabei zu wachsen.

Man sagt, es wächst nach hinten – auf seine andere Seite, aus der nichts jemals wiederkehrt.

Näher am Schwarzen Loch sind die Planeten ebenmäßiger. Wie sechs grüne und blaue Perlen reihen sich die sechs Planeten des Elysiums auf eine Kette, um Hades zu gefallen. Unwirklich sieht es aus und so, als würde der Hades im nächsten Moment über sie herfallen, sie zerbeißen und verschlingen. Aber das tut er nicht, und so schweben sie weiterhin dort, taumelnd, perfekt in einer grausamen Unendlichkeit.

Crixus wandte dem plötzlich so dünn wirkenden Fenster auf der Brücke des Piratenschiffs den Rücken zu und wischte sich mit seinem Stumpf den Schweiß von der Stirn.

»Meine Fresse«, sagte er. »Ein Glück, dass die Jungs uns abschleppen, sonst wüsste ich nicht, ob die Sache gut ausgehen würde.«

Der entstellte Faun, der sich zwar als Tito vorgestellt hatte, den Crixus aber in Gedanken »das Schmelzmaul« nannte, bestaunte die Wunder des Hades.

»Dein ... dein Herr«, sagte das Schmelzmaul schließlich und zwang sich, seine tanzenden Instrumente mit prüfenden Blicken zu bedenken. »Die Koordinaten von hier sind ein Teil unseres Geschäfts. Ich habe keine Ahnung, ob wir von hier aus ... irgendetwas senden können. Keine Ahnung, wo wir sind. Wie ... wir hergekommen sind ...«

»Vergiss Lucullus.« Crixus grinste. »Betrachte dich und mich einfach als freie Männer.«

»Freie Männer am Arsch, mein Freund!«, schnaufte der Faun. »Ich will sicherlich nicht hierbleiben – und ich will bezahlt werden.« Der Faun sendete ihre Position mit einem Knopfdruck.

Beide betrachteten die tanzenden Instrumente.

»Söldnerseele«, sagte Crixus und bezweifelte, dass ein Signal aus dem Hades hinausgelangen würde. »Gib zu, als du deine Mutter verkauft hast, haben sie dir die Bezahlung in flüssiger Form ins Gesicht geschüttet.«

Der Faun schaute ihn nur böse an, was Crixus mit einem Lächeln abtat. *Einhändig oder nicht. Er weiß, wer die dickeren Eier hat.*

Gaia Sabina war eine Revolutionärin in den Datennetzen. Sie konnte nicht einfach hinausgehen und sich unters Volk mischen – es gab Dinge, die gingen zu weit und würden selbst ihre Eltern maßregelnd auf den Plan rufen. *Und wer weiß, was dann alles ans Licht kommt ...* Die vergangenen Tage hatten sie mit einer Mischung aus Angst vor und Lust an der sich anbahnenden Katastrophe erfüllt.

Marius hatte ihr eine verrätselte Botschaft geschickt. Offenbar glaubte er, dass Constantia tot war, und er hatte sie schon mehrfach gebeten, ihn zu besuchen oder zumindest mit ihm zu sprechen. Doch er wusste zu viel. In diese Gefahr würde sie sich nicht begeben – Lucius Marinus hasste sie und würde ihr die Schuld an Constantias Tod geben.

»Sie ist nicht tot«, murmelte Gaia. Doch alle Anrufe, alle Nachrichten an die Freundin blieben unbeantwortet. Hatte sie Rom verlassen? Trotz der Flugsperren, trotz der Kontrollen? Oder war sie einfach nur untergetaucht?

Gaia schrieb unter einem Pseudonym in den Netzen. Sie war nicht die Einzige unter den Patriziern, die sich auf diese Weise in den Konflikt einmischte. Dennoch, nur den Status einer Revolte auf der Tabula abzulesen hatte etwas Deprimierendes. Gaia wandte sich von dem Gerät ab und massierte ihre Schläfen.

»Soll ich dir etwas bringen, Domina?«

»Hm. Willst du eigentlich weglaufen?«, fragte Gaia ihre Sklavin Ovida.

Diese sah sie lange an und lächelte dann. »Es wäre nur halb so spannend, wenn ich es dir sagen würde.«

»Ich würde dich freilassen, freche Sklavin. Aber ich kann nicht, weil du meinem Vater gehörst.«

»Ich weiß.«

»Bleib trotzdem bei mir. Ich werde ... irgendwann werde ich jemand Wichtiges sein.« Sie kam sich unreif dabei vor.

Die wenige Jahre ältere Sklavin berührte ihre Hand. »Und selbst wenn nicht, werde ich vermutlich irgendwann freigelassen. Und so lange ist dein Haus nicht das schlechteste aller Häuser.«

Gaia wandte sich erneut der Tabula zu. Auf einer Hälfte der Oberfläche wurden die offiziellen Nachrichten gezeigt, auf der anderen Hälfte die inoffiziellen.

»Die Lage ist unter Kontrolle. Die Aufständischen legten die Waffen nieder unter der Voraussetzung, dass es Verhandlungen über die Arbeitsbedingungen gebe«, verkündete Nialla Graecina, die zur Ikone der Aufstandsberichterstattung aufgestiegen war. Gaia überflog die Meldungen auf der anderen Seite, die größtenteils von den *Signa* unter Scorpio gestreut wurden.

DREI SCHIFFE MIT VIERTAUSEND FLÜCHTIGEN DURCHBRECHEN DIE BLOCKADE UND STARTEN IN ETRURIEN INS ALL.

MASSENHINRICHTUNGEN VON SKLAVEN SORGEN DAFÜR, DASS DAS SABOTIERTE KRAFTWERK THETIS CCXXI WEITERHIN STILLGELEGT BLEIBT.

CONSULN KÜNDIGEN EINE GEHIRNWÄSCHE FÜR DIE SKLAVENERSATZLIEFERUNGEN AUS DEN RANDWELTEN AN.

AUFSTAND BREITET SICH AUS! ERSTE REVOLTEN IN LATIFUNDIEN!

Gaia starrte auf die Tabula. Sie war ein so machtloses Kind der Mächtigen. Sie seufzte ein wenig theatralisch und lauschte dann wieder Nialla Graecina.

»... lebendig geborgen. Legat Marcus Licinius Crassus war an Bord des Rettungsbootes.«

Der Verlobte ihrer Freundin trat in eine Schleuse. Er war offensichtlich unverletzt und wandte sich an die nächstbeste Linse. »Das ist ein Komplott von Marcus Lucullus!«, brüllte er gestikulierend. »Damit kommst du nicht davon, Lucullus!«

»Die Schlacht auf dem Trümmerfeld von Hekatompylos hat nach neuesten Schätzungen viereinhalbtausend Menschen das Leben gekostet«, fuhr Nialla fort, während Crassus ausgeblendet wurde. »Darunter dreieinhalbtausend Legionäre und Schiffsmitarbeiter. Die auf das Schlachtfeld entsandten Späheinheiten haben berichtet, dass es durch den Angriff der nichtidentifizierten dritten Streitmacht auch unter den Flüchtlingen keine Überlebenden gibt.«

»Ich bin gespannt, wen sie für diesen Angriff verantwortlich machen«, sagte Gaia. »Sie scheinen sich noch nicht ganz einig zu sein.«

»Die Bilder sind eigentlich eindeutig«, sagte Ovida und schauderte merklich neben Gaia. »Das waren Hadesmonstren, wie damals beim Überfall auf den Consul.«

»Hm«, erwiderte Gaia. »Eindeutigkeit wird auch immer nur von einem subjektiven Betrachter in etwas hineininterpretiert.«

»Perpheklios?«, hakte die Sklavin nach.

»Keinesfalls ein Philosophenzitat. Das war ein Schluss, den die weise Gaia Sabina gezogen hat. Ach, Ovida, was soll ich nur tun? Wie viel einfacher ist doch ein fremdbestimmtes Leben, nicht wahr, teure Sklavin?«

»Sprechen wir über mein Leben oder deines?« Ovida lächelte.

Gaia drehte die Tabula herum, versuchte erneut, nicht die Nachrichten zu verfolgen.

»Mein erstes Werk wird einst den Titel tragen: *Der goldene Käfig*. Du bist im Kleinen fremdbestimmt, wenn ich dir sage: ›Frisier meine Haare, manikür meine Nägel.‹ Ich aber bin im Großen fremdbestimmt, indem mir das Dasein als Patrizierin in die Wiege gelegt wurde. Du darfst viele Dinge, die ich nicht darf. Keiner schert sich darum, mit wem du schläfst oder was du isst, welchen Sport du treibst, und du musst dir von niemandes Kindern die Figur ruinieren lassen.«

Ovida versuchte sich an einem mitfühlenden Gesichtsausdruck, der jedoch misslang.

»Das scheinen keine Probleme für dich zu sein! Es gibt jahrzehntealte Forschungsberichte, in denen steht, wie traumatisierend es für junge Mädchen ist, dieses *Matrimonium*, diese Mutterwerdung durch alte Männer, an die wir verhökert werden! Wie viele psychische Krankheiten gerade patrizische Frauen entwickeln, wohingegen sich die Sklavinnen bester geistiger Gesundheit erfreuen!«

»Oder an Sklaven wird einfach nicht viel geforscht«, gab Ovida zurück.

»An Patrizierinnen wird auch nicht viel geforscht! Sie erforschen eher, welche Welt sich als Nächstes einzunehmen lohnt, welcher Gott einer Aufnahme ins römische Pantheon würdig ist, und wie viele Rüstungen ein Legionär in seinem Leben verschleißt. Sie erforschen, wie viel Nachfrage es für welches Angebot gibt, und welche Nachfrage sie künstlich erschaffen müssen. Sie manipulieren uns von morgens bis abends, und alles, was ich tue, ist, mich an der Tabula durch die Netze zu bewegen, und mir das anzusehen! Es kotzt mich an!«

Sie sank in den Sessel und bemerkte erst, dass sie weinte, als die Sklavin ihr das Gesicht abtupfte.

»Und Constantia hat etwas anderes getan als das und ist jetzt tot.« Sie schluchzte. »Tot, unter einer der Masken, von denen sie überhaupt erst durch mich weiß.«

»Es ist gefährlich, dass der jüngste Marinersohn davon weiß. Sie werden dich belangen, wenn das Chaos vorbei ist«, flüsterte die Sklavin.

Gaia nickte wimmernd.

»Wir müssen etwas gegen ihn unternehmen«, sagte die Sklavin leise und entschlossen.

Kein Wunder, dass sie nicht flieht. Sie hätte eine bessere Patriziertochter abgegeben, als ich es bin.

Kapitel XXXIII

Der bestialische Klang des Hadessystems hatte die Verletzten stark mitgenommen; eine junge Frau im gleichen kalten, schmalen Raum wie Constantia und Ianos war gestorben.

Die Hadeskreaturen ließen sie liegen.

»Wir kümmern uns um die Leichen, wenn wir gelandet sind«, schnarrte einer von ihnen, doch Constantia sah manchmal Nebelfinger, die sich durch Spalten und Ritzen hereinschlichen und die Leiche betasteten. Schaudernd deckte Constantia die Frau zu und dachte an Maia, an den Nebel und daran, dass die Hadeskrieger damals jeden an Bord getötet hatten.

Jeden außer uns dreien.

Ihr wurde schlecht vor Zorn.

Die Naniten aus Ianos' Herz fügten ihren Schädel rasch wieder zusammen, und auch die gähnende Schwäche ihres Fluchs lauerte nur noch an den ausgefransten Enden ihres Bewusstseins. *Wir sind zu der unterwegs, die diesen Fluch ausgesprochen hat. Die uns am Leben erhalten will, aus finsterem Kalkül.*

Ianos lehnte an der Wand, die zwar aus Metall war, jedoch seltsam organisch aussah, als hätte sie sich über Jahrhunderte in die Höhe gestreckt, um sich oben zusammenzuschließen, wie Lagen einer Zwiebel.

»Was tun wir hier eigentlich?«, flüsterte sie. »Warum leben wir? Welchen Plan hat sie mit uns?«

Verwirrt blinzelte er. »Ich hoffe, dass sie ... dass wir ihren Plan mittlerweile erfüllt haben.«

»Wie auch immer das von ihrer Seite aussieht, ich würde ihr

gerne über diesen Plan eine Rechnung ausstellen«, schnaubte Constantia. »Sie hat Menschenleben auf dem Gewissen, und das nicht zu knapp. Menschen, die ich kannte. Die ich liebte!«

»Weil sie befreit werden wollte. Wir haben auch Menschenleben auf dem Gewissen. Ich. Die Gladiatoren. Nicht zu knapp. Und jeder wird von irgendwem gekannt und geliebt. Und es werden immer mehr Tote, weil wir einen Aufstand angezettelt haben, der nicht mehr in unserer Hand liegt.«

»Und? Vermisst du dein Herz schon?«, fragte sie in dem Versuch, das Thema zu wechseln.

»Ich habe mein Herz doch wieder«, sagte er leise.

Sie sah zur Leiche hinüber und wurde einfach nicht Herrin ihrer Wut. Dann merkte sie, dass das Schiff eine Atmosphäre durchdrang – die Schwerkraft wurde drückender, die Triebwerke wurden lauter, das Schiff vibrierte. »Offenbar sind wir an unserem Bestimmungsort angekommen. Die Spielfiguren sind übergewechselt von der Romseite auf die Hadesseite.«

»Wärst du lieber weiterhin auf der Romseite?«, fragte Ianos, und er sagte es weder wütend noch herausfordernd. Es war eine einfache Frage. Sie kniete sich neben ihn und legte ihre Stirn an seine.

»Nein«, gab sie zu. »Aber ich darf diese Seherin und ihre Kreaturen hassen, oder?«

»Bitte warte ein bisschen ab, bevor du es ihnen sagst.«

»Oh ja«, knurrte sie und lachte. »Ich nehme Benimmtipps entgegen. Von einem Gladiator.«

Die Tür wurde geöffnet. Spartacus trat ein, er war blasser und bärtiger, als sie ihn aus den Imagi kannte, und sein Blick irrte umher, als würde die Gegenwart der Hadesdämonen auch ihm zusetzen.

»Tochter meines Besitzers«, sagte er und überdeckte seine kurze Unsicherheit mit einem Grinsen.

Sie lächelte freudlos zurück. »Besitz meines Vaters.«

»In Ordnung, wir nehmen ab jetzt die Vornamen, Constantia«, sagte er. »Ich pflege mich neuerdings wieder Drennis zu nennen.«

»Erfreut. Ich nehme an, dass wir gerade landen? Und wo landen wir wohl?«

»Auf den asphodelischen Planeten am Rand des Hades. Ich bin gekommen, um Ianos auf die Füße zu helfen.« Er wirkte unsicher. Obwohl es kühl im Raumschiff war, stand Schweiß auf seiner Stirn.

»Ich geh schon nicht kaputt, wenn du mich hochziehst«, sagte Ianos und hielt ihm die Hände entgegen.

»Jetzt kannst du auch nicht mehr kaputtgehen. Nur noch sterben«, erwiderte Drennis und stellte Ianos auf die Füße. »Haben sie dir dieses ... Blut aus dem Herzen gegeben? Offenbar hat's bei ihr geholfen.«

Ianos nickte und sah sich um. Die meisten Verletzten im Raum sahen nicht so aus, als könnten sie aufstehen.

Constantia griff nach seinem Arm. »Haben sie den anderen Verletzten nichts davon gegeben?«

Drennis schüttelte den Kopf. »Nein. Die paar Schlucke, die in so einem Herzen drin sind, habt ihr gekriegt. Alle anderen müssen es ohne göttliche Hilfe schaffen.«

Constantia sah zu der Toten hinüber und fühlte sich beklemmend schuldig – und war erneut wütend darüber, dass man sie offenbar für nützlich genug erachtete, dass man sie mit Naniten aus einem Herzen am Leben erhielt.

Das Raumschiff landete sacht. Die Maschinen stoppten ihr Röhren.

Drennis wusste nicht, was er erhofft und was er gefürchtet hatte. Sie fiel ihm nicht in die Arme, als er aus dem Raumschiff trat, das die Form einer Lanzenspitze hatte und mit dem roten Schimmer des Hadesstahls glomm.

Sie war gar nicht anwesend.

Die drei Schiffe und das kleinere Piratenschiff waren in einer schwarzen, zerklüfteten Wüste gelandet.

Er erkannte die Gewänder der Männer und Frauen, die ihn erwarteten – sie waren auf thrakische Weise in stundenglasförmige Tuniken gekleidet, die Haare waren offen. Unter die Menschen hatten sich zahlreiche Satyrn und Halbsatyrn gemischt, bewaffnet mit kurzen Speeren aus Hadesstahl.

Drennis atmete ein, als würde sich der Sauerstoff rasch verflüchtigen. Die Luft war trocken und kalt. Das Gestein um sie herum türmte sich zu zerbrechlich scheinenden Formationen auf, und rot schimmernde Einschlüsse darin warfen das Licht zurück, das nur die Scheinwerfer der Schiffe und die Sterne über ihnen spendeten. Weit draußen in der Schwärze schillerten die sechs Planeten des Elysiums wie Seifenblasen.

Orientierungslos sah er sich vor dem Hadesschiff um. Die *Proserpina IV* landete in der Nähe.

Eine Frau trat aus der Menge der Wartenden auf ihn zu. Sie war älter als er, grauhaarig, hager und stolz, und sie legte die Hände auf seine Schultern. Die Ähnlichkeit mit Morisa war so ausgeprägt, dass er sich fragte, ob sie in den Zeitverwirrungen des Hades einfach schneller gealtert war als er. Er zitterte innerlich.

»Du bist Drennis«, sagte sie. »Also hat sich alles so gefügt, wie sie es gesehen hat. Ich bin die Frau des toten Königs und die Mutter deiner Frau.«

Er nickte nervös und brachte kein Wort hervor. *Jahre in der Arena*, spottete sein Inneres über seine Sprachlosigkeit.

»Wo ist Morisa?«, zwang er sich zu sagen, um der höhnischen Stimme zu trotzen.

»Im Elysium.« Die Ältere deutete nach oben. »Auf dem zweiten Planeten hat ihr Vater den größten Teil der letzten Jahrhunderte verbracht, dort hat sie ihm die Königswürde genommen. Nur dort kann eine Seherin alle Fäden der Zukunft vereint sehen. Von dort aus hat sie die Flotte zu dir gelenkt.«

»Dann würde ich mich gerne artig bei ihr bedanken«, sagte Drennis und grinste nun doch. »Wie ... wie gelangt man hin?«

Die Frau sah ihn streng an. »Niemand gelangt einfach so dorthin. Es ist eine Ehre und eine Bürde, das Elysium zu betreten.«

»Dabei sieht es von hier so nett aus.«

Seine Schwiegermutter schien seinen Sinn für Humor nicht zu teilen, denn sie ließ seine Schultern los und machte ein säuerliches Gesicht. »Die Zeit darin gehorcht keinem anderen Gott als Hades. Es kann sein, dass es Jahre dauert, bis sie zurückkommt.«

»Oh. Grandios. Deshalb habe ich mich also so beeilt mit meinem Aufstand. Ich meine es ernst, Mutter meiner Frau. Ich denke, sie würde es wertschätzen, wenn ich ihr Bescheid sage, dass ich wieder zu Hause bin.«

»Du bist hier nicht zu Hause.«

»Wenn sie es ist, bin ich es auch, Mutter meiner Frau.«

»Sie weiß, dass du hier bist. Sie hat es gesteuert. Sie wird hier ankommen, wenn alles bereit ist.«

Ungeduldig sah er sich um, musterte die schweigende, zeremonielle Reihe von Hadesvolkwürdenträgern, die erwartungsvollen, zumeist menschlichen Gesichter dahinter. »In Ordnung. Wen muss ich womit bestechen, damit ich ins Elysium komme? Geduld ist nicht meine Stärke, und mein Herz kann ziemlich viel Chaos stiften, wenn ich unzufrieden bin.«

Erfreut sah er, wie seine Schwiegermutter zwei Schritte zurücktrat. Zu Ianos, der neben ihm schon wieder auf seinen eigenen Füßen stand, gesellten sich Crixus und Oenomaus. Die anderen Flüchtlinge wurden fortgebracht, und für den Moment war es ihm gleichgültig.

Ein Schattenvolk, ein vergessenes und aus dem Bewusstsein

des römischen Imperiums getilgtes Volk, waren diese Menschen, die vor ihm standen. Doch es mochte tatsächlich Gründe geben, weshalb sie es vorzogen, auf den asphodelischen Planeten zu leben statt im Elysium.

»Also – wie gelange ich da hin?«, fragte er noch einmal mit unverhohlener Drohung in der Stimme.

»Ihr verdankt uns euer Leben. Wir haben euch Gastfreundschaft gewährt, wir, die wir sonst niemandem gegenüber gastfreundlich sind!«, gab die Frau seine Drohung zurück.

»Wenn ich das recht verstanden habe, habe ich das alles *ihr* zu verdanken. Was spricht dagegen, sie zu sehen? Wenn ich unwürdig bin, dann … frisst mich Hades, oder wie pflegt er das zu vergelten?« Er grinste. »Und wenn ich nicht unwürdig bin, dann werde ich deine Hilfsbereitschaft in guter Erinnerung behalten.«

Sie nickte abgehackt. »Dann soll es so sein, bei den Göttern. Sie hat ohnehin ihr Boot von dort fortgeschickt. Wir stellen dir eines der Beiboote aus den Kriegsschiffen zur Verfügung. Ich wünsche dir dennoch Glück.«

Er sann kurz darüber nach, ob sie seine Zukunft bereits kannte, doch sie nahm ihm die Frage vorweg.

»Meine Warnung rührt nicht aus meiner Fähigkeit als Seherin. Kleine Dinge wie einzelne Menschenleben sehe ich nicht. Das wäre, als wolle man den Flug einer Motte um eine Lampe voraussagen.«

»Kannst du denn vorhersagen, wann die Motte verbrennt?«

»Ich treffe keine Weissagungen über Motten. Höchstens über Lampen«, sagte sie würdevoll.

»Interessante Herangehensweise. Dann bis später, Mutter meiner Frau.« Er wollte noch anmerken, dass er sich über ein warmes Essen bei seiner Rückkehr freuen würde, doch auch diesen Scherz hätte die Weissagerin wohl nicht erheiternd gefunden.

Sie hat Morisa schon als kleines Kind verlassen. Morisa ist für sie vermutlich auch nur eine Motte. So eine kocht sicher kein warmes Essen für die glückliche Heimkehr ihres Schwiegersohns.

Er sprach einen der stumm dastehenden Dämonen an. »Du siehst aus wie jemand, der mein Beiboot steuert.«

Der Kerl nickte langsam. Er war so groß wie Drennis, wenn auch die Dornen und Hörner, die ihm aus dem Gesicht ragten, ihn einige Handbreit größer wirken ließen. Seine Aura war kalt, der Atem ging langsam und hohl, und kleine Dampfwölkchen entwichen der Öffnung, die sein Mund sein mochte.

»Ianos? Ich brauche jemanden, dem ich vertrauen kann«, sagte Drennis.

Der Junge nickte, Constantia verengte ihre Augen zu Schlitzen und rückte näher an ihren Liebsten heran.

»Denk nicht, er geht ohne mich.«

»Was ist mit uns?«, meckerte Oenomaus.

»Habt ihr gedacht, ihr kriegt Urlaub?«, erwiderte Drennis. »Es gibt Dinge zu tun.« Er trat zum Gallier und dem Halbsatyr, legte ihnen die Hände auf die Schultern und senkte die Stimme. »Passt auf unsere Leute auf. Ich weiß nicht, ob sie Hades hier gewöhnlich Menschenopfer bringen. Ich glaube, sie haben das getan, als wir das System betreten haben – ein Leben und ein Goldstück für jedes Schiff. Vielleicht tun sie so was täglich, um hier leben zu dürfen. Sorgt dafür, dass sie die Flüchtlinge nicht anrühren. Und beobachtet, wohin das System als Nächstes gelangt. Wir müssen mehr Sklaven zu uns holen.«

»Sind wir noch nicht fertig?« Oenomaus seufzte.

»Oh ja, Ziegenbruder.« Crixus schnaubte. »Unser Aufstand ist jetzt fertig, lass die, die unserem Beispiel folgen, durchs All irren. Das hier ist unser Asyl, mein Freund. Willst du für immer hier sein? Nein, wir sammeln uns in einem Asyl, und dann holen wir uns ein paar schönere Planeten zurück. Wir, die Sklaven – unter Gleichen.«

Drennis klopfte Crixus auf die Schulter. »So wird es sein. Der Hadesstahl wird dies ermöglichen. Haltet die Augen auf, bis zu meiner Rückkehr. Wenn sie es zulassen, seht euch an, wie viel Hadesstahl es hier gibt, wie viel davon sie uns überlassen würden. Wie schwierig die Förderung ist. Nur damit können wir mehr werden als dieses Schattenvolk.« Er lachte. »Wer weiß, vielleicht bringen wir den Hades dazu, ganz Rom zu fressen.«

Crixus machte eine Schutzgeste mit drei Fingern. »Sei nicht zu ehrgeizig.«

Als Drennis sich schon abwenden wollte, sah er, dass Oenomaus mit Schaudern die sechs elyseischen Planeten fixierte. »Es gibt da etwas, das du wissen solltest«, sagte er.

Lucullus öffnete selbst und freiwillig das Tor zu seinem Anwesen. Auf der Landungsplattform davor stand Lucius Marinus mit gerade so vielen Praetorianern, dass keiner von der Plattform herunterfiel.

Lucullus seufzte und hob seine Hände.

»Ich hätte mit mehr Widerstand gerechnet«, sagte Lucius mit mildem Lächeln.

»Ach, weißt du, alter Freund – die Zeit des Widerstands ist vorbei.« Lucullus lächelte breit. »Ich hatte doch gesagt, dass ich herauskomme, wenn du persönlich klopfst.«

»Und hier bin ich«, erwiderte Lucius trocken.

»Dann sage ich dir, warum ich nun nachgebe. Legat Lucius Marinus, ich musste mir etwas Zeit verschaffen. Und ich musste nachdenken. Aber nun bin ich mit mir selbst im Reinen. Ich war zu ehrgeizig und habe mit deiner Freundschaft gebrochen. Das bereue ich.«

Lucius runzelte die Stirn. »Was heißt das?«

»Ich brauche, denke ich, hierfür alle Hilfe, die ich bekommen kann.« Er senkte vorsichtig die Hände und zog seine Tabula aus der Tasche an seinem Gürtel.

»Du hast ein Problem mit deinem Netz?«, spottete Lucius.

»Ich habe ein Problem mit Koordinaten, die ich empfangen habe.« Er machte eine wohlüberlegte Pause. »Den Koordinaten des Hades. Ein mathematisches Rätsel. Unser Schlüssel zur Unterwelt, Lucius.«

»Roms Schlüssel.«

»Natürlich Roms Schlüssel. Ich habe bei all dem hier immer nur an Rom gedacht.«

Und damit ließ er sich in die Sänfte geleiten, die man ihm bereitgestellt hatte. Er mochte vielleicht nicht mehr der nächste König Roms werden – aber als Bezwinger des Hades war ihm immerhin ein Consulposten sicher.

Die Koordinaten waren durch Zufall von einem der Schmugglerschiffe der Mille Gladii abgefangen worden. Da das Schiff die Kennung des sendenden Schiffs als eines der Gladii erkannt hatte, waren die Koordinaten an Bakka weitergegeben worden, die ebenfalls nichts damit anfangen konnte. Die Koordinaten besaßen eine vierte Dimension – das war alles, was ihre Rätsler hatten herausfinden können, bevor sie Lucullus informiert hatten. Dieser wiederum hatte beschlossen, dass diese Koordinaten eine gute Ausgangsposition waren, um erneute Verhandlungen mit dem Senat anzustreben.

Lucius Marinus zu überzeugen war dabei die einfachste Übung. Darauf folgte ein Privatgespräch mit Gnaeus Pompeius Magnus. In der Folge wurden Teile der Praetorianerlegion auf die militärischen Stationen im All entsandt, wo bereits Legionen aus den Nachbarsystemen zusammengezogen wurden. Wollte man sich dem Hades stellen, musste die Tatsache, dass die Hadesdämonen Schilde durchdringen konnten, durch die schiere Masse an römischen Schiffen und Kriegern wettgemacht werden.

Viri Ferri wurden bemannt, die großen Automatenkrieger.

In den Viri war das schlagende Herz ein lebender Mensch, ein Sklave, dessen Hirn und Organismus den Automaton steuerte. Der Sklave selbst verließ den Vir nicht lebend, meist starb er während der Einsätze an Überlastung, wie eine Batterie, die gewechselt werden musste.

Auch die Viri wurden an Bord von Schiffen geschafft – ein Ereignis, das kein Ausrufer verpassen wollte: Es war der gewaltigste Kriegseinsatz der letzten Jahre.

Und dann entschlüsselten die Rätsler des Magistrats die Koordinaten. Die vierte Koordinate blieb eine Variable, doch durch Wahrscheinlichkeitsfilter konnten die Rätsler mehrere Systeme nennen, bei denen ein Einfallen des Hades statistisch wahrscheinlich war. Tatsächlich schien es eine Art Route zu geben, die der Hades verfolgte – es war nur weder eine räumliche noch eine zeitliche Route. Sie besaß Regelmäßigkeiten, die nur ein Rechner erfassen konnte.

An Bord des Beiboots kreuzten Ianos, Constantia, Drennis und der namenlose Dämon den Acheron, der aus gefrorenen Wassertropfen bestand, deren beständiges Prasseln gegen die Schiffswand Ianos ein wenig beunruhigte. Der Lethe hingegen – die golden glitzerte, obwohl es kein Licht gab, das sie beschien – mussten sie ausweichen. Der Fluss schien so etwas wie eine Magnetwirkung auszustrahlen, denn der Dämon steuerte das Schiff mit den Bewegungen seiner Hände gegen, und es wehrte sich, dass die Triebwerke unter ihnen jaulten.

»Im Haus des Hades kühlen sich die Toten an der Quelle der Lethe und erhalten dafür das Vergessen«, murmelte Constantia, als zitiere sie aus einem Buch. Drennis sah sie lediglich finster an, als sie fortfuhr: »Doch daran sollst du vorbeischreiten, zu den weißen Zypressen, wo die Mnemosyne ihrem Teich entspringt. Die Wächter werden dich fragen, warum du dorthin kommst.«

»Und was ist die Antwort auf diese Frage?«, schnarrte der Dämon, seine Hand ruhte inmitten einer leuchtenden Kugel.

»Die Bacchusjünger sagen, dass sie es wissen«, flüsterte sie.

Die Lethe entließ sie aus ihrem Griff – mit einem Ruck kam das Schiff wieder auf Kurs, und dann sah Constantia einen weiteren Strom, der das System in Spiralen durchlief und dem Planeten unter ihnen entsprang. Dort ragten Bäume aus Schnee oder Eis oder Kalk oder einem Material, das keiner von ihnen kannte, bis in die Atmosphäre und bildeten dort ein breites Dach.

»Weiße Zypressen«, flüsterte Ianos. Durch ihre Kronen strömte ein silbriger Fluss, schmal und beinahe nicht sichtbar, in den das Beiboot nun eintauchte. Es prasselte nicht an der Außenhülle, trotzdem erzitterte das Boot unter einer unbekannten Kraft.

»Die Mnemosyne«, flüsterte der Dämon. »Betretet das Elysium auf andere Weise, und ihr werdet es nie mehr verlassen. Wir können nur den zweiten Planeten besuchen, nur durch die Mnemosyne.«

Ianos bemerkte erst spät, dass er sich nicht bewegen konnte. Sie saßen wie angenagelt da, seine Zunge gehorchte ihm nicht, sein Atem, sein Herzschlag – er stand nicht vollkommen still, doch alles geschah so schmerzvoll langsam, dass er geschrien hätte, wenn es möglich gewesen wäre.

Vor dem Fenster der Kapsel änderten die Sterne außerhalb des Hades ihre Konstellation – als liefe die Zeit rascher oder als reise das System durch die Zeit.

Dann sah er die silbrige Präsenz der Mnemosyne – sie ballte sich tanzend in der Enge der Beibootkapsel, streckte sich dann lautlos aus und griff nach ihnen allen. Die Teilchen des Stroms bewegten sich, doch nichts anderes tat es ihnen gleich.

Warum seid ihr hier?, hörte er die Mnemosyne in seinem Schädel. Es tat weh, dass sie sich in seiner Reglosigkeit bewegte.

Niemand antwortete. Ianos fragte sich, ob auch der Dämon die Antwort nicht kannte.

Schließlich brach Drennis die Stille in ihren Köpfen. *Ich bin ein Sohn der Erden und des gestirnten Himmels. Statt Vergessen fordern wir Allwissen*, sagte er, ohne die Lippen zu bewegen.

Die Mnemosyne lachte, als sei es ein alter Scherz.

Ich bin ein Sohn der Erden und des gestirnten Himmels. Statt Vergessen fordern wir Allwissen!, forderte nun auch der Dämon, als habe er sie lediglich testen wollen, und Ianos schloss sich mit einer Anstrengung an, die ihn glauben ließ, er würde sich übergeben. Constantia sprach als Letzte die Zeilen.

Gebt mir etwas von euch, Kinder der Erden. Gebt mir etwas, damit ich es dem gestirnten Himmel gebe. Es tastete danach. Es blätterte durch warme Bilder in Ianos' Innerem, durch glückliche Momente. Durch tiefste Finsternis und das Grauen der Einsamkeit. Es stoppte an einer Stelle in seinem Kopf, und Ianos schrie innerlich. Es nahm keine Rücksicht darauf, sondern zog es aus ihm heraus und ließ einen wunden, weißen Fleck zurück. Dann verschwand es, und er schrie tatsächlich – vier Schreie gellten durch das Beiboot, und Drennis warf sich auf die Knie und hämmerte mit der Faust gegen den Boden, als wolle er seiner gestohlenen Erinnerung durch die Hülle hindurch folgen.

Der Dämon fing sich als Erster wieder. Er warf jedem von ihnen einen kalten Blick aus seinen schwarz glitzernden Augenlöchern zu und setzte dann zur Landung zwischen den weißen Bäumen an.

»Was war es bei dir?«, flüsterte Constantia.

»Etwas … von meiner Mutter«, erwiderte Ianos.

»Bei mir war es etwas von uns«, sagte sie. »Ich … ich weiß es natürlich nicht mehr. Es hat es ja mitgenommen.« Sie klammerte sich an seinen Arm und zitterte. Er strich über ihr kurzes Haar.

Drennis hatte eingesehen, dass seine wütenden Schläge beunruhigende Dellen in den Boden schlugen, der sie vom Motor trennte, und setzte sich wieder auf den Sitz.

»Woher kanntest du die Antwort?«, fragte Constantia.

»Oenomaus hat nicht nur Wissen über den Hades, sondern auch Anhänger unter den Bacchusjüngern gehabt. Er hat mir die Worte mitgegeben. Wann hättest du erwogen, sie uns zu verraten?«, fragte er den Dämon atemlos, doch dieser antwortete nicht.

»Er ist nur ein verdammter Dämon«, sagte Constantia. »Herzloser als ein Gladiator.«

Durch die Strömung der Mnemosyne hatten sie nicht bemerkt, dass sie in die Atmosphäre eingetreten waren. Das Beiboot sank zwischen das Geäst der weißen Bäume und über einen traumhaft schönen Teich.

»Die Idylle trügt sicherlich«, sagte Ianos, weil er sich bereits von der Mnemosyne betrogen fühlte.

Der Dämon hängte das Schiff wie eine Fledermaus am Geäst des weißen Baums auf. Die Schwerkraft im Boot änderte sich, die Sitze schwangen herum. Dann öffnete sich die Kapsel, und eine Leiter klackte schrittweise herab. Constantia kletterte zuerst hinunter, sie hatte am weitesten hinten gesessen und saß nun am weitesten unten.

»Such sie an der Quelle«, sagte der Dämon und wandte seinen schweren Kopf hin und her, als erschnuppere er eine Fährte. »Dort hinten.« Er wies auf eine Formation aus moosüberzogenen Felsen.

Das Elysium hatte die Farben eines Urwalds im Sonnenschein, ein unwirkliches Gefühl von Sommer und der gleißenden Helligkeit eines blauen Himmels. Doch wenn sie hinaufsahen, war der Himmel über ihnen schwarz, durchzogen von den Strömen der Unterwelt und dem fremdartigen Halo des Schwarzen Lochs.

»Ihr entschuldigt mich sicher«, sagte Drennis heiser und wandte sich ab, ohne eine Erwiderung abzuwarten.

Der Dämon setzte sich auf einen Felsen. Ianos beobachtete ihn, während Constantia die Anwesenheit des verhassten Dämons ignorierte und vom Ufer aus über die Wasseroberfläche spähte. Aus dem See erhob sich ein flirrend-silbriger Dunst, stieg auf wie der Dampf von kochendem Wasser und ballte sich unter den Kronen der weißen Zypressen zum Strom zusammen, der den Planeten verließ, ohne irgendwelchen Naturgesetzen zu gehorchen.

»Du bist ein Mensch«, sagte Ianos leise. »Oder?«

Der Dämon starrte ihn an.

Ianos zuckte entschuldigend mit den Schultern. »Das ist bloß Hadesstahl. Die Rüstung, meine ich.«

Der Dämon seufzte, griff nach seinem Helm und löste ihn mit einem Geräusch wie einem hohlen Pfiff. Die verschiedenen, ineinandergreifenden Schichten lockerten sich, und er konnte ihn vom Kopf ziehen.

Darunter kam ein kahl geschorener Schädel zum Vorschein, auf dem Schweißtropfen glänzten. Die Haut des Mannes hatte einen olivfarbenen Stich, vielleicht ein Thraker, den seit Jahren keine Sonne mehr berührt hatte. Seine Züge waren ebenmäßig, ein wenig eckig, aber nicht annähernd so grausam, wie Ianos erwartet hatte.

Constantia blickte nun doch herüber, sie sah noch zorniger aus als zuvor; als verschlimmere es die begangenen Verbrechen, dass sie von Menschen und nicht von Monstern begangen worden waren.

Der Mann wischte sich mit dem Handschuh über den kahl rasierten Schädel. »Auf die Dauer unbequem«, gab er zu.

»Aber … auf der *Bona Dea* waren auch … es gab eine Schlange und einen … eine Assel mit menschlichem … wie ein Zentaur«, erinnerte sich Ianos.

Der Mann nickte. »Es gibt jede Menge Viecher in den Höhlen. Manche davon kann man zähmen. Manche sind Halbmenschen, haben sich vermischt mit uns.«

Constantia schnappte nach Luft. »Vermischt? Ein Asselzentaur? Eine Assel und ein Mensch – oder wie stelle ich mir das vor? Das ist alles so krank!«

Ianos unterdrückte ein Grinsen, als der vermeintliche Dämon vor ihnen – der Kopf wirkte nun zu klein für die massigen Schultern – sich unter Constantias Blick wand.

Plötzlich krachte etwas von unten durch die spiegelnde Oberfläche des Teichs – als sei es von unten hinaufgefallen und tauche nun in die Luft statt ins Wasser hinein. Es war eine Art großer Fisch oder auch etwas ganz anderes: stromlinienförmig, silbern, schnell. Rasch fiel es weiter nach oben, der Mnemosyne folgend, dann war es zu klein, um es inmitten der silbernen Tropfen noch zu erkennen.

»Was …? Passiert das häufiger?«

Der vermeintliche Dämon zuckte mit den Schultern, stand jedoch beunruhigt auf und spähte hinauf in die Baumkronen.

»Ich bin nicht so oft hier. Man muss jedes Mal eine Erinnerung opfern, ihr könnt euch vorstellen, dass die Flüge hierher unbeliebt sind.«

»Du hättest uns warnen können. Vor der Mnemosyne. Vor den Worten, die wir sagen müssen«, flüsterte Constantia in einem Tonfall, als müsse sie schreien.

Er hob seine Augenbrauen, erwiderte jedoch nichts, sondern sah weiterhin hinauf. Er hielt die Maske seines Helms vor sein Gesicht und blickte hindurch.

»Da!« Er deutete hinauf. »Ganz klein – seht ihr den Styx?«

»Das ist das dunkle Band?«, fragte Ianos. Seltsam, der Styx war dunkel inmitten von Schwärze und trotzdem so sichtbar, dass er in den Augen schmerzte. *Wie das Schwarze Loch.*

»An seinem Scheitelpunkt, da oben. Da ist ein Schiff.«

Ianos konnte nichts erkennen – das Hadessystem war klein, doch ein Raumschiff auf diese Distanz auszumachen, war unmöglich. »Was für ein Schiff?«

Der Teich vor ihnen blubberte, als ereifere sich etwas darin. Die weißen Bäume bogen sich unter einem unfühlbaren Wind. Selbst auf dem Styx schienen sich Wellen zu bewegen.

»Ein fremdes Schiff«, sagte der Mann dumpf durch seine Maske. »Eines, das keinen Tribut gezahlt hat.«

»Was passiert da?«, fragte Constantia. »Bewegt es sich weiter? Was passiert?«

»Ich weiß es nicht. Es bleibt auf der Stelle – aber das ist das Elysium. Offenbar gefriert die Zeit.«

»Die Zeit ... gefriert«, wiederholte Constantia ausdruckslos.

Der Mann nickte langsam. »Das Vergehen der Zeit ist von höheren Mächten als uns abhängig.«

Ianos starrte hinauf, und kurz war ihm, als könne er das Schiff auch ausmachen – wie ein Widerhall der Sicht, die das göttliche Herz ihm verliehen hatte.

Sein eigenes schien ihm manchmal ein wenig zu klein, um diese Stelle auszufüllen. Aber vielleicht war das göttliche Herz auch einfach zu groß gewesen.

»Was tun wir denn jetzt?«, fragte Constantia, die immer noch vergeblich zwischen den weißen Ästen hindurch in den Himmel spähte.

Kapitel XXXIV

Ich bin überrascht von seinem Kommen. Dabei weiß ich ja, dass ich ihn gerettet habe. Habe retten lassen.

Ich stehe noch über dem Grab meines Vaters, das ich ihm an der Quelle der Mnemosyne bereitet habe. Ich habe seinem geschundenen Körper eine Goldfolie mitgegeben, auf der die Anweisung steht, wie er auch aus diesem Jenseits in die elyseischen Gefilde gelangt.

Die Bestattung eines Königs.

Ich stehe mit dem Rücken zum Höhleneingang, als er hineintritt und einen Schatten wirft. Über das Grab, über mich.

»Worauf wartest du?«, fragt seine Stimme, und sie zittert vor Nervosität.

Ich drehe mich langsam um, gemessen, ich muss an mich halten, um nicht zusammenzubrechen wie das Mädchen, das ich gewesen bin, als ich den Hades verließ.

»Darauf, dass sich etwas entscheidet, aber es entscheidet sich einfach nichts«, antworte ich flüsternd. Das ist das Problem. Deshalb stehe ich noch hier.

Nirgendwo findet eine Seherin besseren, deutlicheren Rat als im Elysium. Zugleich ist es ein gefährlicher Ort, der mit der Zeit verfährt, wie es ihm beliebt. Der mit Dienerinnen der Persephone verfährt, wie ihm beliebt – ich kenne die Geschichten.

Doch wenn ich dem Elysium jetzt den Rücken kehre, dann ist sie fort, die große Prophezeiung, wegen der ich hergekommen bin, wegen der ich über dem Grab meines Vaters stehe.

Wegen der ich Königin geworden bin.

Darf ich mich jetzt von seiner Anwesenheit ablenken lassen?

War nicht all das hier eigentlich eine Ablenkung von seiner Abwesenheit?

Er tritt langsam näher. »Was soll sich entscheiden?«

»Die Zukunft«, *sage ich, und er lacht, ein wenig spöttisch.*

»Ich gebe dir eine Prophezeiung, Morisa, meine Ehefrau: Du wirst deinen Mann in die Arme schließen.« *Er lächelt, immer noch unsicher.*

»Das hört sich so einfach an.«

Seine Arme haben vorhin noch so hilflos von seinen Schultern gebaumelt. Sie entschließen sich jetzt, und er kommt auf mich zu. Die Dinge, die das Elysium bewohnen, haben sich in die Schatten zurückgezogen, er weiß gar nicht, dass sie hier sind.

Er nimmt meine Hände und zieht mich zu sich heran.

»Es tut mir leid, dass ich dich nicht beschützen konnte«, *sage ich, und er sagt beinahe das Gleiche. Wir fühlen uns beide schuldig für das Schicksal des anderen. Getrennt voneinander, während Fremde uns begafften, uns missbrauchten, sich unsere Körper zu eigen machten. Ich ziehe ihn an mich, ich atme seinen Geruch ein, von dem ich nicht gewusst habe, dass er mich wie ein Schlag trifft und mir zeigt, was wir verloren haben. Wir umklammern uns, wir weinen, und ich möchte schreien vor Wut und Angst und Hass.*

Ich fühle sein Herz schlagen, sein künstliches Herz, und sofort dämmert mir, dass ich ihn vielleicht nicht davor bewahren kann, dass er in wenigen Jahren daran stirbt.

»Ich hasse sie alle so sehr«, *flüstere ich, und dabei schluchze ich, dass es mich schüttelt.*

»Ich liebe dich so sehr«, *erwidert er einfach, und ich fühle mich schlecht, denn mein Hass ist so hoch gewachsen und stellt die Liebe in den Schatten, in dem sie verkümmert.*

»Ich liebe dich auch.« *Aber ich weiß es nicht mehr genau, ich weiß nicht mehr genau, ob ich weiß, wie es geht. Wie wir wieder sein sollen, wie wir früher waren, nachdem ich fünf Mal festge-*

stellt habe, dass Lucius Marinus mir ein Kind in den Leib gesetzt hat, und ich es fünf Mal abgetrieben habe.

Ich kann die Zukunft sehen – doch ich kann mich nicht blind für die Vergangenheit machen. Was ich einmal gespürt habe, ist empfunden und lässt sich niemals wieder rückgängig machen. Er beherrscht mich immer noch – Lucius Marinus hat immer noch so entsetzlich große Macht über mich, dass ich nun an ihn denke und nicht an den, der mich im Arm hält.

Fassungslos weine ich, und Drennis weint und sagt Sätze oder Teilsätze. Glückliche, süße Teilsätze, die versuchen, sich durch die Bitterkeit zu schlängeln.

»Die Zeit vergeht hier anders«, sage ich leise. »Lass uns hinausgehen, das hier ist ein Grab. Vielleicht haben wir viel Zeit. Vielleicht haben wir keine.«

Er nickt und lässt mich los. Seine Hand stiehlt sich in meine, wie damals, als wir so viel jünger waren.

Und er so viel jünger als ich. Ich muss lächeln.

Wir gehen hinaus, zwischen den großen Findlingen hindurch, bis wir auf der anderen Seite der Quelle sind. Die großen Felsblöcke liegen zwischen uns und dem Teich. Und dem Raumschiff, das in den Ästen des Baums baumelt.

Wir setzen uns nebeneinander aufs Moos.

»Ich habe Freunde mitgebracht. Und einen von diesen … von den Dämonen.«

»Die Dämonen, ja.« Ich lache kurz auf. »Es sind Männer mit Masken. Manchmal auch Frauen, wir sind nicht so viele, dass wir wählerisch wären.«

Drennis lehnt sich auf die Ellbogen und sieht in den dunklen Himmel. Das Schwarze Loch steht über uns, groß und alles verschlingend, und trotzdem sind wir hier.

»So, so«, sagt er einfach.

Ich lehne meinen Kopf an seine Brust. »Die Zukunft entscheidet sich einfach nicht«, wiederhole ich.

Er zuckt mit den Achseln. »*Dann haben wir auf jeden Fall noch Zeit, oder nicht?*« *Er legt seine Lippen auf meinen Scheitel.* »*Zum Beispiel hast du mich noch nicht geküsst, meine Ehefrau.*«
Ich hebe meinen Kopf. Das sagte er damals, als wir gerade verheiratet waren, er vierzehn Jahre, ich siebzehn Jahre alt. Ich lache und tue das, was ich damals tat. Ich küsse ihn.

Die drei Menschen am Teich starrten immer noch in die Höhe.
»Dann …«, begann Constantia. »Dann sollten wir vielleicht langsam aus diesem Zeitloch raus?« Sie wandte sich zu Ianos um, dessen Augen bereits tränten. Er blinzelte. »Wie lange kann es dauern, bis er sie da rausgeholt hat? Wie groß ist diese Höhle denn?«
»Ähm«, bemerkte Ianos. »Sie sind eine Weile … getrennt voneinander gewesen. Das … kann sicher eine ganze Weile dauern.«
»Ach ja? Sie haben also alle zeitlose Zeit der Welt, während wir mit Dämonengesicht hier warten, statt unser nicht minder glückliches Wiedersehen gebührend zu begehen.«
Ianos blickte sie ein wenig erschrocken an, als erwäge sie, sich an Ort und Stelle aus ihrer Militärrüstung zu schälen.
Sie verschränkte die Arme. »Ich würde gerne diese verdammte Seherin an Bord eines Bootes ziehen, von diesem grauenhaften Ort verschwinden und dafür sorgen, dass sie den Fluch von meiner verdammten Familie nimmt!« Constantia wies unbestimmt auf die Mnemosyne, auf die beiden weißen Bäume, auf das Schwarze Loch und sein unheilvolles Haloflackern, auf die Umgebung aus sommerlich scheinendem Paradies. »Das hier ist kein gesunder Ort. Es ist wie … es ist wie Odysseus auf dem Lotusmond.«
»Das ist eine Kindergeschichte!«
»Es ist eine *alte* Geschichte! Es war dort zu schön, um wahr zu sein. Dinge … lauern hier. Ich will nicht mehr hier sein. Ich

habe mit einer Erinnerung bezahlt, die mir wertvoll war, und das alles hier ist doch nur *Schein!*«

Sie sah sich um, und noch während ihre Worte verklangen, glaubte sie, Bewegungen am Rand ihres Sichtfelds wahrzunehmen. Das Gras bewegte sich unter ihren Füßen. Sie trampelte auf der Stelle. »Ianos – warum *leben* sie nicht hier? Ein wunderbarer Ort ohne Zeit?«

Dämonengesicht räusperte sich.

»Ja?«, fragte sie giftig.

»Du hast recht«, flüsterte er. »Das Elysium ist kein guter Ort.«

Constantia fuhr herum. Etwas hatte sich sehr schnell an ihr vorbeibewegt, wie der gigantische Fisch, der durch die Wasseroberfläche gebrochen war – nur kleiner. Und dunkler.

»Ein anderer Zeitfluss«, flüsterte sie. »Kann es an einem Ort mehrere Zeitebenen geben?«

Ianos sah ratlos aus. Der Dämon nickte langsam. Sie verstummten.

Dinge bewegten sich im Wasser, doch die Oberfläche war wie poliertes Silber. Constantia folgte den Bewegungen einer Libelle, bis sie feststellte, dass dort keine Libelle war, etwas hatte sie genarrt. Die Nackenhaare stellten sich ihr auf.

»Etwas ist hier, aber es ist so schnell, dass wir es nicht sehen können. Oder wir sind ganz langsam«, flüsterte sie. »Etwas ist um uns herum!«

Dämonengesicht räusperte sich erneut. »Gehen wir die Königin suchen.«

In der Höhle zwischen den Findlingen entsprang die Quelle des silbernen Teichs als kleine Rinnsale, die von den Wänden dropften. Ianos sah sich um. Hier war niemand.

»Sie ist hier.« Constantias Stimme zitterte. »Ich höre, wie sie meinen Namen sagt.«

»Wer?«

»Dieses ... kleine Mädchen«, murmelte sie, und ihr Blick irrte durch die Dunkelheit. Dann sog sie scharf die Luft ein. »Es ... es hat etwas mit dem Schiff oben am Styx zu tun. Es ... etwas passiert gerade!« Sie packte den vermeintlichen Dämon am Arm. »Das Boot! Wir brauchen es *jetzt*, um fortzukommen!«

Der Mann nickte, und Constantia zog Ianos aus der Höhle. Er blinzelte die schnellen Dinge weg, die Hände, die sich nach ihrem Blickfeld ausstreckten und immer kurz davor zurückzuckten.

»Was ist los, Constantia?«, keuchte er.

»Der Hades will ein Opfer für die Schiffe am Styx«, stieß sie hervor. »Hier entlang, schnell! Merkt ihr das nicht? Hier ist etwas, und es strebt alles ... zu ihnen hin, zu Drennis und seiner Frau!«

Sie rannten los, über scharfe Kanten, die sich unter weichem Moos verbargen, doch jede ihrer Bewegungen war so zäh, die Füße hoben sich so langsam, das Blut war Suppe in ihren Adern, jeder Herzschlag wie ein schicksalhafter Trommelschlag.

Ianos spürte, was die Geschöpfe des Elysiums mit ihnen taten. Sie ließen die Tage in ihnen verrinnen.

Ihnen entglitt die kostbare Lebenskraft, die die Naniten ihnen zurückgegeben hatten. Die Zeit zerrann ihnen zwischen den Fingern. Wieder traten die Sehnen und Adern an Constantias Händen hervor, die seinen Arm umklammerten. War das nun der Fluch, der seinen kurzen Schlaf beendet hatte? Oder alterte sie rasend schnell?

Ianos griff sich ins Gesicht, sein Bart war schon ein Fingerbreit gewachsen.

»Drennis!«, schrie er.

Er fühlte sich, als rieselten die Körner seiner Lebensstundenuhr durch einen schmalen Hals. Constantias Atem rasselte, als sie endlich die Felsen erklommen hatten.

Drennis und die Seherin lagen nackt im Moos. Auch für sie schien die Zeit anders verlaufen zu sein, denn sie hatten offenbar Gelegenheit gehabt, reichlich Früchte zu pflücken und, den herumliegenden Resten nach zu urteilen, auch einen Gutteil davon zu verzehren. Constantia keuchte erschöpft, ihre Beine gaben nach.

Morisa setzte sich auf und blickte sie an. Der Gedanke, dass sie alle einst Lucius Marinus Maximus gehört hatten, tauchte wie ein seltsames Tiefseetier in Ianos auf.

Er hielt Constantia aufrecht und stieß mit dem Speerschaft nach Drennis' Schulter. »Komm schon! Zeit zu gehen!«

»Wir müssen fliehen«, flüsterte Constantia. »*Ihr* müsst fliehen!«

Diese Wesen, die so viel schneller waren als sie, krochen heran, umgaben sie von allen Seiten, doch sie waren nicht mehr als ein Schwirren, ein Aufblitzen am Rand ihres Sichtfelds. Ianos' Blick wurde in den Himmel gesogen. Der Halo des schwarzen Lochs dehnte sich aus, kam auf sie zu wie ein planetarer Ring, der sich durch das Elysium schneiden würde.

Dann stülpte sich etwas daraus aus. Es war violett. Oder grau. Oder das Gegenteil dieser Farben. Es streckte sich aus, als reiche das Schwarze Loch ihnen einen Finger.

»Nein!«, keuchte Morisa, ihre Augen glänzten in einem plötzlichen Fieber. »Das kannst du nicht verlangen! Nicht jetzt schon!«

Sie streckte die Hände zur Seite aus, und diese Kreaturen, die in einer anderen Zeit existierten und die nun nur noch die Frau umgaben, als hätten sie sie auserwählt, erstarrten.

Ianos schrie auf, als sie plötzlich sichtbar wurden. Es waren keine Monstren, keine Chimairen aus Asseln und Menschen, keine Schlangen mit verästelten Hälsen oder Krieger mit verwachsenen Stahlgesichtern. Doch bevor er begreifen konnte, was sie waren, ließ Morisas Geste sie wie Sand in die Erde rieseln. Sie waren etwas gewesen, das er aus seinem eigenen Inneren kannte, und sie so nackt anzublicken, schüttelte ihn. Die Zeit vertiefte diese Bilder, diese kreaturgewordenen Gefühle, statt sie zu verflüchtigen, wie sie es mit Neid, Hass und Wahnsinn zu tun pflegte.

Er griff nach Constantia. So flüchtig, so bitter schien ihm, was er für sie empfand. Heute liebte er sie – und morgen, morgen würden sie nicht mehr wissen, warum sie einander geliebt hatten. Doch als der Staub auf dem Boden auftraf, war das Gefühl verschwunden, und er atmete ein.

Das Schwarze Loch lauerte. Morisa sah hinauf in die violett schimmernde, wirbelnde Schwärze. »Ich verweigere dir dein Opfer!«, sagte sie ruhig und deutlich.

Und dann kam das Beiboot, fegte dicht über die Sträucher und Findlinge hinweg und drückte mit seinem Antrieb die Gräser nieder. Der vermeintliche Dämon brachte das Schiff in die fledermausartige Senkrechte, öffnete die Kapsel, und sie sprangen hinein, mitten in die wechselnde Schwerkraft und landeten mit Wucht in den Sitzen, die ihre Position für den Einstieg verändert hatten. Die Kapsel schloss sich, die Sitze schwenkten um.

Ianos wartete auf den Schmerz oder das Gefühl der Funktionsuntüchtigkeit, das ihn in den vergangenen Tagen stets gequält hatte, doch es blieb aus. Sein Herz war sein eigenes Herz, und es schlug rasch. Constantia jedoch klammerte sich bleich und krank an seinen Arm.

»Nimm den Fluch von ihr!« Ianos schüttelte Morisas Arm.

Drennis packte seine Hand und löste sie von seiner Frau.

Die Seherin starrte ihn an und setzte sich gerade hin.

Drennis stand auf und suchte vergeblich nach Kleidung oder einer Decke.

»Natürlich«, sagte die Seherin leise. Es schien sie nicht zu bedrücken, dass sie nackt war. »Ich bin aus der Zeit herausgetreten.

Deswegen gab es keine Zukunft. Denn die Zukunft – hängt an mir.«

»Eitelkeiten«, sagte Constantia schwach und wedelte mit der Hand vor ihrem Gesicht, als das Beiboot in der Atmosphäre höher stieg. »Da waren lauter Eitelkeiten. Wo sind sie hin? Sie wollten mich ... fressen.«

»Nimm diesen Fluch von ihr!«, brüllte Ianos, doch die Seherin starrte durch ihn hindurch.

Erst als sie die Atmosphäre verlassen hatten, fokussierte sie ihren Blick auf Constantia. »Gib ihr Wasser«, riet sie Ianos. »Und wenn wir wieder auf den asphodelischen Planeten sind, das Herz.«

»Sie *stirbt* an deinem *Fluch*. Und trotzdem hat sie dich vor diesem ... diesem Fangarm aus dem Schwarzen Loch gerettet! Nur ihretwegen haben wir euch gesucht und gewarnt. Du bist es ihr schuldig!«, sagte er bitter und nahm von Drennis einen schweren Wasserbehälter an, den er öffnete und Constantia an die Lippen setzte.

»Ich kann ihn nicht mit einem Fingerschnipsen lösen«, sagte die Seherin.

»Du konntest mit einem Fingerschnipsen diese ... diese schnellen Wesen zu Staub zerfallen lassen!«

»Das war etwas anderes! Sie wollten ein Opfer, das ich verweigert habe«, sagte sie und ihre angenehme Stimme wurde schrill. »Und ich werde den Fluch nicht von ihr nehmen!«

Sie trat an ihn heran, nackt wie eine Göttin, die so machtvoll ist, dass sie keinen Schaden an den Blicken ihrer Gläubigen nehmen kann. Sie legte ihre Hand auf seine Stirn. »Du hast deine Sache gut gemacht. Aber ihr liebt euch nur, weil ich es wollte.«

Er wich vor ihr zurück, schüttelte heftig den Kopf. Der Widerspruch schnürte ihm die Kehle zu, setzte sich auf seine Brust. »Es ist mir egal, weshalb ich sie liebe! Ich habe getan, was du wolltest! Ich habe deinen Mann zurückgebracht! Meine Taten haben Lucius Marinus ruiniert!«

»Jetzt muss er nur noch sterben«, beharrte sie.

»Dann ...« Er rang nach Luft. »Dann hast du diese Schnellen wohl mitgebracht aus dem Elysium. Dann sind sie hier – dein Hass! Deine Rachsucht! Deine Eitelkeiten!«

Kurz glaubte er, sie würde ihn schlagen. Doch sie tat es nicht. Drennis starrte ihn an. Constantia hatte ihre Augen geschlossen. Ianos legte die Arme um sie.

»Es ist mir egal, weshalb ich sie liebe«, flüsterte er trotzig und bettete ihren Kopf auf seinen Schoß.

»Da draußen ...«, kam der beunruhigte Ausruf des Piloten. »Da sind ziemlich viele Schiffe.«

»Sie haben das Fährgeld nicht bezahlt«, sagte die Seherin gleichgültig. »Der Hades wird sie zerreißen.«

Doch das geschah nicht.

Lucius Marinus ließ der Einhundertdreiundzwanzigsten beim Vorstoß in den Hades den Vortritt.

Die Praetorianer und die Legionen außerhalb des Rubicon hatten in den Wochen, die vergangen waren, während Drennis, Ianos und Constantia die Mnemosyne querten, eine Mobilmachung ohnegleichen erfahren. Tausende Soldaten waren an Bord von Schiffen verfrachtet worden, weitere vier Legionen waren bereits in Gefechtsbereitschaft.

Aufgrund der Rechenoperationen, die sich aus den Koordinaten ergeben hatten, hatten sie die Truppen aufgeteilt und mehrere infrage kommende Systeme unter Bewachung gestellt.

Die mobilen Grenzfestungen waren bereit, gigantische Schilde zwischen sich aufzuspannen, um die Planeten vor dem Einfall des Hades zu bewahren.

Es war natürlich nicht möglich, Systeme mit Schilden vor einem schwarzen Loch zu schützen – aber dem Trümmerregen der Randwelten des Hades würden sie auf diese Weise entgehen.

Dann war es tatsächlich geschehen: In eines der sieben von der statistischen Filtermethode eingegrenzten Systeme war der Hades eingebrochen. Lucius hatte Imagi davon gesehen, wie er aus dem Nichts kam, aufflackernd wie ein Trugbild und dann erschreckend real werdend.

Doch statt zu fliehen, setzte Crassus die Aquilae, die Ursi, die Scorpiones auf Kurs.

Lucius befand sich zunächst mit den Praetorianern in einem Nachbarsystem, daher oblag es seinem Freund und Schwiegersohn in spe, den Vorstoß zu befehlen.

Mehrere Schiffe des Hades hatten Latifundien geplündert, Sklaven geraubt. Nach wie vor waren sie für Sensoren unsichtbar, schlichen ungesehen durchs All und schlugen zu, bevor jemand sie bemerkte.

Lucius war aufgeputscht. Einer der Legionscapsarii hatte ihm ein Mittel gespritzt, das die Legionäre tagelang stärken und wach halten konnte. Er brauchte es mittlerweile drei Mal täglich. Rationen wie für einen Elefanten, so sagte der Capsarius besorgt.

Bald würde Zeit sein, um zu schlafen. Um zu heilen. Um sich davon zu erholen – sobald er seinen Gladiatoren und seiner Sklavin, zu der sie ohne Zweifel geflohen waren, ein Ende bereitet hatte.

Wir werden die Herren des Hades sein. Das Triumvirat Lucullus, Crassus und ich – und Gnaeus wird unser bevorzugter Consul werden. Und gegenseitig ziehen wir an unseren Strippen wie Puppenspieler, die selbst Puppen sind. Er grinste – er war vermutlich der Einzige, der dies durchschaute.

Seine Teilflotte nutzte einen Sprungpunkt, um in das System zu gelangen, das nun vom Hades zerrüttet wurde.

Er hörte ihn bereits während des Sprungs kreischen und

wimmern und an den Grundfesten seines Verstandes rütteln. Er presste die Finger an die Schläfen.

»Meldung!«, schrie er nach dem Sprung. »Wo ist Crassus?«

Legat Marcus Crassus hätte geglaubt, bei einer Orgie versehentlich einige spät wirkende Drogen zu sich genommen zu haben, wenn er denn in der letzten Zeit einer solchen beigewohnt hätte.

Sie taumelten durch das kreischende Chaos, und dann standen sie mit einem Mal still. Um sie herum war flirrende Schwärze, die Sensoren waren blind, die Tabulae fielen aus.

»Meldung!«, brüllte er aus der Brücke in der Mitte des Ursus ins Audio, damit ihn die Offiziere in den wenigen verglasten Kapseln über ihre Aussicht unterrichteten.

»Legat!«, kam die gebrüllte Antwort zurück, voller Störgeräusche, ganz abgesehen vom Kreischen des Hades. »Die Höllenhunde!«

»Wir sind mitten im All, Soldat!«

»Wir sind doch tot, Mama!«, schrie der Mann am anderen Ende, die Schwelle des Wahnsinns überschreitend, und auch seine Kameraden, die aus den Kapseln nach draußen sahen, begannen nun schrill zu schreien und zu flehen. Dann barsten Scheiben, ein Alarm heulte kurz auf, bevor er erstarb, und etwas holte sich die Augenzeugen des wuchtigen Raumschiffs.

»Schiff klar zum Gefecht! Da draußen ist etwas!«, schrie Crassus gegen den ohrenbetäubenden Lärm an, und seine Männer gehorchten, wenn auch mit schmerzverzerrten Gesichtern, und gaben seine Befehle weiter.

Etwas kitzelte an seinem Ohr. Crassus tastete danach. Es war Blut. Auch seinen Soldaten sickerte Blut aus den Ohren, und einer hatte sich mit zuckenden Gliedern auf den Boden geworfen und bohrte mit ungesund aussehenden Bewegungen seine Finger in die Gehörgänge.

»Götter des Olymp!«, fluchte Crassus und bereute es, dass er beschlossen hatte, sich als Legat auf den ersten Schiffen in diese Unwägbarkeit begeben zu haben – war er nicht erst neulich einer der wenigen Überlebenden einer Schlacht mit unvermutetem Ausgang geworden?

Aber ohne ihren Legaten zaudern sie. Ich muss vorangehen, was auch immer da draußen lauert.

Stillstand, Verfall und Bewahrung tanzten im Elysium einen rätselhaften Tanz, dessen Schritte keiner verfolgen konnte. Crixus und Oenomaus hatten die Überfälle auf die Latifundien begleitet, während Drennis seine Frau holte und dabei in den Tanz des Elysiums geriet.

Tito, der Faun mit dem zerstörten Gesicht, hatte sich den Hadesschiffen angeschlossen, die weitere Flüchtlinge aus Rom eingesammelt und die Sklaven einer Latifundie befreit hatten. Über dreitausend Sklaven hatten die drei Schiffe an Bord gehabt, als sie die Schwelle zum Hades erneut überschritten.

Es war knapp gewesen – die Römer waren kurz nach ihnen in das System gesprungen.

Tito hatte während der Rettungsmission eine unmissverständliche Botschaft von Bakka erhalten. Er wusste, was zu tun war.

Er hielt sich oben, in den Nebeln, die über dem Styx aufstiegen, während die beiden Hadesschiffe ihre Fracht zu den Asphodeliae brachten. Unter ihm taumelte das erste römische Schiff im aufgebrachten Styx.

Tito wusste, dass es getan werden musste. Auch unter Piraten war eine Order eine Order, und Bakka war unnachgiebig. Dennoch tat es ihm leid.

Er war persönlich dabei, als seine Leute etwa einhundert Sklaven in die Schleuse prügelten. Ein Tod pro Schiff als Tribut für die Styxquerung – einhundert sollten eine ganze Weile vorhalten. Er schloss die Schleusentür persönlich, warf zuvor noch einige goldene Münzen hinein, um sicherzugehen, und öffnete das Außenschott, ließ die lautlos schreienden Menschen in den Styx sinken.

»Mein Opfer für dich, Gott der Unterwelt«, flüsterte er, legte beide Handflächen an die Augen und spreizte die Finger ab – eine alte Geste der Satyrn, eine alte Geste der Verbundenheit zum Hades.

Ich liefere den Hades den Römern aus. Ausgerechnet ich, ein Satyr. Doch eine Order war eine Order. Und Bakka war unnachgiebig. Zudem war es dem Gott der Toten vermutlich gleichgültig, ob es Thraker oder Römer waren, die auf seinen Planeten herumkrochen.

»Ehre dem Hades.«

Und dann, als Tito den Tribut gezahlt hatte, war es vorbei – das quälende unerträgliche Geräusch verklang, die Motoren setzten wieder ein und trieben die Schiffe vorwärts.

Legat Crassus fiel mit seinen Legionen in das System des Hades ein. Er straffte die Schultern, wischte beiläufig das Blut von seinen Ohren.

»Wehe den Besiegten«, raunte er, wie einst Brennus, als er in Rom eingefallen war. Als die Götter die Herzen geschaffen hatten. Er lächelte und fragte sich, ob Worte zweimal Berühmtheit erlangen konnten.

Kapitel XXXV

»Gütige Persephone«, flüsterte Morisa, als sie über den Pilotensitz nach draußen spähte. Kurz sagte niemand etwas, kurz sahen sie nur, wie die Schiffe dort draußen aufblitzend den Styx kreuzten.

Eines, zwei, drei, ein halbes Dutzend, ein Dutzend.

»Die Römer sind hier«, sagte der vermeintliche Dämon, den sie Hacat genannt hatte, und der offenbar ein Meister darin war, das Offensichtliche auszusprechen.

Die Seherin ballte die Hände zu Fäusten, aus denen die Knöchel weiß hervortraten. Sie wandte sich um und wies mit dem ausgestreckten Finger auf Ianos. »Du. Du bist der, der in der Mitte von allem ist.«

»Heißt das, ich bin daran schuld, ja?«, entgegnete er herausfordernd, doch sie antwortete nicht.

»Ich brauche dein Blut«, forderte sie stattdessen.

»Leck mich an meinem zweiten Gesicht. Es ist unterhalb meines Rückens, falls du es suchst«, fuhr Ianos Morisa an. »Nimm den Fluch von ihr ab, dann kriegst du Blut von mir, so viel du willst!«

»Dein Blut kann ich jetzt erhalten, den Fluch aber nicht jetzt von ihr nehmen!« Morisas Blick flackerte gefährlich. »Ich werde es tun, sobald ich es kann, wenn du mir jetzt dein Blut gibst!«

»Schwöre bei Proserpina!«

»Ich schwöre es bei Proserpina«, flüsterte sie, als sei es eine Unverschämtheit, dass er es verlangte.

Ianos hielt ihr den nagenden Zweifeln zum Trotz den Arm hin.

Sie zog seinen Handschuh aus, dessen Schildprojektor mittlerweile die Energie ausgegangen war. Nicht einmal die Warnleuchte, die besagte, dass er den Energiespeicher wechseln musste, leuchtete mehr. Dabei zog sie die Feder aus Hadesstahl aus seinem Ärmel hervor.

»Sehr gut«, murmelte sie und schnitt ihm damit über die Pulsader am Handgelenk.

Er keuchte auf, als das Blut in einem Rinnsal über seinen Arm lief und auf den Boden tropfte. Sie benetzte ihren Mund und ihre Augen damit und zog dann die Hadesfeder durch die entstehende Pfütze, als wolle sie mit seinem Blut einen Kontrakt unterzeichnen. Ianos war es kaum mehr gewohnt, dass etwas auf ganz gewöhnliche Weise schmerzte. Er presste die Lippen zusammen.

»Das ist genug«, sagte die Seherin sanft. »Ich danke dir.«

Er schwankte zu der Sitzreihe, auf die er Constantia gebettet hatte, die grau im Gesicht war, und deren Lippen aufgesprungen und fahl wirkten. Die Augen waren tief verschattet, doch sie öffnete sie, als er sich neben sie setzte und hilflos nach seinem blutenden Arm griff.

Sie stemmte sich hoch, drückte den Daumen auf die Ader, während er den Ärmel seiner Tunika abriss und um die Wunde wickelte. Er presste die Hand darauf – vielleicht waren noch genug Naniten in seinem Blut, um den Schnitt zu heilen.

»Was passiert hier gerade?«, flüsterte sie verwirrt.

»Ich wünschte, ich wüsste es so genau.«

»Nein!«, sagte Morisa nun, als antworte sie auf eine Frage, die keiner der anderen gehört hatte. »Nein. Nein, nein. Nein!«

Sie ließ die Feder fallen und sah erneut aus dem Fenster.

»Was hast du gesehen?«, flüsterte Drennis.

»Es sind drei Mal mehr Römer als alle Menschen des Hadesvolks, Kinder und Alte eingeschlossen.«

»Dann verlieren wir also? Ich … ich wollte die Bastarde nicht herführen!«

»Die Zahlen sind nicht ausschlaggebend. Ich konnte es im Elysium nicht vorhersehen, weil sich all das um uns dreht, Drennis. Um uns. Zwei Menschen, die aus der Zeit getreten waren.« Sie griff nach seinen Händen und sank vor ihm auf die Knie, legte den Kopf auf seine Beine und schloss die Augen.

Marius Marinus tappte im Dunkeln. Er wusste nicht genau, wo er war, und zog seine Tabula hervor, damit sie ihm Auskunft gab. Gaia Sabinas Sklavin hatte ihn doch hierhergeführt – oder nicht? Sie hatte gesagt, ihre Herrin wolle ihn unter vier Augen sprechen ... Er hatte, er hatte ...

Nialla Graecinas Gesicht sprang ihn aus der Tabula an.

Verbrennung der fleischlichen Herzen der Gladiatoren Spartacus, Oenomaus und Crixus, stand unter ihrem Gesicht, und sie erklärte ihm die ganze Angelegenheit mit ihrem neuerdings ungesund aussehenden Enthusiasmus. Ihre Augen flackerten.

Marius überlegte, warum er sie nicht hörte.

Vielleicht war er taub?

Warum war er taub?

Das Audio ist aus, sagte eine genervte Stimme in seinem Kopf.

Ich sterbe!, rief er zurück. *Es fängt damit an, dass ich taub bin!*

Die genervte Stimme hielt dagegen, dass er zu viele Drogen genommen hatte, vor allen Dingen zu viele unterschiedliche, doch er wusste, dass er nur deswegen noch lebte.

Der Fluch ... der Fluch hatte ihn so sehr geschwächt. Und dann Lilia, die immer wieder mit Constantias Gesicht zu ihm gekommen war! Einmal war sie mit dem Gesicht seiner Mutter da gewesen, hatte ihm eine Ohrfeige verpasst und auf ihn eingeredet.

Er hatte geschlafen. Er war aufgewacht. Er hatte mehr von dem Zeug genommen, das Capricornus ihm besorgt hatte. Davon bekam er in seinen eigenen Räumen Angst davor, dass die Wände ihn erdrückten. Hatte es wirklich eine Nachricht von Gaia gegeben? Hatte ihre Sklavin ihn hierhergeführt? Oder war das auch nur seinem Rausch entsprungen?

Wo war eigentlich *hier*?

Marius tappte im Dunkeln. Er legte den Kopf in den Nacken. Über ihm taumelte ein Streifchen blauer Himmel, drehte sich in Lemniskaten um ihn. Er seufzte.

»Die Unterstadt«, stellte er fest und blieb stehen. »Meine wahre Heimat.« Er atmete tief aus und ein, ein und aus. Moder kroch aus den Schatten in seine Nase. Noch etwas anderes kroch heran.

»Marius«, sagte die Sklavin. »Komm und küss mich, während ich die Maske deiner Schwester trage!«

»Das werde ich keinesfalls tun!«, sagte er. »Das ist ja ekelhaft.«

Andererseits war Lilia hübsch. Ihr Gesicht ebenso wie ihr Körper, vielleicht, wenn er sie von hinten nahm und das Gesicht seiner Schwester dabei nicht sah?

»Auf jeden Fall wirs' du das tun.« Die Sklavin prustete, und ihre Stimme war nun dunkler. »Wir bestehen darauf, junger Dominus.«

»Darauf, dass ich dich von hinten ficke?«

Die Sklavinnen um ihn herum lachten laut.

»Der ist völlig zu«, sagte eine. »Geld und die Tabula wollen wir!«

Nun war es eindeutig eine Männerstimme, die ihn anschnauzte. Eine grobe Hand packte seine feine Kleidung und presste ihn an die Wand.

Hier unten war es gar nicht so dunkel, wie er gedacht hatte. Nein, Straßenlampen hingen über dem Weg, den er eingeschlagen hatte. Einige von ihnen flackerten, doch im Großen und Ganzen waren seine Gegenüber gut zu erkennen. Es waren ganz offensichtlich Mitglieder einer Verbrechergilde, die ihr Viertel dadurch beschützten, dass sie jeden um seine Besitztümer erleichterten, der ihr Gebiet betrat.

Die Erkenntnis sackte ihm wie ein kalter Klumpen in den Magen, und ein Teil von ihm wünschte sehr eindringlich, dass all das nur ein drogenverseuchter Traum war. Er wartete kurz darauf, dass er aufwachte. Dann wurde ihm klar, dass es kein Traum war. Es war ein Scheißgefühl.

»Oh«, sagte er. »Ich Arschloch.«

Der Anführer, ein Typ mit wuchtigem Oberlippenbart, versetzte ihm einen Knuff. »Ja, schlimm, nich' wahr?«, sagte er. »So, was haben wir da? Tabula Cerata XLVII µ. Ein Beutel mit ... hui, fein. Keine Sorge, Sohn, davon werden wir gleich mehrere Huren von hinten ficken und dabei an dich denken.«

»Solange ihr mich nicht fickt«, brachte Marius hervor. »Ich habe nämlich eine schlimme Arschkrankheit.«

»Ja, die färbt den Pinsel braun, wenn man ihn reinsteckt«, grölte eine Frau. »Die Krankheit hab ich auch.«

Die Männer lachten laut und dreckig, und Marius gab einen tiefen Seufzer von sich. Die Wand hinter ihm war schleimig. »Jedenfalls möchte ich meine Arschjungfräulichkeit behalten und gebe euch dafür generös all mein Erspartes.«

»Und das hier, meine Fresse – der Junge hat einen Goldschmied ausgeraub' oder so was!« Die tastenden Finger des Schnauzbarts hatten einen weiteren Beutel in Marius' Gewandtaschen gefunden. Er wühlte darin herum und zog einen Ring und eine Halskette heraus.

»Das ist der Schmuck meiner Schwester! Warum ... warum habe ich den Schmuck meiner Schwester dabei?«

»Na ja, wir wollen ma' nich' so sein«, meinte der Mann. »Wir lassen dich am Leben, damit du drüber nachdenken kanns'.«

»Es ist der billige Schmuck meiner Schwester!«, sagte er trotzig, als der wuchtige Kerl ihn beim weiteren Abtasten mit der

Schulter gegen die Wand presste. »Den teuren hat sie schon verkauft.«

»Dann richte ihr aus, dass wir uns über den teuren auch gefreut hätten!«, rief die Frau von weiter hinten.

Marius konnte nur den Schnauzbart vor sich wahrnehmen, alle anderen Gesichter verschwammen.

»Sie ist tot«, sagte er leise.

»Ach, jammerschade. Haben ihre Sklaven sie erschlagen?« Der Schnauzbart griff ihm hart an die Eier und zog durch die Hose einmal daran. »Die beiden Juwelen hier lass ich dir. Und deine Arschjungfräulichkeit. Du darfs' jetz' ›Danke, großer Carietto‹ sagen.«

»Danke, großer Carietto für nichts, du Arschloch«, brummte Marius.

»Für dein Leben, deine Juwelen und deine Arschjungfräulichkeit, und wenn dir das nich' reich', sag ruhig noch mal Arschloch zu mir.«

Marius nickte und ließ den Kopf hängen. Übelkeit wühlte sich durch ihn hindurch.

»He«, sagte die Frauenstimme. »Sei mal froh, dass du nicht so bedröhnt in den nächstbesten Sklavenaufstand geraten bist. Jetzt bist du 'n bisschen abgerissener, dann übersehen sie dich vielleicht. Und, Junge!«

»Ja?«

»Die Drogen, das ist keine Lösung.« Sie grinste breit, er sah nur ihre Zähne. Sie waren schlecht wie die der Huren, die es für eine Prise Kristalllotus taten.

Er grinste freudlos zurück. Dann wankte er weiter.

Seine Eier taten ihm weh, und er griff danach, als wolle er sich davon überzeugen, dass sie noch an Ort und Stelle waren.

Hinter ihm brüllten sie vor Lachen.

Marcus Licinius Crassus wusste, dass die Hadesschiffe sich nicht von Sensoren orten ließen. Er rief Außenaufnahmen auf die Tabulae der Brücke und ließ danach navigieren. Sie drosselten die Geschwindigkeit, näherten sich den bewohnten Planeten langsam, wichen Asteroiden aus.

Das Hadessystem war sicherlich voller Tücken, doch die Stärke der römischen Marine war ihre Geschlossenheit.

Ihre Disziplin.

Ihre Taktik.

Marcus Crassus glaubte daran.

Die Randplaneten des Hades bildeten ein dichtes Band aus kleinen Monden, aus Asteroiden und Splittern, und sie besaßen eine gemeinsame Atmosphäre. Zwischen manchen waren Brücken oder Plattformen gebaut worden, nichts davon wirkte jedoch, als wäre es von Dauer.

Das Hadesvolk ballte sich auf den inneren Brocken zusammen, dort war es am unwahrscheinlichsten, dass sie beim Einfall in Sonnensysteme mit Planeten oder Monden kollidierten.

Der ganze Ring aus Planeten war vermutlich erst durch solche Kollisionen entstanden.

Zahllose Asteroiden machten den Anflug schwierig – ein solches Geschoss mochte ihre Raumschiffhülle zerreißen, wenn Hadesstahl im Spiel war, und Tausende von Legionären ins Nichts reißen. Sie mussten dennoch näher heran, mussten Landungsboote ausschwärmen und möglichst viele Streitkräfte anlanden lassen, um sich auf keinen Raumkampf einzulassen.

Zwei der Hadesschiffe waren gerade erst gelandet – es waren die, die in den Latifundien Sklaven geraubt hatten. Andere Schiffe waren nicht in Sichtweite.

Crassus lächelte.

Was hatten diese Hadeskreaturen ihnen schon entgegenzusetzen? Mit schierer Masse würde Rom es wettmachen, dass sie

Schilde durchdringen konnten. Kein anderes Volk hatte die römische Disziplin.

In diesem Moment trudelte ein großer Gesteinsbrocken heran. Etwas an dem Ding war merkwürdig – es bewegte sich nicht wie die anderen Asteroiden auf einer regelmäßigen Bahn.

»Aquilae nach vorn!«, befahl Crassus. »Vielleicht können sie die Asteroiden steuern – rammt das Ding weg, wenn es in unsere Richtung kommt!«

Es kam in ihre Richtung.

Es löste sich in ein Dutzend Hadesschiffe auf, die frontal auf sie zusteuerten.

»Beidrehen!«, brüllte er. »Die rammen uns!«

Sein großer Ursus wurde hochgezogen, die Aquilae jedoch zischten auf die Hadesschiffe zu.

Die Marinemannschaften an Bord waren Meister der Ablenkungsmanöver, und zwei der Hadesschiffe setzten ihnen nach. Sie bedrängten die kleinen Legionsschiffe, eines wurde von einer Breitseite erwischt. Diese Aquila taumelte davon, doch ein Scorpio, das langgezogene tödlichste Kriegsschiff der Römer, stieß seinen langen Sporn in die Seite des abgelenkten Hadesschiffs.

Ein Offizier jubelte, als die Seite des Hadesschiffs aufriss, doch die beiden Schiffe verkeilten sich ineinander. Ein drittes Hadesschiff beschleunigte und setzte mitten durch den Scorpio hindurch.

Der Jubel verstummte.

»Wir müssen durch! Wir müssen anlanden!«, rief Crassus. *Hier oben ficken sie uns.* Er erkannte, wann er im Nachteil war.

Der Reaktor des Scorpios flammte auf und riss die beiden Hadesschiffe mit sich ins Verderben.

»Ist Marinus hier?«, fragte Drennis heiser, als Hacat das Beiboot in die Atmosphäre stürzen ließ.

Morisa deutete auf das spiegelnde Flaggschiff der Praetorianer. Dort oben im All, wo nun die ersten Schiffe in Feuerbälle aufgingen.

»Tu das nicht«, sagte sie leise. »Kämpfe hier unten. Es sind genug, die anlanden.«

Er musterte sie, dann nickte er knapp. »Wenn das mein Schicksal ist.«

»Außerdem solltest du dir etwas anziehen«, bemerkte Ianos. »Wenn das dein Schicksal ist.«

Drennis sah an sich hinab und grinste. »Ein wenig blaue Farbe, und ich wäre ein formidabler Gallier.«

»Beeilt euch«, zischte Hacat.

Zwei römische Schiffe waren durchgebrochen, krachten nun ebenfalls in die Atmosphäre des Asteroidengürtels. Ein Geschoss vom Boden durchschlug das erste, verhinderte das Landemanöver. Ungebremst krachte es auf der Verbindungsbrücke zu einem Asteroidentrümmerstück nieder, flüssiges Feuer umgab den Stahl von Schiff und Brücke.

Was aus dem zweiten Schiff wurde, konnten sie nicht mehr sehen, denn das Beiboot landete holprig in einem der zahlreichen Höhleneingänge, die in das Innere des Asteroiden führten. Auch hier klammerte das Schiff sich wie eine Fledermaus an eine Wand.

Sie stiegen aus, Drennis legte Constantia über seine Schulter und trug sie die Leiter hinab wie ein Kind. Ihre Lider flatterten. Dünn waren sie, rot schimmerte das Blut der kleinen Adern hindurch.

Das Raumschiff war in einem immensen Treppenhaus gelandet. Stufen führten in die Tiefe, und trotzdem schien es nicht wie ein von Menschenhand geschaffener Gang – es sah aus, als sei etwas Ungleichmäßiges hier aus seinem vergrabenen Ei geplatzt. Licht glomm in geschmolzenen Steinen.

Hacat führte sie in die Tiefe.

»Die Bastarde befeuern uns mit diesen verfluchten Stahlgeschossen!«

Die Verbindung zu Crassus' Truppen brach kurz ab, wurde dann wiederhergestellt.

»Wie viele ihrer Schiffe sind unterwegs?«, brüllte Lucius in sein Audio.

»Noch neun – und am Boden sind weitere. Wir müssen die Truppen auf den Boden kriegen, wir können die verdammten Dämonenschiffe nicht entern!«

»Landet abseits der Geschosse! Die Viri schlagen uns den Weg auf der Oberfläche frei!«

Eine Aquila zerplatzte in der Luft, als ein weiteres Geschoss sein Ziel fand. Lucius fluchte.

»Landet um jeden Preis! Notlandet von mir aus, aber packt unsere Leute da unten aus!«, herrschte er in die Funkverbindung, doch er war sich nicht sicher, ob seine Order ankam.

»Das gilt auch für unseren Ursus! Da unten werden Praetorianer gebraucht!«, schrie er seinen beiden Tribunen und dem ersten Speercenturio entgegen.

»Und wir?«

»Wir bleiben mit den Aquilae hier oben, verdammt noch mal, und erledigen diese Hadesschiffe!«

Nach Windungen und weiteren Abstiegen erreichten Drennis und Ianos eine gigantische Halle. Wie die Abstellkammer, in der Ianos erwacht war, sah sie aus wie das Innere einer hohlen Zwiebel, in mehreren Schichten umeinandergewachsen und sich nach oben windend. Verformte Edelsteine rannen an den Wänden herab und glommen mild. Weiter oben ballten sie sich wie ein Sternenhimmel.

Es roch nach Kalk und leicht nach Pilzen und Feuchtigkeit, und der Geruch erinnerte Ianos an etwas, doch er konnte nicht sagen, woran.

Die große Höhle war übersät mit eilig improvisierten Lagern, auf denen die Entflohenen Roms campierten. Ianos kannte einige der Gesichter, die sich ihnen zuwandten. Je mehr sich umdrehten, desto mehr wurden ebenfalls auf sie aufmerksam, bis das ganze Höhlensystem »Spartacus ist zurück!« zu flüstern schien.

Wie viel Zeit ist vergangen?, fragte sich Ianos. Hier gingen Hunderte von Gängen zu weiteren Kavernen, zu in den Fels geschlagenen Wohnungen und ins Innere eines Turms, der sich wie ein Schneckenhaus aus der Oberfläche des Asteroiden erhob.

Ianos trug Constantia. Das künstliche Herz hatte ihn das Gefühl verlieren lassen, was schwer und was leicht war. Constantia war definitiv schwerer, als er erwartet hatte. Ihr Leben hingegen wog leicht in seinen Armen, leichter als ein Vogel, der in den Krallen einer Katze zitterte.

Drennis erhielt eine Hadesrüstung von Hacat, mit der er eilig seiner Nacktheit Abhilfe schaffte.

Er ließ den Helm weg und erklomm eine Treppe, die sich an der Höhlenwand hochzog, hinauf zu schräg aus der Decke mündenden Gängen.

Dort brüllte er über die Köpfe der aufgebrachten Flüchtlinge: »Rom lässt einfach nicht locker. Wir müssen ihnen sehr wichtig gewesen sein. Aus ihren abgestürzten Schiffen kriechen ihre Bodentruppen. Sie hätten besser auch Angst um ihre Bodentruppen, denn wir haben den Hadesstahl!« Er reckte das krumme Schwert in die Höhe.

»Was wir haben, geben wir euch, jedem von euch, der kämpfen kann. Fürchtet euch nicht vor dem Hadesvolk! Kein Monstrum kann schrecklicher sein als Rom! Ihr wart mutig genug, diesen Aufstand zu beginnen, jetzt müsst ihr mutig genug sein, ihn zu beenden. Richtet eure Herren und seid danach frei!«

Ianos entdeckte Chimairen in den Höhlen, die sich jedoch zurückhielten, um die befreiten Sklaven nicht zu verschrecken. Alle Hadeskrieger hatten ihre Helme abgenommen, zeigten ihre menschlichen Gesichter. Er sah auch einige Frauen darunter.

Mehr Sklaven strömten hinzu, sie kamen aus anderen Gängen und sahen sich im dumpfen Licht um. Crixus und Oenomaus traten zu Ianos, der die Geschehnisse vom Rand aus beobachtete. Der Geruch nach Kampf und Schweiß klebte an ihnen.

»Wo kommen all diese Leute her?«, fragte Ianos. »Das sind viel mehr geworden.«

»Wir haben einen kleinen Ausflug gemacht«, sagte Crixus und fuhr sich mit der Hand durchs Gesicht und über die metallene Schädelplatte, über die Schweißperlen rannen.

»Was ist eigentlich ... mit dem Säugling?«

»Ich hab ihn jemandem gegeben, der besser damit umgehen kann«, sagte der Gallier entschuldigend. »Aber er lebt, Bruder.«

»Was ist mit ihr?«, fragte Oenomaus und berührte Constantias kurzes Haar, das ihr in Strähnen ins Gesicht hing.

Ianos antwortete nicht.

»Die verdammten Piraten haben uns gefickt«, spie Oenomaus. »Oben am Hades. Haben offenbar die Passage für die Römer bezahlt! Ich hasse es, gefickt zu werden, ich bin schon viel zu oft gefickt worden, es wird, verdammt noch mal Zeit, dass wir wieder jemanden ficken, bis er einen Krampf im Arsch hat. Diese Scheißpiraten mit dem Hackfressenfaun – die müssen sterben, mein Freund!«

Eine kühle Hand legte sich auf Ianos' provisorisch verbundenen Arm.

»Du musst kämpfen, Ianos«, sagte die Seherin. »Und ich löse derweil mein Versprechen ein.« Eine Asselchimaira stand in ihrem Schatten. »Wir werden dafür sorgen, dass sie lebt. Überlebe du auch.«

Damit nahm der Asselmann ihm die bewusstlose Constantia behutsam aus den Armen. Er starrte in ihr Gesicht, wollte Abschiedsworte sagen und hören. Doch sie schlief, einen langen, unguten, erschöpfenden Schlaf.

»Beeil dich!«, sagte er zu Morisa und wandte sich hastig ab.

Crixus musterte ihn mitfühlend, und er wusste, dass der Gallier ihn lesen konnte wie eine Tabula.

»Wir haben den Hadesstahl«, sagte der massige Gladiator und schnallte einen Schildprojektor an seinem Stumpf fest. »Wir überleben das Ganze, und sie wird wohlbehalten hier sein und dir in die Arme fallen.«

»Bist du jetzt also auch unter die Seher gegangen?«, erwiderte Ianos, schob das verletzte Handgelenk in seinen Handschuh und stellte erneut fest, dass der Energiespeicher des Schilds leer war.

»Nein, er spricht dir nur sinnlos Mut zu. Obwohl er weiß, dass du ein Weichling bist«, spottete Oenomaus und reichte ihm seinen eigenen Handschuh. »Nimm den, und dann lass uns endlich in den Krieg ziehen!«

Für jedes römische Schiff, das gegen Asteroiden geschmettert wurde, das aufgerissen wurde, das zerstört durchs All taumelte, landeten zwei weitere ihre Soldaten an. Landungsboote wurden von Geschossen aus dem Himmel gepflückt, Soldaten starben bei Bruchlandungen, doch es kamen immer noch viel zu viele Soldaten unten an, die sich unaufhaltsam formierten, wie es römische Taktik war.

Aus den alten Stollen glitten gigantische Würmer und bereiteten ganzen Centurien ein Ende.

Die Viri Ferri marschierten voran.

Sie konnten die Höhe ihres stählernen Körpers zwischen fünf und fünfzehn Passus variieren, ihre Fäuste zermalmten, ihre Füße zertrampelten. Sie besaßen keine Köpfe, keine Augen, keine Schwachstellen. Sie marschierten den zersprengten, geschwächten Legionen voraus, und wo sie hinkamen, siegten sie.

Aus heimtückischen Öffnungen schossen sie Lanzen ab.

Sie waren zu groß, um in die Höhlen hinabzusteigen, doch die Legionäre waren es nicht, und so entwickelte die Schlacht sich unvermeidlich zu einer Feldschlacht auf den öden Ebenen der Asphodeliae, um die Römer von den Siedlungen und den Hilflosen fernzuhalten.

Ianos hielt sich an Crixus' Seite, als sie in der schwarzen Ebene ihre unebenen Linien bildeten, und versuchte einmal mehr, nicht zu sterben.

Drennis ahnte, dass im All Nachschub an frischen Legionären wartete – mehrere Zehntausende mussten es sein, wenn er richtig geschätzt hatte. Er wusste, dass Lucius Marinus dort oben war. Doch dort oben würde Drennis sterben oder erneut in Gefangenschaft geraten, sonst hätte Morisa nicht darauf bestanden, dass er bei den Bodentruppen kämpfte.

Nacheinander erhoben sich die letzten Hadesschiffe in die Luft. Durch den Helm erkannte er Details – eine Aquila, die Granaten abwarf, wurde von einem Hadesschiff gerammt. Sauerstoff entzündete sich, als die Hülle nahe den Triebwerken barst.

Drennis überlegte, ob die Aquila nur ein Köder gewesen war oder ob die Römer einfach ihre Opfer gut zu nutzen wussten. Ein wuchtiger Ursus stürzte herab, während das Hadesschiff das glänzende Scorpioflaggschiff der Praetorianer unter Beschuss nahm.

Der Sporn des Ursus traf zielsicher. Ohne die Schilde jedoch zog sich auch der Ursus große Schäden an den zahlreichen spitzen Kanten des Hadesschiffs zu. Trotzdem war es das schwarze Schiff, das aus dem Zusammenprall in die Atmosphäre des Bandes aus asphodelischen Planeten driftete und von einem Asteroiden getroffen wurde.

Drennis musste nicht mehr sehen.

Lucius Marinus, schoss es ihm durch den Kopf, und dieser Gedanke löschte alle Vorsicht, die er hatte walten lassen. *Wenn du stirbst, siegen wir!*

»Ich will diese Scheißpiraten erledigen!«, brüllte Oenomaus in der Brücke eines Hadesschiffs.

Tito trieb sich mit seinen Gladii immer noch dort oben am Styx herum – Oenomaus sah es auf den Instrumenten. Sie mischten sich nicht ein. Sie hatten nur klammheimlichen Verrat begangen und warteten nun darauf, dass sie die Früchte würden ernten können.

»Sie haben Sklaven an Bord, wir holen die Sklaven raus und töten alle anderen. Lang-sam«, zischte Oenomaus.

Schmelzmaul, du wirst winseln für deinen Verrat!

Constantia erwachte und rang nach Luft.

Es war dunkel um sie herum, doch Kerzenflammen brachen sich in zahllosen Edelsteinen.

»Wo bin ich?«, brachte sie hervor. Zwei Dämonen beugten sich über sie, einer davon war die grausige Asselchimaira. Constantia zuckte zurück, doch selbst diese Bewegung war schwach.

»An der Schwelle zu Persephones Reich«, sagte die Seherin heiser. »An der Schwelle des Todes.«

»Ich will nicht sterben.«

»Ich auch nicht«, sagte die Seherin und kniete mit einem Messer neben ihr nieder. Sie legte eine Hand auf den Verschluss ihrer rechten Armschiene.

»Ein ...« Constantia räusperte sich, ihre Kehle war so trocken. »Ein Instinkt sagt mir, dass du das Messer gegen mich verwenden willst.«

Die Seherin sah sie traurig an.

»Ianos hatte einen Handel mit dir«, protestierte Constantia

schwach und kratzte ihre lückenhaften Erinnerungen der letzten Stunden zusammen. »Du hast ... du hast geschworen!«

»Das war vor der Prophezeiung.«

»Was ändert das?«

»Alles. Um die Prophezeiung abzuwenden, würde ich jeden Eid brechen«, sagte Morisa, und Tränen rannen über ihr Gesicht. »Ich bringe es einfach nicht fertig ... meinen Eid zu halten.«

Constantia streckte eine Hand nach dem nicht ganz ebenmäßigen Gesicht über ihr aus. Sie berührte die Wange der ehemaligen Marinersklavin. »Es tut mir leid, was mein Vater dir angetan hat.«

»Darum geht es nicht mehr. Als ich diesen Fluch auf euch legte, da ging es darum. Jetzt geht es darum, ob Drennis stirbt. Oder ob ihr sterbt. Dein Vater – aber auch deine Brüder und du.«

»Und deine Wahl ist getroffen.«

»Ja.«

»Und du kannst deine Prophezeiung damit abwenden?«

»Ich weiß es nicht.« Die Frau schluchzte und riss ihr Gesicht von Constantias Hand los.

»Einen Eid brechen«, flüsterte Constantia. »Vier Unschuldige töten.«

»Wer ist schon unschuldig?«, sagte die Seherin hart. »Deine Brüder, die in Legionen dienen, um andere zu unterjochen? Und welcher Eid ist noch valide, wenn wir gerade einen Krieg führen, den wir verlieren werden?«

»Und wie ... wie wirst du ...« Constantia konnte den Satz nicht beenden.

»Ich werde es dir zeigen, denn diesen Respekt hast du verdient, Marinertochter, Einzige deiner Familie, die auch einen Segen von meinem Fluch erhalten hat.«

»Welchen Segen?«

»Mut? Güte? Willenskraft? Liebe zu einem Mann, in den du dich niemals verliebt hättest?«

Constantias Innerstes begehrte auf gegen diese Worte. »Das alles habe ich also dir zu verdanken. Nichts davon ist echt, nichts davon gehört *mir*.« Sie lachte ungläubig. »Dann bedanke ich mich herzlich bei dir!«

»Spotte nicht.« Die Seherin half ihr, sich aufzusetzen. Der Asselmann raschelte hinter ihr mit seinen Gliedern. »Noch vor wenigen Monaten hättest du diesen Mann auf der *Bona Dea* für dein eigenes Überleben in den sicheren Tod geschickt. Er verdankt es mir, dass es nicht sein Tod war. Sieh hinüber!«

Constantia hatte es vermieden, an diesen Moment zu denken – den Moment, in dem sie Ianos zurückgelassen hatten, damit er ihre Flucht deckte. Sie fühlte die Scham darüber in ihrem Magen wühlen, als suche sie dort nach etwas.

Sie folgte der Geste der Seherin. Ein Altar aus schwarzem Stein schälte sich aus der Dunkelheit der kerzenflackernden Höhle – war sie gar aus Hadesstahl? –, und darauf standen mehrere Gefäße. Eines davon erkannte sie; es war die Amphore mit dem göttlichen Herzen. An der Wand dahinter ragte ein Bild auf, ein Bild aus Juwelen und Opalen. Das Bild einer Frau.

»Proserpina«, murmelte Constantia. »Persephone.«

»Das auf dem Altar«, sagte die Seherin, »sind die inneren Organe deines Bruders, einbalsamiert. Über sie habe ich den Fluch gewebt. Sie gaben mir die Macht, die ich brauchte.«

Ein Klumpen bildete sich in Constantias Kehle. »Solche Dinge tust du ... und erwartest, dass ich *verstehe*, wie du handelst?«

»Ich gebe dein Blut dazu – alles davon, und webe den Fluch fest genug, um deine Familie auf einen Schlag sterben zu lassen. Dein Vater stirbt dort oben bei seiner Schlacht. Seine Soldaten sind kopflos.«

»Glaube das nicht. Es gibt Tribune. Praefecten. Es gibt die

Legaten der anderen Legionen. Diese grausige Tat wird umsonst sein. Doch du hast dann einen Eid gebrochen«, flüsterte Constantia und spürte, wie ihre Gegenwehr in sich zusammenfiel. Sie war schon so lange an der Schwelle des Todes – die Dunkelheit dahinter war ihr bereits vertraut, und kurz fragte sie sich, wie es sein würde, hinüberzutreten.

»Das weiß ich alles. Aber dann wird Drennis umkehren. Dann ist seine persönliche Rache beendet. Dann wird nicht geschehen, was ich vorausgesehen habe!«

»Warum hast du dann nicht vorausgesehen, dass es genau so geschehen wird? Dass du mein Blut opferst, dass Drennis umkehrt, dass Lucius stirbt?«

Die Seherin zitterte. »Ich weiß es nicht.«

»Prophezeiungen sind eine tückische Sache, oder?«

Morisa straffte sich, legte das Messer an Constantias Arm.

»Vielleicht stirbt Drennis trotzdem«, sagte Constantia leise.

»Ich sterbe, er stirbt. Du hast nur einfach noch ein bisschen mehr Leid gebracht. Ianos wird genauso leiden wie du.«

»Was Ianos für dich empfindet, ist nicht zu vergleichen mit dem, was Drennis und ich haben! Ich liebe ihn wahrhaftig, es ist kein Fluch, kein Zwang!«

Constantia sah sie an, ihr war nach Lachen zumute, doch es wäre kein gutes Lachen. Morisa wandte den Blick ab. Der Asselmann knackte hinter ihnen.

»Das rechtfertigt offenbar viele Dinge«, sagte Constantia und entzog Morisa ihren Arm. »Und ich war noch nicht oft verliebt, aber ich würde sagen, etwas von einem Fluch und einem Zwang hat es immer.«

Morisa hockte neben ihr auf den Knien, ihre Augen blitzten. »So tauschen wir also weibliche Eitelkeiten aus, während anderswo gekämpft und gestorben wird. Wie unwürdig.«

»Hier.« Constantia streckte ihren Arm aus, öffnete die Armschiene ihrer Rüstung. Auch hier traten ihre Sehnen ungesund hervor. »Schneid mich auf, ich ziehe das dem weiteren Austausch von Eitelkeiten vor.«

Die Ältere musterte sie.

»Es ist krank! Du hast die Leiche meines Bruders geschändet, und trotzdem sitzen wir hier und diskutieren über die Liebe, wie Gaia und ich das so oft getan haben? Ich müsste dich *hassen*, bei den Göttern, ich glaube, ich kriege es hin, dich zu hassen! Hol aus mir raus, was du haben willst. Dein Fluch hat nur kaltes, dünnes Blut übrig gelassen.«

Morisa zückte das Messer erneut.

»Und während du mich aufschneidest, lass mich dir danken. Ich sterbe lieber hier, lieber so, als weiter das Mädchen zu sein, das ich vorher war. Wenn es dein Fluch war, der das aus mir gemacht hat, was ich jetzt bin, dann danke ich dir. Du hast mich zu einem Menschen gemacht, der jemanden so rücksichtslos und eigensinnig liebt, dass darüber Kriege ausbrechen. Ich habe es vermutlich verdient, so zu enden, aber es waren trotzdem einige verzweifelte, großartige Monate.«

Morisa schleuderte das Messer mit einem wütenden Laut von sich, stand auf, stolperte zum Altar und brach vor ihrer dunklen Herrin in die Knie. Sie schluchzte lautlos, und Constantia lag verdattert da.

Dann stand Morisa auf, hob ein Gefäß nach dem anderen hoch und zerschmetterte es auf dem Altar. Der Duft des Balsams, in dem die Innereien eingelegt waren, drang an Constantias Nase, und ihr Magen revoltierte, obwohl der Geruch nicht unangenehm war.

Die Seherin schrie, einen hohlen, langen Schrei.

Constantia setzte sich auf, sprang auf die Beine und strauchelte rückwärts – an der Asselchimaira vorbei, sie tastete sich den schmalen Gang entlang und bemerkte erst, als ihr Atem lauter wurde als ihre Schritte, dass die lähmende Schwäche endlich von ihr abgefallen war.

Die bleichen Würmer aus den alten Stollen kesselten eine Gruppe Legionäre ein, angestachelt von Kriegern, die auf ihren Leibern ritten. Die Würmer schnappten einen Truppentransporter aus der Luft, zerrissen einen Vir Ferri zwischen sich, schlangen Legionäre herunter und knackten ihre Uniformen zwischen ihren weichen und dennoch unnachgiebigen Kiefern.

Doch irgendwann waren sie satt. Oder verwundet. Oder der Sache überdrüssig, und die Asphodeliae spuckten andere Wesen aus: Chimairen, Schwärme von gefräßigen Pilzsporen, fliegende Kreaturen.

Die Legionäre brachen an manchen Stellen in Panik aus, ihre Schildreihen knickten ein. An anderen Stellen rückten sie geordnet vor – die Praetorianer voran.

Das Schlachtfeld war nie ordentlich gewesen, doch bald war es das pure Chaos.

Drennis hatte sich in letzter Sekunde entschlossen, ihm den Rücken zu kehren. Nicht hier wurde dieser Kampf entschieden.

Als die Nadel startete, das massigste der Hadesschiffe und das, welches vor kurzer Zeit mit den Latifundiensklaven zurückgekehrt war, war er an Bord. Er wusste nicht, dass es dieses Schiff gewesen war, das Morisa aus der Sklaverei befreit hatte, das die *Bona Dea* zerstört und nur drei Menschen hatte entkommen lassen. Die Nadel war das hervorragendste Schiff des Hades.

Er schloss das Visier seiner Dämonenuniform.

Ein kleines Boot des Hadesvolks, vielleicht für den Transport zwischen den Randplaneten gedacht, krachte in einen Vir Ferri hinein, der unter den Hadeskriegern und bewaffneten Sklaven wütete. Es krachte mitten in die Brust, die Nase des kleinen Schiffs bohrte sich in den Stahl, das Schiff verwandelte sich augenblicklich in ein verstümmeltes Wrack, aus dem niemand lebend entkommen würde. Der Vir stolperte rückwärts und landete dann mit einer beinahe komischen Bewegung auf seinem metallenen Hinterteil.

Hadeskrieger erklommen seinen Leib, näherten sich in ihren Rüstungen dem rauchenden Wrack des Boots und brachen an dieser Stelle in den Brustkorb ein.

»Wir übernehmen den anderen«, brüllte Crixus, der die Schlachtordnung der Legionäre auch einhändig durchbrechen konnte.

»Hervorragend«, erwiderte Ianos, der wieder kämpfte wie ein Mensch, wenn auch wie einer, der sein ganzes Leben dieser Tätigkeit gewidmet hatte. Nicht unverwundbar, nicht übernatürlich schnell – aber immerhin so, dass ihm seine Instinkte ein ums andere Mal das Leben retteten. »Und wer von uns steuert das Boot?«

Crixus sprang aus der Schlachtreihe zurück. Die Legionäre hatten ihre Schilde vor sich zu einer ebenen Fläche aufgespannt, doch die Waffen des Hadesvolks brachen überall hindurch, und so erlosch Schild um Schild.

»Ohne Boot«, schrie Crixus über den Lärm hinweg. Er packte Ianos mit einer Hand und zog ihn zurück, als ein Schildstoß nahte.

Der Vir Ferri, auf den Crixus sich nun konzentrierte, fiel ihnen in die Flanke.

»Er hat keine Schwachstelle. Außer, dass er das Gleichgewicht verlieren kann, weil er auf zwei Beinen geht wie ein Mensch«, sagte er. »Außerdem habe ich ihm etwas voraus. Mein Herz ist nicht aus Fleisch.«

»Dafür einiges anderes«, gab Ianos zurück und sah das künstliche Auge des Galliers aufblitzen.

»Lasst – mich – durch!«, brüllte der hünenhafte Gladiator, und sofort bildete sich eine Gasse aus Kämpfenden, die erleichtert waren, vom Vir ablassen zu können.

Crixus ballte die Faust und reckte sie dem Automaton entgegen. »Ich bin deine Nemesis, Stahlmann! Verbeuge dich vor Crixus, deinem Bezwinger!«

Er war eben immer noch ein Gladiator.

Kapitel XXXVI

Die Nadel krachte in die Seite des Flaggschiffs. Der Beschuss hatte sie nicht aufhalten können, die Schilde hatten sie nicht aufhalten können. Die Hadeskrieger enterten das Schiff, wie es sonst nur die Römer taten, und wurden sogleich von Praetorianern willkommen geheißen. Der Sauerstoff war verflogen, die Gerüsteten kämpften im luftleeren Raum, auf Schiffen, die beide beschädigt waren.

Drennis hielt sich mit den Praetorianern nicht auf. Er packte zwei von ihnen und warf sie in die Leere, und der Impuls beförderte ihn tiefer ins römische Raumschiff hinein, wo die künstliche Schwerkraft wieder arbeitete. Die Nadel hatte die hermetischen äußeren Gänge durchschlagen und war bis in einen weiter innen liegenden, größeren Raum vorgedrungen, vielleicht eine Offiziersmesse, denn hier waren etliche Männer ohne Helme gestorben. Ihre Augen, deren Flüssigkeit gefroren war, starrten ihn an.

Die Schleusentüren hatten sich hier geschlossen. Drennis hielt darauf zu. Er hatte sich das Schiff von der Nadel aus angesehen. Er kannte sein Ziel.

Er packte einen der toten Offiziere – der Kerl war bereits völlig steif – und öffnete mit der dreieckigen Schlüsselkarte, die der Mann um den Hals trug, die Schleuse. Die Luft strömte Drennis entgegen, als er sich durch die Schleusentür zog, und hinter ihm schloss sie sich sofort. Vor ihm lag ein weißer, von der Notbeleuchtung erhellter Gang, aus dem die Luft gewichen war. Er öffnete ein weiteres Schott und schlüpfte in einen Gang, in dem er den Widerstand kostbarer Atemluft um sich herum fühlte.

Er gelangte an einen Aufzug. Der Weg nach unten war der richtige, auch wenn er sich nicht mehr ganz auf dem Weg befand, den er sich zuvor auf dem Hadesraumschiff zurechtgelegt hatte. Während ihn eine Linse als Eindringling erkannte und ein schriller Alarm einsetzte, zerschlug er die Glaswand des Aufzugs und ließ sich in den Schacht hinab, bevor ihn die Bolzenschüsse von heranstürmenden Soldaten erwischen konnten.

Er hangelte sich hinunter. Über ihm sauste der Aufzug herab.

Unterstes Geschoss. Erneut zerstob Panzerglas unter seinem Hieb. Es war nicht weit – sie hatten den Einschlagsort der Nadel so sorgfältig geplant, wie es ihnen in der kurzen Zeit des Anflugs durch ein Raumgefecht hindurch möglich gewesen war.

Drennis kam allein. Auch das hatte er so gewählt.

Keinen, auf den er achtgeben musste. Keiner, der dabei scheiterte, auf ihn achtzugeben.

Ein hässliches Geräusch erschütterte das Untergeschoss. Offenbar hatten die beiden ineinandergeschobenen Schiffe etwas gerammt. In den Wänden tauchten Risse auf. Drennis hoffte, dass das Schiff nicht aufreißen würde, bevor er Gelegenheit zu einer persönlichen Unterhaltung gehabt hatte.

Er tötete einige Praetorianer auf dem Weg durch das Untergeschoss. Sie waren zwar aus anderem Holz geschnitzt als die gewöhnlichen Legionäre, aber ohne ihre Schlachtordnung waren sie keine nennenswerten Gegner für einen Mann mit einem göttlichen Herzen.

Drennis zog sich das Pilum aus dem Bauch, ignorierte die Elektroschocks, die es ihm verpasste, und lief weiter.

Hier unten fand er die Markierungen, die ihn zu den Fluchtbooten brachten.

Die zweite Batterie Rettungsboote war durch den Winkel, in dem die Nadel sich in das Schiff gebohrt hatte, nicht mehr von der Brücke aus zu erreichen.

Lucius Marinus würde hierherkommen.

Drennis musste nur warten.

Er würde warten, und wenn das Schiff in der Zwischenzeit zerbarst.

Ein Schritt in den Gang, von dem rechts und links die Rettungsboote abzweigten, verriet ihm, dass er sich geirrt hatte.

Marinus war schon hier.

Die Sache mit den Piraten war nicht einfach. Die Hurensöhne hatten mehrere Hundert Sklaven an Bord. Während sich das Hadesschiff näherte, hatte Oenomaus Zeit, zu entscheiden, dass er die Leben dieser Sklaven würde opfern müssen.

Das Schiff war ein einfaches Frachtschiff, verstärkt lediglich durch die Energieschilde. Egal, wie sie es anfingen, ein Kampf würde immer zuerst die Sklavenleben fordern.

Da traf der Funkspruch ein.

»Hilfe! Wir haben die Kontrolle über das Schiff übernommen! Bitte, kein Angriff! Es sind siebenhundert Unschuldige an Bord!«

Oenomaus runzelte die Stirn, während einer der vermeintlichen Dämonen antwortete.

»Verdammt«, sagte Oenomaus zu sich selbst. »Ich hatte mich auf einen schönen Kampf gefreut. Und jetzt hat sich das alles von selbst erledigt!«

Er hatte vermutlich einen Fehler begangen. Sein Herz wurde unten am Boden gebraucht.

Der einzige Herzlose, der noch am Boden kämpfte, war Crixus. Er nahm Anlauf und sprang, katapultierte sich vom dunklen Staub des Bodens und prallte, eines der Hadesschwerter aus dem Tempel voraushaltend, gegen den metallenen Brustkorb.

Der Aufprall war nicht stark genug, um den Giganten umzuwerfen. Doch schlug Crixus' Schwertspitze eine Lücke und drang darin ein. Kurz versuchte Crixus' nutzloser Armstumpf, sich irgendwo festzuhalten, dann löste sich das Schwert, der Gladiator fiel – und wurde im Fallen von den klingenbewehrten Fingern des Automaton getroffen.

Blutüberströmt prallte Crixus auf dem Boden auf.

»Oooah.« Er stand wieder auf. Ein Schnitt durch seine Kehle heilte rasch zu. Er bewegte den Kiefer und verzog das Gesicht.

Der Automaton wandte sich nach links, wo er die Hadeskrieger in die Flucht schlug und sofort begann, in dem Pulk aus kämpfenden Sklaven zu wüten, in deren Flanke er gefallen war.

Crixus nahm erneut Anlauf. Er nickte Ianos zu, bevor er sprang.

Ianos hob die Kugel, die er von seinem Gürtel gezogen hatte. Sein Andenken an Aeneas, den ersten Freund, den er in der Arena gehabt hatte und der so unrühmlich abgeschlachtet worden war.

Vielleicht der einzige Freund, den ich je gehabt habe, dachte er und schleuderte das Netz.

Crixus prallte auf dem Brustkorb des Vir auf. Er erwischte den Automaton diesmal in der Bewegung, und der Metallmann strauchelte. Erneut drohte Crixus abzurutschen, doch diesmal zerplatzte die Kugel an der Brust des Vir und ein klebriges Netz heftete die beiden Gegner aneinander fest.

Ianos rannte zwischen die stampfenden Beine, an denen Klingen den Boden zerschnitten, und alles, was ihnen in die Quere kam.

»Los!«, schrie er und sprang an die herabbaumelnden Enden des Netzes. Sofort setzten einige Männer in Hadesrüstungen ihm nach – einer sprang über die Klingen auf den Fuß, weitere griffen an das Netz, das sich zäh dehnte. Der Fuß zerfetzte einen Krieger. Zwei nur schlecht gerüstete Männer starben unter den Tritten.

Crixus hämmerte seine Klinge in die Brustplatte. Ianos

schlug den Speer in das Gelenk der Kniekehle. Elektronik spritzte ihm Funken entgegen. Das andere Bein wurde von Ungerüsteten erklommen. Schreie überall.

Mit Arcoballistae wurden sie vom Leib des Vir heruntergeschossen. Der Vir selbst wehrte sich mit seinen Händen.

Sie dachten nicht mehr. Sie hackten auf dem Metall herum wie Bergleute, die nach Erz gruben. Die beiden Schlachtreihen unter ihnen, die um den Zugang zu den bewohnten Höhlen kämpften, waren in Vergessenheit geraten.

Ianos wurde von einer Hand gepackt, deren Griff er nicht überleben würde. Die Klingen in dieser Hand zerschnitten ihn, obwohl er den Schild aktivierte. Sie schnitten in Rücken und Beine, schnitten in die Haut seines Schädels und Nackens. Er schrie.

Zugleich verlor der Automaton das Gleichgewicht, als Krieger am Netz zerrten und das klebrige Gewebe sich in seinen eigenen Schritten verfing.

Und Crixus brach durch den Brustkorb.

Der Koloss brach nach vorn zusammen, begrub Menschen beider Seiten unter sich. Metall ächzte, Stahl barst, Elektronik zischte und brannte.

Ianos wurde in der Hand herumgewirbelt, der Gigant brachte sie in einer sehr menschlichen Bewegung nach vorn, um sich abzufangen. Malmend stießen die Klingen in den Boden. Ianos wurde unter der messergespickten Handfläche schwarz vor Augen, er schmeckte Staub und Blut.

»Ich wusste, dass ein Feigling wie du hierherkommen würde!«, spie Drennis.

»Und ich wusste, dass ein Einzelgänger versuchen würde, seinen kleinen Kampf fürs Publikum zu kämpfen. Nur du und ich, dein Bezwinger. Sehr romantisch von dir. Aber ein Fehler«, sagte Lucius Marinus. Er lachte. »Sieh mich an, mein Sklave!

Deine dreckige Schlampe von einer Frau hat diesen dämonischen Fluch über mich gesprochen – du müsstest doch bloß *abwarten!* Aber nein, du musst kommen, um mir persönlich den Rest zu geben, wie die Helden in den Tragödien.«

Drennis aktivierte den Schild auf seiner Faust und zuckte mit den Achseln. »Wenn ich dich umbringe, ist die Sache schneller vorbei. Und ich hatte meinen kleinen persönlichen Triumph.«

»Aber die Helden in den Tragödien haben keinen kleinen persönlichen Triumph. Nein. Sie sterben«, sagte Marinus und zog sich einen Schritt zurück.

Seine Augen waren weit aufgerissen, die Pupillen geweitet. Der Atem ging hechelnd, und Drennis glaubte, jeder Atemzug, jeder Blick des Legaten verspotte ihn.

»Wie damals«, sagte Marinus. »Du hattest mich fast. Und dann bist du doch als mein Sklave in der Arena gelandet. Diesmal wird es nicht mehr so sein. Dein Leben gehört beendet, zwei Aufstände sind genug, dass man es chronisch nennen könnte.«

Natürlich war Marinus nicht allein hier unten. Drennis hatte gesehen, dass Römer in den Eingängen der Rettungsboote lauerten, doch sie waren ihm gleichgültig. Er sprang auf seinen ehemaligen Herrn zu. Auf den Mann, der ihn zu den Auxiliaren und in die Arena gepresst hatte.

Die Praetorianer lösten ihre Arcoballistae aus, Drennis wehrte die Bolzen von links mit einer Bewegung seines Schildarms ab. Die Bolzen von rechts wurden von seiner Rüstung abgelenkt. Zwei jedoch durchschlugen sie – ein Bolzen fuhr ihm zwischen den Rippen in die Lunge, der andere drang in den Helm ein, ritzte jedoch nur seine Schläfe.

Drennis landete vor Marinus und brachte das Schwert herunter. Der Legat hatte nicht einmal einen Schild, nur eine silberne Prunkrüstung. Das Hadesschwert drang hindurch, mit der Spitze von oben in die Schulter. Drennis legte all seine übermenschliche Wucht hinein. Er sah das Leben in Marinus pulsieren, er wusste, wie er ihn treffen musste, um sein lügnerisches Herz aufzuspießen.

»Das ist für meine Tochter und meinen Sohn, du Arschloch«, keuchte Marinus und brachte seinen Arm hoch.

Als Drennis' Klinge sein Herz erreichte, löste sich ein Schuss aus einer in Marinus' Ärmel verborgenen Arcoballista und traf den beschädigten Helm seines ehemaligen Sklaven.

Drennis – viel schneller als Marinus – riss den Schild hoch, doch das Geschoss durchschlug den Helm, das Visier barst, und kurz sah der einstige Gladiator, was auf ihn zuraste, ohne es jedoch abwenden zu können.

Es war ein Bolzen – und die Spitze dieses Bolzens hatte sich schon einmal durch seinen Schild, seinen Helm gebohrt. Es war der Splitter des Persephoneamuletts, den sie zurückgelassen hatten.

Die Splitter des Visiers zerschnitten sein Gesicht. Der Bolzen traf sein Auge.

Seine eigene Klinge erreichte und zerstörte ihr Ziel.

Die Praetorianer gingen auf ihn los. Bolzen trafen ihn, Gladii schlugen Funken aus seiner Rüstung, Schilde stießen ihn zu Boden.

Der Splitter steckte in seinem Auge – und tiefer noch in seinem Kopf, und er wunderte sich kurz darüber, dass auch diese Empfindung von seinem Herzen kontrolliert wurde. Keine Angst ließ das Herz zu. Keinen Schmerz.

Sie zwangen ihn kurz auf die Knie. Dann tötete er den ersten. Dann den zweiten. Und dann wurde es beinahe wieder zu einfach.

Sie knackten dennoch seine Rüstung wie die Schale eines Käfers. Ein Stich fand, wie der Bolzen zuvor, seine Lunge.

Das Schiff ächzte erneut, ein Triebwerk zerbarst heulend, und der Riss an der Außenwand setzte sich fort.

Dieser Riss achtete nicht auf Schleusentore. Wie ein Riss in einem Eisberg sprang er mal hierhin, mal dorthin und sog die Luft aus allen Korridoren.

Drennis sackte zwischen den Leichen seiner Gegner zu Boden.

Als Constantia die Schlacht zwischen dem Heiligtum und der unterirdischen Siedlung sah, tat sie das einzig Weise: Sie rannte zurück in die Höhle und nahm den letzten Gegenstand vom Altar, den die Seherin nicht zerschlagen hatte.

Morisa bedachte sie mit einem langen Blick, und Constantia bildete sich ein, dass sie nickte. Das Mädchen schloss den Helm ihrer Uniform, der zusammengefaltet wie ein Kragen um ihren Hals gelegen hatte, und trat hinaus aus dem unauffälligen Felsspalt in der flachen Oberfläche, hinaus aufs Feld.

Irrsinn tobte hier draußen, der blanke Wille, willkürlich Tod zu säen.

Ianos ...

Innerlich verfluchte sie den Fluch, der auf ihr gelastet und sie zur Untätigkeit verdammt hatte. Lebte Ianos überhaupt noch – ohne das göttliche Herz?

In dem Moment, in dem sie glaubte, ihn ausgemacht zu haben – in Crixus' Schatten am Leib eines Vir Ferri –, brach der Gigant zusammen, Menschen flogen umher, Menschen wurden zermalmt, Menschen starben. Die Schlachtreihen lösten sich auf, stoben unter der Wucht des Aufpralls auseinander.

Die Aufständischen sammelten sich vor dem Eingang zur Stadt des Hadesvolks, auf die die Römer es abgesehen hatten. Zwei weitere Automata lösten sich aus den Scharmützeln auf der Ebene und stapften den Legionären und Praetorianern zu Hilfe, die nun den Höhleneingang einnehmen wollten.

All das war Constantia völlig gleichgültig. Niemand beachtete den vermeintlichen Tribun, der über die Ebene lief, die sich vor dem Heiligtum bis auf herumliegende Sterbende und Leichen beider Seiten geleert hatte. In Formation entfernten sich die Legionäre von ihrem zusammengebrochenen Eisenmann. Ein Speercenturio stellte ihr über Funk eine Frage, die sie ignorierte.

Sie kam neben der Hand, die Ianos zermalmt hatte, auf den Knien zum Halt. Blut sickerte hervor.

Sie fürchtete, was sie sehen würde, dennoch hielt sie nicht inne.

Dort drinnen glomm ein Schild. Mehrere Klingen in der Handinnenfläche des Giganten waren davon gestoppt worden.

»Verdammt, verdammt, verdammt«, schimpfte sie und versuchte, die schwere metallene Pranke über ihm anzuheben. Sie schnitt sich in die eigenen Handflächen und fluchte erneut.

»Cn«, kam es aus dem Inneren der Hand. »...stantia.«

Die dumpfen Laute drangen hinter einer Klinge hervor, die sich offenbar neben seinem Kopf und über seinem Schild in den Boden gebohrt hatte.

»Beweg dich nicht!«, rief sie.

»Keine Sorge«, ächzte er dumpf.

»Verdammt, es ist zu schwer!«, schrie sie, stemmte ihren ganzen Körper unter die Breitseite einer Klinge, die aus dem kleinen Finger ragte. Der Finger rührte sich, sie hob ihn keuchend an, schob sich langsam vorwärts.

Noch zwei Finger, die ich gleichzeitig halte ... und er kann vielleicht rauskriechen.

»Zu schwer für einen mädchenhaften Tribun wie dich«, sagte eine Stimme neben ihr. »Lass mich das mal machen.«

Sie wäre beinahe herumgefahren, was fatale Konsequenzen für ihre Schultern gehabt hätte, auf denen der armlange Finger lag. So schaute sie nur nach hinten.

Crixus schwang sich aus einem Loch im Rücken des Giganten. Er sah selbst aus wie ein defekter Automat, sein künstliches Auge blitzte noch einmal auf und erlosch dann. Mehrere Glieder wirkten mehrfach gebrochen, als er auf sie zustakste.

»Ich hab gesehen, was da drin hockt, in dem Vir.« Er schüttelte sich. »Eine arme Seele.«

Crixus zog eine Blutspur hinter sich her, die langsam schmaler wurde. Sie sah erschüttert, dass sein Schädel schief war. Seine Kiefer mahlten. »Blutiger Mars. Ich hab mich noch nie so scheiße gefühlt.«

Er trat unter den hochgehobenen Finger und hob ohne größere Schwierigkeiten die klingenbewehrte Pranke hoch. Zwei Klingen hatten Ianos' Kopf auf den Boden gepinnt, keine von beiden hatte ihn schwerer verletzt, als ihm das Ohr anzuritzen. Mit einem Stöhnen kroch Ianos unter der Hand hervor, blutend an jeder Stelle seines Körpers, die nicht vom Schild geschützt worden war. Constantia stürzte vor, zog ihn an den Schultern hoch.

Crixus ließ die Hand wieder sinken und setzte sich dann neben seinen Kampfgefährten. Ianos' Atem ging pfeifend, aus tiefen Schnitten verlor er das Blut so schnell, dass Constantia zu zittern begann.

»Hinter den feindlichen Linien. Hier sollte man ja wohl mal ein bisschen entspannen können.« Crixus packte seinen eigenen Kopf und brachte ihn mit einem Ruck in die richtige Position.

»Du hast mich doch gefragt, ob ich lieber wieder das Herz zurückhätte«, murmelte Ianos in einem Zustand zwischen Wachen und Schlafen. Oder zwischen Leben und Sterben. »Grad hätte ich's gern wieder.«

»Wie gut, dass ich es dabeihabe«, flüsterte Constantia und hob die Amphore auf. Sie öffnete das Gefäß und holte das metallene Herz vorsichtig hervor. »Vielleicht ... taugt es noch was.«

Crixus sah mit seinem einen Auge zu ihnen herüber und grinste. »Salve, Bruder«, wünschte er, als Constantia Ianos sein Herz an die Lippen setzte.

Dieser schüttelte sich, als das Blut, das sich darin neu gebildet hatte, seine Kehle hinabrann.

Es war nicht mehr als ein Schluck darin.

Crixus und Constantia saßen rechts und links von ihm und warteten darauf, dass dieser eine Schluck ausreichen würde.

Als sie das Schott der Schleuse öffneten, mit der sie am Piratenschiff angedockt hatten, starrten ihnen schmutzige, verängstigte Gesichter entgegen. Die Hadeskrieger öffneten ihre Masken, doch die Gesichter blieben angespannt.

»Ihr müsst uns helfen, das Schiff zu steuern!«, sagte ein Mann, dessen Gesicht blutverschmiert war.

»Habt ihr die Piraten umgebracht?«, fragte Oenomaus.

»N-nein ... nicht alle. Wir haben sie eingeschlossen. Wir fürchten uns, zu ihnen reinzugehen.«

»Lasst mich mal machen«, sagte der Halbsatyr grinsend. Der Weg musste sich schließlich gelohnt haben. Er hatte doch gesagt, er wolle jemanden so richtig ficken. *Im übertragenen Sinne, für mehr bleibt wohl keine Zeit.*

Er trat in den Korridor, der vom Laderaum fortführte. War es wirklich erst wenige Tage her, dass er selbst sich in diesen Laderaum geflüchtet hatte?

In dem Moment setzte sein Herz aus, tat einen Ruck – und Oenomaus wurde von einer lähmenden Müdigkeit überfallen.

Bolzen lösten sich von Arcoballistae, Klingen wurden in geöffnete Visiere gestoßen, als mehrere Sklaven ihre Decken oder Mäntel abwarfen, ihre Waffen zückten.

Eine Falle, dachte Oenomaus, als er auf die Knie sackte. Um ihn herum brach ein Kampf los, doch das Schott zum Laderaum schloss sich und trennte Oenomaus und zwei Hadeskrieger vom Rest ihres Trupps, der hinter ihnen bei den Sklaven und den Piraten zurückblieb, die ihn in die Falle gelockt hatten.

Dann setzte sich das Piratenschiff in Gang.

Die Schleuse zwischen den beiden Schiffen stöhnte, als sie gelöst wurde, und die Sklaven schrien nur kurz, bevor das schwarze All sie sich nahm.

Der Hades, dachte Oenomaus, dessen Sichtfeld schwarz wurde. Sein Herz schlug so langsam wie das eines Tiers im Winterschlaf. Und jeder Schlag pumpte Schwärze und Schlaf durch seine Adern.

Das Letzte, was er sah, war der Faun mit dem geschmolzenen Gesicht über sich. Oenomaus musste zu Boden gefallen sein. Er versuchte, aufzustehen, doch seine Arme und Beine gehorchten ihm nicht.

»Die Götter, ts«, sagte der Faun, der eine Tabula in Händen hielt. »Bauen einfach so eine Hintertür in ihre Herzen ein. Manchmal frage ich mich, ob so ein ferngesteuertes Herz überhaupt göttlich sein kann.«

Und damit schaltete er den Gladiator aus.

Kapitel XXXVII

Drennis hatte so viele Kämpfe gefochten und doch nie erfahren, wie es war zu sterben.

Das Herz rettete ihn, aber diesmal nicht vor dem Tod. Das Schiff des Legaten brach entzwei, alles darin würde in die Leere trudeln.

Die Befriedigung dieses Gedankens war nicht vollkommen. Er hatte Marinus in einem völlig ungleichen Kampf getötet, doch er hatte sich mehr davon versprochen.

Sein Herz gab ihm die Kraft, sich durch den Gang, aus dem die Luft entwich, zu einem der Rettungsboote zu hangeln. Er verschloss das Schott hinter sich. Ließ sich auf den Sitz fallen. Wartete.

Wäre er nicht gekommen. Wäre er uns einfach nicht gefolgt ...

Aber wäre Drennis dann nicht hungrig danach geblieben, Marinus zu vernichten? Wäre es nicht schal gewesen, darauf zu warten, dass der Fluch seine Aufgabe erledigte?

Das Rettungsboot löste sich aus dem Mutterschiff. Das Mutterschiff starb um es herum.

Der Rechner des Bootes suchte eine gefahrlose Route, war in keiner Weise dazu bereit, mit seinem Passagier zu interagieren.

Drennis lehnte sich zurück. Er atmete, doch seine Lungen waren voller Blut. Sein Auge war fort, verloren wie Crixus' Hand.

Ich werde sterben, dachte er, als der Halo des Schwarzen Lochs sich in einem gleißenden Schein auf ihn zubewegte. Er blinzelte.

Visionen eines einäugigen Sterbenden?

Arme ringelten sich aus dem Halo hervor wie die Tentakel

eines gigantischen Kraken. Sie griffen nach ihm, nach dem Rettungsboot. Nein, wahrhaft nach *ihm*, im Inneren des Boots.

Meine kleinliche Rache ... Er dachte an Morisa, daran, dass er sich durch Hunderte Menschenleben geschnitten hatte, um zu ihr zu gelangen. *Und jetzt sterbe ich einfach. Nach ein bisschen zeitloser Zeit im Elysium, die wir miteinander hatten – als wäre das genug ...*

Doch das fahle Gefühl löste sich auf, als hätten die Arme es von ihm losgemacht. Der Gedanke zu sterben wurde kleiner und kleiner, bis er ihn nicht mehr erkennen konnte.

Bin ich ein würdiges Opfer?, fragte sich Drennis, als die Arme ihn näher zogen, in eine endgültige Umarmung. *Nimmst du mich statt Morisa? Wenn ich ein würdiges Opfer bin, dann wisse, wessen Loyalität dir gilt, Herr der Unterwelt*, dachte Drennis in seinen letzten wachen Momenten. *Wir sind dein Volk ... das Hadesvolk ...*

Sie zogen ihn sanft heran. Er schloss die Augen.

Ich stehe vor dem Spalt, der hinab in die Höhle führt, in der wir der Seelensammlerin gedenken. Nie habe ich mich ihr ferner gefühlt, nie war ich näher daran, sie zu verraten.

Ich sehe, wie das Schiff zerbirst. Ich sehe, wie der Hades sich streckt.

Es ist zu weit weg, als dass ich es wirklich sehen könnte – aber ich kenne es aus meiner Vision, aus meiner letzten Prophezeiung.

Was ich dort sah, war dies:

Sie hatten mich als Opfer auserkoren. Der Hades hatte mich gewollt, als die Schiffe der Römer einfielen, hatte mich zu sich hinableiten wollen, so wie er es mit Persephone einst tat. Wie er es seither mit Seherinnen zu tun pflegt.

Doch ich war nicht bereit. Ich wies ihn zurück. Und er ließ uns gegen die Römer im Stich.

Und nun nimmt er ihn.

Das sah ich, ich sah, wie es geschehen würde, und so geschieht es gerade.

Das Rettungsboot ergibt sich der Umarmung des Hades. Es wird herangezogen. Dann tritt es aus der Zeit und erstarrt dort. Die Unterseite des Boots bildet ein Dreieck, in dem sich das Licht der elyseischen Gefilde spiegelt. Ein Dreieck, wie die kauernde Persephone, die ich Ianos gab. Mein Amulett.

Der Kreis ist perfekt auf diese Weise.

Trotzdem zerreißt mich der Gedanke.

Ich falle auf die Knie und hasse Persephone und Hades, ich hasse jede Weissagung, die ich getan habe, und ich frage mich, ob ich es hätte verhindern können. Vielleicht, wenn ich nichts vorhergesehen hätte – dann wäre es auch nicht so gekommen.

Ich weiß, dass die Flüsse der Unterwelt gerade über die ihnen angestammten Ufer treten. Ich weiß, dass sie die Erlaubnis zurückziehen, dass sie die römischen Soldaten nicht länger hier dulden.

Ich weiß, dass dies die Konsequenz ist – dass Drennis' Opfer für unser Überleben nötig war. Dass es unsere Bande mit dem Herrn der Unterwelt gefestigt hat.

Doch ich wünsche mir, ich hätte die Kraft gehabt, es an seiner Stelle zu geben.

Der Schluck genügte.

Sie kauerten im Schatten des Vir Ferri. Die Kämpfe fanden nun in den Höhlen statt. Handgroße Insekten brachen in schwarzem Gewimmel auf die Ebene.

Die Schlacht wurde jedoch entschieden, als der Hades sich die Flotte holte.

Die Bodentruppen hätten gegen all die dämonische Unbill bestanden, hätten das Hadesvolk bis in die Winkel seiner Siedlungen verfolgt. Doch dann wandte der Hades sich gegen die Römer, und ihr Drill, ihre Ordnung löste sich in Panik auf.

Ianos schaute hinauf, konnte keine Details erkennen, nur ein Chaos aus Farben und Nichtfarben und kleinen Leuchtfeuern, wie die Splitter des Rubicon, wenn sie in die Atmosphäre Roms eintauchten – kurz aufleuchtend und dann für immer verglühend. Die explodierenden Reaktoren vergehender, verzehrter Raumschiffe.

Crixus war eingeschlafen.

»Was ist mit dem Fluch?«, fragte Ianos und nahm Constantias Hand.

»Sie hat ihn gelöst«, sagte sie heiser.

Er fragte sich, was das hieß – liebte sie ihn noch? Liebte er sie? Und war es selbstsüchtig, daran zu denken?

»Hoffentlich rechtzeitig für meine Brüder …« Ihre Stimme versagte.

Nun wagte auch sie den Blick hinauf. Der Hades tobte über ihnen wie ein rachsüchtiger Krake.

Ianos wollte sagen, dass es ihm leidtat, dass er verstand, dass sie um ihren Vater trauerte, doch er schwieg.

»Jeder ist das, was andere aus ihm machen, oder nicht?«, flüsterte sie. »Aus dir haben sie einen Gladiator gemacht. Mein Vater … er war … Er konnte auch gut sein. Liebenswert. Das hat nur keiner aus ihm gemacht.« Sie weinte. »Wirklich. Ich *weiß*, dass er schreckliche Dinge getan hat, doch ich *sehe* ihn so nicht, ich kann mir ihn nicht vorstellen, wie er … wie … was auch immer. Ich weiß, dass er hassenswert ist, aber ich kann ihn nicht hassen.«

Ianos nickte.

»Ich wünschte, er wäre nicht tot, obwohl ich weiß, dass es besser ist, dass er tot ist«, fuhr sie fort. »Und ich fühle mich schlecht, weil ich ihn … weil ich ihn liebe, wie man seinen Vater nun einmal liebt. Das wird einem in die Wiege gelegt, nehme ich an.«

Er wusste immer noch nichts zu sagen.

»Du kennst deinen Vater nicht, richtig?«

Er nickte.

»Hast ... hast du Brüder? Schwestern? Lebt deine Mutter noch?«

»Ich weiß es nicht«, sagte er. »Ich fürchte, es gibt nur einen Menschen auf dieser Seite der Unterwelt, der mich liebt.« Er grinste ironisch.

»Ach, ich liebe dich doch auch, Bruder«, sagte Crixus und richtete sich halb auf. »Unsere Leute sind unterwegs und sammeln Verletzte ein. Das heißt vermutlich, wir haben gewonnen. Weckt mich, wenn es Bier gibt.«

Constantia musterte Crixus kurz und begegnete Ianos' Grinsen mit verheultem Gesicht. »Na ja, dann kannst du ja von Glück sagen, dass ich dich immer noch liebe, obwohl der Fluch gebrochen ist.«

»Hm«, machte er. »Puh.«

»Sie hat offenbar geglaubt, es hätte gelangt, mir ein paar Sexträume und ein bisschen Besessenheit zu schicken, damit ich mich ernsthaft in jemanden verliebe! Nein, ich denke, dieser Jemand muss ohnehin mein Typ gewesen sein.«

Er küsste sie, seine Lippen waren kalt, denn der Schluck aus dem Herzen hatte den Blutverlust nicht ausgleichen können.

Sie küsste wieder Leben in ihn hinein. Sie küsste ihn so lange, bis er glaubte, dass er jeden Moment bewusstlos werden würde, wenn das Blut sich ungeachtet seiner sonstigen Verfassung in seinem Unterleib sammelte.

»Ich möchte mir eine ... hm, gemütliche kleine Asteroidenhöhle suchen und dort mehrere Jahre mit dir verbringen. Erst dann komme ich wieder raus«, murmelte er an ihrer Wange und atmete einige Male gegen das Sausen in seinen Ohren an.

»Ich werde sehen, was sich machen lässt.«

Marius Marinus lag am Boden. Er war tief gefallen.

Er dachte über die Doppeldeutigkeit nach. Tatsächlich war er gefallen – er war in eine Straßenschlacht geraten, mitten in der Nacht. Die Söldner hatten Gas eingesetzt, und obwohl er weit hinten gestanden hatte und wegzukommen versuchte, war er geblendet gewesen. Er war irgendwo gestolpert und dann hinabgefallen in Roms Tiefen.

Er öffnete mühsam die Augen. Über ihm brannte Feuer, Schreie hallten durch die Straßenschlucht. Er war nicht tief gefallen, doch tief genug, um tot zu sein.

Er wollte sich aufrichten, doch er konnte es nicht. War er bewusstlos gewesen? Seine Augen brannten. Kurz durchzuckte ihn die quälende Erkenntnis, dass seine Arme ihm nicht gehorchten.

Ich habe mir das Rückgrat gebrochen!

Dann gehorchten sie ihm doch, und er tastete nach seinen Augen, rieb sie heftig, wodurch sie noch mehr schmerzten.

Er stöhnte.

Da erschien ein Gesicht in seinem Blickfeld. Es war düster hier unten, und der Himmel war schwarz.

»Hat nichts mehr«, sagte die Stimme. Hände ließen von seinen Beinen ab. Seine Füße fühlten sich kalt an.

Man hatte ihm die Schuhe geraubt.

Moment, wollte er sagen, doch es gelang ihm nicht.

»Keinen müden Quadrans hat der Kerl dabei. Nur noch das hier.«

»Btte!«, flehte Marius. »Nchh, lsst mr de Sch-schuhe!«

Der Mann über ihm war ein verdammter abgerissener Minotaurus.

»Dkannst doch gr nichs mt mein Schuhen anfangn!«, protestierte er noch einmal.

Der knochige Stiermann durchwühlte einen Beutel, in dem sich ein paar harmlose Rauschkräuter befanden.

»Die Schuhe sind für meinen Freund hier, und ich nehme deine Kräuter«, schnaubte er. »Warst mal reich, hm? Und dann haben deine Sklaven dich gefickt, ja?«

»Weißdu, Mistochse!«, lallte Marius. »Es gibt auch noch andere Szenarien ... w-wie jemand wie ich hier landen kann!«

Der Minotaurus zuckte mit den Schultern. Marius' Blick wurde von etwas gefangen, etwa eine Etage über ihm, in einem Hauseingang, zu dem Treppen hinauf- und hinabführten. Dort oben brannte eine Lampe an der Hauswand, und ungeachtet des Aufstands und der Giftgasattacke spielte dort ein Mädchen mit Murmeln.

»Ich kenndich! Kleine! Hilf ... hilf mir!«, brachte er hervor. »Sag Scorpio Bescheid!«

Die Kleine – er kannte sie doch aus dem Collegium! Wo war er hier? Warum war sie hier? Sie trat zur Kante und setzte sich dorthin, ihre Beine baumelten über ihm.

»Marius«, flüsterte sie langsam und lächelte breit.

Der Minotaurus trat mit seinem Huf gegen Marius' Kopf. Seine inneren Lichter erloschen.

Nur zwei Schiffe kehrten aus dem Hades zurück. Die *Proserpina IV* und der schwer beschädigte Ursus von Legat Crassus, erneut mit selbigem – unverwundet – an Bord.

Bakka erfuhr von Lucius Marinus' Tod, doch sie war nicht zufrieden damit. Sie hatte sich ihre Rache bildreicher vorgestellt.

Mehr Aufsehen als der zurückgekehrte Legat nach seiner Niederlage erhielt Oenomaus, der drei Tage lang in einem Panzerglaskäfig auf dem Forum Romanum zu sehen war, bevor man ihm im Tempel sein göttliches Herz entnahm.

Weniger als eine Woche später war Oenomaus und Lucullus ein kurzer Moment zu zweit vergönnt – Sklave und Eigentümer.

»Tja, Oeno«, sagte der Ältere. »Das ist nicht so günstig für uns beide ausgegangen.«

»Ich habe getan, was du wolltest«, sagte der Halbsatyr mit einem Zittern in der Stimme. »Warum bin ich jetzt hier?«

»Du weißt, warum du hier bist«, sagte sein Besitzer.

»Sie kreuzigen mich«, flüsterte der ehemalige Gladiator.

»Das ist richtig.«

»Warum kreuzigen sie dich nicht, Dominus?« Oenomaus spie das letzte Wort aus.

»Ich bin ein Bürger Roms. Niemand kreuzigt einen Bürger Roms.«

»Ich habe dir *gehorcht!*«, versuchte es Oenomaus erneut, doch sein Herr hatte kein Gehör für ihn.

»Du warst mit ganzem Herzen bei der Sache, Oeno. Das kann ich dir nicht vergessen und nicht vergeben.« Er seufzte. »Selbst, wenn ich es könnte: Sie müssen ein Exempel statuieren.«

»Das müssen sie stets. Warum statuieren sie das nicht an dem, der diese Hadessache so gründlich verbockt hat?«

»Verbockt!« Lucullus lachte. »Wie passend. An wem sollen sie es denn statuieren? An Crassus und dem verstorbenen Marinus?«

»An *dir*, Dominus!«

»An mir? Ich habe ihnen die Koordinaten des Hades besorgt! Ich habe nichts verbockt.«

»Du hast einen Aufstand losgetreten!«

»Nein!«, rief Lucullus aus. »*Ihr* habt einen Aufstand losgetreten, du und deine hoffentlich toten Freunde!«

Oenomaus ließ den Kopf sinken. Die Wunde auf seiner Brust schmerzte. Sie hatten ihm das göttliche Herz genommen und ihm dafür das Herz eines toten Mannes eingesetzt. Es war ein kleines, unbedeutendes Herz. Tränen stiegen ihm in die Augen.

»Ich will so nicht enden«, flehte er. »Gewähre mir wenigstens einen Tod in der Arena!«

Lucullus schüttelte den Kopf. »Das liegt nicht in meiner Macht.« Er senkte die Stimme. »Auch ich liege gerade ein wenig am Boden, Oeno. Man spottet über mich, und auch über die beiden Legaten, selbst über den toten Lucius Marinus. Und Gnaeus Pompeius ist der lachende Vierte. Es heißt, die Consulwahl hätte er so gut wie gewonnen. Rom wäre heute ein anderes, wäre gefallen, hätten seine Truppen nicht Hunderttausende Sklaven niederschießen lassen. Er kontrolliert den Sklavennachschub nach Rom, kontrolliert die Art der Gehirnwäsche, der sie unterzogen werden. Er hat die Gewalt über den Aufstand an sich gerissen. Und zumindest daran wirst du noch teilhaben. Er setzt die Viri Ferri auf aufständischen Latifundien ein.«

»Dann darf ich die über den Haufen schießen, denen ich einmal ein Vorbild war. Sehr perfide.«

»Tja, Demoralisierung ist alles«, sagte Lucullus und stand auf.

Mehrere Wachen traten in den Raum und hoben den gefesselten Halbsatyr vom Stuhl, stellten ihn auf die Beine. Er wehrte sich halbherzig, doch sie schleiften ihn kurzerhand durch den Raum und in den Korridor.

Lucullus trat an die kalte Wand und lehnte sich dagegen.

Oenomaus' einsamer Schrei wanderte durch den Flur. Lucullus seufzte tief. Die Tabula an der Wand gegenüber zeigte ihm, wie sie Oenomaus festschnallten. Wie sie ihn betäubten. Wie sie seinen Körper vorbereiteten, ihm Leitungen in die Gliedmaßen, in den Schädel schoben. Im Gegensatz zur Herzoperation war es ein Routineeingriff für die darauf spezialisierten Medici und Bellonapriester.

Nur eine Stunde später setzten sie den zerstörten Körper des Halbfauns in den gigantischen Eisenmann ein. Ein Mensch als Herz in einem stählernen Körper.

Morisa, die Königin des Hades, saß zu Gericht über die Kriegsgefangenen. Ianos und Constantia hörten ihren thrakischen Worten mithilfe einer Tabula zu, die die Rede übersetzte.

Tausende Leichen waren in die Erde gebracht worden. Die entflohenen Sklaven und die Toten des Hadesvolks in die Nekropolen, die toten Legionäre in ausgebeutete Stollen, die hinter ihnen versiegelt wurden. Massengräber.

Das Urteil der Königin des Hades über die Legionäre, die nicht getötet worden waren, war dieses: Sie sollten im Kampf gegeneinander fallen, sollten zu Ehren der Toten Kämpfe bis zum Tode ausfechten. So, wie es der Ursprung der Gladiatorenspiele in Etrurien war. Morisa ließ die Spiele zu ihrem Ursprung zurückkehren.

Sie lächelte schmal, als sie ihr Urteil verkündete.

Ianos wandte sich ab. Die Verurteilung wurde in einem Rund geführt, dem Krater eines Meteoriteneinschlags, in dem Tausende auf steilen gemeißelten Steinrängen Platz fanden. Hier würden wohl auch die Kämpfe ausgefochten werden.

Ianos hatte auf dem obersten Rang gesessen, und es fiel ihm leicht, sich abzuwenden und in die Ebene hinaufzugelangen.

»Im Namen Persephones der Gnädigen, und Hades, dem unsere Tode alle gleich gelten, verkünde ich dieses Urteil, das weder weise noch gerecht ist. Doch groß sind auch die Götter der Rache. Wenn ein Römer dies überlebt, so wird er in seine Heimat entsandt. Auf dass er sie in Angst und Schrecken versetzt und sie wissen lässt: Das hier ist mein Reich. Mein Volk. Und ich werde Hades bitten, in Rom einzufallen, Rom zu plündern und zu vernichten, wenn Rom noch einmal einen Fuß in dieses Reich setzt. Noch einmal Hand an dieses Volk legt. Ich gebe den Gefangenen eine Woche Zeit, sich auf ihre Taten vorzubereiten. Und dann werden sie unsere Toten mit ihren Toden ehren. So spreche ich, Morisa, Königin des Hades.«

Constantia folgte Ianos, und bei den letzten Worten schaltete sie die Tabula aus.

»Wir sollten diesen Ort verlassen«, sagte sie leise und schlang die Arme um ihn. Er legte den Kopf an ihre Schulter, sie war um diese Winzigkeit größer, die sie immer schon größer gewesen war.

Im Krater hallte zustimmender Applaus.

Auf der Ebene, die schwarz war und eintönig, war es still.

Er sah hinauf, zu den Juwelen der elyseischen Planeten und dahinter zum Schwarzen Loch, von seinem Halo umtanzt, in dem als winziges Funkeln Drennis' Raumschiff schwebte.

»Er war ein guter Kerl«, sagte Ianos und schluckte. »Aber dass er dort oben ist, macht, dass sich dieses … Ding aus Erniedrigung und Rache einfach immer weiterdreht.«

»Ich glaube, sie waren beide keine schlechten Menschen«, sagte Constantia. »Früher. Bevor sie unter dieses Rad gekommen sind.«

»Wir sollten nicht hierbleiben«, sagte Ianos. »Mir steht nicht der Sinn nach mehr Gladiatorenspielen in diesem Leben.«

Kapitel XXXVIII

Constantia atmete ein. Die Luft schmeckte nach Laub und Regen. Sie nickte Hacat zu, als dieser die Tür schloss und das Beiboot startete. Sie hatten die Verabredung, dass er in einer Woche wiederkommen würde, um herauszufinden, ob sie immer noch hierzubleiben wünschten.

Sie waren an der Kante einer gigantischen Schlucht gelandet, die wirkte, als sei der Planet an dieser Stelle aufgebrochen und dann von dem unbändigen Leben auf seiner Oberfläche überwuchert worden.

Schwärme von Vögeln zogen über die Baumwipfel, auf die sie herabsahen. Nebel hing zwischen den steilen Rändern des Tals, sprühend ergossen sich Bäche über die Kanten.

»Schön hier«, sagte sie anerkennend, und mit ein wenig Angst. In Rom gab es nichts Wildes. Und hier gab es nichts Geordnetes. *Und eigentlich war es eine fixe Idee, ausgeheckt in einem Traum.*

Ianos saß auf der Kiste, in der sich Proviant, ein Zelt und andere lebenswichtige Dinge befanden. »Wenn sie wüssten, dass wir noch leben, wären wir die vielleicht meistgesuchten Menschen der Galaxis«, sagte er und streckte sich. »Auf einem unbewohnten Paradies, wo uns niemand findet.«

Als hätten seine Worte es herausgefordert, hörten sie Stimmen.

»Es gibt Primitive hier«, sagte Constantia und ärgerte sich darüber, dass sie an einem Platz gelandet waren, wo diese Primitiven auch noch in der Nähe waren. Der Planet war riesig – sollte es nicht möglich sein, einfach auf keine Menschen zu treffen? »Sollten harmlos sein. Sie haben sicher das Boot gesehen.«

»Dann lass uns so tun, als seien wir Götter, die aus dem All herabgestiegen sind«, sagte Ianos. »Hoffentlich haben wir eine andere Hautfarbe. Oder vielmehr: zwei andere Hautfarben.« Dennoch legte er die Hand auf den Knauf des Schwerts aus Hadesstahl.

Zuvorderst brach ein Junge aus dem Gebüsch. Er trug einen Rock und nicht viel mehr, das Haar war lang und geflochten. Sein Teint lag irgendwo zwischen Constantias und Ianos' Hautfarbe, was diesen veranlasste, eine Grimasse zu ziehen. Der Junge sog ehrfurchtsvoll die Luft ein. Seine Augen wurden rund, ebenso wie sein staunender Mund. Er gestikulierte ins Unterholz hinein.

»Kommt! Kommt schnell!«, schrie er in stark akzentbehaftetem Latein. »Das ist Ianos der Zweigesichtige und die weggelaufene Tochter vom toten Praetorianerlegaten!«

Constantia schnappte nach Luft, und Ianos sah kurz aus, als erwäge er, von der Klippe zu springen. Sie warfen sich einen schicksalsergebenen Blick zu.

»Ja«, sagte sie. »So viel zu unserem Plan.«

Dramatis Personae

Die Mariner-Familie und ihr Umfeld
Lucius Marinus Maximus – Oberhaupt der Mariner-Familie, Legat der Legio Prima, der Praetorianer
Cornelia Marina – Lucius' Frau
Lucius Marinus Minor – Lucius' ältester Sohn, Tribun der Legio XLVII
Titus Marinus – Lucius' mittlerer Sohn
Marius Marinus – Lucius' jüngster Sohn
Constantia Marina – Lucius' Tochter, sein jüngstes Kind
Melisa – Constantias Cousine
Gaia Sabina – Constantias beste Freundin
Ovida – Gaias Sklavin
Beata – Constantias Sklavin auf der *Bona Dea*
Dimitra – Hausklavin der Mariner
Ianos – Sklave von Lucius Marinus
Lilia – Constantias Sklavin
Lucianus – Sklave von Lucius Marinus
Morisa – thrakische Sklavin von Lucius Marinus
Spartacus – ehemals Drennis, Sklave der Mariner in der Arena
Vedea – cypriotische Sklavin der Mariner
Viro – Hausklave der Mariner

Die römische Oberschicht
Lucius Iulius Caesar – einer der beiden Consuln
Tiberius Claudius – der andere Consul
Gnaeus Pompeius Magnus – Senator
Gracchus Petronius – der oberste Ausrufer

Laetitia Clodia – Bürgerrechtlerin
Livia Iulia – Bekannte von Constantia Marina
Marcia Iunia & ihr Gatte Quintus Iunius
Marcus Fannius – Senator
Marcus Licinius Crassus – Senator
Maximus Licinius – Crassus' ältester Sohn
Albus Licinius – Crassus' verstoßener Sohn
Marcus Terentius Lucullus – Besitzer des Ludus
Marcus Tullius Decula – Senator
Maia Tullia – seine Tochter, Verlobte von Titus Mariner
Titus Sabinus – Senator, Vater von Gaia Sabina
Quintus Catullus – aufgestiegener Plebejer
Quintus Clodius Quadrigarius – der Herr der Arenaspiele
Zaphiro – neurreicher Schiffsbauer

Das römische Militär
Gracchus Sernantus, Tribun der Siebenundachtzigsten
Marcus Larinius – Censor, zuständig für Beschlagnahmungen
Preatos Marcellinus – Tribun
Quintus – Tribun

Die römische Unterwelt
Bakka – Vorsteherin der Mille Gladii
Tito – Bakkas Handlanger, ein Faun
Gorionus, das Schmelzmaul – Bakkas rechte Hand in Rom
Carietto – Strauchdieb
der Faber – Hersteller der Masken
Gulio – Anführer der Turba Recta im Fagutal
Scorpio – Vorsteher des Rätslercollegiums der Signa
Sagittarius & Capricornus – Zwillinge, Scorpios jüngere Halb-
   brüder
Titus Sinusius – Oberhaupt des Collegiums Sinus Praedonis

Der Ludus der Gladiatoren
Gnaeus Cornelius Lentulus Batiatus – ehemaliger Gladiator, nun Lanista des Ludus
Crixus – Gallier, Träger eines der göttlichen Herzen
Oenomaus – Halbsatyr, Träger eines der göttlichen Herzen
Aeneas – Gladiator, Ianos' Freund
die Amazone – Gladiatrix
Caput der Denker – Gladiator
Castor & Pollux – Gladiatoren
Daedalus – Gladiator
Faunus – Gladiator
Florius – Gladiator
der Kampfhund – Gladiator
Maccaleus – Luduswache bei den Spielen
Obscurus – Gladiator
Pluton – Gladiator
Sol – Gladiator
Taurus – ein Minotaur, Gladiator

Sonstige
Dimitro – Verwaltungssklave im Praetorium
Gracchus Maximinus – Ausrufer
Hacat – Krieger des Hades
Marcus Gerenius – Ausrufer
Nialla Graecina – Ausruferin
Matius – Niallas Assistent
Titus Clodius – Besitzer der Sendeanstalt

Götter Roms
Iuppiter – Göttervater
Aesculapius – Gott der Heilkunde
Apollon – Gott des Lichts und der Heilkunde
Bacchus – Gott des Weines

Cardea – Göttin der Türen
Carna – Göttin des Herzens
Ceres – Göttin des Getreides
Cupido – Gott der Liebe
Diana – Göttin der Jungfrauen und der Jagd
Dis Pater – Totengott
Ianus – zweigesichtiger Gott der Schwellen
Iuno (Iuno Moneta) – Stadtgöttin Roms
die Laren – Hausgötter einer Familie
Letus – Gott des sanften Todes
Mars – Gott des Krieges
Mercur – Gott der Diebe und der Händler, Botengott
Minerva – Göttin der Weisheit
Nemesis – Göttin der Rache
Parcae – Schicksalsgöttinen
Pluton – Gott der Unterwelt, alter Name: Hades
Proserpina – Göttin der Unterwelt, alter Name: Persephone
Somnus – Gott des Schlafs
Vesta – Göttin des Herdfeuers
Vulcanus – Gott des Handwerks

Argus – Ungeheuer mit tausend Augen
Furien – Rachegeister der Nemesis

WÄHRUNG & MASSE
Goldener Aureal > Blauer Aureal > Grüner Aureal > Denar > Dupondie > As > Quadrans > Solidus
1 Passus = etwa 1,5 Meter
1 Meile = 1000 Passus

Glossar

Arcoballista – Schusswaffe
Asphodeliae – ein Teil der Unterwelt
Auxiliar – ein Hilfssoldat, der kein Legionär ist
Balliste – eine Schusswaffe
Capricornus – Fabelwesen, halb Steinbock, halb Fisch
Capsarius – Sanitäter
Captura Cardiae – »die Erringung des Herzens«, Wettkampf
Damnatio ad ferrum – Verurteilung durch das Schwert
Fascies – die private Wache der Reichen
Faun – Mischwesen, halb Mensch, halb Ziegenbock, Eigenbezeichnung: Satyr
Gallia Omnia – »ganz Gallien«, drei Planeten
Gladius – Schwert
Gubernator – Steuermann
Iden – der 13. oder 15. eines Monats
Imagi – Fotos oder Filmmaterial
Lanista – der Trainer der Gladiatoren
Ludus – Gladiatorenschule
Mare Nostrum – »unser Meer«, der Sternenhaufen um Rom
Matrimonium – die Ehe
Medicus – Arzt
Mens Machinae – »der Geist der Maschine«, Cyprioten, die gedanklich mit Maschinen interagieren können
Mille Gladii – »die 1000 Schwerter«, ein Schmuggler- und Drogenkartell aus ehemaligen Legionären
Murmillo – Gladiator mit großem Schild und Schwert
Naniten – molekulare Maschinen

Pilum – Wurfspieß
Praetorianer – Elitegarde Roms
Retiarius – Gladiator mit Netz und Dreizack
Sacerdos – Priester
Scissor – Gladiator mit Schwert und Hakenhand
Scutum – Schild
Signa – ein Rätslercollegium, deren Mitglieder nach Sternbildern benannt sind
Sinus Praedonis – »die Piratenbucht«, illegaler Rätslerverband
Styx – Fluss der Unterwelt, auch Begriff für die ganze Unterwelt
Tabula – Kommunikationsgerät, ähnlich einem Tablet
Thraex – Gladiator mit kleinem Schild und Schwert
Triclinium – Esszimmer
Turba Recta – »die richtigen Leute«, ein Verbrechercollegium
Vir Ferri – Automatenkrieger

Danksagung

Dieses Buch hat einen ganz schön schrägen Werdegang: Die Idee der »Space-Römer« stammt nicht von mir, sondern von Philip Schulz-Deyle, der Concept Artist Ulrich Zeidler mit Bildern beauftragte und mich kurze Zeit später fragte, ob ich einen Roman dazu schreiben würde. Er war über meine beiden Fantasy-Römer-Romane *Herr der Legionen* und *Herrin des Schwarms* auf mich gestoßen, und wenn ein Filmproduzent einem eine Mail mit Concept Art schickt und fragt, ob man sich dazu einen Roman vorstellen könnte – dann sagt man »Ja!« und fängt an zu schreiben! (Ich zumindest.)

Von daher: Vielen Dank, Philip, für deine Vision und deine Ideen! Vielen Dank, Ulrich, für die phantastische Bildwelt, die schon stand, bevor ich dazukam. Eine Auswahl gibt es auf www.jcvogt.de zu sehen.

Vielen Dank an Julia Abrahams, der eine pseudo-historische Space Opera nicht zu verrückt vorkam. Danke an Hanka, meine Lektorin, die wirklich ein Auge für alles hat.

Vielen Dank meinen Space-Römer-Conspiracy-Buddys, die das Machwerk unter dem Siegel der Verschwiegenheit lasen.

Und vielen Dank an meinen physikalischen Berater, meine geduldige Muse und meinen Freund in allen Bücher- und Lebenslagen – Christian.

Die Community für alle, die Bücher lieben

Das Gefühl, wenn man ein Buch in einer einzigen Nacht verschlingt – teile es mit der Community

In der Lesejury kannst du

★ Bücher lesen und rezensieren, die noch nicht erschienen sind

★ Gemeinsam mit anderen buchbegeisterten Menschen in Leserunden diskutieren

★ Autoren persönlich kennenlernen

★ An exklusiven Gewinnspielen und Aktionen teilnehmen

★ Bonuspunkte sammeln und diese gegen tolle Prämien eintauschen

Jetzt kostenlos registrieren: www.lesejury.de
Folge uns auf Facebook:
www.facebook.com/lesejury